THE BLIND ASSASSIN

昏《くら》き目の暗殺者

マーガレット・アトウッド
鴻巣友季子［訳］

早川書房

昏《くら》き目の暗殺者

THE BLIND ASSASSIN
by
Margaret Atwood
Copyright © 2000 by
O. W. Toad Ltd
Translated by
Yukiko Konosu
First published 2002 in Japan by
Hayakawa Publishing, Inc.
This book is published in Japan by
arrangement with
Curtis Brown Group, Ltd.
through The English Agency (Japan) Ltd.

装画／浅野隆広
装幀／ハヤカワ・デザイン

大宮メフメト・ハーンを思い描いてみよ。ケルマーンの町の人々をそっくり殺すか、目をつぶせ、例外なく、と命じているところを。ハーンの法務官たちは勇んで仕事にかかった。住人を一列に並ばせ、おとなの頭を薄切りにし、子どもの目をえぐり出していく……その後、盲いた子どもたちは列をなしては、町を出ていった。鄙の地をさまよって、砂漠に迷い、渇きで命をおとすものもあった。また、人々の住む集落にたどりつく一行もあり……ケルマーンの市民が滅ぼされたことを歌にうたい……

リシャルト・カプシチンスキ
(ケルマーンはイラン南部にある絨毯の産地)

わたしは泳いだ、海ははてしなく、どこにも岸は見えず。
タニトは情け知らずであり、わが願いは聞きとげられた。
おお、愛に溺れるきみよ、わたしのことをお忘れなく。

とあるカルタゴの骨壺に刻まれていた碑文
(タニトはカルタゴの守護神で月の女神)

言葉は、暗いグラスのなかで燃える炎。

シーラ・ワトソン

ここに名前をあげる皆さんに感謝の意を表したい。かけがえのないアシスタント、セァラ・クーパー。そのほか、わたしに協力してくれた研究者のA・S・ホールとセァラ・ウェブスター。ティム・スタンレー教授。キュナード汽船およびロンドンのセント・ジェイムズ図書館で記録係をつとめてくれたシャロン・マクスウェル。オンタリオ州歴史協会の会長であるドロシー・ダンカン。ウィニペグのハドソン湾／シンプソンズ公文書保管所。トロント遺産スパダイナ・ハウスのフィオナ・ルーカス。フレッド・ケルナー。テランス・コックス。キャサリン・アッシェンバーグ。ジョナサン・F・ヴァンス。メアリ・シムズ。ジョーン・ゲイル。ドン・ハッチソン。ロン・バーンスタイン。トロント公立図書館の〈サイエンスフィクション〉〈スペキュレイティヴ・フィクション〉〈ファンタジイ〉のメリル・コレクション担当であるローナ・トゥーリスとスタッフの皆さん。それから、アネックス・ブックスのジャネット・〝インクセッター〟にも。また、昔ながらの読者である、エレナー・クック、ラムゼイ・クック、ザンドラ・ビングリー、ジェス・A・ギブソン、そしてロザリー・アベラ。それから、わたしのエージェントである、フィービー・ラーモア、ヴィヴィアン・シュスター、ディアーナ・マッケイ。そして、わが編集担当者の、エレン・セリグマン、ヘザー・サングスター、ナン・A・タリーズ、リッツ・コールダーに。そして、アーサー・ジェルグート、ミシェル・ブラドリー、ボブ・クラーク、ジーン・ゴールドバーグ、そしてローズ・トーネイト。それから、いつもながら、グレイム・ギブソンとわたしの家族にも、感謝の意を表したい。

目次

チェイス家

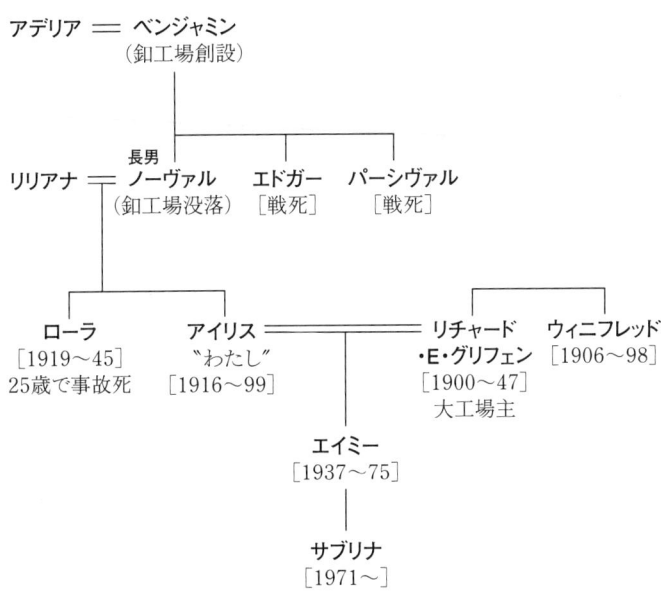

アデリア ＝ ベンジャミン
（釦工場創設）

長男
リリアナ ＝ ノーヴァル
（釦工場没落）

エドガー
［戦死］

パーシヴァル
［戦死］

ローラ
［1919〜45］
25歳で事故死

アイリス
〝わたし〟
［1916〜99］

エイミー
［1937〜75］

サブリナ
［1971〜］

グリフェン家

リチャード
・E・グリフェン
［1900〜47］
大工場主

ウィニフレッド
［1906〜98］

チェイス家のお手伝い

リーニー ＝ ロン・ヒンクス

マイエラ ＝ ウォルター・スタージェス

アレックス・トーマス
共産主義者、組合のオルグ

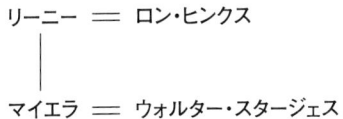

第一部

橋

戦争が終結して十日後のこと、妹のローラの運転する車が橋から墜落した。橋は修理の最中であり、車はその〈工事につき注意〉の標識をもろに突き破ったのだった。そのまま百フィート下の峡谷へ落下、嫩葉《どんよう》でふんわりとした樹冠を突き抜けると炎上し、谷底を流れる小川の浅瀬にはまりこんだ。橋材の破片が上から降りかかる。妹の亡骸は、灰燼ばかりしか残らなかった。

わたしに事故を知らせてきたのは、警官だった。車の所有者はわたしだったから、車中の免許証から身元をたどってきたのだろう。慇懃な口ぶり。リチャードの名に気づいたにちがいない。路面電車の線路にタイヤをとられたか、あるいは、ブレーキの故障が原因かもしれませんが、そう警官は言い、二名の目撃者——元弁護士と銀行の出納係、つまりは信頼のおける人物——が、一部始終を見ていたこともお伝えしておくべきかと存じます、と付け足した。目撃者ふたりの話では、ローラは急角度で故意に車の向きを変え、縁石から踏みだすように、いとも簡単に橋を飛びだしていった。白い手袋をしていたので、ハンドルを握る手がよく見えたと言う。

ブレーキの故障ではないだろう。わたしは思った。なにか理由があったのだ。その理由が、余人のそれと同じとはかぎらないが。ローラはこんなふうに冷徹になれる人間だった。

「遺体を確認する人間が要るのでしょう」わたしは言った。「できるだけ早くに伺うわ」われながら落ち着きのある声だ。遠くから聞こえてくるような。だが、実際は話すのもやっとだった。口はしびれ、顔じゅうが痛みでこわばっている。歯医者に行った帰りみたいだ。こんなことをしでかしたローラに憤っていたが、そんなことを仄めかす警官にも腹を立てていた。頭のあたりを一陣の熱い風が吹きめぐり、水にこぼれたインクのごとく、髪の毛が風に逆巻いた。

「ご遺体は検屍にまわると思うのですが、ミセス・グリフェン」警官は言った。

「当然でしょうね」わたしは言った。「でも、これは事故よ。妹は運転が下手だったから」

ローラのすべすべした卵形の顔が思い浮かんだ。きちんとピンで留められたシニヨン。こんな服装だったのではないか――小さな丸襟がついたシャツ型のワンピース。地味な色目の。濃紺、あるいは青灰色、それとも病院の廊下みたいな緑色。いずれにせよ、悔悛者の色だ。彼女が好きで選んだ色というより、長らく閉じこめられてきた色。笑み半ばのいかめしい面持ち。驚きにつりあがった眉。まるで、風景に見惚れるかのように。

白の手袋。キリストの処刑を命じたピラトのジェスチャーを思わせる（この総督は、処刑判決に際しみずからに責任のない印として手を洗ったとされる。マタイ福音書より）。ローラはわたしから手を引いたのだ。われわれみんなから。

彼女はなにを想っていたのだろう？　橋から車が滑り落ち、午後の陽を受けてトンボの翅のようにきらめく瞬間、墜落を前に息を飲むあの瞬間に。アレックスのこと、それとも、リチャードのことか。不義のことか、父とその悲しい末路のことか。それとも、神を想い、そして自分を死に至らしめた三角取引に思いを馳せたかもしれない。あるいは、ひと束の安い学習帳のことか。あれはまさにあの朝、隠したのにちがいない。わたしがストッキングをしまっている衣装だんすに。わたしが最初に気づくのを見越して。

警官が帰ると、わたしは着替えをしに二階へあがった。死体安置所に行くなら、手袋と、ヴェールつきの帽子が要る。目を隠すために。報道陣もいるかもしれない。タクシーを呼ぶしかないだろう。会社にいるリチャードにも電話をして、知らせておかなくては。彼も、弔いの言葉を用意しておきたいだろうから。そう思いながら、わたしは衣装部屋に入った。喪服と、それから、ハンカチも要る。

抽斗をあけると、学習帳が目にはいった。十字にかけた麻紐をほどく。気がつくと、歯の根もあわず、全身に悪寒がしている。ショック状態にちがいない。わたしはそう思った。

そのとき思い出したのは、リーニーのことだった。わたしたちが幼いころの。包帯を当ててくれたのも、彼女だった。ひっかき傷、切り傷、小さな傷口に。母が寝《やす》んでいようが、よそで善行をつんでいようが、リーニーはつねにそばにいた。そんなときは、わたしたち姉妹を抱きあげて、白いホーローびきの台所のテーブルに座らせてくれた。横には、伸ばしかけたパイ生地や、切りかけた鶏肉や、はらわたを出しかけた魚があり、彼女はわたしたちが泣きやむように、ブラウンシュガーの塊をくれる。そして、〝どこが痛いのか、言ってごらん〟と訊く。〝そんなに大声で泣かないの。静かにして、痛いところを見せてごらん〟。

ところが、どこが痛むのかわからない人間もいるものだ。そういう人々は、静かにすることも叶わない。泣きやむこともできぬ。

《トロント・スター》紙　一九四五年五月二十六日

町中での死に、疑惑浮上

《スター》紙　独占記事

検屍局は、先週セント・クレア・アベニューで起きた事故死について結果を発表した。五月十八日の午後、ミス・ローラ・チェイス（25）の運転する車が、アベニューを西に向かう途中、橋の修復工事の防護柵を突き破って、下の峡谷に転落し、炎上。ミス・チェイスは即死した。彼女の姉であり大工場主の妻である、ミセス・リチャード・E・グリフェンによれば、ミス・チェイスは目が霞むほどの烈しい頭痛に悩まされていたという。また、事情聴取に対し、酒を飲まない妹が酒酔い運転をする可能性はゼロ、と答えている。

路面電車の線路にタイヤをとられたのを一因とするのが、妥当な見方だろう。市の安全対策が万全であったか、その点に疑問は生じるが、市の専属技師、ゴードン・パーキンズによる専門証言がなされた結果、疑問は解消した。

しかし、今回の事故で、この道路区画にのびる路面電車の線路について、その安全性を疑問視する声が再浮上した。地元の納税者を代表して、ミスター・ハーブ・T・ジョリッフェは、線路の管理不備が原因で事故が起きたのはこれが初めてではない、と《スター》紙に語った。市議会は肝に銘じてもらいたい。

昏き目の暗殺者

ローラ・チェイス作

ラインゴールド、ジェイムズ＆モロー刊　ニューヨーク　一九四七年

プロローグ　ロック・ガーデンの多年生植物

男の写真といえば、女は一葉だけしか持っていない。彼女はそれを〝切り抜き〟と書かれた茶封筒に押しこみ、『ロック・ガーデンの多年生植物』と題する本のページに挟んで隠した。ここなら、誰も見

はしないだろう。

この写真を大切にしているのも、男の遺留品がこれぐらいしかないからだ。モノクロで、戦前よくあった、四角くて柄ばかり大きなストロボ・カメラで撮ったもの。蛇腹式のカメラ。犬の鼻づらのような形をした上質の革ケース。そこにストラップと、バックルがごちゃごちゃとついている。ふたり一緒に撮った写真だ。女と男がピクニックに行ったときの。写真の裏には〈ピクニック〉と書かれている。鉛筆で。彼女の名も彼の名もなく、ただ、〈ピクニック〉と。彼女は双方の名を知っているのだから、書く必要はない。

ふたりは木の下に座っている。ひょっとしたら、リンゴの木かもしれない。あのときは、あまり目に留めなかった。女は白いブラウスを着て、袖を肘までまくりあげ、広がったスカートの裾を膝のあたりにたくしこんでいる。ブラウスがはためいているところを見ると、そよ風が吹いていたのだろう。いや、風のせいではなく、ブラウスが張りついているだけかもしれない。たぶん、暑気で。そう、暑い日だった。写真に手を置くと、いまも熱さが感じられるほど。陽射しで温まった石が、真夜中もまだ熱を帯びているように。

男は薄い色の帽子を目深にかぶっており、顔はなかば隠れている。その顔は、女より黒く日灼けしているようだ。女は男のほうにやや身をひねって、微笑んでいる。あれ以来、そんな笑みは誰にも向けた憶えがない。写真の女はやけに幼く見える。なんて、幼いのだろう。当時は、自分を幼いと思ったことなどなかったが。男のほうも微笑んで――マッチに灯った火のように、歯の白さが際立って――いるが、こうして片手を掲げているのは、ふざけて女をかわそうとしているのか。それとも、カメラから、そこで写真を撮っているはずの誰かから、顔を隠そうというのだろうか。それとも、のちのち自分を見るかもしれない人々に顔を見られないようにしているのか。光沢紙の明るい矩形の〝窓〟ごしに、こうして自分を見るかもしれない人々に。彼女から身を守ろうとしているようにも、彼女のことを守ろうとしているようにも見える。ともかく、なにかを守るように伸ばした手には、短くなったタバコの吸いさしがある。

女はひとりになると、この茶封筒を出してきて、新聞の切り抜きのなかから、写真をそっと引きだす。テーブルの上に置いて、井戸か池でも覗きこむように眺める。自分の写像の奥に、なにかを探すように。そこに落としたはずの、そこで失くしたはずの、手は届かないけれどまだ見えているなにかを。砂のなかで光る宝石のような。女は写真をくまなく仔細に眺める。ストロボのせいか、陽光のせいか、白く光って写った彼の指。ふたりの服の襞。木の葉、枝にさがる小さな丸いもの――やっぱり、リンゴの木だったろうか？　前景には、土の目立つ草地。草が黄ばんでいるのは、このところ雨がなかったから。

最初はおそらく目につかないけれど、すみっこに手が写っている。写真の縁で切れて――手首のところでちょん切れて――棄てられたみたいに草に置かれている。

流れ雲がひとすじ、まばゆい空にかかっている。外装に手の好きにさせているように。曇りひとつない車に、アイスクリームをこすりつけたように。タバコでよごれた彼の指。はるかな水のきらめき。いまや、すべては水に沈んだ。

沈んだとはいえ、輝きながら。

第二部

昏き目の暗殺者　固ゆで卵

じゃあ、つぎはなにを出すかな？　男は言う。タキシードとロマンスか、難破船とさびれた海岸か？　あなたが選んでくれ。ジャングル、熱帯の島々、丘陵地。なんなら、異次元でも。おれはその分野がいちばん得意なんだ。

異次元ですって？　それはそれは！

そう馬鹿にするなよ、なかなか使える場所だぜ。望むことはなんでも叶う。宇宙船やら、肌に吸いつくような制服やら、光線銃やら、巨大イカみたいな火星人やら、いろいろ。

あなたがお決めなさいよ。女は言う。専門家でしょう。砂漠はどうかしら？　いっぺん行きたいと前から思ってたの。もちろん、オアシスつきにしてちょうだい。ナツメヤシもあるといいわね。そう言いながら、女はサンドウィッチの耳をむしっている。パンの耳は好まない。

砂漠だと、たいした使い道がないな。耳目を引くものもあまりないし。墓でも付け加えればべつだが。なら、三千年前に死んだ裸婦の一団を入れてみようか、しなやかな曲線美をもつ体、紅《くれない》の唇、巻き毛がもつれあって泡立つような藍色の髪、蛇の巣を思わせる瞳。でも、こんな話では、ごまかせないだろうね。あくどい話はあなたの趣味じゃない。

さあ。あんがい好みかもしれなくてよ。

それは、どうかな。大向こうを唸らせる類の話だ。まあ、その手の表紙は人気があるが。みなが恐れ戦《おのの》く人物が登場し、みな決まってライフルの床尾でガツンとやられる。

ねえ、異次元を舞台にして、そこにお墓と死んだ女たちも入れてもらえない？

ずいぶんな注文だが、できるだけのことはしてみるよ。なんなら、生娘《きむすめ》の生け贄も放りこんでおこうか。鉄の胸当てに、銀の足かせ、ほの透けたローブ。よし、獰猛なる狼の群れも、オマケしておこう。

どこまでも止まりそうにないわね。

それとも、タキシードの路線がいいかい？　豪華遊覧船、白いキャラコのシャツ、手首への口づけと歯の浮くような甘いささやき、とか？

まにあっているわ。そうね、あなたが一番と思うものにして。

タバコ、吸うかい？

女は首を振って、いらないと言う。男は親指でマッチを擦って、自分のタバコに火をつける。

いつか体に火がつくわよ、女は言う。

まだそういう目には遭っていない。

まくりあげた男のシャツの袖口を、女は見る。白、いや、ごく淡い青か。そして、手首。掌よりやや色が黒い。体じゅうが光をはなっている、きっと照り返しのせいだろう。なぜ、誰も見つめてこないのだろう？　それにしても、彼がこんなところ、こんなひらけた場所にいるのは、目立ちすぎる。まわりには、草に座ったり、片肘をついて寝ころんだりする人たちが結構いるのだ。ピクニックを愉しむ人たち。淡い色の夏服を着て。いかにもそれらしい光景。なのに、ふたりきりでいるような気がする。上をおおうリンゴの木が、木ではなくテントであるかのような。ふたりの周囲に、チョークで線が引かれているかのような。線の内側にいるふたりは、はた目には見えないのかも。

なら、宇宙でいこうか、男が言う。そこに、墓と処女と狼の群れだ。でも、〝分割払い〟にしよう。

いいね？

分割払い？

家具を買うときみたいにさ。

女は声をたてて笑う。

なんだよ、こっちは本気だぜ。そう慌てるなって。何日もかかりそうな仕事だ。また近いうちに会わないとね。

女は一瞬ためらい、いいわ、と答える。ええ、会えれば。段取りがつけば。

よしよし、男は言う。じゃ、考えておくから。と、あくまで何気ない語調を乱さない。急《せ》いては彼女を取り逃がす、かもしれない。


ある惑星では――さて、どこの星だろう。土星はやめよう、近すぎる。惑星ザイクロン、所在地は異次元、小石まじりの広野がある。北には大海、色はすみれ色だ。西には、山々がつらなり、陽の暮れたあとは、崩れかけた墓に住む、生ける女食鬼どもがうろつくと言われる。な、いいだろ、のっけから墓を出しておいたぜ。

それは良心的だこと、女は言う。

おれは契約には忠実なのさ。南には、燃える砂の荒れ地が広がり、東には、けわしい渓谷がいくつかある。かつては川だったのかもしれない。

いわゆる運河もあるのでしょうね、火星みたいな？

ああ、運河か、その手のものはそろってる。太古に栄えた文明社会の遺跡とか。でも、いまやこのあたりは、原始的な遊牧民の群れが彷徨いながら点々と暮らしているにすぎないんだ。広野の真ん中には、巨大な石塚がある。まわりは不毛な土地で、低木の茂みがぱらぱらあるていどだ。砂漠とは言えないが、それにかなり近い。チーズ・サンドウィッチ、残ってるかい？

女は紙袋をガサガサ探る。残ってないわ、でも固ゆで卵ならあるけど、と答える。こんなに楽しいことって、初めてよ。なにもかもが一新されて、まだどんなことでも起こりそう。

まさに古来言われているとおりだな、男は言う。レモネードをひと瓶、固ゆで卵をひとつ、そして、汝と。男は両の掌のあいだで卵を転がすようにし、殻を割って剝きはじめる。女はその口元を見つめる。顎と歯を。

ええ、公園で歌うわたしと、女は言う（ペルシャの四行詩『ルバイヤート』をもじったやりとりをお互いにしている）。はい、お塩もどうぞ。

ありがとう。抜かりがないね、あなたは。

この不毛の広野は誰の所有する土地でもないんだ。男は話をつづける。というより、五つの部族で所有権を張り合っているんだが、勢力伯仲で決まらないのさ。ときおり、部族そろって石塚のわきを漫《そぞ》ろ歩いていく、〝サルク〟たちを逐《お》いながら。サルクは羊に似た青い生き物で、暴れん坊なんだ。あるいは、安物の商品を荷負いの獣の背にのせていったりもする。三つ目のラクダみたいな動物だ。

石塚は部族ごとに呼び名がちがい、「飛び蛇の巣」「小石の塚」「鬼母の棲み処」「忘却への扉」「しゃぶられ骨の穴」と呼ばれている。どの部族も似たような民話を語り継いでいるんだ。あの石の下には、王の骸《なきがら》が埋められているという。名のない王さまの。そればかりか、かつて王が治めた華都も、いまは廃墟となって埋もれているとか。ある戦いで都は壊滅し、王は囚われて、戦勝の証としてナツメヤシに吊るされた。月の出を待って、骸はロープを切られて土に埋められ、その場を印すために石が積まれた（「ヨシュア記」でヨシュアがアイの王を木に吊るしたのち、死体の上に大きな石塚を築かせたというくだりからとっている）。都の住民たちはというと、皆殺しにされた。男も、女も、子どもも、赤ん坊も、動物たちまでが、めった切りにされた。凶刃にかかって、バラバラに。生きとし生けるものは、残らず。

なんて酷《むご》いことを。

どことといわず地面にシャベルを差してみれば、恐ろしげなものがお出ましになる。作家商売にはもってこいだな。われわれは骨の上に栄える。骨なしには、物語もなにもあったものじゃない。まだレモネードはあるかい？

いいえ、女は言う。飲みきってしまったわ。先をつづけて。

都の真の名は制圧者たちによって記憶から葬られ、そんなこんなで――と言うのが語り部の決まり文句さ――いまではこの土地は、滅亡という名をもってのみ知られる。つまり、忘れまいとする営みと、忘れ去ろうとする営みを、石塚は同時に印しているわけだ。この地方の人々はパラドクスが好きなんだよ。五つの部族はたがいに、われこそ覇者であると宣じている。どの部族も嬉々として殺戮を回想する。穢れた習慣が都にもちこまれたため、われらの神が成敗したのだと、どの部族もそう思いこんでいる。邪悪は血をもって清められねばならぬ、と。その日、血は水のごとく流れたから、以来さぞ清められたことだろう。

そばを通る牧夫や商人は、誰もが塚に石をひとつ新たに積んでいく。古くからの慣わし――死者を悼んでのせるんだよ、人それぞれの死者を想って――だが、石塚の下に横たわる死者が本当は誰なのか、誰にもわからないんだから、石を置くほうも、霊験のほどはあまり期待していない。まあ、ここで起きたことは神の思し召しにちがいない、だから石を積めば神意を称えることになると言って、彼らは話の辻褄をあわせようとするだろうがね。

都はじつは壊滅などしなかったとする説もあるんだ。王だけが知る護符の力で、都とその住民は皆よそへ救い出され、彼らの似姿とすり替えられた。つまり、焼きつくされ、なぶり殺しにされたのは、この幻影にすぎないというわけさ。本物の都は小さく小さくされて、大きな石塚の下の洞穴に入れられた。かつて在ったものは、いまも残らずそこにある。宮殿も、木々と花々にあふれた庭園も。人々も蟻んこほどの大きさだが、むかしと変わらぬ暮らしを営んでいる。小さな小さな服を着て、小さな酒宴をひらき、小さなお話を語って、小さな歌をうたいながら。

王さまはいきさつを知っているから、悪夢に悩まされるが、他の人々はなにも知らない。体がこんなに縮んでしまったことも知らない。死んだことになっているのも知らない。救い出されたことすら知らないんだ。彼らには、岩の天井も空みたいに見える。針の先ほどの石の隙間から入ってくる光明を、太陽だと思っている。


リンゴの木の葉がカサカサと鳴る。女は空を見あげ、空を見つめて、寒いわ、と言う。もう時間を過ぎているし。さ、証拠を片づけてもらえる？　と言って、卵の殻を集め、包装紙をねじる。

そう急ぐことないだろ、なあ？　ここは寒くないよ。

水辺からうっすら風が吹いてくるのよ、女は言う。きっと風向きが変わったのね。と、前屈みになって立ちあがる。

まだいいじゃないか、男は言う。そう急がなくたって。

もう行かなくちゃ。あの人たちが探しにくるわ。遅くなると、どこにいたのか聞かれるもの。

女はスカートの皺をのばすと、両腕を体に巻きつけて背を向ける。小さな緑のリンゴたちが、眼のように女を見つめている。

《グローブ&メール》紙　一九四七年六月四日

グリフェン氏、ヨットで発見さる

《グローブ&メール》紙　独占記事

この数日間、失踪していた大工場主のリチャード・E・グリフェン氏（47）が、休暇を過ごしていたポート・タイコンデローガの別荘〈アヴァロン館〉近くで、遺体で発見された。氏はトロント州セント・デーヴィッズ選挙区の進歩保守党候補として推されていた。グリフェン氏の遺体が見つかったヨット〈ウォーター・ニクシー〉号は、ジョグー川の私用突堤に繋がれていた。氏は脳出血を起こしたと見られる。警察は殺人の疑いなしと報告している。

グリフェン氏は産業帝国の帝王として、輝かしい業績を残し、テキスタイル、服飾、軽工業など多くの分野を傘下におさめ、戦争中、連合軍に制服の装具や兵器部品を供給した功績も称えられている。パグウォッシュ会議にも頻繁に参加し、エンパイア・クラブ、グラニット・クラブの双方で主導権を発揮。ゴルフにも達意であり、またロイヤル・カナディアン・ヨットクラブでも知名の士だった。私邸〈キングズメア〉で電話取材に応じた首相は、こうコメントした。「グリフェン氏はわが国有数の実力者だった。その死は深く悔やまれよう」

グリフェン氏は、今春、死後出版の形でデビューした小説家・故ローラ・チェイスの義兄にあたる。遺族には、社交界の名士である妹のミセス・ウィニフレッド・（グリフェン）・プライアー、妻のミセス・アイリス・（チェイス）・グリフェン、十歳になる娘のエイミーがいる。葬儀はトロントの聖シモン使徒教会にて、水曜日に執り行なわれる。

昏き目の暗殺者　公園のベンチ

なぜひとがいるの、惑星ザイクロンには？　わたしたちのような人間が、という意味よ。異次元なら、住人はしゃべるトカゲみたいなものが相応しいんじゃなくて？

そんなものは、三文小説の世界だけさ。ぜんぶ絵空事。現実はこうだ。地球はザイクロン人が入植したんだよ。異次元から異次元へ移動する能力を進化させてね、いまおれたちが話している時代から数千年後に。彼らが地球にやってきたのは、八千年前。植物の種子をたくさん持ちこんできたから、そんなわけで、ここにはリンゴやオレンジがあるんだ。そう、バナナは言うまでもなく。バナナはひと目見れば、宇宙から来たものだってわかるだろ。彼らは動物も持ちこんだ。馬、犬、山羊などなど。アトランティスを築いたのも彼らだ。ところが、知能が高すぎたもんで自滅してしまった。おれたちは流浪者の末裔なのさ。

あらそう、女は言う。なら、説明がつくわね。なんて都合のいい話かしら。

これが、後々いざというとき役に立つ。あと、ザイクロンの異色な点といえば、海が七つ、月が五つ、太陽が三つあること。それぞれ長さと色が変化するんだ。

どんな色なの？　チョコレートと、ヴァニラと、ストロベリー？

話をまじめに聞いてないな。

ごめんなさい。と、女は男のほうへちょっと耳を寄せる。さあ、よく伺うわ。これでいいでしょう？

男は話しだす。壊滅以前の都は——いや、もとの名前で呼ぼう。サキエル・ノーンだ。まあ、ざっと訳せば、「宿命の真珠」というところかな。サキエル・ノーンは、この世の理想郷と言われた。祖先たちはその理想郷を葬り去ったのだと難じる人々さえ、都の美しさについては嬉々として語る。あまた建つ館では、タイル敷きの中庭や庭園に、彫り物の噴水があり、そこから湧き水が出《い》ずるように造られている。花々が咲き乱れ、空には鳥たちが歌いながら飛び交う。近くには、青々とした草原が広がり、そこでは、でっぷりした〝ナール〟の群れが草をはみ、高木の果樹園や木立や森は、いまだ商い人に伐られたことも、怨敵に焼かれたこともない。乾いた峡谷も、当時は河だった。河から流れでる運河は、都のぐるりを囲む畑地に水をあたえ、土壌はたいそう豊かで、穀物は穂先だけでも幅が七、八センチあると言われた。

サキエル・ノーンの貴族たちは、〝スニルファード〟と呼ばれていた。彼らは金属細工の名工であり、機械じかけの凝った装置を発明したが、発明品の秘密はかたく秘されていた。この時代、すでに、時計、石弓、手押しポンプが発明されていたが、さすがに内燃機関を得るにはいたらず、移動にはまだ動物を使っていた。

スニルファードの男は、プラチナで編んだ仮面をつけていて、これは顔の皮膚の動きどおりに動くんだが、本心は隠すようにできている。女は、〝シャズ〟という蛾の繭を織った絹のような布で、その顔を覆っている。スニルファードでもないのに顔を隠すと、死をもって罰せられた。排他とごまかしは貴族だけの特権だったからね。スニルファードは豪奢な装いをし、音楽にもうるさく、さまざまな楽器を弾きこなして、高雅な趣味と腕前を披露した。宮中の不義密通にもおぼれ、酒池肉林の宴をひらき、策を弄して他人の奥方と恋に落ちた。こうした情事をめぐって決闘も行なわれたが、間男された夫としてみれば、見て見ぬ振りをするほうが、受け入れやすかった。

小自作農、農奴、奴隷たちは、まとめて〝イグニロッド〟と呼ばれた。みすぼらしい灰色のチュニックを着て、片方の肩と、女の気を引くように片方の乳もあらわにしているが、女はというと、言うまでもなく、スニルファードの男の格好の餌食だった。イグニロッドはひどい星回りをうらんでいるが、馬鹿の振りをして感情を押し隠しているんだ。ときには、一揆を起こすこともあるが、手きびしく鎮圧されてしまう。イグニロッドのなかでもいちばん身分が低いのは奴隷で、好き勝手に売買されたり、殺されたりする。読むことは法で禁じられているが、秘密の暗号をもっていて、土に石で書きつける。スニルファードは彼らを馬具でひいて、農地につれていくんだよ。

まんがいちスニルファードが破産したら、イグニロッドに降格になる。だが、妻か子どもを売って借金を返済すれば、その運命は避けられる。イグニロッドがスニルファードの地位を獲得する例は、ずっと稀だ。昇るほうが降りるより大変なのが、世の常だからね。たとえ、相応の金を貯めて、自分か息子にスニルファードの花嫁をむかえたとしても、賄賂をたんまり絞りとられるし、スニルファード社会に受け入れられるには、それなりに時間をとられかねない。

その論法、あなた流のボルシェビズムじゃなくて、と女は言う。遅かれ早かれ、そこに話が行きつくと思ったわ。

とんでもない。いま語っている文化は、古代メソポタミアを基にしているんだ。ハンムラビ法典やら、ヒッタイト法やら、その手のものに書かれている。少なくとも、一部はね。とにかく、女のヴェールのことと、あとは、妻を売り払う話も載っているよ。何章の何行目か教えてやろうか。

章だの行だの、今日はよしてちょうだい、女は言う。そんな元気ないの。もう疲れて、ぐったり。

八月。あまりの暑さ。湿気が見えない靄となって、たれこめる。午後四時、溶けたバターのような陽の光。ふたりはやや距離をおいて、公園のベンチに座っている。頭上には、葉のくたびれたカエデの木。足元には、ひび割れた地面。まわりには、しなびた草地。スズメがついばむパンの皮、皺くちゃになった新聞紙。絶好の場所とはいえない。水飲み器は、水の出がわるく、小汚い子どもが三人——胸当てつきのショートパンツをはいた少女と、半ズボン姿の少年がふたり——その横で悪戯をたくらんでいる。

女のドレスはプリムローズのような黄色。肘から先がむきだしになった肌には、淡い色の細い毛。綿の手袋は、左右ともはずして丸めてあり、両手をそわそわと動かす。そんな落ち着きのなさも、男には気にならない。女にたいして、毎度なにか代償を課していると思うと気分がいい。女のかぶっているのは、女学生のような丸い麦わら帽子だ。髪の毛はピンで後ろに留められている。湿ったほつれ毛がひと房。むかしは髪の毛を切ると、それをとっておき、ロケットに入れて身につけたものだ。男性だったら、胸ポケットなどに入れる。なぜそんなことをするのか、彼にはわからなかった、以前は。

今日はどこに出かけたことになってるんだい？　彼は言う。

お買い物。このショッピングバッグを見て。ストッキングを何足か買ったわ。上等品よ、最高級シルク。まるで、なにも履いていないみたいなの。と言って、女は小さく微笑む。あと十五分しかないわ。

女は手袋の片方をとり落としていた。足元に。先ほどから、男の目はそこに釘付けである。忘れて帰ったら、いただいておこう。

今度はいつ会えるかな？　彼は言う。会えぬ間に、彼女の香りを吸いこむ。

舞い、黄金色の雲がかかる。じつは、土埃だけれど。

いま会っているじゃないの、女は言う。

そういう態度はよせよ、男は言う。いつなのか言ってくれ。V形にくれたドレスの胸元で、肌が光る。汗の薄い膜。

まだわからないわ、女は言う。肩ごしに、公園を一瞥する。

ここには誰もいやしないよ、男は言う。あなたの知り合いは誰も。

いつ現われるかわからないもの、女は言う。思わぬ知り合いがいるかもしれないし。

犬を飼えよ、男は言う。

彼女は笑いだす。犬ですって？　なぜ？

口実ができるじゃないか。散歩につれていくと言って。おれと犬をつれて。

犬があなたにやきもち焼くわよ、女は言う。あなたはあなたで、犬のほうがわたしに好かれていると思うんでしょ、きっと。

けど、おれより犬を好きになるわけがない、男は言う。そうだろ？

女は大きく目を瞠る。あら、どうして？
男は言う。犬には話ができないからさ。

《トロント・スター》紙　一九七五年八月二十五日

小説家の姪、転落死

《スター》紙　独占記事

大事業家の故リチャード・グリフェンの娘であり、著名な女流作家ローラ・チェイスの姪にあたる、エイミー・グリフェン（38）が、水曜日、チャーチ・ストリートにあるアパートメントの地階で死んでいるのを発見された。転落により首の骨を折っていた。死んでから最低一日は経過しているものと思われる。隣人のジョス＆ベアトリス・ケリー夫妻に異状を報せたのは、ミス・グリフェンの四歳になる娘のサブリナ。娘は母親の姿が見当たらないと、よく夫妻の家に食物をもらいにきていた。

ミス・グリフェンは、長らく麻薬とアルコールの中毒に悩まされていたと噂され、数回にわたって入院治療も受けていた。娘は大叔母にあたるミセス・ウィニフレッド・プライアーの元に引き取られ、調査は続行中である。ミセス・プライアーも、また、エイミー・グリフェンの母親で、ポート・タイコンデローガに住むミセス・アイリス・グリフェンも、姿を見せぬまま、コメントはまだ得られていない。

この不運な事故もまた、町の社会福祉事業の不備、児童保護法改正の必要をしめす一例と言えるだろう。

昏き目の暗殺者　絨毯

ガガーッと音がして通話が途切れる。落雷か、誰か盗聴でもしているのか？　とはいえ、これは公衆電話だ。おれのいる場所はたどれない。

あなた、いまどこ？　女が言う。ここに電話してはだめ。

女の息づかいは聞こえない。彼女の息。受話器を喉元に押し当ててほしいが、そんなことは頼むまい。まだ、いまは。近所にいるんだよ、彼は言う。二ブロックほど先かな。あの公園に行ってもいい。あの小さな公園だ、日時計のある。

でも、わたし行けるかどうか……。

そっと出てくればいい。外の空気を吸いに、とか言って。男は返事を待つ。

やってみるわ。

公園の入口には、石の門柱が二本ある。四角柱のてっぺんを斜めに切ってあり、エジプト風。ただ、戦勝の記銘があるわけでも、鎖に繋がれて跪《ひざまず》く捕虜図がバス・レリーフで彫られているわけでもない。〈園内をみだりにうろつくべからず〉〈犬には綱をつけて〉という標識があるぐらいだ。

こっちに入っておいで、彼は言う。街灯から離れて。

長くはいられないの。

わかってる。この奥においで。男は女の腕をとってみちびく。女は強風にあおられた電線のように震えている。

ここなら、と男は言う。誰にも見られない。プードルの散歩をしにきた老婦人がたもいないよ。

夜警棒を持ったおまわりさんもね、女は言って、短く笑う。ガス灯の明かりが、葉もれ陽のように射し、そのなかで白目が光る。やはり、ここにはいられないわ、女は言う。危険すぎる。

どこかの茂みの影に石のベンチでもあるだろう。そう言って、男は女の肩に自分のジャケットをかけてやる。着古したツイード、しみついたタバコの香り、焦げたような臭い。塩っぽい香りがほのかに。いままでおれの肌が触れていたのだ、あの生地に。いまはこの女《ひと》の肌が。

ほら、これで暖まるだろう。さて、規則に盾突くとするか。〈園内をみだりにうろつ〉こう。〈犬には綱をつけて〉はどうする？

そいつも破ってやろう。男は彼女の肩に腕はまわさない。そうして欲しいのを知りながら。待ちかまえているだろう。手の感触を、いまから感じているはずだ、鳥が影を察知するように。彼はタバコに火をつける。女にも一本すすめる。今度は、受け取った。ふたりのすぼめた手のなかで、一瞬、マッチの炎が燃えあがる。指先が赤くそまる。

女は思う。もう少し火が強かったら、骨まで見えそうね。エックス線みたいに。わたしたちは、ちょうど薄靄みたいな、色水みたいなもの。水は自分の好きなことをする。いつだって坂を下へ下へ流れていくのよ。タバコのけむりが、女の喉いっぱいに広がる。

男が言う。じゃ、子どもたちのことを話そうか。

子どもたちって？　どの子どもたち？

つぎの〝支払い〟ぶんだよ。ザイクロンのこと、サキエル・ノーンのこと。

ああ、お願いするわ。

その星には、子どもたちがいるんだ。

子どもはまだ出てきていなかったわね。

奴隷の子たちだ。ぜひとも必要なんだよ。彼らがいないとお話にならない。

物語に子どもは入れなくていい気がするけど、女は言う。

なんなら、いつでもストップをかけていい。誰も無理強いはしないよ。あなたは自由の身だ。無罪放免のときに警察が言う台詞じゃないが。男は語調を乱さない。女はどこへも行かない。


男は話しだす――サキエル・ノーンは、いまでこそ瓦礫の山だが、かつては華やかなりし交易の中心地だった。三つの陸路が出会う辻にあった。道の一本は東から、一本は西から、一本は南から続いていた。北へ向かうには、海へと伸びる広い運河をつたっていく。河口の町には、要塞たる港をおいていた。この砦や防壁はもはや跡形もない。サキエル・ノーンが滅びると、建材の切石は敵や通りがかりの人々に持ち去られて、畜舎や水桶や間に合わせの砦に使われるか、波風にさらされて、吹き寄せる砂塵の下に埋もれた。

この運河と港は奴隷たちが造ったというのも、驚くにはあたらないだろう。奴隷がいたからこそ、サキエル・ノーンは栄華と権力を欲しいままにできたんだ。しかし、この都は工芸品でも名を馳せていた。とくに、織物だ。名匠たちの用いる染料の秘密は、かたく伏せられていた。織り地は陽を受けると、はちみつのように、ぎゅっとつぶした紫の葡萄のように、カップにそそいだ牡牛の鮮血のように、照り映えた。織り地でつくった繊細なヴェールは、クモの巣みたいに軽く、絨毯は柔らかで目が細かく、まるで宙を歩いているような気分になる。花々と流水を模した空気の上を。

ずいぶんと詩的なのね、女は言う。驚いたこと。

物語をデパートだと思ってごらん、男は言う。いま話したあたりは高級品売場ってわけさ、要するに。

そう言うと、なんだか詩趣が薄れるな。

絨毯を織るのは奴隷で、それも子どもと決まっている。そんな細々《こまごま》した仕事をこなせるほど小さな手というと、子どもしかいないからだ。ところが、のべつ細かい手仕事をさせられる子どもらは、八歳か九歳までには目がつぶれてしまう。絨毯売りはこれを商品の売り文句に利用して価値を釣りあげる。〝この絨毯は十人の子の目をつぶしたんですぜ〟なんて言うわけだ。〝こっちは十五人、これは二十人〟。人数にしたがって値が上がるから、数字は大袈裟に言うのが定石だ。買い方もまぜっ返すことになっている。なんだ、たったの七人か、たったの十二人か、たったの十六人か、そんなことを言いながら絨毯を指でなぞる。〝台所の布巾みたいにごわごわだな〟〝こりゃ、乞食の毛布みたいだぜ〟〝おい、ナールに織らせたのか〟。

子どもは盲《めし》いたとたん、淫売宿の主人に売り飛ばされる。女児も男児も同じだ。織り仕事で盲いた子どものお務めは、高い金がとれる。手の動きが滑らかで絶妙なんだそうで、その指で肌を触られると、そこから花が咲いて水が流れだす感じがする、というぐらいだ。

彼らは錠破りにも長けている。逃げだした子どもたちは、闇に乗じて喉を掻くのを商売とし、雇われの暗殺者として引っ張りだこになる。聴覚も鋭く、音ひとつ立てずに歩けるし、どんな小さな隙間にも滑りこめる。深く寝入った者と、せわしなく夢を見ている者も、鼻で嗅ぎ分ける。そして、蛾の羽が喉をかするぐらい、そっと殺す。彼らは情け知らずと言われ、おおいに恐れられた。

まだ目が見えるころ、果てしなく絨毯を織らされながら、子どもたちが囁き合うのは、近未来の物語だ。そのとき自由でいられるのは盲いた者だけと、言い交わされていた。

悲しすぎるわ、女はつぶやく。なぜこんな悲しい物語を聞かせるの？

さあさあ、子どもたちは暗闇の奥に引っこんだよ。と言って、男はようやく女の体に腕をまわす。ゆっくりやれよ、そう自分に言い聞かせながら。せっかちな動きはだめだ。息づかいにも注意。おれの得意な話をしているまでさ、男は言う。しかも、あなたが信じそうなやつを。甘ったるい話は、てんで信じないだろう？

ええ、信じないわ。

それに、これはまるきり悲しい話でもないんだよ。逃げだす子どもたちもいる。

でも、喉を掻く殺し屋になるんでしょう。

ほかの道といっても、あまりないじゃないか？ 自分で絨毯商人や淫売宿の主人にはなれないし。資金がない。汚い仕事を引き受けるしかないんだよ。辛い運命ではあるが。

よして、女は言う。わたしのせいじゃない。

おれのせいでもない。〝父祖の罪〟に縛られていると言っておこうか。

不必要に酷い話だわ、女は冷たく言う。

じゃ、いつなら酷いことが〝必要〟なんだ？ 男は言う。どの程度の酷いことが？ 新聞を読めよ、あながちおれの作り話じゃないのがわかる。とにかく、おれは喉掻き人たちを支持する。喉を掻くか、飢え死にするかとなったら、あなたはどうする？ または、生きるために色を売るか。これはいつの世にもあることだな。

しまった、やりすぎた。怒りをあらわにしてしまった。女が身をはなす。ほら、始まった、と言って。わたくし、そろそろ帰らないと。まわりで、木の葉が気まぐれにそよぐ。女は掌を上にして、片手を差しだす。ぽつりぽつりと雨粒が落ちてくる。雷が近づいている。肩にかけたジャケットを女がするりと脱ぐ。まだ接吻もしていないのに。まあ、やめておこう、今夜のところは。それを女は執行猶予と感じる。

あとで窓辺に立ってくれ、男は言う。寝室の窓辺に。明かりはつけたままで。立つだけでいい。

その言葉に、女は仰天する。どうして？ いったいどうして？

そうしてほしいんだ。あなたが無事でいることを確かめたい、そう男は言う。無事もなにも本当の思惑はそんなこととは関係ないのだが。

やってみるわ、女は言う。ほんの一分よ。で、そのとき、あなたはどこにいるの？

木の下にいる。クリの木の下に。見えないだろうけど、おれはそこにいる。

女は考える。寝室の窓がどこにあるか、この人、知っているんだわ。どんな木かも知っている。家のまわりをうろついているにちがいない。わたしを見張りながら。女は小さく身震いする。

雨降りよ、女は言う。きっと土砂降りになる。あなた、濡れてしまうわ。

寒くなんかないさ、男は言う。待っているよ。

《グローブ&メール》紙　一九九八年二月十九日

プライアー、ウィニフレッド・グリフェン。長患いの末、ローズデイルの自宅にて没。享年九十二。著名な慈善家であったミセス・プライアーの死で、トロント市は長年の篤志家を一人失ったことになる。事業家の故リチャード・グリフェンの妹であり、有名作家ローラ・チェイスの義姉妹であるミセス・プライアーは、トロント交響楽団の草創期に評議委員を務め、また近年は、オンタリオ・アート・ギャラリーのボランティア委員会、カナダ癌協会でも委員を務めた。グラニット・クラブ、ヘリコニアン・クラブ、ジュニア・リーグ、ドミニオン演劇祭でも熱心に活動した。遺族には、姪の娘サブリナ・グリフェンがいるが、現在インドを旅行中。

葬儀は、火曜の午前中、聖シモン使徒教会にて執り行なわれる。続く埋葬は、マウント・プレザント墓地にて。献花に代えてマーガレット王女病院への寄進を。

昏き目の暗殺者　口紅で描いたハート

時間はどれぐらいある？

たっぷり、と女は言う。二、三時間。みんな外出しているの。

なにをしに？

さあ、なにかしら。お金を稼ぎに。買い物をしに。善行をつみに。それぞれよ。女は髪の毛を片耳にかけ、居住まいを正す。待ちかまえているような気分。安っぽい気持ち。この車は誰の？　女は聞く。

友だちのだ。おれは要人だからね、車持ちの友だちがいるんだよ。

また冗談ばっかり、女は言う。男は答えない。女は手袋を脱ごうと指先を引っ張る。わたしたち、誰かに見られたらどうするの？

車しか目に入らないさ。ポンコツで、貧乏人の車だから。まともにあなたの顔に目がいっても、見えやしないだろう。仮にもあなたのような女性が、こんな車に乗っている姿を人前にさらすわけないから。

ときどき、わたしをあまり好きじゃなくなるみたいね、女は言う。

最近は、ろくにほかのことも考えられないよ。でも、好きというのは別問題だ。好きになるには時間がかかる。あなたを好きになるだけの時間がないんだ。それに集中できない。

ねえ、そっちはだめよ、女は言う。ほら、標識を見て。

標識なんておれたちには関係ない、男は言う。さあ、こっちに――こっちにおいで。

小道は畝ほどの幅しかない。捨てられたティッシュ、ガムの包み紙、魚の浮き袋みたいな避妊具。空き瓶に小石。乾いて、ひび割れて、わだちのついた土。女は場違いな靴をはいている。場違いなハイヒールを。男は腕をとって、支えてやる。女はそれを避けて、身を遠ざける。

遮るものがほとんどないわ。誰かに見られる。

誰かって誰？　ここは橋の下だぜ。

警察とか。ちょっと、よして。まだよ。

おまわりは真っ昼間はパトロールしない、男は言う。夜間だけだ、懐中電灯を持って、不信心な変質者を探すのは。

なら、浮浪者は。気のふれた人たち。

ここがいい、男は言う。この下、この木陰。

ウルシ、生えてる？

生えていないさ。請け合うよ。浮浪者も、気のふれた人間もいない、おれをのぞけばね。

どうしてわかるの？　ウルシがないって。ここ、前にも来たことがあるの？

そう心配しないで、男は言う。横になりなよ。

よして。破けるじゃないの。ちょっと待って。

自分の声が聞こえる。これはわたしの声じゃない、こんな喘ぎ声。

四つのイニシャルを囲んで、コンクリートに口紅でハートが描かれている。イニシャルをLの字が結んでいる。Lはラヴの頭文字。誰のイニシャルかわかるのは、関係者だけだろう。そのときその場にいて、これを書いた人々だけ。愛を宣言し、詳細は黙して語らず。

ハート形の外に、羅針盤の四つの方位点のように、文字が四つ書かれている。

U K

F C

ひとつの語が、引き裂かれ、押し広げられている。無茶なセックスの形態。

男の口はタバコ臭いが、彼女自身の口も塩辛い。周囲には、つぶれた雑草と猫の匂い、忘れられた片隅の匂いがする。湿気、雑草、膝を汚す土、陰気と精気。太陽に向かって伸びる茎の長いタンポポ。

ふたりが寝ころぶ下手には、さざ波の立つ小川。上には、こんもりと葉をつけた枝、紫の花を咲かせた細い蔓。橋を担いでそびえ立つ支柱、鉄の橋桁。頭上を行き過ぎる車のタイヤ。きれぎれに見える蒼穹。女の背の下には、硬い土。

男は女のひたいを撫で、頬を指でなぞる。おれを崇めるなかれ、男は言う。コックを持っているのは世界中でおれひとりってわけじゃない。いつかあなたも気づくさ。

ええ、きっとね、女は言う。どっちみち、あなたのこと崇めたりしてないもの。すでに男は女を押しやろうとしている、未来へ。

まあ、どういう情況であれ、そのときにはおれも厄介かけないから、もっと楽しめるよ。

いったいなにが言いたいの？　あなた、厄介なんてかけてないわ。

来世があるってことだよ。死んだあとに。

別な話をしましょうよ。

いいとも、男は言う。さあ、もう一度寝ころんで。ここに頭をのせてごらん。と、湿ったシャツを脇へ置く。女の肩に腕をまわし、もう片方の手でポケットのタバコを探りあて、親指でマッチを擦る。女の耳は、男の肩のくぼみに押しつけられている。

男は言う。前回はどこまで話したっけ？

絨毯織りの話よ。盲いた子どもたち。

ああ、そうだ、思い出した。

男は話しだす。サキエル・ノーンの富は奴隷の上に成り立っている。とくに、名高い絨毯を織る幼い奴隷たちの上に。とはいえ、こんなことを口にするのは、縁起でもない。スニルファードが主張するには、彼らの財産は奴隷に依るものではなく、彼ら自身の高徳と正しい考えに依るものなんだ。つまり、神へしかるべき捧げ物をしたおかげだ、と。

神といってもたくさんいる。神はいつでも都合よく出てきて、たいていのことを正当化してくれる。サキエル・ノーンの神々も例外ではない。みな、肉食だ。動物の生け贄を好むが、もっとも重んじるのは人間の血。この都の建立は太古のことで、いまや伝説になっているが、当時、九人の敬虔な父親がわが子を差しだし、守護神として九つの門の下に埋葬されたと言われた。

東西南北の四方にはそれぞれ、この門がふたつずつある。ひとつは、出るための、ひとつは入るための門だ。着いた門から帰ると早死にするとされた。九つめの門の扉は大理石で、都の中心にある丘の頂きに寝かした形で造られている。それは動くことなく開き、生と死のあいだ、肉体と霊魂のあいだを振り子のように揺れる。神々が出入りする扉だ。神に、扉はふたつ必要ない。死する運命にある人間とちがい、扉の両側に同時に存在できるからだ。サキエル・ノーンの預言者たちには、こんな謎かけがあった。人間の息はどちらが本物だ、出る息か、入る息か？　神々の本質とは、そういうものさ。

第九の門は祭壇でもあり、その上には生け贄の血がこぼれた。少年たちが捧げられるのは、三つの太陽の神、「三陽の神」で、これは昼の時、陽光、御殿、饗宴、かまど、戦い、酒、入口、言葉を司る神だ。少女が捧げられるのは、五つの月の女神、「五月《さつき》の女神」で、これは夜の時、薄霧、影、飢餓、ほらあな、お産、出口、沈黙の守護神だ。祭壇にのせられた少年は、棍棒で頭を割られ、神の口に投げ入れられる。神の口は燃え盛るかまどにつづいているんだ。少女は喉を掻き切られ、流れでた血は、欠けゆく五つの月を満たす。だから、月は細くなって消えてしまうことが決してない。

都の門の下に埋められた九人の少女を称えて、毎年、九人の少女が神供《じんく》にされる。生け贄にされる娘たちは、「女神の乙女たち」と呼ばれ、神に生者のことをとりなしてくれるよう、祈りと花と香が捧げられる。一年の最後の三か月は、「顔なし月」と言われた。なんの穀物も育たず、女神が断食に入る月とされていたんだ。この時期は、戦いとかまどを司る太陽神が支配するので、男児の母親は息子を守るのに、女の子の格好をさせた。

いと高貴なスニルファードは、愛娘を少なくともひとり生け贄にすべし、というのが掟だった。穢れものや傷ものを女神に捧げるのは不敬とされたから、時とともに、スニルファードは人身御供を免れるため娘の体を傷つけるようになった。指とか耳とか、小さな部位を切り落とすのが常だった。じきに、この刀傷行為はたんに象徴的なものになる。鎖骨のくぼみに、楕円形の青い彫り物を入れるようになったんだ。スニルファードでもない女が、この貴族の証をつけていようものなら、死罪に問われたが、淫売宿の主人たちはいつだって商売熱心だ、いくら幼くてもお高くとまっていられる娘には、インクで印をつけたものさ。これは、やんごとなきスニルファードの令嬢を辱める気分を味わいたがる客たちの心をくすぐった。

同時に、スニルファードのほうは捨て子を養子にするようになった。奴隷女と主人のあいだにできた子がほとんどで、この子たちを実の娘とすり替えるんだ。要はインチキなんだが、貴族の権力は絶大だったから、お上も見て見ぬふりのまま悪習が横行した。

そうこうするうち、貴族はどんどんなまけ者になっていった。わざわざ御所で娘を育てようともせず、潤沢な養育費を払って、あっさり「女神の神殿」に手渡すようになった。でも、娘には貴族の姓がついているから、生け贄を差しだしたという栄誉には浴する。まあ、競走馬を所有しているようなもんだな。この慣わしは高貴な出自をわざわざ貶めているようなものだが、サキエル・ノーンでもこの時代になると、なんだって売り物になったんだ。

供物にされた娘たちは神殿の敷地内に幽閉され、食べ物はなにからなにまで最高品をあたえられ、滑らかに健やかにあるよう留意され、厳しく調教されて、畏《かしこ》き日にそなえた。ひるむことなく端然と務めをまっとうできるように。理想の生け贄とは、舞うがごとくあるべし、それが定説だった。威風あたりをはらい、抒情にあふれ、調和と気品をあわせもつ。娘たちは、手荒にぶったぎられる動物とはちがう。その命はみずからすすんで差しだされるものである。こう伝えられるのを、人々の多くは信じていた。全王国の繁栄は娘たちの無私無欲の賜物である、と。彼女らは祈りに長い時間を割き、しかるべき心の準備をととのえる。日ごろから目を伏せて歩き、たおやかな憂いをふくんで微笑み、女神の歌をうたうよう躾けられた。不在と沈黙の歌、かなわぬ愛と語らぬ悔いの歌、そして言葉なきことの歌——つまりは、歌えないことを歌った歌。

時はさらに流れた。いまや、神々を本気で信じる者もわずかになり、やたら信心深かったり、法を重んじたりすると、おかしな目で見られる。古い儀式をつづけていたのはたんなる習慣からで、そういう事柄は、もはや都の大事ではなくなっていた。

俗世から離れているとはいえ、娘たちも気づきはじめた。自分たちは古びた考えを形ばかり尊ぶために殺されていくんだ、と。剣を目にして逃げだそうとする娘も出てきた。髪をつかんで祭壇に仰け反る姿勢をとらされると、金切り声を出す者あり、王その人に毒づく者あり。儀式に際しては、王みずからが司祭長を務めたんだ。娘のひとりなど、王に嚙みついた。ときおり披露されるこんな醜態や狂乱は、民衆にうとまれた。あとには、決まって最悪の災厄が降りかかったからだ。いや、現実に女神がいるとすれば、降りかかりかねない、と言うべきか。いずれにせよ、そんな騒ぎが起きれば、祭典はだいなしだ。なにしろ、生け贄の日は誰もが楽しみにしていたからね。イグニロッドや奴隷までも。その日は、休みをとって酒を飲むことが許されていたんだ。

というわけで、生け贄にする三月《みつき》前には、娘の舌を抜くのが慣行になった。傷ものにしているのではない、より良きものにしているのだ、そう司祭は言った——「沈黙の女神」のしもべとして、これ以上ふさわしいことがあろうか？

こうして舌を抜かれた娘たちは、二度と発することのない言葉をいっぱいに抱えて、おごそかな楽の音にあわせて祭列に引かれていった。ヴェールに包まれ、花々で飾られて、都の第九の扉へと蛇行した階段を昇っていく。いまから見れば、なに不自由ない上流階級の花嫁といったところだ。

女は身を起こす。まったくもって、いただけないわ。嫌がらせのつもり。どうせ、哀れな娘たちに花嫁のヴェールをかぶせて殺す発想が気に入っただけなんでしょ。彼女たちはまちがいなくブロンドね。

あなたに嫌がらせだなんて、男は言う。そんなつもりはないよ。どっちみち、ぜんぶがぜんぶ作り話じゃないんだ、歴史のなかに確固たる土台があってだね、それはヒッタイトの……。

そうでしょうとも。けど、それを舌なめずりして喜んでいるくせに。復讐心ね、いえ、嫉妬心だわ。その理由はわからないけど。ヒッタイトだの歴史だの、知るもんですか。そんなの、たんなる口実よ。

ちょっと待ってくれ。処女の生け贄には、賛成したじゃないか。あなたが自分でメニューにのせたんだぜ。おれは注文に従っているだけだ。なにが不満なんだ。衣装か？　ヴェールが多すぎるのか？

言い合いはよしましょう、女は言う。泣きだしたい気分だが、拳を握りしめてこらえている。怒らせるつもりはなかった。機嫌をなおして、さあ。

女は男の腕を払いのける。端からそのつもりでしょ。怒るのを見て満足なのよ。

喜んでもらえると思ったんだよ、おれの出し物を聴いて。さも仰々しく飾り立てた言葉で、道化師を演じて見せれば。

女はまくれあがったスカートの裾を引きおろし、ブラウスを中にたくしこむ。花嫁のヴェールをかぶって死ぬ娘たちの話なんて、どうしてわたしが喜ぶ？　しかも、舌を抜かれて。わたしを人でなしと思っているようね。

わかった、撤回するよ。話を変えよう。あなたのために歴史を書き換える。それでどうだい？

いいえ、無理よ、女は言う。もう言葉は出てしまったもの。一行の半分だって帳消しにはできない。もう帰るわ。そう言うと、女は膝をつき、立ちあがろうとする。

時間ならたっぷりある。横になれよ。男は女の手首をつかむ。

だめよ、放して。陽もあんなに落ちてきた。じきにみんなが戻ってくる。困ったことになりそうだわ。あなたはちっとも困らないでしょうけど。なんでもないことよね、気にもかけない。だって、あなたが欲しいのは、たんに手っとり早い……手っとり早い……。

なんだ、言っちまえよ。

わかっているくせに。女は疲れた声を出す。

それは誤解だよ。わるかった。人でなしはおれのほうだ。やりすぎた。どっちにしろ、ただのお話じゃないか。

女は自分の膝にひたいをあずける。ややあって言う。わたし、どうするつもりなのかしら？　あなたがここにいなくなった後――いなくなったら。

あなたなら乗り越える、男は言う。生きていくさ。さあ、この話はもういいだろう。

そんなのまかり通らないわ、簡単にかわそうだなんて。

服のボタンをかけて、男は言う。悲しまないで。

カーネル・ヘンリー・パークマン高等学校「親と子と学校と同窓生の集い」速報
一九九八年五月　ポート・タイコンデローガ

ローラ・チェイス記念賞発表せまる

文・同窓会会員、副会長マイエラ・スタージェス

このたび、カーネル・ヘンリー・パークマン高等学校に、栄えある賞が新設されました。これは、トロントに在住した故ミセス・ウィニフレッド・グリフェン・プライアーの惜しみない遺贈によるものです。故人の著名な兄、リチャード・E・グリフェンも、われわれには忘れえぬ人になりましょう。氏はここポート・タイコンデローガを休暇で頻繁に訪れ、われらが河でヨットを楽しんだものです。ローラ・チェイス記念文学賞は、賞金二百ドル、最も優れた短篇を書いた最高学年の生徒に与えられるものです。選考には同窓会の会員三名があたり、文学性と倫理性を考慮のうえ選出いたします。エブ・エヴァンズ校長はこう述べています。「数々の慈善事業がありながら、わたしたちのことも忘れずにいてくれた、ミセス・プライアーに感謝する」

地元出身の有名作家ローラ・チェイスを記念して名づけられた本賞、第一回の賞は六月の卒業式にて授与されます。幸運な受賞者への賞金授与については、かつてわが町に多大な貢献のあった、チェイス家の実姉アイリス・グリフェンからも、寛大なる同意を得ております。発表まであと数週間。お子さんにお伝えください。名文家の腕で腕まくりをして、栄冠を勝ち取るように、と！

同窓会は、卒業式の後、体育館にてお茶会を主催いたします。チケットの申し込みは、〈ジンジャーブレッド・ハウス〉のマイエラ・スタージェスまで。代金はすべて、フットボールのユニフォーム代にあてられます。新しいものがぜひとも必要なのです！

なお、焼き菓子などの差し入れ歓迎します。ナッツが入っている場合は明記してください。

第三部

授賞式

今朝、わたしは身の毛もよだつ思いで目を覚ました。すぐには合点がいかなかったが、ああ、思い出した。今日は、授賞式だ。

陽は昇り、すでに部屋は暑くなっていた。カーテンの網目から射しこむ光が、池に溜まるおりのように、しばし落ちやらず宙に漂う。頭がぶよぶよの果肉にでもなった気分だ。いましがた木の葉のように払いのけた恐怖で躰をじっとり湿らせて、寝間着のまま、シーツのもつれあうベッドを抜けでると、毎朝の行事に無理矢理とりかかる。世間さまの目に、まともで難なく見えるよう、ひとが行なう儀式。夜中どんな化け物に怯えたにせよ、髪の毛が逆立っていれば撫でつけるべし。驚愕のどんぐり眼《まなこ》は引っこめておくべし。歯は磨かなくてはならない、たとえ、こんな歯でも。寝ているあいだにどんな骸をしゃぶっていたか、わかったものじゃない。

シャワー室に入ると、石鹸を落とさないよう気づかいながら、マイエラにうるさく言われて使っている手すりにつかまった。足を滑らせてはたまらない。躰は息絶えてもなお、夜闇の臭いを肌から放つのだろう。もはや自分では嗅ぎとれないだけで、このわたしも臭いんじゃないかと、ふと不安になった。古びた肉体と、老いゆく濁った小便の悪臭。

躰を拭き、ローションをすりこみ、パウダーをはたき、スプレーを黴のように吹きつけると、わたしは、ある意味、生き返った。ただ、無重力感、というか、崖からいまにも踏みだしそうな感覚は、まだ残っていた。一歩踏みだすたび、足元の床が抜けるのを怖がるように、へっぴり腰で足をおろす。床面の硬さだけが、わたしをここに引き留めてくれる。

　服を着るのも効果があった。足場なしでは、いまひとつ調子が出ない（それにしても、わたしの本当の服はどうしたのだろう？　そうとも、こんなだぶついたパステルカラーの服と、ヘンテコな形の靴など、わたしのセンスじゃない。ところが、わたしのものなのだ。わるいことに、いまやサイズもぴったり）。

　つぎに来るのは、階段だ。転げ落ちるんじゃないかという恐怖感がある。頸の骨を折って、破廉恥な下着姿で大の字にのび、溶けてどろどろと腐乱していくのだ。誰かが探しにこようと思う間もなく。なんと見苦しい死にざまよ。欄干にしがみつきながら、一段一段と取り組む。下まで降りると、壁づたいにキッチンへ向かう。左手の指が、猫のヒゲのように壁を撫でていく（目はまあまあよく見える。足腰も立つ。ささやかなお慈悲にも感謝しなさい、そうリーニーは言ったものだ。どうして感謝しなくてはいけないの？　ローラはそう言い返す。お慈悲って、なぜこんなにちょっぴりなの？）。

　朝食など見たくもなかった。グラスに一杯水を飲み、落ち着けぬまま時をやり過ごす。九時半になると、ウォルターが迎えに寄ってくれた。「いや、今日は暑いですね？」開口一番の決まり文句だ。冬はこれが「いや、寒いですね」になる。秋と春は、「じめじめしますね」と「カラッとしてますね」。

「調子はどう、ウォルター？」わたしは毎度のことながら訊く。

「つつがなく」彼も毎度ながら答える。

「なら、御の字もいいところね」わたしは言った。ウォルターは彼なりの笑顔を見せ――顔に細いしわが寄るのだ、乾きかけの泥のように――車のドアを開け、わたしの躰をなんとか助手席におさめる。

「今日はめでたい日ですな?」彼は言う。「さあ、しゃんとして。でないと、おれが逮捕されかねない」

〝しゃんとして〟とは、冗談のようなことを言う。彼だってもう歳だ、若かりし日々を、もっと屈託なかった頃を憶えているだろうに。この男は、車の窓に片肘をかけ、もう一方の手を女友だちの膝におきながら運転するような若者だった。そう、あの若き恋人がマイエラだったとは、いま思うと信じられない。

ウォルターが静かに車を出し、おたがい黙りこんだまま出発した。しかし大男だ、このウォルターというのは。四角ばった体型は、まるで太い柱のようで、頸は頸というより、肩の続きみたいだった。すりきれた革靴とガソリンの匂いをさせているが、そう嫌な臭いでもない。格子縞のシャツに野球帽という出で立ちを見るに、卒業式には出ないつもりなのだろう。この男は本を読まない。だから、一緒にいてお互いくつろげる。彼にとって、ローラはたんにわたしの妹でしかなく、死んでご愁傷さま、というだけの存在である。

わたしもウォルターのような相手と結婚すべきだった。手仕事が得意な男と。

いやいや。誰とも結婚すべきでなかったのだ。そうすれば、幾多のトラブルも起きずにすんだ。

ウォルターは高等学校の正面で車を停めた。校舎は戦後よく建てられたモダンスタイルで、五十年たったいまも、わたしには目新しい。この平板さにはどうも馴染めない。この当たり障りのない造り。コンテナの木箱みたいじゃないか。生徒と親たちが、歩道から校内の芝生へ、正面昇降口の奥へ、ひたひたと押し寄せている。ありとあらゆる夏色の服を着て。わたしたちを待ちかまえていたマイエラが、階段の上から大声で呼ばわってくる。白いワンピースには、大きな紅薔薇の模様が散って。あんなに尻つきのりっぱな女は、大きな花柄の服などよすべきだ。ガードルが役立つことだってある。いや、またあれを復活させたいわけではないが。マイエラは髪をセットしてきたようだ。酔っ払ったような白髪のくせ毛は、イギリスの弁護士の鬘《かつら》よろしくまとめられていた。

「遅刻ですよ」と、彼女はウォルターに言う。

「いや、遅刻なもんか」と、ウォルター。「遅刻だというなら、みんなが早く来ただけさ。彼女だって、足を冷やして座っていることはなかろうよ」ふたりはわたしのことを決まって三人称で呼ぶ。まるで、子どもかペット扱いだ。

ウォルターがわたしの腕をマイエラに託すと、マイエラとわたしは二人三脚のように、正面の階段をともに上がっていく。きっとマイエラの手が感じているものを、わたしも感じる。――粥と糸くずでゆるく包まれたようなもろいもの。ステッキを持ってくればよかったが、あんな物をついて舞台へあがる自分は想像できない。誰かがステッキにつまずくことになるだろう。

マイエラはわたしを舞台裏まで連れていくと、〝ご不浄〟に行きたいか訊いてから（よくぞ忘れずに言ってくれた）、楽屋の椅子に座らせた。「じっとしていてね」そう言うと、お尻を揺らしつつ、万事滞りないよう監督すべく立ち去った。

楽屋の鏡まわりに点けられた明かりは、劇場によくある丸い豆電球だった。うっとりさせるような光を投げるが、わたしはとてもうっとりなどできなかった。鏡に映る姿はいかにも不健康で、肌は水で血抜きした肉みたいに血色がわるかった。不安のせいか、それとも本当に病気なのか？　いまでは、感覚も損なわれているのだろうけど。

わたしは櫛をとりだすと、頭のてっぺんにおざなりに差してみた。マイエラには「うちの子」のところへ連れていきますよと、しきりに脅されている――彼女はいまも美容院のことをこう呼ぶのだ。正式な店名は〈ヘア・ポート〉といい、客の心をくすぐるよう〈ユニセックス〉を謳っている。でも、わたしは抗いつづけている。電気椅子の死刑囚みたいに毛がチリチリに逆立っていようと、せめて、まだ自分の髪と呼べるものではある。その下からは頭皮がのぞいている。鼠の足みたいな灰色がかったピンク。

強風に吹かれようものなら、タンポポの綿毛のように飛んでいってしまうだろう。毛穴の目立つ、小さなつるつる坊主だけを残して。

マイエラは、同窓会のお茶会のために焼いた特製ブラウニーをひとつ置いていってくれた。チョコレートのヘドロをかけた石灰粉みたいなケーキ。それから、プラスチックの保温ジャグには、彼女がおんみずから煎れた、まさに電池酸みたいなコーヒー（コーヒーを軍の俗語で〝電池酸〟と言う）。飲むことも食べることもできなかったが、では、なぜ神はトイレを創造された？ わたしはいかにも食べ残したように、チョコのかけらを二、三残しておいた。

慌ただしく入ってきたマイエラに、ひょいと立たされ、案内されていくと、もう校長先生に握手され、〝お運びいただきありがとう〟と言われていた。つぎは副校長、つぎは同窓会会長、つぎは英文学科の学科長（パンツスーツの女性）、つぎは商工会議所代表へと、手渡されていき、とうとう地元議員のもとに行きついた。手もなくはめられるとは、忌々しい。リチャードが政治に与《くみ》していたころ以来、真っ白な歯を、こんなにどっさり見るのは久しぶりだ。

マイエラはわたしの席まで付き添ってくると、小声で言った。「わたくし、そこの舞台袖におりますから」学内オーケストラが、妙に高い音や半音はずれたフラットで曲を弾きだすと、出席者たちは《おお、カナダ》を歌いはじめたが、この歌詞ときたら始終変わるものだから、わたしはちっとも憶えられない。最近ではフランス語の歌詞もつける。ひと昔前では聞いたこともない。会衆は歌いおわると、何だかよくわからない何かに対する〝集合自尊心〟を確認して着席する。

つぎに、学校付きの司祭が祈りを提言し、こんにちの若者が直面している未曾有の苦難の数々について、神さまに講釈をたれた。神さまもこの手の話は前に聞いているはずで、わたしたち同様うんざりしたことだろう。それに答えて、皆々が祈りを唱える。二十世紀の終わりに、古きものを擲《な》げだし、若き輪をつくれ、未来の市民たちよ、われらの力ない手から君たちに、トカナントカ。わたしは想いが漂うにまかせた。どうせ、まわりには〝恥をかかなければ上等〟ぐらいに思われているのだ。それぐらいわかっている。口さえ閉じていれば、むかしのように演壇の脇にひかえることも、リチャードの隣席で際限もないディナーにつきあうこともできるだろう。問われれば（そんなことは数えるほどもなかったが）、わたくしの趣味は庭造り、と答えたものだ。まあ、いいとこ話半分だが、その場をしのげる程度に退屈な答えではある。

さて、つぎは、卒業生が証書をうけとる段だ。列をなして行進していく彼らは、おごそかに、輝いて、背丈も体型もばらばらだが、若者だけがもちうる美を誰もがもっていた。醜い子さえ美しい。無愛想な子も、太った子も、にきび面の子すら美しい。そして、誰ひとり気づいていない――自分たちがどれほど美しいか、に。しかし、それでも癪に障るのだ、この若者という生き物は。概して立ち姿からしてぞっとするし、涙ながらのよがり声で歌っている曲から察するに、今日びでは、インペリなんちゃらの《グリン・アンド・ベア・イット》が、往時のフォックストロットの驥尾《きび》に付したらしい（速弾きで有名なギタリスト、クリス・インペリテリ。なかでも同曲はすさまじい速弾き）。若者はわが身の幸運をわかっていない。

生徒たちは、わたしにほとんど一瞥もくれなかった。きっとわたしなど旧風の人間に映るのだろうが、年下の人々によって〝旧風〟にされてしまうのは、万人の運命らしい。もちろん、流血事などなければだが。戦争、悪疫、殺人など、あらゆる惨事と暴力。すなわち、彼らの信奉するもの。血は本気であることを意味する。

つぎに、賞の授与式に移る。コンピュータ・サイエンス、物理学、ナントカ・カントカ、ビジネス・スキル、英文学、そして、よく聞きとれなかったなにか。同窓会の男性がひとつ咳払いをして、ウィニフレッド・グリフェン・プライアー、かの地上の聖人について、恭しい口上を並べ立てる。要は、金の問題だというのに、よくもみんなホラが吹ける！　たとえケチなものであれ、遺贈を決めたときから、あの意地悪ばあさん、こんなことは総てお見通しだったんだろう。わたしが式に呼ばれることもわかっていた。彼女の惜しみない寄進が称揚されるなか、わたしが町の厳しい視線を浴びて縮こまるのがお望みだったのだ。〝このお金、わたしを偲んでお使い〟。ばあさんの思う壺になるのは業腹だが、式に出席しなければ、びくついているだの、罪悪感があるだの、関心がないだの思われるにちがいない。恩知らずと見られたら、もっと始末にわるい。

ローラ賞の番がまわってきた。授賞の役は、議員みずからが買って出た。ここはひとつ、如才なく。ローラの出自、彼女の勇気、彼女の「天与の志に身を捧げた」こととやらについて、お言葉があった。その死に方については、ひと言もふれられなかった。町の人々はみな、審問検屍の結果にもかかわらず、自殺と紙一重だと信じこんでいた。また、著作についても言及がなかった。あっさり忘れ去られる作品と、おおかたは思っていたにちがいない。ところが、そうはいかないのだ、少なくともこの土地では。五十年を経たのちも、あの本は焦《きな》臭い硫黄とタブーのオーラを放っている。わたしからすれば、理解しがたい。肉欲主義など時代おくれになり、町のあちこちで、今日も明日も、あらゆる汚い言葉を耳にでき、セックスが扇ひらひらのヌードダンスほどお上品なものとなったこの時代に。かえって、もの珍しいのか。ガーターベルトみたいなもので。

いや、もちろん、真相はそうではない。人々が憶えているのは、本そのものではなく、あの騒動にすぎないのだ。教会の坊さんたちがあの作品を猥褻と判じたのは、この土地にかぎったことではない。公立図書館は書棚から撤去させられ、町のある書店は仕入れを拒絶した。検閲の手が入るとの噂もながれた。人々は在庫を嗅ぎつけて、ストラトフォードに、ロンドンに、トロントにまで出かけ、当時、薬局の客がコンドームを買うように、人目をしのんで本を入手した。家に帰ると、カーテンをひいて読みはじめ、憤慨し、堪能し、貪るように愉しんだ。それまで小説など一度も繙《ひもと》く気をおこさなかった人々までが。文学を活性化するには、シャベル一杯の猥褻《ダート》にまさるものはない。

（もちろん、心優しい論評もあったようだ。〝読みとおすことはできなかった。わたしには筋書きが物足らなかったのだ。しかし、この気の毒な作者はまだ若かった。別な作品なら、もっと巧く書けたかもしれない、天に召されていなければ〟。あの本には、このあたりが精一杯の褒め言葉だろう）。

読者は作品になにを求めていたのか？　色恋沙汰、艶談、それとも、ひとの抱える最悪の疑念をわざわざ確認することとか。とはいえ、そそのかされたくて思わず読む者もいただろう。情熱を求めていたのか。彼らは神秘の包みをひらくように、本を隅々まで熟読したことだろう――奥のそのまた奥にある贈り物の箱。かねて焦がれながら決してつかみとれない何かが、幽《かそ》けき音を鳴らす幾重もの薄紙のなかに隠されている。

だが、読者たちは本のなかに実在の人物を探しだそうともした。ローラはさて措くとして。というのも、彼女が本人であるのは当然と考えられていた。言葉で創られた体にあてはまる実在の体を、読者は見つけたがった。実在の情事を。なにより興味をもったのは、〝この男は誰なのか？〟ということ。若い女と――死んだ、美しい、若い女と――褥《しとね》をともにした男。つまり、ローラと寝た男。なかには、自明の理だと思う人たちもいた。ゴシップは前々からながれていた。二足す二の計算ができれば、おのずと答えが出る、と。〝まるで、憑かれたように純な振りをしていたよ、彼女は。虫も殺さぬ顔で。本の中身は表紙ではわからないって見本だね〟。

ところが、そのころ、ローラはもう手の届かないところに行っていた。世間がちょっかいを出せるのは、わたしのほうだった。匿名の手紙が来るようになる。なぜ、貴女はこんな汚らわしい本の出版を取り決めたのか？　それも、あの大いなるソドムの市《まち》、ニューヨークで。なんたる猥褻本！　貴女は恥というものを知らないのか？　自分の家族――あのれっきとした方々！――にまで汚名を着せたのだ、いや、それどころか、町全体に。ローラは気がふれっぱなしだったし、それは誰もがうすうす感じていたが、本によって立証されてしまった。彼女の思い出を守るべきだった。原稿は燃やしてしまうべきだった。ぼんやり霞んで見える人々の頭、聴衆にまじる老いた人々の頭を眺めていると、そこから過去の憎しみ、過去の妬み、過去の恨み言の毒気が、立ち昇るのが見えるようだった。冷たい沼地から湧きあがる瘴気のように。

本については、いまも話題にできないありさまだった。不出来で不面目な親戚のように、見えないところへ押しやって。あんなに薄い本が、なんと哀れな。この奇妙な祭典への招かれざる客として、無力な蛾のように、舞台の端でページをはためかせている。

そんな白昼夢にひたっているうちに、腕をつかまれ、立たされて、金リボンをかけた小切手入りの封筒を渡されていた。受賞者が発表される。わたしはその女生徒の名を聞きとれなかった。

舞台にヒールの音を響かせて、女生徒がこちらに歩んでくる。背の高い子だった。近ごろは、若い娘もみな長身になった。きっと食べ物のせいだろう。黒のワンピースを着ており、夏らしい色合いのなかで、厳粛な趣をかもしていた。生地には、銀糸が織りこまれているようだ――いや、銀のビーズだろうか。なにか光る素材。髪は長く、黒い。卵形の顔、サクランボ色の口紅をひいた口。心もち眉を寄せ、神経を集中し、一心な面持ちをしている。肌には、淡黄色というのか、茶系の色味がうっすら。ひょっとして、インディアンか、アラブ人か、それとも中国人？　ポート・タイコンデローガのような田舎でも、それはありうる。最近では、どこにどんな人種がいてもおかしくない。

わたしの心は重く沈んだ。会いたい気持ちがぴくりと走り抜ける。わたしの孫も、あのサブリナも、いまではあんなふうになっているんだろう。きっと。いや、そうともかぎらないか。どうだろう？　会っても本人とわからないほどかもしれない。もう長いこと、わたしのもとから離されている。というより、本人が寄りつかないのだ。どうしたものか？

「ミセス・グリフェン」議員が声をひそめて呼ぶ。

わたしはよろめきながら歩みだし、バランスをとりなおした。はて、なにを言うつもりだったっけ？

「妹のローラもさぞ喜ぶでしょう」息切れぎみで、マイクに向かう。声がうわずっている。卒倒しかねない気がした。「彼女は人助けが好きでした」それは本当だ、嘘はひと言もいうまいと心に誓ってきた。「そして、読書と本をこよなく愛していました」これも本当のことだ、ある程度は。「生きていたら、あなたの栄えある未来を心から願ったことでしょう」これも本当。

わたしはやっとこさ封筒を手渡した。女生徒は屈むはめになった。わたしは彼女の耳にこう囁いた、というか、囁いたつもりだ。〝ご加護あれ。くれぐれも気をつけて〟。この先、言葉を弄《いじ》くろうという人間には、こんな神の加護と警告が必要である。しかし、ちゃんと声になっていただろうか、それとも、魚みたいに口を開いて閉じただけ？

女生徒が微笑むと、その顔と髪のまわりで、まばゆい小さなスパンコールがキラキラときらめいた。目の錯覚か、明るすぎるライトの加減だろう。色眼鏡をしてくればよかった。わたしが目をぱちくりさせていると、彼女は思いもかけぬことをした。乗りだして、頬にキスしてきたのだ。彼女の唇をとおして、自分自身の肌のきめを感じた。子羊革の手袋のように柔らかく、しわしわで、粉っぽく、古びている。

彼女もなにごとか囁きかえしてきたが、よく聞こえなかった。たんなる礼の言葉か、あるいは、ほかのメッセージを――まさか？――外国語で言ったとか？

女生徒はくるりと背を向けた。その躰から流れでる光がまぶしくて、わたしは目を開けていられなかった。話も聞こえなくなり、目も見えない。闇が近くにせまった。拍手の音が、大きな羽音のように、耳を乱れ打ちにする。わたしはよろけて倒れそうになった。

目ざとい職員が腕をつかんで、椅子に落としこんでくれた。これで、また日陰者にもどれる。ローラの投げる長い影のなかへ。世間の害を逃れて。

でも、古傷はひらいてしまった。見えない血がどくどくと流れだす。じきに、わたしは空っぽになってしまうだろう。

銀の箱

橙《だいだい》のチューリップが咲きかけている。退陣する軍の落伍兵のごとく、もみくちゃにされ、ぼろぼろになりながらも。わたしはほっとして花々を迎える。焼け残った建物から手を振るように。それでも、彼らは精一杯がんばって進まねばならない。わたしの手助けもほとんどなく。わたしもたまには裏庭のゴミ溜めをうろついて、干からびた茎や落ち葉を掃除したりするが、そこ止まりである。いまでは、まともに膝をつくこともできず、手で土を掘ることもできない。

きのう、医者に行って、めまいの診察を受けた。医者が言うには、かつて心臓と呼ばれたものが肥大しているらしい。健康な人間には心臓など無いような言い方だった。結局、わたしも不死身ではないようで、あとは瓶のなかの預言者みたいに、どんどん縮み、ますますくすんで醜くなるだけ。むかしむかし、〝死にたい〟と呟いたわたしだが、気づいてみれば、その望みが叶わんとしている。早晩、というより、早いうちに。いまさら望みを翻しても、どうにもならない。

いまは、外に出ようと肩にショールを巻きつけたところだ。裏のポーチに出て、屋根の張り出しの日陰に腰を落ち着ける。ウォルターに車庫から運びだしてもらった、傷だらけの木製テーブルを前に。車庫には、ありがちな物が置かれていた。前の所有者の残していった物。乾ききったペンキの缶がひとそろい、コンクリートの屋根板、錆びた釘が半分ほど入った陶器、絵を吊るワイヤがひと巻き。ミイラ化したスズメの死骸、マットレスの詰め物でつくったネズミの巣。ウォルターが強力な漂白剤で庫内を磨いてくれたが、まだネズミ臭い。

目の前に並んでいるのは、一杯のお茶と、四つ切りのリンゴと、むかしの男物のパジャマみたいな青い罫入りのメモパッド。新しいペンも買った。黒い安物のボールペンだが。初めて手にした万年筆を思い出す。なんと滑らかな書き心地。なんと真っ青にインクで手が汚れたことか。ベークライト製で、銀の飾り縁がついていた。年は一九二九年。わたしが十三歳のころ。このペンをローラが借りていき――なにを借りるにもそうだったが、ひと言の断わりもなく――壊してしまった、いともあっさりと。わたしは彼女を、もちろん赦した。いつだって赦した。わたしたちはふたりきりだったから、そうするより他なかったのだ。わたしたちはイバラに囲まれた孤島で、救出を待っていた。それ以外の人々は、みな本土にいた。

こんなこと、わたしは誰に向けて書いているんだろう？　自分自身？　そうとは思えない。のちのち読み返す自分の姿など想像できない。〝のちのち〟というのも、存在が疑わしくなりつつあるが。見知らぬ未来の読者に向けて？　わたしの死後。いいや、そんな野望も、願望も、持ち合わせていない。たぶん、誰のために書いているのでもないのだ。子どもが雪に自分の名を書く、そんなときの相手と同じかもしれない。

前にくらべると、体の動きも鈍くなった。指はこわばって器用さを欠き、ペンは震えて定まらず、字を綴るのにも長い時間がかかる。それでも、わたしはあきらめず、月影で縫い物をするように屈みこむ。

鏡をのぞけば、老女の姿がある。まったく、〝老女〟も何もあったもんじゃない。いつまでも〝老〟ぐらいではすまされない。なら、大老か。ときどき、どこぞのお祖母ちゃんかと思うような大老女を鏡に見る。それとも、わたしの母の似姿。母がこんな歳まで生きようとしたらの話だが。だが、ときには若い娘の顔が見えることもある。かつては、その顔をしきりといじり直し、嘆くことに時間を割いたものだが、むかしの顔はいまの顔の下に溺れて漂っている。いまの顔はというと、斜めに陽の射しこむ午後などは、ことさら緩んで透明になり、ストッキングのように剝いでしまえそうだ。

医者には、もっと歩くように言われた。心臓のために毎日歩きなさい、と。できれば、ご免こうむりたい。歩くことが嫌なのではない、外に出るのが嫌なのだ。見世物にされている感じがする。気のせいだろうか、じろじろ見られ、囁き交わされていると思うのは？　いや、たぶん、思い過ごしではない。いうなれば、わたしはこの土地の付属品なのだ。かつて重要な建築物のあった、煉瓦のちらばる跡地みたいなもの。

この誘惑は、胸中に居座ることになるだろう――なかば世捨て人となりはてる夢。近所の子どもたちに、嘲りとかすかな畏怖の目で見られて。垣根も雑草も生い茂るにまかせ、ドアは錆びつくままにし、ガウンのような物を着て寝てばかり、髪の毛も伸び放題で枕を覆わんばかり、指の爪は伸びて鉤形になり、その横では、ロウソクの蠟が床に滴っている。でも、わたしはとうのむかしに、古典主義とロマン主義の、ふたつにひとつを選んだではないか。やはり、しゃんとして控えめなほうがいい。日溜まりの壺のように。

きっと、ここに戻って暮らしはじめたのが失敗だったのだ。とはいえ、あの時分には、ほかに行く当ても思いつかなくなっていた。リーニーはよく言ったものだ。〝得体の知れない災いよりましだね〟。

今日は、努力をした。外に出て、歩いてきた。墓地まで歩いた。ともすれば面白味を欠くこの手の遠征には、目的地が必要だ。日射しをさえぎるのに、鍔広《つばびろ》の麦わら帽子をかぶり、色眼鏡をかけ、道の縁石を探るのにステッキも持って出た。ビニールのショッピングバッグも。

エリー・ストリートを行き、クリーニング店、写真館、そして、目抜き通りの店をいくつか過ぎた。町はずれに出来たショッピングモールのせいで、このへんも廃れたが、それでもなんとか生き残った商店の一角だ。その先には、〈ベティーズ・ランチョネット〉があるが、また店主が新しくなっていた。

ここの所有者は、遅かれ早かれ、嫌気がさすか、死ぬか、フロリダへ移っていく。今度の〈ベティーズ〉には、パティオ付きの庭があり、観光客は日光浴をしながら、カリッと焦げ目がつくまで肌を焼くことができる。パティオ・ガーデンは店の裏にあるが、床のセメントがひび割れたこの狭い矩形のスペースは、以前はゴミ箱置き場に使われていた。メニューには、トルテリーニとカプチーノなるものもあり、それをショーウィンドウでぬけぬけと謳っていた。このふたつがなんであるか、町の誰もがごく当たり前に知っているとでもいうように。まあ、最近では知っているのだろう。みな一度は試してみたはずだ、嘲笑う権利を手に入れるためだけにも。〝そんなフワフワしたもの、コーヒーにのっけないでくれ。ひげ剃りクリームみたいだな。飲みこんだら、口から泡吹くよ〟。

　前はチキン・ポット・パイが店のお薦めだったのだが、それも遠い過去だ。ハンバーガーならあったが、食べないよう、マイエラに言われている。くず肉を冷凍もせず使っているそうだ。彼女によれば、くず肉とは、「電気ノコギリでばらばらにした冷凍の牛肉を床から掻き集めたもの」だとか。マイエラは雑誌をしこたま読んでいるのだ、美容院で。

　墓地には鉄細工の外門があり、その上に凝った渦巻き模様のアーチが渡され、こんな銘が刻まれていた。〈たといわたしは死の陰の谷を歩むとも、わざわいを恐れません。あなたがわたしと共におられるからです〉（聖書の「詩篇」より）。そう、まやかしの安心感があるのだ、ふたりでいるということには。〝あなた〟は決まって当てにならない人物である。すべての〝あなた〟は迷子になるのが得意だ。〝あなた〟たちは町を逃げ出したり、二心《ふたごころ》があったり、でなければ、つかもうとした手からフライ・ボールみたいに落っこちたり。そうなったとき、〝わたし〟はどこにいる？

　まさに、このあたりだろう。

チェイス一族の墓碑は、見すごしがたい。周囲のなにより背が高いのだから。天使が二人いて、材質は白大理石、ヴィクトリア様式で、この手のものが大概そうであるように、センチメンタルだがじつによく造られている。土台の石は大きな立方体で、角に渦巻の紋様がある。第一の天使は立っており、亡き人を悼むように頸を横にかたむけ、片手を優しく第二の天使の肩においている。第二の天使は百合の花束を胸に抱いて跪き、もうひとりの腿のあたりにもたれながら、顔はまっすぐ上を見あげている。ふたりの体は品のいい造りで、柔らかに波うつ（透かし見えない）石のヴェールにその曲線は包まれているが、女であることは見てとれる。酸性雨が蝕みつつあるようだ。かつては鋭かった眼差しも、いまではぼんやりとし、白内障でも患ったように精彩を欠いて、ただの小さな孔に見えた。とはいえ、これも、わたしの視力が衰えたせいかもしれない。

この墓地は、ローラとよく訪れたものだ。いつもふたりを連れてくるリーニーは、家族の墓を参るのは、ともかく子どものために良いと思っており、のちには姉妹だけでも立ち寄るようになった。墓参り自体は敬虔な行ないだから、逃げだすのにちょうどいい口実になった。幼いころのローラは、この天使はね、あたしたちふたりなのよ、よくそう言った。そんなことあるわけないと、わたしは言い聞かせた。だって、この天使たちは、あたしたちが生まれる前に、おばあちゃんがここに置いたんだもの。ところが、ローラという子は、そうした理屈に耳を貸した例しがなかった。そんなことより、物の形に興味があった——物がどう在るかに興味があるのであって、どう在らないかはどうでもいい。求めるのは、ものの本質《エッセンス》だった。

わたしは長いこと、少なくとも年に二回は墓参りするのを習慣にしてきた。ほかに理由はないにせよ、まあ、掃除のために。むかしは車を運転してきたが、もう無理だ。視力が落ちすぎている。わたしは苦労して屈みこむと、萎れた花を拾い集め——ここに集まった花々は、ローラの名もないファンが手向けていったもの——ビニールのショッピングバッグに詰めこんだ。往時より、こういった捧げ物も減ったが、それでも嫌というほどあった。今日は、なかなか新鮮な花もあったし、ときには、線香やロウソクを見つけることもあった。ローラを呼び覚まそうというのか。

花束をどうにか押しこむと、墓碑をぐるっと回りながら、石に刻まれたチェイス家の故人の名前をひととおり読んでいった。**ベンジャミン・チェイス、その最愛の妻、アデリア。ノーヴァル・チェイス、その最愛の妻、リリアナ。エドガーとパーシヴァル、ふたりは、遺されたわれわれのように年老いることはない。**

そして、ローラ。彼女がどこかにいるかぎり。彼女のエッセンスも遺る。

くず肉。

先週、地元の新聞にローラの写真が載った。文学賞を褒めそやした記事とともに。標準サイズの写真。本のカバーに入っているものと同じで、いままで印刷された写真はこれしかない。それもそのはず、マスコミには、わたしがこの一枚しか渡していないんだから。写真スタジオで撮ったポートレイトで、カメラマンに背を向けて顔だけ振り返り、首筋に優美な曲線を見せている。〝もう少し、そう、顔をあげて、目線はこちらですよ、ああ、その感じ、じゃ、その笑顔で撮ってみましょう〟。ローラはブロンドの髪をしている。かつてわたしもそうだったように。淡く、ほとんど白に近く、まるで、赤みがかった下地の色を洗い落としてしまったかのようだ。鉄、銅、あらゆるはがねの色。鼻筋はとおっている。ハート形の顔。大きく、きらきらした、無邪気な瞳。眉は弓形。びっくりしたように、生え際に届かんばかりにつりあがっている。顎にはどこか頑固さが漂うが、それは本人を知らなければ見すごすだろう。化粧らしい化粧もしていないせいか、妙にむきだしの印象がある。口元に目をやれば、ああ、これは肉の一部なんだとあらためて思う。

愛らしい。美しいと言ってもいい。感動的なまでに真《ま》っ新《さら》だ。まるで、石鹸のコマーシャル。〝天然素材だけで作られています〟。なんだか、耳が聞こえないような顔をしている。当時の良家の娘に共通の、ぽかんとして鈍感そうな表情を演出して。白紙の心《タブラ・ラサ》。書くのではなく、書かれるのを待っている。

ローラを人々の記憶に留めているのは、いまやあの本だけだ。


タバコ容れのような銀色の小箱に入って、ローラは帰宅した。それについて、町の人たちがどう言ったか、わたしは知っている。盗み聞きしたかぎりでの話だが。〝もちろん、あれは遺体じゃなくて、ただの遺灰よ。まさか、チェイス家の人間が火葬なんかするとは思わなかったね。これまで断じてやらなかったのに。ご当家の華やかなりしころは、そんなことに身を落とすべくもなかったけど、話によると、多かれ少なかれ、もう遺体が焼けているなら仕方ないってことで、急いで片づけてしまうにやぶさかではなかったとか。それでも、家族と伴にあるべきだと思ったんだろうね。例の天使がふたりいる大きな墓に、ローラの遺灰を入れることにしたらしいよ。ふつう天使をふたりもつけたりしないけど、あのころは、お金のほうから使ってくれというほど、一族が裕福だった時代だから。派手なことやって、ひけらかしたかったんでしょうよ、当時は。牛耳るとは、よく言ったもんだね。天下をとる、というか。たしかに、ひところは、あの家もこのあたりでは手広くやっていたよ〟。

こんな台詞は、いつもリーニーの声で、聞こえてくる。わたしたちの町の通訳であるリーニー。わたしとローラの町の。わたしたちは彼女のほか、誰を頼りにできただろう？

墓碑の後ろ側には、いくらかの空き地がある。わたしはそこを予約席と思っている。かつてリチャードが国立アレクサンドラ劇場にもっていたような、永久指定席。わたしの入る場所。わたしが土に帰るところ。

哀れなエイミーは、トロントに埋葬されている。グリフェン家といっしょに、マウント・プレザント墓地に。リチャードとウィニフレッド兄妹と、派手派手しい御影石の巨大な墓碑とともに。ウィニフレッドが手を回したのだ。リチャードのときも、エイミーのときも、すかさず割りこんできて、棺を注文し、遺体はわがものだと主張した。葬儀屋に金を払う彼女が、事を決定する。できるものなら、わたしがふたりの葬儀に出るのさえ邪魔立てしただろう。

ところが、ローラはいちばん先に死んだから、ウィニフレッドの〝死体泥棒〟の技はまだ確立されていなかった。わたしが、「ローラは家に帰るんです」と言えば、それまでだった。遺灰は大地に撒いたが、一部は銀の箱に入れてとっておいた。これは埋めなくてよかった。埋めたりしたら、いまごろはファンに盗まれていただろう。ああいう連中は、なんでもくすねとる。一年ほど前には、ジャムの瓶と左官ごてを手に、墓の土を掘り起こしているファンをとっ捕まえたことがある。

サブリナはどうしているだろう。どこに流れ着いたのやら。チェイス家最後の人間。まだこの世にいるはずだ。〝いない〟という知らせは聞いていないから。彼女が墓に入るのにどちらの家を選ぶか、まだわからないし、ことによれば、わたしたちから遠く離れて、街角でのたれ死ぬかもしれない。そうなっても、責められまい。

最初に家出したのは、十三歳のときだった。ウィニフレッドは冷たい怒りに燃え、あなたが唆《けしか》けて手を貸したのだと、わたしをなじった。もっとも、〝誘拐〟という語を口にするまでには至らなかったが。サブリナがうちに来たかどうか、問い詰めただけで。

「答える義務はないと思うけれど」わたしはそう言って、ウィニフレッドをいたぶった。恨みっこなし。それまで、いたぶる機会は大半、彼女がものにしてきたんだから。わたしがサブリナに送ったカードや手紙、誕生日プレゼントなど、よく送り返してきたものだ。暴君ウィニフレッドのずんぐりした手書き文字で、〝差出人に返却〟と書かれていた。「なんにせよ、わたしはサブリナの祖母なんだから。孫がいつ来ようと自由じゃないの。ええ、いつでも歓迎するわ」

「サブリナの法的な後見人はわたくしよ。言うまでもないでしょうが」

「言うまでもないなら、なぜ言うのかしらね？」

だが、サブリナはわたしのところへは来なかった。一度たりとも。まあ、想像するに難くない。わたしのことでなにを吹きこまれていたか、わかったものじゃない。悪口ばかりに決まっている。

釦工場《ボタン・ファクトリー》

夏本番の暑さが訪れて、クリームスープのように、町の上に居座っている。むかしなら、マラリアにでもなりそうな天気、といったところ。コレラ日和というべきか。歩むわたしの頭上を覆う木々は、萎れかけた傘のごとし。わたしの手にした新聞は湿り、わたしの書く言葉は、老いゆく唇の口紅のように端が滲んでいる。階段をあがるだけで、薄い口髭のように汗が噴きだす。

こんな暑気のなかを歩くもんじゃない。動悸がひどくなってしまう。それに気づいてむかっ腹が立つ。心機能が弱っていると言われたんだし、心臓をこんな過酷な目にあわせてはだめだ。なのに、それにはそれで、ゆがんだ喜びを感じる。まるで、自分はいじめっ子、心臓はベソかきの赤ん坊。その弱さが、わたしは嫌いなのだ。

毎日夕方になると、稲妻が光り、神さまがひとしきり怒るように、ガラガラ、ゴロゴロ、遠雷が鳴る。わたしは起きあがっておしっこにいき、ベッドに戻ると、湿気たシーツのなかで身をよじらせながら、扇風機のたてる単調な音に耳を傾ける。マイエラに言わせれば、エアコンを買えということになるが、欲しくない。それに、先立つものがない。「そんなお金、誰が払ってくれるの？」いつもそう切り返してやる。おとぎ話のヒキガエルよろしく、このおでこにダイヤモンドでも隠していると、あの女ったら、思っているにちがいない。

今日の散歩の行き先は、〈ボタン・ファクトリー〉にしよう。そこで朝のコーヒーを。コーヒーは医者に止められているが、まだ五十歳の医者だ。短パンで毛深い足を披露しながらジョギングに出かけるような。本人はなんでも知っているつもりでも、知らないことはあるものだ。コーヒーが命取りにならなくたって、なにに殺されるかわからない。

観光客の歩くエリー・ストリートは、のんべんだらりとしている。道ゆく人のほとんどは中年と見え、みやげ物店をあちこち冷やかしたり、本屋をうろついたりした後は身をもてあまし、昼食をとると、近くの夏季劇場のフェスティバルへ車で繰り出していき、裏切りとサディズムと姦通と殺しの数時間を楽しむ。なかには、わたしとおなじ方角に向かう人たちもいるようだ。ボタン・ファクトリーへ。二十世紀の一泊旅行の記念に、どんな安っぽい骨董品を拾うことになるのやら。リーニーなら、そんな品々を「埃っかぶり」と呼ぶところだ。まあ、観光客にたいしても、おなじあだ名をつけるだろうが。

パステルカラーの観光客にまじって歩いていくと、やがてエリー・ストリートはミル・ストリートに名前を変え、ルーヴトー河沿いに出る。ポート・タイコンデローガには、河がふたつ。ジョグー河とルーヴトー河。かつて、ふたつの河の合流点にあったフランス人の交易所の面影を遺す名前。もっとも、このあたりではフランス語を使う、というわけではない。わたしたちは「ジョグズ河」「ラヴトウ河」と呼ぶ。ルーヴトー河は急流をもって、早くは水車場、後には発電所の恰好の立地になった。かたや、ジョグー河は深い緩流で、エリー湖の上流三十マイルは、船で行き来できる。むかしはこの河づたいに、町の第一産業物である石灰石を運んでいた。内海が後退して、あとに膨大な堆積物（二畳紀の？ジュラ紀の？ 前は憶えていたのに）が残ったおかげだ。町の家のほとんどは、この石灰石で造られている、わが家もふくめて。

町はずれには、さびれた石切場がいまも点々とある。家一軒丸ごと切りだしたかのように、岩場は正方形や長方形の形に深くえぐられ、あとには孔がぽっかり空いている。有史以前の浅い海から町がひとつ立ち現われる図を、わたしはたまに想像する。イソギンチャクがひらくように。ゴム手袋の指をふっと息で膨らましたみたいに。茶色くきめの粗い薄膜のような花弁、かつては本篇の前に銀幕に映しだされた――いつの話だ？――あの花がひらくように、震えながら誕生する。このへんも、絶滅した魚だの、太古の葉っぱだの、石灰の堆積物だのを追って、化石の発掘人にさんざん掘り起こされている。それに、ティーンエイジャーたちが飲み騒ぐとなったら、決まってここに来る。焚き火をおこし、へべれけに酔ってマリファナをふかし、まるで発明したての物のようにたがいの服をまさぐりあい、町に戻る途中で親の車をペチャンコにする。

うちの裏庭は、〈ルーヴトー峡谷〉と呼ばれるあたりに面している。河幅が狭まり、大きく傾斜するところだ。流れが急角度で下るので、靄が出て、風光もちょっとばかり神々しい。夏の週末には、観光客が断崖の山道を散策したり、崖っぷちに立って写真を撮ったりする。わが家からも、彼らのかぶる、面白くもない、癇に障る、白いカンバス地の帽子が行きすぎるのが見える。崖は崩れやすく危険なのに、町はフェンスを張るのに金を使おうとしない。なにをしでかしても自業自得、というのが、まだこのへんの考え方なのだ。少し下って水が逆流するあたりに、ドーナツ屋の紙コップが溜まっている。ときおりは死体も。あやまって転落したのか、突き落とされたのか、飛び降りたのか、もちろん遺書でもないかぎり、判断できないが。

ボタン・ファクトリーはルーヴトー河の東岸に建っている。〈峡谷〉から四分の一マイルほど上流の一角だ。何十年ものあいだ手入れもされぬまま、窓は割れ、屋根は雨漏りがし、ネズミや酔っぱらいの巣窟となっていた。そんなおり、破滅から建物を救ったのは、熱意ある民間の委員会で、これをブティック・ビルに変貌させた。花壇は造り直され、外壁は砂噴きで磨かれ、時間と空き家荒らしによる痛手は修理されたが、低い位置にある窓のまわりには、いまも翅のように広がる黒い煤の跡が目につく。六十年あまり前の火事によるものだ。

建物は赤茶の煉瓦造りで、ガラス板を何枚も合わせた大きな窓が入っている。むかしの工場では、節電のためこういう窓をよく使った。工場として見れば、なんとも趣がある。花飾りがほどこされ、窓の真ん中には、薔薇をかたどった石細工、破風造りの屋根窓、緑と紫のスレートのマンサード屋根。建物の隣には、こぎれいな駐車場がある。標識には、〈ボタン・ファクトリーのお客さま専用〉とある。昔ながらのサーカスで見かける字体。それより小さなレタリングで、〈夜通し駐車することを禁ず〉と書かれている。さらにその下に、のたくったような、怒りに震える、黒マジックの文字。〈てめえは神様じゃねえ。この地球はてめえの私道じゃねえ〉。これぞ、由緒正しき町の落書き。

正面玄関は間口を広げて、車椅子のための傾斜路もそなえ、もとの重たい扉に替わって、板ガラスのドアが入れられている。〝入口〟〝出口〟〝押す〟〝引く〟の四つの表示、すなわち、二十世紀の口うるさいカルテットも勢揃い。なかに入れば、音楽がながれている。ドサ回りのヴァイオリン弾きが、陽気な傷心のワルツで、ワン・ツー・スリー。天井には明かり採りがあり、中央スペースには模造の丸石を敷きつめ、ペンキを塗りたての緑のベンチと、不機嫌そうな低木の鉢植えがいくつか置かれている。そのスペースを囲んで、さまざまなブティックがならぶ。ショッピングモールの雰囲気だ。

むきだしの煉瓦の壁には、町の文書館が保存する古い写真の拡大版が展示されている。初めに、新聞記事からの引用があげられているが、モントリオール新聞で、地元紙のそれではない。日付は一八九九年。

いにしえのイングランドの暗い魔の製造所を思い浮かべるべからず。ポート・タイコンデローガの工場群は、緑豊かな環境に建ちならび、そこには楽しげな花々が明るさを添え、小川のせせらぎが心なごませる。清潔であり、風通しは良好、工員たちはみな朗らかにして腕が立つ。夕暮れ時、新設の美しいジュービリー橋に立てば、あたかも鉄編みのレースで出来た虹のような曲線を描く橋の下、ルーヴトー河の小滝が轟々と流れ落ち、チェイス家の釦工場の灯りが瞬いて、きらめく水面に映るなか、魅惑のおとぎの国が見晴らせるであろう。

記事が書かれたころは、これもあながち嘘ではなかった。少なくともつかのま、このあたりはにぎやかに栄え、りっぱに観光もできたのだ。

つぎに来るのは、わたしの祖父の写真である。白い頰髯をたくわえ、フロックコートに山高帽という出で立ちで、同様に盛装した要人たちの一団にまじった祖父は、一九〇一年のカナダ横断旅行の途上にあるヨーク公を出迎えるところだ。つぎの写真はわたしの父、花輪を捧げようと戦争碑の前に立っている。背の高い男で、おごそかな顔つき、口髭に眼帯。近づいて見ると、黒い点々の集まり。父の姿がくっきり焦点を結ばないものかと、わたしは後ずさってみる。眼帯のないほうの目と目をあわせようとするが、父はこちらを見てくれない。その視線は地平線に向けられ、背筋を伸ばし肩をそらしている。まるで銃殺隊と相対するように。〝勇猛果敢〟とは、このことだ。

つぎは、釦工場の建物で、キャプションによれば、一九一一年の写真である。バッタの足みたいなアームをつけて軋る機械、鉄のはめ歯、ギザギザの歯車、上下しながら型を打ち抜く圧断機のピストン。長いテーブルには、工員たちがずらりと着席し、前屈みになって、手作業に勤しんでいる。機械を人力で動かしているのは、頭にバンドでまびさしを固定し、ベストを着て、腕まくりをした男たち。テーブルについているのは女工で、みな髪を結いあげ、エプロンドレスを着ている。女たちの役割は、釦を数えて箱詰めする、あるいは、チェイス家の名前が刷りこまれた台紙に釦を縫いつけること。六個、八個、十二個の釦を台紙に。

石敷きのオープンスペースの奥には、バーがある。この〈ザ・ホール・エンチラーダ〉は、土曜日には生演奏が入り、いわゆる地ビールが飲めることになっている。店内のしつらえはというと、ビール樽の上に木の台を置いたのがテーブル代わり、片側の壁にそって、昔懐かしいビール・ブースがならんでいる。ウィンドウに掲げられたメニューを見るかぎり（店には入ったことがないので）、料理はなにやらエキゾチックなもの。パテ・メルト、ポテト・スキン、ナチョ（薄切りのトルティヤ）。よからぬ若者向けのぐちゃぐちゃの食べ物――少なくとも、マイエラにはそう聞かされている。マイエラはドア脇の〝リングサイド席〟に陣取り、〈ザ・ホール・エンチラーダ〉で怪しげなことが起きようものなら、ひとつとして見逃さない。彼女によれば、ポン引きや麻薬の売人が白昼堂々、食事にくるそうだ。興奮しきって耳打ちしながら、彼らを指さして教えてくれたことがある。そのポン引きは三つ揃いを着ており、ぱっと見、株式ブローカーのようだった。麻薬の売人は白いものの混じる口髭をたくわえ、デニムの上下を着た姿は、ひと昔前の組合《オルグ》のまとめ役みたいだった。

　マイエラの店は、〈ギフトとコレクションの店　ジンジャーブレッド・ハウス〉という。例の甘くスパイシーな香り――シナモンの飾り枝のような香り――が漂う店内では、あらゆる物が売られている。コットンのプリント生地を被せた瓶詰めのジャム、ドライハーブを詰めた、干し草の匂いのするハート形の枕、〝昔かたぎの職人さん〟が彫り物をした、蝶番の嚙み合わせのわるい木箱、メノー派信徒が縫ったというふれこみのキルト、わざとらしく笑うアヒルの顔がついた、トイレ掃除のブラシ。街に暮らす人々の考えるカントリーライフとはかくなるものであると、マイエラは考えているわけだ。のどかな田舎町でご先祖たちは、こんな生活を送っていたのだろう、と思わせる。歴史のひとかけらを、どうぞお持ち帰りください。しかし、歴史とは、わたしの記憶にあるかぎり、こんな晴れがましいものではない。とくに、こんな清潔さはない。ところが、生々しいものは売れやしないのだ。多くの人々は、無臭の過去を好む。

隠し持ったお宝のなかから、マイエラは好んで贈り物をしてくれる。まあ、言い方を変えれば、店の客が買いそうにない商品をやっかい払いするだけだが。いままでもらったものには、いびつな形をした枝編みの花輪、パイナップルの飾りがついた、数の揃わない木製のナプキンリング、灯油とおぼしき香りのする太いキャンドル。わたしの誕生日には、ロブスターをかたどったオーヴン用の鍋つかみをくれた。これも好意の印にちがいない。

あるいは、わたしを懐柔しようとしているか。マイエラはバプティストで、手遅れになる前に、わたしに主《イエス》を見出してほしい、あるいは、主にわたしを見つけてほしいと願っている。しかし、彼女の家系にはそういった血筋はないようだ。マイエラの母リーニーも、さして信仰心は篤くなかった。そこは互いの敬意の問題で、困ったことがあれば、自然と神頼みをする。弁護士に頼るように。もっとも、弁護士が出てくるとなると、かなりやっかいなトラブルにちがいないが。困ったことでもなければ、主と深くつきあって得することもない。たしかに、リーニーは主を台所には入れたがらなかった。ただでさえ、手一杯だったのだから。

しばしつらつら考えたのち、〈ザ・クッキー・グレムリン〉でクッキーを買った。オートミールとチョコチップ、それに発泡スチロールのコップに入ったコーヒー。公園のベンチに腰かけて、指を舐め舐めコーヒーをすすりながら、足を休め、録音テープから流れてくる、軽やかで物悲しい弦楽に耳を傾けた。

釦工場を建設したのは、わたしの祖父ベンジャミンである。一八七〇年代初めのこと。釦の需要があった時代だ、衣類など、その周辺の物がよく売れたように。大陸の人口は飛躍的に増加していた。釦は安く作って安く売れ、それが（リーニーに言わせると）祖父にとって成功への切符になった。彼はチャンスと見てとると、神のくださった頭脳をぞんぶんに活かした。

ベンジャミンのご先祖たちは、一八二〇年代に、ペンシルヴァニアからやってきて、安い土地に目をつけ、また建設の好機に乗じて栄えた。町は一八一二年の戦争中に焼けてしまったから、再建の要望はいくらでもあった。先祖は、ドイツ人と分離派教会信徒にピューリタンの七代目をかけあわせた一族で、勤勉だが熱しやすく、清く正しい農夫も世間なみに取り揃えていたが、そのほか、巡回牧師三人と、へたな土地投機家二人と、けちな横領屋一人を家系に生んだ。彼らは夢見がちで、片目は遠く地平線を見ているような、地に足がつかない人々である。わたしの祖父の場合、これは博打うちの気質となって現われた。祖父が賭けたのは、自身の人生だけだったが。

祖父の父は、ポート・タイコンデローガに出来た最初期の水力工場、つつましい製粉所をひとつ所有していた。なにもかもが水力で動いていた時代だ。この曾祖父が卒中（そう、当時は、たんに卒中と呼んだものだ）で死んだとき、祖父は二十六歳だった。祖父は製粉所を継ぐと、借金をして、合衆国から釦の製造機を買いつけた。最初のうちは、木と骨で釦を作っていたが、じきに、牛の角でもっと凝った物を作るようになった。骨も角も、近くに幾つかある屠畜場で、ただ同然で手に入った。木材はといえば、場所塞ぎだからと燃して始末するぐらい、そのへんにごろごろしていた。安い素材に安い人件費、拡大する市場、これで儲からない法があろうか？

祖父の会社で作られる釦は、少女のわたしがいちばんに好むような物ではなかった。小さな真珠をあしらった物も、繊細な黒玉も、婦人用手袋の白い革でくるんだ物も、ひとつとしてなかった。履き物でいえばゴム長にあたるのが家庭用釦で、面白味もなく実用いっぺんとうの釦である。コートとかオーバーオールとか作業シャツなどに使うことが多く、頑丈で、無骨な感じすらする。モモヒキの尻ポケットを留めたり、男物のズボンの前立てに付いていたり、そういった図が思い浮かぶだろう。かような釦が隠すものといえば、ぶらぶらしていて、か弱くて、恥ずかしくて、でも避けて通れないものである。世の中が必要としながら鼻で笑う、そういった類の物体。

創設者の孫娘にあたる世代に、そんな釦がどれほどの魅力をもっていたのか、よくわからない。ひとつ言えるとすれば、お金。お金、または、お金があるという噂だけで、かならず種々のまばゆい光を投げる。だから、ローラもわたしも、ある種のオーラをまとって育ったのだ。それに、ポート・タイコンデローガでは、家庭用釦が滑稽でみっともないものだなんて、誰も思わなかった。この土地では、釦はまじめに扱われるものだった。あまりにも多くの人々の仕事が、釦産業にかかっており、釦なしの生活はありえなかった。

長年のあいだに、祖父はほかにも水力の製造所を買いあげ、おなじく立派な工場に変えていった。やがて、アンダーシャツとコンビ下着の紡績工場をひとつ、靴下工場をひとつ、そして灰皿などの小さな陶器を作る工場をひとつ持つようになった。どの工場も、環境については、胸をはっていた。果敢にも苦情を言う者があれば、耳を傾け、怪我の報告があれば、遺憾とした。機械の進歩に、いや、あらゆる種類の進歩に遅れをとらない人だった。この町で、電気照明を最初にとりいれた工場主でもある。花壇は工員の志気を高めるのに有効と考え、ヒャクニチソウとキンギョソウを絶やさなかった。安価で、見栄えがよくて、長持ちする花だから。また、自分の工場では、女性の働く環境が安全なことは、家の客間にいるのと同様であると断言した（女たちがうちに客間をもっていると思っていたのだ。そういう客間は安全な場だと思ってもいた。誰もがみな幸せだと考えたがる人だった）。酒を飲んで仕事をする、口汚いことを言う、態度がだらしない、などにたいしては、容赦がなかった。

と、少なくとも、『チェイス工場　あるひとつの歴史』は語っている。祖父が一九〇三年に作らせた本で、緑革の私家版、タイトルに祖父のスナップ写真が添えられ、いかにも重々しい署名が金の浮き彫りで入っている。役にも立たないこの本をよく仕事仲間に進呈していたが、相手はさぞびっくりしただろう。いや、そうでもないか。世の慣わしとされていたにちがいない。でなければ、祖母のアデリアが出版を許さなかったろう。

公園のベンチに座りながら、わたしはクッキーをむしゃむしゃ食べていた。牛糞かと思うほどやたら大きいが、これが最近の作り方だ。妙に味がなく、ぼろぼろ崩れ、油っぽい。ぜんぶは食べ切れそうになかった。こんな暑い日に食べる物じゃない。軽いめまいもしていたが、これはコーヒーのせいだったかもしれない。

カップを横に置くと、ベンチからステッキが音をたてて床に落ちた。わたしは斜めに屈みこんだが、手が届かなかった。そこでバランスを崩し、コーヒーカップを倒した。スカートを通してコーヒーがしみるのを感じた。生ぬるい。立ちあがると、まるでおもらししたみたいに、茶色い染みが出来ていた。はたから見たらそう見えるだろう。

人間は決まってこういうとき、世界中の人々が自分を見つめていると思うのは、なぜなのか？　たいていは、誰も見ていないのに。でも、マイエラは見ていた。わたしが入ってくるのを目にとめたのだろう。ずっと見張っていたにちがいない。慌てて店から出てきた。「ちょっと、顔色が真っ青よ！　そうとう参ってますね」彼女は言った。「さあ、コーヒーを拭きましょう！　やれやれ、ここまで歩いてきたんですか？　帰れないでしょうに！　ウォルターを呼んだほうがいいですね。車で送らせましょう」「ひとりでなんとかするわよ」わたしは言った。「具合がわるい訳じゃないの」と言いつつ、ウォルターを呼ぶのは止めなかった。

アヴァロン館

また骨が疼きはじめていた。蒸し暑い日にはよくあることだ。骨はまるで歴史のように疼く。とうのむかしに終わったことが、痛みとなって今に反響する。痛みがひどいと、眠ることもできない。夜ごと、眠りを渇望し、眠りを求めて苦闘する。なのに、それは煤だらけのカーテンみたいに、頭の上ではためくばかり。睡眠薬もむろんあるが、医者には、極力服《の》まないよう言われている。

ゆうべは、湿気のなか、何時間にも思える時間を悶々とすごした末、起きだして、スリッパもはかず、吹き抜けの窓から射す街灯のほの明かりを頼りに、手探りで階段をおりていった。無事に階下までたどりつくと、まずよろけながらキッチンの冷蔵庫に足を向け、冷気で霞んだまぶしい庫内をきょろきょろ眺めまわした。食べたいものはあまりなかった。薄汚れたセロリの残り、青かびの生えかけたパンの耳、ぶよぶよになったレモン一個。脂っぽい紙に包まれて足爪みたいに半透明になった固いチーズの切れ端。すっかり独り住まいに馴れてしまい、食事はその場しのぎの、あり合わせばかりだった。ないしょの軽食、ないしょのおやつ、ないしょのピクニック。人さし指でピーナツバターを瓶からじかにすくいとり、それを舐めて良しとした。なぜスプーンを汚す必要がある？

片手に瓶を持ち、指を口に入れた恰好のわたしは、いまにも誰か部屋に入ってきそうな感覚にとらわれた。どこかの女、所有権をもつ見えざる家主が、わたしのキッチンでいったい何をしているの、と訊いてきそうな。前にもそんな感じを覚えたことはあった。しごく当たり前の日常の営み――バナナの皮を剝いているとき、歯を磨いているとき――の最中にも、自分がどこかに侵入しているような気が。

夜、この家はいつにもまして他人のものに思える。わたしは壁に手をついてバランスをとりながら、とっつきの居間、ダイニングルーム、客間と抜けていく。さまざまな持ち物がわたしからよそよそしく離れて、自身の影のなかに浮かび、おまえの持ち物じゃないと主張する。わたしは強盗の目で彼らを見やり、盗みの危険をおかすに価する物はどれか、逆に手をつけないのはどれか、値踏みした。泥棒はわかりやすい物を盗っていく――祖母の銀のティーポット、それから、手塗りの陶器も、たぶん。モノグラムの入った古風なスプーン。テレビ。盗られて惜しいものはなにもない。

これらもみな、わたしが死んだら、誰かがひととおり目を通して始末するのだろう。その仕事を独り占めするのは、きっとマイエラだ。わたしのことも、母リーニーから受け継いだ気でいるらしい。信頼ある〝家臣〟の役どころを、嬉々として演じるだろう。わたしは羨みなどしない。人生は生きているうちでさえゴミ溜め、いわんや、死んでからは。しかし、ゴミ溜めにしても、あきれるほど小さいことよ。ひとの死後、これを掃除してみるとわかる。自分が掃除される番になったとき、緑色のゴミ収集袋がいかに少なくてすみそうか。

ワニの形をしたくるみ割り器、真珠のカフス釦が片方だけ、歯の欠けた鼈甲の櫛。こわれた銀のライター、ソーサーの欠けたカップ、ヴィネガーの瓶のない薬味スタンド。散乱した〝わが家〟の骨。ぼろくず。遺骨。難破して岸に打ちあげられた破片。

今日は、マイエラに押し切られて、扇風機を買った。背の高いスタンド式で、いままでキィキィ軋る小さな代物を頼りにしてきたが、それよりよほど良い。マイエラとしては、ジョグー河を渡ったあたりに新しくできたモールで売られているセール品の類を考えていたようだ。車で連れていってくれるという。どうせ自分も出かけるついでだから構わないのだ、と。彼女に口実をならべられると、どうもやる気がしなくなる。

車はわたしたちを乗せて、アヴァロン（致命傷を負ったアーサー王が運ばれたという島と同名）、いや、かつてはアヴァロンだったがいまや哀れにも様変わりしている建物を過ぎた。現在は、〝ヴァルハラ〟と呼ばれている（最高神オーディンの殿堂で戦死した英雄の霊を招いて祀る所と同名）。これが老人ホームにふさわしい名前だなどと、どういう脳たりんの役人どもが決めたのか？　記憶によれば、ヴァルハラとは、ひとが死んだ後に行くところではないか、その直前ではなく。とはいえ、なにがしか意図はあったのだろう。

場所としては一等地である。ルーヴトー河の東岸、ジョグー河との合流点のあたりにあるため、〈峡

〈谷〉のロマンチックな景観と、ヨットの集まる安全な停泊所の風景がとけあっている。ホームは大きいが、すでに満杯のようで、戦後建てられた粗末なバンガローに、押しのけられそうになっている。玄関ポーチに、老女が三人腰かけており、ひとりは車椅子に座って、トイレでタバコを吸う悪ガキのように、こっそり喫煙している。そのうち、火事で建物を焼いてしまうにちがいない。

老人ホームに変わってから、アヴァロン館のなかには入っていない。きっとベビーパウダーと、きのう茹でたジャガイモと、小便の饐えた臭いがするんだろう。できれば、むかしのままの姿で憶えておきたい。わたしの知る当時から、すでに使い古しの観が漂いはじめていたが。ひんやりした広い玄関ホール、よく磨かれた広い台所、玄関ホールに置かれた小さなサクラ材の丸テーブルには、ドライフラワーの花びらをいっぱいに入れたセーヴル焼きの高級陶器。階上のローラの部屋には、マントルピースのわずかな残骸が。あの子はここから薪のせ台を落としたのだ。いかにもローラらしい。これを知っているのは、いまやわたしだけだ。妹の容貌——抜けるように白い肌、しなやかそうな体、バレリーナのような長い頸——を見れば、ひとはしとやかな娘を想っただろう。

アヴァロン館は、変哲もない石灰の建物とはちがう。設計者たちはもっと変わったものを造ろうとしたらしく、河の小さな丸石をセメントで固めている。遠くから見ると、いぼが出来ているように見える。恐竜の皮膚というか、絵本に出てくる〝願いの泉〟というか。くじけた野心の御霊家《みたまや》。いまでは、そんな気がする。

とくに高雅な家ではないが、ひところは、それなりに威風堂々たる建物とされていた。商い人の宮殿。屋敷まで曲線を描いてつづく車道《くるまみち》、どっしりしたゴシック様式の小塔、ふたつの河を見晴らすヴェランダは、広々と半円形に展《ひろ》がっていた。二十世紀の初頭には、夏のものうい午さがり、ここで花を挿した帽子をかぶった貴婦人たちに、お茶がふるまわれたもの。庭で園遊会があれば、ここで弦楽カルテットが演奏した。祖母とその友人たちは、これを舞台として使い、まわりに松明をめぐらせて、夕暮れ時に素人芝居をうった。ローラとわたしにとって、ヴェランダの下は恰好の隠れ家だった。そのヴェランダも、いまや沈下しかけている。ペンキも剝げてきた。

むかしは、見晴らしのよい四阿《あずまや》やら、囲い地の菜園やら、飾りを置いた空間がいくつもあった。金魚が泳ぐ睡蓮の池。草いきれのする温室。これはいまや取り壊されてシダやコケがはえ、ときおりは、貧弱なレモンやすっぱいオレンジを生《な》らす。撞球室あり、客間あり、家族の居間あり、暖炉の上に大理石のメドゥーサのいる書斎あり。いかにも十九世紀的なメドゥーサで、美しく無感情なまなざし、頭から懊悩のように這いでてくる蛇たち。あのマントルピースは、フランス製だった。ディオニュソスとぶどうの木だったか、そんな飾り付きのを注文したのに、届いたのはメドゥーサだった。送り返すにもフランスは遠いから、それを使うことにした。

薄暗くだだっ広いダイニングルームもあり、ウィリアム・モリスの壁紙が張られていた。「苺泥棒」のデザインだ。ブロンズの睡蓮がからみつくシャンデリア。ステンドグラスを入れた高い窓が三つ。これはイングランドから買いつけたもので、トリスタンとイゾルデの物語が連作で描かれる（深紅のカップに入った媚薬が差しだされる図。つぎは、恋人たちの図。トリスタンは片膝をつき、イゾルデは黄褐色の髪を滝のように波うたせ、彼への想いに身をもんでいる。ガラスで表現するのは苦労だったのだろう。箒が溶けだしたように見えなくもない。三枚めは、イゾルデひとりの図。襞のうつ紫の長衣を着てうなだれ、脇にはハープが置かれている）。

この家の設計と内装は、祖母のアデリアが監督した。わたしが生まれる前に他界したが、聞くところによると、俗にいう「絹のように滑らか」で「キュウリのように冷静」だが「大鋸《のこ》みたいに強情な」人だったらしい。〝カルチャー〟というものを信奉し、それが彼女にある種の道徳規範をあたえていた。今日びはそうも行かないようだが、当時の人々はカルチャーがより良い人生、より良い人間をつくると信じていた。カルチャーはひとを向上させる、少なくとも女性はそう信じていた。まだオペラ座に通うヒトラーに会ったこともない人たちだ。

アデリアの旧姓はモンフォートといった。名家、少なくともカナダではそう目される家の出である。モントリオールのイギリス人二世とユグノー派のフランス人の血が混じった一族。このモンフォート家も一時は興隆を誇る家で、鉄道でひと財産なしたが、危なっかしい山っ気とものぐさが祟り、もはや下り坂も半ばまで落ちぶれていた。あつらえむきの夫も見つからないまま、婚期の時間切れを迎えようとするころ、アデリアはお金と結婚した。無骨なお金、釦のお金と。彼女なら、石油を精製するようにこの金をきれいにしてくれる、そう当てこまれたのだ。

（アデリア大奥さまは、結婚したというより、嫁に出されたのよ。リーニーはジンジャークッキーの生地をこねながら、そう言った。政略結婚ってことだね。ああいう上流の家ではよくあったことだし、自分で相手を選ぶより良いとか悪いとか、誰が言えるだろう？　どっちにしろ、アデリア・モンフォートは務めを果たしたんだし、その機会がめぐってきたのは幸運だった。そのころには、薹《とう》が立ちかけていたから。二十三だったっけ。あの時代には、もう盛りをすぎたと思われた年齢だよ）。

祖父母の肖像写真はまだ手元に持っている。銀の額に入ったそれは、結婚式のすぐ後に撮ったもので、ヒルガオの花が満開である。背景には、縁取りのあるビロードのカーテンと、ふた元《もと》のシダが写っている。遊覧馬車にもたれた祖母のアデリアは、大きな帽子をかぶり、襞のたっぷりしたドレスを着た、〝ハンサムな〟女性で、二連の長い真珠のネックレスをつけ、レースの縁取りのある襟は深く刳れ、肌白の上腕はチキンの丸焼きみたいにしなやかだ。祖父のベンジャミンも正装で彼女の後ろに立っており、たしかに上等な装いをしているが、いかにも、この日のためにめかしこみましたという感じで、板についていない。ふたりとも、コルセットをつけているようだ。

十三、四歳の年ごろはみなそうだろうが、わたしもそんなアデリアをロマンチックに美化していた。夜、部屋の窓から、芝生と、月影で銀色に輝く庭の飾り棚の向こうを眺めやっていると、白いレースの茶会服をまとい、恋焦がれる風情で歩いていく彼女の姿が目に見えるようだった。わたしは、けだるく、厭世的で、うっすら小馬鹿にしたような笑みを、彼女に向ける。すぐさま、その図に想像の恋人もくわえた。そのころには温室はもう構われなくなっており、アデリアはこの恋人といつも温室の外で逢い引きをする。わたしの父は蒸し暑いオレンジの果樹園などには、なんの興味もなかったが、わたしは頭のなかでそれを建て直し、温室花を植えてみたりした。ランがいいだろうか、それとも、ツバキか（ツバキがどんなものか知らなかったが、本で読んだことはあった）。アデリアと恋人は決まって温室のなかへ消えていき、さて、なにをするんだろう？　幼いわたしには、想像もつかなかった。

現実には、アデリアが情夫をつくる可能性はゼロだったろう。町はあまりに狭く、モラルのありかたは実に田舎じみており、道を踏み外すにも障害がありすぎた。彼女も馬鹿ではない。おまけに、持参金のひとつも持っていなかった。

女主人兼主婦として、アデリアはベンジャミン・チェイスのもとで贅沢に暮らしていた。自分の趣味の良さを誇りにしていたが、祖父もこれには敬して従った。彼女を妻に選んだ理由のひとつは、この趣味の点にあったのだ。祖父も結婚するころには、四十になっていた。財をなすのに働きつめてきたのだから、その金に見合ったものを手に入れるつもりだった。つまり、新妻に衣装をとりしきられ、テーブルマナーをびしびし躾けられるという暮らし。祖父は祖父なりに、〝カルチャー〟が欲しかったのだろう。少なくとも、自分にもカルチャーがあるところを見せたかった。しかるべき陶器類を持ちたかった。

陶器が手に入ると、それに十二皿のフルコースがついてきた。まずは、セロリと塩味のナッツが出て、ショコラでしめくくる。コンソメ、リッソウル、タンバール、魚料理、肉のロースト料理、チーズ、果物。テーブル中央のエッチングガラスの飾りスタンドからは、温室のぶどうが蔓をたらしている。いま思えば、長距離列車の豪華メニューだ。オーシャンライナーの食事。首相たちもポート・タイコンデローガを訪れてきた。そのころには、町にも大きな製造工場がいくつかあり、工場の政党支援はありがたがられた。そんな訪問のさい、政治家たちが泊まるのはアヴァロン館だった。祖父ベンジャミンが、三人の首相と代わる代わる写っている写真も、金の額に入れて書斎に掛けてあった。首相は、ジョン・スパロー・トンプソン卿、マッケンジー・ボーエル卿、チャールズ・タッパー卿だ。彼らはみな、この邸で供されるなによりも料理を好んでいた。

アデリアに期待される仕事とは、こうしたディナーの計画と食材の注文、そして、その食事をがっついている姿を決して見られないこと、だった。ひとさまがいる場では料理をほんのつつく程度だったと、客たちは証言したはずだ。ものを噛んだり飲み下したりするのは、野蛮な俗っぽい行為だから。きっと、あとで食事の盆を部屋に運ばせていたのだろう。それを手づかみで食べていたにちがいない。

アヴァロン館は一八八九年に完成し、アデリアに命名を受けた。テニスンの詩からとった名前だ。

アヴァロンの島の谷
なにも降らぬ、雹も雨も雪も
風とて吹き轟くことがない
草地の奥、幸福で、美しく、果樹園の緑に包まれ
夏の海を戴く、木陰の窪地……（「アーサー王の逝去」より）

彼女はこの引用文をクリスマスカードの左内側に印刷させた（当時、テニスンは英文学のスタンダードから言うと、いささか時代おくれで、少なくとも若者たちのあいだでは、オスカー・ワイルドがその後釜だった。だが、あのころのポート・タイコンデローガは、なにもかもがいささか時代おくれであった）。

こんな引用文を見て、人々は——町の人々は——アデリアを笑いものにしたにちがいない。彼女を令夫人だの公爵夫人だのともちあげる人たちでさえ。とはいえ、みなさん、彼女の招待リストからはずされたりしたら、気分を害するのだが。あのクリスマスカードにたいしては、こんなことを言っていたのだろう。〝たしかに彼女、雹や雪には運がないわね。それについては、きっと神さまに意見のひとつもするでしょう〟。あるいは、あちこちの工場で、〝このへんで「木陰の窪地」なんて見たことあるかい？ 彼女のドレスの胸のあたり以外にさ〟。彼らの流儀は知っているが、いまでも、そう変わったとは思えない。

アデリアはクリスマスカードをひけらかしていたが、そこにはカード以上の何かがあったのだと思う。アヴァロンはアーサー王が死出の地となったところ。アデリアがこの名前を選んだのには、放浪のわが身をいかに心細く思っているか、そんな含みがあったのだろう。ひたすら念ずれば、〝幸せの小島〟の安っぽい模造品を生みだせるかもしれない、と。だが、決して実物にはなりはしない。アデリアの求めているのはサロンだった。芸術家肌の人々、詩人、作曲家、科学者——要は、イギリスのまたいとこの家を訪れたさい、見かけるような人々を。彼女の一家にまだお金があったころの話だ。広々とした芝生のある、黄金の日々。

ところが、そんな人種はポート・タイコンデローガでは見つからなかったし、ベンジャミンは旅を拒んだ。自分の工場を離れるわけにはいかん、と言って。まあ、実のところ、彼の釦工業を嘲笑うような連中のなかへ、引きずりこまれるのが嫌だったのだろう。見も知らぬ食器類がならんでいるような、そして、アデリアが夫を恥じるような世界には。

ヨーロッパでもどこでも、アデリアは夫なしでは旅の誘いを断わった。あまりに誘惑が強くて——帰れなくなるのを恐れたのかもしれない。風まかせの旅をつづけ、じょじょに金を使い果たして、小型飛行船のようにしぼみゆき、ごろつきや浮かれた者たちの餌食となり、卑しい女に身を落とす。あんな襟ぐりのドレスを着ていれば、いいカモになっただろう。

なによりもアデリアが夢中になったのは、彫刻だった。温室をはさんで、一対のスフィンクスの石像が置かれており、ローラとわたしはその背中によく登ったものだ。また、石のベンチの後ろからは、酒盛りをする牧畜神ファウヌスが流し目をくれていた。尖った耳、階級章のように陰部を覆う大きなぶどうの葉。睡蓮の池の隣には、大理石のニンフが鎮座している。幼い貧弱な胸をした冴えない娘で、ひとつに結った形の髪を肩にたらし、水面におずおずと片足をつけている。わたしたちはニンフの横に座ってリンゴを食べたり、彼女の足先を金魚がつつくのを眺めたりした。

(こうした彫像は〝真正の〟と言われていたが、真正の、何なのだろう? だいたい、アデリアはどうやって手に入れたのか? どうもイカサマの匂いがする――どこぞの怪しげなヨーロッパ人の仲買人が、二束三文で仕入れて、それらしい来歴をでっちあげ、長距離電話でアデリアに如何物《いかもの》をつかませ、差額を懐に入れる。アメリカ人の金持ちでは見向きもしないと、賢くも判断して、彼女に目をつけたのだろう)。

アデリアは一族の墓碑も設計した。ふたりの天使がいるあれだ。王朝風の威風をそなえたいからと、ご先祖の遺体を掘りおこし、ここに埋めなおしてほしいと、うちの祖父に頼んだが、祖父はついに腰をあげなかった。結局は、アデリア本人がそこに埋葬される最初の人物となった。

アデリアが逝ったとき、祖父ベンジャミンは安堵の息をついたろうか? 妻のもうける厳しい規範にとてもついていけないのは、いやというほど思い知っていたのではないか。もっとも、彼女に畏敬に近い念を抱いていたのは明らかだ。その証拠に、彼女の死後も、アヴァロンではなにひとつ変わることがなかった。絵画一枚動かず、家具ひとつ入れ替わることもなく。家そのものがアデリアの真の記念碑であると、祖父は考えていたのだろう。

それに、ローラとわたしを育てたのも彼女だった。ふたりはアデリアの家で育った。言い換えれば、彼女の概念のなかで育ったということだ。さらに言えば、おまえたちはかくあるべしという無茶な概念のなかで育ったのだ。そのころには、アデリアは没していたから、文句を言うわけにもいかなかった。

うちの父は、三人兄弟の長男で、息子たちはそれぞれ、アデリアがハイカラだと思う名を与えられた。ノーヴァル、エドガー、パーシヴァル。古めかしいアーサー王伝説を引っぱりだして、ワーグナー風にしたような名前。まあ、ウーゼルとかジークムントとかウルリックとかにならずにすんで、感謝すべきだろう。祖父ベンジャミンは、息子たちを目のなかに入れても痛くない可愛がりようで、釦業を仕込もうとしたが、アデリアの志はもっと高かった。ポート・ホープのトリニティ・カレッジへ、三人まとめて送りこみ、ベンジャミンと釦商いのせいで無骨者にならないようにした。彼女も夫の資産の使いでには感謝していたが、その出所は臭いものには蓋という態度を決めこんでいた。

夏休みになると、息子たちは帰省した。寄宿学校と大学で、父親へのなごやかな軽蔑を学んで――拙いながらもラテン語の出来る自分たちとちがい、まるきりだめな親への。父の知らない人物について話し、聞いたこともない歌をうたい、理解できないジョークをとばす。月明かりのもと、父の小さなヨットで出帆する。これまたアデリアの切々たるゴシック趣味により命名された〈ウォーター・ニクシー〉号。そこでマンドリンを奏で（エドガー）、バンジョーを弾き（パーシヴァル）、ビールを痛飲し、索具をもつれさせ、そのままにして父に解《ほど》かせる。はたまた、父の新車二台のうちの一台を乗り回す。町の周りの道は、年の半分がたは、たいへんな悪路となり――雪、のちに泥、のちに土埃――どこへ行っても、車で走れるところなどたいしてない。息子たちは、女にもだらしないとの噂だった。少なくとも、下の子ふたりは。〝乗り換え〟のさいは、金で解決しているとも囁かれた。いや、ご婦人がたに支払いをしてお引き取り願うのは、賢明なことに他ならない。その金で彼女たちはやり直せるのだし、チェイス家非認知の赤ん坊たちが這い回る図など、誰が希《こいねが》うだろう？　だが、娘たちはこの町の出ではなかったから、噂が流れても、息子たちが困ることはなかった。少なくとも、男どものあいだでは、むしろ逆の効果があった。少々ひとに笑われこそすれ、物笑いの種というほどではなく、なかなかのしっかり者だとか、気さくだとか言われもした。エドガーとパーシヴァルは、エディ、パーシーと呼ばれたが、うちの父だけは威あって猛《たけ》からずというふうだったので、つねにノーヴァルと呼ばれていた。三人とも見るからに快活で、多少やんちゃではあったが、男児には当然のことでもあった。しかし、〝やんちゃ《ワイルド》〟とは、どういう意味だったのだろう？

「三人とも、悪戯っ子だったね」リーニーはわたしにそう話したものだ。「でも、悪党じゃなかった」

「ふたつの違いはなんなの？」わたしは訊いた。

彼女はため息をつき、「あんたが知らずにすむことを祈るばかりだよ」と言った。

アデリアは一九一三年に、癌で亡くなった。特定の病名が伏せられたところを見ると、婦人病の類がいちばんあやしい。アデリアの末期のひと月、台所の手伝いとして、リーニーの母が呼ばれ、母についてリーニーもやってきた。当時、彼女はまだ十三歳、そのなりゆきは胸に深く刻みこまれた。「痛みがあまりにひどいんで、モルヒネを打つしかなかった、四時間おきにね。大時計のまわりに、看護婦たちを揃えていたっけ。でも、アデリアはベッドに寝ていられず、いつも歯を食いしばって起きあがり、あいかわらず綺麗に身じまいをしていた。気が変になりかけているのは、はた目にあきらかだったけど。屋敷の園内を歩き回っているのを、わたしもよく見かけた。淡い色の服を着て、ヴェールのついた大きな帽子をかぶって。立ち姿があでやかでね、そのへんの男たちよりよほど気骨があったよ、あの人は。しまいには、その身を思えばこそ、ベッドに縛りつけるはめになった。あなたのお祖父さんは胸も張り裂けんばかりで、すっかり気落ちしたようすだった」時が経つにつれ、わたしがおいそれと感服しなくなると、リーニーはこの物語に、押し殺した絶叫やらうめき声やら臨終の床の誓いやらを付け足した。

どういう意図なのかは、さっぱりわからなかった。あんたもこういう気丈さを——痛みに屈せず歯を食いしばって——見せねばならないと言っていたのか、それとも、たんに凄惨な描写を愉しんでいたのだろうか？　両者だろう、きっと。

アデリアが亡くなるころ、三兄弟はおおかた大人になっていた。母を恋しく思ったろうか、その死を悼んだろうか？　それは、当然のこと。母の献身に、どうしたら感謝せずにいられただろう。それでも、アデリアは息子たちにしっかり首縄をつけていた。できるかぎりしっかりと。不帰の人となってからは、その縄や首輪にもゆるみが出来たであろうが。

三兄弟は誰も釦産業には入りたがらなかった。母の蔑視を受け継いでいたからだが、一方、母の現実主義は継がなかったようだ。金は木に生るわけではないとわかってはいたが、なら、どこに生るのかと訊かれれば、あまり明解な答えはもちあわせていなかった。うちの父ノーヴァルは、国を良くするつもりだったから、法律を勉強して、いずれは政治家になろうかと考えていた。下のふたりは、旅をしたがった。パーシーがカレッジを卒業したらすぐ、金脈を探して、南アメリカへの発掘旅行を計画した。広々とした道が手招いていた。

となると、チェイスの家業は誰が引き受ける？　〈チェイス＆サンズ〉なる同族会社は存在しないことになるのか？　存在しないなら、ベンジャミンはなんのために身を粉にして働いてきたのか？　このころには、祖父も、自分がこれだけやってきたのも、みずからの野心や欲望とはべつの理由、なにか高貴な目標のためと思いこんでいた。遺産を築きあげたからには、それをつぎの世代に手渡したいと願っていたのだ。

夕食の卓を囲んで、ポートワインを飲みながら、語気をおさえたお咎めが、一度ならずあったことだろう。それでも、息子たちは頑としてゆずらなかった。やりたくもない釦作りを、若者にやらせようというのがどだい無理である。息子たちは父を落胆させようというのではなかったが、不粋で気の滅入る、日常という重荷を背負う気もないのだった。

嫁入り道具

いよいよ新しい扇風機が購入された。部品は大きな段ボール箱に入って届き、工具箱を抱えてきたウォルターが、ネジを留めてすっかり組み立ててくれた。出来あがると、ウォルターは言った。「これで、このおじょうちゃんも落ち着くだろう」

たとえば、船はウォルターにとって女なのだ。車のいかれたエンジンや壊れたランプやラジオがそうであるように。男が新しく仕入れた道具でちょいちょいといじって、新品同様に修理できる類の物は、なんでも女。わたしがそれを頼もしいと感じるのはなぜだろう？　たぶん、子どもっぽい神頼みの心の片隅では、彼がペンチや歯車を取りだして、わたしのこともおなじように直してくれると信じているから。

背の高い扇風機は、ベッドルームにすえつけられる。古い扇風機は階下へ引きずりおろし、ポーチに置いて、ちょうど風がうなじに当たるようにする。心地よいがへたりこみそうな感覚。冷気の手をそっと肩に置かれたような。こうして涼をとりながら、木製テーブルにつき、愛用のペンで書きつける。いや、〝書きつける〟のではない。いまのペンに、書きつけるという語感は似合わない。文字は滑らかに音もなくペン先をころげだし、ページに綴られていく。いまも、わたしのペンは文字を軸につたわせ、指を通して絞りだしている。ああ、難儀だ。

もう陽も暮れかけている。風はない。庭の向こうから、早瀬の岸に打ち寄せる音が、長いひと息のように響く。青い花が空《くう》に融け、赤い花は黒ずんで、白い花は燐光をおびて照り映える。チューリップは花びらを落とし、あとには、むきだしのめしべが残る――口吻のような、黒くなまめかしい姿。シャクヤクの花は終わりかけ、湿ったティッシュのように、薄汚く萎れているが、百合が咲きはじめた。フロックスも。バイカウツギの最後の一本が花を落とし、草に白い花吹雪を散らす。

一九一四年七月、わたしの母と父は結婚した。いろいろ考えてみるに、これは説明を要したようだ。わたしが誰より頼みにしていたのは、リーニーだった。その手のことに興味をもつ年ごろ――十か、十一か、十二か、十三――になると、台所の卓に陣取って、錠をこじあけるみたいにリーニーをこじあけた。

アヴァロンに移り住んできたとき、彼女はまだ十七にもなっていなかった。工員たちが住むジョグー河南東岸の長屋から。あたしはスコットランド人とアイルランド人の血が混じっているんだよ、アイルランドと言ってもカトリックじゃないけどね、もちろん、と言っていた。わざわざそう言ったのは、自分の祖母がカトリック・アイリッシュだったからだ。わたしの乳母として仕事を始めたが、紆余曲折と軋轢の末、ついには一家の〝大黒柱〟になった。あのとき、彼女はいくつだった？　〝あんたたちの知ったことじゃない。いい歳して少しわきまえたらどう。ええ、そんなことはもうたくさん〟。彼女の身の上を探ろうとすると、貝のように口を閉ざしてしまう。〝自分のことは胸にしまっておくの〟。よくそう言っていた。あの当時は、なんと慎み深く感じられたことか。いまでは、なんと惨めに思えることか。

しかし、リーニーは一家の由緒を知っていた。少なくとも、なにがしかは。語り聞かせる話の内容は、わたしの年齢に応じて、そのときの彼女の心の乱れようによって、さまざまに変化した。それでも、わたしはこうして過去のかけらをじゅうぶん拾い集め、こうして物語を再構築した。そんな話でも、現実との繋がりは大いにあったはずだ。モザイクの肖像画が実物に似ている程度には。どのみち、リアリズムなど求めない。わたしが求めるのは、色彩が鮮やかで、輪郭がシンプルで、曖昧性のないもの。子どもが親から物語を聞くときに、いちばん求めるようなもの。子どもたちは、絵葉書を好む。

うちの父は（リーニーによると）スケート・パーティで、プロポーズしたという。滝から上流へいったあたりに、入江——古い水車用貯水池——があり、そのあたりは、流れもやや緩やかだった。冬もいちだんと寒くなってくると、スケートができるほど厚い氷が張る。若い教会信徒のグループが、ここでよくスケート・パーティを催した。いや、パーティではなく、〝遠出〟と呼ぶんだった。

うちの母はメソジスト教徒だったが、父は英国国教会徒だった。というわけで、社会的レベルからすると、母は父より下になった。そんなことが、当時は取り沙汰されたのだ（祖母アデリアが生きていたら、ふたりの結婚は認めなかったろう。あるいは、あとになって文句を言いだすか。アデリアにしてみれば、おそらく母はずっと階層の低い女であり、また、やけにとりすまして、押しが強く、田舎じみていたことだろう。祖母なら、父をモントリオールに引っぱっていき、最低でも、社交界に初めて出る金持ちの娘《デビュタント》とくっつけたはずだ。もっと身なりのいい女と）。

わたしの母はまだ若く、ほんの十八だったが、物知らずで引っ込み思案の娘ではなかった。と、リーニーからは聞いている。すでに学校で教鞭をとっていた。二十歳《はたち》前でも教師になれた時代だ。とくに教える必要があるわけではなかった。実父は、チェイス財閥の首席弁護士だったから、一家は〝なに不自由なく〟暮らしていた。しかし、彼女が九つのとき死んだ母親とおなじく、わたしの母も宗教には真摯であったから、自分より恵まれない人々には手を差しのべるべしと信じていた。つまり、ある種、伝道の務めとして、貧しい子どもたちに教える道を選んだのだ。と、リーニーは恭しく話したものだ（リーニーはわが身におきかえれば馬鹿らしいと思うことも、母の所業となると、よく褒めあげた。貧者については、リーニーはそのなかで育ったわけで、無力なものと考えていた。精根尽き果てるまで貧乏人を教育するのもいいが、おおかた、失望して打ちのめされるのがオチ、というのが持論だった。〝でも、あなたの母さんは——ああ、その善き心を讃えたまえ——決してそうはならなかった〟)。
オンタリオ州ロンドンの師範学校で、ふたりの娘といっしょに撮った母のスナップがある。三人が寄宿舎の正面階段に立ち、腕をからませあって笑っている写真だ。両脇には、冬の雪が降り積もり、屋根からは氷柱がたれている。母はアザラシの毛皮のコートを着て、帽子の下から、凍てついたブロンドの毛先をのぞかせている。若いころから近眼の気があったから、わたしが憶えているフクロウみたいな眼鏡の前に、もう鼻眼鏡をかけていたはずだが、この写真でははずしている。毛皮つきのブーツをはいた片足が写っており、足首をあだっぽくひねっている。いかにも気丈そうで、海賊少年のように威勢がいい。

母が師範学校を卒業して職を引き受けたのは、さらに遠い西北の小さな学校だった。当時はまだ鄙の土地だった辺りだ。彼女はそこでの生活にショックを受けた。人々の貧しさに、無学ぶりに、蚤に。その子どもたちは秋になると、肌着のなかに縫いこまれ、春になるまでほどいてもらえない——そんな話は、とくにむさ苦しい図として、わたしの心に残った。もちろん、とリーニーは言った。あなたの母さんが住むような土地じゃなかった。

しかし、母は達成感を覚えていた。ひとの役に立っている、と。そういう恵まれない子どもたちの、せめて幾人かには。そうあってほしいと、少なくとも母は願っていた。そうするうちに、クリスマス休暇が来て帰省。血色もわるく痩せたことが、周囲の話題になった。ばら色の頬をとりもどさなくては。というわけで、父もふくむ仲間たちと、凍った貯水池でのスケート・パーティに出かけていった。父はそのスケート靴の紐を結ぶため、母の前に初めて片膝をつくことになる。

ふたりは互いの立派な父親を通じて、しばし前から見知った仲だった。以前にもお行儀のいい顔合わせを何度かしていた。アデリアの最後の園遊劇で、ともに演じた間柄でもある。セックスも半獣人キャリバンの役どころも最小限に削った修正版の『テンペスト』で、父はファーディナンドを、母はミランダを演じたのだ。リーニーによれば、母は淡いピンクのドレスを着て、薔薇の花輪飾りをつけていた。そして、天使もかくやという声で、台詞を完璧にこなした。〝おお、すばらしき世界、こんな人々がいるとは！〟しかも、陶然として焦点を結ばぬ澄んだまなこを細めて。すべてが一体となって、どんな効果を生んだか、わかるだろう。

父はよそ見をすることもできた。たとえば、もっと金持ちの妻を探して。だが、信用がおけると確信できる相手、頼れる相手を求めていたにちがいない。意気軒昂なわりに——そう、父にもかつては意気があったのだ——あなたのお父さんはまじめな若者だったからね。リーニーはそう言った。でなければ、母は撥ねつけたにちがいない、と言いたげに。父も母もそれぞれに引けをとらず、熱意の人だった。意義ある目的なり何なりを成し遂げ、世界をより良いものにしようと考えていた。なんと夢のような、なんと危険な理想！

スケートで池を何周か滑ったのち、父は母に結婚の申し入れをした。不器用なプロポーズだったと思うが、当時、男の不器用さは誠意の証とされた。求婚の瞬間も、ふたりは肩と腰を触れあわせながらも、たがいの目を見ずにいただろう。ふたりならんで、右手を前で、左手を後ろでつないで（母はどんな装いだったか？ リーニーはそれも知っていた。青い手編みのマフラー。それとお揃いの、房つきベレー帽と手袋。ぜんぶお手製だ。くるぶしまである、萌葱色の冬物のコート。片袖には、ハンカチをたくしこんでいた。リーニーによれば、このハンカチは忘れたことがない。どこぞの連中とはちがって、とリーニーは名指しした）。

この運命の瞬間、母はどうしたか？ 池の氷をしげしげと見つめていた。すぐには返事をしなかった。つまり、「イエス」ということだ。

雪を戴く岩場と白い氷柱が、一面、ふたりを取り巻いていた。どこまでも白の世界。足下には氷があり、それもまた白く、その下には、河の水がときに渦巻き、逆流しながら、暗く、人目につかず、流れている。わたしはそのときの図をそんなふうに思い描いた。ローラもわたしも生まれる前のこと――真っ白で、無垢で、見た目は頑丈そうでもやはり薄い氷。この世の表面下には、名状しがたいものがゆっくりと煮え立っている。

それから、指輪の贈呈があり、新聞発表がある。その後、母が教職を学年末まで勤めあげて――本分をまっとうして――里にもどると、正式なお茶会がひらかれる。優雅に調《ととの》えられた会には、アスパラを巻いたりクレソンを挟んだりしたサンドウィッチと、三種のケーキ（軽いもの、黒いもの、フルーツ入り）と、銀器に容れた紅茶が供され、テーブルには、白やピンクや淡黄色の薔薇が飾られた。ただし、赤の花はない。赤は婚約のお茶会の色ではなかった。なぜ？　いまにわかるわよ、そうリーニーは言った。

それから、嫁入り道具がやってくる。この内訳を、リーニーは楽しそうにそらんじた。ナイトガウン、レース類のついた化粧着のペニョワール、モノグラムが縫いとられた枕カバー、シーツとペチコート。食器棚や衣装だんすやリネン・クロゼットのことを話し、そのなかに、どんな品々がきれいに畳まれて入っているべきかを語った。やがてそうした布地が掛けられる肉体のことには、いっさいふれず。リーニーにとって、婚礼とはおもに布きれの問題だった。少なくとも、表向きは。

つぎには、招待客のリストが作られ、しかるべき招待状が書かれ、しかるべき花が選ばれ、そんなこんなで結婚式までこぎつける。

さて、結婚式がすんだら、戦争が始まった。愛、のちに結婚、のちに大惨事。リーニー版の物語では、これは避けえぬ展開だった。

戦争は、一九一四年八月、わたしの両親の結婚直後に始まった。三兄弟の全員が、有無を言わせず、いっぺんに徴兵された。異論の余地のなさといったら、いま思うと啞然とする。彼ら好青年の三兄弟が軍服を着て撮った写真があるが、みなひたいにおごそかで初《うぶ》な感じを漂わせ、柔らかい口髭をはやし、頓着ない笑顔ながら、眦《まなじり》を決し、いまだ経験せぬ兵士を気取ってポーズをとっている。わたしの父がいちばん長軀だ。父はこの写真をつねにデスクに置いていた。

三兄弟はロイヤル・カナディアン連隊に入った。ポート・タイコンデローガ出身者の入隊先はここと決まっていた。入隊すると間をおかず、バミューダに駐屯中の英国陸軍連隊を救援すべく、かの地に配属され、戦争勃発後の一年は、パレードとクリケット遊びに費やしてすごした。兄弟は早く前進したくて焦れていた。と、少なくとも彼らの手紙は言っている。

祖父ベンジャミンはこうした手紙を貪るように読んだ。両軍の勝敗が決まらぬまま、いたずらに時がすぎゆくと、祖父はますます苛立ち、落ち着かなくなっていった。こんなはずではなかったのに。皮肉なのは、家業が繁盛していたことだ。先ごろ、セルロイドとゴム製品にも手を広げた。要は、釦産業がまだまだ成長する時期だったのだ。アデリアの手回しで政界にもつてができ、おかげで軍需品の注文が山ほど入るようになった。祖父はあいかわらず実直で、粗悪品を届けることなどなく、そういう意味では、戦争で大儲けした口ではない。とはいえ、儲けなかったとは言えまい。

戦争で釦産業はうるおう。戦争では、大量の釦が失くなって、付け替えることになる。一度に、何箱、いや、トラック何台という量の釦である。釦はふっとんで粉々になり、地面に埋まり、煙火のなかで燃えあがる。下着にもおなじことが言える。経済的な観点からすると、戦争は奇跡の炎である。いわば、大火災による錬金術、立ちのぼる煙が戦をお金に変える。少なくとも、祖父にとってはそうだった。とはいえ、もはや金儲けが彼の魂を歓ばせることはなく、正道心を支えることもなかった。自己満足しがちな若いころなら、ちがったかもしれないが。祖父の願いは、息子を取り戻すことだった。まだ危険な戦地に赴いたわけでもなかったが。三人はまだバミューダにおり、陽のもとで行進していた。

ニューヨーク州フィンガー湖群への新婚旅行の後、両親は自分たちの居を構えられるようになるまで、しばらくアヴァロン館に暮らしていた。母はその後も、祖父ベンジャミンの家を監督するため、居残ることになった。屋敷は人手不足だった。元気な者は、ことごとく工場か兵役にとられたせいもあるが、アヴァロン館は率先して節減の手本をしめすべしと思われたからだ。母は粗食を主張した。水曜日には、ポットロースト（牛肉の簡単な蒸し焼き）、日曜日の夕食には、ベイクト・ビーンズ。そんな食生活が、祖父にはしっくりきた。アデリアのごちそうでは、食べた気がしなかったのだ。

一九一五年八月、ロイヤル・カナディアン連隊はフランスへ出兵する支度のため、ハリファックスに呼び戻された。港に一週間あまり駐留して、兵站品を仕入れ、新兵を補充し、熱帯用の軍服をもっと厚手の服に交換した。兵士たちにはロス・ライフルが配られたが、これはのちの実戦では泥がつまって、兵勢を窮地に追いこむことになる。

母は父の見送りにいくため、列車に乗りこんだ。車内は、前線に赴く男たちがすし詰めになっていた。母は一睡もできず、まんじりともせず旅をつづけた。通路に投げだされた足、荷物、痰壺。咳こみ、鼾をかく男たち——酒酔いの鼾にちがいない。周囲にならぶまだ少年のような顔を見ていると、戦争がいきおいリアルなものになった。抽象概念ではなく、血肉をともなったものに。自分の若い夫も殺されるかもしれない。あの躰が息絶えるかもしれない。引き裂かれるかもしれない。なんだか分からないが〝為さねばならぬ〟ことの犠牲になるかもしれない。そう気づくと、絶望、そして、身も縮む恐怖が押し寄せてくる。だが、きっと侘びしい誇りも、少しは感じたにちがいない。

父母がハリファックスのどこに、どれぐらい滞在したのか、わたしは知らない。れっきとしたホテルだったのか、部屋も乏しいおり、どこかの安宿、波止場近くのいかがわしい宿泊所だったのか？　それは、数日か、ひと晩か、それとも数時間のことか？　ふたりのあいだになにがあり、どんな言葉が交わされたのか？　ごく普通のことだろう、きっと。でも、その普通のこととは？　いまでは知る由もない。そして、連隊をのせた船は出帆する。蒸気船〈カレドニアン〉号だった。母はほかの妻たちに混じって埠頭に立ち、涙にむせびながら手を振った。いや、たぶん泣いてはいなかった。泣くなど、身勝手なことと、自制したにちがいない。

〝フランスのある地より。ここでなにが起きているか、つまびらかに書くことはできない〟。父は手紙にそう綴った。〝書こうとも思わない。この戦争が最善を目指すものであること、それによって文明が守られ発展することを、われわれは信じるしかない。負傷者は（ここで線をひいて語が消されている）膨大な数にのぼる。人間にどんなことが為しうるか、以前のわたしは分かってもいなかった。もはや我慢の限界をこえている（また消去）。毎日、家のみんなのことを思っています。とくに、貴女、最愛のリリアナのことを〟。

アヴァロン館では、母が考えを実行にうつしていた。〝公務〟というものを信じていたから、それこそ、腕まくりをして軍役のお役に立つべしと思っていたのだ。慰安会を組織し、処分品の慈善バザーでお金を集めた。この収益金は、小さな箱入りのタバコやキャンディを買うのに使われ、慰安品は最前線に送られた。母はこういう活動のため、アヴァロン館も開放した。リーニーによると、そうとうな資金難だったらしい。慈善バザーにくわえ、毎週火曜日の午後は、客間に寄り合って兵士のために編み物をした。初心者には洗面用タオルを、中級者にはマフラーを、上級者にはバラクラヴァと手袋を編ませた。まもなく、新たに一個大隊ほどの人員を募り、木曜日には、ジョグー河南岸に住む女たちを集めた。もっと年かさで教養には乏しいが、目をつむっても編み物ができる女たち。これで、餓死寸前のように言われるアルメニア人と海外難民とやらの赤ん坊の服を、全部まかなえたぐらいである。二時間編み物をすると、『トリスタンとイゾルデ』の絵がものうく見おろす客間に、つましいお茶が出された。

躰をそこなった兵士たちが、街角や隣町の病院（ポート・タイコンデローガにはまだ病院がなかった）に現われだすと、母は彼らを見舞った。なかでもいちばん重症の者を進んで引き受けた。リーニーの言葉を借りれば、どんな美男コンテストも勝ち抜けそうにない男たちだ。こうした見舞いから戻る彼女は、げっそり窶《やつ》れて震え、台所でリーニーが気付け代わりに作るココアを飲みながら、涙することもあった。あなたの母さんは自分に厳しかった、そうリーニーは言った。自分で自分の健康を損ねていたよ。とくに、身重であることを思えば、体力の限界をこえていた。

むかしはこんな考え方に、どんな美徳が付されていたのだろう？　力尽きてもがんばること、自分に厳しくすること、健康をそこねるということに！　そんな無私無欲を生まれつきそなえた人間などいない。徹底して叩きこまれて初めて、身につくものだ。生来の気質はすっかり絞りだされて。わたしの育った時代には、そういう修練のコツだか秘訣は、失われていたにちがいない。あるいは、わたしが努力しなかっただけか。そうしたものが母におよぼした影響に、自分も苦しんでいたから。

ローラにかんして言えば、無私《セルフレス》などでは、断じてなかった。というより、過敏《スキンレス》であり、これはまったくの別物である。

わたしが生まれたのは、一九一六年六月の初旬だった。ベルギーのイープル要塞（第一次大戦の激戦地）での集中砲火でパーシーが命を落とした直後だったが、七月には、エディがソンムで戦死した（と、考えられている）。エディの姿が最後に確認された場所には、大きな弾孔があったからだ。これは母にとって辛い出来事だったが、祖父にとってはさらに辛いことだった。八月に入ると、祖父は脳卒中の重度の発作を起こし、発話と記憶に障害を残した。

内々に、母が工場の経営を引き継いだ。祖父（快方にむかっているとされた）と他の人々のあいだに入って、日々、男性秘書やさまざまな工場主と話し合いをもった。祖父の言うことが理解できるのは母ひとりだったから、少なくとも、母は理解できると主張していたから、通訳の任を負うようになった。さらに、祖父の手を握ることを許された唯一の人間として、署名のさいも手を添えてやった。となると、ときに自身の裁量を発揮しなかったと、誰に言えるだろう？

問題がないわけではなかった。戦争が始まったとき、女工員は全体の六分の一だった。戦争が終わるころ、その数は三分の二になっていた。あとの男たちはというと、老齢、躰の一部が不自由などの理由で、入隊不適応とされた人々だった。この連中は女に上に立たれることを嫌い、彼女たちをくさし、下司なジョークをとばしたが、女たちはそのお返しに、彼らを弱虫、怠け者とみなし、軽蔑の目をろくに隠そうともしなかった。ものごとの自然な序列――母が自然な序列と思っていたもの――が、ひっくり返ろうとしていた。それでも、工場の賃金は高く、お金が歯車を円滑にまわし、概して母は事をそつなく進めていくのに長けていた。

書斎机を前に腰をおろしている祖父の姿が思い浮かぶ。緑の革張りの椅子は、真鍮の鋲が打たれており、机はマホガニーだ。両手の指で山形をつくっている。感覚があるほうの手と、ないほうの手。誰かの足音がしないかと耳を立てる。ドアは半開きになっている。ドアの外の影が目に入る。祖父は言う。「お入り」言おうとするが声にならず、誰も入ってこない。答えもしない。

不愛想な看護婦がやってくる。そんなふうに暗闇にひとりで座って、いったいなにを考えているのか、と訊く。祖父には音が聞こえるが、言葉というより、大鴉の啼き声のようでしかない。話しかけても、なにも答えない。看護婦は祖父の腕をつかんで、やすやすと椅子から立ちあがらせ、ベッドに追いやる。白いスカートが衣ずれの音をたてる。祖父の耳には、雑草だらけの秋の野を、乾いた風の吹き抜ける音が聞こえている。降る雪の囁きが聞こえている。

息子の二人が死んだことを、祖父は知っていたのだろうか？　生還を、無事の帰宅を祈っていただろうか？　いや、願いが叶ったほうが、祖父にとってはむしろ悲しい結末になったのではないか？　そうかもしれない――世の中は往々にしてそうだ――が、そんなことを思っても慰めにはならぬ。

蓄音機

昨夜も、わたしはいつもの癖で気象番組を見ていた。世界のどこか余所《よそ》の場所で、洪水が起きている。渦巻く濁流。水で膨れた牛が流れていき、生存者は屋根の上で肩を寄せ合う。何千人という人々が溺れ死んだ。地球の温暖化が問題視される。ごみを燃やすのをやめよ、と言われている。ガソリン、石油、森林。それでも、止まらない。欲と熱が人々を追い立てるのだ、例のごとく。

ええと、さっきはどこまで話しただろう？　ページを後ろに繰ってみると、ふむふむ、まだ戦火が燃え盛っている。〝戦火が燃え盛る〟。戦争を表現するのに、むかしはよくこの言葉を使った。いまも使うのだろう、たぶん。しかし、このページ、まっさらな白いこのページをもって、わたしは戦争を終わらせようと思う。わたしひとりの一存で、黒ボールペンのひと筆で。こう書くだけでいいのだ。一九一八年十一月十一日、休戦。

さて、これですんだ。砲声は静まりぬ。生き残った男たちは空を見あげる。煤で顔を黒く汚し、衣服をぐっしょり濡らして。たこつぼ壕や汚い穴ぐらから這いだしてくる。両軍とも、敗北を感じている。都鄙《とひ》で、この地で、海の向こうで、教会の鐘が鳴りはじめる（わたしはあの音を憶えている、教会の鐘の音を。それがわたしの生まれて初めての記憶だ。なんとも不思議な感じだった。そこいらじゅうに音が充ちあふれているのに、ひどく空っぽなのだ。リーニーが音を聞きに、外へつれていってくれた。その顔には、涙がつたっていた。ああ、ありがたや、リーニーは言った。凍えるような寒い日で、落ち葉には霜がおり、睡蓮の池には薄氷が張っていた。わたしは氷を棒きれでつついて割った。あのとき、母さんはどこにいたのだろう？）。

父はソンムの戦いで負傷したが、やがて回復して、少尉にまでなった。北フランスの〝ヴィミーの尾根〟で、また怪我を負ったが、深手ではなく、今度は大尉に昇格した。ブルロンの森でまたもや戦傷を受けたが、この傷がいちばんひどかった。イングランドで療養しているうちに、戦争が終結した。

ハリファックスでは、凱旋パレードなどの帰還兵の熱烈歓迎は受けそこねたが、ポート・タイコンデローガでは、格別のもてなしがあった。列車が停まる。喝采が湧き起こる。兵士たちを降ろそうと、手が差しのべられ、宙でためらう。父が現われる。目も脚も、無事なのは片方だけだ。面窶《おもやつ》れして、顔に縫合の跡が残り、とり憑かれたような目をしている。

別れは愁嘆場になりがちだが、帰還はまぎれもなくもっと酷《むご》い。頑強な肉体も、その不在が投げるまばゆい幻像の前には力およばない。時間と距離は、ひとの輪郭をぼやけさせてしまう。そこへ突如として、愛する人が帰り着く。陽が容赦なく照らす真昼。にきび、毛穴、皺、顔の毛のひとつひとつが、くっきり浮かびあがる。

というわけで、わたしの母と父だ。お互いこうも変わってしまったことを、どう贖えるだろう？　期待された自分でないことを。恨みのないことがあろうか？　恨みは無言のうちに、理不尽に、おさえこまれる。誰を責めるわけにも、誰に罪を着せるわけにもいかないから。戦争は人間ではない。誰がハリケーンを責めるだろう？

ふたりは立ちつくす。列車のプラットフォームに。町の楽団が演奏する。管楽器がほとんどだ。父は軍服を着ている。勲章は生地にあいた弾痕にも似て、金属の躰が発する鈍い光が、服の下から見えるようだ。父の隣には、姿の見えない弟ふたりがいる。亡くなった弟ふたり。亡きことを父が痛感している弟ふたり。迎えに立つ母は、折り返しのある襟にベルトつきの服という一張羅。帽子には、こぎれいなリボンが結ばれている。母はおののきながら微笑む。さて、どうしたものか、ふたりとも決めかねている。新聞社のカメラマンがフラッシュをたいて、ふたりの姿をとらえる。父母はわるさの最中を不意打ちされたように、目を瞠る。父は右目に黒い眼帯をしている。左目が悪意の光を放つ。眼帯の下の皮膚には（まだあらわになっていないが）、クモの巣のような傷跡。眼球のない目はまるでクモのようだ。〈チェイス家の後継ぎ、勇者の帰還〉。新聞は高らかに告げるだろう。そう、これまた問題なのだ。いよいよ父が後継ぎになった、ということは、兄弟はもちろん、父親を亡くしたことに他ならない。いまや、王国は父の手中にあった。泥のような手触りの王国が。

母は泣いただろうか？ おそらくは。ふたりはぎごちなくキスを交わしたにちがいない。ボックス・ソシアル（若い娘の手作り弁当を男が競り落として求愛する慈善競売会）に参加した男女みたいに。男は間違ってチケットを買ったばかりにここにいるのだが。そう、父の記憶にある相手ではなかった――いかにもやり手らしき、悩み疲れた、この女は。襟元に光る銀鎖の先には、男に縁のない小母さんがするような鼻眼鏡。ふたりはいまや他人同士であり、いや、これまでも実はそうだったのだと、このとき気づいたことだろう。陽の光の、なんと無情なことよ。ふたりとも、いかばかり老けたことか？ かつて女の靴紐を結ぶため、恭しく氷上に跪いた若者の面影は、いまやない。男の敬意を愛らしく受けた若い女の面影も。

べつの何かが、剣《つるぎ》のように、ふたりのあいだに立ち現われていた。夫には、当然ながら、他に女たちがいた。戦場をうろついて利鞘を稼ぐ類の女だ。ずばり言って、売女。母なら死んでも口にしない言葉だ。しかし、母はすぐ見抜いたにちがいない、夫が最初に手を触れてきた瞬間に。その手つきからは、遠慮がちで神妙なところが失せていたのではないか。父はバミューダにいる間も、イングランドにいる間も、エディとパーシーが戦死して、自身が怪我を負うまでは、超然と誘惑をはねのけていたかもしれない。だが、負傷して以来、生というものにかじりつくことになった。手の届く範囲に転がりこんでくるものなら、どんなにちっぽけでも。そういう状況での欲求を、母が理解しないはずがあろうか？

もちろん、母は理解していた。少なくとも、理解すべしと思われているのは理解していた。母は理解し、それについて口を閉ざし、忘却の力を求めて祈り、現に赦した。ところが、父のほうはそうやすやすと妻の赦しに甘んじられなかった。赦しの靄のかかった朝食。赦しをもって出されるコーヒー、赦し入りの粥、赦しのバタートースト。われとわが身の不甲斐なさを感じたことだろう。言葉にしないものに対しては、罪も否定しようがない。母は看護婦というものも嫌っていた。少なくとも、あちこちの病院で父の世話をしてきた多くの看護婦は。夫には妻ひとりの尽力で回復してほしかったのだろう。ひとえに、妻の慈しみ、妻のたゆまぬ献身ゆえに。このとおり、無私無欲も裏返せば、一種の暴君たりえる。

しかし、父はそう健やかではなかった。事実、躰はぼろぼろであり、聞くところによると、暗闇で叫び、悪夢にうなされ、いきなり激情にかられ、壁や床にボウルやグラスを投げつけた。もっとも、母には一度としてそんなことはしなかったけれど。人間として壊れてしまい、修理が必要な状態だった。となれば、母の活躍の場はまだあった。夫の周りにつねに穏やかな雰囲気をつくり、夫を甘やかして下へもおかず、夫の朝食のテーブルには花を活け、夕食には好物をとりそろえた。少なくとも、悪い病気にはかからせなかった。

ところが、悪病よりはるかにひどいものにかかった——父はいまや無神論者になっていた。最前線で、神は風船玉のようにはじけ、あとにはケチな偽善のかけらのほか、なにも残らなかった。宗教とはただ兵士を打つ杖であり、そうではないと言い切る者は、よほど畏《かしこ》き戯言《ざれごと》を吹きこまれている、そう父は考えた。エディとパーシーの義勇によって、なにが得られた？　彼らの勇気と惨死によってなにが？　いったいなにが成し遂げられた？　無能で迷惑千万な老いぼれどものヘマが祟って、ふたりは殺されたのだ。あいつらに喉を掻き切られ、〈カレドニアン〉号の船端から捨てられたようなものだ。聖戦だの、文明のための戦いだの、そんな話を聞くだけで、おれは吐き気がする。

そんな父の言葉に、母は怯えた。パーシーとエディは高き志のために殉死したのではないというの？　あの哀れな男たちはみんな犬死にしたのだと？　神といえば、この試練と苦しみの歳月、神のほか誰が彼らを見ていたでしょう？　そんな無神論はせめて胸にしまっておいてください、そう母は頼みこんだ。

頼んでから、そのことを深く恥じた。まるで、自分にとって大切なのは、なにより隣近所のご意見であり、夫の生ける魂と神がどう関わっているかではないみたいに。

だが、父は妻の願いを重んじた。それも仕方あるまいと思ったのだろう。ともあれ、神が云々ということは、飲んだときにしか言わなかったが。戦争前は、酒は飲まなかったのに、少なくとも手放せないほどではなかったのに、帰還後は変わってしまった。飲んでは怪我した足を引きずりながら家中をうろついた。しばらくすると、躰が震えるようになった。母はいたわろうとしたが、父はいたわられるのを嫌がった。ちょっと一服したいと言っては、アヴァロン館の天井の低い小塔にあがった。実のところは、ひとりになるための口実だった。塔の部屋で、ぶつぶつ独り言をいい、壁に身を打ちつけ、しまいには飲んで酔いつぶれる。さすがに、母の面前ではこんな様は見せなかった。くさっても紳士と、自分なり思っていたからだ。紳士の衣装の残骸にしがみついていたと言うべきか。妻を怯えさせたくなかったのだろう。それに、妻の善意の介護にそう苛立つのも、忍びない気がしていた。

軽やかな一歩、重たい一歩、軽やかな一歩、重たい一歩。片足だけ罠にかかった獣のような足どり。うなり声、押し殺した叫び。グラスの割れる音。そういう音に、始終わたしは起こされた。小塔は、わたしの部屋のちょうど真上だった。

じきに、階段をおりる足音がする。そして、沈黙。わたしの寝室の長方形のドアは閉まっていても、その向こうに黒い影がぬっと現われる。姿こそ見えないが、気配を感じるのだ。片目で、足下をふらつかせた、すこぶる哀れな化け物の気配を。そういう物音には慣れっこになっていたし、暴力を心配していたわけではないが、それでも父に接するときは、おっかなびっくりだった。

父が毎夜そんなことをしていたような印象をもたれては困る。それに、そうして荒れること――発作というか――も、いつしか次第に減り、間遠くなっていった。だが、母の口元が引きつるのを見れば、発作が近いのがわかった。母はある種のレーダーを生まれ持っており、父の気が昂ぶってくるのを感知できるのだった。

父は母を愛していなかった、そうわたしは言いたいのか？　いや、まさか。父は母を愛していた。ある意味では、尽くしていたとも言える。しかし、手が届かなかったのだ。それは母の側からしてもおなじだった。ひとつ屋根の下に住もうが、おなじ釜の飯を食おうが、褥《しとね》をともにしようが、ふたりを永遠に分かつ運命の劇薬を飲んでしまったかのように。

いったいどんなものなのか？　昼も夜も、すぐ目の前にいる相手に恋い焦がれるというのは？　わたしには死ぬまで分かるまい。

何か月かすると、父は世間体のわるい漫《そぞ》ろ歩きを始めた。が、一家が住む町ではやらなかった。少なくとも最初は。〝出張〟と称して列車でトロントへ出かけて飲みにいき、〝トムキャット〟に勤しんだ。女あさりは当時そう呼ばれていたのだ。醜聞がつねにそうであるように、噂は驚くべき速さで広まった。妙なのは、噂のせいで、父母とも町でいっそうの敬意を集めたことだ。思えば、誰が父ノーヴァルを責められたろう？　母リリアナにしても、どれほどの辛抱があろうと、愚痴などひと言たりとも聞いたことがない。まさに、鑑《かがみ》というべき姿だった。

（そんなことを、なぜわたしが知っているか？　一般的な意味で、〝知っている〟わけではない。しかし、うちのような家では、しばしば文言より沈黙のほうが饒舌であるのだ。固く引き結んだ唇、そむけた顔、一瞬の横目づかい。重石でも担ったように沈んだ肩。ローラとわたしが、ドアの前で聞き耳を立てるようになったのも無理はない）。

父は散歩用のステッキを、ずらりと揃えていた。特製の握りは、象牙、銀、黒檀など。粋な着こなしには、一家言ある人だった。家業を継ぐことになろうとは思いもよらなかったが、その任を背負った以上、うまくやってのけようとしていた。工場を売り払うこともできたが、たまたまあのころは買い手もつかなかった。父の言う値では。それに、父も責任を感じていた。自分の父親を悼むというより、ふたりの弟を想って。息子《サン》ひとりしか残っていなくても、会社のレターヘッドを変更するときは、〈チェイス&サンズ〉と複数形にさせた。自分の息子を、できれば二人ほしがっていたのも、亡くした弟たちの身代わりだろう。父は負けまいとしていた。

工場の男たちも、初めは父を敬った。勲章のせいだけではない。戦争が終わるやいなや、女工たちは身を引くか、そうでなければ押しのけられ、還ってきた男たちがその職をうめた。どんな男でも、まだ職に就ける躰であれば。ところが、仕事はみなに行き渡るほどなかった。軍需が終わりを告げたからだ。国中いたるところ、一時閉業と一時解雇だらけだったが、父の工場はべつだった。とにかくひとを雇い、定員になってもまだ雇った。とくに復員兵を雇った。恩知らずな国は卑しむべきとし、いまこそ事業家は恩返しすべしと主張した。だが、そんな事業家はごくわずかだった。たいていは、片目の見えない者は不採用としたが、自身、片目の見えない父には、それは出来なかった。かくして、あの男は、反社会的で、いささか頭がわるいという世評が立ちはじめた。

どう見ても、わたしは父の子だった。つまり、父のほうによく似ていた。しかめ面も根深い懐疑主義も受け継いでいた（しまいには、勲章も譲り受けた。遺産としてもらったのだ）。わたしが強情を張るたびに、リーニーは言ったものだ。頑固な子だね、誰に似たのかわかるよ、と。一方、ローラは母似の子だった。ある意味、高潔なところがあった。秀でた純なひたいをもっていた。

とはいえ、ひとは見かけによらない。わたしには、車で橋を飛びだすなど出来なかったろう。父には出来たかもしれない。母には無理だ。

さて、わたしたちが今いるのは、一九一九年の秋。わたしたち三人、父と母とわたしはある努力をしている。十一月。そろそろ寝る時間だ。三人が座っているのは、アヴァロン館の家族用の居間。部屋には暖炉があり、近ごろはいちだんと涼しくなったので、火をたいている。母は最近かかっていた奇病（人々によれば、神経病みではないかと）から回復しつつあり、繕い物をしている。ひとを雇える身分だから、そんな家事はしなくてよいのだが、好きでやっているのだ。なにか手仕事をしていたい。いまは、わたしのドレスからとれた釦を縫いつけている。わたしは服の着方が荒っぽいと言われていた。母の脇には、草花の縁飾りをつけた裁縫籠が、丸テーブルの上に置かれている。インディアンの編んだ籠のなかには、鋏や、巻き糸や、かがり用の木の裏当てのほか、目を光らせておくための新しい丸眼鏡。細かい作業に必要なわけではなかった。

母のドレスは空色で、幅広の白い襟に、縁にピケのついた白い袖口。若白髪が出はじめていた。髪を染めるなんて、手首を切り落とすぐらいとんでもないことだと思っていた人だから、童顔に、アザミの綿毛のような白髪をはやしたままでいた。これを真ん中で振り分け髪にして後ろへ流し、こしのある毛を広く波打たせて。後ろから見ると、髪の毛がくるりと巻いたり、からまったりして、大変なもつれようだった（これが五年後に亡くなるころには、短髪になって、少しは当世風に変わり、あまり見ごたえはなくなる）。母は目を細めるようにして、その頬はふっくらとしている。お腹もおなじようにふっくらと。ほほえみの広がりかけた顔はやさしげで、電気ランプが、黄味がかったピンクのシェードごしに、やわらかな光をその顔になげている。

母の向かいには、小ぶりのソファに座った父がいる。クッションに背をもたせてはいるが、落ち着かない。悪いほうの足に片手をのせ、その足で貧乏揺すりをしている（良い足、悪い足。わたしには、この言い方が面白い。〝悪い〟と呼ばれるからには、悪い足はなにをしたのだろう？　人目をはばかる、無惨なそのありさまは、なにかの罰なのか？）。

わたしは父の隣に腰かけているが、寄り添うほどではない。父の片腕は、わたしの座るソファの背もたれのほうに伸びているが、触れてはいない。わたしはアルファベットの手習い本を持っており、それを父に読んで聞かせ、読み方ができるのを披露している。とはいえ、つっかえつっかえで、まだ文字の形と、絵に添えられた言葉を覚えたばかりなのだ。エンドテーブルには蓄音機が置かれ、金属の大輪の花のようなスピーカーがそそり立っている。わたしの声は、ときどきスピーカーを通した声のように聞こえる。小さく、か細く、遠い声。指一本でそのスイッチを切ってしまえそうな声。

Aは、りんご《アップル》パイのA、
やきたてのアツアツ。
ちょっぴりだけたべるひとも、
たっぷりたべるひともいる。

少しは聴いているのかしら。わたしは父をちらりと見あげる。父には話しかけても、聞こえないことがある。見あげてくるわたしに気づき、かすかに笑いかけてくる。

Bは、あかちゃん《ベイビー》のB、
ピンクいろで、かわいらしい。
ちいちゃなおててと、
ちいちゃなあんよが、ふたつずつ。

父はまたいつのまにか窓の外を眺めている（そうして眺めながら、家の外にわが身をおいていたのだろうか、頭のなかで？　永遠《とわ》に閉めだされたみなしごとして――夜の徘徊者として？　おれはこれのために戦ってきたはずなのだ。炉辺の長閑《のど》けき物語、朝食用シリアルの宣伝から抜けだしてきたような団らんの図を求めて。ふっくらとしたばら色の頬の家内は、それは優しい良妻で、子どもは聞き分けよく信心深い。この単調さ、この退屈さ。もしや、おれは戦争にある種の懐かしさを感じているのか、あの悪臭やら意味のない殺戮にもかかわらず？　勘だけが頼りの有無をいわせぬ毎日が恋しいのか？）。

　Fは、ほのお《ファイア》のF、
　よいめしつかいと、わるいしゅじん。
　ひがつけば、もえひろがる、
　どんどん、どんどん。

　本には、火だるまになって飛ぶ男の絵が描かれている。踵と肩から炎の翼が出て、頭からも、火を噴く小さな角がはえだしている。肩ごしに、読者の気をひく茶目な笑みを投げており、衣類はまとっていない。火がついたって痛くも痒くもないのだ。彼はなにものにも傷つかない。わたしはそこに惹かれて恋をする。自分のクレヨンで、さらに炎を書き足す。
　母は釦に針を通すと、糸を切る。わたしは声に苛立ちを募らせて、読み進む。やさしいMとN、くせ者のQ、むずかしいR、歯が擦れそうになるS。父は暖炉の火に見入りながら、戦場や、森や、家々や、町や、兵士たちや、弟たちが火煙のなかを飛んでいく図をそこに見て、悪いほうの足が競走犬よろしく、ひとりでりっぱに動きだすのを夢に見ている。ここがおれの家なのだ、この包囲された城が。おれはこの狼男だ。窓の外では、日暮れの冷たく淡い黄が色褪めて薄墨に変わる。わたしはまだ知らなかったが、もうすぐローラが生まれることになる。

パンの日

雨不足だ、農夫たちが口々に言う。一本調子のセミの啼き声が、あたりを貫く。土埃が道に渦を巻いている。道ばたには雑草の茂みがぽつぽつとあり、キリギリスが歌う。カエデの葉が、ぐんにゃりした手袋のように、枝にぶら下がっている。舗道の上で、わたしの影がひび割れる。

いよいよ太陽が照りつけてくる前に、わたしは早めの散歩をする。医者にそそのかされたのだ。前進していますよ、医者は言う。前進といっても、どこにむかって？　わたしは自分の心臓を旅の道連れと考えている。無理じいされた行進はいつまでも終わりがなく、わたしと心臓は縄で繋がれ、ふたりには手出しのできない計画だか戦術だかのために、本意《ほい》ならず結託しているのだ。わたしたち、どこへ行くのだろう？　明日にむかって。片時も頭を離れない――いま自分を生かしているのとおなじものに、いつかは殺されるのだ、と。そういう意味では、心臓は愛にも似ているか。まあ、同類のものだ。

今日は、また墓地まで足をのばした。誰かがローラの墓に、オレンジと赤のヒャクニチソウをひと束供えていた。暖色の花、心の安ぎにはほど遠い。わたしが行ったときには、もう萎みかけていたが、それでも胡椒のような香りはさせていた。〈ボタン・ファクトリー〉の正面の花壇から盗まれたものかもしれない。しわんぼうのファンか、うっすら頭のおかしいファンに。しかし、ローラ自身がやりそうなことではないか。所有権というものについては、実に朧気《おぼろげ》な認識しかない人だった。

帰り道、ドーナツ屋に立ち寄った。外はますます暑くなってきたので、日陰に入りたくなったのだ。店は、新しいとはとても言えない。実際、洒落たモダンな造りのわりに、どうも見すぼらしい。淡い黄色のタイル、ボルトで床に留められたプラスチックの白テーブル、それにくっついたプレス加工の椅子。どこかの施設かなにかを思わせる。貧しい区域の幼稚園とか、知的障害者の福祉センターとか。要は、ぶん投げたり、刺すのに使ったりできる物があまりない場所。フォーク・ナイフ類もプラスチックだ。

臭いはというと、フライの揚げ油に、パイナップルの香りの消毒液を混ぜ、ぬるくて薄いコーヒーをぶちまけたような臭い。

わたしはアイスティーのSサイズと、〝オールド・ファッションド・グレイズド〟を注文したが、ドーナツは発泡スチロールのコップみたいに、歯のあいだでキュウキュウ軋む。半分がた食べたところで、もう飲みくだせなくなったので、滑りやすい床を歩いて、婦人用トイレに行った。そうして歩きながら、頭のなかでは、ポート・タイコンデローガ中の入りやすい（モレそうなとき便利な）全トイレの分布図をまとめている。このドーナツ屋のトイレは、目下のお気に入りだ。ほかより清潔で、まあまあトイレットペーパーを備えているだけでなく、文字を刻む場所がある。どこのトイレにもあることはあるが、町のトイレが頻繁に塗り替えられるのに対し、ドーナツ屋のそれはけっこう長く人目にさらされている。だから、ひとつの文章だけでなく、それについてのコメントも楽しめる。

いまのところの最高傑作は、真ん中の個室に書かれているものだ。最初の一文は鉛筆で、古代ローマの墓にあるような丸っこい字で、塗装の上に深々と刻まれている。〝殺す覚悟のないものは、なにも食べるなかれ〟。

それから、緑のマーカーペンで、〝食べるつもりのないものは、なにも殺すなかれ〟とある。

その下にボールペンで、〝殺すなかれ〟。

その下に紫のマーカーペンで、〝食べるなかれ〟。

またその下に、いまのところ最後の言葉が、太い黒の文字で書かれている。〝くたばれ、菜食主義者——「すべての神は肉食である」——ローラ・チェイス〟。

こうして、ローラは生きつづけている。

〝ローラは難産で時間がかかったんだよ〟。リーニーはそう話していた。〝生まれ落ちるのが、良策かどうか決め倦《あぐ》ねているみたいだった。生まれてすぐは病気がちでね、亡くしかけたこともあった。思うに、まだ迷っていたんだろうね。でも、やっぱり一度はやってみることにしたんだろう、生をその手につかんだ。そうして、少しずつ回復していったんだよ〟。

ひとは自分の死に時を決めるものだと、リーニーは信じており、それと同様、生まれるか否かについても、発言権があると思っていた。わたしも反抗期になると、〝産んでくれって頼んだ憶えはない〟などと、逆ねじを食らわすようなことを得々として言ったものだ。すると、リーニーは決まってこう反論した。〝いいや、頼んだとも。人間がみなそうであるようにね〟。いったん生を受けたら、その責は負わねばならない。リーニーの論法ではそうなるのだった。

ローラの産後、母はますます疲労がひどくなった。気高さが失せ、気骨がなくなった。あの強い意志も揺らいできた。壮《さか》りの日も、いまや蹌踉《そうろう》の態であった。もっと休息をとりなさい、そう医者は言った。奥さんも長持ちするかどうか、リーニーは洗濯女のミセス・ヒルコートに言った。まるで、以前の母親が妖精にでも盗まれ、そのあとにこのべつな母親――老けこんで白髪も増え、覇気がなく、しおれたこの母親――が残されたような言い種だ。そのころまだ四歳だったわたしは、母の変化に怯え、しっかり抱きしめて、心配いらないと言ってほしかった。しかし、母にもはやそんな精気は残っていなかった（なぜわたしは〝もはや〟などと言うのだろう？　母親としては、子を慈しむというより、まず躾を厳しくする人だった。心はいつまでも教師だった）。

じきに、わたしは悟った。母にかまってほしくて騒いだりせず、お利口にしていれば、なによりもお手伝いができれば、とくに赤ん坊ローラの世話をして、そっと見守りながら揺りかごをゆらして寝かしつけたりできれば――そう簡単には寝てくれなかった、少なくとも長時間は――母と同室するのを許されることを。それができないと、すぐ追いだされた。かくして、わたしはこういう適応をしたのだ、静かにお手伝いをする子どもになって。

いっそ、わめき散らせばよかった。癇癪をおこせばよかった。油をさしてもらえるのは軋む歯車。リーニーはよくそう言っていた。

（そう、銀の額入りの写真のなかで、わたしは母さんのナイトテーブルを前に座っている。レースの白襟のついた黒のワンピースを着て、見えるほうの手は、赤ん坊の白いかぎ編みの上掛けを不器用にがっちりとつかみ、カメラか、それを持つ誰かを、咎めるような目で見ている。この写真に、ローラ本人はほとんど写っていない。かろうじて見えているのは、オツムのてっぺんの和毛《にこげ》と、わたしの親指をつかむ小さな手。わたしは赤ん坊を抱かされて怒っているのだろうか？　それとも、幼子をカメラから遮り、守ってやるつもりで、手を離そうとしないのか？）。

ローラは気むずかしい赤ん坊だったが、怒りっぽいというより、臆病なのだった。そして、そのまま気むずかしい子どもになった。クロゼットの扉を怖がり、たんすの抽斗を怖がった。遠くのなにかに、床下のなにかに、聞き耳を立てるようなところがあった。音もなく忍び寄るもの、風で出来た列車みたいなものに。よく訳もわからず泣きだした。鴉の死骸や、車にはねられた猫や、澄んだ空の暗雲を見て、泣きだすこともあった。かと思えば、躰の痛みには、気味がわるいほど強かった。口をやけどしても、切り傷をこしらえても、泣かないと決まっていた。彼女を苦しませるのは、悪意、宇宙の悪意だった。

街角の傷痍軍人には、ことさら縮みあがった。浮浪者、鉛筆売り、物乞い――躰をだめにされて、どんな職にも就けない人々。ある目つきの悪い赤ら顔の男が来ると、決まって度を失った。両脚のないその男は、平たい荷台を手で押して動き回っていた。あの目に宿る怒りが恐ろしかったのだろう。

また、子どもによくあるように、ローラも言葉を字句どおりにとったが、それが極端だった。とっとと消えろ、とか、湖に飛びこんじまえ（あっちへ行けの意）などと言ってはならず、言葉の重みをわきまえねばならない。〝ローラになにを言ったの？　いつになったら分かるの？〟と、わたしはリーニーによく叱られた。とはいえ、リーニーだってちっとも分かっていなかったが。一度など、むやみに質問しないよう舌を噛んどきなさい（言いたいことを堪えろの意）と言ってしまい、それから数日、ローラはものが食べられなくなった。

さて、そろそろ母が死ぬ場面に近づいている。この出来事を機にすべてが一変したという言い方は陳腐だが、事実であるので、そう書こうと思う。

〝これを機に、すべてが一変した〟。

それは火曜日のことだった。パンの日。われわれのパンが、丸一週間の食事に足るだけのパンが、アヴァロン館の厨房でいっぺんに焼かれる日だ。その時分には、ポート・タイコンデローガにも小さなパン屋が出来ていたが、店のパンなんて怠け者が買うものだし、パン焼き職人が小麦粉に石灰を混ぜて薄めたり、ローフを膨らませてお得に見せようとイーストを増量しているんだよ、とリーニーは言っていた。というわけで、パンは彼女が手ずから焼いた。

当時のアヴァロン館の厨房は、〝ヴィクトリア風洞穴〟とでも呼びたくなる煤だらけの台所とはちがって、暗くはなかった。三十年前には、きっとそんな場所だったのだろうが。室内は全体に白く——白い壁、白いホーロー引きのテーブル、白い薪ストーブのレンジ、黒と白のタイル張りの床——大きめに改装した窓には、スイセンの黄色をしたカーテンが掛かっていた（これは戦後に手を入れたものだ。父が母のご機嫌とりにおずおずと差しだした贈り物のひとつ）。リーニーはこの台所を時代の先端品と考え、ばい菌のこと、その忌まわしさ、どこに潜んでいるかなどを、母に教えこまれた結果、曇りひとつなく磨いておくようになった。

〝パンの日〟というと、リーニーがわたしたち姉妹に、パン人形を焼くために、余った生地をくれるのが常だった。飾りの目や釦にするレーズンも添えて。これをリーニーが焼きあげてくれる。わたしはいつもすぐ食べてしまうが、ローラは自分のぶんを毎度とっておく。あるとき、ローラの抽斗の最上段に、このパン人形がずらりとならんでいるのを、リーニーが見つけた。どれも石のように硬くなり、パンの顔をした小さなミイラみたいにハンカチでくるまれていた。鼠が寄ってくるから、即刻ごみ箱行きだと、リーニーは言いつけたが、ローラは、菜園にあるルバーブの茂みの影で共同埋葬を執り行なうと、断固主張した。さらには、お祈りする人たちがいなくちゃイヤ、そうでないともう晩ご飯なんか食べない、と。ローラという子は、こうと決めたら、手ごわい交渉人だった。

リーニーがおんみずから穴を掘った。庭師が休みの日だったのだ。庭師の鍬は何人《なんびと》も触れてはならない物だったが、急な事態ということで、これを使った。「ローラの未来の旦那も気の毒にね」リーニーが言うかたわらで、ローラはパン人形をきれいに一列にならべた。「豚みたいに頑固なんだから」「どっちみち、ダンナなんていらないもん」ローラは言った。「車庫のなかで、ひとりで暮らすんだもん」「あたしもいーらない」わたしも負けじと言った。

「嘘ばっかり」と、リーニー。「ローラはふかふかのベッドが好きなくせに。車庫じゃ、セメントの上に寝て、油まみれになるんだよ」

「なら、あたし温室に住む」わたしは言った。

「いまの時季は、もう温まってないよ」リーニーは言った。「冬場は、凍え死ぬよ」

「じゃあ、車のなかで寝るからいいもん」ローラは言った。

あの忌まわしい火曜日、わたしたちはリーニーといっしょに、台所で朝食をとった。オートミールの粥と、マーマレードのトースト。朝食は母さんと伴にすることもあったが、その日の母は、疲れて席に着けなかった。リーニーより母さんのほうが口うるさく、背筋をしゃんと伸ばして、パンの耳まで食べさせられた。〝考えてもみなさい、餓えたアルメニア人のことを〟。母はよくそう言った。

そのころ、アルメニア人は、おそらくもう餓えてはいなかったろう。戦争はとっくに終わっていたし、社会秩序も回復していた。ところが、彼らの窮状だけが、スローガンのように母さんの頭にこびりついていたらしい。スローガン、嘆願、祈り、おまじない。彼らアルメニア人を悼んで、パンの耳も食すべし（彼らがどんな人々かはともかく）。パンの耳を残すのは聖なるものへの冒瀆なり。この〝おまじない〟が効かないことはなかったから、ローラもわたしもその重みを理解していたのだろう。

母さんはその日、自分のパンのパンの耳を残した。わたしはよく憶えている。ローラはさっそく彼女なりの糾弾に入った。〝パンの耳はどうしたの？ 餓えたアルメニア人はどうなるの？〟とうとう母さんは、具合が良くないのだと白状した。それを聞いたとたん、わたしは体中に冷たい電流のようなものが走った。なぜなら、言われる前にわかっていたから。わたしには、最初からわかっていたのだ。

リーニーによれば、神さまはパンを作るように人間をお創りになるという。だから、母さんのお腹は赤ちゃんが出来ると大きくなる。あれは、パン生地が膨らんでいるんだ、と。あたしのえくぼは神さまの親指の跡なんだよ、そう彼女は言った。あたしにはえくぼが三つあるけど、ひとつもない人もいるだろう、それはね、神さまは一人としておなじ人間はお創りにならないから。でないと、創るのに飽きちまう。だから、神さまが世に送りだすものには、ばらつきがあるんだよ。不公平に思えるかもしれないけど、まあ、しまいには帳尻が合うものなのさ。

ローラはそのころ、たしか六つだった。わたしは九つ。赤ん坊がパン生地から出来るのでないことは、もう知っていた――そんなのは、ローラみたいな小さい子むけのお話だ。それでも、子づくりにかんする詳細な説明はなされなかった。

その午後、母さんは四阿《あずまや》の椅子にかけて、編み物をしていた。編んでいるのは小さなセーターで、形からして、（いまだに編みつづけている）海外難民のための衣服らしかった。それも難民のためのセーターなの？　わたしは訊ねた。ええ、たぶんね、母は言って微笑んだ。こうしてしばらくすると、大抵うつらうつらしはじめ、瞼が重たくなってきて、丸い眼鏡がずり落ちる。母さんは頭の後ろにも目があるからオイタをしたらわかるんですよ、子どもたちにはそう言っていた。わたしの想像する後ろの目は、平たくて色がなく、眼鏡みたいに光っている目だった。

　午下がりに、そんなに眠りこけるのは母らしくなかったが、その日は、母らしくないことがずいぶんとあった。ローラは頓着しなかったが、わたしは心配だった。ひとから聞いたり、小耳にはさんだりした知識から、二足す二の答えを出そうとしていた。どんなことを聞いたかといえば、〝あなたのお母さんには、休息が必要なんだ。ローラが世話を焼かせないよう、おまえが気をつけておやり〟。また、小耳にはさんだこと（リーニーがミセス・ヒルコートに話したこと）とは、〝お医者はいい顔していないね。五分五分ってところじゃないの。もちろん、リリアナ奥様もなかなか弱音を吐かないけど、もともと丈夫なほうじゃないからね。ほら、そっとしておけない旦那というのもいるから〟。そんなわけで、わたしは母がなにか危ない目にあっていること、それが健康に関わるらしいこと、また父さんとも関係があるらしいことを察知した。その〝危ない目〟がなんであるのか、よくわからなかったが。

　ローラは頓着しなかったと書いたが、いつにもまして、母さんにまといついていた。母さんが寝《やす》んでいるときは、見晴らし台の下の涼しい場所で足を組んで座り、母さんが手紙を書いているときは、その椅子の後ろに腰かけていた。母さんが台所に行くと、ローラも食卓の下にもぐりたがった。そこへ、クッションと読み方の本を引きずっていく。わたしのお下がりのアルファベットの手習い本だ。ローラはわたしのお下がりをどっさり持っていた。

　そのころには、ローラも字が読めるようになっていた。少なくとも、手習い本を読みあげるぐらいはできた。彼女のお気に入りの文字はL。自分の文字、自分の名前の頭文字だからだ。Lは、ローラのL。わたしは自分の頭文字をお気に入りにしたことはない。Iは、アイリスのI。だって、I《わたし》はみんなの文字じゃないか。

Lは、ゆりの《リリー》L、
きよらかで、まっしろ。
ひるにひらいて、
よるにとじる。

本の挿し絵は、昔なつかしい麦わらのボンネットをかぶった子ども二人の図で、隣には、睡蓮の花に座る妖精が描かれていた。紗《うすぎぬ》のようなきらめく翅をつけた、裸の妖精。こんなものに出くわしたらハエ叩きで追っかけてやるよ、リーニーはいつもそう言った。わたしには冗談めかして言うが、ローラには言わなかった。また本気にして、癇癪をおこしかねないから。

〝ローラは変わった子だよ〟。〝変わっている〟とは〝おかしな〟という意味だとわかっていたが、わたしはリーニーを問い詰めて困らせた。「変わってるって、どういう意味？」

「ほかの人たちとは違うってこと」リーニーは決まってそう答えた。

でも、結局、ローラはそう変わってはいなかったのだろう。たぶん、みなと似たような人間だったのだ。自分のなかに奇妙でひねくれた気質を抱える、ふつうの人間。ただ、おおかたの人々はそれを隠しとおすが、ローラは隠さなかった。それが、ひとを怯えさせ、ある意味で、警戒心を抱かせた。年をとるにつれ、もちろん、その傾向は増すのだが。

さて、火曜日の朝の台所だ。リーニーと母さんはパンを焼いていた。いや、パン作りをしていたのはリーニーで、母さんは紅茶を飲んでいた。リーニーは母に、今日はあとで雷が鳴っても不思議じゃないですね、湿気がひどいですから、奥さま、木陰に出て寝ころんだりしないほうがいいですよ、と言っていた。しかし、母さんは、なにもせずに過ごすのはいやよ、役立たずの気になるんですもの、と反論した。リーニーの仕事につきあっていたい、と。

リーニーによれば、母さんは水面でも軽々と歩けるそうで、どんな場合も、あの人を言いなりにできる力は自分にはないと話していた。そんなわけで、母さんが座って紅茶を飲むかたわら、リーニーはテーブルの脇に立って、両手でパン生地をこねたり、押しつけたり、畳んだり、またこねたり、押しつけたりしていた。その手は小麦粉だらけで、白い粉の手袋をしているみたいだった。エプロンの胸当ても粉まみれ。脇の下には、半円形の汗染みができ、部屋着の黄色いデイジー柄を黒ずませていた。もうパンの形になったローフも幾つかあり、湿らせた清潔な布巾を一斤ずつにかぶせて、天火皿に置いてあった。湿ったイースト菌の匂いが、台所に充満している。

天火には石炭の大きな炉棚が必要だったうえ、長びく酷暑のせいで、台所はそうとう暑かった。窓はひらいており、そこから熱波が渦巻くようにして入ってきた。パン作りのための小麦粉は、パントリーの大きな樽からすくってくる。その樽には絶対に登ってはいけないと言われていた。鼻や口に粉が入れば、息を詰まらせかねない。兄姉のいたずらで、粉樽に頭からつっこまれ、あやうく窒息死しかけた赤ん坊も、リーニーは知っていた。

そのとき、ローラとわたしは食卓の下にいた。わたしは『歴史にのこる偉人たち』という、挿し絵入りの児童書を読んでいた。ナポレオンの挿し絵は、セント・ヘレナ島に流刑になった図で、片手をコートの内側に入れた恰好で断崖に立っていた。この人、きっとお腹が痛いんだわ、そうわたしは思った。ローラは落ち着かなかった。テーブルの下から這いだして、水をとりにいった。「パン人形の生地がほしいの?」リーニーは訊いた。

「ほしくない」ローラは答えた。

「結構です、ありがとう、でしょう」母さんが言葉遣いを正した。

ローラはまたテーブルの下に這いもどった。わたしたちの目には、二対の足が見えていた。母さんの細い足と、リーニーのどっしりした靴をはいた幅広の足、母さんの痩せた脚と、リーニーの桃茶色のストッキングをはいた太り肉《じし》の脚。パン生地を返し、叩きつける、こもった音が、聞こえていた。そのとき突然、ティーカップが砕け散って、母さんが床に倒れ、リーニーがその横に膝をついた。「ちょっと、どうしよう」リーニーは言っていた。「アイリス、お父さんを呼んでおいで」

わたしは書斎に走った。電話が鳴っていたが、父さんは部屋にいなかった。階段をあがって小塔の部屋へ向かった。普段は立入禁止の場所である。ドアの錠は掛かっていなかった。室内にあるのは、椅子が一脚と、灰皿が幾つかのみ。父は客間にも、家族の居間にも、車庫にもいなかった。なら、工場にちがいない、そうわたしは思ったが、そこへの道筋に自信がなく、距離も遠すぎた。あとはどこを探せばいいのかわからない。

台所にとってかえし、テーブルの下にもぐりこむと、ローラが膝を抱いて座っていた。泣いてはいなかった。床に、血のような、血の条のようなものがついており、白いタイルに暗赤色の染みをつくっていた。わたしは指ですくって舐めてみた——血だ。布をとってくると、それを拭きとった。「見ないの」わたしはローラに言いつけた。

しばらくすると、リーニーが裏階段をおりてきて、旧式電話のクランクを回し、医者を呼んだ。といっても、すぐ医者がつかまったわけではなく、いつものごとく、そのへんをほっつき歩いているようだった。つぎに、リーニーは工場に電話をかけ、うちの父を出すよう言った。ところが、近くに見当たらないという。「できたら、探してきてちょうだい。旦那さまに、急用だと伝えて」彼女は言うと、階段をあたふたと駆けあがっていった。パンなどすっかり放りだしていたから、めいっぱい膨らんだ生地は、そっくり返って崩れてしまった。

「あんな暑い台所にいたのが間違いよ」リーニーはミセス・ヒルコートに言った。「とくに、雷雨が近づくこんな天気のときにさ。でも、あのとおり怠けていられない人でしょ。うっかりしたことは言えないよ」

「だいぶ苦しんだの?」ミセス・ヒルコートの声には、いたわりと好奇がない交ぜになっていた。

「まあ、もっとひどい例も見たことあるから」リーニーは言った。「ささやかな神のお慈悲に感謝を。子猫みたいにツルッと出てきたけど、バケツに何杯ぶんも出血したのは確かだね。あのマットレスは燃やすしかないよ。どうやっても、洗い落とせそうにないもの」

「気の毒にねえ、けど、いつでもつぎを作ればいいし」ミセス・ヒルコートは言った。「今回はこうなる運命だったのよ。どこかわるかったんでしょう、きっと」

「聞いたところによると、もう無理な躰だって」リーニーは言った。「これでやめておきなさいと、医者は言ってる。つぎはきっと命を落とすことになるし、だいたい今回も危なかったんだからって」

「結婚すべきでない女もいるんだわね」ミセス・ヒルコートは言った。「向いていないのよ。結婚するには、強くなくちゃ。うちの母なんて十人も産んだけど、びくともしなかった。全員、無事に育ったわけじゃないけど」

「うちの母は十一人よ」リーニーは言った。「お産でとことん擦り切れちまった」

過去の経験から、これが序曲となって、ふたりの母親の苦労自慢が始まり、すぐ洗濯の話題に飛び火するのを察した。わたしはローラの手をひき、裏階段を忍び足であがっていった。わたしたちは心配だったが、興味津々でもあった。母さんの身に起きたことを知りたいばかりでなく、その仔猫も見てみたかった。母さんの部屋の外には狭い廊下があって、血濡れたシーツが山と積んであり、その横に置かれたホーローの洗面器のなかに、それはいた。だが、仔猫ではなかった。灰色で、古くなった茹でジャガイモみたいで、やけに大きな頭がついていた。躰を小さく丸めている。光がまぶしいかのように、鼻に皺をよせて目をつむって。

「これ、なあに？」ローラが小声で訊いた。「仔猫じゃないわ」と、しゃがんで覗きこむ。

「下に行こう」わたしは言った。まだ部屋には医者がおり、彼の足音が聞こえてきた。この場を医者に見つかりたくなかった。これがふたりにとって、禁断の生き物だと悟っていたから。見てはいけなかったのだ、とくにローラは。轢かれた獣を見るようなものだ。目にしたローラは、決まって泣きわめき、わたしがお咎めをくう。

「これ、赤ちゃんよ」ローラは言った。「まだ出来あがってないのね」と言う彼女は、驚くばかりに冷静だった。「かわいそうに。生まれてきたくなかったのにね」

午後も遅くなってから、リーニーはわたしたちを母に会わせた。母はベッドに横になり、枕ふたつに頭をもたせかけていた。細い腕が、シーツの外に出ている。白いものが目立つ髪は、透き通るようだった。左手の指に結婚指輪が光り、両手をにぎってシーツの端に置いていた。口は、なにか考え事をしているかのように、固く引き結ばれている。頭のなかで、なにかを一覧表にしているときの顔だ。目を閉じて。やわらかい曲線を描く瞼がおりた瞳は、ひらいているときより、いっそう大きく見えた。ナイトテーブルの上には、水差しの横に、あの眼鏡が置かれ、その丸いレンズの〝目〟は左右とも輝いていたが、がらんどうだった。

「お寝みだね」リーニーは声をひそめた。「触ってはいけないよ」

母の目がすっとひらかれた。唇がなにか言いたげに微かに震える。こちらに近いほうの手の指がひらいた。「抱きしめてあげなさい」リーニーが言った。「でも、強すぎないようにね」わたしは言われたとおりにした。ローラが母の脇に、その腕の下に、しゃにむに顔をうずめた。糊のきいたシーツから水色のラベンダーの香り、母の石鹸の香りがした。その下からは、錆のむっとする臭いがした。それに混じって、湿ってなお燻る木の葉の甘酸っぱい香りが。

母はその五日後に死んだ。命取りになったのは、熱だった。いや、体力も戻らなかったから、衰弱死でもあったんだろうと、リーニーは言う。この五日間は、医者が出入りし、手際よく愛想のわるい看護婦たちが、寝室の安楽椅子を占拠した。リーニーは洗面器やタオルや薄いスープのカップを手に、階段を慌ただしく上り下りしていた。父さんは車で工場と家をせわしなく行き来し、夕食の席には、げっそり窶れて現われた。あの午後、姿が見当たらなかったが、いったいどこにいたのか？　それは誰も訊かなかった。

ローラは二階の廊下にうずくまっていた。ローラに万一のことがないよう、遊び相手をしていなさいと、わたしは言いつけられていたが、彼女にはそれがお気に召さないのだった。膝を抱いて顎をあずけた恰好でしゃがみ、考え深げな、腹に一物ありそうな顔をしていた。キャンディでも舐めているかのような。子どもたちはキャンディを禁じられていた。だが、それを見せなさいと言ってみると、ただの白い丸石だった。

この末期の週、わたしは母に毎朝会うことを許されたが、ものの数分間だった。話しかけることは許されなかった。というのも（リーニーが言うには）、母さんは〝彷徨って〟いたから。つまり、自分がどこか余所にいると思っている。日を追うごとに、母が母でなくなっていった。頬骨が高くつきだしてきた。ミルクの匂いと、生のような、酸敗したような臭いがした。肉をくるむ例の包装紙みたいな。

わたしはこうした面会のあいだ、ずっと不機嫌だった。母がいかに病んでいるかを感じ、病んでいることで、母を恨んだ。ある意味、裏切られている気がした。責任逃れをし、母の座を放棄している気がしたのだ。まさか亡くなろうとは、思いもしなかった。以前は、死ぬかもしれないと思うと怖かったが、いまは恐ろしすぎて、そんな考えは頭から閉めだしていた。

最後の日の朝――それが最後になるとは知らなかったが――母は近ごろになく母らしかった。ますます弱ってはいたが、と同時に、もっと凝縮されて、もっと密になった感じがした。まるで目が見えているかのように、わたしを見て「ここはずいぶんと眩しいわ」と囁くように言った。「カーテンを引いていただけない？」わたしは言われたとおりにすると、母のベッドサイドに立ちながら、涙が出たときのためにと、リーニーがくれたハンカチをねじっていた。母はわたしの手をとった。その手は熱く、乾いて、指は細い針金のようだった。

「いい子にするんですよ」母は言った。「ローラの良きお姉さんになってね。そう努めてくれるわね」

わたしはうなずいた。言葉が見つからなかった。なにか不当な仕打ちを受けている気がした。なぜいつもわたしばかりが、〝ローラの良きお姉さん〟の役を期待されるのだろう、その逆ではなく？　きっと、母さんはあたしよりローラのことを愛しているんだ。

いや、そうではないだろう。おそらく、母はふたりを等しく愛していた。それとも、誰かを愛するエネルギーは、もはや持ち合わせていなかったか。そのずっと先まで行ってしまい、氷のように冷たい最果ての地にいたのかもしれない。温かくしっかりした愛の磁場から、遠く離れて。でも、わたしにはそんなものは想像できなかった。娘たちへの母の愛は、与えるものであり、ケーキみたいに中身のつまった、手に触れられるものだった。ただひとつの問題といえば、ふたりのどちらが、より大きなひと切れをもらえるか。

（どういう〝作り物〟なのだろう、この母親というのは？　たとえば、案山子《かかし》か、子どもたちがピンを刺す蠟人形か、幼稚な似顔絵か。子どもは母親の実像を否定し、自分たちのいいように作りあげる――自分たちの欲、自分たちの願い、自分たちの弱みに対して都合がいいように。わたしもそういうひとりになったからには、よくわかる）。

母はわたしをしっかり抱きしめ、空色の紗のなかに包みこんだ。目を開けているのさえ、そのときの母には、どんなに大変だったことだろう。娘のわたしがどれほど遠くに感じたことだろう——はるか彼方で揺れるピンクの点に見えたにちがいない。わたしに焦点を定めるのが、どんなに大変だったことか！　しかし、もしそうだとしても、母は耐えているそぶりすら少しも見せなかった。

　母さんは、あたしのことを、あたしの気持ちを、勘違いしていると言いたかった。わたしはつねに良き姉たらんとはしていなかった。それどころか、逆だ。ローラを害虫呼ばわりして、つきまとうなと言った。つい一週間前にも、わたしの封筒を、礼状用のとっておきの封筒を舐めているローラをつかまえて、その糊は馬を煮て作ったのよと言い、すると、ローラは泣きじゃくりながらゲェゲェやりだした。ときには彼女から隠れて温室の脇へ行き、ライラックの茂みの〝洞〟にもぐりこんで、耳に指をつっこみながら本を読んだ。ローラが姉の名を呼びながら、甲斐なく歩き回るのをよそに。要るものだけ持って逃げだすことは、しばしばあった。

　でも、それを表わす言葉が出てこなかった。母の見解にうなずけない、この気持ちを。母の考えるアイリス・グリフェンの像を背負うことになるとは、思わなかった。母が考える〝アイリスの善さ〟をバッジのように留められ、母にそれを投げ返すチャンスもなく（これは母娘のたどる当然の成り行きだろう。わたしが成長して、母が生きていたとしても）。

黒いリボン

今宵は、赤々と燃える夕暮れだ。時間をかけて陽が薄れていく。雲の重くたれこめた空に、稲妻が躍っている。そこへ、突然の雷鳴が響き、唐突にドアがばたんと閉まる。新しく扇風機を買ったというのに、室内はオーヴンなみに暑い。ランプを外に運びだしておいた。ときには、薄暗がりのほうが、目が利く。

先週は、ひと文字も書かなかった。熱意が失せてしまって。なぜに、あんな憂鬱な出来事を書き記す？ それでも、また書きだしたようじゃないか。そう、黒ペンで殴り書きを始めた。ページいっぱい、黒インクの跡も長々とひと続きに。からみあってはいるが、まあ、読みとれる。やはり、この世に自分の署名を残そうという気が少しはあるのだろうか？ 結局、それを避けて生きてきたのに。アイリスだろうが、バツ印（字の書けない人の署名代わり）だろうが、どう縮めて書こうとも。歩道にチョークで書かれた頭文字も、お宝の埋蔵地の浜辺を記す海賊のXマークもおなじこと。

なぜ、かくも人間はみずからを記そうと躍起になるのだろう？ まだ自分が生きているうちから。われわれは、犬が消火栓にオシッコをかけるように、自分の存在を主張する。額入りの写真や、修了証書や、銀めっきのカップをひけらかす。リネン類にモノグラムを縫いとり、木に名前を彫り、トイレの壁にも書き殴る。すべてはおなじ衝動によるものだ。では、そうすることで、なにを望んでいるのか？ 喝采か、羨望か、敬意か？ それとも、たんなる注目？ どんなものでも得られればいいのだろうか？

われわれは、せめて立会人を求めているのだ。耐えられないのだろう、自分の声が、壊れた無線みたいに、ついには沈黙してしまうことに。

母さんの葬儀の翌日、わたしはローラといっしょに庭へ出された。リーニーの言いつけだった。日がな、ふたりを追い払うのに疲れたから、ひと休みさせてくれと言う。「もうたまらないよ」そう彼女は言った。目の下に紫の隈ができているのを見て、ずっと泣いていたのだなと、わたしは思った。誰の邪魔にもならずこっそりと。わたしたちが出ていったら、もう少し泣きたいのかもしれない。

「あたしたち、静かにしてるから」わたしは外に行きたくないので、そう言った。外はあまりに明るく、あまりに暑いようだし、どうやら自分の瞼も、腫れて赤くなっている気がした。ところが、リーニーは、どうしても外に出なさい、どっちみち、新鮮な空気は躰に良いんだから、と言った。〝外で遊んでおいで〟とは言われなかった。母さんが亡くなって日ならず、不謹慎な言い方と思ったのだろう。ただ、外に出ろと言いつけられた。

告別式は、アヴァロン館で行なわれた。いわゆる通夜ではなかった――ふつう通夜はジョグー河の向こう岸で行なわれ、飲んだくれての乱痴気騒ぎとなる。とんでもない、わたしたちのそれは〝告別式〟だった。葬儀には大勢の人が詰めかけた。工員たちとその女房子ども、それから、もちろん町の名士たちも。銀行家、坊さん、弁護士、医者。ところが、そのわりに、告別式の人出はさほどでもなかった。そうあってもおかしくないのに。手伝いに雇われたミセス・ヒルコートに、リーニーはこう言った。主イエスならパンや魚を何倍にも出来るだろうけど、チェイス大佐はイエスさまじゃないからね、あんな大勢に食わせろと言われても困るよ、とはいえ、旦那さん、例のごとく、どこで線引きしていいかわからないだろう、誰も踏みつぶされずにすむことを祈るばかりだよ。

招かれた人々は、恭しく、盛大に悲しみつつ、好奇心で目の色を変えて、屋敷に押しかけてきた。リーニーは来客の前後にスプーンの数を確かめ、二番目に上等のやつを使えばよかったよ、釘付けにでもしておかないとなんでも土産に持って帰る輩がいるからね、まったく、連中のあの食べ方ときたら、どのみちスプーンの代わりにシャベルでもならべといてやればよかったよ、と言った。

それにもかかわらず、食べ残しが幾らか出たので――ハムが半分ほど、クッキーの小さな山がひとつ、食い荒らされたとりどりのケーキ――、ローラとわたしはパントリーにそっと忍びこんでいた。リーニーはそれを知っていたが、その日ばかりは、〝夕食が入らなくなる〟とか、〝わたしの仕事場でつまみ食いはおやめ、さもないと、鼠になっちまうよ〟とか、〝あとひと口でも食べてごらん、お腹がはちきれるから〟とか言って、止める気力もなかったようだ。また、その他もろもろの戒めやらお告げやらを発することもなかった。そういう言葉を、わたしは密かに愉しんでいたのだが。

この時ばかりは、お咎めもなく、ふたりして思うぞんぶんお腹に詰めこんだ。わたしはクッキーをしこたま、ハムの薄切りをたんまり、そのうえ、フルーツケーキをひと切れ丸ごと食べた。まだ喪服姿だったので、むしょうに暑かった。リーニーは、ふたりの髪を後ろできつくお下げに編み、それぞれのお下げのてっぺんと先に、黒い絹のリボンを結わえてくれていた。ふたりの髪には、ぎゅっと結んだリボンの蝶々が四羽ずつ。

おもてに出たわたしは、陽の光に目を細めた。木の葉のどぎつい緑にも、花々のどぎつい黄色や赤にも、むかっ腹が立った。草花たちのあつかましさ、わがもの顔でこれ見よがしに揺れるさまが。頭をちょんぎって滅茶苦茶にしてやろうか。わたしは、うらぶれて、ふてくされ、傲慢になっていた。頭のなかには、いけない雑言がわんわんわんうなっていた。

ローラは温室の脇のスフィンクスに登りたがったが、わたしはダメだと言った。なら、ニンフの石像の隣に座って、金魚を眺めたいと言いだした。それなら、たいして危なくもないだろう。ローラはわたしの先に立って、芝生をスキップしていった。そのさまは、この世に憂いなどないかのように、むしゃくしゃするほど浮ついていた。彼女は母さんの葬儀のあいだから、ずっとそんなふうだった。周りの人々が嘆き悲しむのに、戸惑っているらしい。さらに忌々しいのは、そんな屈託ない妹を、世間がわたしより不憫がったことだ。

「かわいそうに」彼らは言った。「まだ幼すぎて、わからないんだね」

「母さんは神さまのところにいるのよ」ローラは言った。いや、そのとおり。公式見解としてはそうにちがいない。古今捧げられてきたすべての祈りの主旨はそれだ。しかし、ローラはそうした事柄を信じる力をもっていた。世の人々が裏表ありながら〝信じている〟のとはちがい、揺るがぬ一途な心で信じているのだ。わたしはその信念を揺るがしてやりたかった。

わたしたちは睡蓮池の畔の岩棚に座っていた。睡蓮の葉ひとつひとつが、日射しを受けて、濡れた緑のゴムのように光っている。ここまで登るには、ローラの尻押しをするはめになった。彼女はいまニンフの石像にもたれて、脚をぶらぶらさせながら、水面に指をつけたり、鼻歌をうたったりしている。

「歌なんかやめてよ」わたしは言った。「母さんが死んだのに」

「死んでないもん」ローラは朗らかに言った。「本当は死んでないのよ。赤ちゃんといっしょに天国にいるんだもん」

　わたしは岩棚からローラを突き落とした。といっても、池にではないが——わたしにも多少の分別はあった。草地に落としてやったのだ。さほどの高さではなかったし、地面《した》も柔らかかった。そんなに痛かろうはずがない。彼女は仰向けにのびると、ごろんと転がって、わたしを見あげてきた。信じられないという顔で、目を大きく見開いて。O《オー》の字にひらいた口は、薔薇のつぼみそっくり。誕生日のキャンドルを吹き消す、絵本に出てくる子どもの口そのものだ。やおら、ローラは泣きだした。

（じつをいえば、泣いてくれて満足だった。妹にも苦しんでもらいたかったのだ、自分とおなじく。幼いというだけでなんでも許されることに、もう我慢ならなかった）。

　ローラはやっとこさ草地から立ちあがると、裏手の車道《くるまみち》を一目散に台所へと駆けだした。まるで、ナイフで刺されたように阿鼻叫喚しながら。わたしはあとを追った。彼女が家にいる誰かのもとに駆けこんだとき、その場に居合わせたほうがいい。言いつけられては困る。走るローラの足下はおぼつかなかった。おかしな恰好で腕をつきだし、きゃしゃな小さい脚をがに股にして、お下げの先では、きつく蝶結びにしたリボンが揺れ、黒いスカートがはためいていた。途中で一度すっころび、このときは本当に怪我をして、手の甲をすりむいた。これを見たわたしは、胸をなでおろした。少しでも血が出ていれば、わたしが乱暴したのもごまかせる。

ソーダ水

母さんが死んだ月のある日——正確にいつだか思い出せないが——街に連れていってやると、父さんが言いだした。そんなに構ってもらったことはなく、これはローラもおなじだった。とにかく、娘ふたりは母とリーニーに任せっきりの父だったので、その申し出に、わたしはたいそう腰を抜かした。

父はローラは連れて出なかった。声をかけもしなかった。

来るべき〝お出かけ〟について父が告げたのは、朝食の席だった。朝食はこれまでのように台所でリーニーといっしょにとるのではなく、父親と共にするべきだと、本人が主張しはじめたのだ。娘ふたりは長いテーブルの端に席をとり、父は反対側の端に席をとる。父が話しかけてくることはめったになかった。話すでもなく新聞を読んでおり、わたしたちは畏れ多くて邪魔できなかった(娘ふたりは、もちろん、父を崇めていた。崇め奉るか、大嫌いになるかで、父という人は、その中間の感情を呼び起こさないのだった)。

ステンドグラスごしに射す陽が、色とりどりの光を父のまわりに投げ、まるで、デッサンインクにでも浸ったように見えた。父の頬を染めたコバルト色、指を染めたどぎつい青紫を、わたしはいまも憶えている。ローラとわたしにも、そんな光の絵の具が分け与えられていた。粥の皿を少し左へ右へと動かしてみる。すると、灰色がかった退屈なオートミールが、緑や、青や、赤や、紫に七変化した。魔法のお皿。それは、わたしの気まぐれや、ローラの気分次第で、聖なるものに変わったり、毒入りになったりした。そうして、食事のあいだは、互いに〝イーッ〟としかめ面をしあっても、あくまで、静かに、静かに。肝心なのは、父に気《け》どられることなく、そんな悪戯をすること。そう、子どもたちだって、なにかして楽しまないことには。

いつもと違うその日、父さんが工場から早めに帰ってくると、わたしたちは街へ散歩に出かけた。さほどの距離ではなかった。当時のポート・タイコンデローガでは、どこからどこへ行っても、そう遠いことはなかった。父さんは車に乗るより（というか、乗せられるより）歩くことを好んだ。いま思えば、怪我をした足のせいではなかったか。歩けるところを見せたかったのだ。悠々と街を歩き回りたかった。片足は引きずり気味でも、父はたしかに悠々としていた。わたしはその変則的なリズムにあわせて、父の横をちょこまか歩く。

「ベティーズへ行こう」父は言った。「ソーダ水を買ってやる」どちらも、前代未聞の申し出だった。〈ベティーズ・ランチョネット〉は庶民のもので、わたしやローラの行くところではないと、リーニーには言われていた。生活水準を下げて良いことはない、と。また、ソーダ水などは、破滅的な堕落であり、歯を腐らせる。そんな禁断のものが、いっぺんにふたつ差しだされるとは。それも、ごく何気なく。わたしは気も動転せんばかりだった。

ポート・タイコンデローガの目抜き通りには、五つの教会と四つの銀行があったが、どれも石造りで、どれもずんぐりしていた。ときには、建物に書かれた名前を読まないと、どれがどれだか見分けがつかない。もっとも、銀行に教会のような尖塔はなかったが。〈ベティーズ・ランチョネット〉は、銀行のひとつの隣にあった。店先には、緑と白の格子縞の天幕がはりだし、ショーウィンドウには、チキンポットパイの絵が飾られていた。縁にフリルのようにパイ生地がこぼれ、子どもの帽子みたいな形をしたポットパイ。店内に入ると、黄色い明かりは薄暗く、ヴァニラとコーヒーと溶けたチーズの匂いがした。天井は、プレス加工のブリキ板で、飛行機のプロペラみたいな羽のついた扇風機が下がっていた。帽子をかぶった女性が五、六人、飾りのごてごてした白いテーブルを囲んでいた。父が会釈をすると、向こうも会釈を返してきた。

店の片側に、ダークウッドのブース席がならんでいた。父がそのひとつに席をとると、わたしはそのむかいに滑りこんだ。どのソーダを飲みたいか訊かれたが、公衆の場で、父とふたりきりになるのに不慣れだったので、気恥ずかしい。それに、どんなソーダがあるのかも知らなかった。そこで、父がストロベリーソーダを選んでくれ、自分にはコーヒーを注文した。

ウェイトレスは黒いワンピースに白い縁なし帽をかぶっていた。眉毛はきれいに抜いて細い弓形に整え、赤い唇をジャムのようにつやつやさせている。彼女は父を「チェイス大佐」と呼び、父は彼女を「アグネス」と呼んだ。それもそれだが、父の肘のつきかたを見れば、ここにはよく来ているらしいとピンときた。

アグネスは、この子は娘さんなのと訊き、なんて可愛いのかしらと言った。そのわりには、わたしに憎悪の一瞥をくれてきたが。彼女はハイヒールでちょっとよろけながら、さっそく父のコーヒーを運んできて、それをテーブルに置くとき、父の手に軽く触れた（その意味するところは解釈できなかったが、わたしはこのお触りを心に留めた）。つぎに、わたしのソーダも運んできた。阿呆帽（むかし劣等生に罰としてかぶらせた円錐形の紙帽子）を逆さにしたような三角錐のグラスに入っている。ストローが二本。泡が鼻に入って、涙が出た。

父はコーヒーに角砂糖をひとつ入れて、かき混ぜると、カップの縁でスプーンをコンコンとやって雫を落とした。わたしはソーダ・グラスの縁ごしに、父をしげしげと眺めた。急に、感じが変わってしまった。会ったこともない人のように。なんだか、薄まってぼやけたのに、細部ばかりが目立った。こんなに間近で父を見ることはめったになかった。後ろになでつけられた髪は、もみあげを短く切ってあり、こめかみあたりから毛が薄くなりはじめていた。良いほうの目は、青い紙を張ったように、深みのないブルーだった。深手を負ってなおハンサムな顔には、朝食の席でよく見かけるような、心ここに在らずの表情が浮かんでいた。なにかの歌か、遠くの爆発音にでも、耳を傾けているような。口髭には、気づかぬうちに、また白いものが増えていたが、考えてみると、こんな剛毛が男の顔だけに生えて女には生えないというのも、不思議な話だった。ヴァニラの香りの漂う薄明かりのなかで見ると、父の普段着までが謎めいたものに変わった。他人の服をちょっと借りてきたような。サイズが大きすぎるのだ、そう、そのせいだ。父は萎み、ところが、それと同時に、背丈が伸びていた。

父が微笑みかけてきた。ソーダはおいしいかと訊く。それだけ言うと、黙然と考えにふけりだした。と思うと、いつも携行していた銀のケースから、タバコを一本とりだして、火をつけ、ふーっと煙を吐きだす。「どんなことが起きても」と、ようやく切りだした。「おまえがローラの面倒をみると、約束しておくれ」

わたしは厳かにうなずいた。〝どんなことが〟とは、どんなことだろう？　なにが起きるというのだろう？　何とはわからないながら、凶報を漠然と思い浮かべて、わたしは怯えた。ひょっとして、父さんは出ていこうとしているのか？　海外かどこかに。わたしの頭には、戦争の話の数々が消えずに残っていた。しかし、父はそれ以上つまびらかに話そうとしなかった。

「さあ、約束の握手は？」父は言った。わたしたちはテーブルごしに手を握りあった。父の手は、革のスーツケースの把手のように、硬く乾いていた。片方だけの青い目が、〝さて、信用に足る相手かどうか〟というように、わたしを値踏みした。わたしは顎をあげ、居住まいを正した。なんとしても、父の信頼にふさわしくありたかった。

「五セント玉があったら、なにが買える？」父はそうつづけた。わたしはその問いに虚をつかれ、言葉に詰まった。ローラもわたしも、お小遣いはもらったことがなかった。お金のありがたみを学ぶべしというのが、リーニーの持論だったから。

父はダークスーツの内ポケットから、豚革のメモ帳をとりだし、ページを一枚破りとった。そして、おもむろに釦の話を始めた。経済の基本原則を学ぶのに、早すぎることはないんだ、大きくなったら、責任ある行動をとれるよう、知っておくべきことだから、と言いながら。

「二個の釦で始めるとしよう」父は言った。「経費」というのは、おまえがその釦を作るのにかかったお金だ。それから、「総収入」というのは、その釦が売れた金額のこと、「利益」というのは、ある期間の総収入から経費を引いたもの。さあ、この「純利益」の一部は自分の財布にとっておくとして、残りのお金で、今度は釦が四個作れる。それを売れば、つぎは釦が八個作れる。父は銀のペンで、小さな図表を書いた。二個の釦が、四個の釦に、そして八個の釦に。摩訶不思議、釦はページの上で倍々になっていった。その横の欄には、金額が加算されていく。豆の殻でも剝いているみたいだった――なかの豆はこっちのボウルに、殻はあっちに。理解できたかい、父はそう訊いた。

真面目に訊いているのだろうかと、わたしは顔色を窺った。いままでには、父が釦工場をさんざんこきおろすのを耳にしていた。あんなものは、ひとを閉じこめる罠だ、足をすくう流砂だ、呪われた運命だ、心の重荷だ、と。だが、それも酒を飲んでいるときにかぎられた。いまは、まったくのしらふだ。娘にものを教えているというより、詫びているような顔つきだった。わたしになにか言ってほしいのだろう。自分の質問への答え以外に。赦しを乞うているようにも、悪事の放免を求めているようにも見えた。しかし、父はわたしに何をしたと言うのだろう？　なにひとつ、思いつかなかった。

わたしは訳がわからず、わが身の無力を感じた。父の望むもの、要求するものがなんであれ、わたしには為す術もなかった。自分の与えうる以上のものをひとに期待されるのは、これが初めてだったが、これで最後にはならない。

「はい」と、わたしは答えた。

母は亡くなる週のある朝――恐ろしい朝がつづいていたが、そのうちのある朝――妙なことを言いだした。もっとも、そのときは妙だとは思わなかった。「お父さんはああ見えても、あなたがたを愛しているのですよ」

ひとの気持ち、とくに愛については、ふだん娘たちに語ることのない母だった。自分自身の愛も、ほかの誰かの愛も。神の愛だけを例外として。しかし、両親というのは子を愛するものなのだから、これも、娘の心丈夫をおもんぱかる母親の台詞だろう。そうわたしは解釈したにちがいない。見かけはどうあれ、父さんもほかの父親たちと変わらない、少なくとも、そう思われているんだ、と。

いま思うと、事はそれより複雑である。あれはひとつの警告だったのかもしれない。言わんとすることの肝だったのか。父の「ああ見える」下には愛があるにせよ、では、その上には多大なものが積み重なっているはずで、掘りおこしていったら、なにが見つかるのだろう？　光り輝く純金のたあいもない贈り物、といったものではなさそうだ。いにしえに端を発するもので、ひょっとしたら毒があるかもしれない。化石の骨のなかで錆びついた金属の護符のように。ある種のお護りなのか、この愛というのは。それにしても、重たいお護りではないか。チェーンをつけて首からさげて歩くには、重い代物だ、わたしにとっては。

第四部

昏き目の暗殺者　カフェ

小ぬか雨だが、昼ごろからしとしと降りつづいている。木立から、道路から、靄が立ちのぼる。女が正面のウィンドウを行きすぎる。コーヒーカップを描いた窓。白の地に緑の縞模様のカップからは、湯気が三すじ、ゆらゆらと立つ。まるで、三本の指が濡れたガラスをつかもうとして滑り落ちた跡のよう。扉には、剝げかかった金文字で、〈カフェ〉としるされている。女はその扉をあけ、傘を振って水気を切りながら、なかに足を踏み入れる。傘は、うね織りのレインコートとおなじクリーム色。女はフードを後ろへはらう。

男はいちばん奥のブース、聞いていたとおり、厨房につづくスイングドアの脇の席にいる。壁はタバコの煙で黄ばんでいて、がっしりした造りのブース席は、さえない茶色に塗られている。それぞれには、コート掛けとして雌鶏の爪をかたどった金属のフックがついている。そこに座っているのは男たち。

男ばかり。くたびれた毛布みたいな、だぶだぶの上着をきて、タイも締めずに、散髪もいいかげんな。大股をひらき、長靴《ちょうか》をはいた足をぺたりと床板につけて。切り株のような手。こういう手は、ひとを救うこともあれば、ぺしゃんこにすることもある。どちらに与しようと、手の見てくれはおなじだけれど。いってみれば、鈍器。それは男の目もおなじく。店内には、朽ちかけた板や、こぼれたヴィネガー、饐えたウールのズボン、古くなった肉、週に一度の通り雨の臭いがし、生活苦と裏切りと憎しみの臭いがする。そんな臭いなど気づいてもいない振りをするのが大切だと、女は心得ている。彼が片手をあげ、ほかの男たちがうさんくさげな好奇の目で見るなか、女は木の床にヒールの音を響かせて奥の席へ急ぐ。男の向かいの席に座り、ほっとして微笑む。ああ、彼がここにいる、いまもいる。

なんてこった、男は言う。いっそ、ミンクのコートでも着てくればよかったのに。

わたしがなにをしたと言うの？　どこがいけないの？

そのコートだよ。

なんでもないコートじゃないの。ごく普通のレインコートだわ。と、女は口ごもる。これのどこがいけないの？

まいったな、男は言う。自分の格好を見てみろよ。ついでに、まわりも。あなたのなりは、きれいすぎる。

それはおかしいんじゃなくて？　女は言う。さっぱりわからないわ。

いや、わかっているはずだ、そう男は言う。あなたは自分にわかっていることぐらいわかっている。もっとも、何事も考えつめたりしない人だがね。

だって、前もって教えて下さらなかったじゃない。ここには来たことがないんだもの――こんな店には一度も。しかも、掃除婦みたいに、そそくさと出ていくわけにもいかない。そういうこと、あなた、考えてあった？

せめて、スカーフでも巻いてくればなあ。その髪を隠せるのに。

この髪ですって？　女はやけっぱちな口調になる。なら、つぎはなにを言われるのかしら？　わたしの髪のどこがいけないの？

いかにもブロンドだ。すぐ人目につく。ブロンドは白鼠みたいなものさ。籠のなかにしか見つからない。自然界では長生きしないんだ。目立ちすぎるからね。

意地悪なことおっしゃるわね。

優しさなんて、くそ食らえだ、男は言う。優しさを鼻にかけている連中も、虫酸《むしず》が走る。しみったれた猪口才な善行家どもが、あちこちで親切の施しか。見下げたやつらめ。

わたしも優しくてよ、女は言って微笑もうとする。とにかく、あなたには優しい。

それが——気の抜けた生ぬるい優しさが——すべてと思っていたなら、おれもやきが回ったもんだな。突っ走る夜行列車か。チャンスには賭けてみよう。おれは慈善家なんかじゃさらさらないし、あやしげな施し物もほしくない。

まあ、ずいぶん荒れていること。女は思う。どうしてかしら。一週間も会わなかったから。それとも、雨のせい。

だったら、優しさではないんでしょうね、女は言う。得手勝手と言うんでしょう。わたし、ひどく勝手な女なんだわ、きっと。

そう言われたほうがすっきりするね、男は言う。欲張りな女と言いたいところだが。と、タバコをもみ消し、つぎの一本に手をのばすが、考え直してやめる。いまも、出来合いのタバコを服《の》んでいる。彼にしては贅沢品だ。配分を決めて吸っているにちがいない。お金は足りているのかしら、女は不安になるが、聞きだせない。

こんなふうに向かい合って座られてもな。離ればなれじゃないか。

そうね、女は言う。でも、ほかに行くところもないわ。外はどこも濡れているし。

場所なら、おれが見つけてやるよ。雪の降らないところを。

雪なんて降っていないわ。

いや、じきに降るのさ、男は言う。北風も吹く。

じゃあ、雪降りでもいいわ。すると、あの盗っ人たちはどうするでしょうね、かわいそうに？　この台詞は、少なくとも、男をにやりとさせた。たじろいだと言ったほうがいいが。あなた、ここしばらく、どこに寝泊まりしていたの？　女は聞く。

気にしなさんな。あなたの知らなくていいことだ。そうしておけば、やつらに捕まって聞かれても、嘘をつく必要がないだろう。

嘘はそんなに下手じゃないわ、女は言って、また微笑もうとする。

まあ、素人にしては、男は言う。だが、相手はプロだ、プロにかかれば見破られる。やつらは包みを解くように、ひとの心を解く。

彼らはまだあなたを探しているの？　あきらめたわけじゃないの？

いや、まだだ。おれはそう聞いている。

ああ、怖い、女は言う。なんて恐ろしい。それでも、わたしたちは運がいいんじゃなくて？

どこが運がいい？　男はまたふさぎこむ。

少なくとも、こうして生きている、少なくとも、ふたりには……。

給仕がブースの横に立つ。袖をまくりあげた格好で、足首までの丈の前掛けには、うっすら泥がはねており、油でなでつけた髪をリボンのように波打たせている。指は、獣の鉤爪のようだ。

コーヒーは？

ええ、いただくわ、女は言う。ブラックで。お砂糖ぬきよ。

給仕が去るまで、女は待つ。大丈夫なの？

コーヒーが、か？　虫でも入っているんじゃないかって？　まさか、何時間も煎じるんだからな。と、男は馬鹿にしたように笑いかけるが、女は言葉の意味など探らないことにする。

ちがうわ、ここは安全なのかと聞いたの。

あの給仕は友だちの友だちなんだ。ともかく、ドアにはつねに目配りしている。裏口から逃げればいいいんだ。小路がある。

でも、そうはしなかったくせに、女は言う。

だから、前にも話しただろう。しようと思えばできたんだ、あそこで。とにかく、そんなことはどうでもいい。連中のお望みどおりにしてやったんだから。壁際に追いつめられたおれを、さぞかし見たいだろうよ。妙な気を起こした馬鹿なおれを。

お願い、逃げて、女は力なく言う。〝抱きしめる〟という語が思い浮かぶ。なんと、言い古された言葉だろう。だが、女の望むことはまさにそれだった。この男を腕に抱きしめたい。

いや、まだだ、男は言う。まだ行くべきではない。列車には乗れない、境界線は越えられない。やつら、そこを見張っているという噂だ。

あなたの身が心配なのよ、女は言う。夢にまで見るわ。いつも心配でたまらない。

心配しないで、と男は言う。やせ細ってしまうよ。そうなったら、可愛いオッパイもおケツも台無しだ。女の価値もなにもあったもんじゃない。

男をひっぱたくような形にあげた手を、女は自分の頬に持っていく。そういう言い方は、ご遠慮願いたいわ。

ごもっとも、男は言う。そんなコートを着ているお嬢さんたちは、そうお感じになるだろうね。

《ポート・タイコンデローガ・ヘラルド＆バナー》紙　一九三三年三月十六日

チェイス家、救済活動を支援

論説主幹　エルウッド・R・マレー

　この町の世論が高まるなか、ノーヴァル・チェイス大佐（チェイス工業株式会社社長）が昨日表明したところによると、チェイス工業は慈善の一環として、大恐慌による打撃の最も大きな地域の救済のため、トラック三台分にあたる工場の〝見切り品〟を寄付する。ここには、乳児用の毛布、幼児用のプルオーバー、男女の実用下着ひと揃いが含まれる予定。

　チェイス大佐は《ヘラルド&バナー》紙に対し、国家の危機にあるいま、国民は戦時と同様、一致倹約に努めねばならない、とくに他の地方より恵まれていたオンタリオの住民はそうすべきである、と述べた。以前、一番の競合相手であるトロントの〈ロイヤル・クラシック紡績〉のミスター・リチャード・グリフェンに、「市場での余り品を無料奉仕として処分しているだけ。そのぶんの給金を工員から奪っている形」と非難されたことがあるが、今回、チェイス大佐は、「これらの品物の受け取り人は現実的に自身では買えないのだから、誰の賃金を奪っていることにもならない」と述べている。

　また、「国民の大多数が不景気に苦しんでいるが、チェイス工業も目下、需要の低減により、経営規模の縮小という事態に直面している」とも付け加えた。工場経営の維持には、あらゆる努力を惜しまないつもりだが、遠からず、一時解雇、あるいは労働時間または賃金の削除の要に迫られるだろうと話している。

　チェイス大佐の尽力には拍手を送るよりない。ウィニペグやモントリオールなど中央のスト破り、工場閉鎖政策とは一線を画する、有言実行の人である。このおかげで、ポート・タイコンデローガの町の遵法は保たれ、労組の暴動や傷害沙汰、共産主義者が扇動した流血事などに巻きこまれずにすんでいるのだ。一方、ほかの都市は、建造物に甚大な被害を受け、多くの死傷者を出して、痛手を被っている。

昏き目の暗殺者　シュニール織りのベッドカバー

ここがあなたのお住まい？　女が言って、脱いだ手袋をねじる。まるで、濡れたものをしぼるような手つきだ。

根城というところだな。男は言う。住んでいるのとは違う。

その家は、煤で汚れた赤煉瓦の家がならんでいるなかの一軒だ。ひょろ長い建物に、角度の急な屋根。正面に、埃をかぶった長方形の芝生があり、歩道のわきには、干からびた雑草がはえている。破けた茶色の紙袋がひとつ。

階段を四つあがると、ポーチがある。正面の窓には、レースのカーテンが揺れている。男は鍵をとりだす。

女は肩ごしに振り返りながら、家に足を踏みいれる。心配しないで、男は言う。誰も見張っていないから。どのみち、ここはおれの友だちの家なんだ。今日はここにいても、明日にはいなくなる。

お友だちがたくさんいるのね、女は言う。

そうでもないさ、男は言う。いわゆる〝腐ったリンゴ〟が混じってなけりゃ、仲間もたくさんは必要ない。

真鍮のコート掛けがならぶ入口の間があり、リノリウムがすりへった床は、茶色と黄色の格子柄で、奥の部屋へつづくドアには磨りガラスが入り、アオサギだかツルだかの絵が描かれている。長い脚をもつ鳥たちが、蛇を思わせる優美な首を屈めて、百合と葦のあいだにくちばしを入れている図だ。ひと昔前の遺物か。ガス灯にはまっていたガラス。男は二番目の鍵でドアを開け、ふたりは薄暗い奥の廊下に踏みこんでいく。男が電気のスイッチをパチリと入れる。天井に備えつけのライト。ガラス製のピンクの花が三つあるのはいいが、電球が二つなくなっていた。

そう悲しそうな顔をするなよ、ダーリン、男は言う。なにもはがれ落ちてきて、手にくっつきゃしないよ。ただ、どこにも触らないように。

あら、はがれてくるかもしれないわ、女は言い、息を殺すようにしてちょっと笑う。あなたには、どうしたって触るもの。あなたははがれて手についてきそうね。

男はガラス戸を引いて閉める。左手にもうひとつドアがあり、これはニス掛けで黒っぽい。ドアの内側に、やかまし屋の耳が押しつけられるさまを、女は思い描く。床が軋む。足を踏み替えたかのような音。意地悪そうな白髪の老婆でもいるかしら——いいえ、それではレースのカーテンにそぐわない？　くたびれた長い階段が二階へとつづき、踏み板には絨毯が張られ、手すり子はところどころ歯が抜けている。壁紙は格子縞にぶどうの蔓とバラがからみあう柄で、かつてはピンクだったようだが、いまではミルクティーのような淡褐色になっていた。男はそっと女の体に両の腕をまわし、唇を首筋、そして喉元に滑らせる。口には触れない。女が身を震わせる。

すんだらお払い箱にしやすい男だろ、おれは。男が囁く。あなたは家に帰って、シャワーを浴びて洗い落とすだけでいい。

そんなこと言わないで、女も囁き返す。ちょっとふざけているのよね。わたしが本気で言ったなんて思ってないくせに。

いまのは本気だろうとも、男は言う。女が彼の腰にすっと手をまわすと、ふたりは少々もたつきながら、鈍い足どりで、階段を昇っていく。たがいの体の重みで歩調が鈍る。半分あがったあたりに、ステンドグラスの丸窓がある。コバルトブルーの空、安っぽい紫色のぶどう、頭が痛くなりそうな赤い色の花々——ガラスを通して光がふりそそぎ、ふたりの顔をとりどりに彩る。二階の踊り場で、男はいま一度、女に口づけをする。今度はもう少し烈しく。絹のようになめらかな女の脚にそって、スカートをストッキングの上あたりまでまくりあげる。女の体を壁に押しつけながら、少し硬くなった張りのいい胸をまさぐる。女はいつもガードルを着けている。それを脱がすのは、なんだか、アザラシの皮を剝ぐような感じだ。

女の帽子が転がりおち、両腕が男の首に巻きつき、髪を引っぱられたかのように、頭と体が弓なりに反り返る。髪の毛もピンがはずれてほどけ、その髪を男は撫でおろす。髪の房は先へいくほど細くなり、炎を思わせる。一本の白いキャンドルにゆらめく火、あれを逆さにしたみたいだ。もっとも、炎は下に向かって燃えはしない。

部屋は三階にある。使用人たちの生活する一角、だったにちがいない、かつては。部屋に入ると、男はすぐドアにチェーンをかける。室内は狭苦しく薄暗く、ひとつきりの窓はわずかにひらいて、ブラインドがほぼ下まで引きおろされていた。両脇にさがる白いレース編みのカーテンは、真ん中のあたりを輪っかで留めてある。午後の陽がブラインドにさして、それを金色に染めていた。部屋の空気は、むれ腐れた臭いもするが、石鹸の香りもする。片隅に小さな三角形の洗面台があって、その上に変色した鏡が掛かっている。洗面台の下には、男のタイプライターを入れた角張った箱が、押しこまれていた。ホーローのコップに挿された男の歯ブラシ。新しいものではない。ちょっと立ち入りすぎだわ。女は目をそらす。ワニス塗りの黒っぽい衣装だんすなどもあった――タバコの焦げ跡やら、濡れたグラスの跡やらで汚れていた――が、ベッドひとつで、部屋はほぼいっぱいだった。その真鍮らしきベッドは、流行おくれで少女趣味で、把手をのぞけばあとは真っ白に塗られていた。きっと軋むのだろう。そう思っただけで、女は顔を赤らめる。

ベッドには、男の苦心の跡が見える。シーツか、少なくとも、枕カバーは替えたようで、ナイル・グリーンの褪せたシュニール織りのベッドカバーも、きれいに伸ばしてあった。いっそ、ほったらかしのほうがよかった。女はそう思いそうになる。こんな跡を見ると、憐れみみたいなものを痛烈に感じてしまう。餓えかけた百姓に、パンの最後のひと切れを差しだされたようで。女にとって、憐れみは望ましい感情ではなかった。どんな形であれ、彼のもろさは感じたくない。もろくあってよいのは、わたしのほうだけ。女は財布と手袋を衣装だんすの上に置く。そこで、これも社交の一場面なのだと、急に気づく。社交としては、だいぶ奇妙だが。

すまないね、執事はいないんだ、そう男は言う。なにか飲むかい？　安いスコッチでも。

ええ、いただくわ、女は言う。男はたんすの最上段に、ボトルをしまっていた。それをとりだすと、グラスをふたつ用意して注ぎはじめる。好きなところで〝ストップ〟と言ってくれ。

ストップ。

氷はないんだが、と男は言う。水ならあるよ。

このままで結構よ。女はウィスキーをごくりと飲み、少し咳こんでから、衣装だんすに背をもたせ、男に微笑みかける。

強いのを、少しだけ、ストレートで、か、男は言う。あちらもそういうのがお好みだ。男は自分のグラスを持ってベッドに腰かける。あなたの好みに乾杯。男はグラスをあげるが、微笑み返してはいない。

今日はいつになく意地悪ね。

自己防衛さ、男は言う。

あちらが好きなんじゃないわ、あなたのことが好きなのよ、女は言う。違いぐらいわかってます。

きっとある程度はね、と男は言う。少なくとも、自分ではそう思っている。そう言えば、面目は立つ。

いま帰っていけない理由があったら、教えてちょうだい。

男はにやりとする。なら、こっちへおいで。

愛していると言ってほしいのを知りながら、男は口にしない。言ってしまったら、罪を認めるようで、かぶとをとられてしまう。

まず、ストッキングを脱ぎたいの。ストッキングだって、あなたににらまれたとたん逃げだすわ。

あなたらしいよ、男は言う。着けたままでいい。早くおいで。

陽が移ろっていた。日の名残りはわずかになり、おろしたブラインドの左端に射すばかりだった。路面電車が警鐘を鳴らしながら、通りをガタゴトと行きすぎる。さっきから、引きも切らず通っていたにちがいない。それなのに、なぜ静かだったのか？　無言、抑えた彼の息づかい、ふたりの息づかい、音をまったくたてまい、あまりむやみな音をたてまいとする苦心。なぜ悦びは、こんなにも苦悩と似た音をたてるのだろう？　傷を負ったかのような。男は女の口を手でふさぐ。

部屋のなかは翳りだしたが、女の目にはさらに多くが見えている。床に丸まったベッドカバー。ねじれたシーツが、厚布で出来たぶどうの蔓のように、ふたりにからみつく。シェードなしの裸電球がひとつ、クリーム色の壁紙には、小さな、馬鹿げた、青いすみれ模様が散り、雨漏りしたとおぼしき箇所が茶ばんでいた。ドアはチェーンが守っている。ドアはチェーンが守っているが、はなはだ心もとない。強くひと押しされれば。長靴《ちょうか》でひと蹴りされれば。そうなったら、自分はどうするだろう？　壁がどんどん薄くなって、氷に変わってしまう気がする。金魚鉢の金魚も同然。

男は二本のタバコに火をつけ、一本を女に手わたす。ふたりともため息をつく。男は空いた手を女の体に滑らせ、またも、指で夢中にさせる。時間はあとどれぐらいあるのだろう。男はそう思うが、女には尋ねない。尋ねずに、女の手首をつかむ。小さな金の時計をしている。男は文字盤を手で隠す。

さて、男は言う。寝物語はいかがかな？

ええ、お願い、と女は言う。

前回はどこまで話したっけ？

花嫁のヴェールをかぶった哀れな娘たちの舌を抜いたところよ。

ああ、そうだった。そこで、あなたは異議を唱えた。この物語が気に入らなければ、べつな話をしてもいいが、そっちのほうが文明的とは限らないぜ。もっとひどいかもしれない。もっと今風になるかもしれない。ザイクロン人を五、六人ばかし殺すより、はてしなく広がる悪臭漂う泥沼に、何十万という死……。

いいえ、いまのお話のままでいいわ、女は慌てて言う。ともかく、あなたの話したい物語はそれなんでしょう。

女は茶色いガラスの灰皿でタバコをもみ消すと、また男にもたれかかり、胸に耳をつける。こうして彼の声を聞くのが好きなのだ。声が喉からでなくお腹から出てくる気がする。蜂がブンブンいうような、犬が唸るような音。あるいは、地の底から話しかけてくるような声。わたし自身の心臓に流れる血のように。言葉、言葉、言葉、なんて。

《メール&エンパイア》紙　一九三四年十二月五日

ベネットに喝采

《メール&エンパイア》紙　独占記事

昨晩、〈エンパイア・クラブ〉でのスピーチで、トロントの財政家であり、ずばりものを言うことで知られる〈ロイヤル・クラシック紡績〉の社長であるミスター・リチャード・E・グリフェンは、R・B・ベネット首相に対する控えめな讃辞を述べ、首相への非難に強い遺憾の意を示した。日曜日、トロントで大荒れの再結集となった〈メープル・リーフ・ガーデンズ〉の一件にふれ、グリフェン氏は、政府が「失意に苦しむ」二十万人の署名嘆願という「圧力に屈した」ことに、警戒の色を示した。日曜の一件とは、扇動謀議の罪で服役していた指導者ティム・バックが、土曜日にキングストン・ポーツマス刑務所から仮釈放されたのに対し、一万五千人の共産主義者が、熱狂的な歓迎を繰り広げたもの。グリフェン氏は、これまでベネット首相がとってきた「徹底した鉄拳政策」は正しかったとし、その理由として、「この破壊活動に対処するには、内閣の転覆をもくろむ人々を投獄し、私有財産を没収するしかない」と述べた。

九十八項のもとに国外退去させられた何万人という移民には、ドイツ、イタリア等の国に送り返された人々も含まれ、現在、抑留という処遇にあっているが、圧政を支持してきた彼らも、今後はその実態をみずからの肌で感じることだろう。グリフェン氏はそう述べている。

また氏によれば、経済に目を転じると、依然として失業率は高く、その結果、社会不安が生まれ、共産主義者およびそのシンパがあいかわらずそれにつけこんでうまい汁を吸っているが、しかし好転の兆しもあり、春ごろまでには大恐慌も終わりを告げる手応えを感じていると言う。そうするなかで健全な政策とは唯一、しっかりした歩みをくずさず、おのずと秩序が回復するにまかせることだろう。ルーズベルト大統領がソフトなものであれ社会主義に傾くようであれば、いかなる政策にも抗すべきである。そのような路線は、長い不況にあえぐ経済をますます弱らせるばかりだ。氏はさらにそう述べている。失業者の窮状は嘆ずるべきであるが、生来怠け癖のある者も多く、違法スト団体や組合外の扇動者たちには、有効な力をただちに行使すべきである。

グリフェン氏の所見には、さかんな拍手が湧きおこっていた。

昏き目の暗殺者　報せをもたらす者

では、始めようか。あたりは暗いことにしよう。太陽は、三つの太陽は、すべて沈んだあとだ。一対の月が空にかかっている。山麓の丘陵地では、狼たちが四方《よも》に散りだした。選ばれた娘が生け贄にされる番を待っている。すでに最後の馳走をあたえられ、体には香水や香油をすりこまれ、娘を礼賛する歌がうたわれ、祈りが捧げられた。いま彼女は赤と黄金のブロケード織りのベッドに横たわり、神殿の奥の間に閉じこめられている。部屋のなかは、花びらとお香とすりつぶしたスパイスの薫りがする。これらは、死者の棺台の上にちりばめるのが慣わしなんだ。このベッドが〝ひと夜の褥《しとね》〟と呼ばれているのは、ここでふた夜と過ごす娘はいないからさ。娘たちのあいだでは、まだ舌を抜かれていないうちから、〝声なき涙の床〟と呼ばれている。

真夜中になれば、娘のもとに地界の王が訪れることだろう。王は錆びた甲冑に身を固めていると言われてるんだ。〝地界〟とは、別離と崩壊の場。魂が神々の国へ行くには、もれなくここを通過する。ことによると——ごく罪深い魂は——そこに留まらねばならない。神殿に捧げられた生娘たちは誰しも、生け贄の前の晩、錆の王の訪問をうける。これなくしては、娘の魂は満ち足りず、神々の国へ行けずに、美しき裸身の死女の一団に入れられることになる。瑠璃色の髪に、曲線美を誇る体、ルビーのように赤い唇、蛇がうじゃうじゃ出てきそうな眸《ひとみ》。裸身の死女たちは、西側の人里はなれた山中で、荒れた墓場をさまよう。どうだい、死女たちのことも忘れずにいただろう。

お気づかいに感謝するわ。

なんなりと。ほかにもちょいと入れてほしいことがあったら、お申しつけを。さて、それはともかく。

古今の人々がおおかたそうであるように、ザイクロン人も処女を恐れるんだ。生娘の死者となると、なおさらね。愛に裏切られて未婚のまま死んだ女たちは、生前無念にもつかみそこねたものを、否応なく死後に求めるようになる。昼間は荒れ果てた墓のなかで眠り、夜になると、不用心な旅人を食い物にする。とくに、そんなところへ来る軽はずみな若者を。女たちは、若者にとびついて精気を吸いとり、なんでも言いなりになるゾンビに変えてしまう。裸身の死女の尋常ならざる欲望を、願うそばから充たすために。

若者たちも、なんて運の悪い、女は言う。その魔物から身を守るすべはないの？

槍で刺しても、石で殴り殺してもいい。ただ、ものすごい数だからね。タコと戦うのといっしょだよ。気づいたときには、からめとられている。いずれにせよ、死女たちは獲物を催眠術にかけるんだ。意思の力を奪ってしまう。まず最初に術をかける。女をひとり目にしたとたん、根が生えたように動けなくなる。

でしょうね。スコッチのおかわりは？

もう一杯ぐらいはいけそうだ。ああ、ありがとう。その娘は——名前はなにがいいと思う？

さあ、なにかしら。決めてちょうだい。あなたのお得意でしょ。

うん、考えておこう。ともあれ、その娘は明日の生け贄として、〝ひと夜の褥《しとね》〟に横たわっている。舌を切られたとき、これからの数時間とでは、どっちが辛いかわからない。これもまた神殿の公然の秘密だが、地界の王というのは本物ではなく、廷臣のひとりが変装しているにすぎない。サキエル・ノーンではなにかとそうであるように、この職務も売り物であり、特権をめぐる取引には、巨額の金が動くと言われているんだ。当然ながら、水面下で。支払金の受取人は女司祭長で、金でころびやすいこと人後に落ちず、サファイアに目がないとして知られていた。奉納金は慈善目的で使うと誓って言い逃れているが、ふと思い立っては、金の一部でサファイアを買っている。娘たちは舌を抜かれたうえ、筆記用具もないので、地界の王の苛《さいな》みについては、ろくに訴えることもできず、どのみち、翌日にはみな死んでしまうんだ。甘露、甘露と女司祭は独りごちて、金勘定をする。

一方そのころ、はるかな地では、ぼろを着た夷狄《いてき》の大軍が行進している。サキエル・ノーンの名にし負う都を陥落し、略奪三昧の末、焼きつくすつもりなのさ。もっと西の地方でも、すでに五つや六つの都をおなじ目にあわせてきた。誰ひとり、つまり、文明国の人々は誰ひとり、夷狄の勝因がわからない。鎧も武器もろくすっぽ揃わず、読み書きもできなければ、気のきいた鉄具も持っていないくせに。

そればかりか、夷狄にはまともな王もなく、首領がひとりいるのみだ。この首領には、正確にいうと名前もなかった。長の座についたとき、名を捨て、称号を与えられたんだ。その称号とは、〝歓喜のしもべ〟という。手下たちには、〝全能の災い人〟とか〝無敵の右拳〟とか〝悪の粛清王〟とか〝徳と義の守り神〟などとも呼ばれていた。夷狄の生まれ故郷は知られていないが、北西から来たというのが通説だった。それは、邪悪な風が出《い》ずる地でもある。敵方からは、〝荒れ地の輩〟と呼ばれていたが、本人たちは〝歓びの民〟と自称していた。

現首領は、神に愛されし印をもっている。網《コール》をかぶって生まれ落ち、片足に傷跡が、ひたいに星形のあざがある（コールとは、出産時にときおり胎児の頭をおおっている羊膜の一部で、むかしは吉兆とされ、水難除けのお守りにした）。つぎの一手に詰まると、神懸かりになって異世界と交信する。サキエル・ノーンを滅ぼしに向かうのも、神々の使者がお告げをもたらしたためだ。

この使者は、炎に姿を変えて彼のもとを訪れた。燃え盛る火のなかに、目と翼をいくつも備えているんだ。こういう使者たちは、まわりくどい喩え話をし、変幻自在とされている。燃える〝サルク〟になったり、口をきく石になったり、歩く花になったり、頭が鳥で体が人間の半鳥人になったりする。あるいは、どんな人間の振りだって出来る。独り旅やふたり連れの旅人、盗っ人だとか魔術師だとか噂される男、いくつもの言葉をしゃべる異邦人、路傍の物乞いなどは、使者の可能性がいちばん高い。〝荒れ地の輩〟はそう言い習わしている。というわけで、こういう人々は下へも置かぬ扱いをうける。少なくとも、素性が明らかになるまでは。

これが神の密使だとわかったら、食物とぶどう酒を捧げ、ご所望とあらば女を遣わし、お告げを恭しく拝聴して、さらなる旅に出ていただく、というのが一番の策だ。さもないと、石にされて、財産をとりあげられてしまう。旅人、魔術師、異邦人、物乞いたちは、〝荒れ地の輩〟が近づいたと気づいたら、怪しげな喩え話の二つや三つ、抜かりなく仕入れておくと思ってまちがいない。この喩え話は、〝雲の言葉〟または〝もつれた絹〟と呼ばれるが、いろいろな機会に使えるようやたら謎めいたやつがいい。状況によって、さまざまに解釈できるようにね。なぞなぞや判じ物の用意もなしに、〝歓びの民〟と旅を共にするなど、みずから死を招くようなものだ。

目のある炎のお告げにより、つぎの殲滅の的として、サキエル・ノーンの都に白羽の矢が立った。その享楽ぶり、異端神の信仰、とくに幼子を人身御供にするという憎むべき慣わしゆえに。この習慣のため、全都の人々――生け贄にされる運命にある奴隷、子ども、生娘まで――が、凶刃に倒れることになる。殺しに憤って始めた殺しで、その生け贄の対象者まで殺してしまうとは、おかしな話だが、〝歓びの民〟にとって、生死を決定づけるのは罪の有る無しではなく、穢れているか否かであり、さらに彼らに言わせれば、穢れた都の住民は、みな等しく穢れているのだった。

夷狄の大軍は黒い土煙をあげながら、さらに前進していく。土煙が大軍の頭上に、旗のようにたなびく。しかし、サキエル・ノーンの城壁に立つ歩哨に見つかるほど、まだ近づいてはいない。ほかに、町人たちに急を知らせかねない人々、たとえば、町はずれの牧童、旅路の商い人などは、容赦なく追いつめられて、めった切りにされた。ひょっとして神の使者かと目された者のみ、誰であれ、まぬかれたが。

大軍を率いて馬を駆る〝歓喜のしもべ〟は、心は純にして、ひたいには深い皺が刻まれ、熱く燃える目をしていた。粗い革のマントをはおり、頭には、首領の印である赤い三角帽をかぶっている。男の後ろには、牙を剝かんばかりの軍勢がしたがう。大軍を前に、草食の獣たちは逃げ去り、屍の掃除屋たちは後につき、狼たちは軽やかに伴走していく。

一方そのころ、鬼胎を抱くことも知らぬ都では、王政転覆のはかりごとが地下で進行していた。これを仕組んだのは（例によって例のごとく）、王の信頼の篤い重臣たちさ。〝昏き目の暗殺者〟のうちでもとびきり腕のいい者を、すでに雇いいれていた。この若者はかつては敷物の職工であり、その後は幼くして男娼になったが、行方をくらまして以来、音もなく忍び寄る足と、非情なナイフさばきで、名高かった。名前は、X。

どうして、Xなの？

その手の男は決まって〝エックス〟と呼ばれるんだよ。やつらに名前は無用、足どりを捕まれるのがオチだ。ともかく、Xはエックス線のX。Xということは、固い壁も通り抜け、女の服の奥まで見透かすというわけさ。

でも、そのXは目が見えないんでしょう。

だからこそ、だ。〝内なる目〟で女のドレスを見透かす。〝孤独のなかの至福〟ってやつだな。

気の毒なワーズワースさん！　巨匠を冒瀆するような真似はやめて！　女ははしゃぐ（男は有名な「水仙」という詩の一節を茶化した）。

仕方ないだろう、おれが無礼なのは、ガキのころからだ。

Xは、〈五月《さつき》の神殿〉の構内に忍びこんで、翌日の生け贄として生娘が閉じこめられている部屋のドアを探し当て、見張り番の喉を掻き切ることになる。そののち、今度は娘も殺して、世に聞こえる〝ひと夜の褥《しとね》〟の下に死体を隠し、みずから娘の儀式用のヴェールを身にまとう。地界の王を演じる廷臣——なにを隠そう、この男こそ、来る宮廷革命のリーダーに他ならない——が現われて、金を投じた目的を果たし、また去っていくまで待つことになっている。廷臣も大枚はたいたからには、その額に見合うものが欲しいだろうからな、いくら殺されたばかりとはいえ、死んだ生娘なんかはご免だろ。欲しいのは、まだ脈打っている体さ。

ところが、段取りに不手際があってつまずく。時間の申し合わせに誤解があったんだ。このままいくと、暗殺者が先に到着することになってしまう。

気持ちのわるい話だわ、女が言う。ひねくれた人ね、あなたって。

女のむきだしの腕を、男は指でなぞる。話をつづけてほしいか？　原則としては、金をもらってする仕事だぜ。それをただで聞かせているんだ、ありがたく思ってくれよ。ともかく、話がこの先どうなるか、知りもしないだろう。おれはプロットに厚みを加えているだけだよ。

もう充分に厚いと思うけれど。

プロットの厚みが、腕の見せどころなんだよ、おれは。薄っぺらいのが好みなら、ほかを当たってくれ。

わかったわ。つづけて。

殺害した娘の衣装で変装したまま、暗殺者は朝を待つことになっていた。そうして、階段の上の祭壇へと導かれ、生け贄にされんとする瞬間、王を刺殺する。そうすれば、王は女神おんみずからに討たれたと、人々の目に映り、その死を合図に、念入りに計画された蜂起が口火を切る。

金で懐柔しておいた男どもが、暴動を実行に移す。それから先は、時宜をえた段取りどおりに、出来事がつぎつぎと起きる。神殿の女司祭たちは、身の安全のためにと称して〝保護〟されるが、実際には、革命の首謀者たちの要求を教会にのませろと脅されるんだ。王の忠臣たちは、その場で槍で突き殺し、忠臣の息子たちも、後世の復讐の芽を摘むために殺すことになる。娘たちは勝者のもとへ嫁に出され、こうして、一族の財産没収は合法化される。また、望みをほしいままにし、不義もはたらいていたにちがいない妻たちは、暴徒の群れに投げこまれる。強者が倒れたとたん、踏みつけにできるというのは、格別の歓びだ。

　暗殺者は事後の混乱に乗じて逃走し、あとから舞い戻って、多額の報酬の半分を請求する手はずだ。ところが、実のところ、首謀者たちはただちに暗殺者を斬り殺すつもりでいる。策略がくじけた場合、暗殺者が捕まって自白させられてはかなわない。殺したあと死体は隠す。昏き目の暗殺者は雇われ仕事しかしないから、遅かれ早かれ、雇い主は誰だと、世間が騒ぎだすだろう。王の死を謀ったはいいが、足どりを捕まれては元も子もないからな。

　その娘——これまで名無しのまま来てしまったが——は、赤いブロケード織りのベッドに横たわり、偽の地界の王を待ちながら、この世に無言の別れを告げている。神殿の召使いが着る灰色の長衣をまとって、暗殺者が廊下を忍び歩く。部屋のドアの前までやってくる。神殿内で男が仕えることは禁じられているので、見張り役は女だ。灰色のヴェールごしに、暗殺者は見張りに囁く。あなただけのお耳に入れたいのだが、女司祭長からの言伝を運んできた、と。見張りの女が屈みこんだ瞬間、ナイフがひと振りされる。神のもたらす光は慈悲深い。昏き目の暗殺者の両手は、鍵の束にすばやく伸びている。鍵がまわる。その物音は、部屋にいる娘の耳に入る。彼女は身を起こす。

　男の声がやむ。なにか、外の通りの音に耳をすましている。

　女は肘をついて半身を起こす。どうしたの？　彼女は言う。たんに車のドアが閉まった音でしょう。

　頼みがある、男は言う。いい子だから、スリップを着けて、窓の外を覗いてくれ。

　誰かに見られたらどうするの？　女は言う。白昼の陽のもとよ。

　心配するな。やつらは、あなたを見てもわからない。スリップを着た女を目にするだけだ。このへんでは見慣れぬ光景でもないよ。やつらはあなたのことを、きっと……。

〝娼婦だと思う？〟　女はさらりと言う。あなたもそう思っているの？　訳あって堕落した乙女だと思うだろうよ。ふたつは非なるものだ。

それはお優しいこと。

ときどき、とんでもない墓穴を掘るようだな、おれは。

もし、あなたがいなかったら、わたしはいまよりはるかに堕落していたでしょうね。女は窓辺に立って、ブラインドをあげる。女のスリップは、沿岸に寄せる氷、海氷のような、冷え冷えとした翠色。この女は捕まえておけないのだろう、長いことは。じきに溶けて、流れだしてしまうのだ、おれの手をすり抜けて。

なにか見えるか？　男は聞く。

とくに変わったものは、なにも。

ベッドに戻っておいで。

ところが、女は洗面台の鏡を覗きこみ、自分の姿を見てしまった。自分の素顔、くしゃくしゃの髪。女は金の腕時計で時間を見る。どうしよう、一大事だわ、女は言う。いますぐ帰らなくちゃ。

《メール＆エンパイア》紙　一九三四年十二月十五日

暴力ストを武力鎮圧

オンタリオ州、ポート・タイコンデローガ

昨日、ポート・タイコンデローガで新たな暴力ストが勃発した。〈チェイス＆サンズ工業株式会社〉の休業、スト、工場閉鎖に伴い、今週は騒ぎが相次いでいるが、このストもその一部。警察の力だけでは人数的に不足と見られたため、地方議会から増援部隊の要請が出されていた。これを受けて、首相は公安保持を重視して介入を認め、カナダ連邦軍を派遣し、鎮圧部隊は午後二時に現場に到着した。現時点では、安定した情況と伝えられている。

今回の一件は、秩序回復に先立つスト参加者の集会が暴走した形。町の目抜き通りでは、ショーウィンドウが軒なみ叩き割られ、広範囲にわたって店が荒らされた。店舗を守ろうとした数名の店主が打撲傷を負い、現在、病院で療養中。警官の一人はブロックで頭を殴られ、脳震盪を起こして重態と言われている。また、早朝、〈第一工場〉から出火し、町の消防団員らが消し止める騒ぎがあったが、本件はいまも調査中であり、放火の疑いも出ている。夜間警備員のアル・デイビッドソン氏は、燃え広がる火から引きだされたものの、頭部殴打と煙の吸引により、すでに死亡していた。この暴行を働いた犯人は捜索中だが、もう数名の容疑者の名前があげられている。

《ポート・タイコンデローガ》紙の主幹エルウッド・R・マレー氏は、騒ぎが起きたのは、外部の扇動者数名がスト集会に酒類を持ちこんだためと述べ、「わが町の労働者たちは遵法の人たちであるから、けしかけられない限り暴動など起こさなかったはず」としている。

なお、〈チェイス&サンズ工業〉の社長、ノーヴァル・チェイス氏からのコメントは得られていない。

昏き目の暗殺者　夜の馬たち

今週は、またべつな家、またべつな場所。少なくとも、ドアとベッドのあいだに、向き直れるぐらいの隙間はある。カーテンはメキシコ調、黄と青と赤の縞模様。ベッドのヘッドボードには、鳥目のような斑点のあるカエデ材が使われている。伝統ある〈ハドソンズ・ベイ〉社製の毛布（インディアンと毛皮取引をするため一六七〇年に設立されたイングランドの特許会社）。鮮やかな紅《くれない》の、チクチク毛羽立つそれは、床に放りだされていた。壁には、スペインの闘牛のポスター。肘掛け椅子は、栗色の革張り。デスクは、黒燻しの樫材。上には鉛筆立てが置かれ、鉛筆は一本一本きれいに削ってある。それから、パイプ挿し。タバコのけむりが、部屋にこもっている。

本棚はといえば、オーデン、ヴェブレン、シュペングラー、スタインベック、ドス・パソスなどの著書。いかにも地味な体裁の『北回帰線』なる本は、いずこからくすねてきたのにちがいない。フロベールの『サランボー』、マーレイ・キャラハンの『奇妙な逃亡者』、ニーチェの『偶像のたそがれ』、ヘミングウェイの『武器よ、さらば』。バルビュス、モンテルラン。『ハムラビ法典――法的解釈』。この新しいお友だちは、知的なご趣味があるようね、女は思う。それに、お金ももっとありそう。ということは、あまり信用ならない。この男性は、コート掛けに、帽子を三つと、純カシミアらしき格子縞のガウンも掛けていた。

ここにある本、どれか読んでみた？　部屋に入って男が鍵をかけると、女は聞いた。そう聞きながら、帽子と手袋を脱ぐ。

ああ、何冊かは、男はそう答えて、くわしくは語らない。ちょっとむこうを向いてみて、と言い、女の髪にからみついた木の葉をとった。

もう散りはじめているのね。

この家の友人は知っているのだろうか、女はふと考える。自分の部屋に女性がいるというだけでなく――彼らのあいだには取り決めが交わされており、それで友人は干渉してこないのではないか。男たちとはそういうものだ――その女の正体まで。つまり、わたしの名前やらなにやら。知らないといいけれど。本の種類からして、とくに闘牛のポスターからして、わたしには基本的に敵意をもつはずだ。

今日の男には、いつもの性急さがなく、もの思わしげだった。ぐずぐずして、引っこみがちだった。つくづく眺めてばかりで。

どうしてそんなふうにわたしを見るの？

あなたを憶えておこうと思って。

なぜ？　女は言って、男の目を片手でふさいだ。そんなふうに眺め回されるのは、いい気がしない。指でいじられるのも。

あとでまた抱けるように、男は言った。よそへ行ってからも。

よしてよ。今日という日を台無しにしないで。

陽の照るうちに楽しめ、男は言う。それがあなたのモットーか？

〝無駄がなければ、不足もなし〟のほうが好きだけど、そう女は言った。男はそのときようやく笑った。

さて、女はシーツを胸のあたりまで引きあげ、それでしっかり体をくるんでいる。男の胸に頭をもたせ、脚はというと、長い魚の尾のように波打つ白いコットン地のなかに隠れている。男は頭の後ろで手を組み、天井をじっと見あげる格好である。女は自分のグラスの酒をときおり男に飲ませる。今回はバーボンの水割りだ。スコッチより安い。女は前々から、なにか品のいい飲み物——飲めそうなもの——を持ってこようと考えているが、今日は忘れてしまった。

お話の先をつづけて、女は言う。

アイデアがひらめかないとね、男は言う。

ひらめくには、わたしどうしたらいい？　五時までは帰らなくていいの。

本物のインスピレーションは、また今度いただくとしよう、男は言う。まずは、力を溜めないとならない。三十分ほど時間をくれ。

オー・レンテ・レンテ・キュリテ・ノクティス・エクィ！

なんだって？

〝ゆっくり走れ、ゆっくり、夜の馬たちよ〟。オウィディウスの詩よ、女は言う。ラテン語だと、ゆっくりギャロップしているように響くわね。〝知識をひけらかしやがって〟と彼に思われたら、バツがわるい。この詩は知っていたかしら。表情からはわからない。ときには、知っていることも知らない振りをする人だ。こちらがひとしきり説明したころ、実はおれも知っている、大昔から知っているよと、言われたりする。さんざんしゃべらせておいて、口をふさぐのだ。

妙なことを言うね、男は言う。なぜまた〝夜の馬たち〟なんだい？

その馬は〝時の馬車〟をひいているの。乗っている男性は、好《い》い人といっしょなのよ。夜が長く長くつづけばいい、そうすれば、もっと長いこと彼女といられる、そういう意味でしょう。

なんのために？　男がものうく聞く。五分じゃ、その男には足りないのか？　ほかに、もっとましな用事はないのかね？

女は身を起こす。疲れたのね？　わたし、退屈させているかしら？　もう帰ったほうがよくて？

まあ、横になれよ。どこにも行かせやしねぇぜ。

よせばいいのに、と女は思う。映画のカウボーイみたいな台詞を吐くのは。わたしに引け目を感じさせようとしているのだ。そう思いつつも、女はまた身を倒し、男の体に手を滑らせる。

お手をこちらへどうぞ、奥さま。ああ、大変けっこう。男は目を閉じる。〝好い人〟か、なんとも古めかしい言葉だな。ヴィクトリア時代まっただ中という感じだ。わたくしめも、貴女の上品なお靴に口づけたり、はたまた、チョコレートで気を引いたりせねばならんのでしょう。

きっとわたし、古くさい女なのよ。ヴィクトリア時代もまっただ中の。なら、あなたは〝彼《あ》の人〟ね。

いいえ、それとも、そっけなく〝おとこ〟。このほうが、進歩的な感じがする？ より対等に聞こえるかしら？

そうだな。だが、おれはやはり〝好い人〟のほうがいいよ。だって、世の中、五分五分なんかじゃねぇんだから。

そうね、女は言う。違うわ。それはそうと、物語をつづけて。

男は話しだす。夜の帳《とばり》がおりると、〝歓びの民〟の軍勢は野営を張った。あと一日進めば都に着く距離だ。前に攻め落とした都で捕虜にした女たちが奴隷となり、革のボトルで発酵させた〝ラング〟という緋色の酒をついでまわる。生煮えのシチューのボウルを手に、びくびくと低頭しながら給仕する。中身は、かっぱらってきた〝サルク〟のすじ肉だ。正妻たちは陰に座り、頭に巻いたスカーフから卵形にのぞく褐色の顔に、目を光らせて、出すぎた真似がないよう監視している。今宵が独り寝になるのは承知しているが、あとから、不作法だとか無礼だとか言って、捕虜の娘たちをむち打つことはできるし、するつもりだ。

男たちは革のマントに身を包み、小さな焚き火を囲んでしゃがみこみ、夕食をたべながら、男だけでぼそぼそ話している。浮かれた雰囲気はない。明日か、あさってには——隊の進み具合と、敵の守りの堅さによるが——戦いが始まる。しかも、今度ばかりは勝てないかもしれない。たしかに、〝無敵の拳〟に語りかけてきた炎の目をもつ使者は約束した。いつの時も、敬虔で、従順で、勇敢で、奸智に長けていれば、勝利がもたらされるだろう、と。ところがこの手の問題には、つねに数多のもしもがつきものだ。

もし敗れれば、自分たちばかりか、女子《おんな》どもたちも殺される。情けは期待できない。もし勝てば、今度は自分たちが殺さねばならず、これは世に思われているほど楽しいとはかぎらない。都にいる者はかたっぱしから殺せ、そう下知をくだされている。男児のひとりとて、生かしておいてはならぬ。長じて、惨殺された父の仇討ちを、などという気を起こされては困る。女児も殺すべし。いずれ、良からぬ手練手管で、〝歓びの民〟を穢《けが》されては困る。これまで征圧した都からは、若い娘たちを捕らえておき、兵士たちに分配してきた。武勇や手柄の大小により、一人か、二人か、三人になるが、このあいだは、神の使者に〝もういい加減にしろ〟と言われた。

つぎの戦いは、消耗するうえ、大騒ぎになるだろう。これほど大規模な殺しとなると、実に骨も折れるし、あたりは荒廃するし、徹底してやらないと、〝歓びの民〟があとあと困る羽目になる。〝全能のかた〟は、法文に訴えるすべを心得ていた。

彼らの馬は離ればなれに繋がれている。数が少なく、乗るのは隊長たちにかぎられた。体の痩せた、腰抜けの馬たち――強ばった口元、哀しげな長い顔、優しくて臆病そうな目。それもこれも、馬たちがわるいのではなく、境遇のなせる業だ。

自分の持ち馬であれば、蹴ろうが殴ろうが勝手だが殺して食うべからずとされた。大昔、〝全能のかた〟の使者が、第一の馬に姿を変えて現われたことがあるからだ。馬たちはこれを憶えており、誇りにしていると言われる。だから、隊長格の者しか馬に乗れないのは、こういう理由なんだ。ともかくも、そう伝えられている。

《メイフェア》誌　一九三五年五月

トロント、真昼のゴシップ

ヨーク

この四月、運転手つきリムジンのまさに壮麗な列とともに、春はにぎやかに幕開けした。著名な招待客たちが、今シーズン最も注目されるレセプションのひとつに、ぞくぞくと集まった。この心躍る四月六日の祝賀会は、オンタリオ州、ポート・タイコンデローガのアイリス・チェイス嬢を祝福して、ウィニフレッド・グリフェン・プライアー夫人が、門構えも堂々たるチューダー様式のローズデイル邸で開催した。チェイス嬢はノーヴァル・チェイス大佐の娘にして、モントリオール出身の故ミセス・ベンジャミン・モンフォート・チェイスの孫にあたる。その彼女が、近々、グリフェン・プライアー夫人の兄、リチャード・グリフェン氏と結婚することになった。リチャードは長らくこの州きっての憧れの独身男性と言われてきたが、とうとうこの五月に華燭の典をあげる。今後の結婚予定表のなかで、見逃せない一大イベントになるのは間違いない。

先シーズンの〝デビュタント〟とその母親たちは、若き未来の花嫁をひと目見ようと躍起になった。樺色の縮緬に膨らみをもたせた、スキャパレリ（当時の伊の人気デザイナー）のシックな新作を着こなす彼女を。細身のスカートにウェストの短いフレア、黒ビロードと黒玉のアクセントを縁にあしらった服である。白いスイセンの花に、白い格子細工の四阿《あずまや》、花綱で飾った突き出し燭台には小さなキャンドルが灯をともし、黒いマスカットの飾り物には、銀のリボンがらせんを描いてきらめく。それらをバックに客たちをもてなすプライアー夫人はといえば、緋褪《ひざめ》色の上品なシャネルのフォーマルガウン姿。身頃には控えめなケシ真珠をちらしてあり、これにドレープ入りの優美なスカートを合わせていた。アイリス嬢の妹であり、花嫁付添人のローラ嬢も、若草色の別珍のドレスに、西瓜色のサテンをアクセントに効かせた装いで、出席していた。

会につどった名士たちのなかには、州副総督と妻のハーバート・A・ブルース夫人、R・Y・イートン大佐夫妻と娘のマーガレット・イートン嬢、陸軍省W・D閣下およびロス夫人と娘のスーザン・ロス嬢、イゾベル・ロス嬢、A・L・エルズワース夫人と娘姉妹のビバリー・バルマー夫人、イレイン・エルズワース嬢、ジョセリン・ブーン嬢とダフネ・ブーン嬢の姉妹、グラント・ペプラー夫妻などの姿も見られた。

昏き目の暗殺者　青銅の鐘

真夜中。サキエル・ノーンの都に、青銅の鐘の音がひとつ響きわたり、その刻《とき》を告げる。〝三陽の神〟の夜の化身〝毀《こわ》れの神〟が、闇の底におりたち、血で血を洗う戦《いくさ》のすえ、地界の王と死してそこに住む戦士の一群に引き裂かれた瞬間である。毀れの神の骸《なきがら》はあとから女神に集められ、また息を吹きこまれて、また健康と精気をとりもどし、日の出には、いつものごとく甦って、光あふれる姿で現われる。

毀れの神はよく知られているが、いまや都では誰ひとり、この話を本気にしている者はいない。それでも、どこの家でも、女たちは毀れの神の土像をこしらえ、一年のうち最も暗い夜に、これを男たちが叩き割り、翌日には、また女たちが新しい像を作りなおす。子どもたちには、小さき神々をかたどった菓子パンを食べさせる。というのも、食いしん坊の小さな口をもつ子どもというのは、未来の象徴なんだ。未来は時間に似て、生けるすべてを食いつくす。

贅をつくした宮殿のなかでもいちばん高い塔の部屋に、王はひとり座している。窓から星を観察し、凶兆、前兆を読んで翌週の運命を占う。プラチナで編んだ仮面もはずして脇にのけられている。感情を隠すべき相手もいないからだ。ここでは、王といえども、そのへんのイグニロッドとおなじく、好きなように笑ったり顔をしかめたりできる。まさに、もってこいの息抜き。

たったいまの王は、微笑んでいる。物思う笑みだ。最近の濡れ事について、あれこれ考えているんだ。

相手は、小役人のぽっちゃりした女房。オツムの出来はサルクなみだが、ビロードのクッションを水に浸したみたいな、むっちり柔らかい唇と、魚みたいによく動く先細の指と、いたずらな細い目をもち、寝間のこともよく仕込まれていた。しかし、近ごろはだんだん注文が多くなり、厚かましくなってきた。わたしのうなじに詩を捧げろとか、体のある箇所を詩に謳えとか。宮中でも、気取った恋人同士にはそんな習慣があるが、王はそういう面に才の持ち合わせがなかった。女というのは、なぜかくも戦利品を欲しがるのか？　思い出を残したがるのか？　それとも、この王に恥をかかせようというのか、自分の力を見せつけるために？

残念だが、彼女もそろそろお払い箱にしなくては。亭主を破産させてやる。あやつの家で、忠臣の皆々といっしょに食事をして遣わそう、哀れなバカモノがすってんてんになるまで。そうなれば、あの女も、借金を返すため、奴隷商人に売り飛ばされていくだろう。かえってそのほうが女にもよいのではないか——筋肉を引き締めるいい機会だ。あの女がヴェールを剝がれた姿を思い浮かべるのは、また格別の愉しみ。行き交うあらゆる人の目に顔をさらされ、女主人用の新しい足のせ台や、嘴の青いペットの〝ウィブラー〟を抱えて、道々ずっと眉をひそめながら。いつ刺客を差し向けてもいいのだが、さすがに、それでは少し手厳しい気がする。罪らしい罪といったら、下手な詩を所望したことぐらいなのだ。わたしは暴君ではない。

はらわたを抜いた〝オオルム〟が、王の目の前に横たわっている。その羽を無為につつく。星のことなどどうでもいい——いまや、あんな訳のわからぬ占いは信じていない——のだが、ともかく、ちょっとひと睨みして、なにか答えをひねりださなくては。大儲け、大豊作と言っておけば、当面は効き目があるだろう。しかも、実現しないかぎり、人々は預言のことは忘れてしまう。

信頼できるある独自の情報筋（お抱えの床屋）から耳にした話には、信憑性があるのだろうか。王政転覆の密計がまたぞろ進行しているというのだが。すると、また捕り物を行ない、拷問と処刑を行使することになるのか？　ああ、ちがいない。弱腰にならずとも、弱気を起こすだけで、社会秩序にひびく。支配者の座はしっかりつかんでいるのが望ましい。生首が転がる事態になろうと、自分がその一人になってはならぬ。必要に迫られてするのだ、身を守るには仕方ない。そうは思っても、妙に気力が萎える。王国の政《まつりごと》とは、絶え間ない緊張にほかならない。いっときでも守りがゆるめば、襲いかかってくるだろう。誰が相手かわからぬが。

北のはずれに、ちらつくものを見た気がした——なにか燃えているような——が、すぐに消える。おや、稲妻か。王は片手で目をこする。

王さまが気の毒だわ。最善を尽くしているだけでしょうに。

酒のおかわりが欲しいところだな。どうだい？

彼も殺すつもりなんでしょう。あなたの目がそう言ってる。

公正に見て、殺されても仕方ないね。人でなしだと思うぜ、おれは。しかし、王とは、かくあらねばならない、そうじゃないか？　適者生存とか言うだろう。弱き者は滅ぶ。

そうとは本気で思っていないくせに。

もう酒はないのか？　最後の一滴までしぼりだしてくれ。まったく、喉がカラカラだ。

見てみるわ。女はシーツを引きずりながら、立っていく。机の上にボトルがある。シーツなんか巻くことないだろう、男は言う。いい眺めだ。

女は肩ごしに振り向いて、男を見る。そして、言う。隠したほうが、謎めくものよ。グラスをこちらにちょうだい。こんな安いお酒、買うのはやめてほしいわ。

それぐらいしか買えないんでね。どっちみち、味などわからん。みなしごだからさ。孤児院の長老派の連中が、おれを駄目にした。だから、こんなに陰気でみじめったらしいんだ。

その卑しい孤児院の切り札を使わないこと。わたしの心は痛まなくてよ。

いや、痛むだろう、血がにじむほど。男は言う。そうだとも。その脚と、ばつぐんのお尻はべつとして、おれがいちばん惚れているのはそこさ。あなたの血まみれの心。

血まみれなのは心じゃなくて頭のほうよ。とかく酷いことを考える、そう言われてきたわ。

男は笑いだす。では、あなたの残忍な頭を称えて。乾杯。

女はひと口飲んで、顔をしかめる。

入ったとおなじように出てくるよ、男は陽気に言う。そういえば、おれもちょっと用を足すかな。と言って、起きあがると、窓辺に行き、サッシを少しあげる。

だめよ、そんなこと！

脇の車道だ。誰にもかかりゃしない。

せめて、カーテンの陰に！　わたしは、どうすればいいの？

どうすればいいいって？　男の裸ぐらい、見たことあるだろう。いつも目をつむっているわけじゃあるまいし。

そういう話じゃなくて、わたしは窓からオシッコなんかできませんってこと。もう破裂しそう。

そこに友だちのガウンがあるだろう、男は言う。わかるか？　コート掛けの、その格子縞のやつだ。人がいないのをよく確かめて。大家は小うるさいばあさんだが、格子縞を着ていれば見分けがつかない。まわりに融けこんじまう――この安アパートは格子縞だらけだからな。

さてと、男は言う。どこまで話したかな？

真夜中になったところ、女は言う。青銅の鐘の音が刻を告げる。

うん、そうだ。真夜中だ。青銅の鐘の音が刻を告げる。その音が消えていくと、昏き目の暗殺者が、扉の鍵を回す。胸が激しく打つのは、こういう瞬間では毎度のことだ。甚大な危機に身をさらす時。もし捕まれば、用意された死への道は、むやみに長く苦しいものになるだろう。

いまから自分がもたらす死には、なにも感じない。殺す訳も知ろうと思わない。暗殺されるのが誰だろうと、富める権力者の意図がなんであろうと。暗殺者は彼らをひとしく憎んでいる。この視力を奪った者たちであり、何十人が無理に突き入れてきた。どうすることもできないほど幼い少年に。どいつもこいつも、ぶった切れるならありがたい。やつらの誰であれ、やつらの営みに関わるどんな人間であれ。この娘のように。暗殺者にとって、娘は宝石をちりばめ飾り立てた囚人でしかない。自分の目をつぶしたとおなじ連中が、娘の舌を切ったことにも、感慨はなにもない。役目を果たし、報酬を受けとれば、それでおしまいである。

自分の手で殺さずとも、どのみち娘は明日には殺される。おれのほうが仕事は速いし、あんなに下手くそではない。むしろ、救ってやることになるのだ。ひと思いに殺しそこなった生け贄はこれまでに多々あった。ここの王たちには、刀使いに長けた者はひとりもいない。

あまり騒がないといいが。娘は悲鳴もあげられないと聞いている。舌を抜かれて傷ついた口では、かすれた金切り声を出すのがせいぜいだろう、袋に押しこまれた猫の鳴き声のような。よしよし。それでも、用心はしておこう。

廊下で死体につまずかれぬよう、暗殺者は見張りの死体を部屋に引きずりこむ。素足で音もたてず部屋に入ると、扉の錠をおろす。

第五部

毛皮のコート

今朝の天気予報で竜巻警報が出され、午後も半ばになるころには、空はすっかり剣呑な緑色を帯びて、怒り狂う巨大な獣があたりを掻きのけるように、木々が枝を振り回しはじめた。台風がまさしく上空を通過していた。蛇の舌のように白光をチロチロさせ、束ねたアルミのパイ皿を通りに転がしていく。

〝千と一まで数えなさい〟。リーニーはよく子どもたちに言ったものだ。〝千と一まで辿り着くころには、台風も通り過ぎてるよ〟。雷雨のあいだは、絶対に電話を使ってはいけない、さもないと、稲妻が耳をつきぬけて聾になってしまうとも言った。お風呂も使ってはいけない、蛇口から稲妻が水みたいに出てくるかもしれないから。もし、うなじの毛が逆立ったら、宙に跳びあがること。命拾いするにはそれしか手がないんだから。

台風は、陽の暮れには過ぎ去ったが、あたりはまだ溝《どぶ》のように湿気ていた。わたしは寝乱れたベッドの上で輾転とし、スプリングの音とちぐはぐな我が心臓の鼓動を聴きながら、なんとか休もうとしていた。が、しまいには眠るのはあきらめ、ナイトガウンの上から丈の長いセーターを着て、そろりそろりと階段をおりていった。階下でビニール製のフード付きレインコートをはおり、ゴム長をはいて外に出る。ポーチの階段は、木の踏み板が湿って滑りやすい。ペンキが剝がれてきている。もしかして、腐っているのか。

ほの明かりに浮かぶ景色は、一面モノクロだった。空気はじめついていて、そよともしない。前庭の芝に咲く菊の花が、光る雨の雫にきらめく。ナメクジの大軍が、残り少ないルピナスの葉を食い荒らしていったらしい。ナメクジはビールが好物だとか。いつも思うのだが、なら、ビールを餌代わりに出しておいてはどうか。わたしより、イケルロかもしれない。わたしならアルコールの類は選ばない。おなじ酩酊するなら、もっと手っ取り早く。

ステッキをつきながら、湿った歩道をそっと歩いていく。満月が出ていた。薄靄で月の輪が掛かっている。街灯が照らすなか、ゴブリンみたいに寸づまりの影が、自分の前を音もなく進む。われながら無鉄砲だと思う。ばあさんが夜の一人歩きとは。ひとが見たら、さぞ無防備に映ることだろう。じっさい、ちょっとばかり怖かった。少なくとも、胸の鼓動が烈しくなるぐらい不安ではあった。マイエラがご親切にもしきりと言うことには、老婦人は辻強盗の恰好の標的だそうだ。この強盗どもはトロントからやってくると言う。世の諸悪がそうであるように。たぶん、バスに乗ってくるのだろう、盗みの七つ道具は、傘やゴルフクラブに偽装して。なんだってするにちがいないわ、マイエラは暗い声で言う。

三ブロックほど行って、街の目抜き通りに出たところで立ち止まり、濡れて艶めくアスファルトのむこうに建つ、ウォルターのガソリンスタンドを見やった。ウォルターはガラス張りの小さな〝灯台〟のなかに座っていた。まわりは、真っ暗な空《から》のプールのように、のっぺりしたアスファルトに囲まれている。赤いキャップをかぶって前屈みになった彼の姿は、見えない馬にまたがる老いたジョッキーか、宇宙のかなたへ幽霊船を導く悲運の船長か、という風情だった。その実なにをしているかというと、小型テレビで《スポーツ・ネットワーク》を見ていた。このテレビの噂は、たまたまマイエラから聞いていたが。そばに行って話しかけるのはやめておいた。頭のおかしいストーカー老婆よろしく、ゴム長にナイトガウンをまとったわたしが、夜の闇から現われたら、ぎょっとするにちがいない。それでも、こんな夜の夜中に起きている人間が、少なくともほかに一人いるとわかれば、気が楽になった。

引き返す途中、背後から足音が聞こえてきた。とうとう来たか。わたしは独りごちた。そら、強盗が出た。ところが、それは黒いレインコートを来た若い女で、鞄だか、小ぶりのスーツケースだかを携えていた。足早に追い越しざま、こちらに首をちょっと伸ばしてきた。

ああ、サブリナじゃないの、わたしは思った。やはり、帰ってきたのだ。その瞬間、どれだけ赦された気がしたことだろう。どれほどありがたく思い、あふれる神の慈悲を感じたことか。時が逆戻りして、オペラのごとく、干からびた古い木の杖に、いきなり花が満開に咲いたように。ところが、二度目に見てみると——いや、三度目か——それはサブリナなどではまったくなかった。ただの通りすがり。ともあれ、そんな奇跡を与えられようとは、わたしは何様だ？　どうしたら、そんなことが期待できよう？

それでも、わたしは待ち望む。いっかな無理なことであっても。

でも、その話はもういい。詩の文言じゃないが、わたしはわが物語の重荷をふたたび背負おう。アヴァロン館に立ち戻って。

母さんが亡くなった。これを機に、すべてが一変した。わたしは、「唇を噛んでがんばりなさい」と言われた。これを言ったのは、誰だろう？　おおかたリーニーにちがいない、いや、ひょっとして父さんか。おかしなもので、こういうとき、ほかのものは噛まない。一種、痛みの代わりに噛むのは、唇と決まっている。

初めのうち、ローラは母さんの毛皮のコートにくるまってばかりいた。それはアザラシの毛皮で、ポケットにはまだ母さんのハンカチが入っていた。ローラはなんとかコートに袖を通して、釦をとめようと四苦八苦するうち、最初に釦をとめてしまい、そこへもぐりこむという手法を編みだした。いま思うと、毛皮のなかで祈っていたにちがいない。祈るというより、念じていたと言うべきか。母が戻ってくるように。なんにせよ、効き目はなかった。コートはまもなく慈善団体に寄付された。

じきに、ローラは訊ねはじめた。赤ちゃんはどこ行ったの、あの、仔猫にぜんぜん似てない赤ちゃんは。「天国へ」という答えでは、もはや納得しなかった。「あの洗面器の中からどこへ行ったの？」と言うわけである。お医者さんが連れていったのよ、とリーニーは言った。でも、どうしてお葬式をしないの？　生まれたとき小さすぎたから、リーニーはそう答えた。そんなに小さいものがどうして母さんを殺せたの？　〝忘れなさい〟。リーニーは言った。〝大きくなったらわかるから〟と。〝知らなければ傷つくこともない〟とは、疑わしい訓示である。ときには、知らないことがひとを深く傷つける。

夜になると、ローラはこっそり部屋に来て、わたしを揺り起こし、ベッドに滑りこんできた。眠れないという。神さまのせいよ。母さんのお葬式までは、あたしと神さまは仲良くしていたのに。〝神はあなたがたを愛しています〟。日曜学校の教師はそう言う。母は娘たちをメソジスト教会の日曜学校に入れており、母の没後も、リーニーが道義上、引き続き行かせていた。ローラは教師の教えを信じていたが、いまでは信じきれなくなったという。

ひとつに、神さまの正確な居所をうるさく訊くようになった。これは、日曜学校の女教師のせいだ。〝神はいたるところに居られます〟と言ったものだから、ローラはくわしく知りたがる。太陽にいるの、月にいるの、台所にいるの、トイレにいるの、それともベッドの下？（〝あの女先生の首をひねってやりたいよ〟とリーニー）。神さまにひょっこり出てこられても困ると、ローラは思っていた。最近の神の行ないを考えれば、わからなくもない。〝口を開けて目を閉じてごらん、びっくり仰天させてあげる〟。リーニーは後ろ手にクッキーを隠しながら言うのがお得意だったが、ローラはもう相手になろうとしなかった。目は開けておきたかったのだ。リーニーを信用しないわけではなく、たんに〝びっくり〟させられるのを恐れていた。

もしかして、神さまは箒の物置にいるのでは。いかにも居そうな場所だ。そう、ちょっと危なそうな変わり者の叔父さんみたいに、物置にひそんでいる。なのに、自分には扉を開ける勇気がないから、いつ居ても確かめようがない。「神はあなたの心のなかに居られます」日曜学校の教師が言うと、さらにまずいことになった。箒置き場にいるなら、なにか打つ手もある。扉に鍵をかけておくとか。

「神は決して眠らない」賛美歌ではそう歌われている。「微睡《まどろ》みがうっかりその瞼を閉じることはない」と。神さまは夜も寝ないで家のまわりをさまよい、人々を偵察している――皆々の近ごろの行ないは善いだろうか、善くなければ、疫病を送りこんで全滅させるとか、なにか気まぐれを起こしてやろう。遅かれ早かれ、神は聖書によくあるような災いを降らすつもりなのだ。「シッ、神さまよ」ローラは言ったものだ。小さな足音がしても、大きな足音がしても。

「神さまじゃないわ。父さんよ。塔のお部屋にいるんでしょ」

「なにをしているの？」

「タバコを吸っているの」わたしはお酒を飲んでいるとは言いたくなかった。告げ口のような気がして。

ローラが眠っているときは、わたしもいたって優しい気持ちになれた――ちょっと開いた口、まだ泣き濡れている睫毛――が、寝ているときでも落ち着きのない子だった。うなったり、蹴飛ばしたり、ときには鼾をかいたりして、ちっとも眠らせてくれない。わたしはベッドからよじり降りると、爪先立って窓辺に行き、寝室の高い窓にぶらさがるようにして外を眺めた。月夜の晩には、色を吸われてしまったかのように、花園が銀鼠色に光っていた。ずんぐりしたニンフの石像が見える。睡蓮の池に月影が映り、ニンフはその冷たい明かりのなかに爪先をつけていた。わたしは身震いしてベッドにもどり、横になってカーテンの移ろう影を見つめ、ゴボゴボ、ミシミシと、家の鳴る音を聴いていた。わたしがどんな悪いことをしたんだろう、と思いながら。

なぜか、子どもというのは悪いことが起きると、なんでも自分のせいにするが、わたしも例外ではなかった。とはいえ、情況からしてどんなに無理があろうと、子どもは一方でハッピーエンドを信じており、わたしはその例にも漏れなかった。ハッピーエンドが急いでやって来てくれることを、ひたすら祈っていた。とくに、夜はローラが眠ってしまうと励ます必要もなくなり、たまらなく寂しかったから。

朝になると、ローラの着替えを手伝い、歯磨き、洗顔の監督をする。これは、母さんが生きているうちから、わたしの役目だった。昼食時には、ときどきリーニーがピクニックをさせてくれた。バターをつけた白パンに、セロファンみたいに透明なグレープジェリーを塗り、生のニンジンとリンゴを切って持っていく。そして、コーンビーフ。缶詰から出したそれは、アステカの神殿みたいな形をしている。あとは、固ゆで卵も。こういう食べ物をまとめて皿にのせ、屋敷の外に持ちだして、あちこちで食べる。池の畔で、温室のなかで。雨が降ってきたら、家のなかで。

「餓えたアルメニア人を忘れるなかれ」ローラはそう言うと、手をポンと合わせ、目をつむって、ジェリーサンドのパンの耳に一礼する。こんなことを言うのも、母の習慣のせいとわかっていたから、わたしは聞くたびに泣きたくなった。「餓えたアルメニア人なんていないの。ただの作り話よ」わたしは一度そう言ってみたが、妹は聞く耳を持とうとしなかった。

わたしたちは始終ふたりきりで放っておかれていたから、アヴァロン館のことなら、隅々まで知りつくしていた。どこにひび割れがあるか、洞穴があるか、トンネルがあるか。裏階段の下の隠れ家を覗きこむと、棄てたオーバーシューズがひと山、ミトンがひとつ、骨の折れた傘が一本あった。貯蔵庫もくまなく探検した。石炭庫には、石炭。野菜庫には、キャベツやカボチャをならべた台、ビートやヒゲのはえたニンジンを入れた砂箱、盲いた白い（カニ足のような）触手をはやしたジャガイモ。冷蔵用の倉庫には、樽いっぱいのリンゴや、棚いっぱいの保存食があった。埃まみれのジャムやジェリーが、磨く前の原石のように光り、チャツネ、ピクルス、イチゴ、湯むきしたトマト、アップルソースなどは、みんなクラウンの密閉瓶に入っていた。ワインセラーもあったが、ここはいつも錠がおりていて、鍵を持っているのは、父さんだけだった。

　ヴェランダの下にも、じめじめして土剝きだしの〝岩屋〟を見つけていた。タチアオイの茂みのあいだを這いずっていくと、そこで育とうとしているのは、クモの巣の張ったタンポポぐらいで、あとは匍匐植物がめぐり、すりつぶしたミントのような匂いと、猫のオシッコの臭いが混ざり合っていた。（一度などは）気配に驚いたガーターヘビのいやな臭いがした。わたしたちは屋根裏部屋も発見した。何箱もの古本、しまいこんであるキルト類、空のトランク三つ、壊れたハルモニウム（代表的なリードオルガン）。祖母アデリアが衣装の縫い合わせに使っていた人台もあった。頭部がなく、胴体だけのそれは、生白く、かび臭かった。

　息を殺し、足音を忍ばせて、わたしたちは影の迷宮を歩いていく。そこに、慰めを感じていた――ふたりだけの秘密に、知られざる小道を知っていることに、誰にも見られないという確信に。

　時計のチクタクをよく聴いて、わたしはそう言った。それは年代物の振り子時計で、古く、白と金の陶器で出来ていた。祖父のものだろう。書斎のマントルピースの上にのっていたから。ローラは〝チクタク〟を〝チロチロ〟だと勘違いしていた。なるほど、真鍮の振り子が揺れるさまは、たしかに、見えない唇を舐める舌のようだった。時間を食べつくしながら。

　秋になった。ローラとわたしは白い液の出るトウワタの〝莢〟を摘んで中をひらき、龍の皮膚みたいに重なった鱗形の種に触れた。種を引っぱりだし、繭綿みたいな〝パラシュート〟（種子の飛散を助ける毛）にのせてばらまくと、あとには、革のような手触りの黄褐色の〝舌〟が残った。肘の内側のように柔らかい。そうして、わたしたちはジュービリー橋へ行き、莢を川面に投げて、それがいつまで水に漂っていられるか眺めた。やがてひっくり返るか、流されてしまうまで。莢にそんなことをして、人でもつかまえた気分だったのだろうか？　よくわからない。しかし、沈む莢を眺めることには、ある種の満足感があった。

　冬になった。空はおぼろな鼠色《ねずいろ》で、低くかかる太陽は、魚の血のような薄紅《うすくれない》をしていた。屋根や窓枠から滴った雫が、墜ちるのをやめたかのように、手首ほどの太く濁った氷柱となる。わたしたちは氷柱を折って、その先を舐めた。リーニーには、そんなことをすると舌が黒くなって落ちてしまうよ、と注意されたが、わたしは前にもやったことがあるので、嘘っぱちだとわかっていた。

あのころ、アヴァロン館は艇庫をそなえており、少し下った桟橋脇には、貯氷庫もあった。艇庫には、祖父から父に受け継がれた時代おくれのヨット〈ウォーター・ニクシー〉号が、冬は流れにのりだすこともなく、寝かしつけられていた。貯氷庫には、ジョグー河から削ってきた氷が眠っていた。大きな塊ごと、馬に牽かせて運びいれ、おがくずをかぶせて保存し、氷が希少になる夏を待つ。

ローラとわたしは御法度をやぶって、足下の滑りやすい桟橋にも行った。リーニーには、落ちて氷を突き抜けたが最後、水は死ぬほど冷たいから、一瞬たりとももたないと言われていた。ブーツが水でいっぱいになって、石みたいに沈んでしまう、と。わたしたちは本物の石をいくつか投げて、なりゆきを確かめた。石は氷上を跳びながら滑っていくと、あるところで止まり、視界に留まった。吐く息が煙のように白くなる。わたしたちは列車みたいにシュッシュッと息を吐き、冷えきった足を交互に踏み替えた。ブーツの靴底の下で、雪が軋んで音をたてる。ふたりが手をつなぐとミトンの手袋が凍ってくっつき、手袋を脱いでも毛織りの〝手〟はつながりあっていた。がらんどうの青い手が。

ルーヴトー河の急流の水底には、尖った氷塊が堆積していた。氷は真昼に白く、黄昏には浅緑になった。小さめの氷はベルのように〝リンリン〟と音を鳴らした。流れの中ごろにいくと、河はひらけて黒くなる。木々に隠れた向こう岸の丘で、子どもたちが叫びをあげ、甲高く、細く、楽しげな声が、冷気に響きわたった。トボガン橇で遊んでいるのだ。わたしたちには禁じられた遊び。ギザギザの沿岸氷の上を歩き、硬さを確かめてみようかと、わたしは思ったりした。

春になった。ヤナギの木は黄葉し、ハナミズキは紅葉した。ルーヴトー河は氾濫した。茂みや林の木が根こそぎ引っこ抜かれ、倒木で流れが逆流し、塞がれた。ひとりの女がジュービリー橋から急流へ飛び降り、その後二日間、死体が出なかった。下流で釣りあげられたが、こんな急流を下っていくのは、肉挽き器にかけられるのに等しいから、麗しの姿とはとても言えなかった。この世を去るのに最上の方法ではないね、リーニーは言った。わが身の見てくれが気になるなら。もっとも、そんな時には気にしちゃいないだろうけどさ。

ミセス・ヒルコートは、長年のあいだにそうして飛び降りた人々のうち、六人ばかりを知っていた。新聞で読んだという。ひとりはあたしとおなじ学校に行ってた娘で、鉄道員と結婚したの。でも、亭主ったらしょっちゅう留守なのよ、何考えてんだろうねえ？「そのうち、出来ちゃってさ」と彼女は言った。「言い訳無用でしょ」それですっかり説明がつくといわんばかりに、リーニーはうなずいた。

「男がどんなに馬鹿だって、たいがい数ぐらいかぞえられる」リーニーはつづけた。「少なくとも、指を使えばね。わたしが思うに、拳固のひとつやふたつ飛んだんじゃないの。でも、馬が逃げてから納屋の扉を閉めても仕方ない」

「どんなお馬？」ローラが訊いた。

「きっと、別な問題にも巻きこまれていたのよ、あの娘」ミセス・ヒルコートは言った。「厄介が起きるときって、たいてい一種類じゃすまないから」

「出来ちゃうって、なにが？」ローラが小声で訊いてきた。「出来るって、なにが？」でも、わたしにもわからなかった。

飛び降りもそうだけどさ、リーニーがつづける。その手の女たちって、いきなり河の上流にざぶんと入っていって、自分の濡れた服の重みで水に沈もうとしたりするでしょ。安全なところまで泳ぎつこうにも泳ぎつけないようにして。そこへいくと、男はもっと計画的だね。納屋の桁から首を吊ったり、ショットガンで頭を撃ち抜いたり。それとも、溺れ死ぬつもりなら、岩とか重い物をくくりつける。斧の刃とか、釘の袋とか。こんな重大問題は、運まかせにしないんだよ。でも、河に入って、流れに身をまかせて、水に飲まれるのを待つというのは、女のやり方だね。この男女の差を良しとしているのかどうか、リーニーの口調からは判断つかなかった。

わたしは六月で十歳になった。リーニーはケーキを焼いてくれたが、本当は食べるべきでないんだろうね、お母さんが死んで間もないから、と言った。でも人生はつづいていくんだし、まあ、ケーキを食べたところで害はないよ。〝なんの害？〟ローラは訊いた。〝母さんの気分を害するってこと〟わたしは言った。じゃあ、お母さんは天国からあたしたちのこと見張っているの？　そう訊かれたが、わたしは意地悪にヘソを曲げていたから、答えなかった。〝母さんの気持ち〟を聞いてしまったら、ローラはケーキなど喉を通らなくなったので、わたしがふた切れとも頂いた。

わが悲しみを仔細に思い出し、それがどんな形をとっていたか再現するのも、いまとなっては骨が折れる。しかし、悲しみの木霊なら、貯蔵庫に閉じこめた哀れな仔犬のように、思いどおりに呼びだせる。母さんが死んだ日、わたしはなにをしていたろう？　そんなことも、母がどんな様子だったかも、ろくに思い出せない。今では、写真のままの姿が思い浮かぶだけだ。しかし、母が急にいなくなったベッドの奇異な感じは憶えている。なんと空っぽに見えたことか。午後の陽が窓から斜めに入り、堅材の床にそっとそっと射すなか、こまかい埃が薄霧のように漂う、その感じ。蜜蠟をかけた家具の臭い、しおれたキクの花の臭い、おまると消毒液の、いつまでも消えない香気。母の不在の空気をいまも思い出す。その存在よりも明確に。

リーニーはミセス・ヒルコートにこう言った。チェイスの奥さんの代わりは誰にも務まらないよ。あの人は地上の聖人だったからね、そんなものがいるとしたら。でも、あたしだって自分にできることはやったし、あの姉妹のために明るくふるまってきたよ、なにしろ、「なるべく言葉にせぬほうが直りも早い」と言うし、良くしたことに、あの子たちも死を乗り越えられそうだから。いや、もっとも、静かな河ほど深いとか言うし、アイリスはおとなしすぎて、あれじゃ本人のためにならないね。あの子は考えこむタイプなんだよ。けど、それはどういう形にせよ、表に出る。その点ローラは、わからないねえ、むかしからおかしな子どもだったから。リーニーはそんなことを言った。

あの子たちは一緒にいすぎたんだよ、アイリスのほうは引っ込み思案の子になった。そのせいで、ローラは歳より随分とませたやり口を身につけ、アイリスのほうは引っ込み思案の子になった。本当は、どちらも同年代の子たちと付き合うと良いんだけど、ふたりと釣り合いそうな子どもは町に数少ないし、その子たちもいまじゃ寄宿学校に遣られているからね。ああいう私立校には、あの子たちも送りこまれてしかるべきだけど、チェイス大佐は入学手続きをしようって気配もないね。ともかく、いちどきに多くのことが変わりすぎた。アイリスは〝キュウリのようにおとなしい〟から、寄宿学校でもやっていけるだろうけど、ローラは歳のわりに幼い面があるからね。いや、それを言ったら、子ども子どもしすぎているよ。しかも、すぐうろたえる。深さ十五センチの水でも、動転してバタつくうちに溺れてしまうタイプだね。水から顔をあげていられず、冷静さを失って。

ローラとわたしはドアを細く開けて、裏階段に腰かけ、手で口をふさいで笑いをこらえた。ふたりともスパイの悦びを味わっていた。しかしながら、自分たちのそんな話を耳に入れるのは、双方にとってあまり良いことではなかった。

疲れ果てた兵士

今日は散歩がてら銀行まで行った。早いうちに出かけたのは、酷暑を避けるためもあるが、銀行の開店と同時に入りたかったのだ。そうすれば、きっと誰かの目を引けるだろう。銀行員はわたしの取引明細をまたぞろ間違えかねないから、必要なことだ。わたしだって、まだ足し算引き算はできるし、計算機とちがって、「間違いだ」と言ってやることもできる。すると、彼らは決まってウェイターのようににっこりする。客に出すスープに厨房で唾を吐いていそうな給仕の笑い。すると、わたしは決まって支配人を出せと言い、すると、支配人は決まって〝会議中〟である。すると、わたしは決まって、さっきオムツがとれたばかりのような、薄ら笑いの横柄な小僧のもとへ回される。本人、自分を未来の大金持ちだと思っている。

預金がこんなに少ないのかと、蔑《さげす》まれた気になる。むかしはあんなにあったのに、と。もちろん、わたしの手にあったわけじゃない。父さんが持っていたのだ。その後は、夫のリチャードが。ところが、金の〝咎《とが》〟はわたしにも着せられた。犯罪現場に居合わせた人間が罪を着せられるのとおなじように。

銀行の前には、「カエサルのものはカエサルに帰すべし」とばかり、ローマ様式の大柱がそびえている。たとえば、あの馬鹿げた手数料も帰すべきひとつか。その二セントのために、わたしはマットレスの下に、まあ、たんなる嫌がらせだが、金を隠しておく。しかし、いまごろは噂が流れているだろう。あの婆さん、いよいよ気がふれておかしくなっちまったよ。あばら家で死んでいるのが見つかったら、何百個ってキャットフードの空き缶と、黄ばんだ新聞紙が部屋中にぎっしり、新聞には五ドル紙幣ばかりで二百万ドルありました、なんてね。いや、わたしも、近所のヤク中やら素人泥棒やらの注目の的にはなりたくない。目を血走らせて、指をうずうずさせた連中。

銀行からの帰り、回り道をしてタウンホールまで足をのばした。イタリア風の鐘塔に、フィレンツェ様式の二色の煉瓦積み。剝げかけた旗ざお。ソンムの戦いで使った銃砲が捧げられている。ブロンズの像がふたつ、どちらもチェイス家が造らせたものだ。右手の一体は、祖母アデリアの注文で、パークマン大佐をかたどっている。アメリカ革命の最後の決戦で闘った兵《つわもの》。このときの砦〈フォート・タイコンデローガ〉は、現在はニューヨーク州にある。ときには、うちの町にも、砦《フォート》と港《ポート》をとりちがえ、タイコンデローガ砦の戦場跡地を探してうろつく、ドイツ人や、イギリス人や、アメリカ人すら出てきそうだ。〝ああ、それは違う町だよ〟と、住民たちに教えられる。〝考えてみりゃ、違う国だろうが。あんたら見たいのは、お隣にあるやつだろう〟。

そう、パークマン大佐その人である——村を出て、国境を越え、われわれの町に名をつけたのは。それゆえ、天の邪鬼な形で、自分の敗れた戦いを記念することになった（とはいえ、これはそう珍しいことでもない。おのれの傷に、一種、歴史学的な関心を抱くのはよくあることだ）。彫像の大佐は馬にまたがり、剣を振りかざして、そばのペチュニアの花壇に早駆けでつっこもうとしている。百戦錬磨の目にピンと尖った髭のいかつい男。騎士の長を彫れると言われると、みな思いつく図はおなじらしい。パークマン大佐は写真や肖像画のたぐいは一切残していないし、彫像は一八八五年になって初めて建てられたから、実の姿は誰も知らないのだが、いまでは、これが〝実の姿〟となっている。ゲイジュツの横暴とは、かようなものである。

芝生の左手に、これまたペチュニアの花壇つきで建っているのは、勝るとも劣らぬ伝説の像だ。〈疲れ果てた兵士〉。シャツは上から三つボタンがはずれ、首を酋長の斧に差しだすようにたれ、軍服は皺くちゃになり、ヘルメットは斜めにずり落ち、役立たずのロス・ライフル（構造複雑なこの銃は、戦場で泥や水をかぶるとしばしば作動不良を起こした）にもたれている。永遠《とわ》に若く、永遠《とわ》に困憊して、戦争記念碑の頂きを飾り、陽射しに肌を緑に輝かせ、顔には鳩の〝落とし物〟が、涙のようにつたう。

〈疲れ果てた兵士〉は、わたしの父が建てさせたものである。作者は、キャリスタ・フィッツシモンズ。当時、〈オンタリオ州芸術家協会〉の戦争碑委員会の会長、フランシス・ローリングに強く推されるようになった女彫刻家だ。ミス・フィッツシモンズには、地元民の反対の声もあった——この任に女は相応しくないという意見——が、有力後援者たちとの会議で、父さんが強引に押しきった。ローリング会長ご自身、女性ではないですか？　父は問いかけた。すると、この言葉が筋違いのコメントをいくつも誘いだしたが、せいぜい品のいい発言は、「どうしてわかるんです？」だった。内輪では、父はこう言っていた。事を決めるのは、資金を出すおれだ。連中は雑魚ばかりなんだから、さっさと金を出さないんなら黙っていろ、と。

ミス・キャリスタ・フィッツシモンズは女であるばかりか、二十八歳で赤毛だった。アヴァロン館をちょくちょく訪れ、注文された彫像のデザインについて、父さんと打ち合わせるようになった。この打ち合わせをするのはいつも書斎で、初めのうちはドアを開けたまま、のちには閉めて行なわれた。彼女があてがわれた部屋は客室のひとつで、初めは二番目に良い部屋、やがて一番良い部屋に変わった。彼女はじきにほぼ毎週末、そこで過ごすようになり、その一室は〝彼女〟の部屋と呼ばれるようになる。

父さんは以前より楽しげだった。酒の量が減ったのはまちがいない。敷地内をきれいにし、少なくとも、見られる程度には整理してあった。車道にも砂利を撒きなおした。〈ウォーター・ニクシー〉号も、磨きをかけて塗りなおし、あちこち修繕した。ときには、気楽な週末のハウスパーティも開かれたが、そんなときのお客は、トロントから来たキャリスタの芸術仲間だった。そういう〝芸術家〟たちは——いまでは名前を見かけよう人物もいないが——ディナーの場に、ディナージャケットもスーツも着用せず、みなVネックのセーターを着ていた。芝生で料理をかきこみ、ゲイジュツについて小難しい議論を交わし、吸って飲んで言い争った。女の芸術家たちは、バスルームでタオルを何枚も何枚も使ったが、あの娘たち、まともなバスタブのなかを見たことがないんだよ、とはリーニーの弁だ。それに、指の爪が汚らしく、それを噛む癖があった。

ハウスパーティがないと、父さんとキャリスタはふたりでピクニックに出かけた。何台ものなかから選ぶ車は、セダンではなくロードスターで、リーニーがいやいや詰めてくれたランチバスケットを積んでいく。ドライヴでなければ、ヨットで海に出た。スラックスをはいたキャリスタは、ココ・シャネルよろしくポケットに両手をつっこみ、父さんの着古したクルーネックのジャージーを着ていた。ときに、ふたりはデトロイト河に臨むウィンザーまで、はるばる車を駆ることもあり、カクテルとホットなピアノ演奏と奔放なダンスが売り物の、道路沿いのナイトクラブに立ち寄る。こうしたナイトクラブには、酒の密輸を手がけるギャングたちもよく出入りしていた。カナダ側で合法的蒸留業者と取引をしようと、シカゴやデトロイトからやってくるのだ（そのころアメリカは禁酒法時代であり、酒は最高級の水のように、国境を越えて流れていった。デトロイト河には、指を詰められ、懐を空っぽにされた死体が投げこまれ、エリー湖の岸に流れ着くたび、埋葬の費用を誰が出すかをめぐって、論争が巻き起こった）。父さんとキャリスタは、そうして遠出をすると、丸ひと晩、ことによると、幾晩も泊まってきた。一度はナイアガラの滝まで出かけて、リーニーを羨ませ、一度はバッファローにも行ったが、このときは列車の旅だった。

わたしたちにこういう旅の詳細を話したのは、キャリスタだ。こまかいことまで、開けっぴろげに話す女だった。彼女が言うには、父さんには〝景気づけ〟が必要だそうで、この〝景気づけ〟は健康にもいいらしい。羽を伸ばして、もっと人づきあいをしなくちゃ、わたしとお父さんは〝大の仲良し〟なのと言い、わたしたち姉妹を〝子どもたち〟と呼ぶようになった。自分のことは〝キャリー〟と呼んで、と言った。

（父さんもナイトクラブでダンスをするの、とローラは訊いた。片足がわるいことを思うと、想像しがたかったのだろう。キャリスタは、〝いいえ、でも、ダンスを眺めているだけで、お父さんは楽しいのよ〟と答えた。それはどんなものかと、最近のわたしは思う。自分が踊れないのにひとのダンスを眺めても、面白くもない）。

わたしはキャリスタを畏敬していた。なにしろ、芸術家であり、男まさりのご意見番で、男みたいに悠然と歩き、握手をし、短い黒のホルダーでタバコを吸い、そのうえ、ココ・シャネルのことまで知っている。耳にはピアス、スカーフを巻いた赤毛が（いまでは、染めていたのに気づくが）豊かにカールしていた。ローブに似た流れるような服は、派手な渦巻き模様で、赤紫にはフクシア、薄紫にはヘリオトロープ、黄色にはサフラン、といった名がついていた。キャリスタによれば、これはパリ仕込みのデザインなのよ、白ロシア人亡命者《エミグレ》にインスパイアされたものなの、とのこと。デザインについても、ひとくさり説明してくれた。とかく蘊蓄をたれたがる人だった。

「ご主人の例のズベだけどね」リーニーがミセス・ヒルコートに言った。「またひとり、陰で糸を引く女が出てきたよ、その糸も、自由自在に操れるほど短くなっているようだけど、ご主人だって、あの女をひとつ屋根の下には住まわせない慎みぐらいあると思うじゃないの。まったく、奥様がお墓で冷たくならないうちに、恥知らずな。奥様の墓だって、自分で掘ったようなもんなのにね」

「ズベってなあに?」ローラが訊いた。

「気にしないの」と、リーニー。ローラとわたしが台所にいても、しゃべりつづけるのは、よほど怒っている徴だった(あとで、わたしはズベの意味をローラに教えてやった。チューインガムを嚙む女のことだ、と。ところが、キャリー・フィッツシモンズはガムなど嚙まなかった)。

「ちょっと、子どもは早耳と言うわよ」ミセス・ヒルコートが注意したが、リーニーはかまわず先をつづけた。

「あの素っ頓狂な恰好からすると、教会にもパンティ一枚で行きかねないね。陽に透けると、太陽だって、月だって、星だって、その間にあるものだって、ぜんぶ見えちまう。見せるものがたいしてある訳じゃないのにさ。まあ、例のフラッパーのひとりだね。男の子みたいにペッタンコ」

「わたしには、そんな度胸ないわ」と、ミセス・ヒルコート。

「あれは度胸とは言わないよ」と、リーニー。「本人は、気もしてないいんだから」(リーニーは頭に血がのぼると、文法があやしくなった)「言うなれば、どっか欠けているんだね。オツムがちょっと足りないんだよ。なんせ、あのカエルや金魚がうようよいる睡蓮の池で、素っ裸で泳いでいたからねえ。芝生をつっきって戻ってくるところで出くわしたんだけど、生まれたままの姿にタオル一枚という恰好だった。会釈してにっこりするだけで、顔色ひとつ変えなかったよ」

「その話、わたしも聞いたことあるわ」と、ミセス・ヒルコート。「根も葉もない噂話かと思ってた。〝いくらなんでも〟って気がしたもの」

「あの女は、金目当てだよ。とにかくご主人を釣りあげて、すってんてんにしようって腹だ」

「カネメアテってなあに？ なにを釣るの？」ローラが訊いた。

フラッパーと聞いてわたしの頭に浮かんだのは、濡れてでれんとした洗濯物が、物干しで風にはためいている図だった。キャリスタ・フィッツシモンズは、そんなものには似ても似つかなかった。


戦争碑をめぐって論争が起きたのは、なにも、父さんとキャリスタ・フィッツシモンズの噂のせいばかりではなかった。〈疲れ果てた兵士〉の姿が、あまりにしょぼくれて、だらしないと感じる人々もいたのだ。はずれたボタンが気に入らない。隣の隣の町にある戦争碑〈勝利の女神〉のように、もっと覇気のあるものが欲しい。その女神は翼をはやし、風になびくローブをまとい、トースト・フォークみたいな三つ叉の道具を手にしていた。また、反対派は「すすんで尊い犠牲を払った兵士たちへ」という一文を前面に刻むことを要求した。

しかし、父さんは、〈疲れ果てた兵士〉は、頭部は言うにおよばず、手も足も二本ずつあるのだから、幸運と思ってもらいたいと、彫像の件では一歩もひかなかった。みなさん、気をつけないと、わたしが裸体のリアリズムをとことん追究し、腐りかけた死体のかけらで彫像を造らせるかもしれませんよ。軍にいたころは、そんなものを数知れず踏んできましたが。また、碑銘についてですが、犠牲は〝すすんで〟払われたのではありません。死者たちは、なにも吹き飛ばされてあの世に行こうと思っていたのではない。わたしとしては、碑銘には〝われらは忘れまい〟のほうがいいね、帰すべきところに責任を帰する。べらぼうに多くの人々が、べらぼうに忘れっぽくなっていやがる、そう父は言った。人前で悪態をつくなどめったになかったから、これは人々の度肝を抜いた。金はわたしが出すんだから、当然ながら、好きにさせてもらう。父はそう断言した。

商工会議所の面々は、ブロンズの銘板四枚ぶんの金をしぶしぶ出し、銘板には、戦没者と戦いの名が一覧にして刻まれた。彼らはいちばん下に自分たちの名前も入れたがったが、恥じて思い留まるよう、父さんが説きつけた。戦争碑は死者のものであって、生き残った人々のものではないし、ましてや、利を得ようとはもってのほかだ、と。父がこういった話をすると、反感をもつ人たちも一部にはいた。

戦争碑は、一九二八年十一月の英霊記念日に落成した。凍えるような霧雨にもかかわらず、黒山の人だかりができた。〈疲れ果てた兵士〉は、河の丸石を積んだ（ちょうどアヴァロン館の石みたいに）四角錐のピラミッドのてっぺんに据えられ、ブロンズの銘板は、百合やポピーの花に縁どられ、カエデの葉が編みこまれた。これにも、ひともんちゃくあった。キャリー・フィッツシモンズは、そんな萎れた花と葉をあしらうデザインは、古くさくて俗っぽいと言った。〝ヴィクトリア風ね〟。当時の芸術家のあいだで、この言葉はなによりの侮蔑だった。キャリーの好みは、もっと素っ気なくてモダンなものだった。でも、町の人々には好評で、ときには妥協も必要だと、父は言った。

落成式では、バグパイプの演奏もあった（〝屋内より、外のほうがいいね〟とリーニー）。それがすむと、長老派教会の牧師による主説教があり、この牧師は〝すすんで尊い犠牲を払った人々〟について話した――要は、父にたいするあてこすりである。わがもの顔にふるまわせまい、金で買えないものもあるのだ、そう思い知らせるべく、あえてこの言い回しが使われた。説教のあとは、さらなる祝辞があり、さらなる祈りが捧げられた。町中からあらゆる宗派の教会を代表して牧師が来ていたから、祝辞も祈りもやたらと多かった。創設委員会にカトリック教徒はいなかったが、カトリックの司祭もひと言述べることが許された。カトリックの戦死者もプロテスタントの戦死者も、死んでしまったことには変わりないと、父が理屈をこねてごり押ししたのである。

そういう見方も一方にはあるだろう、とリーニーは言った。

「じゃあ、もう一方にはなにがあるの?」ローラは訊いた。

父が最初の花輪を手向けた。ローラとわたしは手をつないで、その光景を見つめていた。リーニーが泣きだした。ロイヤル・カナディアン連隊は、はるばるオンタリオ州ロンドンのウルズリー・バラックスから派遣団を寄越しており、M・K・グリーン市長も花輪を手向けた。それにつづき、およそ考えつくかぎりの人々によって花輪が手向けられた——在郷軍人会、〈ライオンズ・クラブ〉、〈キンズメン・クラブ〉、〈ロータリー・クラブ〉、〈オッドフェローズ独立共済会〉、〈オレンジ党〉（アイルランド・プロテスタントの組織した秘密結社）、〈コロンブス騎士会〉（米国の男性カトリック信徒の国際的友愛組織）、商工会議所、なかんずく忘れてはならない〈IODE〉。そして、最後は、〈戦没者母の会〉を代表して、三人の息子を亡くしたミセス・ウィルマー・サリヴァン。《日暮れて四方《よも》は暗く》が歌われ、スカウト楽団のラッパ手によるいささか頼りない〝消灯ラッパ〟があり、二分の黙禱ののち、民兵によるライフルの一斉射撃があった。そして、つぎは〝起床ラッパ〟。

父はこうべを垂れていたが、傍目にわかるほど震えており、それは悲しみによるものか、怒りによるものか、判然としなかった。厚手の大外套の下に軍服を着ており、革手袋をはめた両手をステッキにあずけている。

キャリー・フィッツシモンズも参席したが、後ろに控えたままだった。芸術家がしゃしゃり出て敬礼するような場ではなかったから、と後でわたしたちに話してくれた。いつものローブではなく、行儀のいい黒のコートに、ごく普通のスカートをはき、顔は帽子でほとんど隠れていたが、それでも、ひそひそ話をされていた。

落成式がすむと、リーニーは台所でローラとわたしにココアを淹れてくれた。霧雨ですっかり冷えた躰を温めるために。ミセス・ヒルコートにも勧めたところ、〞それは願ってもない〟と返ってきた。

「どうして記念碑って呼ぶの？」ローラが訊ねた。

「あたしらが死んだ人たちを忘れないように」リーニーが答えた。

「どうして？」と、ローラ。「なんのために？　死んだ人たち、忘れないでほしいって思ってるの？」

「死者のためというより、生きている人間のためのものだね」リーニーは言った。「まあ、大きくなればわかるよ」ローラはこれを言われると、いつも疑いの眼《まなこ》になった。いま知りたいのに。妹はココアのカップをひっくり返した。

「もっとちょうだい。尊い犠牲ってなあに？」

「兵隊さんたちは、あたしらのために命を捧げてくれたの。いいかい、むやみにガツガツしなさんな。もう一杯淹れたら、今度は飲み干してもらうよ」

「どうして命を投げだしたの？　そうしたかったから？」

「いや。でも、とにかくそうしたんだよ。だから、犠牲と呼ぶの」リーニーは言った。「もうこの話はいいだろう。ほら、ココアだよ」

「兵隊さんは神様に命を捧げたの。神様がそう望んだから。あたしたちの罪をすべて贖うためにキリストが死んだようにね」バプティストであり、この問題の最高権威と自負するミセス・ヒルコートが、答えた。


一週間後、ローラとわたしは、〞峡谷〟の下流あたり、ルーヴトー河沿いの小道を散歩していた。その日は河からうっすら霧が出ており、スキムミルクのように宙に渦巻き、落葉した低い木立の枝から雫が滴っている。道の石は滑りやすくなっていた。

アッと思った瞬間、ローラはもう河に落ちていた。さいわい、主流の岸辺ではなかったから、すぐにはさらわれなかった。わたしは悲鳴をあげ、下流へと駈けだして、ローラのコートをつかんだ。衣服はまだ水を吸ってはいなかったが、それでもかなり重く、あやうく自分まで落ちるところだった。平たくなった岩棚までなんとか引っぱってきて、力いっぱい引きあげた。その躰たるや、ずぶ濡れの羊みたいにびしょびしょだったが、わたし自身もだいぶ水をかぶっていた。わたしは妹のことを揺さぶった。そのときには、ローラも身震いしながら泣きだしていた。

「わざとやったんでしょ！」わたしは言った。「あたし、見たもの！　溺れるところだったじゃない！」ローラはしゃくりあげて鼻をすすった。わたしは妹を抱きしめた。「どうして、こんなことしたの？」

「そしたら、神様が母さんをきっと生き返らせてくれるもん」ローラは泣きわめいた。

「あんたが死ぬことなんて、神様は望んでない」わたしは言った。「そんなことしたら、神様、かんかんよ！　母さんを生き返らせるつもりなら、神様にはいつでも出来るの！　あんたが溺れ死にしなくたって」こんな気分になったローラには、こういう諭し方をするしかなかった。神様についてはあたしのほうがよく知っているのよ、というハッタリが要る。

ローラは手の甲で鼻をこすった。「どうしてわかるの？」

「だって、そうでしょ――たったいまも、あんたを救いあげるようになさった！　ほらね？　死ぬのを望んでいるなら、あたしも一緒に落ちてたはずだもの。ふたりとも死んでいたんじゃないの！　ねえ、早く躰を乾かさないと。リーニーには絶対に言わない。うっかりしたんだって言う。足が滑ったんだって。でも、あんなこと、二度としちゃだめよ。わかった？」

ローラはなにも言わなかったが、おとなしく連れられて帰った。家に着くや、戦《おのの》きながらさんざん舌打ちされ、おろおろされ、叱りつけられ、ローラは薄いビーフスープを飲ませられ、風呂に入れられ、湯たんぽを用意され、そして、今回の災難は、ローラによくある不器用のなせる業と結論された。足下に気をつけなさいと、言い含められて。父さんは〝よくやった〟と、わたしを褒めてくれた。ローラを救えなかったら、なんと言われたことだろう。リーニーはこう言った。ふたりとも少しばかりは機転がきいてよかったけど、そもそもそんな場所でなにをしていたんだい？　しかも、こんな霧の日に。もっとわきまえなさい。

その晩、わたしは横になったものの、自分を抱きしめるように、両の腕を躰に巻きつけた恰好で、なかなか寝つけずにいた。足は冷えきって、歯の根もあわない。ローラの姿を脳裏から追いだせなかった。凍えるルーヴトー河の黒い水に流されていくローラ——逆巻く風に髪が煙のように広がり、濡れた顔が銀色に光る。コートをつかんだわたしを睨んだあの目。その躰をつかまえているのが、どれほど大変だったか。どれほど手を放しそうになってしまったことか。

鬼子先生

学校があったにもかかわらず、ローラとわたしはつぎつぎと家庭教師をあてがわれた。男の先生も、女の先生も。本人たちはそんなものは不要と思っていたから、極力やる気をなくしてもらうよう腐心した。ふたりして空色の瞳でひたと見据えたり、耳が聞こえない振りだの、理解できない振りだのをやらかした。そのさいは、決して目をあわせず、おでこのあたりばかりを見る。追っ払うのに、思いのほか時間のかかることもあった。概して、家庭教師がさんざんな仕打ちに耐えるのも、人生に叩きのめされ、金を必要としているからだ。わたしたちも、彼らに悪気があるわけではなく、たんに煩《うるさ》くされたくなかったのだ。

家庭教師が同伴しないかぎり、子どもたちはアヴァロン館を出ないのが決まりだった。屋敷のなか、あるいは、庭に。とはいえ、誰が監視できる？　家庭教師たちをかわすのは容易《たやす》かった。彼らは秘密の抜け道を知らなかったし、リーニーだって、始終追っかけているわけにもいかない（と、本人も言っていた）。機会あるごとに、わたしたちはアヴァロン館からそっと抜けだして、街をうろついた。リーニーの思いこみによれば、この世は、犯罪者と、無政府主義者と、阿片パイプをくわえて捩《よじ》り縄みたいな薄い口髭をはやして先の尖った長い爪をした邪《よこしま》な東洋人と、麻薬中毒者と、白人の奴隷商たちがいっぱいで、わたしたちを誘拐して父さんから身代金をとりたてるべく、虎視眈々と狙っているそうだったが。

リーニーの数多い兄弟のひとりは、あちこちの安雑誌と付き合いがあった。ドラッグストアで買って読み捨てにするような、パルプマガジン。下手をすると、人目を忍んで買うしかない類の。あの男の仕事はなんだったのだろう？「流通」とリーニーは呼んでいた。いま思えば、国外から密輸でもしていたんだろう。いずれにせよ、ときどき売れ残りをリーニーにくれたので、彼女がいくら隠そうとしても、早晩、子どもたちが手にすることになる。なかにはロマンス小説もあり、リーニーは貪り読んでいたが、わたしたちには益体もないものだった。わたしたちは――というか、わたしは――よその国の話や、もっと言えば、よその星の話のほうが好きで、これにはローラも同調した。未来からきた宇宙船には、女たちも乗っていて、光る素材の恐ろしく短いスカートをはき、なにもかもがキラキラしている。小惑星では、草花がおしゃべりをし、ギョロ目で牙をむいた化け物たちが跋扈する。いにしえの異地《とつち》には、トパーズ色の目にオパールのような肌をした、しなやかな躰の娘たちが住んでいた。ごく薄い綿布のズボンをはき、ふたつの漏斗を鎖でつないだような金属の小さなブラジャーを着けている。英雄たちは厳めしいコスチュームを身にまとい、翅付きのヘルメットには、大釘《スパイク》もどきが林立している。

ばかばかしい。そんな物語をリーニーは一蹴した。この世のものとは思えないね。でも、だからこそわたしは惹かれたのだ。

犯罪者や白人の奴隷商は、探偵小説の雑誌に出てきた。銃弾が乱れ飛ぶ、血塗られた表紙画の。この手の話では、巨万の富の女相続人が決まってエーテルで眠らされ、洗濯紐で（必要以上にぐるぐると）縛りあげられ、ヨットの船室に閉じこめられるか、教会の地下霊廟やら、お城のじめじめした貯蔵室に転がされている。ローラもわたしも、そんな悪党の存在を信じてはいたが、あまり怖くはなかった。どんな手口で来るか、おおかた予想できたから。連中は大きな黒塗りの車を持っており、厚いコート、厚い手袋に、黒いフェドーラをかぶっているので、すぐに見つけて逃げだせる。

とはいえ、実物はさっぱり見かけなかった。わたしたちが出くわす〝敵軍〟といえば、工員の子どもたちぐらいだった。わたしたちが高嶺の花と、まだわかっていない幼子たち。子どもらは二人三人と寄り合い、後ろを尾けてきながら、なにも言わず好奇の目で見つめたり、名前を呼ばわったりした。ときには、石を投げてくることもあった。いっぺんも命中しなかったが。断崖の下、ルーヴトー河畔の小道を歩いていくわたしたちは、彼らの恰好の餌食であり、いつ上から物が落ちてくるか知れなかった。あるいは、路地裏。こうした場所も、ふたりは避けるようになった。

わたしたちはよく店のウィンドウを眺めながら、エリー・ストリートを歩いた。通りにならぶ安雑貨店がお気に入りだった。金網のフェンスごしに小学校を覗き見ることもあった。そこは一般の児童――労働者の子どもたち――の通う学校で、燃え殻を敷きつめた競走用トラックがあり、紋様を彫りこんだ高い正面ドアには、それぞれ〝男子〟〝女子〟と記されていた。休み時間には、甲高い声が飛びかい、生徒たちは薄汚かった。ことに、喧嘩をしたり、燃え殻の上に突き倒されたりしたあとは。こんな学校に通わずにすんでよかったと、ふたりとも感謝したものだ（いや、実のところ、感謝などしていたろうか？　むしろ、仲間外れの気分を味わっていたのではないか？　おそらく両方だ）。

こういうお出かけには、ふたりとも帽子をかぶっていった。なにかの保護になると思っていたのだ。帽子をかぶると、ある意味、姿が見えなくなるというか。レディは帽子なしで出かけたりしないよ、リーニーはそう言った。手袋も必須だと言われたが、これはわざわざ着けないこともあった。あの頃というと、麦わら帽を思い出す。淡いわら色ではなく、焦茶色をしていた。そして、六月の蒸し暑さ。あたりには花粉がものうげに舞っている。照りつける空の蒼。のらくらと、ぐうたらと。

あんな日々をどれほど取り戻したいと思うことか。あの徒《いたずら》なる午下がり。あの退屈。無為。縹渺《ひょうびょう》とした未来。しかし、ある意味では、取り戻したとも言える。もっとも、この先なにが起きようと、長くはない未来だが。

そのころ就いていた家庭教師は、おおかたより長続きしていた。四十女で、色褪せたカシミアのカーディガンを簞笥ひとつぶんも持っており、そんな召し物や、後ろで丸く結いあげた銀髪からは、往時には止《や》ん事なき暮らしがあったことが偲ばれた。名前は、ミス・ゴーアム。ミス・ヴァイオレット・ゴーアムといった。わたしは陰で鬼子先生《ミス・ヴァイオレンス》とあだ名した。すみれの花《ヴァイオレット》と、血みどろのゴーアムでは、いかにも不似合いな取り合わせではないか（Goreham の gore は流血などを意味する）。以来、先生を見るたび、どうにもくすくす笑いがこみあげたが、まったくもってピッタリのあだ名だった。ローラにも教えたところ、当然のごとく、リーニーにばれた。悪い子たちだね、そんなふうにゴーアム先生をからかって、と叱られた。あの気の毒な人は、おちぶれてきたんだよ、哀れんでおやり。それもこれも、行かず後家だからなんだ。イカズゴケってなあに？　旦那さんのいない女のこと。ミス・ゴーアムは清らかな独り身の人生を歩む運命を背負ってきたんだよ。そう言うリーニーは、ちょっとばかり見下す口調になった。

「でも、リーニーだって旦那さんがいないじゃない」ローラは言った。

「それは話がべつ」リーニーは言った。「あたしの場合、慎んでお世話しようって男には、まだお目にかかったことがないんだよ。いままでの分はお断わりしてきた。申し出はいくつもあったんだけどね」

「鬼子先生だって、あったかもよ」わたしは反論したいがために言った。そういう年ごろに差しかかっていた。

「いいや」リーニーは言った。「なかったね」

「どうしてわかるの？」ローラが訊いた。

「ぱっと見でわかるじゃないの」リーニーは言った。「とにかく、かりにも申し出があったなら、その男が三つ頭でしっぽがはえてたって、あのおばさん、蛇みたいにすばしこくつかまえてるよ」

鬼子先生とうまくやれたのは、先生がわたしたちの好きにさせてくれたからだ。この子たちを操る力は自分にはないと早々に気づき、賢くもそんな努力はしようともしなかった。わたしたちは午前中、かつては祖父ベンジャミンの、いまは父さんの書斎で授業を受けたが、鬼子先生はただ自習させるだけだった。本棚には、革装の重たい本がぎっしり詰まっており、ぼやけた金文字で題名が刻印されていた。祖父ベンジャミンが一度でも目を通したかどうかは疑わしい。〝これぐらいは読んでいなくては〟と、祖母アデリアが思う本をならべたにすぎないだろう。

わたしは興味惹かれる本があると、抜きだしてみた。チャールズ・ディケンズの『二都物語』、マコーレーの歴史書、挿し絵入りの『メキシコ征服』と『ペルー征服』。詩集も読んだし、ときには鬼子先生も、それを朗読させようとなまくらな試みにでた。〝桃源郷《ザナドゥ》に忽必烈汗《フビライ・ハーン》は壮麗な歓楽宮の建設を命じぬ〟（サミュエル・テイラー・コールリッジの「フビライ・ハーン」より。映画《市民ケーン》の冒頭ナレーションでも有名な一節）。〝フランダースの野にもならぶ十字架の合間合間に〟（ジョン・マクレーの「フランダースの野に」より）。幾列に

「詩というのは、のそのそ歩くようでは駄目」鬼子先生は言った。「流れるようでなくてはね、アイリス。自分が泉になったつもりで」かく言う本人が、のっそりして野暮ったかったが、デリカシーなるも

のに高い規範を掲げており、こうあるべしという注文が果てしなくあった。〝花咲く木々のように〟〝蝶々のように〟〝やさしいそよ風のように〟。まちがっても、膝小僧を汚して鼻をこするような娘であってはならない。家庭内の衛生についてはじつにやかましかった。

「色鉛筆を齧らないの」と、ローラに注意する。「リスじゃあるまいし。ほら、見なさい、口中が緑色ですよ。歯がわるくなります」

わたしはヘンリー・ウォッズワース・ロングフェローの「エヴァンジェリン」を読んだ。そして、エリザベス・バレット・ブラウニングの「ポルトガル女のソネット」。〝どんなに貴方を愛しているか、愛の形を数えましょう〟（ソネット十四番より）。「なんて、美しい」鬼子先生はため息をついた。ブラウニング夫人の詩題となると、先生はやたら感傷的になった。失意の心が許すかぎり感傷的に。また、モホーク族のプリンセス、E・ポーリーン・ジョンソンの詩にも。

そして、おお、河は流れる、どんどん速く
舟のへさきで流れが逆巻く。
渦巻け、渦巻けよ！
小波は打ち、また打つ
そちこちの険しい淵で、くるくると！（「わたしの櫂《かい》がうたう歌」より）

「ああ、胸が騒ぐ」鬼子先生は言った。
それから、アルフレッド・テニスン卿の詩も読んだ。その荘厳さたるや、右に出るものは神しかいない詩人、とは鬼子先生のお説である。

苔黒々と、花園に
あつく生《む》す、いちめんに
釘は錆びて節目から落つ
破風壁に梨の板を留めた釘……
彼の女《ひと》は言うのみ、〃なんとわびしい人生なのか〃
〃あの方はとうとう来なかった〃彼の女は言う
〃わたしは疲れ、疲れきった
いっそ、死ねたらよいものを！〃（「マリアナ」より）

「この人は、なぜそんなこと望んだの？」普段は、わたしの朗読にさしたる関心も示さないローラが訊いた。

「それが愛というものよ、ローラ」鬼子先生は答えた。「限りのない愛。けど、報われない」

「どうして？」

鬼子先生はため息をついた。「これは詩なの。作者はテニスン卿だけど、詩のことをいちばん分かっている人だと思うわ。詩は、訳を述べたりしない。〃美は真実、真実は美——それが知りうるすべてであり、そして、知るべきすべてなり〃（ジョン・キーツ「ギリシャの壺への頌歌」より）」

ローラは軽蔑のまなこで先生を見ると、塗り絵にもどっていった。わたしはページを繰った。すでに全篇にざっと目を通し、とくに他のことが起こらないのはわかっていた。

砕けよ、砕けよ、砕けよ
汝の冷たい灰色の岩に、おお、大波よ！

もし、口にできるものならば――
こみあげるこの想いを（「砕けよ」より）

「すばらしい」鬼子先生は言った。限りのない愛は好きだが、救いのない陰鬱も、ひとしく好んだ。なかに、黄褐色の革装の薄い本があった。もともと祖母アデリアの蔵書だった。エドワード・フィッツジェラルドの『オマル・ハイヤームのルバイヤート』（エドワード・フィッツジェラルドが実際に書いたのではないのに、著者ということになっていた。どう説明すればいいのか？　まあ、あえてふれるまい［このペルシャ語の詩はフィッツジェラルドの英訳が定着している］）。折りにふれて鬼子先生はこの本の詩篇を朗読し、詩とはいかに音読すべきかという手本を示した。

大枝の陰に一冊の詩集
ひと瓶のぶどう酒、一斤のパン――そしてあなた
われの傍ら、野に歌う
おお、それだけで野は楽園ぞ！

「おお」のところは、誰かに胸を蹴られたように息苦しげに。「あなた」のときもおなじく。ピクニックひとつするのに大変な騒ぎだな、わたしは思ったものだ。パンにはなにを塗ってきたんだろう。「もちろん、本物のぶどう酒じゃないのよ」鬼子先生は言った。「聖体拝領のことを詠っているの」

翅ある天使よ、後の祭りになる前に、
まだ展《ひら》けぬ運命という巻物をとらえ、

その酷な記録をくつがえしたまえ、さもなくば、
跡形なく消し去りたまえ！

ああ、愛よ！　おまえとわれ、神と共に謀り、
憂き世をこの手につかめれば。
統べてをいちど粉々にし、
心願に沿うべく再建せん！

「まさに、まさに」鬼子先生はため息まじりに言った。とはいえ、なんにでもため息をつく人である。アヴァロン館がじつにお似合いだった——今時流行らないヴィクトリア時代の麗々しさ、趣ある退廃と、いまは亡き気高さと、やるせない悔いの空気。その振る舞いも、色褪せたカシミアも、屋敷の壁紙とよく合っていた。

ローラはあまり本は読まなかった。絵を書き写したり、分厚くて小難しそうな紀行本や歴史書の白黒の挿し絵に、色鉛筆で塗り絵をしたりしていた（どうせ誰にも見つかるまいと思ったらしく、鬼子先生はこのいたずらを黙認していた）。ここにはこんな色をという発想が、ローラの場合、一風変わっているものの、断固としていた。木を青や赤に塗ったり、空をピンクや緑に塗ったりした。気にくわない似顔絵があると、紫や鈍色で造作を塗りつぶしてしまった。

エジプトの本を見ながらピラミッドを描くのも、エジプトの偶像に色を塗るのも好きだった。胴体が翼のある獅子で、頭が鷲または人間という、古代アッシリアの彫像もあった。ヘンリー・レアード卿の本に載っていたのだが、卿はアッシリアの首都ニネヴェの廃墟でこの像を見つけ、イングランドまで輸送したそうだ。なんでも、これこそ、エゼキエルの預言書に書かれている天使の姿だとか。鬼子先生は

この絵に眉をひそめるふうだった（彫像はいかにも異教的で、血に飢えているように見えた）が、それでもローラは負けなかった。お咎めをものともせず、命でも懸かっているかのように、ますますページの上に屈みこみ、どんどん色づけしていった。

「背筋を伸ばしなさい」鬼子先生は言ったものだ。「背骨が木になったつもりで、お日さまに向かって伸びるように」しかし、ローラはこういう〝ごっこ遊び〟みたいなものを興《おもしろ》がる子ではなかった。

「木になんかなりたくない」決まってそう答えた。

「猫背より木のほうがましですよ」鬼子先生はため息をつく。「姿勢に気をつけないと、そうなってしまうのよ」

鬼子先生はたいがい窓辺に座って、図書館から借りたロマンス小説を読んでいた。祖母アデリアの細工のきれいな革装のスクラップブックを繰るのも好きで、なかには、浮き出し《エンボス》入りの上品な招待状が、ていねいに糊づけされていた。新聞に掲載されたメニュー、それにつづく記事の切り抜きも。チャリティのお茶会、スライド上映つきの教化講演などなど——パリに、ギリシャに、インドにまで足をのばしてきた、大胆で人好きのする旅行家たち、スウェーデンボリ主義者、フェビアン協会のシンパ、菜食主義者、その他ありとあらゆる自己啓発の推奨者たちがやってきた。ときには、実にたまげるような講演者もおり、アフリカ大陸やサハラ砂漠やニューギニアへの使節が、土着民はこんな魔術を使うとか、凝った木のお面で女たちの顔を隠しているとか、赤い塗料とタカラガイの殻で、ご先祖の頭蓋骨を飾るんだとか、そういう話をした。黄ばんだ新聞紙は、そんな贅沢で、志高く、酷薄な、既往の暮らしを物語り、鬼子先生はまるで記憶に刻みつけようとするかのように隅々まで熟読し、夢の世界にひととき身をおいて静かな笑みを浮かべた。

先生はティンセル紙の金銀の星をひと箱もっていて、わたしたちのやりおえた課題に貼りつけていった。ときには、野の花を摘みに連れていってくれ、摘んだ花はインク紙の間にはさんで重たい本を置き、押し花にした。わたしたちは鬼子先生がだんだん好きになったが、辞めるときに泣きはしなかった。もっとも、先生のほうは泣いた。湿っぽく、あられもなく。すべてにおいてそうだったように。

わたしは十三歳になった。こういう育ち方をしたくてしたのではないのに、まるでわたしが悪いみたいに、いちいち父さんの気にさわるようだった。姿勢だのしゃべり方だの、立ち居振る舞い全般に、目を向けるようになった。服装は清楚でなくてはいけない。普段は、白いブラウスに黒のプリーツスカート、教会用には、黒のベルベットのワンピースを。制服のような出で立ち。セーラー服のようで、セーラー服でない。前屈みにならず、背を丸めないこと。大の字に寝てはいけない、ガムを噛んではいけない、そわそわせず、むやみにおしゃべりをしないこと。父さんが求める美徳とは、軍隊のそれだった。整然。服従。沈黙。性をあらわにしない。性とは——一度も話題にのぼらなかったものの——蕾のうちに摘まれるべきものだった。父さんは長いこと、わたしを野放図にしていた。そろそろ躾の時期だった。

ローラも幾分びしびしやられたが、まだそういう年ごろではなかった（そういう年ごろとは、なんだろう？　つまり思春期というやつだと、いまではわかる。ところが、当時のわたしは戸惑うばかりだった。あたしがどんな罪を犯したと言うの？　なぜ得体の知れない感化院の子どもみたいに扱われるんだろう？）。

「あなた、子どもたちに厳しすぎるわ」キャリスタは言った。「男の子じゃないんだから」

「残念なことにね」と、父さんは言った。

恐ろしい病気に気づいた日、わたしが頼っていったのはキャリスタだった。股のあいだから血が流れ落ちていた。あたしきっと死ぬのよ！　キャリスタは笑いだし、おもむろに説明してくれた。「ちょっと鬱陶しいだけよ」それを〝お友だち〟とか〝お客さま〟とか呼びなさいと言った。リーニーはもっと長老派らしい考え方だった。「忌まわしいものだよ」さらに、こう言いそうになって、危うく口をつぐんだ――これもまた、人生を辛くしようという神さまのおかしなご配慮なんだ。まあ、そういうことになっているんだよ。血には、布きれでも破いて使え、と（実際には〝血〟とは言わず、〝オリモノ〟と称した）。カモミール・ティーを一杯淹れてくれたが、腐ったレタスみたいな臭いがした。あとは、お腹が痛いだろうからと、湯たんぽが用意された。それでお終《しま》いで、どちらも手を貸してはくれなかった。

ローラはわたしのシーツに血の染みを見つけると、泣きだした。姉さんは死にかけていると断じたらしい。姉さんも母さんみたいに死んじゃうのね、と言って、妹は泣きじゃくった。あたしになにも言わないうちに。仔猫みたいな灰色の赤ちゃんを産んで、死んじゃうんでしょ。

バカみたいに騒がないの、わたしは妹に言い聞かせた。この血は赤ん坊とは関係ないんだから（キャリスタはそこまで言及しなかった。きっと、こういう情報をいちどきに与えると、わたしの魂《プシュケー》が歪むと判断したのだろう）。

「いつかは、あんたもこうなるのよ」わたしはローラに言った。「あたしぐらいの歳になったら。女の子の躰に起きることなの」

ローラはいたく立腹して、信じようとしなかった。たいがいにおいてそうだったが、自分だけは例外であると信じて疑わない子だった。

このころ写真館で撮った、ローラとわたしのポートレイトがある。わたしは規定の黒いビロードのワンピースを着ている。歳にしては、幼すぎる恰好である。当時は〝お乳〟と呼ばれたものが、すでに目につく。わたしの隣に座るローラも、まったくおなじ服装。膝丈の白いソックスに、エナメル革のメリージェーン（ストラップ付きで踵の低い女児の靴）。指示されたとおり、足首を――左足に右足を重ねて――お品よく組んでいる。

わたしはローラの肩に腕をまわしているが、おっかなびっくりの手つきは、まるで命じられたかのようだ。かたや、ローラは膝の上に両手を重ねている。どちらも明るい色の髪を真ん中で分け、後ろできつくひっつめている。ふたりとも微笑んでいるが、ふたりでひとまとめに扱われ「お行儀よくにっこり」と言われた子どもが浮かべる、おどおどした笑みである。叱られるのが怖くて無理につくった笑みである。叱るにせよ、脅すにせよ、それは父さんだったにちがいない。わたしたちはそれに怯えていたが、まぬがれる術を知らなかった。

オウィディウスの変身譚

娘たちの教育はなっとらん。父さんがそう判断したのも、しごくもっともである。わたしたちに、フランス語のみならず、数学やラテン語も習わせようとした。いきすぎた夢想癖に、理路整然たる頭の体操は、よき矯正役をはたすと考えたのだ。地理学も、頭をはっきりさせるにはちょうどいい。鬼子先生が勤めるあいだは、その存在にも気づかぬぐらいだったが、いまや、先生の手ぬるい古くさいおめでたいやり方は、きれいに削ぎ落とすべしと結論。まるで、レタスでも剝くみたいに、ひらひら、へなへなした部分、とにかく曖昧なものは娘たちから切って落とし、すっきり、しっかりした芯だけを残そうとした。ふたりがなにを好もうと、父にはなぜ好むのかわからない。なんとかして、娘たちを男子のように仕立て上げようとした。いやはや、どういうことだろう？　父は姉妹というものを知らずに育ったのだ。

父さんが鬼子先生の代わりに雇ったのは、アースキンという名の男で、かつてはイングランドの男子校で教えていたが、突然、健康を理由に、カナダに送られてきた。見たところ、ちっとも不健康そうではなかった。たとえば、咳ひとつしたことがない。ずんぐりとした躰にツイードの服を着て、歳は三十か、まあ、三十五ぐらい。赤みがかった毛、ふっくらと濡れた赤い唇、貧相なヤギ鬚をはやし、辛辣な皮肉を言い、癇癪もちで、湿った洗濯かごの底みたいな臭いがした。

じきにわかったことだが、なまくらな態度で、おでこを見つめているだけでは、アースキン先生を追っ払うことはできなかった。まず、先生はふたりにテストをし、学力のほどを見きわめようとした。そう点数は高くないだろうが、告げ口されるほどではないと、本人たちは思っていた。ところが、先生は父さんに、お宅の娘さんたちの知能は、虫なみ、あるいは、阿呆なみであると告げたのだ。まったく、嘆かわしいと言うよりなく、先天的障害がないのが不思議なぐらいだ、と。しかも、怠け癖が身についている――それが許されてきたということです。先生は咎め立てるようにそう付け足した。さいわい、手遅れではありません。これを聞いた父は、ならば、先生がぞんぶんに鍛えてやってほしいと答えた。

わたしたちには、先生はこう言った。きみたちのだらけ癖、横柄な態度、とかくフラフラして夢想にふけりがちな性向、甘ったるい感傷などのすべてが、人生の大事をふいにしてきたのだ。天才たれとは誰も言わないし、もし天才であってもなんらよいこともないが、物事には下限というものがあるのだ、たとえ女子にしても。靴下ぐらいまともに履けるようになっておらんと、いくら相手がきみらと結婚するほど愚かな男でも、お家のお荷物にしかならんぞ。

先生は学校用の練習帳をひと山も注文した。安手のもので、ページには罫線が入り、表紙は薄っぺらなボール紙。質素な鉛筆と消しゴムの予備も買いこんだ。これらは魔法の杖なのだと、先生は言った。これを使って自分を変えることができるのだ、先生の手助けがあれば。

「手助け」と言うところで、先生は薄ら笑いをしてみせた。

それから、鬼子先生のキラキラ星をうち捨てた。

この書斎では気が散って仕方なかろう、アースキン先生はそう言った。学習机をふたつ取り寄せてもらい、それを空いていた寝室のひとつに備えつけた（もとあったベッドも、他の家具も、みんなよそへ移動させたので、がらんとした部屋だけが残っていた）。ドアには鍵が掛かり、鍵は先生が手にしていた。さあ、これで、きみたちも張り切って取りかかれるだろう。

アースキン先生の教え方は、直截簡明だった。髪を引っぱり、耳をつねる。定規でもって、手を置いたすぐそばの机を叩き、手そのものを叩き、はたまた、怒り心頭に発すると、後頭部をひっぱたいた。最後の手段となると、本を投げつけたり、腿を後ろからピシャリとやったりした。けれど、嫌味はだんだん鳴りをひそめた、少なくともわたしに対しては。ローラはしょっちゅう先生の言うことを字句どおりにとり、ますます怒らせた。先生は涙を見ても、ほだされなかった。むしろ、楽しんでいたんじゃなかろうか。

先生も、毎日毎日、こんな態度だったわけではない。つづけて一週間ぐらいは、平穏無事に過ごす。辛抱強い面、不器用ながらある種の優しさも見せないではなかった。ところが、その後に癇癪玉がはじけ、怒髪天をつくことになる。最悪なのは、いつ、なにをするか分からないという点だった。

父さんに文句を言うわけにもいかなかった。だいたい、先生は父の指示に従っているのではないか。本人がそう言っていた。わたしたちは当然ながら、リーニーに不満をもらした。彼女はかんかんになり、アイリスはそんな扱いを受けるほど子どもじゃないよ、と言った。ローラはとても傷つきやすいし、だいたい、うちはふたりとも——まあ、あの男、何様のつもりだろうね？　育ちが卑しいくせにいい気になってさ、成り下がってここに流れてくるイギリス人はみんなそうだけど、親分気どりなんだよ、あの男が月に一度でも風呂に入っていたら、あたしゃ逆立ちして通りを歩くね。ローラが手のひらにみみず腫れをつくってきたときには、アースキン先生に真っ向から意見したが、余計なお世話だと言い返された。あのふたりを駄目にしたのはあんたなんだ、先生はそう言った。あんたが赤ん坊扱いして甘やかした。あのふたりを駄目にしたのはあんたなんだ、先生はそう言った。あんたが赤ん坊扱いして甘やかししが直すはめになった。

ローラは、アースキン先生が辞めないなら、自分が家出すると言いだした。窓から飛びだしてやる、と。

「そんなことはおよし」リーニーは言った。「よく考えようじゃないの。あの鼻っ柱をへし折ってやるんだよ！」

「先生、鼻に柱なんてないもん」ローラは泣きじゃくった。

キャリスタ・フィッツシモンズなら多少は力になれたかもしれないが、なにせ、風向きに敏感な人だった。わたしたちは彼女の子ではなく、父さんの子。その父が自分なりのやり方を選んだのだ、それにちょっかいを出すなら、戦術ミスにもなろう。ソヴ・キ・プ。アースキン先生のお勉強のおかげで、わたしもこんな言い回しは訳せるようになっていたが（フランス語で「退避せよ」の意）。

アースキン先生の数学理念はいたって明解だった。われわれ女子は家計を切り盛りする術をもたねばならない。つまり、足し算、引き算、それに複式簿記。

では、フランス語とは何であるかというと、動詞形とギリシャ女神パイドラーに他ならず、著名な作家による簡潔な金言を頼りとした。「青春に分別があり、老いに力があれば」――エティエンヌ。「わたしがなにより恐れるのは恐れなり」――モンテーニュ。「心は心で、理性のまったく知らぬ理由をもっている」――パスカル。「歴史、このお調子者で嘘つきの老婦人め」――モーパッサン。「偶像に触れるなかれ、金めっきが剥がれてくる」――フロベール。「神は男から創られた。すなわち、悪魔は女から創られたということだ！」――ヴィクトル・ユゴー、などなど。

地理とは何かというと、すなわち、ヨーロッパの首都に尽きた。ラテン語とは何かといえば、カエサルがガリアを征服しルビコン河を渡ることであった。アーリア・イアークタ・エースト、賽は投げられた。そのつぎには、ウェルギリウスの「アエネーイス」からの引用。とくに、女王ディードーがアエネーイスに捨てられて自殺するくだりを好んだ。そして、オウィディウスの『変身譚』からの引用。神々の手でいろいろな娘たちに、よからぬことがなされる箇所。エウローペーが白い巨牛（ゼウスが化けた姿）に、レーダーが白鳥（これまたゼウスが化けた姿）に、ダナエーが黄金の雨（おなじくゼウスが化けた姿）に、強姦される場面。こういう話なら、少なくともきみらの興味をそぐことはあるまい。先生は嫌味っぽく笑いながら言った。いや、仰せのとおり。気分転換にと、ラテン語のシニカルな恋歌を訳させることもあった。オーディ・エト・アーモー、われは憎みかつ愛す、といった類の。詩人の悪辣なご意見と格闘するふたりを見て、溜飲を下げていたのだろう。わたしたちがそんな女に、なるべくしてなりそうだと見て。

「ラピオ、ラペレ、ラプイ、ラプトゥム」アースキン先生は動詞の格詞変化をならべる。「捕まえて連れ去る、という意味だ。英語の捕《ラプチュア》らえるもおなじ語源から来ている。さあ、格変化を言ってみろ」ここで、定規をピシャリ。

わたしたちは勉強した。たしかに勉強したのだ、復讐心に燃えて。お仕置きの口実を与えてなるものか。先生はふたりをぎゅうっと言わせることをなによりの楽しみとしていたから、よし、できるものなら、それを奪ってやろうと考えたのである。先生から学んだのは、本当のところ、ペテン術だった。数学の答えをでっちあげるのは難しかったが、祖父の書斎からオウィディウスの翻訳書を二冊ほど拝借し、訳文をつぎはぎする。そんなことに、午後のおそい時間をたっぷりと費やした。ヴィクトリアの名文家たちによる古い翻訳は、活字が小さく、複雑怪奇な語彙に充ちていた。ひとくだり読んで文脈を理解すると、つぎはべつな言葉――もっと簡単な言葉――に置き換えていき、自分の訳のように見せかけるため、間違いをわざといくつか付け足す。しかし、なにをやっても、アースキン先生は赤鉛筆で訳文をめった切りにし、ページの端に散々なことを書いてきた。このおかげで、ラテン語はたいして学ばなかったが、偽造の技はおおいに身につけた。また、糊づけしたかのごとく、無表情で強ばった顔をする術も覚えた。アースキン先生には、いかなる反応も見せないのがいちばんだった。ことに、ひるんださまを見せてはいけない。

ローラもしばらくは先生に怯えていたが、躰の痛み（要は、自分の痛み）をもっては、そう抑えつけておけなかった。先生が怒鳴っているときでも、注意力が散漫になった。アースキン先生といえども、力には限りがあったのだ。ローラはバラの蕾とリボンの柄の壁紙を見つめたり、窓の外に目を凝らしたりしていた。妹ときたら、瞬く間に自分を消してしまう力を養い、いま目の前にいると思ったら、つぎにはもうどこかに行っている。というより、こちらの方がどこかへ押しやられている。見えない魔法の杖を振ったかのように、さっと相手を退《さが》らせてしまうのだ。そう、相手の方が消されたみたいに。

アースキン先生はこんなふうに黙殺されるのには我慢ならなかった。ローラに揺さぶりをかけた。叩き起こしてやると言い、〝眠り姫じゃあるまいし〟と怒鳴りちらしたものだ。ときには、ローラを壁に叩きつけたり、首根っこをつかんで揺すったりした。揺すられているあいだも、妹は目を閉じて躰をぐんにゃりさせ、これが先生をさらに憤激させた。わたしも最初はとりなそうとしたが、なんの足しにもならない。先生のツイードを着た臭い腕で、ひと払いされるのが落ちだった。

「先生を困らせないの」わたしはローラに言った。

「あたしがどうしようと関係ないもん」ローラは言った。「どっちみち、あいつ困ってなんてないもの。あたしのブラウスをまくり上げたいだけなのよ」

「先生がそんなことしてるの、見たことない」わたしは言った。「なぜ、そんなことをするのよ？」

「姉さんが見てないときにするの」ローラは言った。「スカートに手を入れてきたり。あいつが好きなのは、パンティ」いとも淡々と言ったので、きっと作り話だろうと思った。あるいは、思い違いか。アースキン先生の手の動きを、その意図を、勘違いしたのだろう。妹の話したことは、あまりに突拍子もなかった。わたしには、いい大人がするようなこととは思えず、いや、興味を持つとすら思えなかった。少女なんて、ローラばかりではあるまいし？

「リーニーに話したほうがよくない？」わたしは恐る恐る切りだした。

「話しても、信じないかもね」ローラは言った。「姉さんだって、そうでしょ」

ところが、なんと、リーニーは信じた。というか、あえて信じることを選び、それがアースキン先生の最後となった。リーニーはいきなり一騎打ちに出るような馬鹿はやらなかった。そうしていたら、卑怯な嘘をついたとローラが先生に責められるだけで、事態はいままでにも増して悪化していたろう。四日後、釦工場の父のオフィスに乗りこんでいったリーニーは、密輸品の写真をひと束抱えていた。今日《こんにち》なら、眉のひとつも吊りあげてお終《しま》いだろうが、当時ではスキャンダラスな代物だった。黒ストッキングに、巨大なブラジャーからプリンのような胸がこぼれだしている女。また、おなじ女が、今度は一糸まとわぬ姿で身をよじり、大股開きをしている図。アースキン先生の部屋の掃除をしていたら、ベッドの下からこれが出てきたんです、リーニーはそう言った。これがチェイス大佐の幼い娘さんを任せておけるような男でしょうか？

まわりには、興味津々の聴衆がいた。工員の一団、父の弁護士、そして、奇しくもリーニーの未来の夫となる、ロン・ヒンクス。リーニーをひと目見るだけで――えくぼのできた両頬を紅潮させ、復讐の女神よろしく眸を怒りに燃やし、ピンがほどけた黒髪は巻き貝のようで、その女が、デカパイの髪ふさふさのすっぽんぽんの女たちの写真を振りかざす姿を見るだけで、ロンはまいってしまった。心ではリーニーに跪きつつ、その日から、彼女を追いかけはじめ、ついには上首尾に終わった。まあ、この話はまたにしよう。

ポート・タイコンデローガに許されないことがひとつあるとすれば、と父さんの弁護士は諭すように切りだした。汚れなき児童をあずかる教師の手に、このようなゴミがあるということです。父はすぐに悟った。こうなったからには、アースキン氏をこのまま家においておけば、鬼かと思われてしまう。

（わたしは長らく思っているのだが、あの写真はリーニー自身のもらい物ではなかったか。雑誌の〝流通業〟に携わる兄は、それぐらい調達するのは朝めし前だったはず。あの写真に関して、アースキン先生は無罪だろうと思う。いずれにせよ、先生は幼児趣味に走っていたわけで、巨大ブラジャーは好みではなかった。だが、そのころには、リーニーのフェアプレイは望むべくもなかった）。

アースキン先生はわが身の潔白を主張しながら去っていった。いたく腹を立て、だが、わななきながら。あたしのお祈りが通じたんだわ、とローラは言った。アースキン先生をこの家から追いだしてくださいと祈ったので、神さまが聞き届けてくれたのだ、と。ローラが言うには、リーニーは神さまの意志に従っただけらしい。猥褻な写真などを使って。わたしは考えこんだ。神がいるものなら、この件についてどう思っただろう――その存在はますます疑わしくなった。

かたや、ローラはアースキン先生の勤務期間に、深く信仰に傾きだしていた。まだ神には怯えていたが、怒りっぽくてなにをするか分からない暴君か、そうでないか、という選択を迫られたすえ、神とはより大きく、またはるか遠くにいるものであると結論した。

そうと決まれば、何かにつけそうであったように、これを徹底した。「あたし、大きくなったら尼さんになる」そう静かに告げたのは、台所の食卓で昼のサンドウィッチを食べている最中だった。

「なれないよ」リーニーが言った。「教会が入れてくれない。ローラはカトリック教徒じゃないんだから」

「カトリックになるからいいもん」ローラは言った。「教会に入る」

「あのねえ」リーニーは言った。「髪も切ることになるんだよ。あのヴェールの下には、尼さんのつるっ禿げがあるの」

リーニーらしい狡猾な一手だった。悌毛のことを、ローラは知らなかった。妹にひとつ鼻を高くするものがあるとすれば、それは髪の毛だ。「どうして切るの？」ローラは訊いた。

「神がお望みだと思っているんだよ。髪を捧げるのをお望みなんだって。いかに純真無垢かってことを示すためだけにね。神さまも、髪なんかもらってどうしようっていうだろうねえ？」リーニーは言った。「まったく、なにを考えだすやら！　つるっ禿げにするなんて！」

「その髪はどうするの？」ローラは訊いた。「切り落とした髪は」

「人の」手はよどみなく動いていたが、わたしには作り話とわかっていた。「鬘にするんだよ、金持ちのご婦人の」リーニーは小気味よく豆を剝いていた。プチッ、プチッ、プチッ。「鬘にするんだよ、金持ちのご婦という、むかしのお話とおなじだ。「高慢ちきな金持ち女さ。自分の綺麗な髪が、お偉い誰かさんのでっかく膨らんだ頭にのって歩くのなんて、見たくないだろう」

ローラは尼になるという夢はあきらめた。ともあれ、あきらめたように見えた。とはいえ、つぎはなにに入れ込むかわかったものじゃない。なにしろ、信仰にかけては、並々ならぬ力をもっていた。おのれを解放し、おのれを委ね、おのれを棄て、神の慈悲に託す。ここに多少の疑心があれば、自衛のための〝前線基地〟にでもなったろうに。

アースキン先生のおかげで、数年が過ぎて、というより、数年を無駄にしてしまった。いや、無駄という言い種はないだろう。先生からは多くのことを学んだ。もっとも、ご本人が教えようとしたことばかりではないが。わたしは嘘とペテンのほか、隠微な横柄さと、無言の反抗も身につけた。復讐とは、冷たくして食すのが最良の料理であることも学んだ。とっ捕まらない術も覚えた。

一方、そのころ、世界は大恐慌に見舞われていた。父さんはこの大不況で大損はしなかったものの、失うものは幾らかあった。また、人生の誤差範囲というものも失くしてしまって、追いつめられていた。需要の低減にともない、もっと早くに工場を閉鎖すべきだったのだ。立場をおなじくする人たちと同様、お金を銀行に預けて大切に貯めこむべきだった。それが上分別であったろう。ところが、父はそれをやらなかった。そんなことには耐えられなかった。工員たちを路頭に迷わすなど。彼らには仕えてもらった恩がある。工場の男たちには。いや、もちろん、女工もいるが。

貧しさの影がアヴァロン館を覆っていた。冬場になれば、娘たちの部屋は冷えこみ、シーツは使い古しだった。リーニーは擦り切れた真ん中で切り離し、両端を縫いあわせた。扉を閉ざしたままの部屋がいくつもあった。使用人のほとんどは暇を出された。もはや庭師もおらず、雑草がはびこってきた。なんとかやっていくには、この苦境を切り抜けるためには、おまえたちの協力が必要なんだ、そう父さんは言った。リーニーの家事を手伝いなさい、ラテン語や数学にはうんざりだろうから。お金の有効な使い途を学ぶべし。これはすなわち、豆や塩ダラや兎を夕食にたべ、自分の靴下を繕うことだった。

ローラは断固として兎を食べなかった。皮を剝いだ赤ちゃんみたいだと言って。人喰い人種でなけりゃこんなの食べられない。

リーニーが言うには、父は人が好すぎて損するタイプらしい。プライドが高すぎるとも言った。人間、負けは負けと認めないとね。この先どうなるのかわからないけど、一巻の終わりということになりそうだよ。

さて、わたしは十六歳になった。学校教育は（お粗末なものではあったが）終わりを告げた。毎日ぶらぶらしていたが、いったいなんのために？　このあと、わたしはどうなるのだろう？

リーニーにはリーニーの考えがあった。ずっと《メイフェア》誌を愛読しており、そのページには、世の慶事が独特の筆致で書き立てられていた。それから、新聞の社交欄。結婚式、慈善舞踏会、贅沢な休暇。名前まで暗記していたぐらいだ。名士の、遊覧船の、一流ホテルの名前を。アイリスも社交界にデビューすべきだと言う。しかるべき彩りを添えて。社交界の顔役のご婦人と顔あわせのお茶会、レセプション、当世風のピクニックやなにか、適齢期の若者を招いてのフォーマル・ダンス。またアヴァロン館は、身なりのいいお客たちで溢れかえるよ、むかしみたいに。弦楽四重奏団を招んで、芝生にたいまつを灯して。うちだって良家なんだから。少なくとも、こういったことを娘にしてやっている家に引けをとらず。それぐらいのお金、旦那さまも銀行に貯めておくべきだったよ。奥さまがまだ生きていたらねえ、とリーニーは言った。なにもかもうまく片づいていただろうに。

それはどうかと、わたしは思う。母さんの話を伝え聞くに、あの人ならわたしを寄宿学校にやると言いはったかもしれない。ケベック州のアルマ女子カレッジだとか、そういうご立派で陰気な学校へ。実用的で、これまた陰気な、たとえば、速記などを習わせに。だが、社交界デビューは虚栄と感じただろう。経験のない身だった。

祖母アデリアなら、ちがったはずだ。もう他界して久しかったから、わたしも美化して見られたのかもしれない。祖母なら、わたしのために骨を折ってくれ、どんな計画も出費も厭わなかっただろう。わたしは書斎をうろつき、いまも壁に掛けてある絵をしげしげと眺めた。油彩の肖像画、制作は一九〇〇年。絵のなかの祖母は、スフィンクスめいた笑みを浮かべ、ドライフラワーの赤バラのような色のドレスを着ている。深くくれた胸元からは、肌もあらわな首がぬっと伸び、奇術師のカーテンの奥からつきだす手のようである。金縁のモノクロ写真には、華やかに飾った鍔広のピクチュア・ハットをかぶった祖母や、オーストリッチの羽根をつけた祖母や、夜会用のガウンに白手袋をしティアラを戴いた祖母が、ひとりで、あるいは、もう名前も忘れたお偉方たちと写っていた。祖母なら、わたしを座らせて、必要な助言をしてくれたろう。ドレスの着こなし、口のききかた、あらゆる場面での振る舞いかた。笑いものにならずにすむ術。そうすれば、いまごろは、洋々たる未来がひらけていたろうに。社交欄を読み漁っているわりに、リーニーにはその手のことがよくわかっていなかった。

釦工場のピクニック

「労働の日」の週末が来て、過ぎていった。プラスチックのコップと、水面に浮かぶボトルと、静かに萎みゆく風船を、河の戻り水の溜まりにごっそり残して。いよいよ九月がのさばりはじめている。午《ひる》の暑熱はいっかな和らがないが、朝ごとに日の出は遅くなって、薄靄が漂い、涼をました夕刻には、コオロギがにぎやかに啼く。庭には、しばし前に根をおろした野生のアスターが群生し、小さな白い花を咲かせ、生い茂って空色の花をつけ、錆び色の茎に深紫の花をひらかせる。かつて、庭造りもぼちぼちしていたころなら、雑草は悪しきものとして引っこ抜いているところ。いまではそんな分別《ぶんべつ》もしない。

かげろうの立つ夏の陽は薄れ、散歩のしやすい陽気になった。観光客もしだいに減り、少なくとも、残った人々はまともに肌を隠している。やたら大きなショートパンツやら、ぴちぴちのサンドレスやら、茹だって赤くなった脚やらは、もう見かけない。今日の散歩の行き先はキャンプ場だったが、途中マイエラが車で通りかかり、乗りませんかと言ってきた。恥ずかしながら、申し出を受けた。息が切れていたし、目的地が遠すぎたのをすでに思い知っていたから。わたしがどこに行くのか、なにをしに行くのか、マイエラは聞きたがった。こういう羊飼いの直感は、リーニーから受け継いだのにちがいない。わたしは行き先を告げた。理由については、あの場所をまた見てみたくなった、ちょっと懐かしくなって、とだけ言った。そんな危険な、とマイエラは止めた。あの下生えのなかに何がひそんでいるか、知れたものではない、と。わたしは見通しのいい公園のベンチに座って、彼女が来るまで待つと約束させられた。一時間ほどで拾いに戻るという。

だんだん自分が手紙にでもなった気がしてくる。こっちで預けられ、あっちで受け取られ。もっとも、宛先人のない手紙だが。

キャンプ場には、さして見るものはない。道路とジョグー河にはさまれた、一、二エイカーばかりの土地で、木立と低木の茂みがあり、春には、中ほどの沼地から蚊がお出ましになる。アオサギの猟場だ。でこぼこのブリキを棒で引っ掻いたような、しゃがれた声が折々に聞こえてくる。ときには、バードウォッチャーが数人、例の侘びしげな風情でうろつく。まるで、落とし物でも探すかのように。

木陰になにか銀色に光るものがあると思えば、シガレットの箱。あとは、捨てられて精気なく萎んだコンドーム、雨でぶよぶよになったクリネックスの四角い箱。犬たち、猫たちが、縄張りを主張して小便を引っかけ、欲情した恋人たちが木の間《こ》隠れに忍びこむ。とはいえ、近ごろはほかに行く当てもいろいろあるらしく、以前よりは数が減った。夏には深く繁った低木のもと、酔っぱらいが眠りこけ、ときには、ティーンエイジャーたちが、なにを喫ったり吸ったりしているのか知らないが、なにかを喫ったり吸ったりしにやってくる。ロウソクの燃えさしが見つかっていた。焦がしたスプーンも、妙な針が捨てられているのも。こういう話はどれもマイエラから聞いたのだが、彼女に言わせれば、遺憾なことだそうな。ロウソクの燃えさしやスプーンの使い道を知っているわけだ。つまり、〝ドラッグの七つ道具〟。悪徳はいたるところにある、らしい。エト・イン・アールカーディア・エーゴ、わたしもアルカディアの住人、そんなことはよくわかっている。

十年か二十年前、このエリアを整理しようという計画がもちあがった。看板まで建てられたものだ——カーネル・パークマン・パーク。なんたるマヌケな響き。また、田舎風のピクニックテーブル三台と、ポリバケツのゴミ箱ひとつと、個室型の簡易トイレ二つも設置された。街からの観光客の利便をはかる、ということだったが、彼らはもっと河の見晴らしのよいところを選んで、ゴミを撒き散らした。やがて、ガンマニアの若造たちが看板を射的の練習に使うようになり、テーブルとトイレは（なにやら予算にからむ事情で）地方自治体によって撤去され、ゴミバケツは空になることがなかったが、アライグマがしょっちゅう中身を漁りにきた。というわけで、じきにゴミバケツも取り払われ、この場は昔の姿に逆戻りした。

いま、ここは〈キャンプ場〉と呼ばれている。かつて、宗教団体のキャンプ・ミーティングが開かれたからだ。サーカスみたいな大テントと、熱弁をふるう外国人宣教師たち。ここも、あの時分のほうがよく手入れされ、少なくとも、もっと人の出入りがあった。小さな移動市が立って露店や荷車がならび、あちこちにポニーやラバが繋がれ、いつしかパレードが繰り広げられて、三々五々、ピクニックが始まる。あらゆる戸外の集いに使われる場所だった。

〈チェイス&サンズ　労働者の日の祭典〉が催されたのも、ここだった。それが正式名称だったが、人々はたんに「釦工場のピクニック」と呼んだ。公的には、九月の第一月曜日となっているが、ピクニックはいつもその前の土曜日だった。熱き雄弁と、マーチングバンドの吹奏と、お手製の旗。風船、メリーゴーラウンド、他愛もないばかげたゲームの数々——両足を袋に入れて走る〝サック・レース〟とか、〝スプーン・レース〟とか、人参をバトンに使ったリレー競走とか。床屋のカルテットが毎年歌ったが、これはどうして悪くない。ボーイスカウトのラッパ隊が、調子っぱずれの曲をひとつふたつ吹く。子どもたちの一団が、ボクシンググリングみたいに高くなった木製の演台で、スコットランドのフォークダンス〈ハイランド・フリング〉や、アイルランドのステップダンスを踊ったり。音楽を流すのは、ぜんまい仕掛けの蓄音機だ。ベストドレッサーを競う、ペットショー、それに赤ちゃんショーも。食べ物といえば、トウモロコシの丸焼きや、ポテトサラダや、ホットドッグ。〈婦人補助団体〉は、世のあれやこれやを救うべく、パン菓子を売り、パイやクッキーやケーキ、瓶入りのジャム、チャツネ、ピクルスを奉仕品として出した。どの瓶のラベルにも、名前が入っている。〝ローダのチャウチャウ〟とか、〝パールのプラム・コンポート〟とか。

そこには、空騒ぎ、いわゆる乱痴気騒ぎもあった。飲み物はレモネードぐらいしか売っていなかったが、男たちはウィスキーのフラスクや小瓶を買ってきた。夕闇がせまるころには、取っ組み合いが始まり、怒声、馬鹿笑いが林間に響きわたる。その後は、岸辺に水しぶきがあがる。おっさんや若者が服を着たまま、あるいはズボンを脱がされて、河に放りこまれるのだ。ジョグー河もこの辺りは浅いから、溺れる者はめったにいなかった。陽が暮れると、キャンプファイアが焚かれた。ピクニックの最盛期には——というか、わたしが最盛期と記憶しているころは——ヴァイオリン演奏にあわせて、スクエアダンスも繰り広げられた。しかし、思い出すに、一九三四年までには、こうした派手なお祭り騒ぎもつましくなっていた。

午後三時ごろになると、父さんがステップダンスの演台にあがって、スピーチをする。毎度短いものだったが、年配の人々は熱心に耳をかたむけた。女たちも。自身がチェイスの工場で働いているか、工員と結婚していたからだ。ますます不景気になるにつれ、若者たちもスピーチを聴くようになった。腕を半分あらわにしたサマードレスの若い娘たちまでも。スピーチは言葉少なだったが、行間を読めばよい。「安心できる根拠」は善きものだが、「楽観主義の理論」は悪しきものである、など。

その年のピクニックは、暑く乾いた日だった。暑く乾いた日が、嫌というほどつづいていたが。例年ほど風船の数もなく、メリーゴーラウンドもなかった。トウモロコシは品物が古く、その粒は指の節みたいに皺くちゃだった。レモネードは水っぽく、ホットドッグは早々に品切れになった。それでも、チェイス工業に解雇の文字はなかった、いまだに。景気は減退していたが、解雇だけは。

父さんは「楽観主義の理論」という言葉を四度使ったが、「安心できる根拠」は一度も言わなかった。聴衆の不安げな顔。

もっと幼いころはローラもわたしも、このピクニックを楽しんだ。いまは楽しくもないが、参加は義務づけられていた。参加することで団結の意志を示さねばならない。小さいころから叩きこまれてきたことだ。母さんは欠かさず参加していた。どんなに気分のすぐれないことがあっても。

母さんが亡くなると、リーニーがわたしたちの監督を引き継いだ。この日の衣装を小うるさい目で点検する。くだけすぎは、いけない。町の人々にどう思われても構わないと言わんばかりで、失礼である。だが、盛装しすぎても、いけない。なんだか、偉そうだから。そのころには、ふたりとも自分の着るものは自分で選ぶ歳になっていた――わたしは十八になったばかり、ローラは十四歳と半年ばかり。とはいえ、いまや服を選ぼうにも、そうたくさんはなかったが。もともとわが家では、これ見よがしに贅沢な服装は是とされていなかった。リーニーが「良い品」と呼ぶものは持っていたが、近ごろでは〝贅沢〟の定義もどんどん厳しくなり、新品のすべてを指すまでになってしまった。その年のピクニックにわたしたちが着たのは、前年の夏に新調した青のギャザースカートと白いブラウス。ローラのかぶる帽子は、三シーズン前にわたしが買い与えられたものだった。わたし自身も去年とおなじ帽子で、リボンだけを替えていた。

ローラは頓着ないようだった。でも、わたしは気にした。わたしがそう言うと、姉さんって俗っぽいのね、と言われた。

わたしたちはスピーチを静聴した（少なくとも、わたしは。ローラも聴きいるような姿勢は見せていた。目を見開き、さも熱心そうに首をかしげて）。父さんはそれまでどんな酒を飲んでいようと、毎年このスピーチはどうにかやり遂げてきたが、今回は、文章の途中でつっかえた。タイプ原稿を良いほうの目に近づけ、とまどいの顔で凝視しながらまた離した。まるで、注文したはずのない物の勘定書でも見るように。かつて父の装いはエレガントであり、そのうち、エレガントではあるが着古されたものになり、この日にいたっては、見すぼらしいのと紙一重になっていた。髪は耳のあたりがぼさぼさになり、理髪の必要がある。窮地に追いこまれ、猛っているような形相。追いつめられた辻強盗のように。

お義理ばかりの拍手のうちにスピーチが終わると、聴衆のなかには、近く寄り合い、仲間内でひそひそ話しだす男たちもいた。そうでなければ、木陰にジャケットや毛布を広げて座ったり、横になって顔にハンカチをのせ、まどろみだしたりする。が、これは男ばかりだった。女たちは抜からぬ顔で、しっかり目を覚ましている。母親たちは幼子らを川端に追いやり、ささやかな岸の辺で水遊びをさせた。そこからずっと離れた辺りでは、草野球の試合が始まっていた。見物人が押し合いへし合い、へべれけになって観戦している。

わたしはパン菓子を売るリーニーの手伝いにいった。あれは、なんの救済運動だったのか？　はて、思い出せない。ともかく、わたしはこの手伝いを毎年やっていた。当然するものと思われていた。あんたも来なさいとローラに声をかけたが、まるで聞こえないかのような顔でよそへ行ってしまった。帽子の柔らかい縁をつかんでぶらぶらさせながら。

わたしは構わずにおいた。本当なら、目を離してはいけないのだが。わたしには寝る間を惜しむ気などさらさらないリーニーだが、そのご意見によれば、ローラはまったくもって疑心がなく、手もなく他人《ひと》になついてしまうと言う。白人の奴隷商たちがいつなんどきでも付け狙っているんだ、ローラはあつらえむきの餌食だよ。平気で知らない人の車に乗るし、見慣れないドアを開けるし、よからぬ通りを渡ってしまうけど、もう仕様がないね。あの子は線引きというものをしないんだから、というか、普通の人ならすべきところでしない。前もって注意しようにも注意できないよ、だって、そんな忠告は理解できないんだから。規則を蔑ろにしているわけじゃない、たんに忘れてしまうんだよ。

わたしはローラの監視にうんざりしていた。本人に感謝されもしないのに。粗相や不出来の責任を負わされるのにもうんざりしていた。責任を負わされるのはうんざりだ、以上。ヨーロッパへ行きたい。それとも、ニューヨーク、いや、モントリオールでもいい。ナイトクラブへ、夜会《ソワレ》へ、リーニーの社交雑誌に載っている、あらゆるときめきの場へ。なのに、家にいなくては駄目だと言う。家にいなくては、家にいなくては――まるで、終身刑の宣告を聞かされているようだ。さらにわるく言えば、葬送歌とでもいうか。わたしはポート・タイコンデローガに押しこめられていた。平凡でありふれた釦と、財布の紐が固い客向けの安価なモモヒキの、誇り高き砦に。きっとこの身になにも起こらないまま、ここで朽ちていくんだろう。鬼子先生みたいなイカズゴケになって、哀れまれ、嘲られ。心の奥底にある恐怖はこれだった。ここではないどこかへ行きたい、でも、そこへ行き着く手段が見つからない。ときおり、ふと気がつくと、白人の奴隷商にさらわれたい、などと夢みている。そんなものが実在するとは信じていないくせに。さらわれれば、せめて気分転換にはなるだろう。

パン菓子売場の露台はひさし付きで、ハエがたからないよう、商品にふきんやパラフィン紙を掛けていた。リーニーはパイを出品していた。焼き方をマスターしたとは言えない代物なのだが。彼女の作るパイは、詰め物が膠みたいに粘っこくて生焼けで、生地は堅いけれど弾力があり、まあ、ベージュの海藻というか、ごわごわした巨大キノコというか。好景気のころは、このパイもよく売れた。要は、式典の飾りであり、それじたい食べ物ではない、と諒解されていたからである。だが、最近では、活発にはさばけない。金欠のご時世、人々は彼女のパイより、まともに食せるものを求める。

売場に立っていると、リーニーが声をひそめて最新のニュースを配信してきた。もう四人の男たちが河に放りこまれたよ、まだこんなにお天道さまが高いのにさ、これが面白半分なんかじゃなくてね。なんでも、言い合いがあったんだって、政治がらみでね、怒鳴り合いだよ、そうリーニーは言った。毎度の河での悪ふざけはもちろん、取っ組み合いがいくつかあったらしい。エルウッド・マレーがぶちのめされたそうだ。週刊紙の編集発行人で、三代つづくマレー新聞の跡取り。といっても、彼がほとんど自分で書いて、写真も撮っていたのだが。河に突っこまれなくてよかったよ、カメラがおじゃんになるとこだった。あれは中古でも馬鹿高かったらしいから。と、リーニーはたまたまそんなことも知っていた。エルウッドは鼻血を出し、いまはレモネードのグラス片手に、木陰に座っていた。なるほど、女がふたり、湿らしたハンカチを当てながら、せっせと世話を焼いている。わたしの立つ位置からも、その姿は見えた。

政治がらみなのだろうか、この〝ぶちのめし〟の一件は? リーニーはわからないと言うが、町の人々はエルウッド・マレーには話を聞かれたくないと思っていた。世の中が豊かなころには、彼もバカモノ扱いされ、おそらくは、リーニー言うところの〝男女《おとこおんな》〟と思われていた（そう、彼は独り身でもあり、この歳ともなると、いわくありげに思われた）が、おおむね許容され、それどころか、そこそこ評価されもした。社会の出来事という名目で記事にし、おまけに綴りを間違えないかぎりは。ところが、豊かな時代も過ぎると、なにかと首を突っこんでくるので煙たがられる。誰だって細かいことまでいちいち書き立てられたくないよ、そうリーニーは言った。まともな人間であればそうだろう。

そのとき、ピクニック場の工員たちと一緒に、躰を傾けながら歩む父さんの姿が、目に入った。いつもの癖で、いきなりこちらに頷いたかと思うとあちらに頷く。この頷き方が、首を前に倒すというより、仰け反っているように見えるのだ。黒い眼帯が右に左に動く。遠目に見ると、顔にあいた穴のようだった。鼻下には、黒い一本角を横にしたような口髭がくるりとカールしている。口がときおり引き結ばれて、ある表情をつくる。本人は笑顔のつもりなのだろう。両手はポケットのなかに隠れていた。

その隣に、父さんより心もち背の高い若者がいた。もっとも、父さんとは違い、皺もなく、躰も傾《かし》いではいなかった。なめらか、という語が思い浮かぶだろう。粋なパナマ帽をかぶり、キャラコのスーツはまばゆいばかり――それほど真《ま》っ新《さら》で清潔だった。町の人間でないのは、火を見るよりあきらかだ。

「父さんの隣にいるのは誰？」わたしはリーニーに訊いた。

リーニーは父のほうをそれとなく見やると、短い笑い声をたてた。「ミスター・ロイヤル・クラシックご本人さ。まったく、いい度胸だね」

「その人だと思ったわ」わたしは言った。

ミスター・ロイヤル・クラシックこそ、リチャード・グリフェンだった。トロントの〈ロイヤル・クラシック紡績〉の。うちの工員――父さんの工員たちは、この会社を〝ロイヤル・クラシック凡績〟なる蔑称で呼んでいた。グリフェンは父さんのいちばんの敵手であるばかりか、あらゆる面で敵対していた。彼は父のことを、失業者や救済運動やアカに対する認識が全般に甘すぎると新聞で論難した。また、組合問題への認識も甘すぎる、と。これは指摘する必要もなかった。なにしろ、ポート・タイコンデローガにはいかなる組合も存在しなかったから、父の蒙昧ぶりは秘密でもなんでもない。ところが、ここにきて、なぜか父さんはピクニックにつづくアヴァロン館での晩餐に、リチャード・グリフェンを招いたのだった。それも、直前になって急に。わずか四日前に。

リーニーはグリフェンが降って湧いたかのように感じていた。ご承知のとおり、味方より敵相手のほうが、恰好つけなきゃならないんだからね、こんな一大事の支度に四日間じゃ足りないよ、と。とくに、アデリア大奥さまが他界してからこっち、アヴァロン館では晩餐会と呼べるものを開いていないんだから。なるほど、キャリー・フィッツシモンズが週末に友人を招くこともあったが、それは別だった。お客は芸術家ばかりだったから、なにを出されてもありがたがって当然である。夜、ときに彼らが台所にいるのを見かけたが、食料貯蔵室を漁り、残りもので勝手にサンドウィッチを作っていた。彼らのことを「底なし胃袋」とリーニーは呼んだ。

「しょせんは、にわか成金だね」リチャード・グリフェンをひと眺めして、リーニーは鼻先で笑う。「あのお高そうなズボンをごらんよ」父さんを悪く言う人間には、誰であれ手厳しく（誰であれというのは、ご自身を除いての話）、成り上がって身のほど知らずの振る舞い（彼女から見て身のほど知らずの振る舞い）をする者は、誰であれ馬鹿にした。グリフェン家が、少なくとも、彼らの祖父が下層の出であるのは周知の事実だった。ユダヤ人を騙して事業を成功させたんだよ、と、ここでリーニーの毒舌が鈍った。彼女の見解からすると、それはある種の偉業だったのか？　とはいえ、どうやって成功したのか、具体的には知らなかった（公正を期すと、こんなグリフェン家への誹謗中傷はリーニーのでっち上げかもしれない。この歴史のなりゆきはこの人々に帰すべしと、思いこんでしまうきらいがあった）。

父さんとグリフェンがキャリー・フィッツシモンズをともなって歩いていく後ろには、女性がひとりいたので、リチャード・グリフェンの奥さんだろうと、わたしは思った。まだ幼げで、か細く、いかにも今風の娘だった。透けて橙《だいだい》がかったモスリンが、薄いトマトスープをひとすじ流したようになびいている。ピクチュア・ハットは緑、踵にベルトの付いたハイヒールもそろいの色であり、首に儚げなスカーフのような物を巻いていた。ピクニックには過ぎた装いである。見ていると、立ち止まって、片方の足の裏を返し、ヒールにゴミでもついていないか、肩ごしに覗き見た。ついていればいいのに、とわたしは思った。それでも、あんな綺麗な服を持てるとは、あんな邪《よこしま》な成金の服が着られるとは、なんて素晴らしいんだろうとも思った。高潔で、流行おくれで、尾羽うち枯らした衣類ではなく。近年のわたしたちの服は、そんな〝モード〟にならざるをえなかった。

「ちょっと、ローラはどこ？」リーニーが急に色をなして訊いた。

「知らないわよ」わたしは答えた。近ごろは、リーニーにすぐ噛みつくようになっており、威張られるとなおさらだった。〝母親でもないくせに〟のひと言が、いちばんの撃退術になっていた。

「あの子から目を離すなんて、馬鹿なことを」リーニーは言った。「ここには誰だかわからない人間だっているんだよ」誰だかわからない人間《エニバディ》は、彼女の恐れるお化けのひとつだった。どんな侵入があるか知れず、誰ともつかない人間が、どんな盗みや過ちをしでかすかわからない。

わたしは木陰の草地に座るローラを見つけた。若い男と話していた。少年ではなく、おとなの男だ。色の浅黒い男で、明るい色の帽子をかぶっていた。素性のわからない服装である。工場労働者ではないが、他になんとも言えず、これと当てはまるものがない。ノータイだが、ここはピクニック場だ。青いシャツは、袖のあたりが少しほつれている。無造作な感じ、プロレタリア風だ。当時は若者の多くがプロレタリアを気取っていた。とくに、大学生の多くが。冬になると、彼らは毛編みのベストを着た。横縞柄の。

「あら」ローラは言った。「どこに行ってたの？　こちらは姉さんのアイリス、こちらはアレックス」

「ミスター……あの、苗字は？」わたしは言った。どういうわけで、ローラはこう早速にファーストネームで呼ぶような仲になったのか？

「アレックス・トーマス」その若い男は言った。丁重な態度ではあるが、警戒しているようだ。急いで立ちあがって手を差しのべてきたので、わたしはその手をとった。気がつくと、自然とふたりの隣に座っていた。そうするのが最善と思われたから。ローラを守るためには。

「町のかたではありませんよね、ミスター・トーマス？」

「ええ、いわゆる旅行者です」男の口調は、リーニーなら〝好青年〟と評す人のそれだった。貧乏人ではない、という意味だ。だが、裕福でもない。

「キャリーの友だちの友だちなのよ」ローラは言った。「彼女、さっきまでここにいて、わたしたちのこと紹介してくれたの。アレックスは彼女とおなじ汽車で来たんですって」説明が少し長すぎたようだ。

「ねえ、リチャード・グリフェンに会った？」わたしはローラに訊いた。「父さんと一緒にいるわ。ほら、晩餐会に来る人だけど」

「リチャード・グリフェンというと、あの搾取工場の大君か」若い男が言った。

「アレックス、ええと、ミスター・トーマスは古代エジプトにくわしいのよ」ローラが言った。「いま象形文字のお話を聞いていたところ」と言って、彼のことを見る。こんな顔で誰かを見る妹は初めて目にした。驚き、それとも感嘆だろうか？　なんとも名状しがたい表情だった。

「それは面白そうね」わたしは言った。〝面白そう〟と言う自分の声に、みながよくやる嫌味な調子を聞きとった。なんとかしてこのアレックスに、ローラはまだ十四歳だと伝える必要があったが、妹を怒らせずにすむ法を思いつかない。

アレックス・トーマスはタバコの箱をシャツのポケットから取りだした。記憶によれば、クレイヴンAの。箱を指ではじいて、自分のぶんを一本抜きだす。彼が既製のタバコを吸っているのに、わたしは少々驚いた。ほつれたシャツと似合っていない。箱入りのタバコは贅沢品だった。工員たちは自分で巻いたものを服《の》む。片手でうまく巻く者もいる。

「ありがとう、いただくわ」わたしは言った。タバコはまだ数本しか吸ったことがなかったし、それも、ピアノの上に置かれた銀の箱からこっそりくすねたのだ。彼は険しい顔で見てきたが――まさにそんな顔をさせたかったのだと思う――結局はタバコを勧めてくれた。親指でマッチを擦り、火を差しだしてくる。

「危ないわ、そんなこと」ローラが言った。「手に火がついちゃう」

エルウッド・マレーが目の前に現われた。もうぴんぴんして元気づいている。シャツの前身頃はまだ湿って、うっすら赤いものが点々とついていた。さっきの女たちが濡れたハンカチで血の染みを抜こうと苦心した箇所だろう。鼻の穴の内側もぐるりと暗赤色に染まっていた。

「ご機嫌よう、ミスター・マレー」ローラが言った。「怪我のほうはいいの?」

「少々やりすぎの若造もいるってことさ」そう言うエルウッド・マレーは、賞でも獲ったのを照れて打ち明けるような口調だった。「まあ、お楽しみのうちだよ。ちょっと、いいかな?」と言いながら、フラッシュを焚いてわたしたちの写真を撮った。マレーは紙面用の写真を撮る前にいつも「いいですか?」と訊くが、答えを待った例しがない。アレックス・トーマスがカメラを遮るように手をあげた。「こちらの可愛いお嬢さんがたは、もちろん存じていますが」エルウッド・マレーは彼に言った。「おたくのお名前は?」

リーニーがいきなり現われた。帽子が斜めにずれ、顔を赤くして息を切らせている。「お父さまがずっとお探しだよ」彼女は言った。

そんなの嘘だと、わたしにはわかっていた。それでも、ローラとわたしは木陰から立ちあがり、スカートの汚れをはたくと、子ガモたちが追い立てられるみたいに連れられていった。

アレックス・トーマスは別れに手を振ってきた。小馬鹿にしたような手つき。少なくとも、わたしにはそう感じられた。

「あんたたちには、分別ってものがないの？」リーニーは言った。「どこの馬の骨ともつかない男と、野っ原でごろごろしたりして。それに、後生だから、アイリス、そのタバコを捨てなさい。浮浪者じゃあるまいし。お父さまが見たらどうなると思う？」

「父さんこそ煙突みたいに吸うわよ」わたしは願わくは横柄な口をきこうとした。

「それは話がべつ」リーニーは言った。

「ミスター・トーマスはね」ローラが口をはさんだ。「ミスター・アレックス・トーマスはね、神学を勉強しているのよ。というか、最近までしていたの」と、几帳面に言い直した。「でも、信心をなくしたんですって。それで、良心が咎めて勉強をやめることに」

アレックス・トーマスの良心なるものは、ローラに大きな感銘を与えたらしいが、リーニーは一顧だにしなかった。「じゃあ、いまはなにを勉強しているの？」と返した。「怪しげなものにちがいないよ、ああ、そうとも。あれは油断ならない顔だ」

「あの人のどこがいけないの？」わたしは訊き返した。彼のことは気にくわなかったが、これでは審問もなしに裁かれているわけである。

「あの人のどこが良いの、と言うほうが当たっているね」と、リーニーは答えた。「ひとさまに丸見えのところで、草に寝転がったりして」わたしよりローラに懇々と説いているようだ。「ローラ、スカートをたくしこんでいたね」若い娘が男とふたりきりになったら膝を固く固く閉じておくべしと言う。わたしたちの脚を、膝から上の部分をひとに（男たちに）見られるのをつねに恐れていた。そういうことを許す女については、決まってこう言う。〝さあ、幕があがった、ショーはどこ？〟とか、〝いっそ看板を揚げたらいいのに〟とか、もっと意地悪になると、〝自分から誘ってるようなもんだよ、来る者拒まずだね〟とか、最悪の場合は、〝ありゃ、いつ降りかかるかもしれない災難に他ならないよ〟、と。

「転がったりしてないもの」ローラが反論した。「斜面でもないのに」

「屁理屈はいいから。意味はわかっているくせに」リーニーは言った。

「べつになにもしてないわよ」わたしは言った。「話をしていただけ」

「そんなことはどうでもいいの」リーニーは言った。「ひとに見られるでしょうが」

「なら、今度なにもしないときは、茂みに隠れることにするわ」わたしは言った。

「ところで、あの男は誰？」リーニーは訊いた。わたしの真っ向からの挑戦はたいてい相手にしない。近ごろは、もう打つ手もないからだ。〝あの男は誰？〟とは、すなわち〝あの男の親は誰か〟ということである。

「彼はみなしごなの」ローラが言った。「孤児院から養子にもらわれたのよ。長老派教会の牧師さん夫婦にもらわれたの」ローラはあんな短時間にこれだけの情報をアレックス・トーマスから引きだしたらしいが、これを技と呼べるとすれば、彼女の得意技のひとつだった。たんにどんどん質問するのだ。失礼にあたると教わってきた私的なことについても。そのうち、相手は恥じるか怒るかして、答えるのをやめてしまう。

「みなしごだって！」リーニーは言った。「それこそ、誰だかわからないじゃないか！」

「みなしごのどこがいけないの？」わたしは言った。リーニーに言わせればどこがいけないのかわかっていたが、父親が誰とも知れないのであれば、それは信頼ならない相手である。まったくの不心得者ではないにしろ。〝橋の下で生まれた〟という言い方を彼女はした。橋の下で生まれて、玄関先に捨てられた、と。

「みなしごは信用ならないよ」リーニーは言った。「うまいこと潜りこんでくるんだ。限度ってものの弁《わきま》えがない」

「どっちにしろ」と、ローラは言った。「あたし、晩餐会に呼んだもの」

「それじゃ、さぞ見栄を張らないとね」リーニーは言った。

糧《パン》を与えし者

庭の奥、フェンスの向こう側に、野生のスモモの木が立つ。ずいぶんな古木で、幹はねじ曲がり、枝には黒い節がごつごつしている。切り倒すべきだとウォルターは言うが、厳密にはわたしのものじゃない、と指摘してやった。いずれにせよ、この木には愛着がある。春がめぐりくれば、頼まれもせず、世話もされぬまま、花を咲かせる。晩夏になれば、わたしの庭にスモモの実を落とす。塵のような果粉をつけた、青く小さな卵形の実。なんと気前のよいことよ。今朝は、最後の〝授かりもの〟を拾い──リスとアライグマと酔っぱらいのスズメバチのわずかな余り物──貪り食べた。少しいたんだ果肉から溢れる汁が、わたしの顎を血の色に染める。それに気づいたのは、マイエラがまた得意のツナの鍋料理を持って立ち寄ったときである。〝あらら、あらら〟と彼女は言った。息を切らして鳥みたいに笑いながら。〝なにを相手に戦ったの？〟

あの労働者の日のことは、細大もらさず憶えている。わたしたちがひと部屋に一堂に会した機会は、後にも先にもこれきりだから。

キャンプ場ではまだ飲み食いがつづいていたが、そばで見たいようなものではなかった。安酒がこっそり飲まれ、いまやお祭り騒ぎも最高潮。ローラとわたしは早々に引きあげ、晩餐の支度をするリーニーを手伝っていた。

ここ数日は、ずっとこの調子だった。パーティのことを知らされるや、リーニーはたった一冊の料理本を引っぱりだした。ファニー・メリット・ファーマー先生による『ボストン料理学校 料理の手引き』(一九一八年発刊の有名な料理書)。もともと彼女の本ではない。祖母アデリアの持ち物で、例の十二皿のフルコースを組み立てるときは、これを参考にしたものだ。もちろん、いろいろなシェフにも相談しながら。リーニーはこの本を譲り受けたのだが、普段の食事には使わなかった。ご本人の弁によれば、「内容はぜんぶ頭に入っているから」。しかし、今回は凝った料理を出すことになる。

かつては、わたしもこの本を読んだことがある。少なくとも、覗いたことぐらいは。祖母をロマンチックな目で見ていた時分のことだ(もうそんな美しき夢は棄てていた。いつかは祖母にも夢をくじかれるとわかっていたのだ。リーニーに、父親に、くじかれてきたように。母が生きていれば、母にもくじかれただろう。わたしの夢をくじくのが、おとなたちみんなの生き甲斐らしかった)。

料理書の表紙は飾り気もなく、真面目くさった辛子色をしており、本の中身もやはり飾り気がなかった。ファニー・メリット・ファーマーは徹底した実用主義者らしい。無味乾燥、ニューイングランドのそっけない流儀である。読者は完全な無知と想定し、そこから始める。「飲料というのは、あらゆる飲み物を指す。水とは、自然が人間に与える飲料である。すべての飲料には相当率の水が含まれるため、その点から然るべき用途が考えられる。一つ、喉の渇きをいやす。二つ、循環器に水を供給する。三つ、体温を調整する。四つ、水分を得る。五つ、体に栄養を与える。六つ、神経系およびさまざまな器官を刺激する。七つ、医薬作用」といった具合。

料理の味や悦びなどは度外視されているようだが、そのわりに、本の扉にはジョン・ラスキンによる妙なエピグラフが付されていた。

料理とは、すなわち、メーデイアとキルケーとヘレネーとシバの女王の叡知。あらゆるハーブ、果実、香草、スパイスの叡知を集めたものであり、そのすべては、野畑にあっては、癒しと旨味、食卓にあっては、良き風味となる。料理とは、すなわち、丹精と独創性と意欲と機転に尽きる。すなわち、お祖母ちゃんの知恵と現代の科学。すなわち、イギリス流の周密さと、フランス、アラビア流のもてなしの心。要は、あなたがいつの時も完璧な女性――糧《パン》を与えし者であるべし、ということである。

トロイアのヘレネーのエプロン姿というのは、想像しがたかった。かの絶世の美女が腕まくりをし、ほっぺを粉だらけにしている図は。キルケーとメーデイアについても、わたしの知るかぎり、ふたりの作った料理というと、妖薬のたぐいしかない。推定相続人を毒殺したり、反抗的な人間を豚に変えたりするのだ。シバの女王にしても、そんなにトーストを焼いたとは思えなかった。いったいラスキン氏はこんな妙ちきりんなことを、どこから思いついたのか。女にしても、料理にしても。それでも、わたしの祖母の時代には、これが中産階級の女性の多大な支持を得たのである。彼女らは落ち着いた物腰で近寄りがたく、威風すら漂わせ、ところが命をも奪う秘密のレシピや、男の心に炎のような激情を掻き立てるレシピを持つべしとされた。そして、なにより、「いつの時も完璧な女性――糧《パン》を与えし者」であるべし、と。ありがたくも惜しみなく分け与えし者。

こんな話を真に受けた読者がいたものだろうか？　祖母は真に受けていた。彼女の肖像画をひと目見ればわかる――あの悦にいった微笑み、あの細めた目を見れば。自分を誰だと思っていたのだろう、シバの女王か？　間違いない。

ピクニックから戻るや、リーニーは台所でてんてこ舞いを始めた。トロイアのヘレネーとはあまり似ない姿。前もっていろいろ支度したわりには、上を下への大騒ぎで、ご機嫌のわるいこと。汗をかきかき、結った髪もほつれかかっていた。いいかい、あんたたち、なにが出てきてもおとなしく頂くんだよ、他にどうしようもないんだからね、あたしだって魔法が使えるわけじゃなし、昔から「豚の耳で絹の財布は作れない」って言うんだ、粗末な材料から上等な料理は出来ないよ。しかも、土壇場になってよぶんな席が増えた。あのアレックスとかいう男のせいでね、御自《おんみずか》らなんと称するか知らないけど。お利口《スマート》アレックスってとこかね、見た感じ。

「もちろん、彼だって名前で呼ぶわよ、自分のことは」ローラが言った。「みんなとおなじように」

「みんなとおなじなもんか」リーニーが言った。「ひと目見ればわかる。きっとインディアンとの混血だね、それともジプシーか。間違っても、あたしたちとおなじ出所《でどこ》じゃない」

ローラは黙りこんだ。基本的に良心の呵責などは覚えない性質《たち》だが、アレックス・トーマスをはずみで招いてしまい、少しばかり気が咎めているらしい。でも、誘わずにはいられなかった——だって、招ばないなんてとんでもなく失礼だわ、とは彼女の言い分である。招ぶものは招ぶのだ、相手が誰だろうと。

この件は父さんにも伝えられたが、喜んだとはとても言えない。いうなれば、ローラは早まって、主《あるじ》としての父の地位を簒奪《さんだつ》したのである。つぎに気づいたときには、みなしごやら浮浪者やら不遇の人々を、ローラは片っ端から夕食の席に招んでいるかもしれない。父が〝善王ウェンセスラス〟（クリスマスキャロルの歌詞でも有名なチェコの守護神）であるかのように。こういう聖人もどきの衝動は抑えこまねばいかん、父さんはそう言った。うちは救貧院をやっているわけではないんだ。

こんな父をキャリー・フィッツシモンズはなだめようと努めていた。アレックスはべつに〝不遇の人〟じゃないわ、と力説して。たしかに、あの若者は無職のようだけど、なにがしか財源はありそうだし、少なくとも、ひとさまにペテンを働いたなんて噂は聞いていない。その収入源とやらはなんだろうな？　父さんは言った。知るもんですか、キャリーはカッとなった。アレックスはその手の話には口が固いのよ。きっと銀行強盗でもしているんだろう、と嫌味たっぷりに父さん。まさか、とキャリー。ともかく、わたしの友だちにも彼の知り合いはいることだし。まったく、つぎからつぎへだな、と父さん。このころには、芸術家なるものに嫌気がさしはじめていた。マルクス主義と労働者を擁護し、農民を締めあげていると非難してくる連中は、もうたくさんだった。

「アレックスなら心配いらないわ。ただの若造じゃないの」キャリーは言った。「面白半分、遊びにきただけ。たんなる友だちのひとりよ」父さんが良からぬことを思いついては困るのだろう――アレックス・トーマスも彼女の恋人のひとりではないか、などと。それがどういう恋敵にしても。

「どんなお手伝いをすればいい？」ローラが台所で訊いた。

「なんと言っても」と、リーニー。「面倒がまた増えるぐらい迷惑はないね。邪魔をしない、なにも倒さない、お願いするのはそれだけ。アイリスには手伝ってもらうよ。少なくとも、そうぶきっちょでもないから」リーニーは、手伝わせるのは目をかけている証、という考えの持ち主だった。ローラにまだご立腹で、のけ者にしたのだろう。ところが、こういうお仕置きの形は、妹には理解されなかった。日除け帽を手にすると、庭をぶらつきに出ていってしまった。

わたしに割り当てられた仕事は、テーブルに花を飾ること、くわえて、座席の配置を決めることだった。花に関しては、すでに敷地の境からヒャクニチソウを摘んできてあった。一年のこの時季ともなると、いたるところに咲いていた。席順に関しては、アレックス・トーマスの席を自分の隣にもってきて、反対側の隣にはキャリー、ローラはいちばん端っこにした。こうしておけば、隔離できるだろう、少なくとも、ローラを隔離できる。そう考えたのだ。

ローラもわたしも、まともなディナードレスなど持っていなかった。しかし、ただのドレスなら持っていた。子ども時代から着古している、例の濃紺のベルベットだが、裾上げをほどいて丈を出し、それを隠すため、擦り切れた縁《へム》に黒い帯リボンを縫いつけてある。以前はレースの白襟がついていたが、ローラはまだつけていた。わたしは取ってしまったので、そのぶん襟ぐりが深くなった。いまの躰にはきつすぎる服だった、少なくとも、わたしには。ローラもそう感じはじめたようだ。世の中の基準からいって、妹はまだこんな晩餐会に出るような歳ではなかったが、独りぼっちで部屋に置いておくなんてかわいそうだと、キャリーが主張したのだ。とくに、ローラは自分でも客のひとりを招いているのだから。それも、もっともだろう、と父さんは言った。いずれにしろ、雑草みたいにニョキニョキ背が伸びたから、アイリスとおなじ歳には見えるだろう、と。父の思うそれが何歳なんだか、判然としなかったが。娘たちの誕生日を憶えていた例しがない。

約束の時間になると、ゲストたちが客間に通され、食前酒のシェリーが出された。その役をこなしたのは、今日の会に引っぱりだされてきた、リーニーの未婚の従姉だった。ローラとわたしは、シェリーも、食事中のワインも許されなかった。ローラはこの閉め出しを厭うふうではなかったが、わたしは違った。これについて、リーニーは父さんに同調したが、どのみち彼女自身、絶対禁酒主義の人なのだ。「お酒に触れた唇は、絶対あたしには触れさせない」と言いながら、ワイングラスの飲み残しを流しに捨てるのが常だった（ところが、その心づもりは外れた。この晩餐会から一年もしないうちに、ロン・ヒンクス、在りし日は酒飲みとして鳴らした男と結婚したのだから。マイエラよ、もしこれを読んでいたら、心に留めておきなさい。リーニーがこの一円の柱石に仕立てあげる以前、あなたの父親は名うての飲んだくれだった）。

リーニーの従姉は彼女より年上で、痛々しいほどみすぼらしかった。正装として、黒い服に白いエプロンをつけていたが、靴下は茶色の木綿で、だらしなくたるみ、手にしても、もっと清潔にできそうなものだった。昼間は食料雑貨店で働いていたが、そこの仕事のひとつにジャガイモの袋詰めがあった。こういう汚れを洗い落とすのはひと苦労だ。

リーニーが用意したのは、オリーヴの薄切り、固ゆで卵、小さなピクルスをのせたカナッペ。それから、鞠形《まりがた》に焼いたチーズ・ペストリー。これは思ったような出来上がりにならなかった。これらを祖母アデリアのいちばん上等の大皿に盛りつける。ドイツ製の手塗りの陶器で、金色の葉と茎をつけた暗紅《あんこう》色《しょく》の牡丹の柄が描かれていた。大皿の上には、小さなナプキンが掛けられ、大皿の真ん中には、塩味のナッツをのせた小皿、カナッペを花びらのようにならべ、ひとつひとつに爪楊枝を刺す。従姉はこの皿をやぶからぼうに、ほとんど脅すように、客たちにつきつけた。ピストル強盗でもするみたいに。

「じつに腐ったような料理だな」父さんは嫌味ったらしく言った。わたしは気づいていたが、こういう声を出すときは、怒ったふりをしているのだ。「勘弁願ったほうがよろしい。でないと、あとで苦しむことになりますよ」キャリーは笑いだしたが、ウィニフレッド・グリフェン・プライアーは情け深くもチーズ・ボールをひとつ撮《つま》み、口紅を乱すまいとする、あの女独特の手つきで——唇を漏斗のようにすぼめて——口に差しいれると、〃あら、面白い〃と言った。従姉がカクテルナプキンを出し忘れていたので、ウィニフレッドは指をギトつかせたままになった。指を舐めるのか、ドレスで拭くのか、それともソファで拭くのか、わたしは興味津々で見つめていたが、ちょうどいい時に目をそらしてしまい、その隙に見逃した。ソファがあやしいのでは。

ウィニフレッドは（わたしの思いなしに反して）リチャード・グリフェンの妻ではなく、妹だった（結婚しているのか、未亡人なのか、離婚したのか？　そのあたりは、よくわからなかった。〃ミセス〃のあとに入れた洗礼名は、前夫プライアーとの間に傷があったことを匂わせる。プライアーが本当に〃前〃夫だったらの話だが。彼のことはめったに話題にのぼらず、人前に出てきたこともないが、大金持ちで、〃旅行中〃だとされていた。わたしはのちにウィニフレッドと口もきかない仲になると、このミスター・プライアーなる男にまつわる話を自分勝手に改ざんした。こんな感じに——ウィニフレッドはその男を剝製にして、防虫剤を入れた段ボール箱にしまっている。あるいは、お抱え運転手と結託して、夫を貯蔵室の壁に埋めこみ、みだらな性の饗宴に耽っている。性の饗宴というのは、当たらずといえども遠からずだったのでは。しかし、そっち方面でウィニフレッドがなにをしていようと、慎重だったのは認めねばなるまい。あの女はきれいに足跡を隠していた――あれも一種の美徳だったのだろう）。

その晩のウィニフレッドは黒のドレスを着ていた。あっさりした仕立てだが、貪欲なまでにエレガントで、三連の真珠の首飾りがまた装いを引き立てていた。イヤリングは葡萄の房のミニチュアで、これも果実は真珠だが、果柄と葉はゴールドだった。彼女と打って変わって、キャリー・フィッツシモンズは、あてつけがましいほどくだけた装いだった。この二年ほどのあいだに、フクシアやサフランの巻き布はやめていた。あの大胆なロシアの亡命者みたいな柄も、タバコホルダーまでも。最近の彼女は、昼間は、スラックスにVネックのセーターという恰好になり、シャツの袖をまくりあげていた。髪の毛も切り、呼び名まで〝キャル〟と短くした。

戦死した兵士たちに捧げる記念碑は、もうあきらめていた。近ごろは、それを望む声もあまり聞こえなくなった。最近やっているのは、浅浮彫り《バスレリーフ》で、労働者や農民や防水コートを着た漁師や、あるいは、インディアンの罠猟師とか、エプロン姿で腰のあたりに子どもを抱き日射しに手をかざしながら太陽を見あげる母親の像、などを彫った。これらを造らせるゆとりのある依頼主というと、保険会社か銀行で、もちろんビルの表に飾りたがった。時代に即した姿勢を見せるために。こんなあざとい資本主義者に雇われるなんてがっかりだけど、とキャリーは言った。肝心なのは、そこに込められたメッセージであって、少なくとも、街の銀行やそんな会社の前を行きすぎる人たちは、無料でこの彫刻作品を見られるんだから。大衆のための芸術ということよ、そう彼女は言った。

一時は、父さんが手を貸してくれないかと、あらぬ期待もした。銀行からの依頼をもっと取ってきてくれるのでは、と。ところが、父さんは、もはや銀行とはいわゆる〝ツーカーの仲〟ではないのだと、にべもなく断わった。

その晩のキャリーが着ていたのは、ジャージーのワンピースで、ぞうきん色をしていた。彼女の話によると、トウプという名の色らしい。フランス語で〝もぐら〟の意味だとか。キャリー以外には誰が着ても、くたびれた袋に袖とベルトをつけたように見えたろうが、彼女はそこに〝高み〟を感じさせていた。といっても、ファッションとかスタイルなどの問題ではなく――むしろ、この服には埒外にそういうものがあることをほのめかしていた――うっかり見すごしがちだが鋭いなにか、ありふれた台所用品みたいなもの、たとえばアイスピックなどを思わせた――このすぐ後にも人を殺しかねない物。それは服の形をかりた鉄拳だった、声なき群集の。

父さんはいつものディナージャケットを着ていたが、アイロン掛けの必要があった。リチャード・グリフェンも着ていたが、アイロンは要らないほどパリッとしていた。アレックス・トーマスは茶色のジャケットに灰色のフラノのズボンをはいていたが、いまの陽気にしてはずいぶんな厚着だった。タイも締めていた。青の地に赤い水玉模様の。シャツは白、だぶつき気味。なんだか、借り物の衣装みたいだった。まあ、晩餐会に招かれるとは思っていなかったのだろう。

「なんてすてきなお宅」ダイニングに入っていくと、ウィニフレッド・グリフェン・プライアーが作り笑顔で言った。「とっても――とっても、昔の姿を伝えていて！　窓のステンドグラスのすばらしいこと――いかにも世紀末《ファン・ド・シエクル》だわ！　博物館に住んでいるような気分でしょうね！」

要するに、時代おくれだと言うのである。屈辱的だった。あの窓はむかしから大のお気に入りだったから。だが、ウィニフレッドの見解は、外の世界のそれに他ならない、とわかった。そういう物事を知ったうえで〝判決〟を下せる世界。つまり、わたしが住みたくて住みたくて仕方がなかった世界。しかし、自分がいかに不適格か、いまよくわかった。いかに田舎臭く、いかに野暮ったいか。

「あのステンドグラスはとくに優れた例ですね」リチャードが言った。「ある時代の。鏡板も上質のものだ」博学ぶった鷹揚な口調ではあったが、わたしはありがたく思った。なにせ、彼が心のなかで財産を値踏みしていると、思ってもみなかったから。リチャードは家財ひとつ見ただけで、ここの王政が揺らいでいるのを見抜いたはず。わたしたち姉妹が競売に掛けられている、じきに掛けられることを察したのだ。

「博物館というのは、つまり埃っぽいという意味ですか？」アレックス・トーマスが言った。「それとも、時代にそぐわないとか」

父さんが顔をしかめた。ウィニフレッドは、公平を期して言うと、赤面した。

「弱い者いじめはおやめなさい」キャリーが満足げな声をひそめて言う。

「なぜさ？」と、アレックス。「みんなしていることだぜ」

リーニーはありったけのご馳走を献立に入れていた。ともあれ、そのころのわが家に出しうるかぎりのご馳走を。ところが、それはおよそ大それた企てだった。モック・ビスク・スープ（ファーマーの料理書に出てくるそれは、トマトをベースにしたミルク仕立てのスープ）、パーチ・ア・ラ・プロヴァンス（スズキの天火焼きプロヴァンス風）、チキン・ア・ラ・プロヴィデンス（茹で鶏にバターと小麦粉と卵黄を使ってソースをかけた料理）などが、つぎからつぎへと、有無を言わせず繰り出されてくる。神の摂理《プロヴィデンス》というだけあって、大津波のように、宿命のごとく。ビスク・スープはほとんど味がせず、鶏料理のソースは粉っぽく、また、茹で具合がいいかげんなので、肉が縮んで固くなっていた。ひとつ部屋に会した大勢の人々が、かくも思案しつつがむしゃらに物を噛んでいる光景は、あまり見よいものではなかった。食べる、というより、まさに咀嚼という語がふさわしい。

ウィニフレッド・プライアーはドミノの駒でも動かすように、皿の上のものを押しのけていった。わたしは怒りに燃え、いっさい残さず食べてやると決意した、骨までも。リーニーを悲しませてなるものか。過ぎし日であれば、彼女もこんなに汲々とせずにすんだろう――急なことでなにかと事足らず、みずから恥をさらし、わが家の恥もさらすようなことは。往時であれば、料理人を雇い入れていたはずだ。

わたしの隣席では、アレックス・トーマスが着々と仕事を片づけていた。必死の形相で、肉を切り分けている。ナイフの下で、鶏肉がぎしぎし軋む（この献身には、リーニーも感謝しなかったとは言わない。彼女は誰がなにを食べたか、こまかく点検していた。あのアレックスなんとかいう男は食欲旺盛だね、とのこと。穴ぐらで餓えていたのかと思うよ）。

そんな状況なもので、会話も途絶えがちである。とはいえ、チーズが出たあとは――チェダーはまだ若すぎてゴムのようであり、クリームチーズは熟しすぎ、青かびのチーズは強烈すぎたが――しばしの安息が訪れた。そのあいだに、わたしたちは手を止め、状況を窺ってまわりを見渡した。

父さんが片方だけの碧眼をアレックス・トーマスに向けた。「それで、きみ」と、切りだす。せいぜい気さくな調子で言ったつもりなのだろう。「どういったわけで、われらが麗しの町に？」まるで、大時代なヴィクトリア演劇に出てくるお父上の台詞みたいだった。わたしは食卓に目を伏せた。

「ええ、友を訪ねる予定なのです」アレックスも重々丁寧に返した（彼の丁重さについては、あとからリーニーに聞かされる。みなしごというのはお行儀がいいんだよ、行儀を叩きこまれるからね、孤児院で。こんな独りよがりは孤児にしか出来ないんだけど、あの落ち着きの裏には復讐心が隠れてる――心の奥では、みんなを馬鹿にしているんだ。ええ、そうとも、彼らは恨み深いよ、見捨てられていたことを思えばさ。アナーキストと誘拐魔の多くはみなしごだね）。

「娘に聞いたが、きみは聖職につく勉強をしているとか」父さんは言った（ローラもわたしもそんなことは話していなかった――リーニーにちがいない。しかも、やはりと言うべきか、意地悪をして、わざと〝誤解した〟のだろう）。

「ええ、かつては」アレックスは答えた。「しかし、仕方なく断念しました。信仰とは袂を分かつことに」

「なら、いまは？」父さんは言った。もっと具体的な答えに慣れている人である。

「いまは、わが理知を頼りに生きております」と、アレックス。微笑んで、自嘲してみせながら。

「そりゃ、しんどいだろうな」リチャードがぼそりと言うと、ウィニフレッドは笑いだした。わたしは驚いた。この男にこんなウィットがあったとは。

「きっと、新聞記者という意味よ」ウィニフレッドは言った。「市民にまぎれたスパイ！」

アレックスはふたたび微笑んだが、なにも言わなかった。父さんは顔をしかめた。父にすれば、新聞記者とは害虫なのだ。嘘を書くばかりか、他人《ひと》の不幸を食い物にする。〝屍にたかるハエ〟というわけだ。エルウッド・マレーを例外としたのは、うちの一家と付き合いがあったから。エルウッドにはせいぜい毒づいても、〝ほら吹き屋〟ぐらいのものだった。

そのあと、会話は時事一般、政治、経済の話にうつったが、近ごろでは、そういうなりゆきが多かった。もっともっと厳しくなる、というのが父さんの意見。そろそろ曲がり角でしょう、というのがリチャードの意見だった。見通しを立てるのはむずかしいけど、とウィニフレッド。このまま蓋をしておけると本当にいいわね。

「なにに蓋をしておくの？」それまで無言だったローラが訊いた。椅子がしゃべりだしたかのように。

「社会的混乱の可能性にだ」父さんが答えた。叱りつけるような語気は、これ以上しゃべるなと言っていた。

アレックスが、そうもいかないのでは、と言いだした。先ごろキャンプから戻ったところだと言う。

「キャンプ？」父はぽかんとしていた。「なんのキャンプだね？」

「救済運動のキャンプです」と、アレックス。「ベネット首相の〝強制収容所〟ですよ、職にあぶれた人々の。一日十時間労働で、賃金は雀の涙ほど。若者たちはあまり熱心ではありませんね。ますます落ち着かなくなっているかと」

「物乞いに選り好みはできず、ってね」リチャードが言った。「社会から葬られるよりはましだろう。三食まともな飯が食えるんだ、ことによれば、扶養家族のいる労働者よりいい食事かもしれない。じっさい、食べ物はわるくないと聞いている。感謝すべきじゃないのかね。なのに、あの手の輩ときたら」

「彼らは〝どの手〟の輩でもありません」アレックスは言った。

「こりゃ参ったな、書斎の左翼《アカ》さんか」リチャードは言った。アレックスは皿に目を落とした。

「彼がアカだと言うなら、わたしもおなじね」キャリーが言う。「そのような問題意識をもっているからといって、アカだとはかぎらない……」

「おまえ、こんなところでなにを始めようというんだ？」父さんがキャリーの話をさえぎった（このところ、父とキャリーは言い合いばかりしていた。キャリーは父に組合運動を援助させようとし、父によれば、彼女は〝二足す二を五に〟しようとしている、とか）。

折しもそのとき、ボンブ・グラセー（メロン形の器に数種のアイスクリームを層にして詰めたもの）が登場した。その時代には、もう電気冷蔵庫はあり、わが家は大不況の直前に買ってあったので、リーニーは冷凍庫をうさんくさく思いながらも、今夜は活用したらしい。ボンブはフットボールのような形をした鮮やかな緑の代物で、火打ち石のように硬かったから、一同しばしこれと取り組むことになった。

コーヒーが出されるころ、キャンプ場では花火の打ち上げが始まった。わたしたちはそろって桟橋に出て見物した。きれいな眺めだった。空にあがる花火とジョグー河に映る光をいっぺんに見られる。赤、黄、青の炎の泉が、滝のごとく中空に流れ落ち、光は弾けて星になり、菊になり、ヤナギの木になった。

「中国人は火薬を発明したけど」と、アレックスが言いだした。「銃器には使わなかった。花火にしか。

でも、本当いうと、おれはあまり楽しめないんだ。花火って、重砲そっくりの音がするから」

「平和主義者なの？」わたしは言った。彼がなにかであるとすれば、その手の人間のようだった。もし、〝そうだ〟と言われたら、反発してやるつもりだった。気を引きたかったのだ。アレックスはローラとばかりしゃべっていた。

「そういうわけではないけど」アレックスは言った。「両親とも戦争で殺されたもので。まあ、おれは殺されたにちがいないと思ってる」

さあ、ようやく孤児物語にたどりついた、そうわたしは思った。リーニーがなんのかんの言っても、善き物語でありますように。

「はっきりとは分からないんでしょ？」ローラが言った。

「そう」と、アレックス。「聞くところによると、おれは灰と化した瓦礫の山に座りこんでいたとか。焼け落ちた家のね。自分ひとりを除いてみんな死んだ。おれは洗い桶か大鍋か、なにか鉄の容器のなかに隠れていたらしい」

「それは、どこで？　誰があなたを見つけたの？」ローラが声をひそめて訊いた。

「それが判然としない」アレックスは言った。「彼らにもよく分からない。フランスでもドイツでもなく、どこかの東部——あのへんの小さな国のどれかだろうな。おそらく、あちこち盥回しにされたすえ、赤十字にともかくも引き取られた」

「それは憶えているの？」わたしも訊いた。

「いや、はっきりとは。途中で少々話がこんがらがって——氏名とかそういうものが——終《しま》いには宣教師たちに預けられた。事情を鑑みれば、忘れてしまうのがいちばんだと、彼らは考えた。長老派の、小さな教会だった。虱がいるんで、みんな頭を剃られてね。いきなり髪の毛がなくなった時の感覚は、いまでも憶えているよ。あのひんやりした感じ。おれの記憶は、実際そこに始まるんだ」

アレックスのことはだんだん好きになりはじめていたが、恥ずかしながら白状すれば、この話ははなはだ眉つばものだった。あまりにメロドラマ然としている——良くも悪くも、あまりに運頼みの話である。偶然というものを信じるには、わたしはまだ幼すぎた。それに、ローラを感動させようというなら——そのつもりだったのだろうか？——もっと巧いやり方を選んでもよさそうだ。

「辛いんでしょうね」わたしは言った。「本当の自分を知らないなんて」

「そう思ったころもある」アレックスは言った。「でも、本当の自分とやらは、本当の自分が誰かなんて知る必要がないんだ、普通なら。どのみち、それはなにを意味するんです――氏素性とか？　ひとがそんなものを持ちだすのは、お高く見せたいか、べつの弱みを隠す口実と、相場は決まっている。おれはそういう誘惑には囚われないってことだ。そういうしがらみからは解放されている。おれは何事にも縛られない」そのあとにもなにか言ったが、空に花火が弾けて聞こえなかった。だが、ローラには聞こえたのだろう。おごそかに頷いた。

（アレックスはなにを言ったのだろう？　のちに、わたしは知ることになる。こう言ったのだ。〝少なくとも、ホームシックとは無縁だ〟）。

頭上で、光が爆《は》ぜてタンポポの花をかたどった。わたしたちはそろって空を見あげた。こんなときは、見あげない方がむずかしい。どうしたって、口を開けて見てしまう。

あれが始まりだったのか、あの晩が。アヴァロン館の桟橋で、まばゆい花火を空に仰いでいたときが？　知るべくもない。始まりとは唐突ながら隠然としたものである。いつのまにか傍らに忍び寄り、冥々のうちに気づかれぬままひそむ。それが、あとになって急に芽吹くのだ。

ハンド・ティンティング

雁たちが、蝶番《ちょうつがい》のうめきのような嗄れ声で啼きながら、南へ飛んでいく。河の畔には、ハゼの実で作ったキャンドルが、鈍い赤に燃える。十月の第一週。ウールの衣類がたんすの奥から出てくる季節。夜霧、夜露で、玄関の階段は滑りやすく、季節はずれのなめくじが這い、かと思うと、キンギョソウが最後にひと花咲かせる。葉のひらひらした、飾り物みたいな、ピンクと紫のキャベツが、市場に出回る。昔はこんなもの存在しなかったのに、いまや至るところにある。

菊の季節でもある。葬式の献花。と、くれば、決まって白菊。死者たちも飽きあきしているにちがいない。

朝の空気はさわやかに澄んでいる。わたしは前庭から黄色とピンクのキンギョソウを摘むと、墓地に持参し、一族の墓前に捧げて、白い台の上で沈思する天使ふたりに手向けた。これで、天使たちも気晴らしになるだろう、そうわたしは思った。墓に着くと、ささやかな儀式をいくつか執り行なう。墓碑銘をもったいつけて読み、死者の名前を読みあげる。無言のつもりだが、ときどき自分の声が聞こえてくる。聖務日課を唱えるイエズス会士のようにぶつぶつと。

死者の名を口にするとは、生き返らせること。古代エジプト人はそう言った。まあ、望んだことが叶うとはかぎらない。

墓碑のぐるりをうろつくうち、ひとりの少女を見つけた。若い娘と言うべきか。墓前に跪いていた、正確に言えば、ローラの埋葬されているあたりに。こうべを垂れて。黒ずくめである。黒のジーンズ、黒のTシャツとジャケット、黒の小さなナップザック。これを今日びの娘はバッグ代わりに持ち歩く。そして、長い黒髪――サブリナのような。と思って、急に心臓がドキリとする。サブリナが帰ってきたのだ、インドからか、どこからか。なんの予告もなしに。わたしへの気持ちを改めて。きっと驚かせるつもりだったのに、その機会を台無しにしてしまった。

ところが、よくよく覗きこむと、見知らぬ娘ではないか。どこぞのご熱心な大学院生にちがいない。初めは祈っているのかと思ったが、いや、ちがう、花を置こうとしているのだ。白いカーネーションを一本、茎はアルミホイルで包まれている。立ちあがった姿を見て、泣いているのに気がついた。

ローラはひとの心に触れる。わたしではそうはいかない。

釦工場のピクニックのあとには、《ヘラルド＆バナー》紙にいつもの報告記事が載った。ベストドレッサー賞をさらったのはどこの赤ちゃんか、あるいは、どこのワンちゃんか。父さんがスピーチでなにを話したか。これもざっと要約されて。エルウッド・マレーがなんでもかんでも能天気に色づけするので、あいもかわらぬ出来事に感じられる。しかも、写真入りだ。優勝したワンちゃんは、黒っぽくモップのようなシルエット。優勝した赤ちゃんは、針山みたいにころころ太って、頭にはフリル付きのボンネット。ステップダンスの踊り手たちは、ボール紙で作った大きなシロツメクサを持ちあげている。演台に立つ父さん。映りのいい写真ではなかった。口を半開きにし、あくびしているように見える。

写真の一枚には、アレックス・トーマスも写っていた、わたしたちふたりと一緒に。左側にわたし、右側にローラが座り、ブックエンドみたいに彼を挟んで。ふたりとも彼を見て微笑んでいる。アレックスも笑顔だったが、片手を前に突きだすさまは、お縄になった暗黒街の悪党がカメラのフラッシュに手をかざしているようだ。とはいえ、顔半分がようやく隠せたていど。キャプションは、「遠方からの旅人をもてなす、ミス・チェイスとミス・ローラ・チェイス」

エルウッド・マレーはあの午後、アレックスの名前を聞きだそうと、まとわりついてきたりしなかった。あとになって、彼が屋敷に電話をしてくると、リーニーが出て、得体の知れない男とならんで名前をでかでかと載せるのはお断わりだ、と、彼の名前を教えようとしなかった。ともかくも写真は掲載され、リーニーはエルウッド・マレーにも、わたしたちにも、恥をかかされたと憤慨した。ふたりの脚も見えていないのに、この写真を「お下劣すれすれ」であると断罪した。ふたりして恋患いのヌケサクみたいに馬鹿な色目を使っている、と。涎を垂らさんばかりに、口をあんぐり開けちゃって。あんたたち、哀れなさらし者だよ。町のみんなが陰で笑うにちがいない。おまけに、インド人か、いや、それどころか、ユダヤ人かもしれない若造に、うつつを抜かしているってね。あの男、あんな風に袖をまくりあげてさ、共産主義者みたいだよ。

「あのエルウッド・マレーめ、懲らしめてやらないとね」リーニーは言った。「自分をたいした切れ者だと思っているらしい」新聞をずたずたに裂くと、焚きつけ箱に詰めこんで、父さんの目にふれないようにした。どのみち、もう工場で見ていたにちがいないが、だとしても、まだなにもお言葉はなかった。

ローラはエルウッド・マレーのもとを訪れた。責め立てたわけでも、リーニーの話を繰り返したわけでもない。あなたみたいなカメラマンになりたいと言ったそうだ。いや、まさか。あの子がそんな嘘をつくはずがない。マレーが勝手に推測しただけだろう。妹はこう言ったのだ。ネガから写真を現像する方法を学びたいんです、と。これは〝字句どおりの〟意味である。

エルウッド・マレーは、いと高きアヴァロン館から〝お褒め〟にあずかり舞いあがった。この男、ひと癖あるとはいえ、とんでもない俗物なのだ。週に三回、午後、ローラが暗室作業を手伝うのを承諾した。結婚式や子どもたちの卒業式などの肖像写真を焼きつけるのを傍らで見学させてもらう。新聞の活版と印刷は、奥部屋で男たち二人がこなしていたが、その他はほとんどすべて、現像も含めてエルウッドの仕事である。

なんなら、ハンド・ティンティング（指で色を薄くぼかす絵の技法）の技術も教えましょう、と彼は言った。来るべき新技術です。たとえば、従来のモノクロ写真が持ちこまれたら、それに天然色をつけることで、もっと生き生きとした画像に仕上げられる。手順としては、いちばん濃い部分をブラシで色抜きしてから、セピア・トナーで写真を処理し、下地にピンクの色味をくわえる。そのあとに行なうのが〝ティンティング〟だった。顔料は小さなチューブや瓶に入っており、ごく小さなブラシでの色づけは細心の注意を要する。微妙なことに、少しでもやりすぎると絵を塗りつぶしてしまう。色を混和するセンスと腕が求められ、頬は紅をまん丸くはたいたようでは、ダメ、肌もベージュの布を張りつけたようでは、失格。よく見える目としっかりした手元が要《かなめ》である。これはいっこの芸術なんです、エルウッドは言った。それを習得したのが自慢で仕方ない——胸中そう思っていたのだろう。編集室の窓の一角に、このハンド・ティンティングの写真をとっかえひっかえ選んで飾っていた。ある種の宣伝として。その横には、〈あなたの思い出を、より鮮やかに〉という手書きの札《ふだ》が置かれていた。

色づけによく使われる写真は、いまや時代おくれになった大戦の軍服姿の若者だった。新郎新婦の写真も。あとは、卒業式の肖像、初めての聖体拝領、家族の粛々とした集まり、洗礼式の衣装をまとった幼子《おさなご》たち、式典の長衣を着た娘たち、パーティのために装った子どもたち、猫たち、犬たち。ときには変わったペット——陸ガメやコンゴウインコ——もいたし、まれには棺に納められた赤ん坊もいた。青白い顔をして、襞飾りに囲まれて。

白紙に描くのと違って、色がくっきり出ることはなく、靄がかかった感じになった。薄布を透かしているような。人物はよりリアルに見えるというより、むしろリアルすぎてしまう。まるで、奇妙な異界の住人。色は毒々しいが、押し黙って。リアリズムなどお門違いの世界。

エルウッド・マレーと顔つき合わせてなにをしているのか、ローラはわたしに話したし、リーニーにも話した。当然、文句たらたら、大騒ぎになるものと思った。まったく、自分を貶めて、とか、安っぽいことをして体裁のわるい、とか言うだろうと。電気を消した暗室に若い娘と男がふたりきりだなんて、なにが起きるかわかったもんじゃない、と。ところが、リーニーの見解は、エルウッドはローラを使用人扱いしているわけではなく、ものを教えているのだから、話はぜんぜんちがう、ということになった。要は、エルウッドのほうが雇われ助手の位置になるんだ。ローラと暗室でふたりきりといっても、べつに悪いことありゃしないよ、エルウッドはあのとおりの男女《おとこおんな》なんだから。いま思うに、あれは、ローラが神以外のものに興味を示してくれて、内心ほっとしていたのだろう。

たしかに、ローラは興味を示したが、例のごとく、度を超していた。エルウッドのハンド・ティンティングの顔料をくすねて、家に持ち帰ってくる。わたしが見つけたのは、たまたまだった。書斎で本をあれこれてきとうに繰っているおり、祖父ベンジャミンの額入りの写真が目にとまった。それぞれ、べつの首相といっしょに写っている。ジョン・スパロー・トンプソン総理の顔は、いまや淡い藤紫であり、マッケンジー・ボーエルの顔は、胆汁のような緑色、チャールズ・タッパー総理のそれは、淡い橙色だった。祖父ベンジャミンの顎鬚と頬髯も、薄紅に塗られていた。

その晩、わたしは犯行の現場をおさえた。ローラの鏡台には、小さなチューブと小さなブラシがならんでいた。さらに、ベルベットのドレスに例のメリージェーンを履いたローラとわたしの肖像写真が、額から抜きとられ、わたしは空色に色づけされていた。「ローラ」わたしは言った。「いったい全体なにをやってるわけ？　どうしてあの写真にみんな色をつけたの？　書斎に飾ってあるやつよ。父さん、かんかんになるわ」

「お稽古してみただけよ」ローラは答えた。「どっちみち、あの人たちもう少し鮮やかなほうがいいもの。見映えがするでしょう」

「気味がわるい」わたしは言った。「というか、ひどい病気みたい。緑の顔をした人なんていないわよ！　紫の人も」

ローラは恬《てん》としたものだった。「彼らの魂の色なのよ」と言う。「本当はああいう色をしてるはずなの」

「きっと大目玉だわ！　誰の仕業かすぐわかるもの」

「あんな写真、誰も見やしない」妹は言った。「気にもとめてない」

「言っとくけど、アデリアお祖母さまには指一本触れないことね」わたしは言った。「死んだ叔父さんたちにも！　父さんにお仕置きされるわよ！」

「あの人たちは金色にしようと思ったの。華やかでしょ」ローラは言った。「でも、金色の絵の具なんて無いのね。でも、叔父さんたちの話よ。お祖母さまじゃなくて。お祖母さまは青銅にするつもり」

「めっそうもない！　父さんは、華やかさなんてありがたがらないの。それに、その絵の具、早く返しておかないと、泥棒呼ばわりされるわよ」

「たいして使ってないもの」ローラは言った。「どっちみち、エルウッドにはジャムをひと瓶持っていってあげたわ。これでおあいこ」

「どうせ、リーニーのジャムでしょう、冷蔵室にある。ちゃんと断わったの？　リーニーは、あのジャムの瓶は数をかぞえているんだからね」と言って、わたしは姉妹で写っている写真をとりあげた。「なぜわたしは青いの？」

「眠ってるからよ」ローラは答えた。


妹がくすねてくるのは、ティンティングの顔料ばかりではなかった。書類整理も仕事として任されていた。仕事場となると、エルウッドは大変なきれい好きで、暗室にもおなじことが言えた。ネガは薄いグラシン紙の封筒に入れられ、撮影の日付順にファイルされていたから、ローラが例のピクニックのネガを見つけだすのはたやすかった。ある日、エルウッドが出かけた隙に暗室をわがもの顔で使って、モノクロ写真を二枚プリントした。このことは誰にも、わたしにさえ、話さなかった――ずっとあとになるまで。写真をプリントすると、ネガもハンドバッグに忍ばせて、家に持ち帰った。盗んだという意識はないらしい。そもそも、エルウッドが許可もなくわたしたちの写真を盗み撮りしたんだもの、本来彼のものじゃない、それを取り返しただけよ、と。

もくろみが叶うと、ローラはエルウッド・マレーの仕事場に行かなくなった。理由も告げず、事前の断わりもなしに。これまた気の利かないことだと思ったが、じっさい、エルウッドも見くびられたと感じたようだ。病気でもしたのかと、リーニーから訊きだそうとしたが、写真への気持ちが変わったんだろう、と言われるばかりだった。いろんなことが頭に詰まっているからね、あの子は。一時は夢中になっていたけど、もう目移りしたってことだよ。

　これを聞いたエルウッドは、好奇心をそそられた。ローラから目を離さないようになり、いつもの詮索癖では納まらない行動にもでた。まあ、スパイ行為とまでは言わないまでも——茂みの陰にひそんだりしたわけでもなし。ただ、以前よりローラの行動に目をつけるようになった（もっとも、ネガが盗まれたことには、いまだ気づいていなかった。家捜ししようという密かな思惑があったのでは、など思いもしなかったろう。ローラはどこまでもまっすぐな眼差しをして、きょとんと目を見開き、純真そうな丸いおでこを見せていたから、彼女に心の裏表を疑う人はまれだった）。

　初めはエルウッド・マレーの目にも、これといったものは見つからなかった。そのうち、日曜日の朝、人ごみを分けて、目抜き通りを教会へ向かう彼女の姿が観察されることになる。教会では、五歳の子どもたちを相手に日曜学校の先生をしていた。また、週のうちあと三日は、駅の横に設置された統一教会の給食所で、朝の手伝い。給食所の役割は、職にあぶれて腹をすかせた、汚ないおっさんや坊やたちに、椀一杯のキャベツスープを配ることだった。尊い努力、ではあったが、町の誰もが賛同の目で見ていたわけではない。こういう活動をするのは、腹にいちもつある扇動者、もっといえば、共産主義者と感じる人々もいたし、「働かざる者食うべからず」と考える者もいた。〝仕事に就け！〟の叱声があちこちで聞かれた（罵声の飛ばし合いはおたがいさまだったが、流れ者たちの声のほうが静かではあった。とはいえ、もちろん、彼らはローラのような教会の善行人たちをなべて嫌っていた。もちろん、その反感を知らしめる法もわきまえてもいた。戯れ事を言い、鼻先で笑い、馴れなれしく接し、むっつりと好色な目で見つめて。恩着せがましくされるほど、鬱陶しいことはない）。

　町の警察は、こういう連中が小賢しいことを考えつかないよう、目を光らせていた。たとえば、ポート・タイコンデローガに住み着くというような。彼らは追い立てられれば、どこへでも移っていく。しかし、さすがに駅で有蓋貨車に乗りこむことは許されなかった。それには鉄道会社も我慢ならなかったのだ。小競り合い、殴り合いが始終あり――エルウッド・マレーが記事にしたとおり――用心棒がふんだんに雇われた。

流れ者たちは線路沿いにとぼとぼ歩き、駅の先で列車に飛び乗ろうとしたが、そのころには列車もスピードがついているから、なおのこと難儀だった。事故も何件かあり、死者も一名出た。見たところ十六にもならない少年が、車輪の下敷きになり、まさに真っ二つにされたのである（ローラはその後三日間にわたって自室に閉じこもり、なにも食べようとしなかった。この少年にスープを配ったことがあったのだ）。エルウッド・マレーは論説を書き、そのなかで、この不幸が起きたのは残念だが、鉄道会社の責任ではない、まちがっても町の責任でもないと述べた。向こう見ずをすれば、なにが起きよう？

ローラは教会のスープに充てるお小遣いをリーニーにねだった。リーニーは、あたしはお金で出来ているんじゃないし、お金は木に生るわけでもないんだ、と返した。お金が欲しいのはこっちだよ、アヴァロン館とあんたたちの食事のために。一銭なりとも貯めるには稼がなきゃならないんだ、お父さまだってこの不景気な時代、いくらでも入り用なのがわからないの？　そう言いながらも、ローラには長らく抗しきれた例しがなく、一ドルか二ドルか三ドルばかりは、すぐに出てきた。妹は現金には触りたがらず、目にするのさえ嫌がったから――その手のことには引っこみがちな子だった――リーニーは決まって紙にくるんで渡してやった。「さ、持っておいき。あの穀つぶしども、いつかわが家を食いつぶすよ」と、ため息をつく。「前に意見しておいたのに」彼女はローラが給食所で働くのは良しとしていなかった。妹のような娘には過酷な務めだ、と。

「穀つぶしなんて呼ぶのは間違いだわ」ローラは言った。「あの人たちをみんなして追っ払おうというのね。仕事が欲しいだけなのに」

「そうだろうとも」リーニーは、不審げな、嫌味たらたらの声で返した。そして、わたしにこっそり耳打ちする。「この子はお母さまにそっくりだよ」

わたしは給食所に行くローラに同伴しなかった。頼まれもしなかったし、万一、声をかけられても、時間をつくれなかったろう。アイリスは釦産業の取引について学ぶべし、それが務めであると、いまや父さんは思いこんでいた。フォート・ド・ミュー、やむにやまれぬ選択。ゆくゆくはわたしが〈チェイス&サンズ〉の跡取り息子《ザ・サン》になるのだから、会社を営むとなれば、みずからの手も汚さねばならない。

自分に事業の才がないのはわかっていたが、異議を唱える度胸もなかった。わたしは毎朝、父について工場へ出かけ、（父によれば）実社会で物事がどう動いているか学ぶことになった。わたしが男子なら、父はまず一列にならんでの流れ作業からやらせただろう。自分にできないことは部下にも期待するべからず、という軍隊に似た論法である。しかし、じっさいにわたしが任されたのは、在庫管理と出荷商品の決算だった——原材料が入ってきて、完成品が出ていく。

腕前のほうは、からきしだったが、多少は意図してのことだ。退屈だったし、萎縮してもいた。毎朝、修道女のようなスカートとブラウスで工場に着くと、犬のように父の後ろについて、列なす工員のあいだを縫って歩かねばならない。女工たちには笑いものにされている気がし、男たちにはじろじろ見られている気がした。陰でわたしを種にジョークを言っているのも知っていた——女たちはわたしの立ち居振る舞いについて、男たちはわたしの躰について。対等であろうとする彼らなりの方策だった。ある意味、わたしは責めていなかったが——逆の立場なら、おなじことをしただろう——それでも、侮辱された気がした。

ラ・ディ・ダ　あの娘はシバの女王気どり。
たっぷり可愛がりゃ　身のほど思い知るだろう。

こういうことを、父さんはなにひとつ気づいていなかった。それとも、あえて見ないことにしたのか。

ある日の午後、リーニーのいる勝手口にやってきたエルウッド・マレーは、やけにふんぞり返って、凶報の知らせ人らしい勿体ぶった態度に出た。わたしは瓶詰めをするリーニーを手伝っていた。九月の下旬、瓶に詰める菜園のトマトも最後のひと山。リーニーは昔からしまり屋だったが、近ごろでは、無駄は罪ですらあった。きっと気づいていたのだろう、その糸がいかに細くなっているか――自分を繋ぎとめてくれる余財の糸が。

お耳に入れておくことがある、エルウッド・マレーはそう切りだした。あなたがたのために。リーニーは一瞥をくれ――エルウッドと、その偉そうなふるまいに――報せの重みを推し量ると、招じいれて然るべき重大事と判断した。お茶を勧めさえした。そして、ちょっと待って、トングでお湯から最後の瓶を引きあげ、全部に蓋を閉めてしまうからと言った。それがすむと、椅子に腰かけた。

報せというのは他でもない。おたくのローラ嬢が街なかで、とエルウッドは話しだした。若い男性と連れだっていたそうですよ、釦工場のピクニックで彼女が一葉の写真にならんでおさまっていたまさにあの男です。最初は、給食所のあたりで見かけられたとか。そのあと、公園のベンチに座っているところを。ひとつの公園とはかぎりませんが、タバコを服《の》んでいたそうで。少なくとも、男のほうは。ローラは、まあ、そうとも言いきれませんがね。と言って、エルウッドは口を引き結んだ。市庁舎横の戦争記念碑のそばにいたとか、ジュービリー橋の欄干にもたれて、早瀬を眺めおろしていたとか――あそこは昔から求愛の名所だ。キャンプ場の近くでも見かけたとかなんとか。となると、ある種、あやしげな行為を思わせないでもない。そんな行為の前ぶれというか。もっとも、ぼく自身目の当たりにしたわけじゃないから、断言できませんがね。

ともあれ、お知らせしておくべきと考えました。あの男はいい大人だし、ローラ嬢はまだ十四歳ではありませんか？　なんたる破廉恥、こんなふうに娘さんを手玉にとるとは。エルウッドは椅子に背をもたせると、悲しげに首を振った。リスみたいに澄まし返って、意地悪な喜びに目を光らせながら。

リーニーは憤然となった。ゴシップがらみで先手を打たれるとは、誰であれ腹が立つ。「それはそれは、知らせてくれてありがとう」と、ばか丁寧に答える。「転ばぬ先の杖と言うしね」彼女なりにローラをかばっているのだ。つまり、実際なにかあったわけではないが、不測の事態もありうる、と。

「だから、言わんこっちゃない」エルウッド・マレーが帰ると、リーニーは言った。「恥知らずな男め」エルウッドのことではもちろんなく、アレックス・トーマスのことだ。

問い詰めると、ローラはなにひとつ否定しなかった。キャンプ場で見かけたという件をのぞいて。公園のベンチやその他については――ええ、座ったわ、長いあいだじゃないけど。リーニーがなにをそんなに大騒ぎしているのか理解できない、とも言った。アレックス・トーマスは、〝お安い恋人〟なんかじゃないわ（リーニーがそう評したのだ）。〝金目当ての穀つぶし〟でもない（これもリーニーの言葉）。また、生まれてこのかたタバコは一本も吸ったことがない、とも言い張った。〝いちゃついていた〟ですって（これまたリーニーの表現）、不愉快よ。そんな下司の勘ぐりをされるなんて、あたしがなにをしたと言うの？　なにも知らないくせに。

ローラという存在は、すなわち音痴であることに似ている。わたしはそう思った。音楽が奏でられ、なにがしか聞こえてくるのだが、みなとおなじものが聞こえているとはかぎらない。

ローラによれば、そういうとき――たったの三回しかないが――は、アレックス・トーマスとふたりで真面目な討論をしていたのだとか。なにについて？　神についてよ。アレックス・トーマスは信心を失くしたから、それを取り戻せるよう、あたしが力になっていたの。大変な苦労だわ、だって、彼は本当に冷笑的《シニカル》な人なんだもの――じつは、懐疑的《スケプティカル》と言いたかったのかもしれない。彼はこう思うんですって。現代は〝この世の〟時代になる、〝あの世〟の時代ではなく。人間の、人類の時代にね。ぼくは大賛成だよ。断じて言うが、ぼくには魂などないし、死後の自分の身になにが起きようとかまわない。こんなこと言われても、あたしはがんばっていくつもり。この務めがどれほど辛いものになろうとも。

　わたしは片手で口をふさいで咳払いをした。笑いをこらえたのだ。ローラはよくこんな善人ぶった顔をアースキン先生に向けることがあったが、いまもそれとおなじなのだろう。目くらまし、というやつだ。リーニーは両手を腰にあて、足をひらき、口をぽかんと開け、追いつめられたニワトリみたいだった。

「なぜあの男がまだ町にいるのか、そこを知りたいね」リーニーは面食らい、戦法を変えて訊ねた。

「遊びにきただけだと思った」

「だって、こっちに仕事があるもの」ローラはおっとりと言った。「けど、彼は居たいところに居られるの。奴隷の立場じゃあるまいし。いわゆる〝賃金の奴隷〟(勤め人のこと)はべつだけど、もちろん」ふたりの〝改宗〟の試みは、あたら一方通行でもなかったらしい。アレックス・トーマスは自分のペースに巻きこみつつあった。このぶんで行くと、ボルシェビキ少女を背負いこむことになりそうだ。

「彼、年が上すぎない？」わたしは言った。

　ローラは凄まじい形相でにらんできた。なにとって、年が上すぎるの？　と、食ってかかり、「魂に年齢はないわ」と断言した。

「町の噂になっているんだよ」リーニーが言った。いつもの決め台詞だ。

「言わせておけば」ローラは言った。ひとを尻目にかけた苛立ちが声に現われている。他人とは背負うべき十字架、苦しみの種だ、とでも言いたげに。

　リーニーもわたしも途方に暮れた。なすすべは、いったい？　父さんに相談する手もあったし、そうすれば、父はローラにアレックス・トーマスと会うことを禁じたかもしれない。しかし、ローラは

〝魂〟に関わる問題だとして、言いつけに従わないだろう。父に話すのは、きっと要らぬ面倒を引き起こすばかりだ。わたしたちはそう結論した。結局のところ、実際なにがあったというのだ？　別段、なにも指摘できないではないか（この問題について、リーニーとわたしはもはや腹蔵なく話し合う仲になっており、ひたいを寄せて知恵をしぼっていた）。

日が経つうち、ローラにからかわれているのでは、という気がしてきた。どんなふうにと言われても、はっきりとはわからないが。嘘をついているとまでは思わないものの、洗いざらい打ち明けているとも思えなかった。一度は、アレックス・トーマスと戦争碑のあたりを散歩しながら、しきりと話しこんでいるのを見かけた。またある時は、ジュービリー橋で。またある時は、〈ベティーズ・ランチョネット〉の店先をうろつく姿を。人々の目――わたしの目も含めて――が向くのを気にもせずに。まあ、たいした跳ねっ返りぶりだった。

「あんたが言いふくめてくれないと」リーニーはわたしに言った。しかし、ローラを言いふくめるなど、わたしには無理だった。次第に、話しかけることすら出来なくなっていた。というより、話しかけたとしても、彼女は耳を傾けただろうか？　白いインクの吸い取り紙に話しかけているようなものだ。口から言葉が出ても、深々と降る雪に吸いこまれるがごと、ローラの顔の向こうに掻き消えてしまう。

わたしは釦工場を離れると――このお務めも、父さんの目にすら、日ごと空しく映るようになっていたが――ひとり町を歩き回るようになった。行く当てがあるような顔で、川べりを颯爽と歩き、待ち人でもいるかのように、ジュービリー橋にたたずみ、黒い水を眺めて、ここに身を投じた女たちの物語に思いを巡らせた。みな、色恋のためにしたことだ。これが色恋の人におよぼす力なのである。色恋にそっと忍び寄られて、気づかぬうちにがっちり捕まれ、手も足も出なくなる。いったん落ちたなら――恋に――否応なく押し流されてしまう。少なくとも、あまたの書物はそう記してきた。

ある時は、目抜き通りをそぞろ歩き、店のウィンドウを真剣な眼差しで覗きこんだ。ソックスや靴、帽子や手袋、ねじ回しやスパナ。〈ビジュー・シアター〉の表では、ガラスケースに飾られた映画スターのポスターをまじまじと眺め、わが身と比べたりした。髪を梳かしつけて片目にたらし、然るべき服を着た自分を想像して。館内に入ることは許されていなかった。映画館に足を踏み入れたのは、結婚してからだ。リーニーが、〈ビジュー〉は若い娘がひとりで行くにはともかく低俗だと言い張ったのだ。男たちは下心があって行くんだよ、卑しいことを考えて。若い女の隣に陣取って、ハエ取り紙みたいに手をくっつけてくるんだよ、知らないうちに乗っかられちまう。

リーニーの表現によれば、そういうときの娘、女というものは、自分で気づかぬうちに、ジャングルジムのごとく数々の〝手がかり〟を差しだしているらしい。不思議なことに、悲鳴をあげたり動いたりする力も奪われてしまう。固まったように動けず、頭がぼうっとしてしまうのだとか。ショックで、怒りで、あるいは羞恥で。リーニーには、論拠たる経験があったわけではないと思うが。

コールド・セラー

身を切るような寒気。空高く風に翔んでいく雲。トウモロコシを干したハロウィンの飾りが、洒落た家々の玄関先に姿を見せる。そのポーチでは、カボチャで作ったジャック・オ・ランタンが、にかっと笑って寝ずの番を始めた。いまから一週間後には、飴玉目当ての子どもたちが、バレリーナやゾンビや宇宙人や骸骨やジプシーの占い師や死んだロックスターに扮して通りを占拠し、わたしは例年のごとく電気を消して、留守の振りをするだろう。それほど子ども嫌いというのではなく、自己防衛である。仮にチビすけの誰かが姿を消しても、あの婆さんが取って食ったなどと言われたくない。

マイエラにもそう話した。彼女の店では、ずんぐりしたオレンジのキャンドルやら、陶製の黒猫やら、サテン地のコウモリやら、凝った魔女のぬいぐるみ——頭は干したリンゴ——やらが、盛んに売れていた。わたしの話を聞くと、マイエラは笑いだした。冗談だと思ったらしい。

きのうは、心臓にいたぶられて、ソファからほとんど動けずに、冴えない一日だったが、今朝は、薬を飲むと妙に活力が湧いてきた。じつに足どりも軽く、ドーナッツ屋まで歩く。洗面所の壁を点検すると、最新の落書きはこうだった。〝気の利いたことが言えないなら、もの言うべからず〟。これにつづいて、〝気の利いたモノが吸えないなら、モノ吸うべからず〟。この国で言論の自由がまだ大いに奮っているのがわかって、幸い。

さて、コーヒーとチョコでコーティングしたドーナッツをひとつ買い、外に持って出ると、公園管理者の設置したベンチに向かう。ベンチは便利よくゴミ箱のすぐ横に置かれている。そこに腰かけ、まだ暖かい日射しに包まれて、カメのようにひなたぼっこをする。人々がのんびりと行き交う——栄養過多の女がふたり、乳母車を押していく。それよりもっと若く、もっと細く、釘の頭みたいに銀の鋲をうった黒革のコートを着た女。かたや、銀の鋲を鼻にうった女。ウィンドブレーカーを着た変てこな年寄りが三人。こっちをじろじろ見ている気がする。わたしはいまもそんなに悪名高いのだろうか、それとも、思い過ごしか？　いや、たんに独り言をいっていただけかも。よくわからない。気を抜いたすきに、声が風のように流れでているのか？　嗄《しわが》れたささやき声。冬の蔓草がカサコソ鳴るような、枯れ野をわたる秋風のかすれた音のような。

ひとがどう思おうと、誰が気にするものか。わたしは自分に言い聞かせた。聞き耳を立てたいというなら、いくらでも立てるがいい。

誰が気にするか、誰が。永久《とわ》なる思春期の反抗心。わたしはもちろん、気にしたが。他人《ひと》がどう思うか気になる。いつでも気になった。ローラと違い、確たる信念をもつ度胸がなかったから。

犬が一匹、近づいてきた。わたしはドーナッツの半分をやった。「遠慮なくどうぞ」犬に話しかける。

これは、盗み聞きの現場をとっつかまえたリーニーが、決まって言う台詞だった。

　十月は——一九三四年の十月のことだ——ずっと釦工場の現状を云々する噂が流れていた。よそ者の扇動者たちがうろついている、と。彼らは状況を攪乱し、とくに血の気の多い若者を狙うという。労使間の団体交渉とか、労働者の権利とか、組合に関する噂なども流れた。組合はあきらかに違法だった、少なくとも、クローズドショップ（労働組合員だけを雇う事業所）の組合は、違法ではなかったか？　誰もよく把握していないらしい。いずれにせよ、組合については少々きな臭いものがあった。

　攪乱を行なっているのは、いわゆるゴロツキや、雇われ人の犯罪者だった（ミセス・ヒルコートによれば）。〝異郷の〟扇動者というに留まらず、〝異国の〟扇動者であり、これはともかくさらなる脅威だった。口髭を生やした、小柄で肌の黒い男たち。血文字で署名し、命をかけて忠誠を誓ってきた彼らは、なにが引き金で暴動を起こすか、鎮まるかわからず、爆弾を仕掛け、夜闇に乗じて忍び寄り、寝ているわたしたちの喉を掻き切る（リーニーによれば）。それが彼らのやり方なのだ、この非情なボルシェビキと、組合のオルグたちの。両者は本質的にまったくおなじものである（エルウッド・マレーによれば）。彼らは〝自由恋愛〟と家族の崩壊を願い、銃殺隊によるあらゆる金持ちの死を望んでいる。どんな金でも、いや、持っているなら、腕時計でも、結婚指輪でも解釈は同様。これが、ロシアでなされてきたことだ。少なくとも、そう言われていた。

　父さんの工場が窮地にある、そうも言われていた。

　ふたつの噂——国外の扇動者と、工場の窮地——は、どちらもおおやけには否定された。だが、どちらも信じられていた。

　父さんは九月に工員の一部をすでに解雇し——比較的若い工員である。父の持論によれば、まだしも自力で凌いでいけそうな——残った者たちにも就労時間の短縮を願いいれていた。全工場の製造機能をフル回転させておくには、単純な話、仕事が不足しているのだと、父は弁明した。消費者は釦を買おうとしない、ともあれ、〈チェイス＆サンズ〉が作るようなものは。利益を出すには量産が必要な釦なのだが。また、安価で持ちのよい下着も、買わない。買わずに、繕うのだ、あるいは手製で作るか。もちろん、国中の人々が職にあぶれているわけではないが、有職者もいまの仕事にしがみつくのに安穏としてはいられない。当然ながら、金も使うより貯えておく。誰が責められよう。彼らの立場であれば、みなそうするだろう。

生活の図のなかに、算術が入りこんできた。何本もの足と、いくつもの棘《とげ》と頭をもち、〃ゼロ〃の形をした無情な目の生き物が。二足す二は四、それが算術の言わんとするところだ。しかし、そもそも〃二と二〃がなければどうする？　足そうにも足せない。足せなければ、いかんともしがたい。つまり、帳簿の赤字を黒字にしようにもできないのだ。この事態にわたしはおののいた。まるで、わたし個人の責任みたいではないか。夜、目を閉じると、釦工場の樫材の四角いデスクが浮かび、数字が幾列にもならぶページが眼前に現われた。機械仕掛けの芋虫みたいな、あの赤字の列。むしゃむしゃと食い荒らしながら、お金のいくばくかの残りにも近寄ってくる。どうにか物を売って得たお金が、それを作るための経費を下回ると――〈チェイス＆サンズ〉では、しばらくそんな状況だったが――数字はこういう態度に出るのだ。お行儀のわるいことだが――愛も、正義も、情けもありはしない――なにを期待しろと？　数字は数字にすぎない。本件にかんして、数字には選択の余地がない。

十二月の第一週、父さんは操業休止を告示した。一時的なことだと言って。ほんの一時であることを願うと言って。そして、部隊再編のための退却と軍縮について語った。父さんが理解と忍耐を乞うと、集まった工員たちから、はりつめた沈黙をもって迎えられた。告示のあとはアヴァロン館に戻り、小塔の部屋に閉じこもって、酔いつぶれるまで飲んだ。部屋で、なにかが砕け散った。ガラス製のものが。酒瓶にちがいない。ローラとわたしは、わたしの部屋のベッドに座って、しっかりと手を握りあい、頭上の小塔で怒りと悲しみが荒れ狂う音に、その屋内に降る雷雨のような音に息を殺して聴きいった。こんなに派手なことを父さんがするのは、しばらくぶりだった。

工員たちの願いをくじいたと感じていたのだろう。自分は負けたのだと。なにをしようと、ひとつとして功を奏さなかった、と。

「父さんのために祈るわ」ローラが言った。

「神さまが気にかける?」わたしは言った。「どこ吹く風じゃないかしら。もし、神がいたらの話だけど」

「そんなのわからないでしょ」ローラは言った。「あとになってみないと」

なんのあとになってみないと? わたしはよくよくわかっていた。この会話は前にもしたことがある。〝わたしたちが死んだあと〟だ。

父さんの告示から数日もすると、組合が力を顕わした。すでに組合員の核となるグループはあったが、彼らはいまや誰もかれもを引きこもうとしていた。会合は鍵をおろした工場の外で開かれ、全工員に召集がかけられた。というのも、(その召集令によれば)こんど社長が工場を再開するときには、経費をぎりぎりまで切りつめ、雀の涙ほどの賃金しか期待できないからだという。しょせんはあいつもよその経営者と同類だ、こういう不況時に、自分の金は銀行に預け、人々が打ちのめされ倒れ伏すのを、手をこまねいて見ている。そのうち、労働者を尻目に、大儲けの機会をつかもうというのだ。自分と大邸宅と贅沢者の娘たちばかりが——あの娘たちときたら、大衆の汗を食い物にする軽薄な寄生虫だ。

ああいう〝組織者《オルグ》〟なんて連中が、町のよそ者なのはわかるだろう、リーニーはそう言った。彼女がこんな話をしゃべり立てていたのは、台所の食卓である(ダイニングルームで食事をとることはなくなっていた。父さんがそこで食べなくなったからだ。小塔の部屋に立てこもり、リーニーが食事の盆を持ってあがっていた)。あの荒くれどもめ、良識ってものをわきまえてないよ、あんなふうに娘ふたりまで引きあいに出すなんて。あんたたちは工場となんの関係もないと、みんな知っているのにさ。リーニーはわたしたちに、受け流せと言ったが、言うはやすし、行なうは何とかである。

いまもって、父さんに忠実な者もいた。聞くところによると、会合でも異議があがり、やがて声が高くなり、やがてつかみ合いになったとか。みな、気が荒くなっていた。ある男は頭を蹴られ、脳震盪を起こして病院に運ばれた。ストライカーのひとりだったが——そう、彼らは〝ストライカー〟と自称するようになっていた——この怪我はストライカー側の責任とされた。なぜなら、一度この手の衝突が起きたら、切りがなくなるではないか。

そもそも始めないほうがよい。口を閉じておくこと。さらにずっとよい。

キャリー・フィッツシモンズが父さんに会いにきた。あなたのことが心配で仕方ない、そう彼女は言った。駄目になっていくんじゃないか、と。〝道徳的に〟という意味である。そんな尊大かつしみったれた姿勢で、工員たちをどう扱おうというの? 現実を直視しろ、と父さんは答えた。キャリーを〝ヨブの慰安者〟と呼んだ。うわべ慰めたつもりで、じつは悩みをこじらせていると言うのだ。こうも言った。〝おまえをここに寄越したのは誰だ? どこのアカの友だちだ?〟キャリーは自分の意思で来たと言った。愛情ゆえに。あなたは資本主義者だけれど、つねに真っ当な人だったから。でも、もはや心ない金満家になりはてたとわかったわ。破産者では金満家にもなりようがない、と父さんは言った。資産を処分したらいいでしょ、とキャリーはやり返した。おれの資産などおまえの尻の値打ちとたいして変わらん、と父さん。知るかぎり、乞われれば誰にでもタダで与えてきたようだからな。あなた、施しを蔑んではいなかったわよね。ああ、でも、見えざるコストが高くつきすぎた——最初は、この家でおまえの芸術仲間にくれてやった食べ物、それからこの血、そうしていまは魂だ。ブルジョワの反動主義者ね、キャリーは父をそう呼んだ。死体にたかるハエ、父は彼女をそう呼んだ。このころには、怒鳴り合いになっていた。じきに、キャリーはドアをバタンと閉めて出ていき、車のタイヤを横滑りさせながら砂利道を行き、それで幕引きとなった。

リーニーは喜んだか、悲しんだか？　悲しんだ。キャリーのことは好きではなかったが、すっかり慣れていたし、むかしは父さんを元気づけてくれた女だ。誰が彼女にとって代わるのか？　またどこぞの尻軽女だろう。得体の知れない悪魔より、知った悪魔のほうが、ましなのに。


翌週、ゼネストの召集があり、〈チェイス&サンズ〉の労働者との結束を見せつけた。すべての店や会社は休業すべし、というお触れだった。公益事業もすべて休止すること。電話、郵便配達。牛乳もなし、パンもなし、米もなし（こんなお触れを出していたのは誰なのか？　布告の言葉を伝えた本人が発令元の黒幕だとは、誰も思っていなかった。この男、自分は地元の出だと、まさにこの町の出身だと称しており、いっときはそう信じられていたのだが——モートンとかモーガンとか、そんな姓で——地元民だなどとんでもない、まるでそぐわない人間であることがはっきりした。こんな行動に出るとは、この町の者ではありえない。いずれにしろ、そいつの祖父さんは誰なんだ？）。

要は、お触れの元はあの男じゃないんだよ。影のブレーンですらないと、リーニーは言った。そもそも、あの男、脳み《ブレーン》そなんてこれっぽっちもないんだから。闇の力が動いているね。あたしにはわかる。彼の見識からしたら、それもそのはずよ。

ローラはアレックス・トーマスの身を案じた。なにかの形で、彼も巻きこまれている、と。

その日の午すぎ、リチャード・グリフェンがアヴァロン館に車で到着した。お付きの車二台を引き連れて。どれも大きな車で、つやつやとし、車体が低かった。リチャードのほか、全部で五人の男がおり、そのうち四人はたいそう大柄で、黒いコートに灰色のフェドーラをかぶっていた。リチャード・グリフェンとお付きの一人が、父さんといっしょに書斎へ入っていった。残りのうち二人は、家の出入口——

表玄関と裏口――に立ち、あとの二人は、高価《たか》そうな車のひとつでどこかへ消えた。ローラとわたしは、ローラの寝室の窓から、こうした車の出入りを眺めていた。邪魔をしないよう言いつけられていた。話の聞こえない場所にいろ、という意味でもある。いったいどうなっているのか訊ねると、リーニーは心配そうな顔をし、あたしにもさっぱりわからないけど、なりゆきは聞きもらさないようにしている、と答えた。

リチャード・グリフェンは夕食時まではいなかった。彼が出ていくと、二台の車がいなくなった。三台めはあとに残り、大男のうち三人がそこに居残った。そして、車庫の上にあたる、かつてお抱え運転手が寝泊まりした棟に、そっと居所を定めた。

あの男たち、刑事だよ、リーニーは言った。そうにちがいない。だから、いつもコートを着ているんだ、脇の下にさした銃を隠すために。あの銃はリボルバーだね。いろいろ雑誌を見ているからわかるよ。彼女によれば、男たちはわたしたちを守るためにいるのだとか。夜、おかしな人物が庭を忍び歩いているのを見たら――もちろん、あの三人以外に――いいかい、悲鳴をあげること。

その翌日、町の繁華街で、暴動があった。暴動に加わった大半は、見かけない顔だった。見たことがあったとしても記憶にない程度である。浮浪者の顔を誰が憶えていよう？　だが、彼らの一部は浮浪者ではなく、世界を股にかける扇動者が偽装していた。もとから、偵察していたのだろう。しかし、この田舎町までどうしてこんなに素早くたどりつけたのか？　列車の上に乗ってきた、とも言われた。こういう連中はそうやって動き回るのだと。

暴動が始まったのは、市庁舎の表で開かれた大会の最中だった。まず、スピーチがあり、スト破りを請負うチンピラや、会社に雇われたならず者について言及された。つぎに、ボール紙で作った父さんの人形《ひとがた》――山高帽をかぶり、葉巻を吸っている姿。本人、葉巻はやらないのに――が、群衆の前で焼かれると、やんやの喝采が湧きおこった。フリル付きのピンクのドレスを着たボロ人形ふたつが、灯油をかぶせられ、おなじく火のなかへ投じられた。あの人形は、あんたたち、ローラとアイリスのつもりなんだよ、そうリーニーは言った。「お熱いお人形ちゃん」とかなんとか、戯れ事を叩かれていたようだ（ローラがアレックスと町をふらついていることも、取り沙汰されずにはすまなかった）。リーニーによれば、この話を伝えたのはロン・ヒンクスで、知らせるべきだと思ったのだとか。目下、お嬢さんふたりは街中に行かないように。人々の感情が昂ぶっているから、なにがあるかわからない、ロンはそう言ったらしい。みんなアヴァロン館にじっとしていなさい、そこなら安全だろうから。人形の件は由々しき侮辱である、あんなものを作ったやつが誰であれ吊るしあげてやりたい、とも言った。

ゼネストへの参加を拒んだ繁華街の店や会社は、ウィンドウを叩き割られた。だが、休業したところも、あとでウィンドウを叩き割られた。割られてのちは、金目のものを根こそぎ取られ、とても収拾のつかない事態になった。新聞社は何者かに押し入られ、めちゃくちゃに荒らされた。エルウッド・マレーはぶちのめされ、奥の印刷所の機械も叩き壊された。写真の暗室は難をまぬかれたが、カメラは無事ではなかった。彼にとっては散々なことであり、のちのち幾度となく聞かされるはめになる。

その夜、釦工場に火がついた。下の階の窓から、火の手があがったのだ。わたしの寝室から火は見えなかったが、消防車が警鐘を鳴らしながら通りすぎ、救出に向かっていった。わたしはもちろんうろたえて怯えていたが、少しばかりわくわくしていたことも認めねばならない。警鐘の音と、おなじ方向から聞こえる遠い叫び声に聴きいるうち、裏階段を昇る誰かの足音が聞こえてきた。リーニーかもしれないと思ったが、そうではなかった。ローラだ。野外用のコートを着ていた。

「いったい、どこにいたの？」わたしは訊ねた。「家にじっとしている約束でしょう。父さんはただでさえ心配事が尽きないのよ、あんたがふらふらしなくても」

「温室にいただけよ」妹は答えた。「お祈りをしていたの。静かな場所が欲しかったから」

どうにかこうにか火は消されたが、工場の建物は大きな被害をこうむった――それが第一報だった。

じきに、ミセス・ヒルコートが息を切らし、洗濯した衣類を持って到着すると、門番になかへ通された。放火ですってよ、彼女はそう言った。ガソリン缶が見つかったんだって。夜警が死んで床に倒れていてね、頭をガツンとやられていたんだって。

逃げていく二人の男の姿が目撃されていた。顔の識別はついたかって？　まだはっきりはしていないけど、一人はローラ嬢ちゃんのあの若い男だって噂よ。ローラ嬢さんの若い男なもんか、リーニーは言い返した。ローラ嬢さんに〝若い男〟なんていないんだ、あれはただの知り合いだよ。まあ、あの男がなんにせよ、とミセス・ヒルコートはつづけた。釦工場に火をつけて、気の毒なアル・デイビッドソンに一発お見舞いしたうえ、ネズミみたいに殺すなんて、いかにもやりそうなことね。しかし、あの男も身のためを思うなら、この町から早くトンズラしたほうがいいよ。

ディナーの席で、ローラはお腹がすかないと言った。いまは食べられないから、自分で食事の盆を用意して、あとで食べる、と。盆を持って裏階段をあがって寝室へ向かう彼女を、わたしは見守った。盆には、なにからなにまで二人前の食べ物がのっていた――兎の肉も、カボチャも、茹でジャガイモも。普段のローラにとって、食べることは、すなわち食物をこねまわすような行為だった。たんに手を使ってするなにか。みながおしゃべりをしている横で。あるいは、こなすべき家事といった対し方。銀器磨きのような。いわば、ある種の退屈なメンテナンス作業か。そんな彼女に、いつこんなおめでたい食欲が湧いてきたのだろうと、わたしはいぶかった。

翌日、秩序回復のため、ロイヤル・カナディアン連隊から派遣された部隊が到着した。父さんがむかし所属した〝連隊〟だ、戦争のときに。父さんはこれをいたく恨み、兵士たちが、みずからの味方――つまり父さんの味方、味方だと思っていた人々に背いたとみなした。その人々がもはや感慨をおなじくしていないことは、べつだん天与の才がなくてもわかることだったが、これも父さんはいたく恨みに思った。ということは、工員たちはただお金のためにわたしを慕っていたのか？　どうもそうらしい。

ロイヤル・カナディアン連隊が暴動を制圧すると、こんどは騎馬警察隊が到着した。そのうち三人がわが家の玄関にも現われた。行儀よくドアをノックして、玄関ホールに入ってきた彼らは、ワックスをかけた寄せ木の床に、ぴかぴかの長靴の踵を軋ませ、手に硬い茶の帽子を持っていた。ローラと話をしたいと言う。

「一緒に来て、お願い、アイリス」ローラは呼ばれると、わたしに頼んできた。「わたしひとりじゃ行けない」妹がひどく幼げに、顔色は真っ青に見えた。

わたしたちはふたりして、家族用の居間の古い蓄音機を横に、ソファに座った。警官たちは椅子に座った。わたしの考えていた騎馬警察とはどうも見場が違い、年寄りすぎるし、腹回りがでっぷりしすぎていた。ひとりだけはわりと若かったが、担当ではないらしい。真ん中のひとりがもっぱらしゃべっていた。お宅も大変な時にちがいないのに、お邪魔して申し訳なく思うが、事態は急を要するのだと、彼は言った。話したいのは、アレックス・トーマスのことだ、と。この男は破壊活動分子の過激派で、以前は救済キャンプにおり、そこでアジテーションを行なったり、攪乱したりしていたが、ローラ嬢はそれは知っていたのか？

わたしの知るかぎり、彼は人々に読み書きを教えていただけです、そうローラは答えた。

そういう見方もひとつにはあるだろう。その警官は言った。また、彼が潔白であれば、当然ながら隠すことなど何もないし、求められれば出頭してくるはずだ、あなたもそう思わないか？　ここのところ、身を隠しているとすればどこだろう？

それはわかりません、とローラは答えた。

質問は、形を変えて繰り返された。この男は容疑をかけられているのだ。あなたは父上の工場に放火し、忠実な雇用者を死に至らしめた疑いもある犯罪者を捜しだすのに、協力したくないのか？　目撃証言が信用できるとなれば、少なくとも。

目撃証言など信用できるはずがない。わたしはそう言った。逃げる姿を目撃されたのが誰であれ、背中から見られただけだし、しかも暗かったのだから。

「どうです、ローラさん？」騎馬警官はわたしにとりあわず、妹に訊いた。

知っているとしても言いません、ローラはそう答えた。ひとは容疑が立証されるまでは無罪です、とも言った。また、誰かを猛獣のもとに投げだすなど、わたしのキリスト者としての教えに反します。死んだ夜警さんは気の毒だったと思いますが、それはアレックス・トーマスの責任ではありません。そんなことをする人ではないから。けど、これ以上はもう言えません。

そう答えながら、わたしの腕の手首のあたりをしっかりつかんでいる。その手から、線路が震動するように、震えが伝わってきた。

長とおぼしき警官が、公務執行妨害がどうとか言った。

この時点で、わたしが割って入り、ローラはまだ十五歳なのだから、大人とおなじ形で責任を負わされても困ると言った。またこうも言った。いままで彼女が話したことは、もちろんここだけの話であり、この部屋の外にもれたりしたら——たとえば、新聞などに——父には礼を言う相手がすぐわかるだろう。

警官たちはにっこりして立ちあがると、暇《いとま》を告げた。礼儀を失することはありませんよ、ご心配なく、と言って。このやり方で取り調べを進めてはまずいと悟ったのだろう。窮地にあるとはいえ、父さんにはまだ〝友人たち〟がいた。


「なーるほどね」警官たちが立ち去ると、わたしはローラに言った。「この家に彼を匿っているってわけね。居場所を教えたほうがいいわよ」

「コールド・セラー（貯蔵室のなかでも根菜などをしまう場所）に隠しているの」ローラは下唇を震わせた。

「コールド・セラーですって！」わたしは言った。「なんて馬鹿なところに！　なぜそんな場所に？」

「だって、食べ物には不自由しないでしょ、もしもの時も」ローラはそう言うと、わっと泣きだした。わたしがその躰を抱きしめると、肩に顔を埋めてすすりあげた。

「食べ物に不自由しない？」わたしは言った。「ジャムとジェリーとピクルスで？　まったく、ローラ、あんたってとびきりね」そう言ったとたん、ふたりとも笑いだし、ひとしきり笑って、ローラが涙を拭くと、わたしはつづけた。「彼をここから出さなくちゃ。リーニーがジャムの瓶かなにか取りにいって、うっかり出くわしたらどうするの？　彼女、心臓発作を起こすわよ」

わたしたちはまた少し笑った。妙に興奮していた。屋根裏部屋のほうがいい、あそこへは誰もあがらないから、わたしは言った。段取りはぜんぶわたしに任せて。ローラはもうベッドに入りなさい。あんた、はたからわかるほど緊張していたし、見るからに疲れきっているもの。妹は子どものように小さくため息をつくと、言われたとおりに引きあげた。男の居場所を知っているというとてつもない重荷を、忌まわしいリュックのように背負いながら、ハラハラして暮らしてきたのだ。その重荷をわたしに預け、ようやく心おきなく眠れるだろう。

妹の仕事の肩代わりをしてやるだけだと、わたしは思いこんでいたのか？――手を貸し、世話を焼くのは、いつものことじゃないか、と。

そう。わたしはまさにそう思いこんでいたのだ。

リーニーが台所の片づけをすませ、寝支度に入るまで、待った。いよいよセラーへの階段を降りていくと、冷気と、ほの暗い闇と、クモの出そうな湿気の匂いに包まれる。石炭をしまうコール・セラー、鍵の掛かったワイン・セラーの扉は行き過ぎた。コールド・セラーの扉は閉ざされ、閂が差してあった。ノックしてから、閂を抜き、なかへ入る。すると、慌てて動きだす音がした。もちろん、庫内は暗い。廊下から差す光だけだ。リンゴの貯蔵樽の上に、ローラの夕食の残り――兎肉の骨がのっていた。まるで、太古の祭壇かなにかのような。

最初は姿が見当たらなかった。リンゴ樽の後ろにいたのだ。じきに、居場所がわかった。片方の膝、そして足。「だいじょうぶ」わたしは小声で言った。「わたしよ」

「ああ」アレックスの声はいつもと変わらなかった。「妹思いの姉さんか」

「シーッ」わたしは言った。電球からさがる鎖が、灯りのスイッチである。それを引くと、明かりがついた。アレックス・トーマスは躰の緊張をとき、樽の後ろから這いでてきた。しゃがんだ姿勢で目をぱちくりさせ、取りこみ中を見られたかのように、おどおどしていた。

「恥を知りなさい」わたしは言った。

「おれを蹴りだしに、さもなくば、然るべき当局に突きだしにきた、そんなところだろうな」彼はにやりとして言った。

「馬鹿言わないで」わたしは言った。「ここで発見されたらたまったもんじゃないわ。そんなスキャンダル、父さんは耐えられないでしょうね」

「〝資本家の娘、ボルシェビキの殺人犯を匿う〟とか？」アレックスは言った。「〝瓶詰めジェリーに囲まれた愛の巣、発覚す〟とか？　そんなスキャンダルか？」

わたしは眉をひそめて見せた。笑い事ではない。

「まあ、落ち着けよ。ローラとおれはなにも企んじゃいないさ」彼は言った。「あれはたいした子だが、修行中の聖人だ。それに、おれはお子さまには趣味がない」そう言うところには立ちあがり、躰の埃を払っていた。

「なら、あの子はなぜあなたを匿うの？」わたしは訊いた。

「主義の問題だろ。おれが頼んだら最後、受けいれざるをえない。彼女からすると、おれは適切な範疇に入るらしい」

「範疇って、なんの？」

「〝もっとも小さき者たち〟ってことだろう」アレックスは言った。「イエスの御言葉を借りれば（奉仕の精神を説く主の言葉。わたしの兄弟であるもっとも小さき者の一人になにかするのは、わたしになにかしてくれるのとおなじことなのである――新約聖書マタイ福音書二十五章四十節より）」ずいぶんな皮肉を言うものだ。ローラに出くわしたのはある意味偶然だと、アレックスはつづけた。温室でばったり出会ったと言う。あなた、そんなところでなにをしていたの？　隠れていたに決まっているだろう。それに、と彼は言った。あなたと話ができればと思ったんだ。

「わたしと？　どうしてまたわたしなの？」

「どうすべきか相談しようと思った。現実的なタイプとお見受けする。そこへ行くと妹さんのほうは……」

「これでも充分よくやったんじゃないかしら」わたしは言下に返した。ローラのことを他人にとやかく言われるのはご免だ。彼女がぼんやりしていて、単純で、不器用なことを。ローラを腐すのは、わたしだけの特権だ。「あなたのことだけど」わたしは言った。「あの子、玄関にいた男たちの前をどうやって通して家に入れたの？　あのコートを着た男たちよ」

「コートの男たちも、たまにはションベンしないとね」アレックスは言った。

言葉の下劣なことに、わたしは面食らった。晩餐会での慇懃さと噛みあわないが、これも、リーニーが予見した孤児らしい嘲りのスタイルなのかもしれない。わたしは受け流すことにした。「あなたは放火なんかしていない、わたしはそう思っているの」嫌味な口調を心がけたが、そうは受けとられなかった。

「おれはそこまで阿呆じゃない」彼は言った。「理由もないのに放火するか」

「みんな、あなたの仕業だと思ってる」

「ところが、ちがうのさ」アレックスは言った。「だが、誰かさんたちは、そう考えると実に都合がいいんだろう」

「誰かさんって誰？　どういうこと？」今度ばかりは語気も弱かった。啞然としてしまったのだ。

「オツムを使えよ」アレックスは言ったが、その先は無言だった。

屋根裏部屋

停電にそなえて台所に常備してあるロウソクを一本とってくると、火を灯して、アレックス・トーマスをセラーから連れだした。台所を抜けて、裏階段をあがり、ついで屋根裏部屋につづく狭い階段を昇り、ここで空のトランク三つの後ろに、アレックスを落ち着かせる。屋根裏には、杉材のチェストに古いキルトが何枚かしまってあったので、これを引っぱりだして、寝床をこさえた。

「ここなら誰も来ないわ」わたしは言った。「もし来たら、キルトの下に隠れて。歩きまわらないこと、足音を聞かれるかもしれない。電気もつけないこと」（屋根裏には、スイッチの鎖のついた電球がひとつあるきりだった。コールド・セラーとおなじく）。「朝になったら、なにか食べ物を運んでくる」と、わたしは言い添えたが、どうやって約束を果たしたものか思案していた。

階下へ降りると、こんどは〝おまる〟を持って屋根裏へあがり、無言で設置した。リーニーの人さらいの話を聞いて、いつも不安に思うのは細かい部分だった。つまり、トイレや何やらはどうするのか？　地下室に監禁されるのと、スカートをまくりあげて片隅にしゃがまされるのとは、まるで別個の問題である。

アレックス・トーマスはうなずいて言った。「気が利くな。きみは頼りになる。現実家だと睨んでいたよ」

翌朝になると、ローラとわたしは彼女の寝室で、声をひそめて話しあった。議題は、飲食物の調達、警戒の必要性、おまるの処理についてだった。どちらかひとりが――本でも読む振りをしながら――わたしの部屋でドアを開けたまま見張りをする。そこからなら、屋根裏への階段が見えるのだ。そのあいだに、もうひとりが食べ物などを取ってきて運ぶ。ふたつの仕事は交代制でやることにした。大きなハードルといえば、リーニーだろう。あまりコソコソしていると、嗅ぎつけるにちがいない。露顕した場合、どうするか。その打開策は見つかっていなかった。わたしたちも、こんな計画を遂行したことは、いまだかつてない。すべてが、その場の思いつきで進行した。

アレックス・トーマスの初めての朝食は、トーストの耳だった。普段だと、ガミガミ言われるまで、わたしたちはパンの耳を食べないが――「餓えたアルメニア人を忘れるなかれ」とリーニーが言うのが、いまも日課だった――今日は、リーニーが目を向けたときには、パンの耳はなくなっていた。実のところ、ローラの濃紺のスカートのポケットに入っていたのだが。

「じゃ、アレックス・トーマスは餓えたアルメニア人ってわけね」ふたりで階段をあがりしな、わたしは囁いた。ところが、ローラはこれを冗談とはとらず、そのとおりであると考えた。

屋根裏への訪問時間は、朝と夕方にした。わたしたちはパントリーを荒らし、残り物を漁った。生のニンジンや、ベーコンの塊、食べかけの茹で卵、パンなどを、バター、ジャムと一緒に包んで、こっそり持ってあがる。一度などは、鶏肉の脚のフリカッセまで――大胆な攻略である。それにくわえて、水、牛乳、冷めたコーヒー。空いた皿は手荒に運びだし、ベッドの下に押しこんで頃合いを見はからい、バスルームの流しで洗ってから、台所の食器棚にもどした（ここはわたしがやった。ローラは不器用で任せられない）。上等の陶器は使わないようにした。割れでもしたらどうする？　日用の器一枚でも、気づかれていないとは限らない。リーニーはしっかり数を押さえているから。そんなわけで、わたしたちもテーブルウェアにはごくごく気を遣った。

リーニーはわたしたちを疑っていたか？　そうだろうと思う。なにか企もうものなら、いつだってばれてしまった。だが、その〝なにか〟をずばり知らないほうが得策であると判断するのも聡かった。いま思えば、まんいちわたしたちが捕まっても、とんと知らなかったと言うつもりだったのではないか。事実、一度など、レーズンをくすねに行くのはよせと、忠告いただいたりした。まったく、あんたたちのお腹は底なしみたいだよ、いったい、どこで急にそんな大食らいの口を見つけてきたんだい？　また、彼女はカボチャ・パイがひと切れ行方知れずになっているのにも、やきもきしていた。あたしが食べたのよ、ローラはそう言った。突然、猛烈にお腹がすいたの、と。

「皮もぜんぶ？」リーニーはぴしっと訊き返した。ローラはリーニーの焼いたパイの皮は絶対に食べない。誰も食べない。アレックス・トーマスも食べなかった。

「皮は鳥にあげたわ」ローラは言った。嘘ではなかった。実際そうしたのだ、あとから。

アレックス・トーマスも最初は、わたしたちの骨折りに感謝していた。きみたちは心強い味方だ、きみたち無しには、とうに消されていただろう、と言った。そのうち、タバコが欲しいと言いだした。吸いたくて死にそうだ。わたしたちはピアノの上の銀箱から何本か持っていったが、一日一本に抑えるよう注意した。煙を察知されかねない（アレックスはこの禁令を平気でやぶった）。

やがて、アレックスは、この屋根裏で最悪なのは衛生を保てないことだ、などと言いだした。口の中がドブみたいだ、と。わたしたちは、リーニーが銀器磨きに使っていた古い歯ブラシをかすめてきて、せいいっぱいゴシゴシ洗ってやった。無いよりはましだ、とのこと。ある日は、洗面器とタオルと、お湯を注いだ広口瓶を運んでやった。すると、その後、アレックスは階下にひとがいなくなるのを待って、汚れた水を屋根裏の窓から投げ捨てた。しばらく雨が降っており、いずれ地面は濡れていたから、水しぶきを気づかれることもなかった。少しして、安全そうだとなると、アレックスに階段を降りさせ、姉妹で使っていたバスルームに押しこめて、まともに躰を洗えるようにした（お手伝いのために、このバスルームの掃除は引き受けるわ、と言うと、リーニーはこう述べた。「奇跡はとどまるところを知らない」)。

アレックス・トーマスの入浴中、ローラは彼女の寝室に、わたしは自分の寝室から、それぞれバスルームのドアを見張った。ドアの向こうでなにが行なわれているか、わたしは考えまいとした。服を脱いだ彼の姿を思うと痛ましく、それは、じっと思い浮かべていられないような痛みだった。

アレックス・トーマスが論説記事で大きく扱われるのは、この町の地元紙に限らなかった。彼は放火犯にして殺人鬼であり——と、新聞記事は書いていた——血も涙もない狂信から人を殺す、最も残忍な類である。このポート・タイコンデローガへやってきたのは、労働層に入りこみ、組織の解体の種を撒くためで、ゼネストや暴動を見るかぎり、このもくろみは成功したようだ。大学教育の悪しき産物の例だろう——利口な少年は、その賢さがあだになったと見え、良からぬ仲間や、さらに良からぬ書物とつきあううちに、才覚をねじ曲げられてしまった。また、彼の養父である長老派の牧師は、こう言ったとされる。わたしはアレックスの魂のために、毎夜祈っていますが、いまは悪人の跳梁する時代です。幼子のアレックスを戦争の恐怖から救った精神は、受け継がれていません。アレックスは、火中から拾われた燃えさしさながら、回心して罪から救われた人間ですが、赤の他人を家に上げるのには、つねに危険がつきまといます——つまり、この言葉のふくみは、そんな燃えさしは拾わないままが良いということか。

こんなことばかりか、警察にいたっては、指名手配のポスターを刷って、郵便局や公共機関に貼りだした。さいわい、あまり明瞭な写真ではなかった。アレックスは片手を前に突きだし、顔が半分がた隠れている。新聞からの転載写真だった。エルウッド・マレーが釦工場のピクニックで、わたしたち三人を撮ったあれである（両側にいるローラとわたしは、当然ながら、カットされていた）。もっと〝焼き〟のいい写真ができるはずだと、エルウッドは請けあったものの、探しにいってみると、ネガは消えていた。まあ、不思議もないか。新聞社が荒らされたときに、いろいろ壊されたりしたから。彼はそう納得しただろう。

アレックスに新聞記事の切り抜きと、指名手配ポスターも一枚持っていった。後者は、ローラが電柱から失敬してきたものだ。彼は自分の記事を、悔しそうな顔で読み、「おれの首をとりたいようだな」と、ひと言コメントした。

数日後、なにか紙きれを持ってこられないかと訊かれた。ものを書く紙を。それなら、アースキン先生時代の学習帳の残りが山ほどあった。それと、鉛筆を一本持っていった。

「あの人、なにを書くんだと思う？」ローラは訊ねてきた。ふたりとも首をひねるばかり。獄中記か、それとも弁明の記か？　もしかしたら、手紙かもしれない。助けだしてくれそうな相手に。ところが、投函物はなにも頼まれなかったから、手紙ではありえない。

アレックス・トーマスの世話のおかげで、ローラとわたしは一時期より親密になった。ふたりにとって、彼は罪深い秘密であり、高潔な計画でもあった――とうとう姉妹で分かちあえるものが出てきた。わたしたちはふたりの善きサマリアびとで、盗人の手に落ちた男を、ドブ底から引きあげてやるのだ。わたしたちはベタニア姉妹のマリアとマルタ、お仕えするのは……いや、イエスではない。ローラでもそこまでは考えなかったが、どちらにどちらの役柄を割り振っているかはあきらかだった。わたしは姉のマルタと決まっていよう。いつも陰になり、つまらない家事に勤しんでいる。ローラがマリアだ。アレックスの足下に汚れなき献身を（男はどちらを好むのか？　ベーコン＆エッグズか、崇拝か？　ときにはこっち、ときにはあっち。腹の減り具合によるのだろう）。

ローラは神殿に捧げ物でもするように、食べ残しを屋根裏に運んだ。おまるを下に持ってくるときは、聖骨箱か、いまにも火の消えそうな尊いキャンドルでも捧げているようだった。

夜、アレックス・トーマスに食事と水を出すと、彼のことを語りあったものだ――今日のようすはどうだったか、やせすぎてはいないか、咳をしてはいないか。病気になられては困る。明日はなにを必要とし、彼のためになにを盗めばいいだろうか。そう話してから、わたしたちはそれぞれのベッドに入った。ローラはどうだか知らないが、わたしは屋根裏部屋の、この真上にいるアレックスの姿を思い浮かべた。彼もまた眠ろうとして、かび臭いキルトのなかで輾転としているのだろう。やがて、寝入る。そして、夢を見る。戦争と火焔の、崩れ落ちる村の、そのかけらが飛び散る長い夢を。

こうした彼の夢がどの時点で、追跡と逃走の夢に変わったのか、わからない。こうした夢のどの時点で、自分をそこに加えたのか、わからない。夕暮れ時、彼と手に手をとって逃げる、焼け落ちる建物から離れ、畝うった十二月の畑を越え、霜のおりはじめた刈り株畑を踏みわけ、はるかな森の暗き境へ。

しかし、これはアレックスの夢では実際ない。それだけはわかっていた。これはわたしの見ていた夢だ。燃えているのはアヴァロン館であり、地面に飛び散っているのは、崩れ落ちた館の破片——上等の陶器、バラの花びらを入れたセーブル焼きの鉢、ピアノの上に置かれていた銀のシガレットケース。そのピアノも、ダイニングのステンドグラスも——鮮血のような赤のカップ、ひび割れたイゾルデのハープ——どれもこれもあんなに逃れたいと思っていた物だ、たしかに。だが、破壊による離別は望んでいなかった。わたしは家を出たいと願っていたが、屋敷にはそのままの姿で、変わらずわたしを待っていてほしかった。好きなときに舞い戻れるように。

ある日、ローラが出かけているすきに——外出はもはや危険ではなかった。コートの男たちも、騎馬警官もいなくなり、街は秩序を回復していた——わたしは屋根裏への単独行を決意した。供物も用意していた。ポケットにいっぱい、クリスマス・プディングの素材からちょろまかしてきたカランツや干しぶどう、干しイチジク。あたりを偵察すると、リーニーはうまいことと台所でミセス・ヒルコートにかまけており、わたしは屋根裏へのドアに近づくと、ノックをした。そのころには、合図のノックが決まっていた。まずノック一回、そのあと、もっと素早いノックを立てつづけに三回。そうして、屋根裏への狭い階段を昇っていった。

アレックス・トーマスは楕円形の小窓の脇にうずくまり、わずかばかりの日光になんとか当たろうとしていた。わたしのノックが聞こえなかったらしい。キルトの一枚を肩にかけた恰好で、こちらに背を向けている。なにか書き物をしているのか。タバコの匂いがした。なるほど、タバコを吸っているんだ、タバコを持つ手が見える。キルトのこんなそばで、こんなことはやめてほしいと思った。

わたしは到来をいかにして告げるか迷った。「あのう」わたしは言った。

アレックスは跳びあがり、タバコを取り落とした。それがキルトの上に落ちる。わたしは息を飲み、膝をついて火を消しにかかった――いまや見慣れた、アヴァロン館炎上の図。「ああ、だいじょうぶ」彼は言うと、自分も膝をつき、もう火種はないかとふたりで目を皿にした。つぎに気づいたときには、ふたりとも床に転がり、アレックスはわたしを抱きしめて、唇にキスをしていた。

こんなこと、予期していなかった。

予期していたろうか？　まるで突然だったのか、それとも、前置きがあったのか。肌の接触やら、秋波やらが？　わたしがなにか誘いかけるようなことをした？　なにも思いつかないが、記憶にあることと、実際あったことはおなじだろうか？

そして、いま。わたしは、ただひとりの生き残り。

いずれにせよ、リーニーの言葉どおりだったわけだ。映画館の男たちのやり方。ただ、わたしの感じているのは怒りではなかったが。しかし、残りの部分は的を射ていた。躰が固まって動けなくなり、まるで頼りなかった。骨は溶けだした蠟のようで、彼が釦をあらかた外したころになって、ようやくわれに返り、身を振りほどいて、逃げだした。

わたしはその間、無言だった。屋根裏の階段を転げるように降り、髪を後ろにはらって、ブラウスの前をかきあわせながら、こんな気がしていた——背中で、アレックスがわたしのことをゲラゲラ笑っているような。

こんなことが再度起きようものならどうなるのか、よくわからなかったが、なんにせよ危険なことになるだろう、少なくとも、わたしには。みずから危険を招きいれ、当然の報いを受ける。さながら、起きるのを待っている災いのような存在。もう二度と、屋根裏でアレックス・トーマスとふたりきりにはなれない。その理由をローラにも話せない。妹を傷つけすぎる。彼女には決して理解できないだろう（可能性としてはもうひとつあった——彼はローラにも似たようなことをしたかもしれない。だが、いや、そんなことは信じられない。あの子が許すわけがない。そうではないか？）。

「彼を町から追いだすべきよ」わたしはローラに言った。「こんなこと、つづけていられない。きっとじきに感づかれる」

「まだ、だめ」ローラは言った。「まだ彼らが線路を見張っているもの」こうした情報を得られる立場にあるのは、妹がいまも教会の給食所の仕事をつづけているからだった。

「だったら、町のほかの場所に」わたしは提案した。

「たとえば、どこ？ ほかの場所なんてないわ。それに、ここがいちばん安全よ。捜しにこようとは思わない場所だもの」

雪に閉じこめられるのはご免だと、アレックス・トーマスは言った。屋根裏で冬を過ごしたら、気がふれてしまう、と。獄中惚け《スタークレイジー》になってしまう。二マイルほど線路を歩いて、貨物列車に飛び乗るよ、あのへんは土手が高くなっているから楽だ。トロントまで行けさえすれば、雲隠れできる。あっちには友だちがいるし、彼らにも友だちがいるから。しばらくしたら、どうにかして合衆国へ渡る、そこまで行けば安全だ。新聞で読んだところによると、当局はおれがすでに合衆国にいるのではと疑っている。いまだにポート・タイコンデローガを捜しているわけがない。

一月の第一週には、わたしたちもアレックスの旅立ちを安全なものと判断した。父さんのクロークルームの片隅から、古いコートを一枚くすねてきたうえ、昼の弁当も詰めてやって――パンとチーズとリンゴがひとつ――彼を旅に送りだした（のちのち父さんがコートがないのに気づくと、あれは浮浪者にあげてしまったと、ローラは言った。あながち嘘ではない。こんな行動はまったく彼女らしかったから、小言をいわれる程度で、不問に付された）。

旅立つ夜、わたしたちはアレックスを裏口から出した。たいへん世話になった、この恩は忘れないと、彼は言い、わたしたちをひとりずつ抱きしめた。どちらも等しくおなじ長さの、男の兄弟どうしのような抱擁。わたしたちから逃れたいのが見え見えだった。夜中であることをのぞけば、まるで登校する図のようで奇妙だった。アレックスが発つと、わたしたちは母親のように泣いた。一方で安堵もあった――彼がいなくなったことに、ふたりの手を離れていったことに――が、それもまた母親の安堵だった。

アレックスは、ふたりがあげた安い学習帳の一冊を残していった。わたしたちが即座にひらいて、なにが書いてあるのか見たのは、言うまでもない。なにを求めていたのだろう？　不朽の感謝を述べる別れの手紙でも？　わたしたちへの甘い感傷でも？　そんな類のものを。

出てきたのは、こんな文字だった。

アンコリン　　　　ネイクロッド
ベレル　　　　　　オニキサー
カーキニール　　　ポーフィリアル
ダイアマイト　　　ヮァルトゼフィア

エボノート　ライント
ファルガー　サフィリオン
グラッツ　トリストック
ホルツ　ユーリンス
イリディス　ヴォーヴァー
ジョシーンス　ウォータナイト
カルキル　ゼナー
ラザリス　ヨルラ
マラコント　ザイクロン

「宝石の名前かしら？」ローラは言った。

「いいえ、そんな感じじゃないわ」わたしは言った。

「なら、外国語？」

それもわからない。どうやら暗号のようではないか。おそらく、アレックス・トーマスは（やはり）世間が言うとおり、スパイの類だったのでは。

「これは捨ててしまったほうがいい」わたしは言った。

「捨てておくわ」ローラはすかさず言った。「あたしの部屋の暖炉で燃しておくから」と、そのページを破りとってたたみ、ポケットに滑りこませた。

アレックス・トーマスが発って一週間後、ローラがわたしの部屋にやってきた。「これは、姉さんが持っていて」エルウッド・マレーがピクニックで撮った、三人の入った写真だった。ところが、彼女は自分の姿だけ切り取っていた――片手だけを残して。この手まで消そうとすると、切り口がジグザグになってしまうので、仕方なかったのだろう。写真にはいっさい色をつけていなかったが、切り離された手だけは別だった。この手だけは、ごく淡い黄色に色づけされていた。

「ちょっと、どういうことよ、ローラ！」わたしは言った。「どこで手に入れたの？」

「何枚かプリントしたわ」ローラは言った。「エルウッド・マレーのとこで働いていたとき、ネガももらってきたの」

怒っていいやら、怯えていいやら、わからなかった。写真をこんなふうに切り裂くとは、ずいぶん妙なことをするものだ。ローラの淡黄色の手は、見た目、草地をアレックスに這い寄る白熱色の蟹のようで、わたしは背筋に寒気が走った。「いったい、なぜこんなことを？」

「この光景を姉さんに憶えておいてほしいから」彼女は言った。その不敵さに、わたしは息を飲んだ。妹は無遠慮な表情で見つめてきた。ほかの人間がやったら、挑発ともとれる顔だった。だが、相手はローラなのだ。語気には不機嫌さも妬みも、窺われなかった。彼女にしてみれば、事実を述べているにすぎない。

「いいのよ」ローラは言った。「あたしには、もう一枚あるし」

「あなたのには、わたしは入ってないの？」

「ええ、そうよ」彼女は言った。「入ってない。少しもね、片手をのぞいて」わたしが聞くかぎり、後にも先にも、これがアレックス・トーマスへの愛の告白にいちばん近いものだった。死の前日は、それはそれでまた話がべつだが。そのときでさえ、愛という言葉を使ったわけではない。

こんな切り裂かれた写真はうち捨てるべきだったのに、わたしはそうしなかった。

生活は単調な旧慣のなかへ返っていった。暗黙の了解で、ローラもわたしも、アレックス・トーマスの話はふたりの間にもちださなかった。言えないことが多すぎたのだ、おたがいに。初めのうち、わたしは屋根裏に足を運んだものだ――タバコの微かな香りが、それとわかるぐらいまだ残っていた――が、しばらくすると、むなしいばかりなのでやめてしまった。

わたしたちはふたたび日常生活に埋もれた。できるかぎりは。いまでは、わずかながらお金があった。父さんが焼けた工場の保険金を、やっとのことで受けたからだ。充分な額ではなかったが、父いわく、これで少しは息つく暇ができた。

インペリアル・ルーム

地球儀が回るように季節はめぐり、大地は陽の光からなおのこと遠のく。路傍の草の下には、夏の名残りの紙くずが、雪の先触れさながらに舞う。空気はからからに乾燥し、エアコンでサハラのごとく乾いた冬に、住民を備えさせる。わたしの親指の先はもう皹《ひび》になって、顔もますます萎びていく。鏡に映る自分の肌が見えたなら――もう少し近くに寄るか、充分に離れられさえすれば――きっと太い皺のあいだに、ちりめん皺が縦横に走っているのだろう。水夫が手慰みに彫る細工品みたいに。

ゆうべは、脚が毛むくじゃらになる夢をみた。それも少々の毛ではなく、びっしりと――見る見るうちに、黒い毛が、房となって渦巻くように芽吹き、わたしの太股を獣皮のように覆ってしまう。じきに冬が来る、わたしは夢のなかで思う。だから、冬眠するのだ。まずは、毛を生やして、洞穴のなかにもぐりこみ、そうして眠りにつく。前にも経験があるかのように、いたって自然なことに感じられた。と、そこで、夢のなかだというのに、思い出した。そんな〝毛だらけ女〟になったことはないし、いまではイモリみたいに毛が無いのだ。少なくとも、両の脚は。この毛むくじゃらの脚は、わたしの躰にくっついているようだが、わたしのものではありえない。感覚だってないではないか。別なもの、というか、別な人の脚なのだ。この脚を触って、手で撫でてみれば、すぐにわかるだろう、それが誰なのか、あるいは何なのか。

　このときのショックで目が覚めた。と、自分では思っていた。リチャードが帰ってきた夢をみていた。隣のベッドから、あの男の息づかいが聞こえる。ところが、そこには誰もいない。

　そこで、現実にも目が覚めた。わが脚は眠っていた。躰をひねった姿勢で寝ていたらしい。手探りでベッドサイドの灯りをつけ、腕時計の文字盤をなんとか読み解く。午前二時。ランニングでもしたかのように、心臓が苦しげに打っていた。世に言われることは本当だった。そうわたしは思う。悪夢はひとを殺す。

　さあ、書き急げ。蟹みたいに横へ横へと、紙の上を。いまや、心臓とわたしのノロマな競争だが、先に着いてやるつもりだ。どこに？　わたしの一巻の終わりか、あるいは、この本の終わり《ジ・エンド》か。まあ、どっちもどっち。どちらも、ある種の目的地にはちがいない。

　一九三五年の一月と二月。冬真っ盛りのころ。雪が降り、息が凍る。炉に火が燃え、煙が立ちのぼり、ラジエーターがカチカチ音をたてる。車は横滑りして、道から水路に転落。ドライバーたちは助けも呼べず、エンジンを空ぶかししたまま、窒息死した。公園のベンチで、うち捨てられた倉庫で、死んだ浮浪者がマネキンみたいに硬くなって発見される。まるで、店のウィンドウでポーズをとっているみたいだ。〝貧困〟の宣伝をするために。鋼《はがね》のように固い地面では墓を掘ることもできず、埋められなかった死体は、びくつく葬儀屋の離れ屋で順番待ちをした。ネズミたちは豪勢に暮らしていた。子持ちの母親たちは、職も見つからず、家賃も払えず、雪のなかに叩きだされた。家財ごと。子どもたちは凍りついたルーヴトー河の水車用貯水池でスケートをし、二名が氷の下に落ち、一名が溺死した。水道管は凍って破裂した。

ローラとわたしはますます間遠くなっていった。じっさい、ローラはこの後あまり姿も見かけなくなるのだが。そのころの彼女は、統一教会の救済運動を手伝っていた。まあ、ともかく、自分ではそう言っていた。リーニーは、来月からお屋敷の仕事は週に三日だけにするよ、と言いだした。足の具合がどうもわるいんでね。もはやチェイス家がフルタイムで雇っておけないという事実を、彼女なりに隠してくれたのだ。とはいえ、わたしにはわかっていた。その顔に書いてあるようなものだったから。父さんの顔にも書いてあるように。父の顔といえば、列車の転覆事故のあとの朝みたいだった。近ごろでは、小塔の部屋にこもってばかりいた。

釦工場は人気《ひとけ》もなく、屋内は黒焦げで、あちこち粉々になっていた。しかし、修理するだけのお金はなかった。放火をめぐる不審な状況を引き合いに、保険金が急におりなくなったのだ。なにやら裏があるようだ、世間はそう囁いた。父さんが自分で火をつけたとほのめかす人たちさえいた。根も葉もない言いがかりだ。工場がほかにふたつ、まだ休業中で、父さんはその操業再開に知恵をしぼっていた。仕事でトロントに出向くことがしだいに増えた。ときにはわたしを同伴し、そのさいは〈ロイヤル・ヨーク・ホテル〉に泊まった。当時はトップクラスとされたホテルで、あらゆる会社の社長や医者や弁護士がお妾さんを囲って、一週間ほど〝独房暮らし〟を送るような場だったが、あのころのわたしはちっともあずかり知らなかった。

ふたりのこんな大名旅行の費用を誰が払っていたのか？　いま思えば、リチャードが怪しいのではないか。こういう機会には、必ず姿を現わしていた。父さんの取引相手だったのだ。狭くなった商いの領地で、最後に残ったひとり。取引とは工場の売却に関することで、内容が込み入っていた。父さんは以前にも売却しようと試みたが、今日びでは、なかなか買い手もつかなかった。ともかく、父さんの出した条件では——売りたいのは、利権にすればほんの小規模な部分だけ。みずから監督はつづけたい。資金投入を望む。〝うちの連中〟が職にありつけるよう、工場群の操業を再開したい。父さんは工員を〝うちの連中〟と呼び、まるでいまも軍隊で彼らの大佐《キャプテン》を務めているがごとき口ぶりだった。わが身の損を減じて部下を見捨てるような真似はできない。周知のとおり、少なくともかつては周知だったとおり、艦長《キャプテン》は船とともに沈むのが務めなのだから。ところが、今時のキャプテンはそんなことは意に介さない。とっとと工場を売って金で解決し、フロリダへ行ってしまう。

「大事なことを心に書き留めておいて」ほしいからおまえを連れていくのだと、父さんは言ったが、わたしはなにひとつ書き留めやしなかった。父も旅の道連れがいたほうがいいから、同伴していくだけだと思っていた――素行に歯止めをかけるために。父さんにそれが必要なのは、たしかだった。いまでは棒きれみたいにやせ細り、しじゅう手が震えていた。自分の名前を書くのにすら、ひと苦労するありさまだった。

こうした旅行にローラはついてこなかった。お呼びがかからなかったのだ。いつも町に残って、古くなったパンや水っぽいスープの施しに精を出す。食べる資格がないとでも思っているのか、自分まで食を切りつめていた。

「イエスさまだって食事はしたよ」リーニーは言った。「いろんなものを召しあがった。けちったりしなかった」

「そうね」ローラは言った。「けど、あたしはイエスじゃないもの」

「やれ、ありがたや。少なくとも、それぐらいわかる分別はあるようだよ、この子にも」リーニーはわたしにぶつくさ言った。ローラが三分の二も残した夕食を、こそげながらスープ鍋に空ける。むざむざ捨てては、罪になり、恥になる。なにひとつ無駄にしないこと。それは当時のリーニーにとって、誇りにかかわる問題だった。

もはや父さんにはお抱え運転手もいなかったし、みずからに運転を任せることもしなかった。ふたりでトロントに行くときは列車に乗り、〝ユニオン・ステーション〟に到着すると、通りを渡ってホテルに向かう。仕事のやりとりのかたわら、わたしは午後いっぱい独りで遊んでいることになっていた。とはいえ、たいがいは部屋でぽつんとしていた。都会の街が怖かったし、年よりずっと幼く見える野暮な服が恥ずかしかったから。雑誌をよく読んだ。《レディーズ・ホーム・ジャーナル》、《コリアーズ・ウィークリー》（一八八八年創刊の米国の週刊誌。売り文句は「虚構と現実、センセーション、ウィット、ユーモア、そしてニュース」）、《メイフェア》。いちばんよく読むのは、短篇小説、ロマンスをあつかった短篇だった。キャセロール料理やら、かぎ編み細工やらには興味がなかったが、美容の記事には目をひかれた。広告も読んだ。左右に伸縮自在のラテックス社のファンデーション下着（硬いコルセットから女性を解放した歴史的な製品）を着ければ、ブリッジの腕もあがると言う。〈スパッズ〉を愛用すれば、煙突みたいにタバコを吸ってもだいじょうぶ、お口はいつもすっきり、だとか。また、〈ラルヴェックス〉なるものがあれば、衣類の虫食いの心配も解消するらしい。美しきベイズ湖の畔のビッグウィン旅館にあっては、一瞬一瞬がときめきの時であり、ビーチでは、音楽にのせて痩身体操もできると言う。

　昼間の仕事が終わると、わたしたち三人――父さんとリチャードとわたし――は、街のレストランで食事をした。こういう場で、わたしはひと言も口をきかなかった。なんの言うことがあるだろう？　話題といえば、経済に政治、大恐慌のこと、ヨーロッパの情勢、〝世界共産主義〟が台頭しつつある不穏な状況。経済的観点から見て、ヒトラーはまぎれもなくドイツを建て直した、とリチャードは断固信じていた。ムッソリーニは半可通のディレッタントだから、いまひとつ賛同できない、とか。しばらく前から、イタリア人の開発している新しい織地に投資しないかと、話を持ちかけられているんだが、と彼は打ち明けた。いや、ここだけの話ですよ。これが熱した牛乳の蛋白質から作るという代物でね。ところが、この素材、濡れると、チーズみたいなひどい臭いがするもんで、北米のご婦人がたには受け入れられないでしょう。リチャードはそう言った。ぼくとしてはレーヨンを推すね、あれは湿ると皺になるが。今後も動向をよく窺って、有望なものを選びたい。来るべき素材があるはずだ、人工の織地で、絹を市場から追いだしてしまい、木綿も肩身が狭くなるようなもの。現代のご婦人がたが求めているのは、アイロン掛けの要らない製品だ——洗濯物といっしょに干せて、皺にならずに乾かせるもの。それから、シーア地みたいに長持ちするストッキングも。おみ足を見せびらかすためにね。そうじゃないかい？ リチャードはにっこりしながら、わたしに訊ねた。彼は〝ご婦人がた〟の問題となると、常々わたしに問いかけてくるのだった。

わたしはうなずいた。決まってうなずいた。話をよく聞いた例しがなかったのは、退屈のせいではなく、辛かったからだ。どうやら共感してもいない所見に追従する父さんの姿を見ると、胸が痛んだ。

できればわが家のディナーにもおふたりをお招きしたいが、自分は独り身なので、いたって雑なもてなしになるでしょう。リチャードはそう言った。わびしいアパート住まいでしてね、と。坊さんも同然ですよ。「妻のない暮らしとはなにものぞ？」彼は微笑しながら言った。なにかの引用のような感じがした。事実、そうだったのだろうと、いまでは思う（おそらく、「妻のない暮らしとはなにものぞ。妻こそ、家庭の威厳を保つもの」と続くことわざ）。

リチャードがわたしに求婚したのは、〈ロイヤル・ヨーク・ホテル〉の〈インペリアル・ルーム〉だった。父さんといっしょに昼食に招かれていた。ところが、土壇場になって、廊下をエレベーターへと向かう途中、父さんは「付いていくわけにはいかない」と言いだした。おまえ独りで行きなさい、と。

当然ながら、彼らは事前に示し合わせていた。

「リチャードはおまえに頼み事があるようだし」父さんは言った。どこか申し訳なさそうな口ぶりだった。

「そう？」わたしは言った。きっとアイロンがどうのこうのいう話だろうが、さして関心も湧かなかった。わたしにしてみれば、リチャードはおとなの男だ。むこうは三十五、わたしは十八。彼はすでに興味の範疇からはずれていた。

「おまえに結婚を申しこむ気じゃないかな」父さんは言った。

そのときには、もうロビーまで来ていた。わたしは椅子に腰かけ、「そう」と言った。とうの昔から明々白々だったはずなのに、いまさら急に気づいたわけだ。まるで一杯食わされたみたいで、笑いだしたくなった。お腹が消えて無くなったみたいに力が抜けていく感じもした。それでも、なぜか声は平静を保っていた。「どうすべきなの?」

「わたしの承諾はすでに出したろう」父さんは言った。「あとは、おまえが決めることだ」と言ってから、こう付け足した。「これには、多くのことが懸かっている」

「多くのこと?」

「わたしはおまえたちの将来を考えねばならん。わたしの身になにかあったら、ということだが。ローラの将来はとくにな」つまりこう言っていたのだ。わたしがリチャードと結婚しなければ、わが家は文無しになってしまう。こうも言おうとしていた。わたしたち——わたしと、ことにローラ——には、自活していく力がない。「工場のことだって、考えねばならん」父さんはつづけた。「事業のことを考えなくては。まだ救えるかもしれないが、銀行に追われているありさまだ。連中はぴったり後を尾けてくる。もう長くは待ってくれないだろう」と、杖に躰をあずけながら、絨毯を凝視している。自分を恥じているか、わたしにはよくわかった。どれだけ打ちのめされているか。「すべてを無に帰したくない。おまえのお祖父さんから受け継いで……五十年、六十年と、懸命に働いてきた歳月を無駄にするようなことは」

「ええ、そうよね」わたしは追いつめられていた。求婚にたいする答えに、選択の余地があったわけではないが。

「アヴァロン館も取られてしまう。売られてしまうだろう」

「銀行に？」

「屋敷は丸ごと抵当に入っているんだ」

「そうなの」

「場合によっては、そうとう覚悟することにもなろう。よほど気丈になって。歯を食いしばって」

わたしは無言のままだった。

「だが、当然ながら」父は先をつづけた。「どういう答えを出そうと、それはおまえ自身の問題だよ」

わたしは無言のままだった。

「自分の気持ちに背くようなことは、なにもしてほしくない」父は言った。見えるほうの目で、わたしの後ろを見やり、由々しき物体が視界に入ってきたとでも言うように、少しばかり顔をしかめた。わたしの後ろには、壁のほか何もないのに。

わたしは無言のままだった。

「よし。じゃ、決まりだね」父はほっとした面持ちになった。「ものはしっかり弁《わきま》えているだろうさ、グリフェンも。信頼できる男だからな、ああ見えて」

「そうでしょうね」わたしは言った。「とても信頼できると思う」

「これでもう安心だ。ローラのことも、もちろん」

「ええ、もちろん」わたしは消え入るような声で言った。「ローラのことも」

「さあ、元気を出して」

いまも父を責めているか？　いや。もう責めてはいない。後知恵では気の利いたことも言えるが、父は責任ある態度と思われるもの——あのときは事実そう思われたもの——をとったにすぎない。考えのおよぶかぎり、最善を尽くしていた。

そこへ合図を受けたように、リチャードがやってきて、ふたりの男は握手を交わした。わたしの手も取られ、つかのまぎゅっと握られた。それから、手は肘へ。あの当時、男は女をこうしてエスコートしたものだ。肘に手をそえて。かくして、わたしは肘で舵取りされながら、〈インペリアル・ルーム〉へ案内された。じつは〈ベネチアン・カフェ〉のほうに予約をとりたかったのだが、とリチャードは言った。もっと肩の凝らない、陽気な雰囲気のレストランだが、残念ながら満席だった、と言う。

いまこんなことを思い出すとは不思議だが、〈ロイヤル・ヨーク・ホテル〉はトロントでいちばん高いビルであり、なかでも〈インペリアル・ルーム〉はいちばん大きなダイニングルームだった。リチャードは、大なることを好んだ。ダイニングの室内にも、大きな角柱が幾列にもならび、天井はモザイク模様を織りなし、それぞれのシャンデリアには先から房飾りが垂れていた。いわば、富の結晶。革のように硬く、重々しく、ぽってりした感じ――そこに木目を入れたような。〝はんがん〟という言葉が思い浮かんできた（斑岩。古代エジプトで産出した赤地に長石結晶を含んだ硬い岩石）が、そんな素材は使われていなかったかもしれない。

正午。冬によくある不穏な日で、季節にしては妙に陽が明るかった。白い日射しが、重厚なカーテンの襞のあいだから、幾条にも差している。いま思うと、あの生地こそ〝えび茶《マルーン》〟にちがいなく、素材はたしかベルベットだった。スチームテーブルにのった野菜や、生温かい魚料理といった、ホテルのダイニングに共通の匂いの底に、熱くなった金属と、こもったようなクロスの臭いがした。リチャードが予約したテーブルは、薄暗い片隅にあり、癪にさわる昼の光からは離されていた。小さな花瓶には、まだ蕾の赤バラが一輪挿され、わたしはその花ごしにリチャードを見つめた。どんなふうに事を進めるのか、好奇心を抱きながら。わたしの手をとり、バラの花を握らせ、言いよどみ、口ごもったりするのだろうか？　そうとは思えない。

この男のことは、やたら滅多ら嫌いではない。ただ、好きではない。よくよく考えたこともないから、彼にたいする感慨もろくにないが、服装のなかなか洒落ていることに（ときおり）気づく。キザな感じがすることもあるが、少なくとも、世に言う醜男《ぶおとこ》では決してない。この男なら、結婚相手としてはじゅうぶん適格だろうと思った。軽いめまいがする。どうしたものか、まだ決めかねていた。

ウェイターがやってきた。リチャードが料理を注文する。それから、腕時計を見る。そして、話をする。彼の言うことは、ほとんど耳に入らなかった。リチャードがにっこりする。黒いベルベット張りの小箱をとりだして、蓋を開ける。なかで、小さなものがキラリと光っていた。

わたしは躰を丸めて震えながら、その夜をホテルの巨大なベッドで過ごした。足が冷えきったので、膝を抱えた態勢をとり、頭は枕から横にはみだしていた。目の前には、糊のきいた白いシーツの凍える荒野が、果てしなく広がっている。この荒野を渡って、また道を見つけだし、暖かな場所へもどるなど、できっこないとわかっていた。わたしは方向音痴なのだ。荒野で迷子になったも同然。何年も経ってのち、勇敢な救助隊によってここで発見されるのだろう——道行きで倒れ、藁にもすがるように片手を投げだした恰好で。顔は干からび、指はオオカミどもに食いちぎられて。

そのときわたしが味わっていたのは、恐怖だったが、リチャードその人が怖かったのではない。灯りに照らされた〈ロイヤル・ヨーク・ホテル〉のドーム天井がもぎとられ、暗く空漠とした星空の上から、悪意ある存在がじっと見つめている気がした。神だ。サーチライトのように虚ろで皮肉な目で、見おろしている。わたしを観察しているのだろう。わたしの苦境を。わたしが神を信じられないさまを。部屋には、床がなくなっていた。わたしは宙に浮き、いまにも墜落しそうだった。その落下には終わりがなく——どこまでも墜ちていく。

そんな暗澹たる気分も、朝の晴れた陽のなかでは、そうつづくものではない。まだ若いころには。

アルカディアン・コート

窓の外を見れば、暗くなった中庭に、雪が降り積もっている。ガラスに触れる、その口づけのような音。まだ十一月だ、すぐに溶けてなくなるだろうが、それでも冬の前触れではある。なぜだろう、そう思うとわくわくするのは。やがて来るものはわかりきっているのに。泥まみれの雪と、暗闇と、流感、道路に張った氷、吹く風、長靴につく凍結防止の塩。とはいえ、なにか期待感がある。闘いを前にした緊張。冬とは、そのなかに飛びこんでいって立ち向かい、やおら屋内に退却することでかわすべき相手である。とはいえ、やはりこの家にも暖炉があったら。

リチャードと暮らした家には、暖炉があった。炉辺が四か所も。思い起こすに、夫婦の寝室にもひとつあった。炎が肌を舐めるように燃えていた。

まくっていたセーターの袖をおろし、袖口を手の甲まで引っぱりおろす。むかし八百屋などがよく使った、指先のない手袋みたいだ。寒さのなかで仕事をするための。いまのところ暖かい秋のようだが、ゆめゆめ油断してなるものか。火を熾させなくては。フランネルのナイトガウンを探しだせ。ベイクト・ビーンズの缶詰と、ロウソクと、マッチを仕入れておけ。去年の冬のようなアイス・ストームが来たら、なにもかも停止しかねない。そうなれば、電気もつかず、トイレも使えず、飲み水もないところに残され、氷でも溶かすしかなくなってしまう。

庭は、枯れ葉と、触れなば崩れそうな茎と、しぶとい菊がちらほら残るほかは、閑散としたものだ。太陽はしだいに高度を下げている。近ごろは、日の暮れも早い。書き物は、キッチン・テーブルで——家のなかでするようになった。早瀬の音を恋しく思う。ときおり、落葉した枝間を風が吹きすぎて、似たような音を立てるが、どうも頼りない。

　婚約した翌週、わたしは早速リチャードの妹との昼食会に送りだされた。ウィニフレッド・グリフェン・プライアー。彼女本人から招待状が来たのだが、じっさいわたしを送りこんだのはリチャードだろうと感じていた。だが、これは思い違いだったかもしれない。ウィニフレッドは後ろで大いに糸を引いていたのだから、このときもリチャードをうまく操ったのかもしれない。ふたりで結託したというのが、いちばんありそうだが。

　昼食会は、〈アルカディアン・コート〉でひらかれた。ここはレディたちがランチをとる店で、クイーン・ストリートの〈シンプソンズ・ストア〉の最上階にあった。店内は天井が高く、広々として、〝ビザンチン風のデザイン〟という触れ込み（アーチと鉢植えのヤシの木がある、という意味）。内装の色はライラックとシルバーでまとめ、照明器具と椅子には、流線型のシルエットを取り入れていた。天井との真ん中あたりの高い位置に、バルコニーがめぐり、凝った鉄細工の手すりがついている。ここはもっぱら男性、ビジネスマン向けの席。この席に陣取り、羽根飾りをつけて囀《さえず》るレディたちを見おろすのだ。まるで、巨大な鳥小屋みたいに。

　わたしは昼服の一張羅を着ていったが、こんな席に着ていけるものといえば、それしかなかった。濃紺のスーツだ。プリーツ・スカート、白のブラウス、襟元にはボウタイ、そして、かんかん帽のような濃紺の帽子。このアンサンブルは、わたしをどこかの女学生か、救世軍の勧誘員のように見せていた。靴については、ふれるつもりもない。あれを思うだけで、いまでもえらくげんなりする。汚れひとつない婚約指輪は、木綿の手袋をした手に固く握られていた――こんな服装の自分がはめたのでは、ガラス玉に見えるにちがいない。それとも、盗品と思われるか――そう承知していたから。

　レストランの給仕長は、場違いだと言わんばかりの目で、わたしをぎろりと一瞥した。少なくとも入

口が違うだろう、と。きみ、職探しにきたのかね？　わたしはまさに尾羽うち枯らした出で立ちである
うえ、〝レディのランチ〟をとるには幼すぎた。ところが、ウィニフレッドの名前を伝えると、問題は
跡形もなく解消した。ウィニフレッドは〈アルカディアン・コート〉にすっかり住んでいたからである
（〝すっかり住む〟というのは、彼女独特の表現）。

少なくとも、独り氷水を飲みながら、身なりのよい女たちにじろじろ眺められ、この子どうやってもぐりこんだのかしらと思われながら、じっと待つ羽目にはならなかった。ウィニフレッドはもう到着しており、淡い色のテーブルに着席していた。記憶よりも背が高く、細身、というか、柳腰といった感じだったが、これはファンデーション下着のお陰もあるだろう。彼女のほうは、装いをグリーンで統一していた。パステルではなく、生々しい緑で、どぎついとさえ言える（この二十年ほど後に、葉緑素のチューインガムが流行するが、ちょうどあんな色）。鰐皮の靴も、同系色のグリーンでそろえていた。それはつやつやして、弾力がありそうで、水に浮かんだ睡蓮の葉のように、心もち濡れた感じがした。こんなにお洒落な、珍しい靴は見たことがない、そうわたしは思った。帽子もまたおなじ色味――グリーンの織地が渦巻くように円形をなすそれは、毒入りケーキみたいな風情で、彼女の頭にちょこんとのっていた。

おりしもウィニフレッドは、〝安っぽいこと〟としてわたしが禁じられている行為の真っ最中だった。コンパクトの鏡をのぞいて顔を見ていたのだ、公衆の面前で。さらには、鼻に白粉をはたいていた。こんなお粗相を見られたのに気づかないといいけど。わたしがそう思いながら、声をかけそこねていると、彼女はコンパクトを閉じて、何事もなかったかのように、艶やかなグリーンの鰐皮のバッグに滑りこませた。そして、首を伸ばすと、白粉をはたいた顔をゆっくりとめぐらせ、ヘッドライトのような白々とした眼差しで、あたりを見まわした。こちらに気づくと、にっこり微笑み、気だるく歓迎の手を差しだしてきた。その手の銀の腕輪が、わたしはたちまち欲しくなった。

「フレディと呼んでね」わたしが腰をおろすと、彼女はすぐに言った。「仲良しはみんなそう呼ぶし、わたしたち大の仲良しになりたいから」ウィニフレッドのような婦人が、男の子っぽい略称を好むのは、当節の時流だった。ビリー、ボビー、ウィリー、チャーリー。わたしにはそんなあだ名はなかったので、調子をあわせて名乗ることもできなかった。

「あら、例の指輪ね？」ウィニフレッドは言った。「それ、綺麗でしょ？　わたし、リチャードが選ぶお手伝いをしたのよ——兄はよく自分の買い物をわたしに頼むの。男たちには頭痛の種なんじゃないかしら、買い物って？　リチャードはエメラルドを考えていたようだけど、ダイヤモンドに勝るものはないわよね？」

こう言うあいだも、彼女は好奇と、ある種冷たい悦楽の目でわたしをつぶさに眺め、わたしがこの話——自分の婚約指輪が、些細な〝おつかいの品〟として語られること——をどう受けとめるか観察した。ウィニフレッドの目は知的で、ばかに大きく、際《きわ》にはグリーンのアイシャドウが入っていた。眉はきれいに抜いて弓形に整え、ペンシルで描いていたが、なんだか退屈しているような、と同時に、仰天しているような顔に見えた。これは、あの時代の映画スターが編みだした表情である。もっとも、ウィニフレッドにそれほど驚いた例しがあったかどうか。口紅は濃いめのピンクがかったオレンジで、近ごろ発売されたばかりの色だった。正式には〝シュリンプ〟というらしい。午後に読む雑誌で知ったばかりの名称だったが。口元も眉とおなじく、銀幕の女優のような質を誇り、上唇のふたつの山はキューピッドの弓のように尖っていた。声は、いわゆるハスキーボイスだった。低く、野太いと言ってもいい。猫の舌みたいに表面がざらざらして掠れたような——革からできたベルベットのような。

（あとから知ったのだが、ウィニフレッドはトランプをやるのだった。ポーカーではなく、ブリッジだが、ポーカーをやらせたら相当だったろう。はったり《ブラフ》が巧みで。だが、ポーカーはリスクも博打の要素も強すぎた。彼女は既知数に賭けるのが好きだった。ゴルフもやったが、おおむね社交が目当てで、本人の弁によれば、腕前のほうはからきしだとか。テニスは彼女には過大な体力を必要としたし、汗だくの姿はさらしたくない。また、〝セーリング〟もやった。これは彼女流の言葉で、帽子をかぶって、ヨットのクッションにもたれながら、飲み物をのむということ）。

なにを食べたいかと、ウィニフレッドが訊いてきた。なんでも構いません、わたしはそう答えた。彼女はわたしを「お嬢さん《ディア》」と呼び、ウォルドーフ・サラダが絶品だと勧めた。それをいただきます、とわたしは言った。

どう頑張っても、彼女を「フレディ」とは呼べそうになかった。馴れなれしすぎるし、馬鹿にした響きすらする。相手はやはりおとなの女なのだ。三十か、若くて二十九。リチャードより六つ七つ年下とはいえ、ふたりは友だちだとか。「リチャードとわたしは、大の親友なの」と、こっそり打ち明けるように話してくれたが、これが最初で最後になりはしなかった。もちろん、一種の脅しである。いつもこんな信頼あつい気さくな口調で言うわりには。彼女の言わんとしているのは――わたしはあなたに先んじて所有権をもっているし、あなたには理解すら望めない信頼関係を築いているの。そればかりか、まんいちあなたがリチャードの機嫌をそこねたら、ふたりとも敵に回すことになるわよ、ということだった。

リチャードの予定の段取りをしているのはわたしなの、ウィニフレッドはそう言った。社交界の催し、カクテル・パーティ、晩餐会――なぜなら、リチャードは独り者であったし、彼女が言うには（何年も先まで繰り返し言うことには）、「物事のけじめは、わたしたち女がつけないとね」。それから、兄がやっと落ち着く決心をしてくれてうれしい、と言った。それも、あなたみたいに若くて素敵な女性と。二、三度は、決まりかけたこともあったけど――まあ、過去のちょっとした〝もつれ〟よ（リチャードと関係した女たちについて、ウィニフレッドはいつもこんな言い方をした。〝もつれ〟。網だか、クモの巣だか、罠だかみたいに。地面に放置された、べとつく紐きれか何かのように。うっかりすると靴についてしまうとでも言いたげに)。

さいわい、こういう〝もつれ〟をリチャードはなんとか逃れたわ。兄だって、女に追っかけられなかったわけじゃないのよ。ええ、群れをなして追っかけてきたわ、ウィニフレッドがハスキーボイスをさらに低めて言うと、わたしの頭には、服を引き裂かれ、ていねいに梳かしつけた髪をめちゃくちゃにされたリチャードが、這々《ほうほう》の体《てい》で逃げる後ろから、女の一群が猟犬のように唸りながら追ってくる図が思い浮かんだ。とはいえ、そんな図は信じられなかった。リチャードが駆けたり、急いだり、また、怯えているところも、想像できなかった。彼が苦境に立たされた姿など、考えもつかない。

わたしはうなずいて微笑んだ。自分がどういう立場を想定されているのか、ぴんとこないまま。わたしもべたべたした〝もつれ〟のひとつなのか？　かもしれない。ともあれ、表面上ご教示いただいていたのは、リチャードは生まれながらに高い価値をもっており、わたしがそれに応えようとするなら、言行には気をつけたほうがいい、ということだ。「でも、あなたなら上手に切り盛りしていけるわね」ウィニフレッドはちょっと笑って言った。「とっても若いんだし」むしろ、わたしのこの若さは〝上手な切り盛り〟の見込みを薄いものにしていたはずで、ウィニフレッドはそこに当てこんでいたのだろう。彼女自身は、いかなる〝切り盛り〟も放棄するつもりがなかった。

注文したウォルドーフ・サラダが来た。ウィニフレッドはわたしがナイフとフォークを手にとるさまをしげしげと見つめてから――少なくとも、手では食べないようね、その顔はそう言っていた――小さくため息をついた。なるほど、いま思えば、やけに気重な娘だと思っていたのだろう。ぶすっとして、不愛想だと思っていたにちがいない。他愛もないおしゃべりもできないなんて、まったく物知らずな田舎娘だ、と。それとも、気の逸《はや》るため息か。これからの仕事を察知して。なにせ、相手は捏ねてもいない土くれなのだ、腕まくりをして、捏ねにかからないと。

当世とは時代が違う。ウィニフレッドはすぐさま取りかかった。彼女の場合、ほのめかしや当てこすりを活用する（彼女のもうひとつの手法には、〝いじめ〟があったが、このときには出くわさなかった）。あなたのお祖母さんを知っていた、少なくとも話には聞いていた、と言う。モントリオールのモンフォート家の女たちは、そのスタイルをもって讃えられていたけど、アデリア・モンフォートは当然のことながら、あなたの生まれる前に亡くなったのよね。これは、彼女流の言葉でこう言っているのだ。あなた血筋はいいけど、現実にはゼロから始めたのとおなじでしょ。

あなたの装いには、スタイルってものがてんで無い。ウィニフレッドは遠回しにそうも言った。衣服を買うことは当然いつでもできるけど、効果的な着こなしを覚えなくては。「まるで自分の肌みたいにね、ディア」彼女は言った。わたしの髪にいたっては論外だった——長くて、ウェイブもかけずに後ろに梳かしつけ、髪留めでまとめただけ。どう見ても、ヘアカットとコールドパーマの出番ね。さて、つぎは爪が問題になった。いい、あまりオシャマなものは駄目よ。そういうお洒落をするにはまだ若すぎる。「あなたなら、断然、魅力的な女性になれるわ」ウィニフレッドは言った。「そう苦労せずにね」

わたしはうんざりしながら謹聴した。自分に〝魅力〟などないのは承知していた。ローラもわたしも、そんなものは持ちあわせていない。魅力なるものに関すれば、ふたりはやけに隠したがるか、あまりに鈍感か、だった。リーニーにすっかり甘やかされたせいだ。誰をもってこようと、わたしたちは素のままで充分なはずだと、彼女は思っていた。わざわざ綺麗にして見せたり、相手を口説くのに、甘言巧言を弄してお目目をパチクリさせなくてもよろしい。父さんなら、と或る界隈で、女の魅力の核心にふれる機会もあったかと思うが、それを娘たちに伝授することは一切なかった。むしろ、男の子のように育てたがり、いまでは、そのとおりになってしまった。ふつう、男の子に〝チャーミングであれ〟とは教えない。そんなことをしたら、真っ当とは思われないだろう。

ウィニフレッドは唇に胡乱《うろん》な笑みを浮かべて、わたしの食べる姿を眺めていた。もはや彼女の頭のなかで、わたしはあらゆる形容詞の羅列になっていたのだろう。つぎつぎと繰りだされる笑い話に。きっと、ビリーだ、ボビーだ、チャーリーだといった〝仲良し〟に得々と語るにちがいない。「まるで歩く慈善バザーよ。欠食児童みたいな食べ方をするの。しかも、あの靴ときたら！」

「ところで」ウィニフレッドはサラダを一度つつくと、そう切りだした――彼女はひと皿食べ切った例しがない――「そろそろふたりで知恵をしぼらないとね」

どういう意味か、わからなかった。すると、ウィニフレッドはまたもやため息をつき、「結婚式の計画よ」と言った。「あまり時間がないでしょう。考えたんだけど、聖シモン使徒教会から、〈ロイヤル・ヨーク〉のボールルームへ、というのはどうかしら、あのメインの部屋よ、披露宴にね」

自分としては、手荷物みたいにぽんとリチャードの手へ渡されるものと思っていたようだ。とんでもない。祭式なしではすまされないようだ。それもひとつならず。リーニーに聞いていたうちの母の結婚式を彷彿とさせる。肖像写真の撮影、これは新聞記事のために。カクテルパーティ。お茶会。ブライダル・シャワー。ロマンチックな序章はどこへ行った？　もっとも、いまでは時代おくれで、失われたコマがいくつかあるが。たとえば、若者がわたしの前に跪くような。膝のあたりから、悲しみがうねるように湧き起こり、顔にまで伝うのを感じた。ウィニフレッドはそれを見てとったが、安らぐようなことは何もしてくれなかった。わたしに安らがれては困るのだろう。

「心配しないで、ディア」と言う声には、あるかなしかの望みしか見いだせなかった。彼女はわたしの腕を軽く叩くと、「あなたの身は引き受けるわ」と言った。その瞬間、自分の内から意志というものが浸みだしていくのを感じた。まだ残っていたはずの、自分を律するいかなる力も（そりゃそうだ！　いま思えば。まさにウィニフレッドは、いうなれば女衒だったのだ。じつのところ、ポン引きだった）。

「あら、たいへん。もうこんな時間よ」彼女は言った。腕にしていた時計は銀製で、なめらかな液体のようだった。まるで、金属をリボン状に流しこんだような。文字盤には、数字ではなく、黒い点がついていた。「わたしは、急がないと。あとで、お茶が出てくるわ。お望みなら、フランかなにかお菓子も。

若い娘さんは、大の口甘《くちあま》だものね。あら、甘党《かんとう》と言うんだったかしら？」と言って笑いだすと、立ちあがって、シュリンプ・カラーのキスを、わたしの頬ではなく、ひたいにした。これでわたしの位置は決まることになった。どうやら、〝お子さま〟という位置らしい。

わたしが見つめるなか、ウィニフレッドはさんざめく〈アルカディアン・コート〉の淡い空間を、滑るように歩んでいった。会釈をしたり、微妙に調整しながら小さく手を振ったり。背の高い草が分かれるみたいに、彼女の前で空気が分かれる。両の脚は、お尻ではなく、直接腰から生えているように見えた。ぎくしゃくしたところは、みじんもない。わたしは自分の躰の肉があちこちはみだしている気がした。ストラップの脇から、ストッキングの上から。あんな歩き方を真似てみたい。なめらかで、贅肉ひとつなく、まるで不死身のような。

わたしはアヴァロン館ではなく、ローズデイルにウィニフレッドが持つ、チューダー王朝様式を模した木骨煉瓦造りの大邸宅から嫁いだ。招待客の多くはトロントから来るので、そのほうが便がいいと思われた。うちの父にとっても、あまり恥をかかなくてすむ。もはや、ウィニフレッドが不足ないと思うような結婚式をするお金はなかった。

礼服をそろえる余裕すらなかった。その手のことは、ウィニフレッドが面倒をみた。わたしの鞄――新品のトランクが五、六個あるなかのひとつ――には、テニスのスコートや（テニスはしないのに）、水着や（泳げもしないのに）、舞踏会のドレス（踊り方も知らないのに）が何着かしまいこまれていた。こんな芸当、どこで身につけられたというのだろう？ アヴァロン館では無理だ。リーニーが水に入るのを許さないので、泳ぎすらできなかった。それでも、ウィニフレッドはこういう衣装をそろえるといって聞かない。あなたも役柄なりの装いが必要になるのよ、と。いくら出来ないことでも、自分の口から認めては駄目。「頭痛がすると言いなさいね」そう彼女は言った。「何にでも、それらしい言い訳はあるものよ」

ウィニフレッドには、ほかにも山ほど指南を受けた。「退屈そうにするのは構わないわ。でも、決して恐れを見せないこと。ひとはそれを鮫みたいに嗅ぎつけて、殺しにくる。テーブルの縁を見るのはいいけど——目を伏せた感じになるわ——床を見ては駄目、なんだか弱々しげに見えるから。それから、すっくと立ちあがらないこと。兵隊じゃあるまいし。尻込みも禁物。誰かに失礼なことを言われたら、〝失礼ですが？〟とお言いなさい。聞こえなかったみたいにね。相手も繰り返すような神経は、十中八九、持ちあわせていないわよ。給仕と話すのに大声を出さないこと。お品がない。むこうに屈みこませなさい。そのためにいるんだから。手袋や髪の毛をいじらないこと。つねに、もっと大事な用があるような顔をして、でも、苛々を見せては駄目。迷ったときには、とりあえず化粧室に行きなさい。ただし、ゆっくりとね。品格とは、無頓着から滲みでるものよ」。彼女の教えは万事こんなふうだった。ウィニフレッドのことは大嫌いだったが、これは認めねばならない——こうした教えは、人生においてまことにありがたいものと判明した。

わたしは結婚式の前夜、ウィニフレッドが持つ最上の寝室のひとつに泊まった。

「綺麗にしておいてね」彼女はほがらかに言い、わたしが綺麗でないことを匂わせた。すでに、使いかけのクリームと、木綿の手袋を渡されていた。手にクリームをすりこんでから、手袋をしなさい、と。このトリートメントを使うと、手が透けるように白く、柔らかくなると言う。〝生ベーコンの脂身みたいな手触りに〟。わたしはつづき部屋になったバスルームに立ち、陶製のバスタブに落ちる水の音を聞きながら、鏡に映る自分の顔をつぶさに点検した。自分が消されて、のっぺらぼうになった気がした。すりへって丸くなった石鹸か、欠けはじめた月のように。

ローラが自分の寝室から、部屋をつなぐドアを抜けてやってきた。蓋をおろした便器の上に座る。わたしが知るかぎり、この子はノックという習慣をもたない。白い無地の木綿のナイトガウン（わたしのお下がり）を着て、髪を後ろで縛っていた。小麦色の巻き毛が、片方の肩にかかっている。素足だった。

「部屋履きはどうしたの？」わたしは言った。ローラの顔は、憂いに沈んでいた。そんな顔で、素足に白いガウンをまとってこられると、教会の悔悟者――古い絵画に出てくる、処刑に向かう異端者のようだった。両手を前でしっかりと組み、組んだ指でO字形の隙間をつくっている。まるで、火を灯したキャンドルを持っているかのように。

「履くの、忘れてきたわ」妹はドレスアップすると、上背があるので実際よりおとなびて見えるが、いまは年齢より幼く見えた。じっさい、十二歳ぐらいに見え、赤ん坊のような匂いがした。使っているシャンプーのせいだ。安いからといって、ベビーシャンプーを使っていたのだ。近ごろは、ささやかで無益な節約をするようになっていた。バスルームをぐるりと眺めわたすと、今度はタイル張りの床に目をおとした。「結婚してほしくないの」ローラは言った。

「それは重々わかっていたわよ」わたしは言った。妹は一連の行事のあいだ、終始むくれていた。歓迎会、衣装合わせ、リハーサル。リチャードにはろくな愛想もなく、ウィニフレッドには、奉公にきた小間使いの娘のようにぽかんとして従うだけ。わたしには、怒っていた。この結婚が、良くて、意地悪な出来心、最悪、彼女への拒絶であるかのように。最初は、わたしを妬んでいるのかと思ったが、正確には違った。「なぜ、結婚しちゃいけないの？」

「まだ若すぎるもの」ローラは言った。

「母さんも十八だった。ともあれ、わたしはもうすぐ十九よ」

「けど、母さんの相手は、愛する人だった。望んで結婚したのよ」

「わたしが望んでいないと、なぜわかる？」わたしはカッとして言った。

その言葉に、妹はいっとき口をつぐんだが、「望むはずがないわ」と言って、わたしを見あげてきた。

その目は潤んで、うっすら赤くなっていた。泣いていたのだろう。その目がわたしの癪にさわった。この子はなんの権利があって、泣いたりしているのか？　泣く人間がいるとすれば、わたしのはずではないか。

「わたしがなにを望むかなんて、問題じゃない」わたしは冷たく言いきった。「現実的な答えは、これしかないんだから。うちには一銭のお金もないのよ。それとも、あなた、気づいてないの？　一家を路頭に迷わせるつもり？」

「わたしたち、職を見つければいいわ」ローラは言った。横の窓台に、わたしのコロンが置いてあった。妹は上の空で、それを手にひと吹きした。ゲランの〝リウ〟（オペラ《トゥーランドット》の登場人物をイメージした香水）、リチャードからの贈り物だった（ウィニフレッドが知らせてきたところによると、彼女が選んだそうだ。「香水売場に行くと、男性は途方に暮れてしまうじゃない？　香りで頭がのぼせてしまうのね」）。

「馬鹿なこと言わないで」わたしは言った。「わたしたちがどんな仕事をするというの？　言ってごらん、恥ずかしい」

「あら、できることなら、たくさんあるわ」ローラはぼんやりと言って、コロンを窓台に戻した。「女給になってもいいし」

「それだけじゃ食べていけない。女給の稼ぎなんて雀の涙なのよ。おべっか使ってチップをちょうだいしないと。立ちっぱなしで、みんな扁平足になるんですってよ。なにが高くつくか、わかったものじゃない」。わたしは言った。鳥に算数を教えるようなものだった。「工場は閉鎖中、アヴァロン館は崩壊寸前で売られようとしている。銀行はもうけりをつけるつもりでいる。最近、父さんの顔を見ていないの？　顔を合わせていないの？　まるで、おじいさんよ」

「なら、父さんのためなのね」ローラは言った。「姉さんのしていることは。だったら、少しは説明がつくわ。立派なことだと思う」

「正しいと思うことをしているだけ」わたしは言った。殊勝な心もちになると同時に、わが身の不遇を感じはじめ、あやうく泣きそうになった。だが、泣いては、ゲームオーバーになっていただろう。

「正しくなんかない」ローラは言った。「ちっとも正しくない。破棄してしまえばいいじゃない。まだ遅くはないわ。今夜、書き置きを残して、逃げだすのよ。わたしもいっしょに行く」

「だだをこねないで、ローラ。わたしだって、この年になれば、自分のすることぐらい弁《わきま》えているわよ」

「でも、だからって、彼に触らせることはないでしょ。キスだけじゃすまないのよ。彼に、もっと……」

「わたしのことは心配しないで」わたしは言った。「そっとしておいて。目はしっかり開けてきたつもり」

「夢遊病者みたいにね」妹は言うと、わたしの汗取り粉の入れ物をとりあげ、蓋を開けて、匂いを嗅ぎ、粉をひとつかみ床にぶちまけた。「まあ、とにかく、綺麗な服は着られるものね」

ひっぱたいてやってもよかった。しかし、もちろん、そう思って密かに自分を慰めただけである。

白い粉の足跡を点々とつけながらローラが行ってしまうと、わたしはベッドの端に腰をおろし、ひらいた船旅用のトランクを眺めた。流行の先端をいく形で、外側は淡い黄色だが、内側は濃いブルー。留め具はスチール製で、鋲の頭が固い金属の星みたいに光っていた。ここに、新婚旅行用の荷物が、なにからなにまで整然と詰めこまれていたが、わたしには、闇で充ちているように思えた——空しさが、虚空が、広がっているように。

これがわたしの嫁入り道具《トルーソー》。わたしはそう思った。にわかに、トルーソーという言葉が恐ろしいものになった——外国語のような、決定的な響きがある。トラッスと似た音——七面鳥を焼く前に、脚を胴体に串刺しにして紐で縛るのを、トラッスと言うじゃないか。

そうだ、トゥースブラシ、歯ブラシ。あれは持っていかなくちゃ。そう思いながらも、躰は萎《な》えたように動かない。

トルーソーは、トランクを表わすフランス語から来ている。トルーソー。意味はまさにそれだけ。「トランクに詰めこむ物」。だから、こんな言葉に気色ばんでも仕方ない。たんに荷物という意味なのだ。つまりは、わたしが鞄にしまいこんで持っていく、全財産という意味だ。

タンゴ

その結婚式の写真がここにある。

バイアス裁ちにしたサテンの白いドレスを着た娘。生地はなめらかで、糖蜜を零《こぼ》したように、もすそが足下に広がっている。その立ち姿には、なんだかひょろりとした印象がある。腰つきや足の位置。背筋がぴんと伸びすぎていて、このドレスには似つかわしくないような。こういうドレスを着るときは、少し肩をすくめるように猫背になって、丸みを出さないといけない。いうなれば不健康そうに背を丸めて。

顔の両脇にヴェールがすとんと垂れ、少しばかりひたいにかかって、目のあたりにやたら暗い影をつくっている。笑みのなかに、歯はのぞいていない。頭には、小さな白バラの花冠《チャプレット》。白手袋をした腕には、ピンクと白の大ぶりのバラをとりまぜ蔓草をあしらって流れ落ちるようなカスケード形にあつらえたブーケ——腕は肘までがちょっと長すぎる。チャプレット、カスケード。これは新聞で使われていた用語。前者は、尼さん、後者は、危険な河水を思わせる言葉だ。〈美しき花嫁〉と、キャプションが添えられている。あのころは、こんな言い方をしたものだ。この娘の場合、〃美しき〃と書くのは義務であろう、あれだけ金がからんでいれば。

（「この娘」と他人事のように言うのは、自分では出席した憶えがないから――なんらかの意味のあることを言うとすれば。わたしと、写真のなかの娘は、もはや同一人物であることをやめている。わたしは彼女の〃結末〃、かつて彼女が無鉄砲に生きた人生の行く末なのだ。一方、写真のなかの彼女は――仮にも存在すると言えるなら――わたしの記憶だけで出来ている。年とったいまのわたしのほうが、ものはよく見えるから、だいたいにおいて、彼女のことは、はっきり見える。ところが、彼女のほうは見ようとする知恵があったとしても、わたしのことはまるで見えないわけだ）。

わたしの横に立つリチャードは、あの時代あの場所で言えば、立派な姿を見せている。ここで言う〃立派〃とは、まだ若く、醜男でもなく、裕福だということ。見るからに資産家らしいが、一方、どこか戸惑った顔をしている。片方の眉がつりあがり、下唇が少しつきでて、口元は笑いだしそうになっていた。まるで、内輪のいかがわしいジョークでも聞いたみたいに。ボタンホールには、一輪のカーネーション。髪の毛は、つやつやしたゴムの水泳帽みたいに後ろへ撫でつけられ、当時よく使ったべたべたの整髪油で、頭皮にぴったりはりついている。だがそれでも、いい男だ。これは認めざるをえない。人当たりのいい。都会の遊び人。

みなでポーズをとった集合写真も何枚かある。花婿の付添人たちが、バックでふざけあっているが、彼らの正装は、結婚式もさることながら、葬式や給仕長の制服といっても通りそうだ。手前に写っているのは、輝くばかりに磨きあげた花嫁付添人たちで、手に持つブーケには花が咲き誇っている。ローラはどの写真も台無しにしようともくろんでいた。ある一枚では、断固たる渋面をつくり、またべつな一枚では、わざと顔がぶれるように首をひねったらしい。ガラス窓に鳩がぶつかる瞬間みたいに撮れていた。三枚目は、後ろめたそうに横を向いて、指を噛んでいる。まるで、オイタが見つかって驚いているように。四枚目は、写しそこないにちがいない。光が斑状になり、女の上からでなく下からあたってい た。ライトアップした夜のプールの際《きわ》に立っているようだ。

式典のあとは、場にふさわしくブルーのドレスに羽根飾りをつけたリーニーが、姿を現わした。わたしをきつく抱きしめて、こう言う。「ああ、お母さまがここにいらしたら」あれはどういう意味だろう？　ある種の喝采か、それとも、成り行きに「待った」をかけようとしたのか？　その口ぶりからは、どちらにもとれた。そう言うと、彼女は泣きだしたが、わたしは泣かなかった。ひとが結婚式で泣くのは、物語のハッピーエンドで泣くのと理由はおなじだ。ありっこないとわかっているものを、ひとは無性に信じたがる。しかし、当時のわたしは、そんな幼稚な感情は卒業していた。もっと上のほうの、幻滅という侘びしい空気を吸っていたから――と、少なくとも自分では思っていた。

もちろん、シャンパンも供された。供されないはずがない。これ無しには、ウィニフレッドが黙っていなかったろう。周りはみな料理を食べていた。つぎつぎとスピーチがあったが、内容はさっぱり憶えていない。わたしたちは踊ったか？　だと思う。踊り方も知らなかったが、気がつくとフロアに出ていたから、ヨタヨタとなにがしか行なわれたのだろう。

そののち、わたしはハネムーン用の服に着替えた。上下そろいのスーツは、萌葱色をした軽い春物のウールで、やけに取り澄ました帽子も同色だった。お安くなかったのよ、とはウィニフレッドの弁。わたしは出かけるばかりの恰好で階段に立つと（どの階段だっけ？　この階段は記憶から消えている）、花嫁のブーケをローラのいるほうへ投げた。ローラは取ろうとせず――貝殻のようなピンク色をした衣装に身を包み、冷たい目でわたしを睨みながら、躰が動きださないようにとでもいうのか、前で手をがっちり組んでいた――グリフェン家の従姉妹か誰か、花嫁付添人のひとりが、ブーケをつかむと、食べ物でももらったように、がめつく持ち去っていった。

そのころには、父さんは姿を消していた。けっこうなことだ。さっき見かけたときには、もう泥酔していたから。仕事を片づけにいったのだろうと、わたしは思った。

それから、リチャードがわたしの肘をとり、〝逃亡用〟の車にエスコートした。わたしたちの行き先は、町から遠く、人里離れたロマンチックな宿、というだけで、誰にも知らされないことになっていた。じつのところ、界隈を車でひと廻りして連れていかれた先は、いまさっき披露宴を催した〈ロイヤル・ヨーク・ホテル〉の横手の入口。こっそりエレベーターに押しこまれた。リチャードはこう言った。明日の朝には、ニューヨーク行きの列車に乗るんだし、ユニオン・ステーションはこの通りのすぐ向かいなんだから、なぜ遠回りする必要がある？

婚礼の晩、というより、婚礼の午後について――太陽はまだ沈まず、部屋は（よく言われるように）あかあかと照らされていた。リチャードがカーテンを引かなかったから――は、ほとんど語ることがない。なにを期待すべきなのか、わかっていなかったし、情報源といえばリーニーだけだったが、彼女はこう思わせていた。なにが起きようとそれは不快なことで、きっと痛いにちがいない。まあ、その点は嘘ではなかったが。また、この気色わるい出来事もしくは感覚は、日々慣れてしまえば何でもなくなる。女なら誰でも、結婚した女なら誰でも通過することだから、大騒ぎするんじゃない、とも匂わせ、「苦笑いで我慢しろ」という常套句を使った。血が少し出るとも言っていたが、じっさいに出た（なぜ出るのかは聞いていなかったので、これにかんしては、肝をつぶした）。

わたしが歓びを覚えられないこと――嫌悪、さらには苦痛――が、夫にとってはごく当たり前であり、望ましくすらあるとは、まだわかっていなかった。リチャードはこんなふうに考える男たちのひとりだった――女が性的快感を覚えないのは、むしろ結構なことである。快楽を求めて余所をふらつくこともないだろうから。あの時代は、こういった考え方が一般的だった。いや、そんなことはないか。わたしには知る由もないが。

リチャードは、ここぞと言うときにシャンパンが運ばれてくるよう、事前に手はずをととのえていた。夕食もおなじく。わたしがおぼつかない足取りでバスルームへ行き、なかに閉じこもっているうちに、給仕が折り畳み式テーブルに白いリネンのクロスを掛け、何から何までセッティングしてくれた。ウィニフレッドがこの場にふさわしいと判断した衣装に、わたしは着替えた。それはサーモンピンクがかったサテンのナイトガウンで、白鼠《しろねず》の繊細なレースの飾りがついていた。洗面タオルで躰を拭こうとし、ふと、これはどうしたものかと思案した。タオルの赤い染みは、鼻血のように鮮明だった。考えたあげく、それを紙くず籠に放りこみ、ルームメイドには、なにかの手違いで紛れこんだと思われることを願った。

それから、〝リウ〟を吹きつけた。もろく、はかない香りだと思った。そのころには聞きかじっていたが、これはあるオペラに出てくる娘にちなんだ名前だとか。愛する男を裏切れば、男は報いにほかの誰かを愛する。ならばいっそと、みずから命を絶つ運命にある囚われの身の女だ。オペラは決まってこんな展開を見せる。この香水をして幸先がいいとはとても思えなかったが、気がかりは、自分がおかしな匂いをさせていることだった。これまでは、あのおかしな匂いはリチャードから出ていたのに、いまやわたしまで匂う。あまり大きな音をたてていないといいが。冷たい水に飛びこむときのように、わたしは無意識のうちにハアハアと強く息を吸っていた。

ディナーはステーキ、それにサラダが添えられていた。わたしはサラダばかり食べていた。あのころは、ホテルのレタスといえば、どれもこれもおなじだった。薄緑の水みたいな味がするのだ。霜みたいな味が。

翌日、ニューヨークへの列車の旅は、つつがなく過ぎていった。リチャードは新聞を読み、わたしは雑誌を読んだ。ふたりの会話は、結婚する前のそれと趣を違《たが》えることもなかった（会話と呼ぶのもためらわれる。わたしはほとんどしゃべらなかった。にこっとして、あいづちをうってはいたが、ろくに聴いていなかった)。

ニューヨークでは、リチャードの友人たちとレストランで夕食をともにした。夫婦ものだったが、名前は忘れてしまった。新興の成金にちがいない。それこそ、お札まで新しくて軋みそうだった。全身糊を塗りたくってから百ドル札のなかを転げ回ったような出で立ちである。どうやって儲けたのだろう、こんなお金を。わたしはいぶかった。どうもインチキ臭い。

ふたりはリチャードのことをさして知らず、熱心に知ろうともしなかった。彼になにか恩があるらしく、まあ、そういうことだ――暗黙の引き立て。ふたりは彼に恐縮し、恭しいばかりの低姿勢だった。これは、ライターの動きから察したことである。つまり、誰が誰になにを点けてやるか。それも、どれぐらい素早く。リチャードは立場の違いを楽しんでいた。自分のタバコに火を点けさせてかしずかせることを。ひいては、わたしにもかしずかせることを。

わたしは不意に気がついた。リチャードが彼らと出かけたがったのは、味噌すり坊主に取り巻かれたいからだけではない。わたしとふたりきりになりたくないのだ。それも責められまい。わたしには話すこともほとんどなかった。それでも、リチャードはいまや同伴者としてわたしを気づかい、優しくコートを羽織らせ、ときおりちょっと声をかけて盛り立て、つねにどこかに軽く手を添えてくれていた。たまに部屋をさっと見渡して、ほかの男性客を窺い、妬ましげな顔を探しだす(いまにして思えば、である、もちろん。あのときのわたしは、こういうことはひとつも気づかなかった)。

そのレストランはいたって高く、いたってモダンでもあった。こんな場所は見たこともなかった。室内は、ピカピカというより、ギラギラ光っていた。日にやけたように白茶けた木材や、真鍮の飾りや、派手な色のガラスが、いたるところに使われ、金属を張った素材がふんだんに取り入れられていた。型にはまったポーズをとる女たちの彫像は、真鍮だかスチールだかで、砂糖菓子のようにつややか。みんな眉はあるのに目がない。流線型を描く腰まわり、足はなく、腕はトルソーのなかに溶けこんでいる。なにやら白い大理石の球体。舷窓のような丸い鏡。どのテーブルにも、カラーの花が一輪、薄いスチールの花瓶に活けられていた。

　リチャードの友人夫妻は、彼よりさらに年上で、女のほうが男より年がいっているようだった。女は、春の陽気だというのに、白いミンクのコートを着ていた。ガウン形の長いジャケットもおなじく白で、そのデザインは――くだくだしい説明によると――古代ギリシャにインスパイアされたものだとか。正確に言うと、「サモトラケのニケ（翼のある勝利の女神像）」にである。ジャケットは胸の下あたりに金糸で襞をとり、あいだに十字模様の刺繍を入れていた。こんなに胸が垂れてたるんでいたら、自分ならこういうガウンは絶対に着ない、そうわたしは思った。襟足の上にのぞく肌は、腕とおなじに、そばかすだらけで萎びていた。妻がしゃべるあいだも、夫は無口にしており、握った手を膝でそろえて、石で固めたような微笑を顔にはりつけている。賢くも、目はテーブルクロスを見つめて。なるほど、これが結婚というものか、わたしは思った。こうして退屈を分かちあうことが。こうして苛々することが。白粉が流れて鼻の両脇に細い跡をつけることが。

「奥さまがこんなに若いなんて、リチャードは警告してくれなかったのよ」女がわたしに言った。

　旦那が「若さもいずれはすり減るさ」と言うと、女は笑いだした。

　わたしは〝警告〟という語の意味を考えてみた。わたしはそんなに危険なのだろうか？　まあ羊とおなじ意味合いでは。いま思えば、そんなところだ。羊がマヌケにもわが身を危機にさらし、狼どもに崖っぷちに立たされたり、追いつめられたりすれば、その難を逃れるのに、どこかの羊飼いが首を賭すことにもなるだろう。

　日をおかず――ニューヨークに来て二日後、あるいは三日後？――わたしたちは〈ベレンゲーリア〉

号（ベレンガーリアという似た名の大型客船が実在した）でヨーロッパに渡った。リチャードによれば、「どこの誰でも乗るような船」だそうだ。一年のこの季節にしては、海はさほど荒れなかったが、わたしは犬のように船酔いした（なぜこういうとき〝犬のように〟と言うか？　だって、犬はいかにも船酔いしそうな顔してる。わたしもどうにもならなかった）。

船員が洗面器と、冷めた薄い紅茶（ただしミルクなし）を持ってきてくれた。シャンパンがいちばんの薬だから飲むようにと、リチャードは言ったが、そんな危険は冒す気になれなかった。彼は多少気づかってくれたが、多少苛ついてもいた。もっとも、気分がわるくてかわいそうに、としか言わなかったが。夜を台無しにしては申し訳ないので、あなたはひとりでも出かけて社交すべきだと言うと、そのとおり出かけていった。船酔いをして助かったのは、リチャードがベッドに入りこんでくる気を見せないことだった。世の多くのことと同様、セックスはてきとうにやり過ごせるが、吐き気はそうはいかない。

翌朝、なんとか頑張って朝食の席に出るべきだと、リチャードが言いだした。それらしい体裁さえととのえれば、「戦《いくさ》は半分勝ったようなもの」だから、と。わたしは席について、パンをかじり、水を飲み、料理の匂いは気にしないよう努めた。萎んでいく風船みたいに、中身が抜けて、すっかりゆるみ、皺くちゃになった気がした。リチャードはたまに世話を焼いてくれたが、周りには知った顔がいたし（いるようだったし）、むこうもリチャードのことを知っていた。立ちあがって、握手をしては、また腰をおろす。わたしのことを紹介することもあれば、しないこともあった。しかし、これだけ知り合いがいても、まだまだ知り合いがほしいらしい。わたしの頭ごしや、話している相手の頭ごしに、始終あたりを見回しているところを見ると、そうにちがいない。

わたしは昼のうちに徐々に回復した。ジンジャーエールを飲んだのが、少しは効いた。夕食はたべなかったが、席にはついた。その夜は、キャバレー・ショーがあった。わたしは紫がかったグレイのドレスに、紅藤色のモスリンのケープ——ウィニフレッドがこんなときのために選んでおいた衣装を身につけた。服とおそろいで、踵が高く爪先の開いた、紅藤色のサンダルも用意されていた。こういうヒールを履きこなすコツがまだつかめておらず、足下がわずかにふらついた。海の空気があっているようだな、とリチャードは言った。顔色もいい具合になってきた、女学生みたいにちょっと赤みがさして。じつに綺麗だ。そう言って、予約しておいたテーブルにわたしをエスコートし、わたしにマティーニを、そして自分にもおなじものを注文した。マティーニを飲めば、あっというまに元気になるさ。リチャードはそう言った。

わたしはマティーニを少しばかり啜った。その時点で、もうリチャードはわたしの隣からいなくなり、青いスポットライトを浴びて立つ歌手が現われた。ウェイブのかかった黒髪を片目にたらし、筒のようなブラックドレスには、大きな鱗のようなラメが鏤《ちりば》められていた。ドレスは、堅肉《じし》だが見事なヒップにはりつき、撚り紐みたいなもので肩から吊られていた。わたしは魅入られたように歌手を見つめた。キャバレーはおろか、ナイトクラブにも行ったことがなかったのだ。女は肩を揺すりながら、なまめかしく呻くような声で、《ストーミー・ウェザー》を歌った。ドレスの前は、ほとんど丸見えだった。

席に座った客たちは、女を見つめ、歌声に聴きいり、ひとくさり意見を述べた――好き勝手に、気に入ったとか、気に入らないとか、そそられるとか、そそられないとか、あの歌は、あの衣装は、あのお尻は、良いとか悪いとか。彼女のほうは好き勝手するわけにもいかない。ひととおりこなさねばならない――歌をうたい、肩を揺すって。こうしてどれぐらいもらっているんだろう。はたして、これに見合う額なのか。貧しい境遇でなければ、とても。わたしはそう判断した。あれ以来、〝スポットライトを浴びて〟という言い回しは、わたしにとって、まぎれもない屈辱の形になったようだ。スポットライトとは、断固寄るべからざるもの。できることなら。

歌手が引っこむと、白いピアノをものすごい速さで弾く男が登場し、そのあとは、男女組みになったプロ・ダンサーが出てきて、タンゴを踊った。歌い手とおなじく、黒い衣装を着ていた。スポットライトを浴びた髪は、エナメル革のように光り、いまや毒々しい緑にそまっている。女のひたいには、黒い巻き毛がひと房ぺたりとつき、片方の耳の後ろには、大きな赤い花が挿してあった。ドレスは腿の真ん中あたりでまちを接ぎあわせていたが、そうでなければ、ストッキングと見紛うばかりだった。音楽は、不揃いで、ちぐはぐ、まるで四つ足の動物が三本足で歩いているようだった。足を怪我した牡牛が、下を向いて突進していくような。

踊りはどうかと言うと、ダンスというより格闘技みたいだった。踊り手の表情は固まったように無感情。目ばかりギラギラさせて見つめあい、噛みつく機を窺っている。演技なのだと察しはついた。プロの技なのだろう、と。それでも、ふたりは手負いの者のように見えた。

三日目がやってきた。昼下がり、わたしは外の空気を吸おうとデッキへ散歩に出た。リチャードはついてこなかった。大事な電報が来そうだから、と。電報ならすでに山ほど来ていた。銀のペーパーナイフで封を切り、中身を読んだら、引き裂いてしまうか、いつも鍵をかけてあるブリーフケースにしまいこむ。

別段デッキに付き添ってほしかったわけではないが、それでも、わたしは孤独を味わっていた。孤独だということは、蔑《なみ》されているということ。蔑されているということは、不首尾ということだ。まるで、約束をすっぽかされたような、その気にさせて棄てられたような気がした。失恋したかのような。クリーム色のキャラコの服を着たイギリス人の一行が、こちらを見つめてくる。意地悪な視線ではなかった。温和で、よそよそしく、微かに好奇の混じった眼差し。イギリス人でなければ出来ない見つめ方。自分が薄汚れて皺くちゃになり、つまらぬ存在になった気がした。

空には雲が垂れこめていた。煤けたような灰色の雲で、水浸しになったマットレスの詰め物のように、所々がぼこぼこと凹んでいた。霧雨がぱらついている。帽子をかぶっていなかったのは、風で飛ばされるのを恐れたからだ。絹のスカーフを顎の下で結んだだけの恰好だった。わたしは手すりにもたれ、遠くを見晴るかし、眼下を見おろした。果てしなくうねる鈍色《にびいろ》の波を。船の白い航跡が水面に書き殴る、短く、意味のないメッセージを。それが隠れた災いを解く鍵であるかのように。裂けたモスリンがたなびくような跡を。煙突から煤が吹きつけ、留めた髪がほつれて、湿った毛先でわたしの頰を打った。

なるほど、これが海というものだ、そうわたしは思った。それらしく深遠な感じはしなかった。海の詩かなにか、読んだはずの文章を思い出そうとしたが、出てこなかった。〝砕けよ、砕けよ、砕けよ〟。そんな始まり方をする詩。冷たい灰色の岩が出てきたっけ。〝おお、大波よ〟。

船外になにか投げたくなった。そう求められている気がしたから。結局は、一ペニー銅貨を投げたが、なにも願いはかけなかった。

第六部

昏き目の暗殺者　千鳥格子のスーツ

男は鍵をまわす。門式の錠前。ささやかな加護。今回はつ
いている。アパートの一室を丸ごと借りられた。独り身の女の住まい。狭いキッチン・カウンター付きの広い部屋一間だけだが、専用のバスルームもあり、バスには、猫脚の湯船とピンクのタオルが備えられている。なかなかの高級感。この部屋の主は友だちの友だちの恋人で、目下、遠方の葬式に出かけていた。丸四日の安泰。もしくは、安泰という幻想。

カーテンはベッドカバーとそろいだった。節玉のある重厚な絹地は、サクランボ色。もう一枚、ごく薄いレースのカーテンが掛かっていた。男は窓から少し距離をおきながら、外を見やる。色づきだした木の葉ごしに見える景色は、〈アラン・ガーデンズ〉の建物だ。木々のもと、酔っぱらいだかルンペンだかが、ふたりしてのびており、ひとりは顔の上に新聞紙をのせていた。彼自身もああして眠りをとってきた。自分の息で湿った新聞紙は、いかにも貧乏臭い、敗北の匂いをさせる。犬の毛のついた、黴だらけの布地のような。ボール紙のプラカードや、くしゃくしゃになった紙類が、草地に散らばっている。昨晩の集会の残骸。同志たちが延々と〝教義《ドグマ》〟をぶちあげて、聴衆の耳に吹きこむ——陽の射さない時代にこそチャンスをものにしろ、と。石突きに鉄を被せた棍棒と麻袋をさげた、陰気な男たちが、ふたりを尋問しようとする。少なくとも、この哀れなやつらにとっては、これが職務なのだ。

女は下の公園を斜めに突っ切ってくるだろう。いったん立ち止まり、見張りがいないか、あからさまにあたりを見渡す。それがすむころには、見張りが現われているだろう。

なんだか無性的な白と金の机には、パンを半斤に切ったような大きさと形をしたラジオが置かれている。男はスイッチを入れる。メキシコ人トリオの声。水のロープといった感じの、固くて、柔らかい声が、からみあう。おれの行くべき所はあそこだ、メキシコ。テキーラを飲んで。ドッグ・レースに行って。いや、ドッグ・レースに〝もっと〟行って。餓えたオオカミ・レースでもいい。ならず者になって。男は机に自分のタイプライターを据えると、鍵を開け、蓋をはずして、ロール式の紙をセットした。インクリボンが切れかけている。女が着く前に、何ページかは打つ時間があるだろう。女が着けばの話だが。ときには、足止めを食ったり、邪魔が入ったりする。まあ、女の言い分によれば。

女を抱きあげて、このハイカラな湯船に入れ、シャボンの泡だらけにしてやりたい。そのなかをいっしょに転げ回るんだ、ピンクの泡にまみれた豚みたいに。きっと、やってやろう。

男がいま練っているのは、ある構想——というか、構想の構想だ。地球を探索する宇宙船を飛ばす、ある地球外生物の話。その体はすぐれた構造のクリスタルで出来ている。彼らは地球上の生き物が自分たちに似ていると考え、交信をとろうとする。類似点は、眼鏡、窓ガラス、ヴェネチア風の文鎮、ワイン・ゴブレット、ダイヤモンドの指輪などなど。この点、彼らは見あやまっていた。故郷の星には、以下のような報告書を送り返した。「この惑星は、かつて栄えたがいまは滅びてしまった文明の興味深い面影に満ちみちている。高度な文明だったにちがいない。どんな大惨事が原因で、知的生物が絶滅したのかは、不明である。惑星は現下、ねばつく緑の金銀線細工《フィリグラン》のような種々の繊維体と、半液状の泥が奇態な形をなす無数の小滴が、見られるばかり。このあちこちに、不規則にさす光の条が入り乱れ、地表は透明な流体に覆われたように見える。これらの発する甲高い鳴き声や、よく響くうなり声らしきものは、摩擦震動と考えるべきで、言語と取り違えてはならない」。

とはいえ、これでは物語にならない。宇宙人が攻めてきて、地球を荒廃させ、ジャンプスーツが裂けてご婦人の肌がポロリと飛びだしてくるようでなくては、〟物語〟とは言えない。ところが、侵攻するとなると、物語ってものの前提がくずされてしまう。この惑星に生き物がいないとクリスタル星人が考えるなら、なぜわざわざ着陸するだろう？　考古学的な興味か。標本の採取に。ニューヨークの摩天楼から、突如として何千という窓ガラスが、宇宙人の掃除機に吸いとられる。何千という銀行の頭取も同様に吸いとられ、絶叫しながら死んでいく。これはいけるかもしれない。

いや。これでも、まだ物語にはならない。売れるような要素が必要だ。〟不死身の死女〟たちに話を戻そう、血に餓えた例の。今回は、髪の毛を紫色にし、〟アーン〟の十二の月が発する淡紫色の毒光線のもとで、活躍させる。いちばんいいのは、男の子たちが考えそうな装丁画を描き、そこから始めること。

しかし、うんざりだ、こんな女たちには。女たちの牙にも、しなやかな体にも、〟熟れ熟れながら引き締まったグレープフルーツを半分に割ったようなバスト〟にも、あいつら大食らいにも。赤い鉤爪にも、邪悪な瞳にも。頭をガツンと一発にも。ウィルだのバートだのネッドだの、一音節だけの名前のヒーローにも、うんざりした。やつらの光線銃やら、肌に密着したメタリックの服やらにも。スリル一回、十セント。それでも、ばんばん書き飛ばせば、生計はたつ。物乞いにえり好みはできない。

また現金が底を尽きかけていた。彼女が小切手を持ってきてくれるといいが。男の名義でない私書函のひとつから。それに裏書きをすると、女が現金化してきてくれる。彼女の名前で、彼女の銀行で。彼女にはなんの問題も生じない。ついでに、郵便切手も少し持ってきてくれたら。もっとタバコも持ってきてくれたら。もう三本しか残っていない。

男は部屋を行きつ戻りつする。床が軋む。堅材だが、ラジエーターの液が漏れたところが染みになっている。ここは戦前に貸しだされたアパートだ。身元のしっかりした、独り住まいの勤め人向けに。当時は、世の先行きももっと明るかった。スチームヒーター、安定した給湯設備、タイル張りの廊下――なにもかもが最先端。この建物は、いまより良い時代を見てきたわけだ。男がまだ若かった数年前、ここに部屋をもつ女を知っていた。看護婦、だったと思う。ナイトテーブルの抽斗に、スキンを入れていた。火口がふたつのガスレンジがあり、ときには朝食もつくってくれた――ベーコン・エッグズ、バターたっぷりのパンケーキにメープルシロップをかけて。女の指についたシロップを舐めてやったものだ。前の間借り人が置いていった、台付きの鹿の剝製もあった。その枝角に、女はストッキングをぶら下げて干していた。

土曜日の午後。火曜日の夜。女が非番のときは、いつも酒を飲んで過ごした。スコッチ、ジン、ウォッカ、手近にあるものならなんでも。初《しょ》っ端《ばな》からへべれけに酔ってしまうのが、女は好きだった。映画にも、ダンスにも出かけたがらなかった。ロマンスも、ロマンスごっこも、まっぴらのようだった。まあ、どちらもおなじだが。彼に求めるのは、スタミナだけ。決まって毛布を床に放り投げた。背中にあたるタイルの硬さがいいのだと言う。男の膝と肘にとっては、とんでもない試練だった。とはいえ、その場では気にもならなかった。あっちのことに気をとられていたから。女はスポットライトを浴びているように、うめき、頭をのけぞらせ、くるりと目をむいた。一度、立ったまましたことがある。ウォークイン・クロゼットの中で。膝はがくがくし、防虫剤の臭いが鼻をつき、周りには、上等な縮緬の喪章やラムウールのアンサンブルがあった。女は悦びにむせび泣いたものだ。彼を棄てたあと、弁護士と結婚した。お似合いのふたり、純白の結婚式。男はそれを新聞で読んで、面白がりこそすれ、恨みはしなかった。でかしたぞ。そう思った。ときには、あばずれが勝つ。

青二才のころだ。名もなき時代。愚かなる午後。手っ取り早く、冒瀆的で、あっというまに終わり、前にも後にも求めず、言葉も要らず、支払うものもない。諸々のごたごたに、ごたごたと巻きこまれる前の日々。

腕時計を見て、また窓辺に寄ると、ああ、彼女がやってきた。公園を斜めに駆けてくる。今日は鍔広の帽子に、千鳥格子のスーツにベルトをきつく締め、ハンドバッグを小脇に抱え、プリーツスカートの裾を揺らしている。ぎくしゃくした、妙な歩き方だ。後肢《あとあし》で立って歩くのに慣れていないかのような。だが、ハイヒールのせいだろう。あんな踵でどうやってバランスをとるのか、つくづく不思議に思う。合図を受けたかのように、女が立ち止まる。例のぼうっとした表情で、あたりを見回す。摩訶不思議な夢から覚めたばかりのように。新聞紙を拾っていた男ふたりが、女のほうを見やる。〝なにか失くしものですか、お嬢さん?〟。ところが、女はそのまま歩を進め、通りを渡ってくる。渡ってくる姿が、木の間隠れにちらちら見える。番地を探しているにちがいない。さあ、玄関の階段をあがってきた。ブザーが鳴る。男はボタンを押して、タバコをもみ消すと、机の灯りのスイッチを切り、ドアの鍵をはずす。

こんにちは。すっかり息が切れたわ。エレベーターを待ちたくなかったの。女はドアを押して閉め、ドアに背を向けて立つ。

誰にも尾けられていないよ。おれがずっと見ていた。タバコ、持ってきたかい?

それから、あなたの小切手と、五本めのスコッチもね。極上の。品揃え豊富なうちのバーからくすねてきたわ。品揃え豊富なバーの話はしたかしら?

女は軽い調子、もっと言うと、おちゃらけた態度をとろうとしている。あまり巧くない。時間かせぎをしながら、男の望むものをじっと窺っているのだ。決して自分から初手は打たない。しっぽを出してはいけない。

よくやってくれた。男は近づいてきて、抱きしめる。

よくやった？　ときどきね、わたしギャングの情婦みたいな気分になるの――あなたのお遣いをして。ギャングの情婦のわけないだろう。おれは銃も持っていない。映画の見すぎだな。とんでもないわ、女は男の首筋につぶやく。あなた、散髪したほうがよくてよ。柔らかいアザミの毛みたい。と言って、男のボタンを上から四つはずし、シャツの下に手を滑らせる。男の肌はとても締まって、密な感じがする。きめが細かく、よく陽に灼けた。こんな木彫りの灰皿を前に見たことがある。

昏き目の暗殺者　赤いブロケード

素敵だったわ、女が言う。あのバスタブ、素敵だった。それに、意外や意外、ピンクのタオルに包まれたあなたの姿なんて。いつもの所に比べると、ずいぶん豪華ね。

誘惑はいたるところにひそんでいるものさ、男は言う。〝ポン引き〟は招く。この部屋の女、しろうと娼婦なんじゃないかな、どう思う？

男はピンクのタオルで女の体をくるみ、濡れて滑りながら、ベッドへ抱いていく。節玉のあるサクランボ色の絹のベッドカバーをはぎ、綿繻子のシーツのあいだにもぐりこんだら、女が持ってきたスコッチを飲む。上物のブレンデッド・ウィスキーだ。燻したような香り、じんわり熱く、タフィみたいになめらかな喉ごし。女は贅沢に体をのばしながら、このシーツは誰が洗うのかしらと、ほんの一瞬考える。

ひとさまの部屋にあちこち無断であがりこんでいる。そんな感覚を、女は無理に打ち消そうとはしない――誰であれ普段そこに住んでいる人の私的な領域を冒しているという気分。クロゼットや衣装だんすをつぶさに検《あらた》めるのが好きだったが、なにも物取りをしようというのではなく、見るだけだ。世の人々の暮らしぶりを。実社会に生きる人たち――自分よりリアルな人たちの。彼にもおなじことをしてやりたいけれど、ところが、あの人はクロゼットも衣装だんすも、ともあれ私物は持っていない。何かを発見しようにもするものがなく、秘密を暴くものもない。ただひとつ、擦り切れた青いスーツケースがあるが、つねに鍵をかけて、たいていベッドの下にしまってある。

彼のポケットの中身も、情報源にはならない。何度かひととおり調べたことがあるが（スパイ行為とは違う。何がどこにあるのか、どこに入れっぱなしになっているのか、知りたかっただけ）。ハンカチ一枚、青、白い縁取りあり。つましい小銭。タバコの吸いさしが二本、パラフィン紙に包まれていた――節約してとっておいたにちがいない。ジャックナイフ、古いもの。一度は、ボタンがふたつ出てきた。――きっとシャツからとれたのね、女はそう考えた。嗅ぎ回っているのがばれるので、ボタンを付け直しましょうかとは言わなかった。信頼のおける女だと思われたい。

運転免許証、彼の名義ではない。出生証明書もおなじく。それぞれ違う名前だ。あの人をいっぺん虱潰しに調べあげてやりたい。なかを引っかき回して。逆さまにひっくり返して。中身をすっかり空にして。

男はやさしく歌う。低くおもねるような声で。センチなラジオの流行歌手のように。

煙のこもる部屋、悪魔の月、そしておまえ――
キスを盗むと、おまえはいついつまでもと誓った――
ドレスの下に手を滑らせると、
おれの耳を噛み、ふたりで滅茶苦茶やった
いまは夜明け――おまえはいない――
そして、おれはブルー。

女は笑いだす。そんな歌、どこで仕入れたの？

わが娼婦ちゃんの歌だよ。今日の舞台にぴったりだろ。

ここの人、本物の娼婦じゃないわ。しろうとでもないわね。お金をとっているとは思わない。ほかになにがしかの報酬はもらっていそうだけど。

チョコレートをたんまりか。あなたたなら、それに甘んずるかな？

トラックに何台ぶんももらわないとね、女は言う。わたし、それほど高くはつかないの。このベッドカバーは本物のシルクね、色が気に入ったわ——けばけばしいけど、すごく素敵。肌の色をきれいに見せるでしょ、ピンクのキャンドル・シェードみたいなもので。ところで、先を用意してきてくれた？

先って、なんの？

わたしのお話の先よ。

あなたの話だって？

ええ。わたしのためのお話じゃないの？

ああ、いや、そうだよ、男は言う。もちろん。ほかのことは頭にない。夜も眠れないよ。

嘘つきね。退屈してるの？

そなたを歓ばせしものなら、わがはいを退屈させようはずがない。

まあまあ、大仰だこと。ピンクのタオルをもっと登場させないとね。そのうち、あなた、わたしのガラスの靴に口づけるわよ。まあ、ともかくつづけて。

どこまで話したかな？

青銅の鐘が響いたところよ。喉が掻き切られた。ドアがひらく。

よし。しからば先を。

男は話しだす。さて、これまで話してきた娘だが、いよいよドアが明く音を耳にした。〝ひと夜の褥《しとね》〟の赤いブロケードをしっかり体に巻きつけながら、壁際に後じさる。その生地は、なんだか干潟のような、潮の臭いがする。彼女の前に死んだ娘たちの恐怖が干からびて染みついているのか。誰かが部屋に入ってきた。重い物を床に引きずる音がする。ドアがふたたび閉まった。部屋は塗りこめたような闇。なぜランプやロウソクの明かりが見えないのかしら？

両手を前に突きだして、身を守ろうとしたところで、べつな手に左手をつかまれ、握られたのを感じる。優しい握り方で、無理じいするではない。なにかを問いかけるようだった。

娘は口がきけない。「わたし話せないの」と言えないんだ。

昏き目の暗殺者は、娘のヴェールを床に落とす。その手をとったまま、ベッドのかたわらに腰をおろす。いまなお殺すつもりだが、それはちょっと後回しにしてもいい。こういう〝囲いもの〟の娘たちの話は耳にしてきた。最期の日まで、人目を避けて匿われているのだとか。男は娘に興味を抱く。どのみち、彼女はそういう類の女で、いわば、据え膳。そんな女を拒めば、神々の顔に唾することになる。敏速に動いて、任務を遂行し、姿をくらますべきとはわかっていたが、それにしたって時間はたっぷりある。娘の肌にすりこまれた香水の匂いがする。葬式の棺の匂い。未婚のまま、若さを徒《いたずら》にして死んだ娘たちの匂い。

いまさらなにも台無しになるわけでなし。暗殺者は思う。金で買ったものはなにも。きっと偽の地界の王も、すでに訪れて去ったあとだろう。あの錆びついた鎖かたびらは着けたままだったろうか？　おおかたそうだろう。太い鉄鍵をガチャガチャと挿しこむように、娘のなかへ押しいり、鍵を回すようにして、この体をこじ開けたのだろう。あの感触は、おれも嫌というほど憶えている。なんにせよ、おれはあんなことはしない。

暗殺者は娘の手を自分の口元に持っていき、唇をつける。キスとは言えないが、敬意と儀礼の印である。お恵み深き高士よ――暗殺者は言う。物乞いが金持ちの施し人に聞かせる決まり文句だ。あなたの絶世の美を噂に聞いてやってまいりました。しかし、ただここに居《お》れというのは、生殺しも同然でございます。あなたのお姿をこの目で見ることはかないませぬ。盲いていますゆえ。この手で見ることをお許しいただけまいか？　最後のお慈悲になりましょう、おそらく御身にとっても。

男もだてに奴隷と男娼をやってきたわけではない。おだて方は心得ている。まことしやかな嘘のつき方も、へつらい方も。娘の顎に指をかけたまま、娘がためらったあげく、うなずくのを待つ。娘の心の声が聞こえるようだ。〝明日には、わたしは死ぬのだし〟。おれがここに来た本来の目的を思案しているだろうか。男はそんなことを思う。

向かう場所もなく、時間もなく、〝絶望〟の意味を真に理解している者が、ときに快挙をなしとげる。彼らは危険と得を秤にかける必要もなく、未来を思うこともなく、槍の切っ先を〝現在〟という時に突きこむ。断崖に投げだされたら、落っこちるか、飛ぶしかないだろう。それでも、ひとはどんな望みにもしがみつく。それがどれほど期待薄でも――使い古された言葉を出すなら――奇跡のようなことでも。まあ、言い換えれば、〝万にひとつの望みでも〟。

と、まあ、こんな成り行きだよ、この夜も。

昏き目の暗殺者はゆっくりゆっくり、娘に触りだした、片手だけで。右の手だ――縁起がいいとされる手であり、利き腕、ナイフを使う手。顔を撫で、その手を首筋に滑らせる。今度は、左手、不吉とされる手も添えて。両の手を使って、ごくごくもろい鍵、絹で出来た鍵の錠破りでもするように、そうっと。水に撫でられているような感じがする。娘は身を震わせるが、いままでのように恐怖のせいではない。しばらくすると、体に巻きつけた赤いブロケードをはらりと落とし、男の手をとって導く。

肌のふれあいは、視覚の前にありき。言葉の前にありき。それは、最初にして最後の言語。つねに真実を語る。

こうして、口のきけない娘と、目の見えない男は、恋に落ちた。

驚かせてくれるわね、女は言う。

そうかい？　と、男。どうして？　あなたを驚かすのは好きだが。男はタバコに火をつけて、女に勧める。女は首を振って断わる。男はタバコを吸いすぎる。神経が過敏になっているのだ。手元はしっかりしているものの。

だって、ふたりが恋に落ちたなんて言うんだもの。そんなものはさんざん馬鹿にしていたくせに――現実味がない、ブルジョワの妄想だ、芯まで腐っていやがる、とか言って。気色わるいほどおセンチで、仰々しいヴィクトリア風の口実をつけているが、純然たる肉欲だろ、なんて。けど、ご自分には甘いのね？

おれのせいにするな、歴史のせいにしろ、男はにやにやして言う。たまにはそういうことも起きるってこと。〝恋に落ちた〟記録はめんめんと残っているぜ。少なくとも、その手の言葉は。ともかく、男は嘘をついていると言ったろう。

そんな風に言い抜けるなんて駄目よ。嘘をついていたのは、最初だけ。あとから、撤回したんじゃないの。

うーむ、一理あるか。とはいえ、もっとすげない解釈もできるぜ。

解釈って、なんの？

この〝恋に落ちる〟って商売のさ。

それは、いつから商売になったの？　女は尖り声になった。

男はにやりとする。こういう考え方は気にさわるのか？　商業的すぎて！　良心の呵責を感じるって、そういうことか？　しかし、交換取引ってのは、どこにでもあるものじゃないか？

ないわ、と女は言う。そんなもの。あるとはかぎらない。

男はつかめるものをつかみとった、そう言えるだろう。なぜつかまない？　気の咎めることはなし、やつの人生は弱肉強食、つねにそういう人生だった。あるいは、こうも言えるだろう。ふたりはどちらも若かったから、それ以上深く知りあおうとしなかった。若者が情欲を愛と勘違いするのは、世の常だ。若者はありとあらゆる理想主義に冒されているからな。それに、事後、男が娘を殺さなかったとは言っていないさ。言ったとおり、こいつから身勝手を抜いたらなにも残らないんだ。

ほら、いざとなると、怖じ気づく、女は言う。尻込みばかりの、腰抜け野郎。最後までやり通す気がないのよ。パンチラ女みたいな愛し方をすればいいんだわ、クソッタレ。

男は笑いだす。ぎょっとして笑いだす。女の言葉の下品さに驚いたのか。たじたじとなったのか。ついにあなたをやりこめたかしら？　言葉を慎みたまえ、お嬢さん。

どうして？　あなたは慎まないのに。

おれは悪い見本なんだよ。ともあれ、ふたりはどこまでも――〃おのれの感情〃に溺れたらしいと言っておこう。あなたがそう呼びたいのなら。感情のままに転げ回り、その瞬間だけに生きて、それこそ上から下から詩を吐きだし、キャンドルを燃やし、盃を飲み干し、月に叫んだ。時間切れが迫っていた。ふたりには、失うものは何もない。

男にはあるわ。少なくとも、男はそう思っていたはずよ！

わかった、わかった。娘には失うものはなかった、と訂正するよ。そう言って、男はタバコをふかす。わたしとは違うと、言いたいわけね、女は言う。

たしかにあなたとは違うな、ダーリン、男は言う。おれに似ている。失うものといえば、何も《ナッシング》ない。

女が言う。けど、あなたにはわたしがいる。失うものといえば、わたしでしょう、何も《ナッシング》ない、ではなくて。

《トロント・スター》紙　一九三五年八月二十八日

社交界の女学生、無事発見さる

《スター》紙　独占記事

昨日、警察は、社交界の一員である十五歳の女学生、ローラ・チェイスの捜索を打ち切った。ローラ嬢は一週間あまり行方不明だったが、家族の友人、E・ニュートン・ドッブズ夫妻のマスコーカの別荘に、無事身を寄せているのがわかった。ローラ嬢の姉と結婚した著名な事業家、リチャード・E・グリフェンが、チェイス家に代わって、記者の電話取材に応じた。「妻とわたしはひたすら胸を撫でおろしています」と、氏は述べている。「ちょっとした行き違いでした。手紙の配達が遅れたせいです。ローラは自分で休暇の段取りをしていましたが、滞在先の夫妻に知らせたと同様、わたしたちにも予定を伝えてあると思いこんでいた。くわえて、夫妻は休暇中は新聞を読まないのです。でなければ、こんな混乱は起きなかったでしょう。彼らは街に戻ってきて事態に気づくと、すぐさまうちに電話をしてきました」

ローラ嬢が家出をし、サニーサイド・ビーチ遊園地で、妙な状況におかれていたという噂について訊ねると、グリフェン氏は、そういう悪意ある虚報を誰が広めているのか知らないが、見つけだすことを自分の務めとしたい、と答えた。「誰にでもあるような、ありふれた勘違いです。ローラが無事だったことを、妻もわたしもありがたく思っています。警察、各新聞社、関係者のみなさんのご協力に、心からお礼を申しあげたい」ローラ嬢は報道陣に動揺し、インタビューを拒んでいると伝えられる。

長びく被害はなかったものの、郵便物の配達不備が原因で、きわめて由々しき問題が起きたのは、本件が初めてではない。国民は安心して任せられる公共サービスを求めて然るべきであろう。公務員は肝に銘じてもらいたい。

昏き目の暗殺者　街の女

女は街を歩く。いかにも〝街を歩く女《ストリートウオーカー》〟に見えるよう願いながら（英語でストリートウオーカーは街娼の意）。せめて、この通りを歩くにふさわしいように。ところが、そうは見えない。服装が場違いだ。場違いな帽子、場違いなコート。頭にスカーフを巻いて顎の下で結び、袖の擦り切れたぶかぶかのコートを着ているべきなのに。うらぶれて慎ましく見えねばならない。

この界隈は、ずいぶん家が建てこんでいる。かつては召使いのすまいが重なりあうように建っていたが、今日び、召使いなど数も減ったから、金持ちはべつの用途に使いだした。煤けた赤煉瓦、二段あがって、二段おりると、秘密の裏出口があったり。小さな前庭の芝生に、菜園の名残りがあったり——黒ずんだトマトの蔓、紐のぶらさがる木の杭。菜園はもともと不作だったにちがいない——あまりに陽当たりがわるいし、土壌も汚れていた。しかし、こんなところでも、秋の木は豊かに繁り、落ちやらぬ葉は、黄に、橙に、朱に、新鮮なレバーのような深紅に色づいたことだろう。

家の中から聞こえてくるのは、怒鳴り声、罵声、ドアのガタガタいう音、バタンと閉まる音。女たちはうるさそうに声を荒らげ、子どもたちが食ってかかる。窮屈そうなポーチでは、男たちが木の椅子に座り、暇をもてあましている。職にはあぶれたものの、まだ家と家庭にはあぶれていない。男たちは彼女を目にすると、眉をひそめ、袖口と襟元には毛皮の飾り、トカゲ革のハンドバッグを持つ女を、苦々しく品定めする。ひょっとして、男たちは間借り人で、貯蔵庫だの部屋の隅だのに押しこめられ、賃料を折半させられているのかもしれない。

女たちが通りを足早に行く。うつむき、背を丸め、茶色の買い物袋を抱えながら。所帯もちにちがいない。〝ごった煮〟という語が、思い浮かぶ。彼女たちはわずかに肉のついた骨を肉屋でせしめとり、安いバラ肉を持ち帰って、しおれたキャベツをつけあわせて食卓に出すのだろう。そこへいくと、女は背筋をぴんと伸ばしすぎだし、顎をしゃんと上げすぎだし、あんなうらぶれた顔もしていない。地元の女たちがちょっぴり顔をあげて、彼女に目をとめると、忌々しげな目つきになった。娼婦だと思ったのだろう――とはいえ、あんな靴をはいて、ここで何をしているのやら？　自分のいる世界からはるかに落ちぶれたところで。

やっと酒場が見つかった。彼から聞いたとおりの角に。ビアホールだ。店のおもての木立に、男たちが集まっていた。女が脇を通っても、誰も何も話しかけない。藪のなかにいるかのように、ただ眺めているが、女の耳には、彼らのぶつぶつ言う声が聞こえる。嫌悪と色欲が喉元で混じりあい、船の航跡のように、女のあとをついてくる。教会の奉仕家や、高慢ちきで役立たずの社会改革家と勘違いしているのだろう。ご清潔な指を彼らの生活に突っこみ、あれこれ聞きだしては、横柄な援助として〝おこぼれ〟を差しだす。しかし、その手の人間にしては、この女、身なりが良すぎる。

女はタクシーをひろうと、三ブロック先で降りた。このあたりは、車の通りがもっと多い。語り種にはならぬが花――こんなところで、誰がタクシーに乗る？　とはいえ、どのみちもう〝語り種〟だ。いま必要なのは、べつのコート。処分セールで適当に選んでスーツケースに突っこんできたコートだ。ホテルのレストランへ入り、レジにコートを置いたまま、化粧室に滑りこんで着替えてしまおうか？　髪の毛をボサボサに乱し、口紅をこすってぼかす。違う女になって出てくる。

いいえ、駄目。うまくいきっこない。まずもって、このスーツケースがある。ここに詰めこんだ家出という荷物と。〝そんなに急いでどこへいらっしゃるのです？〟

そんなわけで、偽装具もなしに、偽装スパイものの主人公を演じる羽目になっている。頼りにするは顔だけ、その狡猾さだけだ。いまや、よどみなさ、冷静さ、無邪気さ、どれをとっても充分に稽古をつんでいる。両の眉を吊りあげる仕草、二重スパイがお得意の、誠実な曇りのないまなざし。まじりけのない水のような顔。大事なのは、嘘をつくことではなく、嘘の必要を巧みに避けることだ。あらかじめ、なにを聞いても馬鹿らしいと思わせておく。

それでも、いくらかの危険はともなう。それは、彼にとっても。じつは、女に話している以上に危険はある。男が思うに、一度通りで見つけられた。顔を見て気づかれて。アカ狩りのおまわりだろう、おそらく。男は混みあうビアホールを抜けて、裏口から出たところだった。

信じたものかどうか、女にはわからない――この手の危険が実際あるのかどうか。ポケットのふくらんだダークスーツを着て襟を立てた男たち。標的をつけ狙う車。〝いっしょに来い。あんたを連れていくぜ〟。がらんとした部屋、そっけない灯り。なんだか、あまりに芝居じみている。でなければ、セピア色の霧のなかだけで起きることのような。どこかよその国で、違う言葉で。ここで起きるとしても、自分とは関係のないところで。

もし捕まったら、わたしは彼を棄てるだろう。もう一度、雄鶏が時をつくる間もなく。それは、はっきりと、冷静に、悟っている。ともかく、自分ひとり放免になり、男との関わりも、ちょっとした火遊びか、じゃじゃ馬のお戯《たわむ》れと見なされ、結果、どんな騒動が起きたって、とりつくろわれるだろう。もちろん、陰で代償は払うことになるが、とはいえ、何をもって？　自分はすでに破産の身なのだ。石をしぼっても血は出ない。非情な相手に情を望んでも無駄というものだ。いっそ〝店を閉めて〟、シャッターをおろしてしまおう。いつまでも〝昼休み中〟ということで。

ここしばらく、誰かに見張られている感じがする。とはいえ偵察しても、誰もいないのだが。ますます用心深くなっている。できうるかぎり用心深く。怖いの？　ええ、そう。怯えてばかり。でも、怖いのは問題じゃない。いや、それとも、むしろ問題なのでは。だって、あの人のそばで感じる歓びが高まる。逃げおおせているという感覚も。

真の危険とは、わが身から出てくるもの。わたしがなにを許すか、どこまで行く意志を持つか。けど、これには許可も意志もあったものじゃない。だったら、わたしがどこへ突き動かされていくか。どこへ導かれていくか。動機については、よくよく考えてみたこともなかった。じつは、動機なんて何もないのかもしれない。欲望は動機とは言えないから。でも、ほかに選択の余地があるとは思えない。こんな至極の歓びは、また屈辱でもあるけれど。犬の革紐みたいに、みっともないロープを首に巻かれて、引っ立てられているも同然。そんなのって頭にくるわ、自由がないなんて。だから、合間の時間を引き伸ばし、出し惜しみしながらあの人に会ってやるの。待ち惚けをくわせ、約束をやぶった言い訳に小さな嘘をつく――公園の壁にチョークで書いた印が見つからなくて、伝言を読めなかった、とか。ありもしない婦人服店の〝新しい〟住所やら、いもしない旧友が署名した葉書やら、番号違いでかけてしまった電話やら。

でも、結局は、彼のもとへ戻る。抗っても仕方ない。わたしは記憶を消すために、忘れるために、あの人と逢っている。自分を明け渡し、消し去って。自分の体の闇に入りこみ、自分の名前すら忘れる。わが身を生け贄として捧げたい。どんなにつかのまでも。縛られず生きるために。

それでも、気がつくと、当初は思いも至らなかったことを考えている。あの人、洗濯物はどうしているのかしら？　一度は、ラジエーターの上に靴下が干してあった――わたしが見ているのに気づき、さっと隠したけど。あの人はわたしが訪れる前に、ものを片づけてしまう。雑ながらも、ひととおり。食事はどこでしているんだろう？　ひと所であまり何度も見られるのはまずいとか、前に言っていた。

転々とするしかないのさ、こっちの飯屋、あっちの飲み屋から、またどこかへね。こういう下卑た言葉も、彼の口から出ると、なんだか汚れた魅力をもつ。日によっては、いつにもまして過敏になり、うなだれたまま、外にも出ない。そんなわけで、あっちの部屋にもこっちの部屋にもリンゴの芯がころがる。床には、パンくず。

あのリンゴやらパンやら、どこで手に入れてくるんだろう？　そういう細かいことは、妙に言い渋る――わたしがいない場では、生活はどうなっているのか。わたしが実情を知りすぎると、自分の威容がしぼむと思っているのだろう。みみっちい些事を知りすぎると。それはもっともかもしれない（画廊を見るといい。女を描いたあまたの絵は、ハッとするような私生活の瞬間をとらえている。〈眠れるニンフ〉〈スザンヌと老人たち〉〈水浴びする女〉ブリキのバスタブに片足を入れた絵だ――ルノワールだったか、ドガだったか？　どの絵の、どの女も、丸々としている。あるいは、猟人の物欲しげな目に気づく直前の、女神ディアーナと森の精たち（〝牧畜神ファウヌスに驚くディアーナと森の精〟というのはよくみられるモチーフ）。いずれにせよ、〈洗面台で靴下を洗う男〉なんて絵はないのである）。

ロマンスとは、遠景も前景もなく、中景のなかだけで起きる。ロマンスは露のしずくで、濡れた窓ごしにあなたを覗きこむ。ロマンスとは、すなわち、世事を打《う》っ棄《ちゃ》ることである。日々の生活なるものが文句をたれたり、鼻をすすったりするところで、ロマンスはただ吐息をつく。わたしはそれ以上のことを求めているの？　あの人をもっと？　中景だけでなく、絵を一枚丸ごと欲しいのだろうか？

ロマンスの危機は、細かに見すぎること、多くを知りすぎることから生まれる――それが男をだんだん小さくし、女もその巻き添えになってしまうから。あるとき、目覚めるとロマンスは空っぽで、すべて使い尽くされ――過ぎ去り、終わっている。この手にはなにも残っていない。置き去りの身。

古めかしい言葉だこと。

今回、男は迎えにこなかった。そのほうがいいと言って。女はなんとか独りでたどりつくことになる。手袋をした掌に、四角く折り畳んだ紙を握りしめて。暗号で指示が書かれているのだが、見る必要はない。紙のほのかな温みを肌に感じる。暗闇にぼうっと浮かびあがる羅針盤のように。

女は、男が自分のことを想っているさまを想う――わたしが通りを歩く姿。いよいよ近づいた、もうすぐ着く。そわそわして焦れているかしら、待ちきれなくて？　わたしとおなじように？　あの人はさも無頓着な口をききたがる――わたしが来ても来なくても構わないような――が、たんなるお芝居なのだ。あの人のお芝居のひとつ。たとえば、彼はもう既製品のタバコは吸っていない。買えるお金がないから。本当は自分で巻いている。あのいやらしげなピンクのゴムの道具を使うと、一度に三本作れる。それをカミソリの刃で切り、〈クレイヴンA〉の箱に詰めるのだ。これもひとつ、あの人の小さな欺瞞、というか、見栄。見栄をはらざるをえない彼を思うと、息が詰まりそうになる。

ときには、ひと握りのタバコを持っていくこともある――気前のいい贈り物、富者のゆとり。ガラス製のコーヒーテーブルにのった銀のシガレット・ボックスからちょろまかし、ハンドバッグに押しこめる。とはいえ、毎回はやらない。気を揉ませておくのが大事だから。いつも餓えさせておくのが。

あの人は仰向けになり、充ち足りてタバコを吸う。確たる言葉が欲しければ、前もって言わせておくしかない。娼婦の料金とおなじく、最初に確保しなくては。微々たるものではあるが。会いたかったよ、あの人はそう言うかもしれない。あるいは、いくら会っても足りない、と。目を閉じ、歯ぎしりして気持ちを抑えている。その音が首筋に伝わってくるようだ。

事のあとで、女は仕方なくせっつく。

なにか言ってよ。

どんなことを？

なんでもあなたの好きなことを。

なら、どんな言葉が聞きたい。
教えたら、あなたはそのまま言う。それじゃ信じられないわ。
だったら、行間を読みな。
でも、行がひとつも無いんだもの。なにも聞かせてくれない。
なら、歌でもうたおうか。

さあ、アレを押しこんでアレを引き抜いても
煙はあいかわらずエントツのぼっていくよ——（〝ダンパーソング〟という昔ながらのキャンプソングのもじり）

どうだい、この行は？　そう彼は言うだろう。
あんたって本当にろくでなしね。
そうでないとは言ってないぜ。
これだから、ひとは物語に頼るのよ。

女は靴の修理屋の角を左折する。一ブロック行って、家を二軒すぎる。すると、小さなアパートが。〈エクセルシオール〉。きっと、ヘンリー・ウォッズワース・ロングフェローの詩から名づけたのだろう。おかしな図柄のついた旗が立っている。高みへ昇るために、あらゆる俗事を犠牲にする騎士。一体なんの高みへ？　空疎なるブルジョワ的敬虔さ、か。こんな場所、こんな時に、なんと馬鹿ばかしい。〈エクセルシオール〉は赤煉瓦の三階建ての建物で、各階に窓が四つと、鉄細工のバルコニーがついている——バルコニーというより、岩棚のようだ。椅子ひとつ置く余地もない。その昔ひところは、この界隈では一線を画す存在だったが、いまや庶民にもどうにか手が届く貸家である。バルコニーには、誰

かがおざなりに張った物干し紐があり、くすんだ布巾が、敗軍の旗のようにさがっている。

女はその建物を通りすぎ、つぎの角で通りを渡る。そこで立ち止まり、靴に何か引っかかったかのように、下をちらりと見る。下、そして後ろを。背後を歩くものはなく、ゆっくりつけてくる車もない。恰幅のいい女が、息を切らして玄関の階段を昇っている。船の底荷のように、網目の粗い袋を両手に持って。つぎはぎだらけの服を着た少年がふたり、小汚い犬を追って、歩道を駆けていく。このあたりは男たちの姿も見えず、ポーチのハゲタカ爺さんたちが肩寄せあって、ひとつの新聞を読んでいるぐらいだ。

女はそこで向きを変え、いま来た道を引き返すと、〈エクセルシオール〉の前に来たところで、ひょいと横丁に入り、歩を速めるが、走りだしそうになるのをこらえている。アスファルトはでこぼこで、女のヒールは高すぎる。足首をくじくに好ましい場所柄ではない。さっきより、よほど人目にさらされている気がする。憎悪の目で睨まれているような。かといって、どこに窓があるわけでもない。胸は烈しく打ち、その脚はか弱く、絹のようにお上品。女は気が動転しそうになる。なぜ？

彼、あの部屋にいやしないんだわ、頭のなかで小さな声がする。苦しげな小声。死を悼む鳩の鳴き声のような、柔らかで悲しげな声。跡形もなく。連れ去られて。もう二度と会うことはない。二度と。女は泣きだしそうになる。

馬鹿ね。そんなに自分を怖がらせて。けど、それでも、現実味はある。あの人は、わたしより、いともたやすく消えてしまえるはず。わたしには定まった住処があるから、どこを探せばいいか、すぐにわかってしまうけど。

女は立ち止まり、片手の手首を鼻先に持ってゆき、香水をしみこませた毛皮の匂いを吸いこんで、気をとりなおす。アパートの裏手に鉄のドア——勝手口がある。女はそれを軽くノックする。

昏き目の暗殺者　玄関番

ドアがひらくと、男がいる。やれ、ありがたやと思う間もなく、女は中へ引き入れられる。ふたりがいるのは踊り場だ。裏階段の。灯りといえば、どこか上の窓から射すだけ。男が頬を両手ではさみこんで、キスをしてくる。紙やすりのようにざらつく男の顎。彼は身を震わせているが、欲情しているせいではない。そのせいばかりではない。

女は身を引き離す。山賊みたいな形《なり》ね。とはいえ、山賊など見たことはない。オペラで観たのを思い出しているだけだ。《カルメン》のジプシーの密輸団。まゆずみを黒々と引いて。

すまないな、男は言う。急いでトンズラする羽目になってね。誤報かもしれないが、持ち物は仕方なく少し置いてきたよ。

カミソリとか？

それも、ひとつ。さあ、どうぞ——階下《した》なんだ。

階段は狭い。塗装なしの木材、貧弱な手すり。階段をおりると、コンクリートの床だ。炭塵、鼻をつくような地下室の臭い。洞窟の湿った石のような。

この奥。玄関番の部屋なんだけどね。

でも、あなた玄関番じゃないんでしょ、女はちょっと笑う。本当は？

目下のところは、そうなのさ。というか、大家はそう思いこんでる。朝早く二度ばかり顔を出して、おれがちゃんと炉に薪をくべたか、でも、あまりくべすぎていないか、見にきた。アパートの部屋をあまり暑くされては困るのだろう。高くつくから。生暖かいぐらいがちょうどいい。これは、ベッドというほどの物じゃないが。

ベッドはベッドよ、そう女は言う。ねえ、ドアに鍵を。

鍵は閉まらないんだ、そう男は言う。

室内には小さな窓があり、鉄格子がはまっている。そこに、カーテンの残骸。窓から、錆び色の光が射してくる。ふたりはドアノブに椅子を立てかけたが、背の横木はあらかたはずれて、木っ端も同然。たいしたバリアにはならない。ふたりは黴臭い毛布にもぐりこみ、男のコートと女のコートを上から掛ける。シーツにいたっては、考えるのも忍びない。女は男のあばら骨があたるのを感じ、指でなぞってみる。

あなた、毎日なに食べているの？

ごちゃごちゃ言わないでくれ。

だって、やせすぎよ。なにか持ってきましょうか、食べ物を。

けど、あなたはあまり当てにならないからな、そうだろ？　現われるのを待っていたら、飢え死にしてしまいそうだ。心配はいらない。ここはすぐに出るから。

ここって？　この部屋という意味、それともこの街、それとも……。

わからんよ。そう嚙みつくな。

知りたいのよ、ただそれだけ。心配なの、だから……。

そのへんまでにしとけ。

なら、いいわ、女は言う。ザイクロンのお話に戻りましょう。もう帰ってほしければべつだけど。

いいや。まだ少しいてくれ。すまないとは思うが、このところ緊張していてね。前回は、どこまで話したかな？　忘れてしまった。

娘の喉を搔き切るか、永久《とわ》に愛するか、男が決めかねているところ。

ああ、そうだ。よくある選択だな。

娘の喉を掻き切るか、永久に愛するか、男が決めかねていると――盲目のたまもので聴覚が鋭くなった耳が、金属の擦れて軋るような音を聞きつけた。鎖と鎖がこすれるような、鉄枷をして動いているような音。廊下をこちらに近づいてくる。地界の王が金で買った〝訪問〟を果たしていないことは、暗殺者もすでに察していた。娘の状態を見れば、わかることだった。言うなれば、傷ひとつない状態。

さて、どうしたものか？　ドアの後ろか褥《しとね》の下に隠れ、娘を運命にまかせたあと、ふたたび現われて、報酬の約束された仕事をこなす、という手もある。しかし、現実問題として、それは気が進まない。あるいは、事が始まって、使者がまわりの音など聞こえなくなってから、部屋をそっと抜けだすか。だが、そんなことをしたら、暗殺集団――組合と言ってもいいが――としての名望に傷がつく。

暗殺者は娘の腕をとると、その手で彼女の口をふさぎ、声を出すなと無言で指示する。そして、褥から手をとって導き、ドアの後ろへそっと隠す。打ち合わせどおりドアの鍵が開いているか確かめる。使者は張り番がいるとは思っていないはず。司祭長との取引では、目撃者がいないことが条件とされた。使者の来る足音が聞こえたら、神殿の女張り番は、どこかへ下がることになっていた。

昏き目の暗殺者は〝ひと夜の褥《しとね》〟から張り番の死体を引っぱりだすと、ベッドカバーを着せかけ、スカーフを巻いて喉の切り口を隠す。死体はまだ硬くなっておらず、出血は止まっていた。やつが明るいロウソクを持ってきたらそれまでだが、そうでなければ、夜の闇ではひとの見分けもつきにくい。しかも、神殿の生娘たちは、ウンともスンとも言わないよう躾けられている。ひょっとしたら、使者は――伝来、兜とまびさしの付いた重たい神の衣装に、ただでさえ手こずるだろうが――気づくのにしばしかかるのではないか。おかどちがいの女を手込めにしていることに。もっと言えば、死んだ女だが。

昏き目の暗殺者は、閨《ねや》のブロケード・カーテンをほとんど引き閉める。娘のもとへ行くと、ふたりの身を出来るかぎり壁にぴたりと押しつける。

重たい扉がうめくように開く。娘が見つめるなか、灯りが床を動いていく。地界の王はあきらかに周りがよく見えていないようす。どこかにぶつかっては、悪態をつく。いよいよ寝床のカーテンをまさぐりだす。どこにいるんだね、可愛いおまえ？　などと言いながら。娘が答えなくても驚きはしないだろう。なるほど、都合よく舌を抜かれているのだと解釈する。

そろりそろりと、昏き目の暗殺者はドアの後ろから抜けだしていく。娘もいっしょに。このクソッタレなものはどうやって脱がすんだ？　地界の王がぶつぶつ独り言をいう。ふたりはそっとドアの外に回り、手に手をとって廊下へ出ていく。おとなたちの目を避ける子どものように。

後ろで、叫び声があがる。怒りの、それとも、恐怖の。片手で壁をついて、昏き目の暗殺者は走りだす。走りながら、壁付けの燭台からロウソクをつぎつぎと引き抜き、火が消えることを願いつつ後ろへ放る。

暗殺者は神殿のことなら、裏も表も知りつくしている。手触りと、匂いから。こういうことをつかむのは得意技だ。街もおなじ要領で知りつくしており、迷路のなかの鼠のように自在に走り回れる——出入口、トンネル、抜け穴、袋小路、まぐさ石の位置、溝やドブのありかもわかっているし、合い言葉もたいがいは知っている。どの壁ならよじ登れるか、どこに足掛かりがあるか、すべて承知していた。暗殺者が大理石の扉——逃亡者の守り神〝毀れの神〟の姿がバス・レリーフで彫られている——を押し開けると、ふたりは闇のなかへ出る。暗いことがわかったのは、娘がつまずくからで、ここに来て初めて、娘と連れ立つと歩調が落ちることに思いいたる。彼女の視力がむしろ足手まといになるのだ。

壁のむこう側で、バタバタと足音がしている。暗殺者は小声で言う。おれの衣をつかんで。それから、言わずもがなのことを付け足す。声をたてるな。ふたりは、隠れたトンネルが入り組んだなかにいる。司祭長とお付きたちはこのトンネルを利用して、神殿へ逢い引きをしに、女神に懺悔をしに、祈りに来る人々から、じつに多くの貴重な秘密を知りえていた。こんなところはなるべく早く出なくてはならない。やはり、どこかを捜すといって司祭長が真っ先に思いつくのは、ここだろう。とはいえ、外壁のゆるんだ石の隙間から抜けだすこともできない。もともと神殿にはそこから入ってきたのだが。偽の地界の王はそれに気づき、すでに下手人を手配して、殺しの時間と場所を決めているかもしれない。いまごろは、昏き目の暗殺者の裏切りをきっと察しているだろう。

厚い岩にさえぎられ、青銅の鐘の音がくぐもって響く。暗殺者はそれを、足に伝わる震動で知る。

暗殺者は壁から壁へと娘を導き、いきなり狭い階段が現われると、それをおりていく。娘は怖くてめそめそ泣いている。舌を抜かれても、涙を流す力は失われていない。暗殺者は不憫に思う。棄てられた暗渠があるのは承知していたから、場所を探りあて、娘の体を抱きあげると、両手を〝あぶみ〟代わりに差しだして暗渠に登らせ、自分も勢いをつけて隣によじ登る。ここからは、腹這いになって進むしかない。臭いは芳しいものではなく、古びた臭いだ。人間の臭気が凝固して塵になったような。

よし、新鮮な空気が入ってきた。暗殺者は松明の煙の臭いはしないかと、鼻をひくつかせる。

星は出ているか？　そう娘に聞く。娘はうなずく。なら、雲はない。それは不都合な。五月のうち二月《ふたつき》が輝いているはずだし――月の頃合いから察するに――残りの三月もすぐに昇ってくるだろう。二月は朝まで明々としているだろうし、白昼の陽のもとでは、目立って仕方がない。

神殿としては、逃亡人の話が世間の知るところとなっては困るだろう――面子を失うことにもなるだろうし、それにつられて暴動も起きかねない。生け贄にはべつの娘に白羽の矢が立つ。またヴェールだのなんだの、誰の知ったことか？　それでも、ふたりには、隠密に、だが容赦なく、追っ手がわんさとつけてくるはずだ。

どこかの隠れ処に身を隠す手もあるが、早晩、食物と水を求めて出ていくことになる。自分ひとりなら、なんとかしのげるだろうが、ふたりとなると無理だ。

こんな女、いつでも棄てられる。それとも、刺し殺して、井戸に放りこむか。

いや、やはり出来ない。

暗殺者の巣窟はつねにあるものだ。みんな〝休日〟にはそこへ行って、ゴシップを交換し、略奪品を分かちあい、手柄を自慢する。この巣は、不逞にも、大宮殿の〝裁きの間〟の真下にあった。深い洞穴には絨毯で内張りがされている――暗殺者たちが幼いころ織らされた絨毯、あれを盗んできたものだ。暗殺者なら手触りでわかる。しばしばその上に座り、幻夢に誘《いざな》う〝フリング〟なる草を吸いながら、絨毯の模様を、その豪奢な彩りを指でなぞり、目の見えるころはこの色がどんなふうに見えたか、思い起こしたりする。

しかし、この洞穴には、昏き目の暗殺者しか立ち入りを許されない。彼らは閉鎖社会をつくっており、よそ者が連れこまれるのは、〝略奪品〟となった場合のみ。しかも、暗殺者は殺害を依頼された人間を生きたまま助けだし、職務に背いた身だ。彼らはプロ、プロの暗殺者である。契りをまっとうすることを誇りとし、自分たちの行動規範を乱すことは決して許さない。彼のことは容赦なく殺すだろう、しばらく後に娘も。

すでになかのひとりが、彼らを追いつめるべく雇われていても不思議はない。盗人捕らえるには盗人放て。蛇の道はヘビと言うではないか。となれば、遅かれ早かれ、ふたりの運命は定められる。娘の香水ひとつで、居所が知れてしまうだろう――その体は隅々まで香りをすりこまれている。

娘はサキエル・ノーンから連れだすしかない――この街から、この慣れ親しんだ縄張りから。危険なことではあるが、ここに留まるほど多大な危険ではない。たぶん、港までなんとかたどりつければ、そこから船に乗れるだろう。しかし、門をどうやってすり抜ける？　夜間の慣わしとして、八つの門はすべて錠がおろされ、門番が立っている。ひとりの身なら、壁をよじ登ることもできる――指と爪先でヤモリのように壁面をとらえて――が、娘がいっしょでは破滅を招くだけだ。

方法はまだある。足音をひとつずつ聴きながら、娘を導いて山腹をくだり、海にいちばん近い街の横手に出る。サキエル・ノーンの泉や源泉の水は、ことごとくひとつの水路に集められ、この路をつたって、街をめぐる防壁の下をくぐり、アーチ形のトンネルを通って外へ流れだす。水嵩は男の背丈より高く、流れが速いため、この水路づたいに街へ入りこもうという輩はいない。だが、出ていくのなら？

流れる水は、香りを消すはず。

彼自身は泳ぎができる。泳ぎは、暗殺者たちが習得に腐心する技のひとつだ。この女は泳げないだろうと踏んだが、はたしてそのとおりだった。衣服を残らず脱ぎ、ひとつにまとめるよう言いつける。今度は、自分が神殿の長衣を脱ぎ、娘の衣服といっしょにくくる。それを自分の肩に巻いてひと結びしてから、両端を娘の両手首に縛りつけ、たとえ結び目が解けても、おれの手を放すなと言いつける。なにがあっても決して。アーチまで行ったら、息を止めること。

〝ニェルク〟の鳥たちが目覚めて動きだしている。朝一番の嗄れた啼き声が聞こえてくる。じきに陽が射す。三本むこうの通りを誰かが歩いてくる、なにかを調べているような、着々とした、慎重な歩み。暗殺者は娘を導くように押すようにして、冷たい水に入る。娘は息を喘がせるが、言われたとおりにする。ふたりは流れにのっていく。彼は本流を探りあて、水がアーチに入っていくところで、ザアザア、ゴボゴボ音を立てているのを聞きつける。あまり早くもぐると、息が切れてしまうが、遅すぎれば、石に頭をぶつける。いまだ。暗殺者は水中にもぐる。

水とは漠として形のないもので、手を入れれば、すっと通る。ところが、ひとを殺すこともできるのだ。こういうものの威力とは、すなわち勢い。いってみれば、弾道にある。なにとぶつかるか、どれぐらい速くぶつかるか。おなじことがあれについても言えるかもしれない。つまり――いや、そんなことはどうでもいい。

長く苦しいトンネルがつづく。暗殺者は、肺が破裂し、腕がもげてしまうかと思う。後ろに引きずる娘の重みを感じつつ、もう溺れ死んだだろうかと考える。少なくとも、流れにはうまくのっている。トンネルの壁をこすった。なにかが破ける。衣服か、皮膚か？

アーチ形の口をくぐると、ふたりは水面に顔を出す。娘は咳きこみ、彼は静かに笑っている。娘の顔を水上で支えてやりながら、自分は体をあおむけにする。ふたりはその態勢のまま、しばらく水路を漂っていく。もうじゅうぶん遠くまで来た、これで安全だと判断すると、暗殺者は娘を石造りの堤防の斜面に抱きあげ、上陸をはたす。手探りで木陰をさがす。消耗しきっているが、気分は昂揚し、不思議な、疼くような幸福感に充たされている。この女を救ってやった。生まれて初めて、ひとに情けをかけてやった。自分の選んだ道にこんな別れを告げたからには、どうなることか。誰にわかる？

周りに誰かいるか？　暗殺者は聞く。娘は立ち止まってあたりを見回すと、首を振って〝いない〟と告げる。獣は？　これも〝いない〟。彼はふたりの衣類を木の枝につるす。そのとき、サフランの黄とヘリオトロープの赤紫の光と、深紅に染まる月たちの影が薄れゆくなか、暗殺者は絹を丸めるように娘を抱きしめ、なかへ押しいっていく。彼女はメロンのようにひんやりとし、新鮮な魚のようにちょっぴり塩辛い。

腕を回しあって、すやすや眠っているところ、街への出入口を偵察するよう〝荒れ地の輩〟に遣わされた三人のスパイが、ふたりにばったり出くわす。ふたりはぞんざいに揺り起こされ、スパイのひとりに尋問される。スパイは彼らの言葉を話すが、流暢というにはほど遠い。この男子は盲目らしい、彼は仲間のふたりに言う。それから、娘は口がきけないそうだ。三人のスパイはふたりに目を瞠る。いったい、どうやってここに辿りついた？　街から来たのではないのはたしか。門という門は錠がおりているのだから。まるで、空から降ってきたかのようだ。

答えは歴然としている。このおふたりは神の使者なのだ。暗殺者と娘は、乾いた衣服を着ることを快く許可され、スパイの馬に乗せられて、〝歓喜のしもべ〟に謁見すべく、連れていかれる。スパイたちはしごく満悦で、ここは言わぬが花だと、昏き目の暗殺者は賢く悟る。こういう人々と、神の使者にまつわる妙な信心については、なんとなく聞いたことがあった。そうした使者は、わかりにくい形でご神託を伝えると言われている。これまで耳にしてきた、なぞなぞだの、パラドクスだの、駄洒落クイズだのを、ありったけ思い出そうとする。〝下り道は、上り道〟。〝夜明けに四つ足で歩き、午に二本足で、夕方には三本足で歩くものなあに？〟。〝肉は食する者からいずる、優しさは強き者からいずる〟（旧約聖書「歴代志」より）。〝いちめん黒で白で赤《レッド》のものなあに？〟。

ザイクロン人にしてはおかしいわ。だって、彼らに新聞はなかったんでしょ（なぞなぞの答えは新聞。白と黒は活字、レッドを赤と「読まれる」の意のreadにかけた有名な地口なぞなぞ）。

鋭いね。いまのは無し。じゃ、神よりも強きもので、悪魔より邪《よこしま》なもの、貧者の持てるもので、富者にないもので、食べたら死ぬものはなんだ？

新しいなぞかけね。

当ててみな。

降参よ。

ナッシング。

女は一瞬考えて、理解する。ナッシングね。なるほど、女は言う。筋は通っているようね（おなじく有名な聖書なぞなぞ。神より強きものは無し＝ナッシング、悪魔より邪なものは無し、貧者の持てるものは無し、富者に無いものは無し、食べるものが無しなら死んでしまう）。

馬に揺られていきながら、昏き目の暗殺者は娘の腰に片手をまわす。この女をどうやって守る？　ひとつ案が浮かんでいた。即席の窮策だが、それでも、うまくいくかもしれない。たしかにわれわれは神の使者だが、種類の違う使者なのだ、と主張する。〝無敵のもの〟から神託を預かってきたのはわたしだが、それを読み解いて伝えられるのは彼女だけだ。彼女は手を使ってこれを行なう。指でサインを出しながら。このサインの読解術は、わたしにしか明かされていない。また、こうも付け足しておこう、やつらが良からぬ気を起こすとまずいから。あるまじき形で、いや、いかなる形でも、口のきけないこの娘に触れることは、何人にも許されていない。もちろん、わたしはべつだが。触れたりしたら、娘は力を失してしまう。

やつらが真に受けているかぎりは、まずだいじょうぶだ。飲みこみが早く、即興で芝居がうてる女だといいが。サインのひとつも知っているだろうか。

今日はここまで、男は言う。窓を開けないと。

でも、すごく寒いわ。

おれはそうでもないな。この部屋はクロゼットみたいだよ。息がつまりそうだ。

女は彼のひたいに触れる。風邪でもひきかけているのかしら。わたし、ドラッグストアにいって——

いいや、おれがへばったりするもんか。

なんなの、それは？　どうしたっていうの？　不安なのね。

いいや、不安なんかじゃない。おれは不安になったりしない。ただ、いま起きていることが信じられないんだ。友人が信じられない。世に言う友人ってやつが。

どうして？　お友だちがなにを企んでいるの？

下司野郎さ、みんな。そう男は言う。問題はそこだ。

《メイフェア》誌　一九三六年二月

トロント、真昼のゴシップ

ヨーク

一月半ばのその日、〈ロイヤル・ヨーク・ホテル〉はエキゾチックに装う洒落者たちで溢れかえりました。社交シーズン三度めのこの慈善仮装舞踏会は、〈ダウンタウン捨て子養育院〉の支援のために催されたもの。今年のテーマは――昨年の絢爛豪華なボザール風舞踏会〝サマルカンドのタメルラン〟の好評にこたえて――〝ザナドゥ〟（以下、この舞踏室の内装は、サミュエル・テイラー・コールリッジの詩「フビライ・ハーン」に出てくるザナドゥをイメージしている）、達意のディレクターはウォレス・ワイナント氏。贅沢な舞踏室は、壮麗なる〝大歓楽宮〟へと生まれ変わり、現代のフビライ・ハーンと煌《きら》びやかなお供たちが王者然として宴を繰り広げます。東方の国々から集った異邦の大物とお付きたち――ハーレムの妻妾、召使い、踊り子、奴隷にくわえ、ダルシマーを抱えた貴族の娘、商人、高級娼婦、托鉢僧、あらゆる国の兵士たち、そして物乞いがわんさと――が、〈アルフ、聖なる河〉と名づけられた荘厳な噴水を囲んで浮かれ騒ぐ。頭上のスポットライトを浴びて、噴水はバッカスの祭りにふさわしい紫に染まり、その下では、中央の〈氷の洞窟〉でクリスタルの花綱飾りがきらめくのです。

隣接する庭園のふた棟の四阿《あずまや》でも、ダンスパーティが陽気に催され、どちらも満開の花で埋めつくされ、どちらの舞踏室でも、ジャズ楽団が「楽の音と歌」を絶え間なく演奏しています（「フビライ・ハーン」のくだり、「彼女の楽の音と歌が私のうちに蘇りさえすれば……」を意識している）。参加者は「戦争を予言するご先祖の声」はついぞ聞きませんでした（出典おなじ。「彼方より、戦を予言する先祖の声を耳にした」というくだりにかけている）。すべてが心地よく調和していたのも、舞踏会の主催者、ウィニフレッド・グリフェン・プライアー夫人の堅実な手腕の賜物。当日の夫人は、ムガール帝国ラジスタンの王妃に扮し、緋と金をあでやかに着こなしていました。このレセプション委員会には、緑と銀の装いでアビシニアの乙女に扮したリチャード・チェイス・グリフェン夫人、中国風の紅《くれない》をまとったオリバー・マクダネル夫人、深紅のドレスでスルタンの側室に仮装したヒュー・N・ヒラート夫人の姿も見られました。

昏き目の暗殺者　氷上の宇宙人

男はまたべつな場所にいる。乗換駅の近くに借りた部屋。金物屋の上階にある。店のウィンドウには、スパナや蝶番などがまばらにならべられているのみ。たいして賑わっていないのだろう。この界隈で、〝賑わって〟いるものなどないが。ごみが宙に舞い、丸められた紙くずが地面に転がる。歩道は誰も掻きださない雪で凍って、足元をとられやすい。

〝中景〟では、列車が悲しげな音を響かせて分岐し、〝遠景〟へと遠ざかる。〝ハロー〟の声は聞かれず、〝グッバイ〟ばかり。あの列車のひとつに飛び乗ることもできるが、運まかせになるだろう。いつとはわからないが、列車には巡察が来る。どのみち、目下のところは——現実を直視しろ——ひとつ所に釘付けされた身ではないか。あの女のおかげで。ところが、彼女は列車とおなじで、定刻に着いた例しがなく、必ず発っていく。

部屋は階段をふたつぶん上がったところにある。踏み板がゴム張りの裏階段。ゴムはところどころが擦り切れているが、少なくとも、玄関口はべつになっている。壁ひとつ隔てた部屋に住む、子持ちの若い夫婦がいることはいるが。おなじ階段を使っているのだが、めったに顔を合わせない。えらく早起きのようだ。しかし、こっちが仕事にとりかかろうとする真夜中、物音が聞こえたりする。ふたりは明日もないような勢いで喧嘩をし、鼠が啼くみたいにベッドを軋らせる。あれには、気が狂いそうになる。赤ん坊があれだけ泣きわめけば、あきらめるかと思いきや、夫婦は大急ぎで事をすませてしまう。少なくとも、あっちのほうは、お盛んなようで。

ときには、壁に耳を当てて聴いてみる。ムラムラきたら穴はえらばず。夜は、どの牝もいっしょということ。

女房のほうと出くわしたことも何度かある。ロシア人のばあさんみたいに、綿入れを着て、ネッカチーフを巻き、小包とベビーカーを抱えて悪戦苦闘していた。ふたりは階下の踊り場をあのベビーカーの置き場所にしている。それは宇宙人の死の罠みたいに、黒い口をぱっくり開けて待つ。男が一度運ぶのを手伝ってやると、彼女は笑いかけてきた。人目を盗むような笑み。小さな歯は、先のあたりが青みがかっている、スキムミルクみたいに。〝タイプライターの音がうるさくありませんか？〟男は思いきって聞いてみる。あの時間には起きているんだ、壁ごしに聞こえているんだぞ、とほのめかしながら。〝いいえ、ぜんぜん〟。ぽかんとした眼差し、仔牛のようにマヌケな。目のまわりには黒い隈ができ、鼻から口角にかけて小皺が刻みこまれている。夜ごとの営みは、この女の提案とは思えない。〝一戦〟というには、早すぎるが――亭主は銀行強盗みたいに、押しいって出ていくだけ。〝働き者〟と体中に書いてあるような女だ。きっと、最中は天井を見つめて、床のモップ掃除のことでも考えているんだろう。

男の部屋は、広い居室をふたつに分けて造ったもので、壁が薄っぺらいのもそんなわけだ。室内は狭く、寒い。窓枠に風が吹きつけ、ラジエーターはカタカタ鳴って、水を垂らすばかりで、ちっとも暖まらない。寒々とした一角に、ひっそりとトイレがあり、小便の跡と鉄さびが、便器を汚らしいオレンジに染め、シャワー室は亜鉛めっきで、時とともに垢にまみれたゴム製のカーテンがさがっている。シャワーなるものは、壁を上にのびる黒のホースで、細かい穴のあいた丸いヘッドがついていた。そこからぽとぽと垂れる水滴は、それこそ昔から言うように、「魔女のおっぱいほどに冷たい」。折り畳み式のマーフィ・ベッドの設《しつら》えが素人仕事なものだから、押入から引っぱりだすのに四苦八苦だ。ベニヤ板のカウンターを釘で打ちつけただけの代物で、黄色く塗ってからしばし経っている。火口がひとつだけのガス台。黒ずみが、煤のようにすべてを覆いつくしている。

いまの彼が放りこまれていてもおかしくない場所と比べれば、まさに宮殿。

男は友人たちを棄てた。密かに姿を消し、行き先も残さなかった。必要なパスポートのひとつやふたつ手配するぐらいで、あんなに時間をとられるはずはない。あいつら、一種の保険として、おれを〝貯蔵庫〟にとってあるのでは。男はそう感じていた。もっと大物が捕まったら、身柄をおれと交換する。どのみち、おれを警察に引き渡すつもりなのだろう、と。なら、キュートなボケ役を演じてやろうじゃないか。おれはあくまで消耗品で、決して彼らのご意向にはそぐわない。そうそう遠くへも行かず、移動も敏速ではない、道連れ。そもそも博学なのが気に入らないのだ。懐疑的なところも。彼らはそれを〝気まぐれ〟と勘違いしていた。〝スミスが間違っているからといって、ジョンが正しいとは限らない〟。一度そう言ってやった。あれは将来の参考として、心に留められたことだろう。そうやって小さなリストをつくっているのだ。

もしかして、やつらも、自分たちのなかから犠牲者を出したいのか。われらが〝サッコとヴァンゼッティ〟（ともにイタリア生まれの無政府主義者。強盗殺人事件の冤罪で一九二七年に処刑されたが、のちに汚名をすすがれた）。おれが吊るし首になったあと、アカの悪人面が新聞という新聞に載るまで、おれの潔白の証拠を暴露するつもりなのだ。人権蹂躙の問題点をいくつか力説して。〝法律のしでかしたことを見よ！〟〝これは殺人にほかならない！〟〝正義はなされず！〟彼らはそういうふうに考えるのだ、あの同志という連中は。チェス・ゲームのように。おれは歩兵《ポーン》として犠性になる。

男は窓辺に立って、おもてを見る。窓ガラスの外側には、茶ばんだ牙のような氷柱がさがっている。屋根葺き材の色がにじんだのだろう。男は彼女の名を思う。それを取り巻いて、電飾のようなオーラが射している。青いネオンのように、劣情をそそる。彼女はいまどこにいる？　目的地までタクシーで乗りつけてはこないだろう。そんなに馬鹿ではない。男は路面電車の停車場を見つめ、女の姿を浮かびあがらせようとする。脚をちらっと覗かせながらステップをおりてくる。ハイヒールのブーツ。極上のフラシ天。もったいいかいいかいつけたカント。なぜそんなふうに考える？　ほかの男に言われたら、そのアホ野郎をぶん殴るくせに。

きっと女は毛皮のコートを着ている。その点はいただけないが、着たままでいろと言うだろう。最中もずっと毛皮姿で。

先だって会ったさい、彼女の太股に痣を見つけた。おれのつけてやった痣なら、と思った。〝どうしたんだ、これは？〟〝ドアにぶつけたのよ〟女が嘘をつけば、かならずわかる。まあ、自分ではわかると思っている。〝思う〟ことが罠にもなることも、わかってはいるが。前に担当だった教授に、きみはダイヤモンドなみに堅牢な知性をもっているなどと言われ、あのときは得意になったっけ。いま、あらためてダイヤの本質を考えてみると。鋭利で、光輝をはなち、ガラスを切るにも役立つが、光の反射で輝くしかない。暗闇では、まったくの役立たず。

あの女はなぜ毎度現われる？　おれは彼女の慰みにもてあそばれている獲物、そういうことか？　金でおれをどうにかしようなど、とんでもない。金で買われてなるものか。あいつがラヴ・ストーリーを求めるのは、若い女の常というものだ。ともあれ、人生にまだなにかを期待している、ああいうタイプの女の場合は。だが、べつな角度の見方もある。復讐願望、要は、懲らしめの気持ち。女というのは、ひとを傷つけるのに妙な策を弄する。相手ではなく、自分自身を傷つけてみせるのだ。あるいは、自分を傷つけ、相手の男はてめえが傷ついたことに、のちのちまで気づかない、といったやり口。男はあとになって気づく。気づいて、ペニスもしょんぼり。あの女、あんな目をして、純真そうな首筋を見せているが、込み入って汚れたものが時折ちらつく。

女がいないあいだに、勝手な像をでっちあげるのはよせ。ここに姿を現わすまで待ったほうがいい。そうすれば、むこうが調子をあわせるかぎり、好きに造り替えてやれる。

男はブリッジ・テーブルを持っている。蚤の市で買った年代物だ。それに、折り畳み式の椅子も一脚。タイプライターを前に座り、手洟をかむと、やおら用紙を巻きこむ。

スイス・アルプスの（いや、〝ロッキー山脈の〟にすべきか。いや、それより〝グリーンランド〟がいいか）氷河で、探検家たちが澄んだ氷のなかに埋もれた宇宙船を発見した。小さな飛行船のような形だが、両端がオクラみたいに尖っている。不気味な光をはなち、氷ごしに輝く。この光は何色だろう？緑がいちばんいいか。黄色味がかって、アブサン酒のような。

探検家たちはこの氷を解かす。さて、なにを使って？　たまたま持ちあわせていたブローランプか？近くの木々が発する大きな炎か？　木にするなら、やはり舞台はロッキー山脈にもどそう。グリーンランドに木はないからな。巨大な水晶球なんて物をとりいれてもいい。これが陽の光を倍増する。ボーイスカウトでは（男もいっとき入隊していたが）こんな火熾しの方法を教わったものだ。隊長は、おめでたくて、涙もろい、赤ら顔の男で、合唱と手斧を愛好した。彼に隠れて、少年たちは虫眼鏡をむきだしの腕にかざし、誰がいちばん長く我慢できるか競った。松葉にも、トイレットペーパーの切れ端にも、そうやって火をつけた。

いや、巨大な水晶球というのは、あまりに現実離れしているな。

氷はだんだんと解けるんだ。X氏、彼は気むずかしいスコットランド人なんだが、ろくなことはないからむやみに触るなと制する、しかし、Y氏、彼はイングランド人の科学者だが、人間の積み重ねてきた知識の一助とならなくてはと言い、一方、Z氏、彼はアメリカ人なんだが、これで大儲けできそうだと言う。さて、B嬢、彼女はブロンドの髪に、棒でぶん殴られたみたいにぷっくりした唇の娘《こ》だけど、どれもすごくスリリングだわ、と言う。この娘はロシア人で、自由恋愛の信奉者と思われている。X、Y、Z各氏とも、この説を検証したことは未だない。じつは、したいんだ。Y氏は自分でも気づかぬうちに、X氏は後ろめたく思いながらも、Z氏は無遠慮に、そう願っている。

男はいつも自作の登場人物たちを、最初のうち一文字だけで呼び、あとから名前を入れていく。電話帳を参考にすることもあり、墓石の碑銘から借りることもある。女は決まってB。これがなんの略であるかは、「信じがたいやつ《ビヨンド・ビリーフ》」「鶏あたま《バード・ブレイン》」「デカパイちゃん《ビッグ・ブーブズ》」など、気分次第で決まる。もちろん、「ビューティフル・ブロンド」のことも。

Bは別のテントで寝ているが、ミトンの手袋をしじゅう置き忘れ、命令に背いて夜中に外を歩き回る。月の美しさについて、狼の咆吼の和声に似た響きについて、コメントする。橇をひく犬たちとは、ごく親しい仲であり、ロシア語の〝赤ちゃん言葉〟で話しかけ、（職業上は科学的唯物主義を唱えているが）犬にも魂があると主張する。こりゃ厄介なことになるだろう、食料が切れて犬を食べることになったら。と、Xはスコットランド人らしい悲観的な見方をしている。

氷が解け、莢のような形の輝く物体がむきだしになるが、それがどんな物質から作られているのか――人類には知られていない、薄い合金なんだが――探検家たちが調査を始めてものの数分、アーモンドとパチョリの葉と焦がした砂糖と硫黄と青酸カリの臭いを残して、物体は蒸発してしまう。

目の前に現われたのは、なにかの人影、形状はロボットのようだ。どうも男らしい。身にまとったスキンタイトのスーツは、孔雀の羽根を思わせる青緑色。カブト虫の翅のようなつやがある。だめだ。これじゃ、妖精に似すぎているな。〝ガスの炎を思わせる青緑〟のスキンタイトのスーツにしよう。そして、〝水に撒いたガソリンのような〟つやがある。男はまだ氷に埋もれている。莢の内側に氷が張っていたと見える。肌の色は明るい緑色で、心もち尖った耳、ノミで彫ったような薄い唇、大きな瞳は見開かれている。梟《ふくろう》ほどに、かなり黒目がちだ。髪の毛は肌より濃い緑色、全体に巻き毛がふさふさしており、頭のてっぺんは尖っていて人目をひく。

信じられん。太陽系の外から来た生物か。ここにどれぐらい横たわっていたか、誰にわかる？　何十年？　何百年？　何千年？

死んでいるにちがいない。

自分たちはどうすべきだろう？　男を閉じこめたままの氷塊を担いで、学会に乗りこんでいくか（Xは、いますぐここを発ち、その道の権威を呼ぶべきだと言う。Yは、いまこの場で男を解剖したがるが、宇宙船とおなじく蒸発したらどうする、とたしなめられる。Zは、男を橇にのせて文明社会に連れだし、ドライアイスに詰めて、いちばん高値をつけた入札者に売っぱらおうと提案。Bは、うちの橇犬たちが良からぬ興味を抱いて、くんくん啼きだしたじゃないの、と指摘するが、どうせロシア女の大袈裟な物言いだろうと、相手にされない）。あたりはすでに暗くなり、北極光が独特の様相を呈してきたから、しまいには、Bのテントに突っこんでおこうということになる。Bは別のテントで三人の男たちと寝る羽目になり、そうなれば、キャンドルライトに照らされて、覗きの好機がもたらされるだろう。なにしろB嬢たるもの、登山服や寝袋をどのようにして満たすかは、もちろん承知である。四人は夜通し、四時間ごとに交替しながら見張りをする。朝になったら、最終目的を果たすため、くじ引きを行なう。

X、Y、Zと、見張りはとどこおりなく進む。さて、つぎはBの番だ。薄気味がわるいわ、途中でなにか起きる気がする、と彼女は言いだすが、しょっちゅうこんなことを言っているので、とりあってもらえない。Zに起こされたばかりのB嬢。Zがムラムラしながら見張るなか、伸びをして、寝袋から這いだし、パッド入りの外出着に体を押しこむと、氷詰めの男がいるテントで定位置につく。キャンドルの火が躍り、眠気を誘う。気がつくと、この緑の男、色っぽい場面ではどんなふうかしら、などと考えている——素敵な眉だわ、とても痩せっぽちだけど。と、船をこぎながら寝入ってしまう。

氷詰めの男が光を放ちはじめる。最初はぼんやりと、やがてもっとまぶしく。テントの床に水が静かに流れる。とうとう氷が消えた。男は上身を起こして、立ちあがる。音ひとつ立てず、眠っている女に近づく。深緑の髪の毛が、ひと巻きごとに動きだし、じきに伸びはじめる。いまや、〝ひと触手ごとに〟といった眺めだが。触手の一本が、女の喉に巻きつき、もう一本は豊満な魅惑の部分に、三本めは口に巻きつく。女は悪夢から覚めたように目覚めるが、これは夢ではない。宇宙人の顔が眼前にせまり、その冷たい触手にがっちり押さえこまれて動けない。男が女を見る眼差しは、いまだかつてない渇望と情欲、赤裸々な欲求に充ちている。普通の男がこんな烈しさで見つめてきたことはなかった。女はいっときもがいたあと、男の抱擁に身をゆだねる。

ほかに選ぶ道が、そうそうあったわけではないが。

緑の口がひらいて、牙が現われる。それが女の首筋に近づく。きみをとても愛しているから、一体となるんだ。きみをぼくの一部にするんだよ、永遠に。きみとぼくはひとつになる。言葉は交わさずとも、女はそういう意思を理解する。この男には、あまたの能力とともに、テレパシーの力を与えられていた。

〝ええ〟女は吐息まじりに言う。


男は自分が吸うのに、もう一本タバコを巻く。こうやって、Bを化け物に食わせて飲ませてしまうつもりなのか？　それとも、橇犬たちが彼女の懇願に耳を貸し、綱を引きちぎって、テントのカンバス布を突き破り、この男をずたずたに嚙み裂くとか？　ひと触手ごとに。それとも、男たちのひとり——自分としては、冷静なイングランドの科学者Yがお気に入りだ——が、救出に駆けつけることにするか？

その後、乱闘になって？　なかなかいいアイデアだ。〃この愚か者め！　おまえらにすべてを教えることもできたのに！〃地球外生物は死ぬ直前に、テレパシー光線をYに送る。彼の血の色は人間のそれとは違うはずだ。オレンジ色がいいだろう。

いや、それとも、緑男がBと静脈血を交換し、彼女も宇宙人と同類になるというのは？　彼女の緑色の完全版。さて、味方がふたりになったところで、男たちをぐちゃぐちゃにぶちのめし、犬たちの首を刎《は》ね、世界征服に乗りだす。豊かに栄えた圧政の都を潰滅させ、清く正しい人々を解放せねばならない。ふたり組には、「われらは主の殻竿（遣いを意味する）」と名乗らせよう。いまや、ふたりは〃死の光線〃を手にしている。宇宙人の知識と、近くの金物屋から強奪してきたスパナや蝶番《ちょうつがい》をもって組成されたものであるが、誰が文句を言おう？

いや、あるいは、異星人はBの血をまったく吸わないというのは？　そうだ、逆に自分の血を注入するんだ！　その体はブドウみたいにしぼんでしまい、干からびて皺くちゃの肌が薄霧と化し、朝になるころには、跡形もなく消えてしまう。三人の男たちは、眠い目をこすっているBに駆け寄る。なにが起きたのかわからないわ、とBは言う。この娘の場合、わかった例しがないから、彼らも、なるほどと思う。みんなして幻を見ていたのかもしれないな、彼らは言う。〃北極のせい、北極光のせいじゃないか――あれが人の脳を腐らせるんだ。寒気で人の血液を濁らせる〃。超高知能の宇宙人とおなじ緑の光が、Bの目に宿っているのには、気がつかない。どのみち、もとから緑色だったので。ところが、犬たちは感づくだろう。変化を嗅ぎとる。耳を寝かして吠えることだろう。哀しげに啼くことだろう。もう彼女は友だちじゃない、と。〃この犬ども、なにを荒れているんだ？〃

それこそ、いろいろな展開がある。

揉み合い、乱闘、救出。異星人の死。その途中で、衣服がびりびりに破けてしまう。服は破けるのが常套。

なぜまた、おれはこんな三文小説をつぎつぎと考えだすのか？　なぜなら、そうする必要があるから。こうでもしないと、すってんてんのオケラになってしまい、この危機に他の職探しをすれば、いまより人目にさらされる羽目になり、賢いとはとても言えない。もうひとつ言えば、物語を考えられるから。資質があるということ。誰にでもできることじゃない。多くの人々が挑んで、くじけてきた。むかしは、もっと大きな野心もあった。もっと真剣な。ありのままの形で、ある男の生活を綴る。俗世間の目の高さで書くために。飢え死にしそうな薄給やら日々のパンやら雨漏りやら淫乱な顔つきの安娼婦やら顔を踏みつけるブーツやらドブに吐かれたゲロの、レベルで。社会制度の働きを暴露するのだ、その仕組みを。すっかり萎えてしまうまでいかに労働者を飼い殺しにし、使いつぶし、企業の歯車か飲んだくれに変え、どのみち、いかにスカを食わせてくれるか。

普通の労働者が、そんな本は読みっこない。労働者とは本来高貴なものだと、同志たちは思っているが。連中の求めるのは、いまのおれが書くような小説だ。値段も安く、一ダイムで買え、アクション場面がスピーディに展開し、オッパイとオケツがたっぷり出てくるような。オッパイだのオケツだのという語を活字にできるわけじゃないが。パルプマガジンは驚くほどお上品だ。〝胸〟と〝臀部〟が、精々いいところだろう。血糊と銃弾、ガッツと悲鳴と身もだえ。とはいえ、前向きのフルヌードは御法度。言葉で書くのもだめ。いや、これは品格とは関係ないか。店じまいさせられては困るからだ。

男はタバコに火をつけ、部屋をうろつき、窓の外を見やる。薪の燃え殻が、雪を黒く汚している。ガタゴト音をたてて、路面電車が行きすぎる。男は向き直り、また部屋をうろつきながら、頭のなかの言葉で巣作りをする。

腕時計を見る。あの女、また時間に遅れている。来ないのかもしれない。

第七部

船旅用のトランク

真実を書くには、書き留めたものが誰にも読まれないと思いこむしかない。自分以外の誰にも読まれず、しばらく経てば自分にも読まれることがない、と。そうでないと、なにかと言い訳をしはじめる。文章とは、インクが右手の人さし指から巻物のようにえんえんと繰りだされ、書いたそばから左手が消していくものと思うべし。

そんなこと出来るわけがないが、もちろん。

一行、一行、そら、どんどん払い戻してやる。ページいっぱいに黒い文字の糸を紡いで。

きのう、荷物がひとつ届いた。『昏き目の暗殺者』の新版。この一冊は、ただの謹呈本だ。べつに儲けがあるわけではない。少なくとも、わたしには。作品の著作権はすでに切れているから、どこの馬の骨でも出版できる。よって、ローラの財産としては、なんの収益にもならない。著者の死後、一定の年数をへて起きるのは、かくなる事態である。管理する権利を失ってしまうわけだ。わたしにひと言の断わりもなく、無数の形で複製品が誕生し、世界中に本が出回る。

〈アルテミシア書房〉と、この団体は呼ばれるらしい。英語版。わたしに序文を書いてくれと言ってきたところだと思う。もちろん、断わったが。おおかた女ばかりが集まって経営しているんだろう、そんな響きの名前だ。いったい、どのアルテミシアを念頭に置いているのやら。ヘロドトスの本に出てくるペルシャの女将軍（クセルクセスのギリシャ遠征軍に艦隊を率いて参加した女王）か。戦《いくさ》の旗色がわるくなると、しっぽを巻いて逃げだした女。それとも、かのローマ時代のご夫人か（小アジア・カリアの伝説の王妃）。夫の遺灰を食べて、その生ける廟《みたまや》とひとつになろうとした女。まあ、例のレイプされたルネサンスの女流画家だろう。いまどき、思い出されるアルテミシアといえば、あの女ぐらいだ。

本はいま、キッチン・テーブルの上に置かれている。〝忘れられていた二十世紀の傑作〟と、題名の下にイタリック体で言葉が入っている。折り返しの文句によると、ローラは〝モダニスト〟だそうで。また、デュナ・バーンズ、エリザベス・スマート、カーソン・マッカラーズといった作家の〝影響を受けて〟いるとか。実際、わたしの知るところでは、ローラが一冊も読んだことのない著者ばかりだが。しかしながら、装丁はどうしてわるくない。褪めた滅紫《けしむらさき》色で、写真のような仕上げ――スリップを着て窓辺にたたずむ女の姿が、メッシュのカーテンごしに透けて見えるが、顔は陰になっている。女の後ろには、男の体が少しばかり――片腕、片手、後頭部――見えている。これなら、無難だろう。

わたしはうちの弁護士にそろそろ電話をかける時期だと判断した。正確にはうちの弁護士ではないのだが。かつてうちの弁護士と見なしていた人物、リチャードとの一件をあつかい、ウィニフレッドと雄々しく闘って敗れた人物は、何十年も前に亡くなった。あれ以来、わたしは法律事務所のなかで順送りにされている。凝った飾りの銀のティーポットみたいに。結婚式の祝い品のように、つぎの世代へ受け渡されていくが、誰も使うことはない。

「サイクスさんにつないで」わたしは電話に出た女に言った。受付嬢かなにかだろう。彼女の爪を想像してみる。長くて、えび茶色で、先が尖っている。いや、そんな爪の色は、今日びの受付嬢らしくない。きっと、アイスブルーだろう。

「申し訳ありません、サイクスはミーティング中です。どちらさまでしょうか？」

こんなことなら、ロボットでも使ったらどうか。「ミセス・アイリス・グリフェンよ」わたしはダイヤをも切るわが声の力を最大限に発揮した。「彼のいちばん古い顧客のひとり」

この言葉をもってしても、どんなドアも開かれなかった。サイクスはまだミーティングの最中だと言う。お忙しい坊やのようで。しかし、なぜ彼を〝坊や〟などと思う？　もう五十代半ばにちがいないのに――生まれたのは、おそらくローラが死んだ年だろう。ローラが死んで本当にそんなに経つのか？ひとりの弁護士を育てて、成熟させるほどの時間が。これもまた現実にちがいない。みんながそう言うのだから。わたしにはそう思えなくても。

「どのようなご用件だとお伝えしましょう？」受付嬢が訊いてきた。

「遺書の件」わたしは答えた。「そろそろ書こうかと思っているの。書け書けと、サイクスもうるさいから」（それは嘘だが、サイクスとわたしはつうつうの間柄であると、彼女の注意力散漫な脳みそに刷りこんでおきたかった）。「それから、ほかにもいくつか用事があるのよ。すぐさまトロントへ行って、相談したほうがよさそうよ。電話をもらえるわね、少しでも彼の手が空いたら」

わたしはサイクスが伝言を聞いている場面を思い描いた。うなじのあたりをヒヤッとさせながら、わたしの名前を探そうとし、やがて見つけるだろう。背中が薄ら寒い、というあれだ。ひとは（わたしでさえ）そんな感じを抱くものだ――書類のなかで、そうした人々の小さな記載に出くわすと。過日には、良くも悪くも名を馳せ、羽振りを利かせていたが、とっくに死んだと思っていた人々。ところが、いまも生きているらしい。歳月とともに、萎びて黒ずんだ姿で。石につぶされたカブト虫のように。

「かしこまりました、グリフェンさま」受付嬢は言った。「折り返しご連絡するよう伝えますわ」彼女たち、台詞まわしのレッスンを受けているにちがいない。思慮と軽蔑をほどよい分量で混ぜあわせるレッスンを。しかし、なぜそれに文句をつける？　むかしは、このわたしも好んだ技ではないか。

わたしは受話器を置いた。きっと、サイクスと仲間たちは仰天するにちがいない。若くして、禿げかかっていて、メルセデスを駆る、腹の出た仲間たちは。〝あのバアサン、遺すったってなにがあるんだ？〟

そう訊かれて、ふれるに価いする物とやらは、なんだろう？

キッチンの片隅に、船旅用のトランクがある。貼られたラベルはもうボロボロだ。嫁入り道具にそろえた、あの鞄セットのひとつ。かつては明るい黄色の仔牛革だったのだが、いまでは薄汚れてしまい、金属の縁飾りも傷だらけで、垢じみていた。鍵は掛けっぱなしで、キーはブラン・シリアルを入れた密閉容器の底に埋もれている。コーヒーや砂糖の缶では、あまりにわかりやすい。

わたしは容器の蓋と格闘したあげく、やっとのことで開けた。もっとしまいやすくて、安全な隠し場所を考えなくては。ひと苦労の末に膝をつき、キーを挿し入れて回すと、蓋を持ちあげる。

このトランクを開けたのは久しぶりだった。古紙特有の、焦げたような、秋の木の葉のような匂いが、わたしを出迎えた。あのころの帳面がぜんぶしまってある。安いボール紙の表紙。おがくずを加工したような代物。古いキッチンの紐で、十文字に結わえられたタイプ原稿もあった。出版社への手紙もあった。わたし——もちろん、ローラではなく、わたしの書いたものだ。その頃には、妹はすでに死んでいた——校正刷りもあった。それから、嫌がらせの手紙。これは、そのうち取っておくのをやめてしまったが。

それから、初版の本も五冊出てきた。ブックカバーも新品同様。ずいぶんけばけばしいが、戦後しばらくは、表紙カバーといったら、こういう感じだった。色彩はというと、どぎついオレンジ、のっぺりした紫、黄味がかった緑。薄っぺらな紙に印刷され、目もあてられない絵がついていた——やけに大きな緑の胸をした、いんちきクレオパトラ。まぶたに墨を入れ、臍のあたりから首元まで、紫のネックレスを幾重にも巻き、オレンジ色のばかでかい口を尖らせている。こういう様の女が、立ちのぼるタバコの紫煙から出てきた霊鬼《ジン》みたいに、すっくと立っているのだ。本はページのなかまで酸化が進んでおり、毒々しい色の表紙は、剝製にした極楽鳥の羽根のように、色褪せかけている。

（わたしがもらった本は六冊――これは〝献呈本〟と呼ばれた――だが、一冊はリチャードにあげてしまった。あれは、いったいどうなったろう。引き裂いてしまったのではないか。要らない紙類は、いつもそうしていたから。いや、ちがう、思い出した。リチャードといっしょに船で見つかったのだ。頭のすぐ脇にあった、調理室のテーブルの上に置かれていた。ウィニフレッドがそれに短い手紙をつけて、送り返してきた。〝自分のしでかしたことを思い知りなさい！〟わたしは本を投げ捨てた。リチャードの手に触れたものは、なにも近くに置きたくなかった）。

こういうものすべてをどうすべきか、わたしは常々考えてきた。このがらくたの倉庫、この小さな古文書博物館を。とても売り払う気にはなれないが、自分で処分する気にもなれない。このままなにもしなければ、わたしの死後の後始末をするマイエラに、選択は引き継がれよう。彼女が読みはじめれば、最初の衝撃の時がすぎるや、引き裂き、引きちぎることになるにちがいない。そうして、マッチを擦る。まだちっともわかっていない。そんな行為を〝忠誠〟と考えるのだろう。リーニーでも、きっとおなじことをした。古き時代、トラブルは家族のなかだけに留められたものだし、いまも、最適な場所といえる。いや、トラブルに最適な場所などあるわけではないが。そんなに月日がたってから、なぜすべてを蒸し返す？　関係者もみな、疲れた子どもみたいに寝かしつけられ、墓場もいよいよ近いというのに。

やはり、このトランクと中身は、大学か図書館に寄贈すべきかもしれない。そうすれば、少なくともまともに鑑賞されるだろう、墓あばき同然の方法で。この紙くずに爪を立てんばかりの学者たちは、引きも切らないのだから。〝文献〟と、彼らは呼ぶのだろう。〝略奪品〟に対する、学者特有の名称。わたしのことは、ちょろまかした財産の上にとぐろを巻く、頑固な老龍ぐらいに思っているのだ。自分は要らないのに他人が手を出すと怒る、痩せ犬。萎びてなお口うるさい門番。しかつめらしい鍵の管理人。

この女の護る地下牢では、餓えたローラが鎖で壁につながれている。

学者たちは何年ものあいだ、わたしを手紙攻めにした。ローラの書いた手紙をよこせと言って。原稿を、形見を、インタビューを、裏話を要求した——身の毛もよだつような詳細を聞きたがって。そうしたしつこい書状に、わたしはにべもない手紙を返したものだ。

「親愛なるミスW　私が思うに、ローラが非業の死を遂げた現場である橋で〝記念式典〟をという貴女の計画は、卑俗であり病的です。きっと気でもふれたのでしょう。自家中毒を起こしているものと思います。浣腸をおためしなさい」

「親愛なるミズX　貴女の提案する論文に関する手紙、落手しました。しかし、このタイトルがなにを意味するのか、私にはあまりぴんときません。貴女にはぴんとくるのでしょうね。でなければ、思いつくわけがありません。私はなんの助けにもなれません。貴女も助力には値しません。〝脱構築《デコンストラクション》〟とやらは、建物を解体する鉄球を思わせるし、〝難問化する〟は、動詞ですらありません」

「親愛なるY博士　『昏き目の暗殺者』における神学的意味という貴公の研究について。私の妹は宗教心の篤い人でしたが、それは慣習的とは言いがたいものでした。妹は神を好きだったわけではなく、神を信奉することも、神を理解していると憚りなく公言することも、好みませんでした。彼女は神を愛していると言っていましたが、人間が相手となると、話はまたべつでした。いいえ、彼女は仏教徒でもありません。馬鹿いわないでください。読み方のお稽古をなさったらいかがですか」

「親愛なるZ教授　ローラ・チェイスの伝記が久しく待たれているとの貴公のご意見、心に留めました。

彼女は貴公の言うところの〝今世紀中葉における最も重要な女性作家のひとり〟なのかもしれません。私にはわかりかねますが。しかし、貴公が〝プロジェクト〟と呼ぶものへの協力は、問題外です。キリストの乾いた血の小瓶や、責め苦にあって切り落とされた聖人の指に涎をたらすような貴公の色情を、充たしてさしあげる気はありません。

ローラ・チェイスは貴公の〝プロジェクト〟ではない。私の妹です。死んでのちまでいじりまわされるのは、彼女も望まないでしょう。そのいじりまわしが婉曲的になんと称されようとも。書かれたものは、多大な危害を生じかねない。ひとはしばしばそれに思い至らないのです」

「親愛なるミスW　これで、おなじ用件で四通も手紙をいただきました。私を煩わせるのはおやめなさい。四の五のうるさいわね」

わたしは何十年というもの、こうした性悪ないたずら書きに、暗い満足感を覚えていた。嬉々として切手を舐め、つややかな赤い郵便ポストに、手榴弾を山ほど投げこむように、手紙を投函する。ご熱心で強欲な詮索屋をこてんぱんにしてやったと清々《せいせい》して。だが、最近になって返信するのをやめた。なぜ、赤の他人をいびる？　こちらがどう思っていようと、いっこうに構わないだろうに。彼らにとって、わたしは付属物にすぎない。ローラの、変てこな、余分の手みたいなもので、躰のどこにもくっついていない。ローラを世界に、彼らに、受け渡した手。わたしのことなど、保管所ぐらいに思っているんだろう――生ける霊廟。〝資料〟と、彼らは呼び慣わす。なぜそんな彼らの願いを聞いてやらねばならない？　わたしに言わせれば、みんな腐食動物、多くはハイエナだ。あるいは、屍肉の臭いを嗅ぎつけてくるジャッカル。轢かれて道ばたに転がる屍を屠りにくる大ガラス。死骸にたかるハエ。化石の発掘現場を漁るように、わたしをほじくり、金属のかけらや割れた陶器を探し、楔状骨の破片やパピルスの切れ端を探し、奇妙な〝失われた玩具〟を探し、金歯を探す。わたしがここに隠しているものに感づいたなら、家の鍵をかなてこでこじ開け、押しいってきて、わたしの頭をぶん殴り、お宝を巻きあげた末、大いなる正義感を感じることだろう。

だめ、だめ。やっぱり、大学には寄贈できない。なぜ彼らを満足させてやる？

たぶん、この船旅用トランクはサブリナの手に渡るべきなのだろう。頑として音信を絶ったままであり、（ここが悩みどころなのだが）徹底してわたしを袖にしているけれど。それでも、血は水より濃いという。両方を味わったことのある誰かさんの知るところでは。このガラクタたちは、権利から言って彼女のものだ。相続遺産とも言えるだろう。結局のところ、わたしの孫娘なのだから。ローラの姪の娘ということになる。きっと自分の出生についても知りたくなるだろう。そういう機会があるとなったら。

とはいえ、こんな贈り物は拒絶するにちがいない。彼女もいまでは大人なんだし。わたしは常々自分にそう言い聞かせている。わたしに訊きたいことがあるとか、言いたいことがあるなら、連絡してくるだろう。

しかし、なぜ連絡してこない？　どうしたら、こんなに時間がかかる？　音信不通は、なにか、あるいは誰かに対する一種の復讐なのか？　リチャードへの復讐ではありえない。サブリナは彼とは会ったこともないのだ。ウィニフレッドでもない。彼女のもとから逃げだしていったのだが。なら、母親だろうか――哀れなエイミーへのあてつけ？

母親のこと、どれぐらい覚えているだろう？　サブリナはまだ四歳だった。

エイミーの死は、わたしの責任じゃない。

サブリナはいまどこで、なにを求めて生きている？　やせぎすの少女時代の像を思い浮かべる。ためらいがちの笑みを浮かべ、なんだか幼い修行僧のようだった。それでも、愛らしかった。厳粛な色を湛えた瞳は、ローラとおなじブルー。長い黒髪が、とぐろを巻いて眠るヘビのように渦を巻いていた。だが、ヴェールはかぶろうとしないだろう。飾り気のないサンダルか、あまつさえ底のすり減ったブーツも履く。それとも、サリーを身にまとうようになっただろうか？　あの手の娘たちはよくサリーを着る。いま、あの子は派遣団だかなんだかにいる――第三世界の貧しい人々に食糧をあたえ、死にゆく人々を癒し、われわれ文明人の罪を償おうとしている。実りのない仕事。われわれの罪は底なし沼のごとくであり、その大元にはもっともっと多くの罪があるのだ。でも、それが神のご意志なのだと、あの子は無益さについて反論するにちがいない。神は実りを好まれる。実りを貴きものと考えられる。

その点では、ローラの血を引いているのか。おなじく、絶対論に陥りがちであり、慣習に倣《なら》うことを拒み、下卑た人間の過ちを軽蔑する。これで世間に通用するには、美しくなくてはいけない。でなければ、ただの気むずかし屋と映るだろう。

燃え盛る火口《ファイア・ピット》

あいかわらず、やたらと暖かい陽気がつづいている。うららかで、心地よく、からっとして、晴朗な日々。例年なら、この時季には青白く痩せている太陽までが、いっぱいに満ちてやわらかい光をなげ、日没には瑞々しいばかりに輝く。気象番組に出てくる明朗快活な人々によれば、これは遠い地で起きた、いちめん灰神楽《はいかぐら》となるような大災害のせいだと言う――はて、地震だったか、火山噴火だったか？　凶暴な神業が、新たにひとつ。〝楽あれば苦あり〟が、神々のモットーだ。そして、〝苦あれば楽あり〟。

昨日は、ウォルターに車でトロントまで送られて、弁護士との面談に臨んだ。彼にしてみれば、行かなくてすむなら行かないような場所だが、マイエラがその任につけたのだ。わたしがバスで行くと宣言した後のことだった。マイエラは聞く耳をもたなかった。誰もが知ってのとおり、ここにはバスといえばひとつしかなく、夜の暗いときに出発して、暗いときに帰ってくる。夜間にバスを降りたりしたら、ドライバーの目に留まりにくいから、虫けらみたいに轢き殺されてしまう、とおっしゃる。どのみち、トロントへ独りで行くなんてとんでもない、これまた誰もが知ってのとおり、あそこは泥棒と殺し屋の巣窟なんだから、と。ウォルターに面倒みさせますよ。マイエラはそう言った。

ウォルターはこの小旅行にさいして、赤の野球帽をかぶってきた。帽子の後ろの部分と、ジャケットの襟に挟まれて、剛毛のはえた首筋の肉が、二頭筋のごとく盛りあがっている。まぶたは膝小僧みたいに皺がよっていた。「ピックアップ・トラックで行こうかな」ウォルターは言った。「煉瓦造りの便所みたいだから、やつらだって、突っこんでくる前にちょっと考えちまうだろうさ。ただ、バネが二、三本とんでいるもんで、あまり乗り心地はよくない」ウォルターいわく、トロントのドライバーはどいつもこいつもイカれているとか。「ま、あそこへ行こうっていうんだから、あんたもおかしくなったんだろ？」そう彼は言った。

「ふたりで行くんですからね」わたしは指摘しておいた。

「行くったって、一回だけだ。むかしは、おれら、女たちに言ったもんだよ。一回は数のうちに入らないって」

「それで、おじょうさんたちは真に受けたの、ウォルター？」わたしはお望みどおりに調子をあわせてやった。

「もちろんさ。おつむパーだからな。とくにブロンドは」にやにや笑っているのが気配でわかった。

〝煉瓦造りの便所のよう〟。むかしは女に対して使った表現。褒め言葉だった。まだ、どこの家も煉瓦造りのトイレを持てなかった時代。多くは、木造の便所だった。薄っぺらで、臭くて、楽に押し倒せるような。

わたしを車に乗せて、シートベルトを締めるや、ウォルターはラジオのスイッチを入れた。電気ヴァイオリンがむせび泣いている。行き違ってしまったロマンス。正調失恋節。言い古された苦しみだが、苦しみにはちがいない。大衆娯楽とは、かくなるもの。まったく、われわれときたら、みんなどういう覗き趣味に走ったのか。わたしはマイエラの用意してくれた枕に、頭をもたせる（航海旅行にでも出かけるみたいな支度をふたりにしてくれた。膝掛け、ツナのサンドウィッチ、ブラウニー、魔法瓶入りのコーヒーまで詰めて）。窓の外にはジョグー河が広がり、よどんだ流れが蜿々《えんえん》とつづいている。車は河を渡ると、北へ向かい、通りを行きすぎていく。かつてはこの辺りも、労働者の住む安普請がならんでいたが、いまでは〝スターター・ホーム（手始めに買う手頃な家）〟と呼ぶらしい。それに、小さな店舗もちらほら。車のスクラップ工場、不景気そうな健康食品デパート、足の整形用の靴店。緑の足形ネオンが点滅し、じつは進んでいないのだが、歩いているように見える。それから、小さな小さなショッピングモールも。全部で五店しかないが、かろうじてクリスマスの飾りつけをしているのは、一店だけだった。そして、マイエラの経営する美容院〈ヘア・ポート〉。ウィンドウには、いがぐり頭の人物の写真が飾られているが、男女の別はよくわからなかった。

それから、かつては〈旅路の果て〉の名で呼ばれていたモーテル。おそらく、シェイクスピアの喜劇『十二夜』に出てくる、〝旅路の果ては恋の逢瀬〟にでも引っかけたのだろうが、万人が出典に気づくとも思えない。おおかた、縁起でもないと思われそうだ。入口ばかりで出口のない建物、動脈瘤と血栓症と睡眠薬の空瓶と頭部の銃創の臭いがしてきそうな。ここも、現在ではたんに〈旅路〉と名乗っている。こう変えるとは、なんと賢い。まだまだ先がある感じがする。終末感がはるかに薄い。到着するより、旅するほうが、ずっといい。

さらにいくつかのフランチャイズ店を行きすぎる——揚げられたおのれの躰を大皿にのせて差しだすチキンたち。にんまり笑ってタコス作りに腕をふるうメキシコ人。道路の先に、町の給水タンクが背の高い姿を現わした。巨大なあぶくみたいな、例のセメント造りのタンクで、田園風景を台無しにしている。台詞が空白になったマンガの吹き出しみたいだ。さて、ひらけた田舎道に入った。鉄のサイロが司令塔のように、野原から突きだしている。道ばたで三羽のカラスがつついている、毛むくじゃらの裂けた肉塊は、ウッドチャックのそれのようだ。フェンス、さらにサイロ、しおたれた畜牛の群れ。暗い杉の木立、沼が点々とあり、夏のイグサはすでに不揃いで、すっかり花を落としかけている。

小雨が降りはじめた。ウォルターがフロントガラスのワイパーを動かす。その心地よい子守歌を聴きながら、わたしは眠りにおちていった。

目覚めて最初に思ったのは、「鼾《いびき》をかいただろうか？」ということ。もし、かいたのなら、口を開けていたか？　なんとみっともなく、ひいては屈辱的なことか。しかし、とても訊く気にはなれなかった。不思議に思うかもしれないが、いくつになっても見栄心は尽きないものである。

車は八車線の高速道路を走っていた。もうトロントに近い、とのこと。ウォルターによればである。白いガチョウを何梱も積んで頭でっかちになり、右へ左へ揺れる農場のトラックが、目の前をふさいでいたものだから、わたし自身はよく見えなかった。市場へ向かっているにちがいない。宿命へと向かうガチョウたちの長い頸、へぎ板のあちこちから突きだした死にもの狂いの顔、その長い口が開いては閉じ、哀しくも滑稽な声を発するが、走る車の騒音にかき消されてしまう。羽根がフロントガラスに張りつく。ガチョウの糞と排気ガスの臭いが、車に充満した。

トラックは標識をかかげていた。〈これが読めるようなら、接近しすぎ〉。ようやくトラックが高速を降りると、前方にトロントの街が見えた。湖畔の平野にそびえるコンクリートとガラスの人工山。クリスタルと、輝く巨大な石板と、先の尖ったオベリスクと、赤錆色に染まるスモッグの靄ばかりで出来た街。いままで見たことのない何かに似ていた。一夜にして生えてきたもの、蜃気楼のように、実際そこにはないものみたいだった。

黒い薄片がひらひらと舞い飛んでいく。先のほうで、紙の山でも燻っているかのように。怒りが、空気中で、熱波のように震えている。走る車から、誰か発砲したのか。

法律事務所は、キング・アンド・ベイの近くにあった。ウォルターは道に迷ったあげく、駐車する場所も見つけそこねた。それで五ブロックも歩く羽目になり、わたしは肘をとって急き立てられていった。界隈はすっかり変わってしまい、自分の居場所もわからない。ここは、来るたびに変わっている。そう頻繁には来ないから、累積した変化の威力は圧倒的だ——街が爆撃でいちめん焦土になりゼロから再建した、というぐらいの変貌ぶりである。

わたしの記憶にあるダウンタウンは、くすんだようなカルヴァン主義の街。黒っぽいコートを着た白人の男たちが、前後くっつきあって歩道を行進していく（密集行進法という、デモなどで使われる行進の仕方）。その間には、女の姿もちらほら。決められたハイヒールと手袋と帽子を着け、クラッチバッグを小脇に抱え、前を見据えている。そんな街は影も形もないが、姿を消したのはもうだいぶ前のことだ。トロントはいまやプロテスタントの街というより、さながら中世の街のようだ。往来をふさぐ人ごみは、とりどりの色に包まれ、みな色鮮やかな服を身にまとう。黄色のパラソルを広げたホットドッグの屋台、プレッツェル売り、イヤリングや布のバッグや革ベルトの行商人、〈失業中〉とクレヨン書きした看板をさげる物乞いたち。いまや街の人々のなかに、物乞いたちも縄張りを確立したらしい。わたしが歩いていく横には、フルート吹き、エレキ・ギターの三人組、キルト衣装でバグパイプを吹く男。曲芸師や、火吹き男や、病人たちの行進と、いつ出くわしても不思議ではない。なにやらうるさい物音がする。と思えば、わたしの眼鏡に、玉虫色の薄膜が油のように付着した。

やっとこさ、法律事務所までたどりつく。わたしが初めて相談にきた一九四〇年代、事務所の入っているビルは、まだ例の煤けた赤煉瓦でいかにも工業ビルといった外観だった。モザイク・タイルのロビー、ライオンの石像。細かい凸凹のある明かり採りのガラスをはめた木製ドアには、金のレタリングがほどこされていた。エレベーターは、内側に鉄格子の扉がついているような古いタイプで、足を踏みいれると、一瞬、監獄に入ったような気になる。紺の制服に白手袋をはめた女性が、これを操作しており、一階ごとに階数をアナウンスする。十階までしかないのだが。

現在、事務所があるのは、ガラス張りのタワービル、地上五十階のオフィス・スイートのなかだ。ウォルターとわたしは、輝くエレベーターで上昇していく。内装には人工大理石が使われ、車のシートの布張りみたいな匂いを発し、スーツを着た男女がぎゅうぎゅう詰めになっている。みな目をそらしあい、終生奴隷となった人間の虚ろな顔をして。給金の範囲内のものしか見ない人々。法律事務所には、専用の受付があったが、五つ星ホテルと言っても通りそうだった。十八世紀ばりの重厚華美なフラワー・アレンジメント。床に敷きつめたきのこ色の分厚いカーペット。お高《たか》価い染みが寄せ集まった抽象画。

弁護士がやってきて握手をし、なにごとか囁き、身ぶり手ぶりをする。なるほど、ついて来いということらしい。ウォルターは、ここから動かずに待っていると言う。全身磨きあげた若い受付嬢を、彼は警戒の眼差しで見つめていた。黒いスーツに身を包み、藤色のスカーフに、真珠色のマニキュアをした女を。彼女が見つめていたのは、ウォルターではなく、彼の格子柄のシャツと、巨大で豆の莢のようなゴム底のブーツだった。おもむろにウォルターが二人掛けのソファに座ると、その躰はマシュマロの山に埋もれるように、ただちに沈みこんでいった。膝が折れ曲がり、ズボンの脚がぴょんとはねあがって、木こりがはくような赤い厚手の靴下がのぞいた。目の前にある趣味のいいコーヒーテーブルには、ビジネス雑誌が山と積まれ、いかにして投資資金を最大限に活用するか、彼にアドバイスしていた。ウォルターは、オープンエンド投資信託会社に関する号をとりあげた。そのばかでかい手にのると、雑誌も薄いティッシュみたいに見える。彼の目はきょときょと動いていた。猛然と駆けだす仲間の群れに混じった仔牛のように。

「長くはかからないから」わたしは彼を落ち着けようとして言った。じっさいは、思ったより長くかかったのだが。この弁護士という連中は、安娼婦みたいに分刻みでお金を請求してくる。いまにもドアにノックの音がして、苛立った声が聞こえてくるんじゃないかと思っていたぐらいだ。〝こっちこっち。なに突っ立ってんのさ？　早いとこ勃《おった》てて、入れて、出しちまいな！〟

弁護士との話し合いがすんで、車へ戻ると、ウォルターが昼食に連れていってくれると言う。心当たりの店があるんだ、と。マイエラからおおせつかってきたのだろう。〝頼むから、アイリスがしっかり食べるようにしてちょうだいよ。あの歳になると、小鳥のようにしか食べないけど、いつ燃料切れになるか、自分でわかっていないんだから。車のなかで餓死しかねないわ〟。それに、彼自身も腹が減っていたのかもしれない。わたしが眠っているうちにマイエラが丹誠したサンドウィッチと、おまけに、ブラウニーまでぜんぶ平らげていた。

心当たりの店は〈ファイア・ピット〉というんだ、そう彼は言った。こないだ来たとき、食事をした。二、三年前のことか。そのわりには、まあまあ品がいい。そのわりにって、なんのわりに？　いや、トロントにあるわりに。あれこれ付け合わせのついた、ダブル・チーズバーガーを注文したよ。スペアリブのバーベキューもやっているんだ、全般にグリル料理が得意みたいだな。

その軽食堂なら、わたしも憶えていた。もう十年以上前のことだ――サブリナに目を光らせていたころ。彼女が最初に家出した後のこと。わたしは放課後になると、サブリナの学校の周りをうろちょろし、公園のベンチなど、彼女を待ちぶせできそうな場所に陣取ったものだ――というより、こちらが彼女に気づいてもらえそうな場所か。そんな見込みは露ほどもなかったが。いつもわたしは、露出狂の変態みたいに、広げた新聞に隠れて座った。釣り鉤から逃げるがごとく自分を避けているにちがいない少女に、報われぬ思いをふくらませている点では、同様である。

自分がそこにいるのに気づいてほしい一心だった。わたしは存在している。あなたが聞かされているような人間ではない。あなたの隠れ家になってあげられるんだ、と。彼女がいずれそんな場所を必要とすること、いや、すでに必要としていることはわかっていた。ウィニフレッドの何者であるかは、わかっていたから。ところが、そうして待ったところで、なんの実りもなかった。サブリナはわたしの姿をついぞ認めず、わたしも正体を明かすことはなかった。ことがそこにおよぶと、いきおい怖じ気づいてしまう。

ある日、彼女の後をつけて、〈ファイア・ピット〉まで行ったことがある。この店はどうやら、女生徒たち——あの学校に通う女生徒たち——が、昼時にたむろしたり、授業をさぼって行く場らしい。ドアロにかかげられた看板は赤で、窓の縁は、火をイメージした黄色のホタテガイで飾られていた。わたしは店名のミルトン的な不敵さにぎょっとした。こんなデザインの喚起するものを知ったうえでやっているのか？

（全能のサタンが）天空より燃え盛る炎を真っ逆さまに叩きつけるや、
地上は、凄まじき廃墟、焼け野原と化した。
……とわに燃え、燃えつきぬ地獄の業火を
のみこんだ火の海と（ジョン・ミルトン『失楽園』第一巻より）

いやいや。彼らが知るわけがない。〈ファイア・ピット〉は、焼かれる肉にとっての地獄という意味にすぎない。

店内には、ステンドグラスのシェードを被ったランプがさがり、陶製の鉢には、なにやら強靱そうなまだらの植物が植わっていた——六〇年代の雰囲気。サブリナが学校の友達二人と座っている隣のブースに、わたしも席をとった。少女たちはみな、ごわごわした男の子みたいな制服を着ており、その毛布みたいなキルトとそろいのネクタイをしめていた。もっとも、ウィニフレッドは常々このタイをめっぽう自慢にしていたが。三人の娘たちはそんな効果を台無しにすべく、最善を尽くしていた。ソックスをたるませ、シャツの裾をなかば出し、タイを斜めに曲げて。そのうえ、聖務でもあるかのようにガムを噛み、この年ごろの娘がきまって身につけるらしい、例のかったるそうな、やけに大きな声でしゃべった。

三人の少女は、すべての少女が美しいように、三人とも美しかった。どうにも抑えられないものだ、こういう美しさは。しかし、保存することも叶わない。その瑞々しさ、細胞のふくよかさ。それは労せずして得たつかのまのものであり、なにものも真似できない。ところが、三人は誰もその美に満足していなかった。すでに自分をいじくって変えようとしている。自分を改良し、歪め、矮小化し、ありっこない空想の鋳型に自分を押しこめようとして、顔の毛を抜いたり、好き勝手にペンシルで描いたりしていた。かつておなじことをした身としては、彼女たちを責められはしない。

わたしは薄っぺらな日除け帽の鍔ごしに、サブリナのようすを覗き見し、三人がなにかのカモフラージュよろしく目の前に繰りだす、たあいのないおしゃべりを盗み聞きした。胸中をさらけだして話すものは誰もおらず、たがいに信用しあってもいなかった――この年ごろでは、ちょっとした裏切りは日常茶飯事だから、しごくもっともだろう。サブリナ以外のふたりはブロンドだった。サブリナだけが黒髪で、クワの実みたいにつやつやしていた。本当は、友だちの話を聞いてもいないし、顔もろくに見ていない。計算された虚ろな眼差しの奥には、嫌悪感がゆらめいていたにちがいない。こういう不機嫌、強情さ、いわば囚われの女王のお怒りは、わたしの知るところだった。それは包み隠しておかれ、兵器が十全に集まったところで爆発するのだ。背後に注意なさいよ、ウィニフレッド。わたしはそう思って、溜飲を下げた。

サブリナはわたしに気づかなかった。それとも、存在には気づいたが、誰だかわからなかった。三人はこちらをちらちら見てきては、なにごとか囁きあったり、忍び笑いをしたりしていた。この手のことは、いまも思い出せる。「しわしわバアチャン」とか、あるいはそんな言葉の現代版だろう。きっと、わたしの帽子が笑い種になっていたのだと思う。ファッショナブルというにはほど遠かったから、あの帽子は。あの日のサブリナにとって、わたしはたんなるひとりの老女——大老女——ありふれた大老女であり、まだ話題にするほどの老いぼれではなかっただろうから。

三人が店を出ていくと、わたしは洗面所に立った。個室の壁には、一編の詩が書かれていた。

あたしはダレンを愛してるイエス
あたしのものよ、あんたは出番じゃない
横どりしようなんて気になったら
ぜったいその顔ぶんなぐってやる（賛美歌四六一番のもじり。いくつかバリエーションがある）

若い娘も昔にくらべると直截になったものだ。とはいえ、句読点の打ち方はちっとも上達していない。ウォルターとわたしがやっとのことで〈ファイア・ピット〉を見つけると（彼が言うには、こないだ来たときと場所が違うとか）、ウィンドウにはベニヤ板が打ちつけられ、なにやらお役所の通知が貼られていた。ウォルターは大事な骨をなくした犬みたいに、鍵の閉まったドアの周りを嗅ぎまわった。「店じまいしたらしい」彼は言うと、ポケットに手を入れたまま、長いこと突っ立っていた。「ひっきりなしに街を変えてしまうんだ」彼は言った。「ついていけないよ」

しばし歩きまわって、何度か空振りをした末、わたしたちはダヴェンポートのどうでもいい小汚い食堂に甘んずることにした。席はビニール・シートで、テーブルの上にジュークボックスが置かれ、カントリー・ミュージックと、懐かしのビートルズやエルヴィス・プレスリーの歌もぽつぽつと入っていた。ウォルターが《ハートブレイク・ホテル》をかけ、それを聴きながら、ハンバーガーを食べ、コーヒーを飲んだ。ウォルターがおごるといって頑張った――これまたマイエラのお達しにちがいない。二十ドル札をそっと滑りこませてあるのだろう。

ハンバーガーは半分しか食べられなかった。ひとつはとても食べきれない。ウォルターが残りを食べると言い、ポストに投函するみたいに、ひと口で全部放りこんだ。

トロントの街を出る途中、当時住んでいた家の前を通ってほしいと、わたしはウォルターに頼んだ。かつてリチャードといっしょに暮らした家だ。その道のりは余すところなく憶えていたが、いざ家に着いてみると、初めそれとわからなかった。いまも、四角張った不粋な建物で、やぶにらみのように見える窓、重苦しい雰囲気、それに出すぎた紅茶みたいな濃い茶色をしていたが、壁には蔦がのびていた。スイスのシャレーを模した、木骨レンガ造りの家は――むかしはクリーム色だったのだが――アップルグリーンに塗り替えられ、玄関にはあいかわらず重厚なドアがついていた。

リチャードは蔦を這わせるのが嫌いだった。最初に越してきたころは、多少あったのだが、彼が引っこ抜いてしまったのだ。レンガを侵食するからだと言う。煙突にも入りこむし、蔦のせいでリスなんかが寄ってくる。これは、まだリチャードが自分の考えや行動に理屈をつけていたころだ。わたしが考えるべきこと、すべきことの理由を、まだ挙げてみせていたころ。理由などかなぐり捨ててしまう前のこと。

わたし自身の姿も一瞬、甦ってきた。麦わら帽子をかぶり、淡い黄色のドレスを着ている。暑いので木綿のドレスだ。時は晩夏、結婚した翌年。地面はレンガのようだ。ウィニフレッドにそそのかされて、わたしは庭造りに手を染めていた。あなたも趣味をもつ必要があるわ、彼女はそう言った。岩石庭園《ロック・ガーデン》から始めるべきとまで決めていた。それなら、植物を枯らしてしまっても、岩や石だけは残る。〝岩はあまり殺しようがないものね〟ウィニフレッドはまぜっかえした。〝頼りになる〟という男を三人派遣してくれると言い、土掘りや岩の配置は彼らにやらせるから、と。あなたはそこに草木を植えればいい、と。

庭には、すでにウィニフレッドが注文した岩がいくつかならんでいた。小さな岩や、石板みたいな大ぶりの岩が、気まぐれにばらまかれ、倒れたドミノの駒みたいに積み重ねられていた。わたしたち――頼れる三人の男とわたし――は、ごちゃごちゃと積まれたこの石の山を黙って眺めている。男たちは帽子をかぶり、上着を脱いだ姿で、無地のズボン吊りをして、シャツの袖をまくりあげている。わたしの指示を待っているのだが、わたしはなにを言えばいいのかわからない。

あのころは、まだなにかを変えたいと思っていた――自分の力でなにかを為《な》し、どんな仕様もない素材からであれ、なにかを作りたい、と。作れるのではないかと、まだ思っていた。ところが、庭造りのことなど、なにひとつ知らないのだった。泣きだしたくなったが、ひとたび泣きだせば、すべてが崩れ去るだろう。泣けば、頼れる三人の男たちはわたしを見下し、もはや頼れる男ではなくなってしまう。

ウォルターはわたしを車から引っぱりだすと、なにも言わずに一歩退いて、わたしが転びでもしたら支えようと構えた。わたしは歩道に降り立つと、かつての家を眺めた。ロック・ガーデンはまだそこにあったが、たいがい打《う》っ棄《ちゃ》られていた。もちろん、季節は冬だから、なんとも言いがたいが、ここでなにかが育つことはもう無かろうと思った。どこにでも生えるリュウゼツランなどは、ともかく。

車道に大きなダンプカーが停まっており、荷台は木っ端やら石膏の板やらでいっぱいだった。修理工事が進んでいるようだ。そうでなければ、火事でもあったのか――二階の窓が叩き割られていた。マイエラによれば、昨今はこうした家に、浮き草暮らしの輩が寝泊まりするのだとか。トロントでうちを空き家のままにしておけば、連中が弾よりも速くとんできて、ドラッグ・パーティだのなんだのをやらかすに決まっている。マイエラはあやしげなカルト宗教の噂も耳にしたと言う。彼らは堅材の床の上でじかに焚き火をし、トイレを詰まらせ、流しで糞をし、蛇口や凝った装飾のドアノブや、金目のものをなんでも盗みとる。そう頻繁ではないが、ほんの子どもが面白半分に家をぶち壊すこともある。幼き者はそういう才に恵まれているのだ。

その家は、不動産屋の広告写真みたいに、いかにも所在なく、はかなげだった。いまや、わたしとはいかなる繋がりもないように見えた。わたしは自分の足音を思い起こそうとした。冬用のブーツを履いた足が、乾いてきしむ雪を踏んでいく。家路を急ぎながら、遅くなった言い訳をでっちあげて。玄関に立つ真っ黒なつるし門。雪堤に街灯の明かりが落ちるさま。雪は縁のあたりがアイスブルーに染まり、犬の小便で、黄色の点字みたいな斑ができている。あのころは、影までが違った。おさまりやらぬ胸の鼓動。凍える寒気のなか、白い煙のようにたなびく息。せっかちに暖をとろうとするわたしの指。塗りたての口紅の下で、まだひりひりしている唇。

居間には暖炉があった。あの前にリチャードとならんで座ると、炎の影がふたりの顔に、グラスに躍った。どちらのグラスも、テーブルの化粧張りを傷つけぬよう、下にコースターを敷いていた。暮れて六時になれば、マティーニを飲む。そうしながら一日の略説をするのが、リチャードは好きだった。

〝略説〟という表現を彼はした。決まってわたしのうなじに手を置き、そこにあずけて、ただ軽く触れながら、一日を略説する。略説なんて、陪審審理を行なう前に判事がすることだ。リチャードは自分を判事のように見なしていたのだろうか？　かもしれない。とはいえ、彼の内なる思いや動機となると、わたしには頻々と不明であった。

これが夫婦間に緊張を生む原因のひとつだった。わたしが彼を理解できないこと、彼の願いを先読みできないこと。それもこれも、妻が故意に、むしろ喧嘩腰の態度で、無関心を決めこんでいるせいだと、夫は考えた。現実には、状況が飲みこめなかったせいでもあり、のちには恐れが原因でもあったが。結婚して月日が経つにつれ、わたしにとって、夫はますます人間らしくない存在となり、人の皮膚や四肢を備えてはいるものの、だんだん、もつれた巨大な毛糸玉のように見えてきた。わたしは魔法にでもかかったように、日々それを解こうとする運命を背負ってしまった。いまだ解けた例しはない。

わたしは、自宅の、かつての自宅の外に立ち、なにがしかの感慨が湧いてくるのを待った。なにも湧いてこない。両方を味わってきた身としては、どちらがより悲惨なのかわからない——いわゆる激情と、無感情とでは。

芝生に立つクリの木から、女の脚がぶらさがっていた。一瞬、本物の脚かと、木を這い降りて逃げようとしているのかと思ったが、よくよく見ると違った。パンストに、なにかを詰めて——きっとトイレットペーパーだろう。あるいは、下着か——二階の窓から放り投げたのだろう。カルト宗教の儀式か、若い子たちの悪ふざけか、ホームレスのどんちゃん騒ぎの末に。それが枝のあいだに引っかかった。

この実体のない脚が放られたのは、わたしの部屋の窓からにちがいない。かつてのわたしの窓。むかしむかし、あの窓から外をじっと見つめていた自分の姿が浮かんだ。こんなふうに人知れず窓から忍びでて、枝をつたって降りていくわたし——靴を脱ぎ、窓の下枠を乗り越え、ストッキングだけの足を片方おろし、もう片方もおろし、手掛かりをしっかりつかんで。だが、これを実行にうつしたことはない。

窓の外をじっと見つめて。ためらい。考えて。なんて自分とかけ離れたものになってしまったんだろう、わたしは。

ヨーロッパからの葉書

昼は暗く翳り、木々は鬱《ふさ》いだ色になり、太陽は冬至へと坂をころげおちているが、まだ冬とは言えない。雪もみぞれも降らず、唸るような風も吹かない。なにか不吉だ、この遅れは。灰色の静寂があたりに充ちている。

きのうは、ジュービリー橋まで歩いてきた。この橋も昨今は、錆びてきたとか、腐食しているとか、構造にもろい部分があるとか言われている。取り壊しの話も出ている。どこかの名もなく臆面もない開発業者が、この隣の公共地に、コンドミニアムを建てようと狙っているそうだ。マイエラによれば、眺めがいいので一等地なのだとか。今日びは、ジャガイモより、眺めのほうが値打ちが高い。いや、その場にジャガイモのひとつも植わっていたわけではないが。噂によれば、契約を円滑に進めるのに、袖の下で裏金がごっそり動いたらしいが、それは、この橋が最初に建設された当時にもあったことにちがいない。ヴィクトリア女王を称えるという大義名分で。どこぞの請負業者が、この仕事をもらおうと、女王陛下の代議士さんに金をつかませたに決まっている。そして、われわれはこの町の古式ゆかしいやり方を、いまも重んずる。「儲けになればなんでもいい」。これが、古くからのやり方だ。

昔日は、ひらひらふわふわと着飾ったご婦人たちが、この橋をそぞろ歩き、この金銀細工の手すりにもたれて眺めていたかと思うと、不思議である――いまや値のはねあがった、もうすぐ私有となるこの景色を。眼下の激しい川音、西に見える風光明媚な石灰岩の崖、その横には、一日十四時間フル回転する工場の列。そこは、帽子を目深にかぶって従属する田舎者たちであふれ、夕闇がせまると、ガス灯のついたカジノみたいに輝く。

　わたしは橋の上に立ち、横手を見晴るかした。上流の河水は、タフィのように滑らかで、暗く、もの言わず、脅威を秘めている。反対側には、滝があり、渦巻きがあり、白く泡立つ急流の轟きがある。はるか下流に。急に動悸とめまいを覚えた。頭からすっぽりかぶされたかのように、息切れまでする。しかし、かぶされるって、なにを？　水ではない。もっと濃いものだ。時間。古き冷たき時間は、古き悲しみは、池の沈泥のように、層をなして積む。


　たとえば、このように。

　リチャードとわたしが、六十四年前、大西洋のはるか沖合で、〈ベレンゲーリア〉号の舷門を降りていったときのこと。彼は帽子を小粋な角度でかぶり、わたしは手袋をした手を夫の腕に軽くかけていた。ハネムーン中の、新婚ほやほやの夫婦。

　ハネムーンは、なぜそう呼ばれるのだろう？　リューン・ドゥ・ミエル、蜜の月。まるで月が、冷たく空気もなく不毛なあばた面の球体ではなく、柔らかで黄金に輝く美味なものであるかのように。つやつやした砂糖漬けのプラムのような、黄色のもので、口のなかでとろけ、欲望のように粘り、歯が痛くなるほど甘いかのように。温かなフラッドライトが射すのは、空ではなく、あなたの躰のなか。

　わたしだって、どれもこれも身に覚えがある。それはもうはっきりと憶えている。ただ、ハネムーンの場面ではないけれど。

　あの八週間の旅で――ひょっとして、九週間だったか？――わたしが最も鮮明に思い出す感情といえば、不安だった。リチャードがわたしとおなじく、この結婚の営みに落胆しているのではないかと気に病んだ。暗闇で執り行なわれ、話題にされることもない、あの行為のことだ。しかし、どうもそんなことはないらしい。夫は最初のころ、わたしに愛想よく接していた。少なくとも陽のもとでは。わたしは自分の不安をなるべく押し隠し、頻繁に風呂に入った。躰の中が卵みたいに腐ってきた気がしたのだ。

サウサンプトンで船を降りると、リチャードとわたしは列車でロンドンまで行き、〈ブラウンズ・ホテル〉に宿泊した。ふたりはスイートに運ばれてくる朝食をたべ、わたしはその席のためにネグリジェを着た。ウィニフレッドが選んでくれた三着のうちのひとつ。ひとつは、アッシェズ・オヴ・ローゼズと呼ばれる、鼠色がかった薄いピンク。ひとつは、ボーン・ホワイトと呼ばれる、灰色がかった白で、銀鼠《ぎんねず》のレースのついたもの。ひとつは、ライラック色に、アクアマリンをあしらったもの。どれも水のように淡い色合いで、寝起きの顔にすんなりなじむ。それぞれ、そろいのサテンの内履きがついており、色染めの毛皮や白鳥の羽根で縁取りがしてあった。わたしは、これぞ、おとなの女が朝起きて着るようなものだと思いこんでいた。こういうアンサンブルは写真で見たことがあった（といっても、どこで？ブランド品、あるいは、コーヒーの広告だろうか？）。男はスーツにタイ、髪をぴったり後ろになでつけ、女はネグリジェ姿で、身じまいをすませたところらしく、持ちあげた手には、カーヴした注ぎ口のついた銀のコーヒーポットを握っている。男女はバター皿をあいだにはさみ、二日酔いらしき顔で微笑みあっていた。

ローラなら、こんな衣装はせせら笑うだろう。鞄に詰めこまれるのを見た時点で、もう嘲笑っていた。いや、正確には嘲笑ではなかった。ローラには、本当の嘲笑などできはしない。それに必要とされる残酷さをもちあわせていないから（必要とされる〝故意の〟残酷さ、という意味だ。ローラの残酷さは、いわば偶発的なもので、なにかしら高邁な考えが頭を通り抜けていった副産物なのだ）。そのときの彼女の反応は、むしろ驚愕――目を疑うのに近かった。ローラはサテン地に手を滑らせながら、小さく身震いをしたものだ。わたしまでこの指先に、ひんやり、すべすべした肌理《きめ》、生地の滑らかさを感じた。トカゲの革のような。「姉さん、こんなの着るの？」妹は言った。

ロンドンでのあの夏の朝――そう、季節はもう夏になっていた――わたしたちは、まぶしい陽射しにカーテンをなかば下ろして、朝食をとったものだった。リチャードは決まって茹で卵をふたつと、厚切りのベーコン二枚と、グリルしたトマトと、そして、トーストにマーマレードをつけて食べた。トーストはラックのなかで冷めてしまい、ボソボソになっていた。わたしは毎朝、二つ割りにしたグレープフルーツを食べた。紅茶は黒々として渋みが強く、沼の水のようだった。これが正しい英国式の淹れ方なんだと、リチャードは言った。

「よく眠れたかい、ダーリン？」「ううんと……あなたは？」といったお義理のほかは、さして言葉は交わされなかった。リチャードは新聞といっしょに、電報も届けさせた。毎日、五、六通は来ていた。新聞にざっと目を通すと、電報を開けて、文面を読み、またていねいに畳んで、ポケットにしまう。そうでなければ、細かく裂いてしまった。くしゃくしゃに丸めてゴミ箱へ捨てるようなことはしない。もしそうしても、わたしはそれを拾いだして、読んだりしなかったと思うが。少なくとも、そのころのわたしは。

電報はすべて夫宛てなのだと思った。なにせ、わたしは電報など送られたことがなかったから、自分宛てに届こうはずがないと思っていた。

リチャードには、一日のうちにいろいろな約束があった。仕事の相手と会うのだろうと思った。わたしは夫が手配した運転手つきの車に乗せられて、夫が見るべしとするものを見てまわった。見物したのは、おもに建物、それから、公園だった。ほかは彫像――ビルの表や公園のなかに立っている彫像。お腹をぐっと引っこめ、胸を突きだし、前に出した脚を曲げ、演説原稿の巻紙を握りしめた、政治家たち。騎乗姿の軍人たち。円柱のてっぺんに立つネルソン提督。玉座のアルバート公。彼は、果物や小麦を山のように差しだしながら、惑乱して身悶える、エキゾチックな四組の女性たちをはべらせている。女たちは世界の四大陸を意味するつもりらしい。アルバート公は死してなお世界を支配下におき、だが、本人は目もくれない。飾りたてた黄金の砲塔のもと、公は厳粛にあり、遠くを見つめながら、もっと崇高なことを考えている。

「今日はなにを見たんだい？」リチャードは夕食時になると訊ね、わたしはどこかの建物やら公園やら彫像やらを、つぎからつぎへと挙げて、律儀に報告した。ロンドン塔、バッキンガム宮殿、ケンジントン・ガーデンズ、ウェストミンスター寺院、国会議事堂。博物館へはあまり行け行けと言われなかったが、自然史博物館だけはべつだった。いまになって不思議に思うのだが、動物の大きな剝製をたくさん見ることが、なぜわたしの教育につながると考えたのか？　というのも、それこそが、こうした観光の狙いだとあきらかになったのだ。つまり、わたしの教育こそが。しかし、なぜまた、動物の剝製のほうがわたし（夫がこうあるべきと思った理想のわたし）のためになるのだろう――たとえば、幾部屋にもあふれた絵画を見るよりも？　いまならその答えがわかる。考え違いかもしれないが。つまり、動物の剝製というのは、多少動物園と似ている――子どもを〝お出かけ〟に連れていくような場所だ。

ところが、わたしが訪れたのは、ナショナル・ギャラリーだった。もう建造物は見尽くしたと言うと、ホテルのコンシェルジェが真っ先にここを勧めてきたのだ。行ってみると、へとへとになった。まるでデパートみたいで、とんでもない数の彫像がぎっしり壁にならび、めまいがすること、すること。しかし、同時に、胸ときめく場所でもあった。ひとつ所に、こんなに多く裸の女が集まっている光景は、見たことがなかった。裸の男もいたが、もろに裸ではなかった。風変わりな衣装もたくさんあった。〝男と女〟と同様、〝裸体と衣服〟というのも、原始以来のカテゴリーなのだろう。少なくとも、神はそうお考えになった（ローラは幼いころ、〝神さまはなにを着ているの？〟と訊いた）。

こうした場所のどこへ行っても、車と運転手は外で待っており、わたしは門だかドアだかを颯爽と入っていきながら、さも用事があるような顔をし、当てもなく心細そうに見えないよう務めた。館内に入ると、穴があくほど見つめて、見つめて、あとでなにか言えるようにした。もっとも、自分の見ているものがなんなのか、よくわからなかったが。建物は、たんに建物である。建築にくわしいとか、そこにまつわる歴史を知っているとか、そんなことでもないかぎり、さして見るべきところもないし、じっさい、わたしはなにも知らなかった。全体像をとらえる才能にも欠けていた。なんであれ、わたしの目は見るべしというものだけに突進していくようで、仮にも感慨を抱けるものというと、手触りぐらいしかなかった——煉瓦や石がざらざらしているとか、蠟びきした木製の手すりがすべすべだとか、汚れた動物の毛皮はがさがさしているとか。角《つの》の筋の入りぐあい。象牙の温かな輝き。ガラス製の目。

こうした教育観光ツアーにくわえて、リチャードは買い物も推奨した。わたしは店員が威圧的に思えて、ほとんど買い物をしなかった。またべつな機会には、ヘアセットもしてもらった。髪を短く切っても、こてでパーマを当ててもいけないとリチャードが言うので、それはやめておいた。シンプルな髪型がおまえにはいちばんだ、おまえの若さにふさわしい、というのが彼の言い分だった。

ときには、ただ街をそぞろ歩いたり、公園のベンチに座ったりして、帰りの時間が来るのを待つだけのこともあった。ときには、男性が隣に座ってきて、会話を始めようとすることもあった。そんなときは、すぐに立ち去った。

衣装を着替えるのにも、多くの時間を費やした。ストラップに手こずり、バックルに手こずり、帽子の傾けぐあいひとつ、ストッキングの縫い目ひとつに、手間取った。一日のこの時間、あの時間にふさわしいのはあれかこれか悩みながら。背中のホックを襟足まで留めてくれたり、後ろ姿がどんなふうか、シャツがぜんぶ中に入っているか教えてくれるような人はいなかった。そういうことは、リーニーがしてくれたのだ。あるいは、ローラか。わたしはふたりが恋しかったけれど、恋しがらないようにしていた。

爪にやすりをかけ、足をお湯にひたす。毛を引っこ抜いたり、剃ったり。すべらかで、硬い毛のない躰になるには、そうしたことが欠かせなかった。まだ乾いていない粘土で地形を作るようなもの。その表面に、手を滑らせるために。

ハネムーンとは、よりよく知りあうための時間を新婚夫婦にあたえるものと言われていたが、わたしは日がたつにつれ、リチャードのことがますますわからなくなってきた。自分を表に出さない人だった。いや、むしろあれは自分を隠していたのか？　有利な地点まで退却して。一方、わたし自身はじょじょに形を成しつつあった——わたしのために、夫によって、考えられた形を。鏡を覗きこむたび、そこに映るわたしは、少しずつ色づけされていった。

ロンドンのつぎは、船で海峡を渡り、列車を乗り継いで、パリへ行った。パリで過ごした日々は、おおむねロンドンのそれとおなじ形態だったが、朝食は違っていた。堅いロールパン、苺ジャム、コーヒーにホットミルク。食事は興趣に富んでいた。リチャードはこれに大騒ぎし、とくにワインには、一家言も二家言もあった。さすがトロントにいるのとは違うと、しきりに言う。そんなことは、わたしにも明白な事実だったが。

エッフェル塔も見にいったが、高いところが嫌いだから、上には昇らなかった。パンテオン（聖ジュヌヴィエーヴ教会）も見たし、ナポレオンの墓も見た。ノートルダム寺院に行かなかったのは、リチャードが聖堂のたぐいを好まなかったから。少なくとも、彼が陰鬱と感じるカトリックのものは。ことに、お香は脳に異常をきたすと考えていた。

フランスのホテルにはビデがあり、わたしがここで足を洗っているのを目撃すると、リチャードはうっすら作り笑いを浮かべて、使い方を説明してくれた。わたしは思った。「ほかの人々にはわからないことを、ちゃんとわかっているんだな、このフランス人ってやつは」。彼らは身体への気づかいというものをわかっている。少なくとも、そういうものが存在するのを自覚している。

わたしたちが宿泊したのは、〈ルテティア〉（パリを意味するラテン古語）というホテルだった。のちの戦争中には、ナチの本部になる建物だが、そんなことが当時のわたしたちにどうしてわかる？　わたしは決まってホテルのカフェで、朝のコーヒーを飲んだ。怖くて余所へは行きたくなかったからだ。もしホテルの建物を見失ったら、二度と戻ってこられないと、自分で承知していた。むかしアースキン先生にどんなフランス語を教わったにせよ、ほとんど役に立たないことを、その時分にはすでに悟っていた。〝ル・クール・ア・セ・レゾン・ク・ラ・レゾン・ヌ・コネ・ポワン（感情には理性とは違う理屈がある。パスカルの言葉）〟などと言っても、もはやホットミルクにはありつけないのだ。

　わたしのテーブルを担当したのは、年配の、セイウチみたいな顔をした給仕だった。ふたつのポットを高くかかげながらコーヒーとホットミルクを同時にうまく注ぐ秘訣を心得ており、わたしは子ども相手の奇術師でも見るかのように、その技に見ほれた。給仕は英単語も少し知っていたらしく、ある日、こう話しかけてきた。「あなたはなぜ悲しんでいるのですか？」

「悲しくなんかないわ」わたしは答えて、泣きだした。赤の他人からの同情は、ときにひとを涙もろくする。

「悲しんではいけない」と、給仕は言って、もの悲しく茶色いセイウチの目で、わたしを見つめた。

「きっと恋のせいです。でも、あなたは若くて美しい。悲しむ時間はあとでいくらでもある」フランス人というのは、悲しみの大家であり、あらゆる種類の悲しみを知っている。だから、ビデも作ったのだ。

「罪なものです、恋というのは」。そう言って、わたしの肩を軽く叩いた。「でも、それよりひどいものはありませんから」

　翌日には、効果はやや薄れた。給仕が誘いをかけてきたのだ。いまとなれば、そういうことだったのだと思う。ただ、それに気づくには、わたしのフランス語力では足らなかった。結局、あの給仕はそれほど歳ではなかったのだろう。四十五かそこら。誘いを受けていればよかった。もっとも、あの男、悲しみについては、ちっともわかっていなかったけれど――若いうちに悲しんだほうが、ずっとましではないか。悲しむ美しい娘を見れば、慰めようという気がむくむくと湧いてくるが、悲しむ皺くちゃババアではそうはいかない。まあ、あの話はもういい。

つぎは、ローマへ行った。わたしはローマには親しみを感じた——少なくとも、そのむかしアースキン先生のラテン語の授業で教わって、多少は背景がわかっている。古代広場の〝フォルム・ロマーヌム〟を、正確にいえば、それの遺跡を見にいき、アッピア街道、コロッセオを訪れたが、円形闘技場のコロッセオは、ネズミの齧ったチーズみたいだった。さまざまな橋、厳《いか》めしく憂いに沈むさまざまな天使像。流れゆくテヴェレ河も見たが、黄疸みたいに黄色かった。外から眺めただけだが、サンピエトロ大寺院も訪れた。たいそう大きかった。黒い制服を着て行進しながら人々をいたぶる、ムッソリーニのファシスト軍団を見たはずだと思うが——彼らはすでにそんなことをしていたのか？——じっさいは見ていないのだろう。当時、そうしたことは、たまたまその対象にでもならないかぎり、あまり表沙汰にならないものだった。体験者でなければ、あとからニュース映画で見たり、ずっとのちに作られた映画などで見るにすぎない。

午下がりには、紅茶を注文した——ものを注文するコツも飲みこめてきた。給仕にはどんな口調で話せばいいか、便利な距離においておくにはどうすればいいか、そんなこともわかりかけてきた。そうして紅茶を飲みながら、葉書を書いた。宛先はローラとリーニー、それから父さんにも何通か出した。葉書には、旅行で訪れた建物の写真がついており、わたしが見たはずのものをセピア色の画像でこまごまと伝えていた。わたしが葉書に書くメッセージときたら、脳たりんもいいところだった。リーニーには、「すばらしいお天気です。楽しく過ごしています」。ローラには、「今日は、コロッセオを見にいきました。むかしは、キリスト教徒をライオンの群れに投げこんだところです。貴女なら面白がったでしょうね」。父さんには、「どうぞお元気で。リチャードもよろしくと言っています」（最後の言葉は嘘だったが、妻として惰性的にどんな嘘をつくべきかも、わたしは学んでいた）。

ハネムーンの予定も最後に近づくころ、わたしたちはベルリンに一週間滞在した。リチャードはここで、なにやらシャベルの把手に関わる仕事の用があった。リチャードの会社のひとつはシャベルの把手を製造しており、ドイツでは木材が不足していた。掘ったり建てたりするものが山ほどあり、リチャードは競合者たちより安い値段でシャベルの把手を提供すると申し出た。

リーニーの言い種によれば、「どんな小さな取っかかりでも役に立つ」。あるいは、こうも言った。「ビジネスはビジネスであり、なかにはおかしなビジネスもある」。ところが、わたしはビジネスのことはなにひとつわからなかった。わたしの仕事は、ただ微笑んでいることだった。

ベルリン滞在は楽しかったと言わねばなるまい。こんなにブロンド娘の気分を味わったところはない。男性たちはことのほか親切だった。もっとも、スイング・ドアをずかずか入っていくときも、後ろを振り向いたりしてくれなかったが。手へのキスは、よこしまなものを数多《あまた》ふくむ。わたしが手首に香水をつけるようになったのは、ベルリン滞在中だった。

訪れた街のことは、ホテルを通して記憶した。ホテルは、バスルームを通して記憶した。服をまとい、服を脱ぎ、バスタブの湯の中に躰をのばす。だが、こういう旅の雑記はもう結構だ。

わたしたちは八月なかば、熱暑のなかを、ニューヨーク経由でトロントへ戻ってきた。ヨーロッパ、ニューヨークと旅したあとでは、トロントはずんぐりして窮屈な感じがした。ユニオン・ステーションの外に出ると、路面の凹みを修理している箇所から、瀝青炭の煙霧がうすく漂っていた。お付きの車が迎えにきてくれ、わたしたちを乗せて、風塵を立ててゴトゴト走る路面電車を追い越し、銀行の壮麗な建物やデパートを通りすぎ、斜面をのぼってローズデイルに入り、クリとカエデの木陰を走っていく。

車が停まったのは、リチャードが電報一本で買っておいてくれた邸宅の前だった。前の所有者がどうにか破産宣告を受けた後――リチャードによれば――鼻歌まじりに買いたたいたのだという。リチャードは「鼻歌まじりに買いたたく」という言い方を得意としていた。妙な表現だ、歌なんてうたわないくせに。それどころか、口笛すら吹いたことがない。音楽の才はもちあわせていない人だった。

邸宅は外から見た感じでは暗く、壁には蔦がからまり、高く細い窓は内側にひらいた。鍵はマットの下にあり、玄関ホールは化学薬品の臭いがした。わたしたちが留守のうちに、ウィニフレッドが家の改装をしたのだが、仕事はまだすっかり終わっていなかった。とっつきの客間は、古いヴィクトリア朝の壁紙を剝がされ、まだペンキ屋たちの布きれがちらばっていた。新しい壁紙の色調は真珠のようで、淡く——いうなれば、豪奢な無関心の色、冷たい達観の色合いであった。うっすら夕映えに染まった巻雲が、花鳥木の俗っぽい鮮烈な色合いをよそに、超然と漂っているようだった。これが、わたしに用意された舞台。このいと高き空気の中をたゆたって行けと言うのだ。

リーニーなら、こんな内装は馬鹿にしたことだろう——そのきらめくばかりの空疎、生気のなさ。〝家全体がバスルームみたいじゃないか〟。きっとそう言うだろう。しかし、その一方、この内装に怯えるにちがいない、わたしがそうであったように。祖母アデリアが思い起こされた。あの人なら、どうすべきか把握していたはずだ。世間をあっと言わせようという新興成金の下心を見抜き、礼儀正しくも一蹴しただろう。〝おやまあ、ずいぶんモダンですのね〟。そんな風に言って、ウィニフレッドを一言《いちごん》のもとに片づけただろう。わたしはそう思ったが、なんの慰めにもならなかった。いまや、わたし自身がウィニフレッドの一族なのだから。まあ、半分がたは。

ローラならどうするだろう？　ローラなら、色鉛筆と絵の具をこっそり持ちこむだろう。この家になにやらぶちまけたり、なにかを壊したり、少なくとも、片隅の美観を損なうことに努める。そう、自分の足跡をつけるのだ。

玄関ホールの電話に、ウィニフレッドからの挨拶状が立てかけてあった。「こんにちは、可愛い子たち！　お帰りなさい！　ベッドルームは真っ先に終わらせたわ！　気に入ってもらえるといいけど——とってもお洒落よ！　フレディより」

「ウィニフレッドがこんなことしているなんて、知らなかったわ」わたしは言った。「いきなり驚かせようと思ってね」リチャードが言った。「細かいことで煩わせたくなかったんだ」

なにも初めてではなかったが、またもやわたしは両親から〝おみそ〟にされた子どもの気分になった。優しくて、残酷な両親。共謀に首までどっぷり浸かって、自分たちの選択はいついかなる時も正しいと確信している。なんだか、もうわかってしまったが、この先、リチャードからの誕生日プレゼントは、きまって欲しくもない物になるだろう。

リチャードに勧められて、わたしは〝さっぱりするために〟二階へあがった。きっと風呂でも入ったほうがいいように見えたのだろう。たしかに、躰がべとついて、萎れたような感じがした（瑞々しさを失ったバラのよう、というのが夫のコメントだった）。帽子は見る影もなく、わたしはそれを鏡台の上に放り投げた。顔に水を吹きつけ、ウィニフレッドが用意していったモノグラム入りの白いタオルを一枚、点々と汚しながら拭いた。ベッドルームは裏庭を見晴らすようになっていたが、庭はまだ手つかずだった。靴を蹴るように脱ぎ捨てると、クリーム色の果てなく広がるベッドに躰を投げだした。なるほど、ここには天蓋がついており、サファリで泊まる部屋みたいに、モスリンが周りに垂れていた。ベッドこれが、わたしがにっこり笑って耐えることになる場所か——ベッドメイクも自分でろくにしないまま寝かされるベッド。そして、これが、今後モスリンの霧を通して眺めることになる天井。俗世の営みが、わたしの首筋の下で行なわれているあいだに。

ベッドサイドの電話は白だった。それがいきなり鳴りだした。受話器をとると、ローラの声がした。涙声が。「いままでどこにいたの？」妹はすすり泣いた。「どうして帰ってこなかったの？」

「どういう意味よ？」わたしは言った。「わたしたち、いまごろ帰ってくると言ってあったでしょ！

落ち着いて。よく聞こえないわ」

「一度も返事をよこさないで！」ローラはわめいた。

「いったい、なんの話をしているの？」

「父さんが死んだのに！　死んだのに、死んだのよ――わたしたち、五通も電報を送ったわ！　リーニーがね！」

「ちょっと、ゆっくり話して。それはいつのこと？」

「姉さんが発って一週間後よ。わたしたち、電話しようとした。先々のホテルに。伝えてくれると言ったわ、約束したもの！　伝えてくれなかったの？」

「明日そっちに行くわ」わたしは言った。「なにも知らなかった。誰もなにも教えてくれなかった。電報なんて受けとってない。一通も」

なにがなんだか、わからなかった。なにが起きたのか、なにがいけなかったのか、なぜ父さんは死んだのか、なぜわたしは知らされずにいたのか？　気がつくと、ボーン・グレイの絨毯を敷いた床にへたりこみ、電話の前にうずくまっていた。大切で壊れやすいものを守るように、電話を抱きこむようにして。ヨーロッパからわたしが送った葉書を思い起こした。楽しげで、つまらぬメッセージを携えて、アヴァロン館に届くさまを。きっと、まだ玄関ホールのテーブルに置かれているのだろう。〝どうぞお元気で。〟

「でも、新聞にも載ったじゃない！」ローラは言った。

「旅先の新聞には、載らなかったのよ」わたしは言った。「ああいう新聞には」しかし、どのみち新聞はひらこうともしなかった、とは付け足さなかった。茫然とするあまり、頭が働かなかった。

電報を取りにいくのは、リチャードの役目だった。船でも、どこのホテルでも。彼の指が慎重に封筒を開ける図がありありと浮かんだ。電報の中身を読み、きちんとたたみ、どこかへ片づける。嘘つきと誹《そし》るわけにはいかない――電報については、ひと言も触れなかったのだから――が、これでは嘘つきとおなじだ。そうではないか？

いかなる電話もつながないよう、ホテルに言いつけてあったにちがいない。少なくとも、わたし宛てには。わたしが滞在中は。夫は故意にわたしを無知の闇においたのだ。

吐いてしまいそうだったが、吐きはしなかった。しばらくすると、わたしは階下へおりていった。

〝短気は損気だよ〟リーニーはよく言ったものだ。リチャードは裏庭のヴェランダで、ジン・トニックを飲んでいた。ジンを備えておくとは、ウィニフレッドも実に気が効くな。もう二度そう言っていた。ガラスの天板に、凝った鉄細工をほどこした白のロウ・テーブルの上には、もう一杯ジンが注がれて、わたしを待っている。わたしはそのグラスを手に取った。氷がクリスタルにぶつかって音を立てる。いまのわたしに必要なのはこんな声音だ。

「どうしたんだい」リチャードがわたしを見ながら言った。「さっぱりしにいったのかと思ったよ。その目はどうした？」赤くなっていたにちがいない。

「父さんが死んだわ」わたしは言った。「五通も電報を打ったそうよ。知らせてくれなかったのね」

「ぼくがわるかった《メア・クルパ》」リチャードは言った。「知らせるべきとはわかっていたが、苦しめたくなかったんだよ、ダーリン。取り返しのつかないことだし、葬式に間に合うように帰るのは、どうやっても無理だったし、おまえの楽しみを台無しにするのも忍びなかった。自分勝手だったとも思う――おまえを独り占めしようとしたんだ、ほんのいっときとはいえ。さあ、ここに掛けて、元気を出して。ジンを飲んで、ぼくを赦してほしい。このことは、朝になってから手をつけようじゃないか」

めまいがするほど暑く、芝生に陽の射すあたりは、緑も目がくらむほどまばゆかった。木陰はタールほどに濃かった。リチャードの声が、モールス信号のように、畳みかけるようなスタッカートのリズムで聞こえてくる。あるいくつかの言葉しか、わたしには聞きとれなかった。

苦しみ、間に合う、台無し、自分勝手、ぼくを赦してほしい。
そんな言葉に、なにを言えばいいのだろう?

卵殻色《とりのこいろ》の帽子

クリスマスが来て去っていった。わたしは気づかないようにしていた。ところが、マイエラはごまかされようとしない。小さなスモモのプディングを贈ってくれた。彼女手ずから蒸したもので、糖蜜とコーキング化合物のようなものから成り、生ゴムみたいなマラスキーノ・チェリーを半分に切って飾っていたが、これがまた真っ赤で、昔のストリッパーが乳首につけているスパンコールを思わせた。それに加えて、木板に目鼻を描き、後光と天使の翅をつけた、平べったい猫の飾りも。マイエラによれば、この手の猫が〈ジンジャーブレッド・ハウス〉では大流行だそうで、とてもキュートだと贈り主は思っており、店でひとつ売れ残ったのだが、ほとんどわからない些細な瑕であるから、わたしのガス台の上の壁に飾ったら素敵にちがいないと言った。

それは、いい位置ね、わたしはそう答えた。上界の天使は、肉食の天使でもある——この問題について、本音で語るいい機会じゃないか! きわめて確たる論拠として、下のオーヴンがある。さて、そのあいだにわたしたち人間がいるわけだ、フライパンの高さに、つまりは、天国と地獄のあいだの〝この世〟に据えられて。そう言うと、哀れなマイエラは絶句してしまった。神学談義になると常々そうであるように。自分の神さまには単純明解であってほしいのだ——ラディッシュみたいに、わかりやすく、生のままで。

待ちに待った冬が、大晦日に到来した——氷点下の大寒は、翌日の大雪に変わった。窓の外では、雪が渦巻きながら舞い落ち、子どもの野外劇のフィナーレで神さまが粉石鹸でも落としているみたいに。それこそバケツに何杯も降りつづいた。わたしはその景色の全貌をとらえようと、テレビの気象番組をつけた——道路は封鎖され、車は雪に埋もれ、電力は止まり、商いは機能を停止して、分厚いスーツを着た労働者たちが、外遊びのために着ぶくれた子どもたちのように、よちよちと歩いていく。遠回しに〝現在の状況〟と称されるものを見せながら、若い司会者たちは終始なまいきな楽観主義を通した。ありとあらゆる災害時に、いつも彼らがそうであったように。この子たちは吟遊詩人か、カーニヴァルのジプシーか、はたまた保険のセールスマンか、株の予想屋のごとき気ままな呑気さをもちあわせている——知識を駆使して、大言壮語の予言を打ちだすが、われわれに語るそのどれひとつとして、現実となることはない。

そっちは大丈夫かと、マイエラが電話してきた。雪がやみしだい、ウォルターが駆けつけて、雪から掘りだしてくれると言う。

「馬鹿なこと言わないで、マイエラ」わたしは言った。「それぐらい自分で出来るわよ」（と言うのは嘘で、指一本動かす気もなかった。ピーナツバターの蓄えはたんまりあるし、雪解けを待てばいい。とはいえ、話し相手が欲しいのもたしかで、こちらの一連の行動がたいていウォルターの到着を早めるのだ）。

「あのシャベルに触っちゃだめ！」マイエラは言った。「毎年、何百人という年寄り……いえ、あなたの年代の人たちが、雪かきで心臓発作を起こして死んでいるんですよ！　それから、まんがいち停電したら、ロウソクの置き場所に気をつけてね！」

「もうろくばあさんじゃあるまいし」わたしは食ってかかった。「この家を火事で焼いたとしたら、わざとだよ」

ウォルターが現われて、ウォルターが雪かきをした。穴あきドーナツを紙袋いっぱい持ってきてくれ、キッチン・テーブルでそれを食べた。わたしは用心しながら、ウォルターは盛大に、しかし物思いに耽りながら。嚙むことは思考の一形態である、というのに同意する人なのだ。

わたしが思い出していたのは、〈ダウニーフレーク・ドーナツ〉のウィンドウに出ていた看板だった。〈サニーサイド遊園地〉で——あれは何年のことだった?——一九三五年の夏に。

人生をそぞろ歩きつつ、兄弟よ、
あなたの目指すものがなんであれ、
ドーナツから目を離すなかれ、
その穴ではなく（有名な教育家であり講演者のマレー・バンクスの金言）

ひとつのパラドクスだ、ドーナツの穴というのは。そもそもは何もない空間だったのに、いまや、そんなものまで売り物にするようになった。マイナスの容量というのか。食用にされた〝無〟。わたしは穴たるものを利用して——隠喩としての話だが、もちろん——神の存在を証明できないかと考えてみた。〝無〟の空間に名前をつけることは、それを存在せしめることになるや?

翌日、わたしは冷たく壮麗な砂丘のなかへ、思いきって出かけていった。子どもじみてはいるが、そこに身を置いてみたくなったのだ——雪はそれほどまでに魅力的だ。穴だらけになって煤けてしまうまでは。うちの前庭の芝生はいちめん輝かしい雪崩となり、アルプスのトンネルのごとき道が一本あいだを貫いていた。やっとのことで歩道まで出た（ここまでは、大変けっこう）ものの、ここよりさらに北にならぶ何軒かの隣家はというと、雪かきについてはウォルターほどまめでなく、わたしは雪だまりに足をとられて、あがいた末、滑って転ぶ羽目になった。どこか骨折したり、捻挫したりということはなかった——思いあたる箇所はなかった——が、立ちあがれなくなった。雪に倒れたまま、ひっくり返ったカメのように、手足をばたつかせてもがいた。子どもたちはよくそんなことをするが、やりたくてやるのであり、鳥のように羽ばたいて、天使になる。彼らにしてみれば、一種楽しいことなのだ。

低体温症のことが心配になりだしたころ、見知らぬふたりの男が助け起こして、玄関口まで運んでくれた。手前の客間によたよたと入っていくと、オーバーシューズもコートも着けたまま、ソファに倒れこんだ。例によって例のごとく、マイエラが遠くから災いを嗅ぎつけてご登場。手には、飽食のホームパーティの余り物の、大仰なカップケーキを半ダースも抱えている。湯たんぽのお湯を沸かし、紅茶を淹れてくれると、医者が呼ばれ、マイエラと医者はふたりしてあたふた駆け回りながら、ありがたい助言をつらつらとならべ立て、心のこもったお叱りの舌打ちを連発して、おおいにご満悦だった。

さても、へとへとである。自分に腹が立ってもいる。いや、自分にではない。この躰がもたらしたこの容態の悪化に怒っているのだ。肉体とは、恐るべき自己中心主義者よろしく、押しかけてきて居座った末、うるさく要求をがなりたて、あさましく危険な欲望を押しつけ、そのあげく、最後っ屁は、ただみずから消えてしまうこと、ときた。こちらが必要とするときに限って、腕や足を使いたいときに限って、肉体にはべつな用事ができてしまうらしい。よろめき、内で崩れ、雪で出来ているように解けゆき、あとには大したものも残さない。燃えさしの塊がふたつと、古ぼけた帽子、それに、小石で出来たようなニヤニヤ笑い。骨は乾いて膠着し、やすやすと折れてしまう。

そうしたすべてが侮辱である。弱った膝、関節炎にかかった関節、拡張蛇行静脈、もろもろの疾患、もろもろの屈辱——みな、わたしたちのものではない。欲したことも、要求したこともないのだから。ひとは頭のなかでは、自分をいつまでも完璧なままにしている。いちばん壮《さか》りのころ、最良の光に照らされた自分として。片足を車の中に残したまま片足だけ外に出してしまった姿とか、歯をほじっている姿とか、だらけて歩く姿とか、鼻や尻を掻いている姿などを、ぶざまに目撃されることもない。裸になれば、お見せするのは、薄靄に包まれて、優雅に背をもたせる姿。映画スターが登場しそうな場面。スターたちはそういうポーズをとってくれる。若いころのわたしたちを見るようだ。わたしたちから遠く離れて輝き、神秘的な存在であるがゆえ。

子どものころ、ローラは訊いたものだ。〝天国に行ったら、あたし何歳？〟。

そのとき、ローラはアヴァロン館の玄関の階段に立って、わたしたちを待っていた。両脇には、まだ花も活けられていない石の花瓶がふたつあった。妹は上背があるにもかかわらず、やけに幼く、やけにもろく、ひとりぼっちに見えた。同時に、田舎臭く、貧乏たらしくもあった。水色の部屋着をきていたが、藤色の蝶々の柄は色褪せており、これは三夏ほど前のわたしのお下がりだった。そのうえ、いかなる靴も履いていない（これまた新しい肉体の苦行なのだろうか？　それとも、たんなる奇癖か、あるいは、たんに履き忘れたのか？）。髪の毛は三つ編みひとつにまとめられ、睡蓮池のニンフの石像みたいに、肩に垂らされていた。

いったい全体、いつからここに立っていたのだろう。わたしたちは車で来たので、正確には何時に着くとも言えなかったのに。一年のその時季は、大水が出たり、タイヤがはまりこむほどの泥道になったりすることもなく、当時は道も所々すでに舗装されていたから、車で行けたのである。

〝わたしたち〟というのは、リチャードが同行してきたからだ。こんな大変な事態に、わたし独りで直面させるわけにはいかない、場合が場合だけに、とんでもない、と。それは、熱心な申し出という域を超えて強引だった。

夫みずから青のクーペを駆って出かけた。彼の最新の〝おもちゃ〟のひとつだった。後ろのトランクには、それぞれのスーツケース、一泊用の小さめのものがふたつ、乗せられていた。夫の鞄は鳥の子色の革製、わたしのはレモン・シャーベットのような黄色。わたしが着ていたのは、薄茶がかった鳥の子色のリネンのスーツだったが――こんなことを言うのは不謹慎にちがいないが、パリで買ったもので、大のお気に入りだった――、向こうに着いたら背中が皺くちゃになっているのはわかっていた。リネンの靴は、堅い素材のリボンがついて、爪先のあいたデザイン。おそろいの鳥の子色の帽子が、こわれやすい贈り物の箱のように、膝で車に揺られていた。

リチャードは神経質な運転をする人だった。話しかけられるのを嫌がるので――集中が途切れるとか――わたしたちは黙りがちに旅をつづけた。四時間あまりかかるところを、いまのところ二時間もたっていない。空は晴れわたり、鋼《はがね》のように底抜けに明るい。陽の光が溶岩のように降り注いでいる。アスファルトの上には、暑気がゆらゆら立ちのぼり、強い日射しに、小さな町々はカーテンをおろして、〝店じまい〟をしていた。いまも思い出す。陽にあぶられた芝生、白い支柱のポーチ、寂しげなガソリンスタンド、円筒形をした片腕のロボットみたいな給油ポンプ、縁なしの山高帽みたいなガラスの上部。そして、この先誰も埋葬されそうにない墓地。ときおり湖に行きあたると、死んだ小魚や生温かい水草の臭いが、湖面から漂ってきた。

わたしたちの車が近づいても、ローラは手を振らなかった。彼女が棒立ちで待っているかたわら、リチャードが車を停めて、まず自分が降り、助手席側に回ってドアを開けてくれた。わたしが指南されたとおり、膝をそろえてくるりと回すように両足を外に出し、リチャードが差しだした手を取ろうとしたところで、ローラがわれに返った。階段を駆けおりてくると、わたしのもう一方の手をとって、車から引っぱりだす。ローラはリチャードをまるきり無視して、両腕をわたしの首に回すと、溺れる者のようにかじりついてきた。涙はなく、背骨が折れそうな抱擁だけがあった。

鳥の子色の帽子が砂利の上に落ち、ローラがそれを踏んづけた。グシャッという音と、リチャードの息を飲む音が聞こえた。わたしはなにも言わなかった。一瞬にして、帽子のことは、眼中になくなっていた。

たがいの腰に手を回しながら、ローラとわたしは階段をあがって家のなかへ入った。はるか廊下の突き当たり、台所のドア口に、リーニーがぬっと姿を現わしたが、今しばらくは、ふたりきりにしておくべしと心得ていた。きっと彼女は視線をリチャードに移し――そして、飲み物かなにか出して、注意をそらしたのだと思う。まあ、彼も事実上この土地の相続人になったからには、建物をざっと検《あらた》め、敷地内を散策したがっただろうから。

わたしたちはローラの部屋へあがると、ベッドに腰かけた。左手と右手、右手と左手、しっかりと手を握りあいながら。ローラは電話のときと違い、もう泣いていなかった。泣きはせず、それこそ木のように静かだった。

「父さん、塔の部屋にあがっていたの」ローラは言った。「鍵をかけて閉じこもって」

「いつものことね」わたしは言った。

「でも、今回は出てこなかった。リーニーがいつもとおなじに、食事のお盆をドアの外に置いてきたんだけど、まるで飲まず食わずだった――わたしたちが知る限りでは。どうしようもなくて、ドアを蹴破ったの」

「あなたとリーニーで?」

「リーニーの恋人が来ていたのよ。ロン・ヒンクスよ、じきに結婚するとかいう相手。彼がドアを蹴破ったの。そしたら、父さんは床に横たわっていた。少なくとも二日間はそうしていたんだろうって、お医者さまは言ったわ。恐ろしい顔していた」

ロン・ヒンクスがリーニーと付き合っていたとは知らなかった――それどころか、いいなずけだと言う。いつからだろう。わたしはどうして気づかずにいたのか?

「死んでいた、ということ?」

「最初はそうは思わなかった。だって、目をひらいていたんだもの。けど、間違いなく死んでいた。どんな顔していたかというと……とても説明できないわ。物音を聞いているみたいな、なにかにぎょっとして聞き耳を立てているみたいな。張りつめた顔だった」

「銃で撃たれたの？」どうしてこんなことを訊いたのか、いまもわからない。

「いいえ。ただ死んでいたのよ。新聞にも、自然死だって載った――〝突然ながら自然死〟だって、書いてあった――リーニーはミセス・ヒルコートに、〝そりゃ、自然死だろうさ。旦那さまにとっては、お酒はじつに自然なものに決まってるし、空き瓶の数から判断するに、馬の息の根も止まるほど飲んでたんだから〟って」

「飲みすぎて死んだのね」わたしは言った。質問の形ではなかった。「いつのことなの？」

「工場の決定的な閉鎖が発表されてすぐ。あれが命取りになったのよ。そうに決まってる！」

「なんですって？」わたしは言った。「決定的な閉鎖？　どの工場のこと？」

「ぜんぶよ」ローラは言った。「うちの工場ぜんぶ。街にあるうちの工場すべて。姉さん、知っているとばかり思ってた」

「知らなかったわ」

「うちの工場は、みんなリチャードのところに吸収された。なにもかもトロントに移ったのよ。いままでは、〈グリフェン‐チェイス・ロイヤル合同工業株式会社〉というの」言い換えれば、もはや〝サンズ〟は付いていないということ。リチャードが一掃したわけだ。

「つまり、仕事はないということね」わたしは言った。「ここにはひとつも。終わったってこと。消し飛んだってこと」

「あの人たちが言うには、経費の問題だったって。〈釦工場〉が火事になったあと――再建にお金がかかりすぎたから」

「あの人たちって誰なの？」

「さあ」ローラは言った。「リチャードじゃないの？」

「契約と違うじゃない」わたしは言った。気の毒な父さん。和合の握手と、名誉をかけた言質と、暗黙の条件を信じていたのに。わたしにはだんだんわかってきた。もうこんなやり方は通用しないのだ。通用した例しもないのだろうが。

「契約ってなに？」ローラが訊いた。

「なんでもない」

するとわたしのリチャードとの結婚は無駄骨だったのだ。工場も救えなかったし、まさしく父さんも救えなかった。でも、まだローラがいる。妹は路頭に迷ってはいない。その点を考えなくては。「父さんはなにか遺した？　手紙とか書き置きとか？」

「いいえ」

「探してみたの？」

「リーニーが」ローラは小さな声で言った。自分では手をつけていないということだ。

そうだろうとも。わたしは思った。リーニーなら探したはずだ。そして、それらしき物を見つけたなら、燃やしてしまっているだろう。

酔いしれて

とはいえ、父さんは書き置きなど遺していないのだろう。そこの含みは意識していたはずだ。自殺を疑われたくはなかっただろう。というのも、あとからわかったことだが、父は生命保険をかけていた。もう長いこと掛け金を払っていたから、土壇場で支度したんだろうという嫌疑も湧かなかった。また、保険金はしっかり保護されていた——ただちに信託財産になり、ローラにしか触れることができない。

しかも、二十一歳をすぎてからである。そのころには、父はもはやリチャードに不審感を抱いており、わたしになにか遺すのは拙《まず》いと判断していた。わたしはまだ未成年であり、リチャードの妻であったから。あの当時の法律はいまと違っていた。妻のものは夫のものも同然だったのだ。

前にも言ったように、わたしは父さんの勲章だけを譲り受けた。あれはなにを称える勲章だったのか？　心意気。戦火のもとでの武勇。自己犠牲の気高い姿勢。わたしもそれに恥じないように生きろ、ということだろう。

お葬式には、町のみんながひとり残らず来てくれたんだよ、そうリーニーは言った。まあ、ほぼひとり残らず、だろう。ある地区には、かなりの恨みを買っていたから。しかし、それでも父はよく尊敬されていたし、あんなふうに工場が永久閉鎖されたのは、父のせいではないと、その時分には世間も承知していた。あの人は閉鎖になにも加担していない、ただ止めることが出来なかったのだ、と。父の首を絞めたのは、巨大な利害関係というものだ。

町のみんながみんな、ローラを不憫がってね、リーニーはそうも言った（〝あんたのことはともかく〟という言葉こそ出なかったが。町の人々からすると、わたしは玉の輿に乗ったことになるらしい。あんな程度のものでも）。

リチャードは以下のようにとりまとめた。

ローラはわたしたちの家に来て暮らす。まあ、当然ながら、そうするしかないだろう。アヴァロン館に独りきりで残るわけにはいかない。まだ十五歳なのだ。

「わたし、リーニーのうちに住んだっていい」ローラは言ったが、それは問題外だと、リチャードは一蹴した。リーニーはじきに結婚するのだから、もうローラの面倒をみる時間はない。面倒みてもらう必要はないと、ローラは言ったが、リチャードは微笑んだだけだった。

「なら、リーニーもトロントへ来てもらうわ」ローラは言ったが、彼女は行きたがらないだろうとリチャードは返した（彼自身が来てほしくなかったのだ。家事を切り盛りするにふさわしいとみなす使用人を、すでにウィニフレッドとふたりで雇い入れてあった――いわば、〝手綱さばき〟を心得ている使用人を、と彼は言った。〝リチャードの手綱〟のさばき方、同時に〝ウィニフレッドの手綱〟のさばき方、という意味だ）。

リチャードが言うには、すでにリーニーとはいろいろ話しあって、納得のいく結論に達したとか。リーニーと旦那さんには、屋敷の管理人のような立場になってもらい、修繕の監督をお願いする――アヴァロン館はいまにも崩れそうで、屋根を始めとして、あちこち修理が必要だった――が、そうなると、ふたりが常にいてくれれば、きみたちがお望みとあらばいつでも部屋の支度ができるしね、今後、アヴァロン館は夏の別荘として使うことになるから、とリチャードは言った。ボート遊びでもなんでもしに、アヴァロン館へ来ればいい。そう言う夫は、子どもに甘い叔父さんのような口調だった。そうすれば、ローラもおまえも、ご先祖代々のお屋敷を失わずにすむだろう。「ご先祖代々のお屋敷」と言うときは、にっこり微笑んだ。どうかな、気に入らないかい？

ローラは礼は述べなかった。むかしアースキン先生によくして見せた、いまや洗練の域にある、あのきょとんとした顔で、リチャードのひたいのあたりを眺めるばかりだった。これは困ったことになると、わたしは察した。

もろもろが片づいたらすぐ、おまえとわたしは車でトロントへ戻ろう。リチャードはそうつづけた。まず、わたしはお義父さんの弁護士たちに会わねばならないが、きみたちふたりは同席しなくていいよ。やはりたまらんだろうからね、ここしばらくの出来事を思うに。苦労はなるべく省いてやりたい。その弁護士のひとりは、きみたちの母方の縁者というつてだから――リーニーがこっそり明かしたところによると、〝奥さまのまたいとこの旦那〟だとか――きっとよく目を光らせてくれるだろう。

ローラはアヴァロン館に残り、リーニーに手伝わせて荷造りをすませる。それから、列車でトロントへ来てもらい、こちらは駅まで迎えにいく。その後は、わたしたちの家に同居する――寝室がひとつ空いているんだが、改装したら、これがローラにぴったりでね。そして、きちんとした学校へ――やっとのことだが――通ってもらう。この手のことに詳しいウィニフレッドとも相談して、学校には聖セシリアを選んだよ。最初は補習が必要になるかもしれないが、日がたつにつれて、そんな問題も解決するにちがいない。こうすれば、ローラにも得というか、有利だろうから……。

「なにが有利なの？」ローラが訊いた。

「立場が」リチャードは答えた。

「わたしには〝立場〟なんてないと思うけど」ローラは言った。

「一体どういう意味だね？」リチャードの口調がやや険しくなった。

「立場があるのはアイリスでしょ」ローラは言った。「グリフェン夫人だもの。わたしはただのオマケだわ」

「気が荒《すさ》むのももっともだと思うがね」リチャードは硬い声で言った。「気の毒な事情を考えれば。誰にとっても、つらいことだった。けど、不貞腐れることはないだろう。アイリスにとっても、わたしにとっても、楽なことじゃない。ただ、きみのために、できる限り力になろうとしているんだ」

「わたしを邪魔者と思っているのよ、あの人」ローラはその晩、台所でわたしにそう言った。リチャードから逃げようとして、もぐりこんだのだった。彼がリストを作るのに、棄てるもの、修理するもの、取り替えるものと分類していくのを見るのは耐え難かった。ただ黙って見ているのは。あのお人、まるでここの持ち主みたいな態度だね、リーニーは憤然と言ったものだ。だって、じっさい持ち主でしょ、わたしは言い返した。

「邪魔って、なんの？」わたしはローラに訊いた。「そんなつもりはないと思うけど」

「彼の邪魔よ」ローラは言った。「あなたがたふたりの邪魔」

「なにもかも最善のところに落ち着くよ、そのうち」リーニーが言った。丸暗記の台詞みたいだった。その声は疲れきって、自信を欠いており、彼女の力添えはこの先期待できないとわたしは悟った。その晩台所にいたリーニーは、老けこんで、やけに太って見え、だが、へこんでいるようでもあった。ほどなく目立ってくるが、すでにマイエラを身ごもっていたのだ。〝心さらわれること〟を許したらしい。浚《さら》われるのはゴミ、ゴミはゴミ箱へ、などと言っていたものだが、みずからの掟を破ったのだ。あのとき、彼女はほかのことで頭がいっぱいだったにちがいない。結婚式までばれずにすむだろうか、もし露顕したら、どうなる？　といった事柄で。きっと大変な目にあう。あの時代、幸せな生活と不幸のどん底を隔てる壁はなかった。足をすべらせれば転落、転落すれば打たれ、打ちすえられて、下へと落ちていく。やり直しの機会を得るのは不可能に近い。というのも、余所へいって赤ん坊を産み、すぐに手放しても、噂は千里を走り、街の人々はその手のことは決して忘れない。看板をさげて歩いているようなものだ。家のまわりには、野次馬が列をなす。女はいったん身を持ち崩したら、なかなか汚名を濯《そそ》がせてもらえない。〝牛乳がタダなのに、なぜ牝牛を買うのさ？〟リーニーはあの言葉を思っていたにちがいない。

というわけで、リーニーはわたしたち姉妹ことをあきらめ、譲り渡すことにした。長いこと、出来ることはしてくれた彼女だが、もうどんな力も持っていなかった。


わたしはトロントに戻ると、ローラの到着を待った。長らく酷暑がつづいていた。蒸し暑い陽気。汗ばんだひたい。シャワーを浴びてから、干からびた庭園を見渡しながら、裏のベランダでジン・トニックを飲む。空気は湿った火のようだった。なにもかもがぐったりとして、黄ばんでいた。寝室には扇風機があったが、これがまた、木の義足をつけたおじいさんが階段を昇っていくような音を立てるのだ。

ゼイゼイと喘いでは、カタン、ゼイゼイ。重苦しく、星影のない夜、わたしは天井をじっと見あげ、あいかわらずリチャードはリチャードで、することをしていた。

わたしに〝酔いしれて〟いると、夫は言った。酔いしれて――まるで、酔っぱらいみたいだ。しらふで頭がしゃきっとしているときは、わたしにそんな気持ちは抱かないかのように。

わたしは鏡に映った自分を見ながら、思った。〝わたしのどこがいいの？　どこがそんなに酔いしれさせるの？〟鏡は大きな姿見だった。後ろ姿を映して見ようとしたが、もちろん見られない。他人が見たままの後ろ姿――たとえば、知らないうちに男が後ろから見ているのとおなじ姿――は自分で見ることはできない。鏡のなかのあなたは、肩ごしに振り向いているのだから。はにかんで誘うようなポーズ。ならばと、後ろ姿を見るのに鏡をもう一枚置いたとする。しかし、あなたがそこに見るのは、数々の絵画が好んで描いてきたもの――〝鏡をのぞきこむ女〟の姿だ。虚栄の寓意と言われるが。しかし、これで虚栄もなかろう、むしろ逆ではないか。欠点を探そうとしているのだから。〝わたしのどこがいいの？〟は、〝わたしのどこがいけないの？〟と、難なく言い換えられる。

リチャードは言った。女はお尻の形によって、リンゴと洋梨に分類できる。彼に言わせると、わたしは洋梨。ただし、まだ熟していない洋梨だとか。わたしのそんなところが好きなのだそうだ――若く青々として、生硬なところが。お尻の部分に関しては、という意味だと思うが、もしかしたら全体の話をしていたのかもしれない。

シャワーを浴びて、むだ毛を剃り、髪にブラシをかけ、梳《くしけず》ると、床に落ちた髪の毛を入念に拾いあげる。バスタブや洗面台の配水口に引っかかった髪の毛の束もつまみだし、トイレに流した。というのも、女ってやつは決まって髪の毛を散らかしていくんだ、とリチャードがなにげなく言っていたから。まったく、毛抜けする動物みたいだ、というのが言外の意味だろう。

どうしてリチャードにはわかるのか？　洋梨のこと、リンゴのこと、抜け毛のことを、なぜ知っているのか？　この「女ってやつ」とは誰なのか、この他の「女ってやつ」とは？　とはいえ、上っ面の好奇心が湧いただけで、さして気にもならなかった。

わたしは父さんのことは努めて考えまいとした。父さんの死にざま、死を前にしてなにをしていたのか、いったいどんな気持ちでいたのか。それから、リチャードがわたしに話さないでおこうと判断したもろもろのことも考えまいとした。

ウィニフレッドはたいへんな働きバチだった。暑熱にもかかわらず、涼しげな顔をして、妖精のおばあさんのパロディみたいに、軽くふんわりしたショールを身にまとっている。彼女がいかに逸材であり、わたしに代わってどれだけ手間のかかる仕事をやってくれたか、リチャードはことあるごとに語ったが、ウィニフレッドという女はますますわたしを不安にさせた。わたしたちの家にのべつ出入りする。いつ何時現われて、ドアの向こうから顔を出し、快活な笑顔を見せるとも限らない。わたしの唯一の隠れ家はバスルームだった。鍵をかけても、ことさら無礼に映ることもない。ウィニフレッドは残りの内装にも目を光らせ、ローラの部屋の家具も注文しはじめていた（フリルのような縁飾りのついた鏡台、そのカバーはピンクの花柄で、カーテン、ベッドカバーもお揃いだった。白い縁に渦巻き模様を彫りこみ、金色をアクセントにあしらった鏡。まさにローラにぴったりの部屋でしょ、そう思わなくて？　と訊かれても、わたしは同意できなかったが、そんなことを言っても仕方ない）。

ウィニフレッドは庭造りの計画も始めており、おおざっぱなデザイン画をもう何枚も描いていた——ちょっとした思いつきだけど、彼女はそう言って、デザイン画をぐいと押しやってきて見せると、また引っこめ、大事そうに紙挟みにしまうのだった。ほかの〝ちょっとした思いつき〟ですでに膨れあがっている紙挟みに。噴水を造ったらすてきでしょうね、そうも言った。フランス風の。けど、本物でなくては駄目よ。ねえ、そう思わない？

わたしはローラが着くのを待ち焦がれた。到着の日はもう三回も延期されていた。まだ荷造りが終わらないから、風邪をひいたから、切符をなくしたから。ベッドサイドのあの白い電話で話したが、妹の声はどこか打ち解けず、よそよそしかった。

ふたりの使用人が邸にあがった。文句ばかりたれている料理人兼女中と、二重顎の大男。男のほうは、庭師兼お抱え運転手ということで雇われた。ふたりの名はムルガトロイドといい、夫婦ものということだったが、どうも兄妹のように見えた。胡乱な目でわたしに接してくるので、こっちもそうしてやった。日中、リチャードが会社に出かけ、ウィニフレッドがいたる所に出没しているあいだ、わたしはなるべく家をあけるようにしていた。ダウンタウンに言ってくるわ、ショッピングに。そう言えば、余暇の過ごし方としては、そこそこ通用した。運転手に〈シンプソンズ・ストア〉で落としてもらうと、帰りはタクシーを拾うからといって追い払う。デパートのなかに入り、さっさと買い物をすませる。買い物熱の証拠品には、ストッキングと手袋が決まって説得力を発揮した。それを買ってしまうと、フロアをまっすぐ突っ切って、反対側のドアから出る。

以前よくやったことをまた始めていた——あてどなく街をふらつき、店のウィンドウや劇場のポスターをつらつらと眺める。独りで映画を観にいくこともあった。もう例のお触り男たちの餌食にはならなかった。男が心でなにを思っているか知ったいま、彼らの金縛りの術はとけてしまった。おなじことの繰り返しに興味はない——おなじようにわれを忘れて握ったりまさぐったり。〝手を引っこめないと大声を出すわよ〟というのも、本気であれば効き目があった。こちらが本気なのは伝わるらしい。そのころ、わたしの気に入っていた映画スターは、ジョーン・クロフォード。傷心の眸に、悩殺の唇。

ときには、ロイヤル・オンタリオ博物館にも出かけた。甲冑や、動物の剝製や、古い楽器などを見た。ここまで来たところで、たいした遠出ではない。ときには、〈ディアーナ・スウィーツ〉へ、ソーダやコーヒーを飲みにいくこともあった。デパートの道路を挟んだ向かいにある品のいいティールームだが、客筋のほとんどはご婦人がただったから、迷える男たちに煩わされることもなさそうだった。また、クイーンズ・パークを抜けていくこともあった。足早に、さも忙しそうに。あまりのんびりしていると、すぐ男が現われることになる。〝ハエとり紙〟リーニーはどこかの若い女をそう呼んでいたっけ。〝くっついてきたハエをこすり落とさないとね〟。一度など、わたしのまさに目の前に露出してきた男もいた(大学構内の人気《ひとけ》のない場所でベンチに座ったのが間違いだった)。浮浪者の類ではないようで、身なりはりゅうとしていた。「すみません」わたしは言った。「興味がないんですが」男はいたく無念そうな顔をした。おおかた、気絶でもさせたかったのだろう。

理屈からすれば、どこでも好きなところへ行けるはずだったが、現実には、目に見えないバリアが張り巡らされていた。大通りやわりあい賑やかな辺りを離れなかったが、そんな安全な囲いのなかですら、のびやかな気分を味わえる場所はそう多くなかった。わたしは道行く人たちを眺めた。男にはあまり目もくれず、たいていは女を。この人たちは結婚しているんだろうか? どこへ行くのだろう? 仕事は持っているんだろうか? 外見《そとみ》だけでは、靴の値段ぐらいしかよくわからなかった。

ひょいと選びだされて、外国の街に置かれたような気分だった。まわりはみんな違う言葉をしゃべっている。

ときには、腕を組んで歩くカップルもいた――声を立てて笑い、楽しそうにいちゃつきながら。彼らは巨大な詐欺の犠牲者であり、同時に詐欺の張本人でもある。少なくとも、わたしにはそう思え、恨みがましい目で彼らを見つめるのだった。

そうしたある日、あれは木曜日だったが、アレックス・トーマスを見かけた。彼は通りの反対側で、信号が変わるのを待っていた。クイーン・ストリートとヤング・ストリートの交差点で。アレックスは労働者風の青いシャツを着て、つぶれた帽子をかぶり、身なりがますます貧しくなっていたが、元気そうではあった。見えない光源から彼のもとにまっすぐ陽が射して、怖いぐらいくっきり際立っている、そんなふうに輝いていた。まさに、道行く人という人が彼のことを見ている——それもそのはず、みんな彼の正体を知っているのだ！　いまにもその顔に気づき、声をあげ、追っかけはじめるだろう。

わたしはとっさに、注意してあげなくちゃと思った。しかし、すぐに気づいた。その注意はわたしたち双方に向けられるものである。アレックスが、なんであれトラブルに巻きこまれれば、いきなりわたしも、巻きこまれるのだ。

無視することもできた。背を向けてしまうことも。そのほうが利口だったろう。ところが、あの頃のわたしには、まだそんな知恵は浮かばなかった。

わたしは歩道から踏みだすと、アレックスに向かって通りを渡りはじめた。ところが、信号がまた変わり、道路の真ん中で立ち往生する羽目になった。車がクラクションを鳴らす。怒鳴り声がする。車の波が押し寄せてくる。進むべきか退くべきか、わたしには判断できなかった。

そのとき、アレックスが振り向いた。最初は、こちらを見ているのかどうか、わからなかった。わたしは溺れる者が救いを乞うように、片手を差しのばした。その瞬間、すでに心で不義をおかしていたのだ。

これは裏切りだろうか、それとも武勇？　おそらくは両方だ。どちらにせよ、先のことはわからない。この手のことは、一瞬のうちに、瞬きひとつの間に、起きるものだ。それもこれも、わたしたちが幾度となく稽古合わせしてきたからにほかならない。沈黙のうちに、暗闇で。そんな沈黙と闇のなかでは、本人同士はそれとは気づかない。昏《くら》き目であれど、足元は確かに、ふと思い出したダンスを踊りはじめるように、わたしたちは一歩を踏みだした。

陽のあたる側《サニーサイド》

ローラはそれから三日後に到着する予定だった。わたしは自分で車を運転してユニオン・ステーションに赴き、列車を出迎えたが、そこに彼女は乗っていなかった。アヴァロン館にも残っていない。リーニーのうちに確認の電話を入れると、彼女のお怒りを買ってしまった。いつかこんなことになるって、むかしから思ってたよ、ローラのあの性格だからね、と。駅まで見送って列車に乗せたし、トランクや荷物も言われたとおりに送ったし、なにかと用心しておいたのに。トロントまでずっと付き添えばよかった、ああ、なんてざまだろ！　どこかの白人の奴隷商にさらわれたんだよ。

ローラのトランクだけは予定どおり到着したが、本人は消えてしまったかのようだった。リチャードは意外なほど動揺した。見知らぬ一味に誘拐されたのでは、と言うのだ――彼に恨みのある人々の手で。アカどもかもしれん、それとも、あくどい事業上のライバルか。そういうねじけた輩はいるからな。どんな連中と――不当な圧力をかけるためなら手段を辞さないような連中と――つるんでいるかもわからない犯罪者ども（と、そんな存在を匂わせもした）。いや増すおれの政治権力を恐れて。このつぎはきっと脅迫状が来るぞ。

あの八月、リチャードはあらゆることを疑い、つねに目を光らせているべしと言っていた。七月にオタワで大規模なデモ行進があったが、これは、クビにされたと訴える人々、職とまっとうな給料を要求する人々が、政府打倒をもくろむ破壊分子に扇動されて、何千、何万と結集したものだった。

「なんとかいう若者が噛んでいるにちがいない」リチャードはそう言うと、目を細めてわたしを見た。

「若者って、どの？」わたしは言って窓の外をちらりと見た。

「ちゃんと聞いてくれよ、ダーリン。ローラの友だちだ。色の黒い。おまえの父さんの工場を燃やした、あの悪党の若造」

「工場は焼け落ちたわけじゃないわ」わたしは言った。「すんでのところで消し止めたのよ」

「奴はトンズラしたんだろう」リチャードは言った。「脱兎のごとく。わたしには、証拠としてはそれで充分だがね」

オタワの参加者たちは、リチャードその人が提言した（と、本人は言っている）賢明なる極秘戦略によって、捕らえられた。近ごろ、彼は〝上のほう〟で活躍しているのだそうだ。〝公式会談〟のためと称して、デモ行進の指導者たちがオタワにおびき寄せられ、メンバーはレジャイナで一網打尽になった。会談は企みどおり無に帰したが、その後、暴動が起きた。破壊分子が扇動して、群集が混乱に陥り、死傷者が出た。後ろで糸をひいているのは共産主義者だろうな、リチャードはそう言った。なにしろ、怪しげな計画には片っ端から首を突っこむんだ。ローラが拉致されたのも、彼らのそうした計画の一環でないと誰に言える？

リチャードの気の立ちようは度を超しているように思えた。わたしだって気が揉めたが、ローラはふらりといなくなっただけと考えていた――まあ、いくぶん動転していたのだろう。そのほうが彼女らしい。間違った駅で降りてしまい、うちの電話番号も忘れ、道に迷った。

あちこちの病院も調べたほうがいいと、ウィニフレッドは言った。途中で病気になったか、事故に遭ったのかもしれない。しかし、病院でも見つからなかった。

やきもきして二日を過ごした後、わたしたちは警察に届けを出し、すると、リチャードが用心したにも関わらず、すぐさま新聞に記事が出た。うちの表の歩道を報道陣が取り囲んだ。ドアや窓だけとはいえ写真を撮り、電話をしてきてインタビューを乞い求めた。彼らが欲しいのは、スキャンダルなのだ。〈名門校の女生徒、愛の巣に〉〈ユニオン・ステーションで身の毛もよだつ遺骸、発見〉彼らが求めているのは、ローラが既婚男性と駆け落ちしたり、アナーキストに誘拐されたり、荷物預かりでチェック柄のスーツケースから死体となって発見されること。死か、さもなくばセックス、あわよくばその両方――頭にあるのはそればかりだ。

丁重ながらも、おいそれと情報は渡さない。そういう態度でいくようにと、リチャードはわたしたちに指示した。やたら新聞を敵に回していいことはないからな。記者というのは執念深い連中で、長年恨みを抱えこんだ末、こっちがまるで予期しないときに仕返ししてくる。わたしがすべて管理するから、そう彼は言った。

リチャードはまず、妻はいまにも倒れそうであると発表し、彼女のプライバシーと虚弱な体質を気遣ってほしいと呼びかけた。これで記者たちも少しは退いたが、当然ながら、わたしが妊娠中だと勘ぐった。この時代、妊娠というのはまだ結構なニュースであり、また、女の思考を乱すとも考えられていた。つぎに、リチャードは情報の提供には報奨金を払うと知らせたが、金額は言わなかった。八日目、匿名の電話がかかってきた。ローラは死んだりしていない、サニーサイド遊園地のワッフル売場で働いている、と言う。あらゆる新聞に載っている人相書きから本人と断定できると、通報者は言った。

リチャードとわたしが車で連れ戻しにいくことになった。きっとローラは長らくショックが抜けないのよ、そりゃ、お父さんの変死やら、彼女が遺体を発見したことやらを思えばね、そうウィニフレッドは言った。そんな不幸があれば、誰だって気持ちが乱れるし、もともとローラは感じやすい子だから。自分がなにをしているのか、なにを言っているのかわからないような状態なんでしょう。うちに連れ戻したら、強い鎮静剤を飲ませて、医者に連れていかないとね。

でも、いちばん大切なのは、とウィニフレッドはつづけた。このいきさつをひと言たりとも世間に洩らさないことよ。十五歳の子がこんなふうに家出するなんて——一家の世間体がわるくなるわ。あの娘は邪険にされていたのかと世間は思うでしょうし、それが大きな仇になりかねないもの。彼女の言う〝仇〟とは、リチャードの身と政界における前途にとって、ということらしい。

当時、サニーサイドというと、夏場人々でにぎわう場所だった。もっとも、ウィニフレッドやリチャードのような人々が行くのではない。彼らが行くには、あまりに粗野で、汗くさいところだった。メリーゴーラウンド、ホットドッグ、ルート・ビア、射的場、美人コンテスト、海水浴場。いわば、大衆娯楽である。リチャードやウィニフレッドは、他人の腋を眼前にしたり、小銭を数えている輩と顔つきあわせたりする気にはならないだろう。とはいえ、わたしもなぜこんなに聖人ぶっているのかわからない。自分だって、そんなものは嫌いだったくせに。

いまや、サニーサイドは跡形もない——五〇年代のいつか、十二車線のアスファルトの高速道路に蹴散らされた。ほかの多くのものと同様、はるか昔に取り壊されてしまった。しかし、あの八月には、大賑わいだった。わたしたちはリチャードのクーペで出かけたが、交通渋滞と、歩道で押しあうお客の群れと、埃っぽい道路に手を焼いて、遊園地から少し離れたあたりに停めることになった。

嫌な天気だった。日射しは灼けつくようで、あたりはぼんやり霞んでいる。地獄のど真ん中より熱いね、いまならウォルターがそう言うところだろう。湖畔には、目に見えなくとも触れられそうな薄靄が漂っていた。饐《す》えたような臭いの香水と、日焼けしたむきだしの肩にすりこんだオイルの臭いがまざりあい、そこに、ゆでウィンナーの湯気と綿菓子の焦げた臭いが混然となった薄靄。その雑踏に入っていくのは、シチューの底に沈んでいくような気分だった——材料のひとつになって、味つけされるような。さしものリチャードのひたいも、パナマ帽の鍔《つば》の下で汗ばんでいた。

頭上からは、金属のこすれあって軋る音や、ゴロゴロいう不気味な音や、女の悲鳴がコーラスとなって聞こえてきた。ローラー・コースターだった。わたしは一度も乗ったことがなかったから、あんぐり口を開けて見あげ、しまいにはリチャードに「口をお閉め、ダーリン、ハエが入ってくるよ」と言われる羽目になった。あとで、妙な話を聞いた——あれは、誰からだったか？　ウィニフレッドにちがいない。舞台裏で演じられる、庶民の生活、下々の生活の実態を自分は知っていると言わんばかりに、しばしば引き合いに出す話だった。〝泥沼にはまりこんだ〟娘たちの物語。まるでひとりで勝手に孕んだと言いたげなウィニフレッド一流の言い方だ。泥沼にはまりこんだ娘たちは、サニーサイドのローラー・コースターに乗りこみ、そうして中絶しようともくろむのだとか。ウィニフレッドはぷっと吹きだした。〝もちろん、うまく行くわけないわ〟彼女は言った。〝けど、もしうまく行ったら、どうするつもりだったのかしら？　血やなにか出るでしょうに、ねえ？　あんな宙に浮いたところで？　考えてもごらんなさいよ！〟

そう言われてわたしの頭に浮かんだのは、むかし出帆のときオーシャンライナーから投げた赤いテープだった。下で見送る人々の頭上に、たなびき落ちる。あるいは、幾本もの紐、長くて太くて赤い紐が、ローラー・コースターから巻物が解けるように落ちてくる。なかに乗った娘たちのもとから、バケツのペンキをひっくり返したように。真っ赤な雲をえんえんと殴り書きしたみたいに。飛行機の空中文字のように。

さて、いま一度考えてみる。しかし、空中文字といっても、どんな書き物なのだ？　日記か、小説か、自伝か？　それとも、ただのイタズラ描き。メアリはジョンを愛してる、というような。ところが、ジョンはメアリを愛していない。少なくとも、充分には。女たちがこうしてお腹を空にして、こんな赤い赤い文字でみんなの上に落書きをしなくてすむほどには。

まあ、昔話だ。

でも、一九三五年のあの八月には、わたしはまだ中絶など聞いたことがなかった。以前、わたしの前でその言葉が出たことがあったとしても——じっさい、なかったが——さっぱり意味がわからなかったろう。リーニーさえ口にしたことがなかった。〝台所の殺し屋〟（モグリの堕胎医）について暗にほのめかすのが精々で、ローラもわたしも裏階段に隠れて盗み聞きしていたが、人喰いの話をしているのだと思い、興味をそそられたものだ。

ローラー・コースターが悲鳴とともに行きすぎ、射的場はポップコーンのような音を立てた。まわりの人々は笑っていた。わたしはお腹が減ってきたのを感じたが、駄菓子の類を食べたいとは言いだせなかった。この深刻な場にそぐわないし、食べ物どころの騒ぎではなかった。リチャードは運命のごときしかめ面をしていた。わたしの肘をつかんで操縦しながら、人ごみを分けていく。もう片方の手はポケットに入れていた。こういう場所は、と彼は言った。手癖のわるいスリがうようよしているもんだ。

わたしたちはやっとのことでワッフルの屋台にたどりついた。ローラの姿は見えなかったが、リチャードは初っ端《しょばな》にローラと話そうとは思っておらず、もっと狡猾だった。できるかぎり、つねに上の方と話をつけたがる。このときは、ワッフル売場のオーナーとふたりで話がしたいと申し入れ、腐ったバターのような臭いをさせた、顎鬚の濃い大男と面会した。リチャードが訪ねてきたわけを、男はたちまち悟ったらしい。そっと肩ごしに後ろを振り向きながら、屋台から出てきた。

きみは家出した未成年をかくまっているのを承知なのか？　リチャードはオーナーに訊ねた。めっそうもない！　と、男は縮みあがって答えた。ローラに騙されたのだと言う。十九歳だと聞かされて。しかし、仕事熱心で、それこそ馬車馬のように働き、トイレ掃除は欠かさないし、忙しくなるとワッフル作りも手伝うとか。あの子はどこで寝泊まりしているんだ？　そう訊くと、男は言葉をにごした。このへんの誰かが寝場所を与えているようだが、自分ではない。妙なことにはなっていないから、それは信じてくれ、少なくとも自分は知らない。そんなことを言った。ローラは真面目な子だし、うちも家庭円満ですからね、この辺りの連中とは違って。彼女のことは気の毒に思っていましたよ――なにか困ったことになっているんだろうと。あんないい子には、わたしも弱いんです。じつは、連絡したのはこのわたしですが、ただの報奨金目当てじゃありません。家族のもとに戻ったほうが、ずっと幸せだと思ったんです、そうでしょう？

ここでリチャードの顔を期待のまなこで見た。お金が手渡されたが、どうやら――わたしが察するに――男が期待したほどの額ではなかったらしい。ようやくローラが呼ばれた。彼女は抗わなかった。わたしたちをひと目見るなり、あきらめたようだ。「ともかく、いろいろありがとう」オーナーにそう言って、握手をした。金と引き換えにされたとは気づいていないのだろう。

リチャードとわたしが両側から肘をとり、ローラを連れて、来た道を引き返した。わたしは売国奴の気分だった。リチャードがローラを真ん中に挟む恰好で車に乗せた。わたしは落ち着かせようとして、肩に手を回した。妹に腹が立ってはいたが、いまは慰めるべきだと心得ていた。ローラは、ヴァニラと、甘いホットシロップと、洗っていない髪の臭いがした。

妹を家に入れると、リチャードはムルガトロイド夫人を呼び、ローラにアイスティーを持ってこいと命じた。ところが、彼女はそれに口をつけず、ソファの真ん中に腰かけて、膝小僧をぎゅっとつけたまま躰をこわばらせ、硬い表情で石板のような目をしていた。

まわりをどれだけ心配させたか、どれだけ騒がせたか、少しはわかっているのか？ リチャードが訊ねた。いいえ。気はとがめなかった？ 答えはなかった。間違っても、こんなことはもう二度としないように。また答えはなかった。いままでは、わたしがいわゆる親代わりなんだから、きみに対して責任があるんだ。どんな犠牲を払っても、責任を全うしようと腹を決めている。しかし、なにごとも一方通行では成り立たないのだから、きみもわたしに対する責任を――わたしたちに対する責任を、と言い添えた――自覚してほしい。つまり、行儀よくふるまうこと。無理のない範囲で言われたとおりにすること。わかったかね？

「ええ」ローラは言った。「言いたいことはわかったわ」

「まったく、そう願いたいよ」リチャードは言った。「本当にね、お嬢ちゃん」

お嬢ちゃんという言葉に、わたしは苛立った。若いということに、またお嬢さんと言われる身の上に、なにか非でもあるかのような咎めである。だとしたら、そのお咎めにはわたしも含まれていた。「なにを食べて暮らしていたの？」わたしは話題をそらそうとした。

「キャンディ・アップル」ローラは答えた。「それから、〈ダウニーフレーク・ドーナツ〉のドーナツ。二日目のほうが安いのよ。あのお店の人たちはとても親切だった。それから、ホットドッグ」

「あらあら」わたしは言って、〝困ったものだ〟という弱々しい笑みをリチャードに向けた。

「ほかの人たちはそういうものを食べるのよ」ローラは言った。「実社会ではね」そのとき、わたしは少しわかりはじめた。彼女にとって、サニーサイドの魅力とはなんだったのか。ほかの人たち——これまでずっと、そしてこれから先も、ローラに関するかぎり、他人でありつづける人々。彼らに、そういう〝ほかの人たち〟の役に立つのが夢だったのだ。ある意味で、彼らと一体になることが。ところが、叶わなかった。今回もまた、ポート・タイコンデローガの給食所の繰り返しにすぎなかった。

「ローラ、どうしてあんなことをしたの？」わたしはふたりきりになるや、真っ先に訊ねた（〝どうやってやったの？〟のほうが明解な答えを得た。オンタリオのロンドン市内で列車を降り、あとの列車の切符に買い換えた。少なくとも、べつの都市には行かなかったわけだ。そんなことになったら、見つけられなかったかもしれない）。

「父さんはリチャードが殺したのよ」ローラは言った。「そんな人の家では暮らせない。いけないことよ」

「あまり正当な意見じゃないわね」わたしは言った。「父さんはいろいろなことが運悪く重なって死んだのよ」そんなことを言う自分を恥じていた。まるで、リチャードみたいな口の利き方だ。

「正当じゃないとしても、それが真実だもの。隠れた真実よ」ローラは言った。「ともかく、わたし仕事がほしかったの」

「けど、どうして？」

「わたしたちにも――わたしにも仕事ができるってことを見せたかった。わたしは、わたしたちは、なにも必要がないって……」ローラは顔をそむけて、指を噛んだ。

「どんなことをする必要？」

「わかるでしょ」妹は言った。「こんなことぜんぶよ」と、くるりと手を振って、縁飾りつきの鏡台や、お揃いの花柄のカーテンを指した。「最初は、修道院に行ったの。〈海の星修道会〉にね」

ちょっとちょっと、もう尼さんはたくさんよ。そうわたしは思った。尼さんの件は片づいたと思っていたのに。「それで、なんと言われたの？」わたしは優しく、いかにも興の乗らない口調で訊いた。

「駄目だった」ローラは言った。「とても親切だったけど、断わられた。わたしがカトリックじゃないばっかりに。真の使命を帯びていないからって。自分の務めから逃げているだけだって。神にお仕えしたいなら、神に導かれた生活のなかでしなさいって」しばしの間があった。「でも、どんな生活よ！わたしには生活なんてないのに！」

そう言うと、ローラは泣きだし、わたしは両の腕で抱きしめた。妹が幼いころから使い古したジェスチャーだ。〝大きな声で泣かないの〟。ブラウンシュガーの塊を持っていたら、渡していたところだが、さすがにふたりともブラウンシュガーはとっくに卒業していた。お砂糖では助けにならない。

「わたしたち、どうやったらここから逃げだせるの？」ローラはむせび泣いた。「手遅れになる前に？」少なくとも、恐れを感じる分別はあったようだ。むしろ、わたしより。ところが、わたしはそれをたんなる思春期のメロドラマと思ってしまった。「なにが手遅れになるというの？」と、静かに訊いた。引きだされたのは、深いため息ひとつだけだった。深いため息に、ある種の落ち着きと現状把握が感じられた。これなら、慌てる必要はなさそうだ。

わたしはリチャードもウィニフレッドもうまくあしらえると思っていた。トラの城に住むネズミのように暮らしていけると。トラの目につかない壁のなかを這い回って。おとなしく、こうべを低く垂れて。思い違いだった。わたしは自分を過信していた。危険に気づきもせずに。彼らが本当にトラだということすらわかっていなかった。いや、それどころか。自分自身がトラになりかねないことも知らなかった。それなりの状況になれば、ローラも同様だということも。それを言ったら、誰しもおなじだが。

「明るいほうに考えなさい」わたしは精一杯慰めるつもりで言い、妹の背中をぽんと叩いた。「ホットミルクを淹れてあげる。ぐっすり眠れるわ。明日にはきっと気分もよくなる」ところが、ローラは泣くばかりで、宥《なだ》められようとはしなかった。

桃源郷《ザナドゥ》

昨夜、あの〝桃源郷の舞踏会〟で使った衣装を着ている夢を見た。わたしはアビシニアの娘に扮した。ダルシマーを持った早乙女《ダムゼル》。緑のサテンだった、あの衣装は。金のスパンコールで縁取りをした小さなボレロ・ジャケット。胸の谷間とお腹を大胆に出して。下着のショーツも緑のサテン、その上に透けたパンタルーンズ。偽の金貨をどっさりネックレスのように着けて、頭にめぐらせて。楽しげな小さいターバンを三日月形のピンで留めて。それに、鼻から下を隠すヴェール。安っぽいサーカス・デザイナーが考える〝東洋〟そのものだ。

夢のなかのわたしは、そんな衣装の自分がとびきり粋だと思っている。ところが、お腹は垂れて、関節は青い血管が浮きでて膨れ、腕は萎びているのを目にし、あの頃の自分ではなく、いまの歳の自分だと気づいた。

とはいえ、夢のなかでは、あの舞踏会に出ていたのではない。アヴァロン館の荒れ果てたガラス張りの温室に、独りぼっちでいたのだ。と、最初は思っていた。空っぽの鉢があちこちに転がり、また空でないものには、乾いた土と枯れた草花がつまっていた。スフィンクスの石像のひとつが横向きに床に倒れ、油性ペンでイタズラ描きされていた――名前、イニシャル、幼稚な絵。ガラスの屋根に穴が空いていた。温室内は猫の臭いがした。

後ろに建つ母屋は暗く、さびれて、使用人はひとり残らずいなくなっていた。わたしはこんな馬鹿げた仮装姿で、独り残されている。指の爪に似た月が出ている夜だった。その月影に照らされて、ただひとつ生き残っている草葉が目についた。なにやらつややかな葉の茂みで、白い花がひとつきり咲いていた。ローラ。わたしは呟いた。草陰から、男の笑い声がした。

たいした悪夢でもなかろうに、そう思われるかもしれない。一度こんな夢を見てみるといい。わたしは侘びしく目を覚ました。

心というのは、なぜこんな働きをするのだろう？　わたしたちに襲いかかり、引き裂き、爪を立てる。あまりに腹が減ったら、自分の心臓でも食べはじめる、とか言うけれど。あれと似たようなことか。

馬鹿ばかしい。すべては薬の副作用じゃないか。こんな夢については、そろそろ策を講じなくては。なにか薬があるはずだ。

今日もまた雪だ。窓の外の雪を見ているだけで、指が疼く。彫刻でもするようにゆっくりと、キッチン・テーブルで書いている。ペンは重く、滑りにくく、セメントを釘で掻いているようだ。

一九三五年、秋。熱暑は遠のき、寒さが募りだした。落ち葉に霜がおり、やがて落ちていない葉にもおりる。それから、窓に。わたしはそんな細かなことに喜びを覚えた。深々と息を吸いこむのが心地よい。肺のなかは、わたしだけの空間だ。

そうするうちにも、ことはつづいていた。

いまやウィニフレッドが〝ローラの小さな冒険〟と呼ぶようになった諸行には、ありとあらゆることが含まれた。リチャードはローラにこう言い渡した――こんなことを余所の誰か、とくに学校の誰かに話したら、まちがいなくリチャード・グリフェンの耳にも入ることになるだろう、それは破壊工作《サボタージュ》の試みであるばかりか、公然たる侮辱行為とみなす。彼は新聞への対策も講じていた。高い地位にある友人のニュートン・ドッブズ夫妻にローラのアリバイを提供してもらい――夫のほうは、どこかの鉄道会社のお偉いさんだった――ローラはマスコーカの夫妻の家にずっと泊まっていたと証言することになった。休暇の間際になって決めた予定なので、ローラはニュートン・ドッブズ夫妻がうちに電話して知らせたと思い、夫妻はローラが電話したと思い、つまり、すべては他愛のない誤解であり、夫妻はローラが行方不明とされていることは知らなかった。休暇のあいだは、ニュースにまるきり気をはらわなかったから。

いかにもありそうな筋立てだ。しかし、人々はこれを信じた。信じた振りをするしかなかった。ニュートン・ドッブズ夫妻は、ごく親しい二十人ほどの友人には、ここだけの話だとか言って、真相をしゃべって回っていたと思うが、ウィニフレッドも彼らの立場ならやっていたにちがいない。彼女にとって、ゴシップは他諸々とおなじく生活必需品であったから。しかし、少なくとも新聞には載らなかった。

ちくちくするキルトスカートと格子縞のタイを着けて、ローラは聖セシリア校へ送りだされた。彼女は学校への嫌悪を隠そうともしなかった。そんなところへ行く必要はないと言い、ひとつ職に就けたのだから、つぎも探せると言い張った。こういうことを、リチャードが同席している場で、わたしに言うのだった。彼には決して直接話しかけずに。

ローラは指を嚙み、ろくにものも食べず、げっそりやせていた。わたしは周囲の思ったとおり、また、ふつうに考えて当然のことでもあるが、心配でたまらなかった。しかし、リチャードはこんなヒステリックな戯《ざ》れ事にはうんざりだ、職の話など、これ以上なにも聞きたくないと言った。ローラは自活するにはとてもじゃないが幼すぎる。よからぬことに巻きこまれるのがオチだ。きみのようなもの知らずの娘を食い物にしようという輩で、〝森〟はいっぱいなのだよ。あの学校が気に入らないのなら、遠くの、余所の街の、べつな学校へ送りこむまでだ。そこも逃げだしたりしたら、今度はわがまま娘たちの施設に送ってやるぞ。非行少女たちがたくさんいるところだ。それでも効かなければ、つぎは病院がある。個人病院で、窓には鉄格子が入っている。それできみが深く後悔するなら、願ってもない。きみはまだ未成年であり、わたしには権限があり、その点誤解なきよう申し渡しておくが、わたしはこうと言ったら言ったとおりのことをする。きみも――世間も――知ってのとおり、有言実行の人間だからね。

もともと怒ると目が飛びだしたようになる人で、このときもまさしくそうだったが、終始穏やかでもっともらしい口調で話すものだから、ローラは彼の言葉を信じこみ、すっかり萎縮してしまった。わたしは、これでは脅しが過ぎる。ローラがなんでも字句どおりにとるのを夫はわかっていないのだと思い、話に割って入ったが、おまえは引っこんでいろと言われてしまった。いま必要なのは、しっかりした躾なんだ。ローラは好き放題に甘やかされてきた。いまが叩きなおす時機だ。リチャードはそう言った。

それから何週間も、気まずい休戦状態がつづいた。わたしは家の段取りを工夫して、ふたりがぶつからないよう気をつけた。夜の海ですれ違う船のように、関わりあわずに暮らす他人同士。わたしが目指したのは、そんなものだった。

もちろん、ここにウィニフレッドがオールを突っこんできた。断固とした態度をとるべしとリチャードに諭したのだろう。ローラは飼い主の手を嚙むような子よ、口輪でもはめないかぎりね、などと言って。

リチャードはなにからなにまでウィニフレッドに相談していた。夫にとっては、彼女こそ自分に共感し、支え、つねに元気づけてくれる人だったのだ。社会的な支えにもなり、これはと思った筋とのお付き合いを勧める。議員にはいつ立候補したらいいかな？　と訊けば、まだよ。いいかげん胼胝《たこ》ができるほどあれこれ吹きこんでいる耳に、ウィニフレッドは囁く。まだ機が熟していない、けど、もうすぐ。リチャードは前途有望な男であると、兄妹ともども信じており、その男の後ろに控える女は——成功する男にはみなそういう女がいるものじゃないか？——ウィニフレッドであると確信していた。

間違っても、わたしではなかった。ウィニフレッドとわたし、ふたりの位置関係はもはやあきらかになっていた。そんなもの、彼女にとっては最初からあきらかだったのだが、いまでは、わたしにもはっきり見えはじめていた。ウィニフレッドはリチャードにとって欠くべからざる存在、かたや、わたしは代替えのきく人間。わたしの仕事といえば、股を開いて、口を閉じていることだった。

獣じみて聞こえたとしても、そのとおり。もっとも、常軌を逸するほどではなかったが。

ウィニフレッドも、日中、わたしに暇を与えないようにする必要があった。退屈して妙な考えを起こされてはまずいし、〝水の深いほう〟に行かれても困る。あれこれ知恵をしぼって、くだらない用事をでっちあげ、わたしの時間と空間を組みなおして、存分に用をこなせるようにしてくれた。この用事というのは、そう大層なものではなかった。なにしろ、彼女はわたしが役立たずのお嬢ちゃんであるというご見解を、包み隠そうともしなかった。わたしのほうも、その見解を覆すようなことはなにひとつしなかった。

というわけで、〈ダウンタウン捨て子養育院〉の慈善舞踏会である。ウィニフレッドはその主催者だった。世話人のリストにわたしの名前も載せたのは、わたしを忙しくさせておくためだけでなく、リチャードの顔を立てるということもあった。〝世話人〟なんてジョークもいいところよ。あの子ったら、自分の靴紐の世話もできないんじゃないの、まったく、どんな雑用なら任せられるかしらね？　封筒の宛名書きならできるだろうと、ウィニフレッドは判断した。おっしゃるとおり、それならわたしにもこなせた。得意なぐらいであった。なにも考える必要がないから、ほかのことに頭を使っていられる（〝やれやれ、あの子にもひとつぐらい能があったわけね〟と、ブリッジの席でビリーだかチャーリーだかに話している声が聞こえてきそうだ。「あら、もうひとつを忘れていたわ――じゃ、ふたつね！」笑いの渦）。

〈ダウンタウン捨て子養育院〉は、スラムの子どもたちを援助する施設であり、ウィニフレッドの手になる最高のものだったろう。少なくとも、あの慈善舞踏会は出色だった。そのときは仮装舞踏会だったが――この手の催しはたいていそうだ――仮装は当時の人々に人気があったからだろう。制服が人気なのとおなじように。どちらも果たす役割はいっしょだ。自分自身をさらけださず、誰かになりすませる。エキゾチックな布をまとうだけで、身の丈にまさる大人物に、権力者に、もっと魅力的な、謎めいた人物になれる。どうしてけっこうな面白味がある。

ウィニフレッドは舞踏会の委員会を設立していたが、重要な事柄はすべて彼女の独断で決まるものと承知していた。いうなれば、サーカスの舞台で輪っかを持っているのは彼女、あとの者は跳んでそれをくぐるだけ。一九三六年のテーマ〝桃源郷《ザナドゥ》〟を選んだのもウィニフレッドだった。宿敵の〈ボザール・ボール〉が最近、〝サマルカンドのタマレーン〟という舞踏会をひらき、大成功をおさめていた。東洋テーマは見逃せないし、コールリッジの詩「フビライ・ハーン」なら、誰もが学校で暗記させられているはずだから、弁護士だって、医者だって、銀行家だって、ザナドゥの意味はわかるだろう。もちろん、彼らの妻たちも。

桃源郷《ザナドゥ》に忽必烈汗《フビライ・ハーン》は
壮麗な歓楽宮の建設を命じぬ
そこには聖なる河アルフが流るる
人知の計れぬ深き洞窟を幾つもくぐり
陽の射さぬ海のなかへと

ウィニフレッドはこの詩を全篇タイプさせ、ガリ版で刷って、委員会に配布した。アイデアがよく湧くようにね、みなさんからの提案はどんなものでも大歓迎よ、そう彼女は言った。しかし、その頭のなかで一から十まで綿密な計画が出来ていることは、みなわかっていた。この詩は浮彫の入った招待状にも使われた。詩は金文字で、金色と空色のアラビア文字が縁取っていた。こんなアラビア文字を読める人などいたのだろうか？　いいや。とはいえ、見た目の点ではよろしかった。

こうした機能は、招待状ならではのものである。招待されれば、法外な金をしぼりとられるが、社交界はたいへんな狭き門。ゲストリストに誰の名が載るか、これは自分のステータスに不安のある人々にとっては、じつにやきもきする問題だ。招待状を期待していたのに来なかったというのは、生きながら煉獄を味わうがごとしである。この手の問題については、多々涙が流されたことと思うが、それも舞台裏でのことだ。この世界の人々は、心配事を表に出してはならなかった。

ザナドゥの美点は（とウィニフレッドは言った。例の詩をハスキーボイスで読みあげてからのことだ。すばらしい朗読だった、それは認めよう）、こうしたテーマのもとでは、誰しも望みどおりに見せ隠しができる、ということです。おデブさんは豪華なブロケードを身にまとってもいいし、ほっそりした女性なら、奴隷の娘やペルシャの踊り子に扮して、すべてをご披露なさってもいい。紗《うすぎぬ》のスカートに、ブレスレット、鈴の音《ね》を立てるアンクレット——可能性は無限と言ってもよく、もちろん、殿方はトルコのパシャの恰好をして、ハーレムの主を気取るのもお気に召すまま。もっとも、いくら頼んでも宦官に扮してくれる人はいないと思いますけどね。ウィニフレッドがそう言い添えると、訳知りのクスクス笑いが起きた。

ローラはこんな舞踏会に出るにはまだ幼かった。ウィニフレッドはローラの社交界デビューをもくろんでいた――そう、この通過儀礼はまだすんでいなかったのだ――が、その場になってみるまで、まだ無理ではないかと思われていた。ところが、ローラ本人はパーティの仕儀にいたく興味をもった。ふたたびなにかに興味をもってくれて、わたしは大いに安堵したものだ。学業への関心はさっぱりだったし、成績たるや、どん尻だった。

いや、訂正しよう。ローラが興味をもったのはパーティの仕儀ではなく、詩だった。わたしはアヴァロン館で鬼子先生に習って知っていたが、当時のローラは詩など目もくれなかった。それが、いまでは繰り返し繰り返し読んでいた。

ねえ、悪魔の恋人ってなに？　そんなことを訊く。なぜ海には陽が射さないの？　なぜ海には生き物がいないの？　どうして陽のあたる歓楽宮に氷の洞窟があるの？　アボラ山ってなに、アビシニアの娘はなぜそれを歌にうたうの？　なぜ祖先たちの声は戦争を予言するの？

どの質問の答えも、当時のわたしにはわからなかった。いまでは、ぜんぶわかる。作者のサミュエル・テイラー・コールリッジの答えではなく――彼の人はあのころ麻薬漬けになっていたから、答えなどあったものかどうか怪しいが――、自分自身の答えという意味だ。真偽のほどはともかく、まあ、ご覧あれ。

聖なる河は生きている。〝生なき海〟に注ぐのは、すべての命あるものがここに果つるから。恋人が悪魔の恋人だというのは、彼がそこにいないから。陽のあたる歓楽宮に氷の洞窟があるのは、それが歓楽宮につきものだから。しばらくすると、ひどく寒くなり、その後は解けてしまい、さあ、ここはどこ？　なにもかもびしょ濡れ。アボラ山というのは、アビシニアの娘の故郷であり、もう帰れないから歌にうたう。祖先たちの声が戦いを予言するのは、〝ご先祖の声〟というのはいっかな静まらないものであり、ご先祖は過つことが大嫌いであり、戦争なら遅かれ早かれ必ず起きるから。

もしわたしが間違っていたら、訂正してほしい。

雪が降った。初めは静かに、じきに雪つぶてとなって、針のように肌を刺した。午後に陽が落ちてしまうと、空は褪せた血の色からスキムミルクの色に変わった。煙突から、石炭をくべた暖炉から、煙が吐きだされる。パン屋の馬車をひく馬たちは、湯気の立つ黒パンを何斤か道路に落としていき、それはやがて硬く凍ってしまう。硬くなったパンを子どもたちが投げつけあう。時計が真夜中を打つ。毎日、毎晩。日ごと真夜中は鴉の濡れ羽のように黒く、凍えそうな星を鏤《ちりば》め、骨のように白い月がかかる。わたしは寝室の窓の外を見やり、クリの木の枝間から歩道を見おろした。そして、電気を消した。

ザナドゥ舞踏会は、一月の第二土曜日にひらかれた。わたしの衣装が届いたのは、その日の朝で、箱のなかで山ほどの薄紙に包まれていた。〈マラバーズ〉あたりで衣装を借りてくるほうが、やり方としてはスマートだった。特注で作らせたりしては、いかにも手間暇かけたことが見え見えだ。さて、六時近くになって、いよいよ衣装を着ようとした。部屋にはローラも来ていた。妹はよくそこで宿題をしたものだ。する振り、と言うべきか。「どんな仮装をするの？」と、訊いてきた。

「〝アビシニアの乙女〟よ」わたしは言った。ダルシマーはどう扱ったらいいのか、いまだによくわからなかった。いうなれば、リボンの付いたバンジョーだろう。とはいえ、思うに、わたしの知る唯一のバンジョーとは、アヴァロン館の屋根裏にあったものだ。亡くなった叔父たちが遺したあれ。ダルシマーは持たないほうが無難か。

ローラの口から〝綺麗〟だとか〝すてき〟などの言葉が出るのは期待していなかった。彼女はそんなこと言った例しがない。〝綺麗〟も〝すてき〟も、思考の範疇にはないらしい。今回はこう言った。

「あんまりアビシニア人らしくないのね。アビシニア人ってブロンドじゃ変だもの」

「髪の色はどうしようもないでしょ」わたしは言った。「ウィニフレッドがいけないのよ。ヴァイキングかなにか選んでくれればよかったのに」

「みんなどうして彼を怖がるの？」ローラが訊いた。

「怖がるって誰のこと？」わたしは言った（この詩には歓びこそあれ、恐れがあるとは考えてもみなかった。なにしろ、歓楽宮である。歓楽宮とは、本当のわたしが住んでいるところ。周囲の人々には知られず、本来の自分でいられる場所だった。壁や塔に囲まれ、わたし以外は誰も入ってこられない）。

「聴いて」ローラは言うと、目を閉じてそらんじた。

もしも、彼女のあの楽の音と歌が
わたしのうちに蘇りさえすれば
わたしは歓喜の念にみたされ
朗々たる調べを奏でながら
あの歓楽宮を宙に築けるかもしれぬ！
そう、あの陽光の歓楽宮を！　あの氷の洞窟を！
かくして、わたしの調べを聞いたものはみな、それを目にし
口をそろえて叫ぶはず　気をつけろ！　気をつけろ！
彼のあのきらめく眼に、あの風になびく髪に！
彼のまわりに三たび輪を描き
畏怖とともに目を閉じるのだ

　彼は甘美な神酒をたしなみ
　楽園の乳を飲んだ人なのだから。

「ほらね、彼のこと怖がってる」ローラは言った。「でも、なぜなの？　なぜ、〝気をつけろ〟なの？」

「さっぱり、わからないわ、ローラ」わたしは言った。「これはひとつの詩なの。詩の意味するところは必ずしもわからないものよ。その彼の気が狂っているとでも思ったんでしょう」

「きっと彼が幸せすぎたから」ローラは言った。「楽園の乳を飲んだから。そんなふうに、あんまり幸せな人を見ると、ひとは恐れをなすのよ。理由はそれでしょ？」

「ローラ、うるさく訊かないで」わたしは言った。「わたしだって、なんでも知ってるわけじゃないのよ。教授とは違うんだから」

　ローラは制服のキルトスカートをはいて、床に座っていた。指の関節をしゃぶりながら、見あげてくる顔には、落胆の色が窺えた。わたしはこのところ、妹を落胆させてばかりいる。「こないだ、アレックス・トーマスを見かけたわ」ローラは言った。

　わたしはすばやく目をそらし、鏡を見ながらヴェールをなおした。じつに安っぽい演出だ、こんな緑のサテン。砂漠の映画に出てくるハリウッドの妖婦みたい。でも、パーティではみんなも揃ってインチキな恰好なんだからと思って、わたしは自分を慰めた。「アレックス・トーマスを？　本当に？」わたしは言った。もっと驚いて見せるべきだった。

「ふーん、嬉しくないの？」

「なにを嬉しがるのよ？」

「彼が生きていたこと」ローラは言った。「彼が捕まらなかったこと」

「もちろん、嬉しいわ」わたしは言った。「でも、ほかの人に教えちゃだめよ。アレックスが見つかったら困るでしょう」

「言われなくてもわかってるわ。もう赤ん坊じゃないんだから。だから、手も振らなかったのよ」

「向こうはあなたに気づいたの？」

「いいえ。気づかずに通りを歩いていった。コートの襟を立てて、顎のあたりまでマフラーにくるまっていたけど、彼だってわかったわ。両手をポケットに入れていた」

手のこと、ポケットのことを言われると、鋭い胸の痛みがわたしを貫いた。「それは、どこの通り？」

「うちの前の通りよ」ローラは言った。「彼は道路の反対側から、うちを眺めていた。わたしたちを探していたんだと思うわ。この辺りに住んでいるって、きっと知っているのよ」

「ローラ」わたしは言った。「まだアレックス・トーマスにお熱なの？　そうだとしたら、忘れるようになさい」

「お熱なんかじゃないわよ」ローラはさも馬鹿にしたように言った。「お熱になんかなったことないもの。お熱だなんて、気味のわるい言葉。ほんとにぞっとしちゃう」学校に通いだして以来、聖徒らしさが薄れ、言葉遣いもずいぶん荒くなっていた。〝ぞっとしちゃう〟とは、流行りの言葉だった。

「なんと言おうと勝手だけど、とにかくあきらめなさい。無理なことよ」わたしは穏やかに言った。

「あなたを不幸にするだけ」

ローラは膝を抱えこんだ。「不幸ですって」彼女は言った。「姉さん、不幸について一体なにを知っているというの？」

第八部

昏き目の暗殺者　肉食獣の物語

男はまた余所へ移った。それ自体はかまわない。でも、女は乗換駅に近いその場所が大嫌いだった。あの界隈には行きたくないし、いずれにせよ、ひどく遠いうえにずいぶん寒い時季だった。部屋に行くと、いつも歯がガタガタいう。陰気な狭い室内も嫌だったし、窓がくっついて開けられないから、古いタバコの臭いがこもっているのも我慢ならなかった。隅っこにある汚らしい狭いシャワー室も、階段で会う女も嫌いだった。〝踏みつけにされた農婦〟という言葉が似合いの女。昔の陳腐な小説によく出てくるような。どうしても、薪の束を背負っている気がしてしまう。女がこちらを見る、不機嫌で横柄なあの眼差し。ドアが閉まったとたん男の部屋でなにが行なわれているか、ずばり見透かすかのような。妬みもあるのだろうが、悪意の眼差しでもある。

ちょうどいい機会だし、みんな厄介払いしてしまえ。

やっと雪も解けた。日陰に、黒く汚れた雪が残ってはいるが。陽射しは温かく、湿った土と芽吹きはじめた根の匂いがし、捨てられた去年の冬の新聞が濡れた残骸になって落ちている。文字もぼやけて、なにも読めない。街のややましな辺りでは、ラッパズイセンが花を咲かせ、日なたの前庭には、赤や橙のチューリップも咲きはじめた。園芸誌のコラムで言われるように、これは春の〝約束手形〟だ。もっとも、四月の末になったというのに、先日はまた雪が降ったけれど――水っぽい大粒の雪。変わったブリザードだった。

女は髪をネッカチーフで隠し、ネイビーブルーのコートを着てきた。彼女なりに精一杯、地味な格好をしたつもりだ。そうするのが一番だと、男が言ったから。この界隈の路地裏ときたら、雌を探す雄猫たちの臭いが漂い、反吐の跡があり、箱詰めにされた鶏の異臭がした。道路には、騎馬警官たちが乗ってきた馬の糞。警官が見張っているのは、泥棒ではなく、扇動者だ。この辺りは、国外から来たアカの巣窟で、連中は藁まみれのネズミみたいに集まってなにやら囁きあっている。きっとひとつのベッドに六人で寝て、女たちを共有し、なにやらねじけた複雑な計画を温めているのだろう。合衆国から追放されたエマ・ゴールドマンも、この近くに住んでいると言われていた。

歩道には血の跡があり、バケツとブラシを持った男が立っている。うっすら赤い水たまりを、女は細心の注意を払いながら避けて通る。ユダヤの掟を守る適法の精肉屋の多い地区。それから、仕立屋。毛皮の卸商。いわゆる〝搾取工場〟もあるにちがいない。移民の女たちが、幾列にもならんで器械に屈みこみ、ケバで肺をいっぱいにしている。

借りてきた衣装みたいだな、男は一度女にそう言ったことがある。そうなのよ、女は軽くいなした。でも、このほうが似合うでしょう。そう言ってから、カチンときて付け足した。一体わたしにどうしてほしいの？　このわたしになにをしてほしいの？　なんらかの権力を持っているとでも、本気で思っているの？

女は青物屋の前で足を止め、リンゴを三つ買う。あまり上等のリンゴではない、昨シーズンのものらしく、皮がふよふよと皺になっているが、仲直りの贈り物がなにか必要な気がするのだ。店の女が彼女の手からリンゴをひとつ取りあげ、みすぼらしく茶ばんだ染みを指さすと、もう少しましなリンゴと替えてくれた。この間、言葉のやりとりは、なし。意味深長な頷きと、すきっ歯のあらわな笑いだけ。

黒のロングコートに、鍔広の黒い帽子をかぶった男たち、抜からぬ小さな目をした女たち。ショールにロングスカート。あやしげな動詞の使い方。彼女たちはこちらの顔をまっすぐに見ないが、なにひとつ見逃さない。この店の女はずいぶん目立つ。巨人のように大きい。脚をもろにさらけ出して。

さあ、彼から聞いたとおりの場所に、釦屋があった。女はしばし立ち止まって、ウィンドウをのぞく。飾り釦、サテンのリボン、組み紐、蛇腹、スパンコール――こういう素材から、インチキ臭いファッションに欠かせない夢の付属品を作るわけね。わたしの白いシフォンのイヴニング・ケープに、アーミン毛皮の縁取りを縫いつけたのも、この辺の誰かの手にちがいない。はかなげなヴェールと、生臭い獣の毛皮のコントラスト。これが紳士のみなさんにはぐっと来るらしい。繊細な肌、その先に深い茂み、というわけ。

男の新しい部屋は、パン屋の二階にあった。横手に回り、好ましい匂いの漂うなか、階段をあがる。ところが、イースト発酵の、濃厚な、参ってしまいそうな匂いが、温かいヘリウムガスのごとく、頭を直撃する。ずいぶん長く彼に会っていなかった。なぜ遠ざけていたのかしら？

ああ、彼がいる。ドアを開けている。

リンゴを買ってきたわ、女は言う。

しばらくすると、女のまわりで、この世のさまざまな物がいま一度形を成しはじめる。男のタイプライターが、洗面台に危なっかしくのっている。その横には、青のスーツケースが置かれ、なんだか場違いな洗面器がその上にのっかっている。床には、くしゃくしゃになったシャツ。部屋に脱ぎ捨てられた衣服が、決まって欲情を匂わせるのはなぜだろう？　気がはやったようにねじれた格好で。絵に描かれる炎はこんな形だ――オレンジの布を思いきり投げ広げたみたいな形。

ふたりはベッドに横たわる。ばかでかいベッドは彫りのあるマホガニー製で、部屋をふさいでしまいそう。もともとは結婚の支度品であり、一生ものとして遠くから運ばれてきたのだろう。〝一生もの〟

ですって、こうして聞くとなんて馬鹿らしい言葉。持続。なんて益体もない言葉。女は男のポケットナイフでリンゴを切り、ひと欠片《かけら》ずつ食べさせてやる。

おれが物知らずな男なら、これは誘惑されているんだと思うだろうな。

とんでもない――あなたを生かしておきたいだけ。肥えさせて、あとで食べるのよ。

そりゃまたアブナイ考えだね、お嬢さん。

そう。でも、あなたのアイデアよ。あの死女たちをお忘れではないでしょうね。紺碧の髪に、蛇の巣みたいな目をした女たち。きっとあなたを朝食にたべるわよ。

許可があれば、だ。と言って、男はもう一度女に手を伸ばす。どこで暮らしていたんだい？　何週間にもなる。

そうね。待って。話すことがあるの。

急ぎの話？　男は聞く。

ええ。そうでもないけど。いえ、急がないわ。


陽が傾きだし、カーテンの影がベッドの上を動く。表の通りから聞こえる声。知らない言葉。きっとあとからこれを思い出すんだわ、女は心のなかで思う。そのときに、な、っ、た、ら、。ちょっと、どうして思い出になったときのことなんか、もう考えているの？　まだ〝そのとき〟じゃない、いまはいまよ。まだ終わっていない。

ねえ、お話を考えてきたの、女は言う。お話の先をね。

ほう？　自分の考えがおありだと？

自分の考えぐらい、いつだってあります。

よろしい。それを聞こうじゃないか、男はにやにやして言う。

いいわ、女は言う。前回は、娘と盲目の男がさらわれて、〝荒れ地の輩〟と呼ばれる夷狄《いてき》の侵略部族のリーダー〝歓喜のしもべ〟に会う、という話だったわね。というのも、ふたりは神の使徒、神託の伝令ではないかと思われた。もし違っていたら、訂正して。

あんな話をまじめに聞いていたのか？　男は驚いて聞く。本当に憶えているの？

もちろん、憶えているわ。あなたの言うことは一語たりとも忘れない。夷狄の野営地に着くと、昏き目の暗殺者は〝歓喜のしもべ〟に、〝無敵の右拳〟から伝言を預かってきたと言うの。しかし、この娘だけを残して、あとは人払いをした場でないと伝えられない、と。なぜなら、娘を目の届くところに置いておきたかったからよ。

目が見えないんだぜ。盲いているんだ、お忘れかな？

わたしの言いたいことはわかるでしょ。それを聞いて、〝歓喜のしもべ〟はよかろうと言う。

〝よかろう〟だけではおかしいだろう。弁舌のひとつも奮うはずだ。

わたしにはそういう場面は作れないの。三人は他の者たちと別れて、テントに入っていく。すると、暗殺者が、じつは計画があると言う。包囲されず、命も落とさず――自分たちの命という意味よ――サキエル・ノーンの都に入りこむ方法を話してしんぜよう。男を二名ほど寄越してくれれば、門をひらく合い言葉を教えるから――彼は合い言葉を知っているんだったわね――ふたりは市内に入ったらすぐ運河へ行き、アーチ門の下で、水にロープをたらす。ロープの一端をどこかに――石柱かなにかに――結んでおけば、夜、兵士たちが水にもぐってロープをたぐりながら都に入れるから、門番をやっつけて、八つの門の鍵をすべてひらいて、あとはビンゴってわけ。

ビンゴだって？　男は笑いながら言う。あまりザイクロン人らしくない言葉だな。

あらそう、だったら、〝屁のカッパ〟にしておくわ。そのあとは、心ゆくまで街の人々を殺すのもよし。それが彼らの望みなら。

スマートな筋運びだな、男は言う。じつに巧みだ。

そうでしょう、女は言う。ヘロドトスとかなんとかいう人の本にあったの。「バビロンの陥落」についてだったと思うけど。

あなたの頭のなかは、骨董品の驚くべき宝庫だな、男は言う。それはそうと、おれが思うに、そこには交換条件がからむんじゃないか？　われらがふたりの若者は、いつまでも神の使徒の振りはしていられない。危険すぎるよ。早晩、ボロが出てしくじって殺されるのがオチだ。早く逃げださないと。

そうね。そのへんは考えてあるの。合い言葉と指示書きを渡す前に、盲目の男はこう言う。われわれふたりを西の丘陵の山麓まで連れていけ。食糧をたっぷりつけて、とかなんとか。われわれはそこでいわゆる巡礼行をしなくてはならないんだ、山に登って、さらなるご神託を頂いてくるために、なんて言うの。そこまで行ってからやっと、合い言葉を意味する物を手渡す。そうして、夷狄の攻撃が失敗しても、ふたりはもうどこか余所にいるし、サキエル・ノーンの市民たちも追ってこようとは誰も思わない。

ところが、ふたりはオオカミに殺されてしまうんだ、男は言う。オオカミでなければ、曲線美の体とルビーのような紅い唇をもつ死女たちに。それとも、娘だけ殺されて、男は死女たちの倒錯した欲望を充たす相手をさせられるんだ、永遠に。気の毒なこった。

違います、女が言う。そんなことにはならないの。

あら、やだ、って？　誰が言う？

〝あら、やだ〟なんてよしてよ。わたしが言う。いいから、聴いて――こういう展開よ。昏き目の暗殺者は噂という噂は耳に入れているから、この女たちにまつわる真相は知っている。本当は死んでなんかいないのね。そういう噂を広めて、平穏に暮らそうとしているわけ。じつは、逃亡してきた奴隷とか、夫や父親に売り飛ばされそうになって逃げてきた人たちなの。それに、女だけとは限らない――男も何人かいるけど、優しくて友だち甲斐のある男たちよ。この人たちはみんなで洞穴に住み、羊を逐《お》い、自家菜園を作っている。それらしく見えるように、交替で墓のまわりをうろつき、旅人に吼えかかったりして脅かしながら。

もうひとつ言うと、オオカミも本物のオオカミじゃなくて、オオカミの真似をするよう仕込まれた牧羊犬なの。本当はとてもおとなしくて、とても忠実なのよ。

そんなわけで、この人たちはふたりの逃亡者を連れ帰り、ふたりの悲しい物語を聞くや、それはそれは親切にしてくれる。昏き目の暗殺者と舌を抜かれた娘は、洞穴のひとつで住まわせてもらい、じきに子どもも何人か出来るんだけど、この子たちは目も見えるし、口も利けて、彼らはたいそう幸せに暮らしましたとさ。

その一方、ふたりの同国人は皆殺しの目にあっているんだろう？　男がにやにやして言う。一国家への裏切りを奨励するような話じゃないか？　あなたは、社会全体の幸福を個人的な安寧と引き替えにするのか？

だって、ふたりを殺そうとした人々よ。その同国人というのは。

そう考えたのはほんのひと握りだろう——社会のエリート、トップにいる連中だ。そいつらのために、残りの国民も罰しようというのかい？　このふたり組に同胞を裏切らせる気か？　あなたはずいぶん身勝手なんだな。

それが歴史というものよ、女は言う。「メキシコの征服」にもあるけど——彼の名はなんといったかしら、コルテスね——彼のアステカ族の愛人がしたことは、まさにそれでしょう。それから、聖書にだって出てくるわ。遊び女《め》のラハブだっておなじことをしたんじゃないの、エリコ陥落のときに（ヨシュアはイスラエル人を率いてエリコを攻め落としたモーセの後継者。ラハブはヨシュアをかくまい逃がしてやったとされる）。ヨシュアの軍勢に手を貸したから、彼女も家族も殺されずにすんだのよ。

一理あるな、男は言う。けど、ルール違反がある。作者は気まぐれに、〝じつは死んでいない女たち〟を、のどかな牧羊民族に変えてはいかんよ。

あなたね、この女たちは筋書きにほとんど使っていなかったくせに。本筋のところでは。彼女たちの噂を語っただけ。噂なんて嘘かもしれないじゃない。

男は笑いだす。ああ、もっともだ。じゃ、おれの考えたやつを話そう。〝歓びの民〟の野営地では、逐一あなたが言ったとおりのことが起きる。まあ、語りはもっと巧いがね。われらがふたりの若者は西の丘陵の山麓に連れていかれ、墓場のなかに置き去りにされる。夷狄の軍勢は指示にしたがって都の侵入に成功、略奪と破壊のかぎりをつくし、住民の大虐殺を行なう。逃げのびる者はいない。王は木に吊るし首にされ、女高僧は腹を裂かれ、参謀の廷臣もみなみなと共に息絶える。罪のない奴隷の子どもたちも、昏き目の暗殺者の組合員も、神殿に生け贄にされた娘たちも、みんな死ぬ。ひとつの文化が丸ごとこの世から消し去られるんだ。あの極上の絨毯も、織り方を知る者は誰ひとり生き残っていないとは、無念というほかないだろう。

その一方、ふたりの若者は手に手をとって、呑気に漫《そぞ》ろ歩いている。西の丘陵をぬって、人里離れた道を。もうじき情け深い菜園の耕し人に見つけられ、かくまわれると、堅く信じているんだ。ところが、あなたの言うとおり、噂は本当とはかぎらず、昏き目の暗殺者はガセネタをつかまされていた。死女はやっぱり死んでいるんだよ。それどころか、オオカミも本物のオオカミで、死女たちは口笛ひとつで思いのままに呼び寄せられる。われらがロマンスの主人公ふたりはあっというまに、オオカミの餌食になってしまう。

あなたって本当に度しがたいお調子ものね、女が言う。

度しがたくはないさ。けど、自分の物語は真に迫ったものにしたいから、オオカミだって出てこなくちゃいけない。いろいろな形の〝オオカミ〟がね。

それがなぜ真に迫ったことになるわけ？　女はくるりと背を向け、じっと天井を眺める。自分の考えた物語が負かされたので、おかんむりだ。

すべての物語は、オオカミについての物語なんだよ。再読に価するものは、という意味だが。そのほかはみんなセンチな戯言にすぎない。

みんな？

そうとも、男は言う。考えてみろよ。世の中には、オオカミからの逃走あり、オオカミとの戦いあり、オオカミの捕獲あり、オオカミの飼い慣らしあり。オオカミのなかに投げこまれること、誰かをオオカミのなかに投げこんで食わせ自分は助かるということもある。オオカミの群れと共に暮らす。みずからオオカミになる。いちばんいいのは、オオカミのリーダーになることだな。ほかにまともな物語など存在しない。

わたしは存在すると思うわ、女が言う。オオカミの話をわたしに語るあなたの話は、オオカミについての話じゃないもの。

そうとも言えんぞ、男が言う。おれにもオオカミのような側面があるからな。こっちにおいで。

待って。話さないといけないことがあるの。

わかったよ、早く話して、と男は気の入らぬ返事をする。また目をつむり、片手で女の体を撫でる。

わたしに不義を働いたことがある？

不義を働くとは、また古風な言い回しだな。

わたしの言葉遣いに口を出さないで、女は言う。それで、あるの？

あなたがおれに働くのとおなじていどにはね。と言って、男は間をおく。それを不義と思ったことはない。

なら、なんと思うの？　女は冷たい声で聞く。

あなたに関して言えば、〝上の空〟ということかな。目を閉じて、立場なんて忘れてしまえよ。

なら、自分に関して言えば？

有象無象のなかではあなたが一番だ、それだけ言っておく。

まったくひどい男ね。

事実を述べているだけさ、男は言う。

なら、述べるべきではないんじゃなくて？

まあまあ、カッカしないで、男は言う。からかっているだけだよ。ほかの女に手を触れるなんてご免だね。胸くそわるい。

しばしの沈黙がある。女は男に口づけると、また体を離す。そろそろ帰る時間だわ、と遠慮がちに言う。話すことがあったの。わたしがどこに行ったか心配しないでほしかったから。

どこに行くんだ？　なんのために？

例の処女航海に出るのよ。一家そろってね、お付きも従えて。これは逃せない機会だって、うちのひとが。世紀の一大事だって。

今世紀はまだ三分の一しか終わってないんだぜ。それにしたって、そんな選り抜きの地位は、大戦に与えられるのかと思っていたよ。月影のシャンパンなんて、戦場での何百万人の死には比類すべくもない。あるいは、インフルエンザの大流行はどうだ、それとも……。

社交界での出来事を言っているのよ。

それは失礼しました、マダム。とんだ勘違いで。

なにを騒いでいるの？　ひと月留守をするだけじゃない――ひと月前後ね。旅程にもよるけど。

男はなにも言わない。

わたしが行きたがったわけじゃあるまいし。

ああ、あなたは行きたくないんだろう。七皿のフルコースを嫌《いや》ってほど食わされ、さらに嫌ってほどダンスの相手。おネエちゃんはきっとへとへとだ。

そんな口利かないで。

ああだこうだと指図するな！　おれを矯正しようなんて奴らに同調するんじゃない。クソうんざりだ。おれはおれのまま変わらない。

ごめんなさい、ごめんなさい、わたしが悪かったわ。

あんたに卑屈になられると、胸がむかつくよ。しかし、これが上手いのなんの。そうとう実地訓練しているんだろうな、ご家庭で。

帰ったほうがよさそうね。

帰りたければ帰れ。男はごろんと転がって、女に背を向ける。したいようにしやがればいいさ。おれはあんたの飼い主じゃないんだからな。〝お座り〟して、物欲しそうに鳴いて、しっぽを振ったりしなくていい。

わからない人ね。わかろうともしないんだわ。あなたには、どんなものか、ちっともわからないのよ。わたしが楽しんでいるわけじゃあるまいし。

ごもっとも。

形容詞を探して

《メイフェア》誌　一九三六年七月

J・ハーバート・ホッジンズ

……これほど美しい船が航路を渡ったことはないだろう。船体はグレイハウンドを思わせるしなやかな流線型の美をそなえ、船内には、精緻にして秀抜な装飾が惜しみなくほどこされて、この船を安らぎと機能性と贅の粋を極めた傑作に仕上げている。この新たな船は、いうなれば、海に浮かぶウォルドーフ・アストリア・ホテルだ。

わたしはふさわしい形容詞をあれこれ探してみた。これまでには、「目を瞠る」「胸ときめく」「壮麗な」「王者のような」「堂々たる」「威風あたりを払う」「絢爛豪華な」などの言葉が冠されてきた。どれも、そこそこ的を射た表現ではある。しかし、どの語もそれひとつでは、この〝イギリスの造船史上最大の偉業〟のごく一面をとらえているにすぎない。〈クイーン・メアリ〉号とは、筆舌につくしがたいものである。その目で見て、〝感じて〟、この船ならではの船上生活を味わってみなければわからないのだ。

……もちろん、メイン・ラウンジでは、夜ごとダンスパーティが開かれ、こんな場にいると、海の上にいるとはとうてい思いがたい。音楽といい、ダンスフロアといい、小粋に着飾った人々といい、世界中にいくつかある大都市のホテルの舞踏室と見紛うばかり。ロンドン・パリお墨付きの最新の夜会服が――着こなしもぱりっと――勢揃いしている。アクセサリーも、流行最先端の小物がお目見えする。チャーミングな小ぶりのハンドバッグ、波がうねるようなイヴニング・ケープ。これはお洒落なものが何種類もあって、装いの色彩にアクセントをつける。それから、華やかな肩掛けや、毛皮の小さなケープ。一番人気をさらっていたのは、襞のたっぷりした夜会服で、素材はタフタか網織物。ペンシル・シルエットを選ぶ場合は、フロックコートと、タフタか柄物のサテンの洒落たチュニックが欠かせない。シフォンのケープは数も種類も豊富であるが、軍服のように肩から垂らすのが決まりだ。ある美しいご令嬢は、マイセンの器のようなお顔だったが、白い髪の鬘《かつら》を着け、すらりとたなびくようなグレイの夜会服に紅藤色《ライラック》のシフォン・ケープを掛けていた。あるブロンドの背の高いご婦人は、西瓜のように鮮やかなウォーターメロン・ピンクの夜会服に、アーミン毛皮で縁取りをした白いシフォン・ケープを垂らしていた。

昏き目の暗殺者　A'aAの桃《ピーチ・ウーマン》女

夜ごとダンスパーティがあり、きらびやかなダンスが、なめらかなフロアで、滑るように繰り広げられる。ときめきが目を覚ます。これればかりは、女もおさえがたい。いたるところで、フラッシュが閃く。彼らはどこで狙っているか、いつ新聞に載るか、わからない。頭をのけぞらせ、大きく歯を見せて笑う自分の顔が。

朝になると、女は足をひりひりさせている。

午後になれば、サングラスをかけ、デッキチェアに寝転がりながら、思い出に逃避する。スイミングプールも、甲板での輪投げも、バドミントンも、際限のない馬鹿げたゲームも、いっさいお断わり。暇つぶしとは、文字どおり暇をつぶすことであり、彼女には彼女なりの暇のつぶし方がある。犬たちが綱につながれてデッキをうろちょろしている。その後ろには、超一流の犬の散歩係が。女は本を読んでいる振りをする。

図書室で手紙を書いている人々もいる。女には無用のことだ。たとえ手紙を送っても、男はしょっちゅう引っ越しているから、落手しないかもしれない。それどころか、ほかの誰かが手にすることもある。穏やかな日には、海は注文どおりの役目を果たす。凪ぐのである。ああ、潮風が、と人々は言う――

ほら、健康にいいよ。深呼吸したまえ。肩の力を抜いて。気ままに。

どうしてこんな悲しい話ばかり聞かせるの？　女は言う。何か月も前のことだ。ふたりは女のコートにくるまりながら横たわっていた。男の要望どおり、毛皮のほうを内側にして。ひび割れた窓の隙間から、冷たい風が吹きこみ、路面電車が鐘を鳴らして通りすぎる。ちょっと待って、女が言う。背中に釦が当たっているの。

なぜなら、おれが知っているのは、そういう話だからさ。それに、理論的な結末を書こうとすれば、すべての物語は悲しくなる。だって、しまいには誰でも死ぬんだから。生まれ、結ばれ、そして死ぬ。例外はなしだ、まあ、〝結ばれ〟のところは除いてね。そこまで行き着かない奴もいるだろうから、お気の毒なホモ諸君。

でも、そのあいだには、幸せな時期だってあるかもしれない。生と死のあいだには――そうじゃなくて？　天国を信じるなら、ある意味、ハッピーエンドになるでしょうね――つまり、死ぬことが。安らかな眠りをとかなんとか歌いかけながら飛ぶ天使たちに囲まれて。

まあな。けど、死んだら絵に描いたナントカだ。おれは間に合ってるよ。

それでも、幸せな時もあるかもしれない。それどころか、望んできたよりも多くの幸せが。あなたはあまり多くを求めないけれど。

つまり、それは、おれたちが結婚して、小さな家を構えて、子どもをふたりつくるってことか？　そのところか？

意地悪言うわね。

ああ、わかったよ、と男は言う。ハッピーエンドの物語が聞きたいんだろう。どうやら、聞くまでおさまりそうにないな。じゃ、これはどうだ。

のちに百年戦争または異星戦争《ゼナリアン》と呼ばれるようになる戦いの九十九年めのこと。惑星ゼナーは異次元にある星でね、とてつもなく知性は高いがとんでもなく残酷な〝トカゲ男〟という種族が棲んでいるんだ。いや、みずから〝トカゲ男〟とは名乗らないが。外見について言えば、身の丈ゆうに二メートルあまり、全身は鱗でおおわれ、肌は鼠色だ。目は縦向きに裂けたような形で、猫かヘビを思わせる。皮膚がえらく頑丈なので、ふつうは衣服を着ける必要もなく、カーキニールという、これは地球では知られていないけど、伸縮性のある赤い金属なんだ、その半ズボンだけをはいて大事なものを保護している。この部分も鱗におおわれ、ちなみに巨大でもあるのだが、同時に傷つきやすい。

やれやれ、そういう性質のものってあるわよね、女は笑いまじりに言う。

あなたの気に入ると思ったよ。ともあれ、彼らの狙いは、地球人の女性をたくさん捕まえて交配し、優等種をつくることなんだ。地球人とゼナー星のトカゲ男の混血。宇宙のほかの可住惑星においても、現状より適応力が高く——未知の環境にも適応でき、あらゆる食物をたべ、知られざる病気をもはね返す、などなど——しかも、ゼナー人の力と地球外の高知能をも兼ね備えている。この優等種は宇宙中に広まり、いずれは宇宙を制覇することになるが、その道々であちこちの星の住人を食い殺していく。種の拡大のためには広い場所が必要だし、新たな蛋白源もなくてはならないからね。

ゼナー星のトカゲ男の宇宙艦隊が、初めて地球への攻撃に出たのは、一九六七年のことだ。各大都市にすさまじい大爆撃を行ない、数百万人を死亡させた。広がるパニックの余波に乗じて、トカゲ男たちはユーラシア大陸と南米大陸の一部を奴隷の植民地にし、おぞましい交配実験に使う若い娘をさらって集め、巨大な穴に男たちの屍を埋めた。好みの部分は食い尽くしてからね。ことのほかお好みは、脳みそと心臓、それから腎臓だ。こいつを軽くあぶって。

ところが、地球の秘密軍事基地の撃ったロケット弾のおかげで、いまやゼナー星からの供給路は絶たれてしまっている。死のゾーチ光線を出す銃に欠かせない物資が手に入らず、そのあいだに地球軍は同盟を組んで反撃を開始していた。みずからの兵力のみならず、ある毒ガスも利用してね。これの成分は珍しいイリディスの〝ホルツ霧〟で、かつてはユーリンスのネイクロッド人も矢の先に塗って使った。地球の科学者がつきとめたところによると、この毒ガスはゼナー人にとりわけ効くらしい。ならば、勝算は五分五分だ。

しかも、充分に熱いミサイルを命中させて殺せば、カーキニールの半ズボンは燃えやすいしね。地球軍では、燐光発する長距離銃を使いこなす、腕の確かな狙撃手たちは、時代のヒーローだった。もっとも、彼らへの敵の報復も熾烈で、電気の拷問を交える。前代未聞の責め苦であり、すさまじい苦痛をともなう。トカゲ男たちはアソコを爆破して燃やされたことを快くは思っていないからね。それはもっともな話だが。

二〇六六年の現在、異星のトカゲ男たちはまた別な次元の世界へと撃退されており、そこでは、地球軍の戦闘パイロットたちが、小型で捷《はしこ》い二人乗りの追撃機で、トカゲ男たちを追い回している。目指すところは、ゼナー人の殲滅だが、何ダースかは生け捕りにして、防備強化した動物園で見世物にしようかと思っている。窓には、割れない特殊ガラスを入れてね。とはいえ、ゼナー人って奴らは、降伏するぐらいなら死ぬまで戦う。まだ残党がおり、若干の死にぞこないが腕まくりして待ち構えていた。

腕まくりって、袖があったの？　上半身は裸かと思っていたわ。

おいおい、小うるさいこと言うなよ。意味はわかるだろ。

さて、ウィルとボイドは相棒同士だった。入隊三年目、生傷の絶えない百戦錬磨の追撃機のベテラン。追撃機の世界では、三年というのは長いんだよ、死傷する率が高いからね。司令官たちによれば、ふたりは判断力より肝っ玉が勝ってしまうタイプとか。もっとも、これまでのところは、強襲につぐ強襲にも、向こう見ずを通してきた。

ところが、物語が幕を開けると、ゼナー人のゾーチ戦闘機が迫っており、ふたりはこてんぱんに撃たれて、さんざんな怪我を負う。ゾーチ光線は彼らの燃料タンクに穴をあけ、地球の管制塔との交信を絶ち、操縦装置を溶かし、また戦闘の途中、ボイドは頭にひどい傷を負い、一方、ウィルは腹のどこかをやられ、宇宙服のなかを血で浸した。

おれたちもついに焼きが回ったようだな、ボイドが言った。踏んだり蹴ったり殴ったり、ってか。この愛機もいまにもオシャカになりそうだぜ。まあ、言わしてもらえば、あの大砲ぶっぱなす鱗チャンたちをもう二、三百人ふっ飛ばせれば御の字だが。

おう、右におなじよ。へっ、ドロドロのご健康を祝すぜ、旧友ウィルが答えた。どっちみち、そのへんがぶっ壊れそうなんだろ、赤泥野郎め。足の先っちょからポタポタ滴《た》れてやがら、ハハハ。

ハハハ、ボイドも痛みで顔をしかめながら言う。たいしたジョークだ。あいかわらず冴えないユーモアセンスだぜ。

ウィルが応ずる間もなく、宇宙船はコントロールを失ってスピンし、目も眩《ま》うような錐揉みを始めた。それまでは重力場にとらわれていたのだが、とはいえ、どの惑星の？　ここはどこなのか、さっぱりわからない。人工重力システムはめちゃくちゃになり、ふたりの男は気絶する。

目覚めたふたりは、わが目を疑う。もはや、追撃機のなかにいるのでも、肌にぴったりした金属質の宇宙服を着ているのでもなかった。なにか光る素材のゆるい緑のローブをまとい、つる草のからまる四阿《あずまや》で、柔らかい黄金のソファにもたれていた。ふたりとも傷は癒え、そればかりか、前回の襲撃で吹き飛ばされたウィルの左手の中指まで元どおりに生えてきていた。ふたりは健康と幸福を溢れんばかりに感じた。

〝溢れんばかりに〟ね、女はつぶやく。それはそれは。

そうとも、おれたち男というのは、ときに気取った言葉を使いたがるのさ、男は言う。映画のギャングみたいに、舌先ですらすらとね。安酒場がちょいと高級そうになる。

そのようだわね。

話をつづけよう。どうもわからんな、ボイドが言った。おれたち、死んでいるんだと思うか？

これで死んでるってんなら、良いことにしようじゃねえの、ウィルが言った。こりゃまた結構、結構毛だらけ。

いや、まったく。

そのとき、ウィルが低く口笛を吹いた。こちらに向かって歩いてくるのは、いままで見たこともない、桃みたいにとびきりピチピチのご婦人がふたり。どちらも枝編みのバスケットみたいな色に髪の毛を染めている。ふたりの着る紫苑色の長衣は、細いプリーツが入っており、動くたびに衣ずれの音がした。それを見たウィルが思い出したのは、お高くとまった一流食料品店で果物に巻かれている小さな紙の〝スカート〟ぐらいだった。女たちは腕も足もむきだしで、ふたりとも、網目の細かい風変わりな赤い髪飾りをつけている。肌は水気が滴らんばかりの、黄金がかった桃色。シロップにでも浸かっていたみたいに、体をくねらせて歩いてくる。

ようこそ、地球の男たち、女のひとりが言った。

ええ、ようこそ、もうひとりも言った。ずいぶん待ったわ。あたしたち、惑星間のテレカメラでご到来は探知していたの。

ここはどこだ？　ウィルが聞いた。

惑星A'a'Aよ、ひとりめが言った。A'a'Aは満腹のため息みたいに聞こえた。語の中間のあたりで、赤ん坊が寝返りのときたてる小さなゲップのような音が入る。アァップアー。または、臨終の息のようにも聞こえる。

おれたち、どうやってここまで来たわけ？　ウィルがまた聞いた。ボイドは無言だった。目の前に陳列された、豊熟の曲線に目を走らせている。あのひと山に歯を立ててみたいものだと考えつつ。

あなたがた、空から降ってきたのよ、宇宙船に乗って。ひとりめが答えた。宇宙船は残念ながら壊れていたけど。わたしたちとここにいるしかないわね。

そりゃ悪くなさそうだね、ウィルが言った。

たっぷりお世話するわ。ご褒美があってしかるべきだもの。あなたがたはゼナー人から自分の星を守ることで、わたしたちの星も守ってくれたのよ。

さて、慎み深くあるなら、つぎの場面は黙して語らずで行くべきだな。

あら、そう？

手短かに説明しよう。惑星アァップアーにはボイドとウィルしか男がいない、ゆえに、この女たちは当然ながら処女であることを、言い添えておく必要がある。ところが、彼女たちは人の心が読めるから、ウィルとボイドが欲するものは前もって察知できるんだ。というわけで、ふたりの友人たちのとんでもない妄想は、たちまちのうちに気取られた。

そのあとは、美味なるネクターの酒宴だ。男たちが聞かされたところでは、不老不死の効果があるとか。それから、うるわしの庭園を散策する場面、ここは想像もつかないような花々で溢れている。そののち、ふたりの男はパイプがどっさりある大広間に連れていかれる。どれでも好きなパイプを選んでいいんだ。

パイプって？　あなたが吸っているような？

優雅な部屋履きが似合うようなやつさ。これもパイプのつぎに渡される。

なんだか、そそられる展開ね。

そうだろうね、男はにやついて言う。

さあ、面白くなってきた。女のひとりはセクシーガールで、もうひとりはもっと真面目な子なんだ。

美術や文学や哲学を論じることもできる。神学は言うにおよばず。ふたりは自分たちに求められているものをどんな時も承知のようで、ボイドとウィルの気分や好みしだいで、出番をバトンタッチする。

そうした調和のうちに時は流れた。欠くところのない日々が過ぎ、男たちは惑星アァップアーについてくわしく知るようになる。まず、ここではいかなる肉も食さない。肉食獣はおらず、蝶々と歌う鳥たちがわんさといる。アァップアーで崇められている神が、巨大カボチャの形をしていることは、付け足す必要があるだろうか？

二番目に、出産というものがない。この女たちは木に成るんだ。幹が伸びて頭のてっぺんが生えてくるから、熟してきたら、先人たちがもぎとる。三番目に、死というものがない。時が来たら、それぞれ桃女たちは――たがいに名前で呼びあっており、ボイドとウィルもじきにそう呼ぶようになった――自分の体の分子をあっさり分解し、それは木々をとおして再構成されて、新たな女になる。だから、いちばん最新の女といちばん最初の女は、形《なり》も構成要素もまったくおなじなんだ。

その時が来たのは、どうやって知るの？　分子を分解すべき時だけど。

まず、ベルベットみたいな肌に柔らかい皺ができるのさ、熟しすぎると。それから、ハエだね。

ハエ？

赤いヘアネットのまわりに、ミバエがわんわんたかるようになる。

これがあなたの考えるハッピーエンドなの？

待てよ。まだ先があるんだ。

しばらくすると、この生き物たち――たしかに素晴らしいのだが――に、ボイドとウィルは飽きはじめた。まずひとつには、桃女たちは彼らが満足しているかしきりと確かめるような真似をする。これをやられると、男はしらけてしまいがちでね。しかも、この可愛い子ちゃんたちときたら、ほかのことはしようともしない。まったくもって恥知らずというか、破廉恥というか、どっちでもいいが。絶妙のタイミングで、なんとも娼婦のような媚態を示す。〝アバズレ〟なんて言葉は、ふたりには生ぬるい。はにかんだり、淑女ぶったり、縮みあがったり、しおらしい態度もお手のものだ。挙げ句には、泣いたり、金切り声をあげたり。これもお望みどおり。

最初のうちこそ、ボイドもウィルもこれを刺激的と感じていたが、そのうち癪にさわってきた。ひっぱたいても血は出ず、果汁みたいなものが出るだけだ。強くぶん殴ると潰れて、甘いベチャベチャした塊になりはてる。これがじきに新たな桃女になるんだ。痛みというもの自体、感じないらしく、なら、快感もないんじゃないか、ウィルとボイドはそう訝しんだ。あのエクスタシーはぜんぶ演技なのでは？

そうたずねられると、この娘たちはただ微笑んで、はぐらかした。彼女たちの心底は計り知れない。おれがたったいまなにが欲しいかわかるよな？　ある日、ウィルは言った。

おれが欲しいものとおなじだろう、きっと。ボイドが言った。

豪華なでっかいステーキよ、レアで、血が滴るやつ。そこに、フライドポテトを山ほど。それから、冷えた旨いビール。

右におなじだな。それと、ゼナー星の大砲ぶっぱなす鱗チャンとのド派手な空中戦。

わかってるじゃねぇの。

ウィルとボイドは探検に出ることにする。アァップアー星はどっちに行こうと代わり映えせず、さらなる木立と四阿《あずまや》と鳥と蝶々とお色気女が現われるだけだ、そう聞かされたにも関わらず、西へ旅立つ。なんの冒険もないまま長い時が流れたのち、ふたりは見えない壁に突きあたる。それはガラスのようにつるつるしていたが、柔らかで、押すと傾ぐ。と思いきや、壁は跳ね返ってきて元の形に戻る。上まで手を伸ばしたり、登ったりできないほど高かった。ばかでかいクリスタルの泡のようだ。

おれたち、透明なデカパイの内側に閉じこめられたらしい、ボイドが言った。

ふたりは深い絶望に駆られて、壁の下に座りこんだ。

この星は平和だし、なに不自由ないよな、ウィルが言った。夜には柔らかいベッドと甘い夢、陽のあたる朝食のテーブルにはチューリップの花、コーヒーを淹れる可愛い女。ひとが夢に見る愛情生活のすべてがそろってるんだ、あらゆる形で。宇宙の異次元で戦う男どもの求めるものが、なにからなにまで。ほかの奴らなら、命と引き換えにしたいと思うものだ。そうだろ？

けだし名言だね、ボイドが言った。

ところが、良すぎちまって嘘っぽいわけよ、ウィルが言った。こりゃ罠にちがいない。それどころか、ゼナー人の仕掛けたあくどい洗脳装置かもしれねえ。おれたちを戦争から遠ざけるために。ここは楽園なんだろうが、出られやしない。なんにしろ出られないところってのは、地獄だろ。

でも、ここは地獄じゃないわ。幸せというものよ。桃女のひとりが近くの木の枝から生えてきながら、そう言った。ここを出て行く場所なんかないのよ。肩の力を抜いて。楽しんで。そのうちに慣れるわ。

さて、これで物語はおしまい。

これでおしまい？　女は言う。そこに男ふたりを永遠に閉じこめておくつもり？

お望みどおりにしてやったのに。幸せな話を聞きたかったんだろう。けど、ふたりを閉じこめておくことも、出してやることもできる、注文によっては。

なら、出してあげて。

外に出れば死だ、いいな？

あら、まあ。わかったわ。女は横向きになり、毛皮のコートを引っぱりあげると、男の体に腕をそっと回す。でも、あなた、桃女のことは思い違いよ。彼女たち、きっとあなたの思っているような女じゃない。

どう違うんだ?
違うといったら違うのよ。

《メール&エンパイア》紙　一九三六年九月十九日

グリフェン、スペインの共産主義者について警告

《メール&エンパイア》紙　独占記事

昨木曜、エンパイア・クラブに対して、〈グリフェン‐チェイス・ロイヤル合同工業株式会社〉社長である大物事業家のリチャード・E・グリフェン氏は、熱っぽく以下のように語った。現在スペインで起きている内乱により、世界秩序と国際交易の安全性が脅かされかねない危険がある。共和国側の者たちが〝アカ〟の指図を受けていることは、私有地を押収し、無害な市民たちを虐殺、また宗教への恐るべき冒瀆を行なってきたことからも、あきらかである。すでに多くの教会が神聖を踏みにじられて焼き払われ、尼僧、僧侶の殺害はもはや日常事になっている。

フランコ将軍率いる国家主義者たちの介入は、予期される反応であった。すでにあらゆる社会階級から、怒れる果敢なスペイン人たちが、伝統と社会秩序を守るべく結集しており、その成り行きについては、世界中が不安をもって見守ることになろう。共和国軍が勝利すれば、ロシアに輪をかけて攻撃的な国ができあがり、多数の小国がその脅威に怯えることになる。欧州大陸でいえば、この潮流に抗えるのは、ドイツとフランスぐらいか。イタリアが多少は抗すかもしれぬ。

またグリフェン氏はこう言って語気を強めた。イギリス、フランス、アメリカ合衆国の先例にカナダもならい、ぜひともこの騒乱から遠く距離をおくべきである。こんな国外の喧嘩騒ぎに、カナダ国民が生活を危機にさらす筋合いはないのだから、不介入政策こそが、健全にしてただちに採られるべき政策なのである。しかしながら、われわれの大陸からスペインへ向かう、しぶとい共産主義者の地下流もあり、このような挙は法律で禁じられるべきではあるが、ちょうど良い機会が訪れたことに国は感謝すべきであろう。これを機に、納税者には一切の負担もかけず、破壊分子をすっかり厄介払いできるかもしれぬ。

グリフェン氏のコメントは盛んな拍手をもって迎えられた。

昏き目の暗殺者　山高帽亭《トップハットグリル》

〈山高帽亭〉には、赤いトップハットと、それをひょいと持ちあげる青い手袋のついたネオンサインがある。帽子が上がる、ほら、また上がる。〝下がる〟ことはない。しかし、その下に顔はなく、片目だけがウィンクしている。男の目だ、開いて、閉じて。奇術師の目。イタズラで、つまらぬジョーク。

〈山高帽亭〉について言えば、このトップハットがいちばん高級な代物だろう。そんなところでも、ほら、店のブース席のひとつに、あのふたりが座っている。現実の男女みたいに、公衆の場で、どちらもホット・ビーフサンドを手にして。白いパンに赤みのない肉、パンは天使のお尻ぐらい白くて柔らかくて無味乾燥、そこに小麦粉でどろどろの茶色いグレーヴィ・ソース。サイドディッシュは、缶詰の煮豆で、微妙にくすんだ緑色。フライドポテトは油でぐんにゃりしている。まわりのブースには、うらびれた寂しげな男たちが、ほの赤い、やましげな目をして座っており、うっすら脂ぎったシャツや垢光りするネクタイをしているのは、簿記係だろう。そのほかは、せめても金曜の夜らしいお祭り騒ぎをしようというくたびれたカップルが何組か、それから、どこかの〝非番の〟娼婦たちの三人組がいた。

あんな娼婦のひとりとよろしくやるのかしら、この人。女は思う。わたしがいないときは。と思ってから急に、ちょっと、あの女たちが娼婦だってなぜわかるの？ と考えなおした。

ここではこいつが一番だ、値段のわりにはな、男が言う。ホット・ビーフサンドのことだ。

ほかの料理も食べてみたの？

いいや、でも直感でわかる。

けっこうおいしいわね、本当に。この手のものにしては。

パーティ・マナーなんぞ勘弁してほしいが、男が言う。ま、これならそうお粗末でもないだろ。彼の気分は〝穏やか〟と言えるものではなく、神経を尖らせている。なんだか、気が立っているようだ。以前は女が旅から帰っても、こんな態度はとらなかった。今回は黙りがちで、仕返しめいたものが感じられた。

久しぶりだな。いつものをやりに来るか？

いつもの、なにを？

いつものドタバタだよ、ベッドでの。

なぜそんな意地悪を言わないと気がすまないの？

それがおれの相棒なんでね。

そのとき女が知りたかったのは、なぜふたりが外食をしているか、ということだった。なぜ男の部屋で食べていないのか。なぜ警戒心をかなぐり捨てるようなことを。どこでお金を手に入れたのかしら。

男は最後の質問に最初に答えた。もっとも、女は口に出して聞いたわけではない。

あなたの目の前のビーフサンドは、と男は言う。〝ゼナー星のトカゲ男〟たちの賜り物さ。さあ、彼らに、あの卑しい鱗だらけのけだものに乾杯。あの本のなかを航《い》くすべてのものに乾杯。男はコカコーラのグラスをあげる。自前のフラスクからラムを少しばかり滴《た》らしてあるのだ（残念ながらカクテルはないと思うよ、男は女のために店のドアをあけながら言ったものだ。この店は魔女のナントカぐらいお湿りなしなんだ）。

女もグラスをあげる。〝ゼナー星のトカゲ男〟ですって？　と言う。このあいだ聞いたのとおなじ話？

まさにそれだ。新聞社に渡してやったんだよ、二週間ほど前に送りつけたら、すぐさま食いつきやがった。きのう小切手が来た。

自分で私書函へ出向き、自分で小切手を現金化したにちがいない。最近はそうしている。女が始終いなくなってしまうので、仕方ないのだ。

作品の出来には満足なの？　ご満悦のようだけど。

ああ、そうとも……あれは傑作だな。アクションシーンはふんだんにあるし、床の血だまりもたっぷり。それに、美しきご婦人がた。男はにやりとした。誰が抗えよう？

桃女の話なの？

いいや。これには桃女はひとりも出てこない。まったく違うプロットなんだ。

男は考える。彼女に話したら、どうなるだろう？　試合終了なるか、永遠の誓いでもされるか。よりひどいのはどっちだ？　彼女、スカーフを巻いている。ごく薄い、ふわふわ浮くような素材の、ピンクがかったオレンジの生地。そう、西瓜だ、〝ウォーターメロン〟というんだ、この色味は。甘く、さくさくとして、水も滴るような肌。初めて会った時のことは憶えている。あのとき、彼女のドレスの下におれが思い描けたのは、ただ、薄霧だけだった。

いったいどうしたの？　女が言う。なんだかひどく……さっきまで飲んでいた？

いや。それほどは。男は皿の上のくすんだ豆を押しのける。とうとうその時が来たよ、男は言う。もうじき発つ。

えっ。女は言う。パスポートやらなにやら揃えて。

ああ、"こんなふうに"ね。同志たちが連絡してきた。ここにいるよりあっちに行ったほうが、おれは使い勝手があると判断したんだろう。ともかく、遠回しな追い立てを際限なくやってきたが、急に一刻も早くおれを追っぱらいたくなった。ついに持て余したんだろう。

安全なんでしょうね、旅のあいだは？　わたしてっきり……。

ここにいるよりは安全だ。けど、もうおれのことは深追いしないという約束なんだ。あっちもあっちで、おれをかつぐつもりじゃないかね、そんな気がする。そうしたほうが、連中にとっては物事すっきりする。だが、どの列車に乗るかは誰にも言わないつもりだ。頭に風穴を開けられたり、背中にナイフを刺されたりして、消されるのは、ぞっとしないからな。

国境《くにざかい》を越えて大丈夫なの？　あなた、いつも言っていたじゃない……。

いまや、国境なんてティッシュペーパーみたいなもんさ。もし出る気になればってことだが。税関の奴らはなにが行なわれているか、重々承知だし、ここからまっすぐニューヨークへ、ニューヨークからはるかパリまで、パイプラインが引かれているのもご存じだ。なにからなにまで手配ずみだし、そういう逃亡者というのは、誰もかれも偽名で暮らしているんだ。警官にも指示が出されている。見ない振りをするよう、言いつけられているわけだ。奴らだって、形勢の不利有利は、わかっているからな。いちいち気にするもんか、そんなこと。

わたしも一緒に行ければいいのに、女は言う。

そう、だから、男は外で夕食をとったのだ。女が大騒ぎしそうにない場所で切りだしたかった。公衆の面前で愁嘆場は演じないだろう。泣いて、わめいて、髪をかきむしるようなことは。それは心当てにしていた。

　そうだな。あなたも来られればいいんだが、男は言う。しかし、無理だ。あっちは荒っぽいから。男は心のなかで歌を口ずさむ。

　　ストーミー・ウェザー
　　どういうわけだか、おれのズボンの前立てには釦じゃなくて、
　　ジッパーがある……（ジャズスタンダードの《ストーミー・ウェザー》のもじり）

　しっかりつかまっておけよ、男は自分に言い聞かせる。頭のなかが泡だっているようだ、ジンジャーエールみたいに。発泡する血。まるで宙を飛んで——上から女を見おろしているかのような。彼女のきれいな顔が、波立つ水たまりに映る影のようにゆらめく。その表情はすでに崩れかけ、まもなく涙のなかに没するだろう。ところが、悲しんでいるというのに、これほどあだっぽい彼女は見たことがない。柔らかで乳白色の光が、まわりを囲んでいるようだ。腕をつかむと、その肌は引き締まりながらふっくらとしている。この女を横抱きにして部屋まで抱えていき、ありとあらゆる攻め方でファックしてやれたら。ひと所に固定しておくかのように。

　待っているわ、女が言う。あなたが帰ってきたら、わたし家をすぐに出る、ふたりで余所へ行きましょう。

　本当に家を出るつもりか？　あいつを捨てて？

　ええ。あなたのためなら。あなたが望むなら。なにもかも捨てる。

　高い窓から、ネオンライトの細い光が射しこむ。赤、青、赤と移ろいながら。負傷した男の姿を、女は思い浮かべる。怪我は、彼を一か所に留まらせるひとつの方法ではあろう。部屋に閉じこめて、紐で

縛りつけて、自分だけのものにする。

なら、いま捨てろ、と男が言う。

いま？　女の目が見開かれる。いますぐに？　なぜ？

あなたが奴のそばにいるのが耐えられないからさ。考えるだけで我慢ならない。

わたしにとっては意味もない暮らしよ、女は言う。

おれにとっては違うんだ。とくに、おれがここを発って、あなたに会えなくなってからは。きっと気が変になるだろう――そのことを考えるだけで。

けど、わたしは一文無しになってしまう、女はまごついて言う。どこに住むの？　貸部屋にひとりで？　あなたみたいにね、女は思う。どうやって生計を立てていけばいいの？

職を見つければいいだろう、男は力なく言う。おれも少しなら金を送ってやれる。

お金なんて持っていないじゃないの、言うほどのものは。それに、わたしに出来る仕事なんてない。縫い物もできない。タイプもできない。もうひとつほかの理由もあるが、彼には言えない、と女は思う。

なにか方法はあるはずだ。だが、男は急き立てはしない。それほどの妙案でもないかもしれないな、彼女が家を出て自活するというのは。この広くて良からぬ世界では、カナダから中国までのあらゆる男が、この女のあんばいを試そうとしかねない。もしものことがあったら、男は自分を責めるしかないだろう。

じっとしていたほうがいいと思うの、どうかしら？　それがいちばんよ。あなたが戻ってくるまで。戻ってくるのでしょう？　無事に戻ってくるわよね？

もちろんさ、男は言う。

だって、そうじゃないと、わたし途方に暮れてしまう。あなたが殺されでもしたら、もう立ち直れない。と言いながらも、女はこう思う。まったく、映画の台詞みたい。でも、ほかにどんなしゃべりようがある？　べつのしゃべり方なんて、ふたりとも忘れてしまった。

ケッ。男は思う。こうして気持ちを盛りあげているんだな。そら、もう泣くぞ。泣いたが最後、こっちまでえんえん付き合わされる。女って奴は一度泣きだしたら、止めようがないからな。

行こう、あなたのコートを取ってくる、男はいかめしい声で言う。これは遊びじゃないんだ。おれたちにはあまり時間がない。部屋に戻ろう。

第九部

ランドリー

ようよう三月になり、渋々ながらも春の兆しがいくつか現われた。木々はまだ裸で、蕾はまだ硬く、繭に包まれているが、ところどころ陽の射す場所では、寒もゆるむ。凍っていた犬の〝粗相〟が溶けだしていつしか消える。古いオシッコで黄ばんだ氷のレース細工。芝の塊が、ぬかるんで点々と顔を出す。煉獄とはきっとこんな眺めだろう。

今日は朝食にふだんと違うものを食べた。新しい類のシリアルで、マイエラがわたしを元気づけようとして持ってきた。彼女はパッケージの裏の謳い文句につられやすい性質《たち》なのだ。このシリアルは――と謳う文字は、素朴なレタリングで、子どもが喜びそうな色づかい、そう、紡毛メリヤスのジョギングスーツみたいな色――営利本位に走った質のわるいトウモロコシや大麦はいっさい使わず、名前を発音するのが難しいような、要はよく知られていない穀物から出来ているらしい。太古の、神秘的な。その種は、コロンブス以前の時代の墓やエジプトのピラミッドから再発見されたとか。そのあとには、もっともらしい効能書きがつづくが、よく考えてみれば、少々眉唾ものである。なんでも、このシリアルは台所タワシみたいにさっと躰の汚れを落とすだけでなく、精力回復だとか、不老不死のことまでも囁いていた。箱の裏側は、柔らかそうなピンクの腸が花綱よろしく箱の裏を飾っている。箱の表側には、目のないやせ馬の顔を描いたモザイク画があり、広告代理店の人々はきっと気づいていないのだろうが、これはアステカ族の埋葬の仮面なのだ。

わたしはこの新しいシリアルを称えて、ナイフやフォークをセッティングし、紙ナプキンまで調えたキッチン・テーブルに、無理やり自分をきちんと座らせた。独居者はいつのまにか立ち食いの習慣に陥りがちだ。分かちあう相手も咎め立てる人もいないのに、なぜお行儀にこだわる？　しかし、一か所がゆるんだが最後、すべてが狂いかねない。

きのうは、洗濯をし、日曜日に働くことで神さまを愚弄してやることにした。今日が何曜日であろうと、神さまがかまうとも思えないが。天国には、潜在意識下とおなじく――と、われわれは習ってきたが――時間というものがないのだから。とはいえ、実のところ、マイエラを愚弄することにはなった。彼女によれば、ベッドメイキングもしては駄目、なのだそうだ。汚れ物を入れた重いバケツを抱えてぐらつく階段を降りセラーに行く、というのも、もちろん駄目。このセラー内に、大時代な、ばかでかい洗濯機が置かれているのだが。

うちの洗濯は誰がしているか？　マイエラだ、基本的には。〝この家にいるあいだに、ひと働きしたっていいでしょ〟そう彼女は言う。そののち、まるでマイエラは洗濯などしていない振りをおたがいにするのだ。わたしたちは虚構を――急速に虚構となりつつあるものを――でっちあげる。わたしが自力で生活しているという嘘を。とはいえ、マイエラには、嘘ごとの重荷がこたえはじめている。

それに、背中も痛むというし。マイエラは女手を調達したがっていた。つまり、うちに来て家事をぜんぶやってくれる、金で雇われたお節介な他人。口実は、わたしの心臓病だった。どういうわけか、マイエラは心臓のことも、医者のことも探りだしていた。医者のあやしげな薬も、そのご神託についても。おおかた、あそこの看護婦から聞きだしたのだろう。口に締まりのない、あの薬学の新米。この町では、なんでも筒抜けだ。

汚れたリネン類の始末ぐらい自分の仕事だ、わたしはマイエラにそう言ってやった。女なる生き物は、なるべく先になるまでうちに寄せつけまい。わたしにとって、それはいかばかりの気まずさか？　相当なものである。自分の行き届かないところ、染みやら臭いやらに、他人が首をつっこんでくるなんて、とんでもない。マイエラがするならべつにかまわない。おたがい知った仲だし。わたしは彼女が背負うべき十字架なのだ。はた目に、マイエラがたいした善人に映るのも、わたしのおかげではないか。あの女は、わたしの名を口にしてくるりと目を回してみせるだけで、天使のご加護はないにしろ、少なくとも、隣人はまたもや彼女を気の毒がって斟酌を与えてしまうのだ。もっとも、天使よりご近所さんを満足させるほうがはるかに難しい。

誤解しないでもらいたい。善なるものを馬鹿にしているのではない。善は悪よりずっと説明しがたいもので、おなじぐらい複雑である。とはいえ、善とは、ときに耐えがきものなり。

わたしは意を決すると——洗ってたたんだタオルの山を見つけたマイエラがぶうぶう言うのを予期して、ひとりほくそ笑みながら——洗濯の冒険に旅立った。洗濯籠を引っかき回し、その中に頭からつっこみそうになって辛くも踏み留まり、運んでいけそうなものだけ引っぱりだしながら、昔年の下着類にノスタルジアなど感ずまいとこらえた（あの下着類のなんと愛らしかったことよ！　自家製のくるみ釦に手縫いのこういう品は、もはや作られない。作られているとしても、わたしは見かけないし、買うゆとりもないし、サイズもあわないだろう。ああいう衣類にはウエストがあるんだから）。

プラスチックの籠にひととおり放りこむと、わたしは出発した。一歩、一歩、横向きに階段をおりていく姿は、地の底を通っておばあちゃんちに向かう赤ずきんといったところか。ただ、おばあちゃんはわたしのほうであり、また、悪いオオカミを内に抱えているのもわたしなのだが。内なるオオカミに齧られて、齧られて。

地階まで来た。いまのところは上首尾だ。廊下を往き、その先のキッチンへ、セラーの明かりをつけると、小刻みに震えながら湿り気のなかへとびこむ。入ったとたんに、躰がひどく震えはじめる。かつて楽々と通れた場所が、いまでは厄介で仕方ない。とくに、サッシ窓などは罠も同然のありさまで、いまにも手のうちに落ちてきそうだし、折り畳み式のスツールは崩れ落ちんとしているし、食器棚の最上段は、貴重なグラス類のならぶ〝ブービートラップ〟である。セラーへの階段を半分がた降りたところで、こんなことに挑戦したのが間違いだとわたしは悟った。階段はあまりに急で、影はあまりに濃く、漂う臭いはあまりに禍々しく、まるで、うまいこと毒殺した配偶者の死体を隠そうとセメントを流しこんだばかり、といった臭いがする。階段をおりきった辺りには、暗闇がことさら密に溜まっており、本物の水たまりのように、深く、ゆらめき、濡れていた。いや、本当に水たまりなのかもしれない。河の水嵩が増して床の隙間から浸水しているのでは。いつか気象番組で見たように。土、気、火、水、の〝四元素〟はつねにどれも入れ替え可能である。火が土から噴きでることもあれば、土が水みたいに液化して耳内をごろごろすることもあるし、気が岩のように屋根から頭上に落ちてきて人を打つこともある。いわんや、大水をや。

ゴボゴボいう水音が聞こえてきた。わたしの躰から出る音かもしれないし、違ったかもしれない。パニックで心臓が喘ぐのを感じた。どうせあの水は、目か耳か脳の錯覚なのだ。とはいえ、降りるのはよしたほうがいい。わたしは洗濯籠をセラーへの階段に落とすと、そのまま放りだすことにした。いったん階上に戻って、あとから取りにくるか、まあ、来なくたっていい。誰かが拾うだろう。きっとマイエラが、唇をぎゅっと引き結んで。わたしもここまでやったからには、あの女にお目玉を食らうのは必至。向きを変えながら、落ちそうになって手すりをつかむと、躰を引っぱりあげるようにして階段をあがった。一度に一段ずつ。そして、キッチンに射す、穏やかで正気の陽のもとへ。

窓の外は、いちめん灰色だった。均一で覇気のない灰色。穴だらけの老いゆく雪のみならず、空までが。わたしは電気ポットのコンセントを差しこんだ。ポットはほどなく蒸気の子守歌をうたいはじめた。

家電がひとの面倒をみるのであってその逆ではないと痛感するころには、事態はずいぶん進んでいるものだ。それでも、気持ちが安らいだ。

紅茶を淹れて飲み、カップをすすぎ洗いした。なにはともあれ、まだ自分の食器は自分で洗える。ほかのカップとならべてカップを棚にしまいこむ。祖母アデリアの手塗りの柄は、百合は百合、スミレはスミレと、カップと受け皿を揃いにしてならべる。少なくとも、食器棚はとっちらかってはいない。とはいえ、セラーの階段に放りだされた洗濯物が気になって仕方なかった。あのぼろきれが、あの皺くちゃの布きれが。脱皮した白い皮膚みたいな。いや、真っ白とは言いがたいが。なにかを証すものではある——あの白いページに、わたしの躰は殴り書きをして、秘密の証拠を残してきた。その間に、ゆっくりではあるが確実に、躰は裏返しになっていく。

散乱した洗濯物を拾いあつめ、籠にしまいこむ努力をすべきなのだろう。誰にも気づかれぬように。〝誰にも〟というのは、マイエラのこと。

わたしは整頓熱なるものに、どうやら、やられてしまったらしい。

遅れても、しないよりはまし、リーニーは言う。

ああ、リーニー。ここにいてくれたらと、どれだけ願うことか。わたしの世話をしに帰ってきてくれたら！

といっても、帰ってはこない。自分の面倒は自分でみるしかないのだ。わたしとローラの面倒は。かつておごそかに誓ったとおり。

遅れても、しないよりはまし。

さて、どこまで書いた？　〝冬がやってきた〟。いや、そこはすんだ。

春がやってきた。一九三六年の春。なにもかもが崩れはじめた年である。言い換えれば、すでに崩れていたものが、もっと深刻な形でなお崩れた、ということ。

その年には、エドワード王が退位した。野心よりも愛を選んだのだ。いや、違う。自分の野心よりシンプソン夫人の野心をとったのだ。これはひとの記憶に残る出来事だった。それから、スペインで内乱が勃発した。だが、これらが起きるのは、まだ数か月後のことである。では、その三月はなにをもって知られる？　あることをもって。リチャードは朝食のテーブルで新聞をせわしなくめくりながら、こう言った。〝奴がとうとうやったな〟。

その日、朝食の席はわたしたちふたりきりだった。ローラは週末をのぞいて朝はいっしょに食べようとせず、そのうち、寝すごした振りをして極力避けるようになった。平日は、学校があるので、ひとり台所で朝食をとる。ひとりでない日もあった。そのさいは、ムルガトロイド夫人がいっしょだ。食事がすむと、旦那のムルガトロイドが学校へ車で送っていき、帰りも迎えにいく。ローラが外を歩くことを、リチャードが良しとしなかったからだ。正確にいえば、ローラが迷子になりかねないのを良しとしなかった。

ローラは学校で昼食をとり、楽器の手習いは欠かせないと言って、火曜日と木曜日は学校でフルートのお稽古もした。ピアノも試してみたが、まるでものにならなかった。チェロも同様。話によると、ローラは練習が嫌いだと言うが、夕方になると、ときおり哀しげで調子っぱずれなフルートのすすり泣きを聴かせていただくことになった。どうも、音程がはずれるのは、わざとのようだった。

「ローラにひと言いってこよう」リチャードが言った。

「わたしたちが文句を言う筋合いじゃないわ」わたしは言った。「彼女、あなたが要求したことをやっているだけよ」

もうローラはリチャードにあからさまな反抗はしなくなっていた。それでも、彼が部屋に入ってくると、出ていってしまうのだった。

朝刊の話に戻ろう。リチャードはそれをふたりの間に掲げるようにしていたから、わたしにもヘッドラインは読みとれた。〝奴〟とはヒトラーのことだった。ライン地方に攻めこんだのだ。条約を破って境界を超え、禁じられた挙にでた。〝一マイル先からでも近づいてくるのはわかるはずなのに、それでも彼らは不意打ちを食らったのさ。ヒトラーはそれを玩んで面白がっているんだ。ああ、頭のいい奴だよ。防御の弱みを見てとり、チャンスあれば見てとって賭けに出る。こっちはチャンスを手渡すしかなくなるんだ〟。

そのとおりだとは思ったが、わたしは耳を傾けなかった。あの時期、心のバランスを保つには、耳を貸さないという手しかなかったのだ。周囲の雑音は消してしまう必要があった。ナイアガラの滝を渡る綱渡り師のようなもので、転落すまいとするわたしは、まわりを見回す余裕などなかった。よもすがら考えていることが、〝あるべき生活〟から掛け離れているようなとき、ほかにどうしようがあるだろう？　このテーブルにあって然るべきものからも。その朝のテーブルにふさわしいのは、白いスイセンの花を挿した花瓶だった。ウィニフレッドがボウルにいっぱい押しつけてきた球根。そのなかから選んだものだ。〝一年のこの時季に飾ると、とても華やぐわね〟。彼女は言った。〝なんていい香り。ふっと希望が薫るようだわ〟。

わたしはウィニフレッドに人畜無害と思われていた。言い換えれば、馬鹿と思われていたのである。のちに——十年あまり先の話だが——彼女は電話口でこう言う（もはやふたりが顔を合わせることはなくなっていた）。「むかしはあなたのことボケナスだと思っていたけど、じつは人でなしなんだわ。お父さんが破産して工場を焼いたのを、わたしたちのせいにして、ずっとずっと恨んできたのよ」

「父はそんなことしてないわ」わたしはそうやり返すことになる。「工場を焼いたのは、リチャードよ。

少なくとも、そう仕組んだのは」

「ひどい言いがかりだこと。あなたのお父さんはスカンピンだったのよ、あの建物の保険金がなかったら、無一文もいいところだった！　わたしたちはそんな泥沼からあなたがたふたりを引きあげてやったんでしょうに、あなたと、ウスラバカの妹を！　わたしたちがいなければ、あなたがたはまともに街を歩くこともできなかった。甘やかされた偽物のお嬢ちゃんらしく、左うちわで暮らすことも出来ずにね。もらえるものはなんでももらい、努力する必要にも一度として迫られず、リチャードに感謝の気持ちすら示したことがない。兄を救うのに、指一本動かさなかったじゃないの、いっぺんたりとも」

「望まれることはしたつもりよ。口は閉じて、にこにこ笑って。ウィンドウの飾りになりきった。でも、ローラは行きすぎてしまった。彼はローラをあんなことに巻きこむべきじゃなかった」

「そういうのがぜんぶ逆恨みだって言うのよ、逆恨み！　一から十までわたしたちの世話になっているのが、我慢ならなかったんでしょう。それで、兄に仕返ししないと気がすまなかった。あなたがたはふたりして兄をなぶり殺しにしたのよ。頭に銃をつきつけて引き金をひくかのようにね」

「だったら、ローラを殺したのは誰？」

「ローラは自殺したんでしょう、あなたもよくご存じのとおり」

「なら、リチャードもおなじと言わせてもらうわ」

「それまた、とんでもない出鱈目ね。ともあれ、ローラはてんで狂っていた。彼女の言葉をどうして信じられたのか不思議よ、リチャードのことにしろなんにしろ。正気の人間のすることじゃないわね！」

　わたしは二の句が継げなくなり、こちらから電話を切った。とはいえ、ウィニフレッドには無力なわたしだった。そのころには、人質をとられていたのだ。エイミーを奪われていた。

　しかし、一九三六年当時は、彼女にもまだお愛想があったし、わたしは彼女の子分だった。ウィニフレッドはわたしを行事から行事へと連れ回し——女子青年連盟のミーティング、政治がらみのティーパーティ、こっちの委員会、あっちの委員会と——、椅子に座らせたり、隅っこに置いておいたりし、自分は然るべく社交活動を行なった。いまとなってみればわかるが、彼女はおおかた好かれてはおらず、そのお金と尽きせぬ意欲ゆえに、〝許容されて〟いたようだ。そんな寄り合いの女たちは大半、どんな仕事がからもうと、ウィニフレッドが獅子の分け前（いちばんいいところ）をとっていくのに甘んじていた。

ときには、女たちのひとりがにじり寄ってきて、〝あなたのお祖母さまと知り合いだった〟と挨拶していくこともあった——もっと若い女であれば、〝お祖母さまとお近づきになりたかったものです。本物のエレガンスがまだ生きていた、世界大戦前の黄金時代に〟というようなことを言う。これはひとつの合い言葉だった。その心は、ウィニフレッドは成り上がり——あつかましくて俗っぽい新興成金なのだから、あなたはべつの価値観を信奉すべきである。そう言われると、わたしはあいまいに微笑み、祖母はわたしの生まれるかなり前に亡くなったので、と言う。要するに、わたしにウィニフレッドへの敵愾心を期待しても駄目ですよ、ということだ。

〝ところで、あなたの賢い旦那さんはどうなさってる？　一大ニュースを聞けそうなのはいつ？〟彼女たちは必ず訊ねた。一大ニュースとは、リチャードの政治活動に関することだった。まだ公には始まっていないが、間近と考えられていた。

まあ、わたしは微笑んで言う。だとすれば、わたしが真っ先に知ることになるでしょうね。これは、本気で言っていたのではない。知るのは最後だろうと思っていた。

わたしたちの——リチャードとわたしの——毎日は、永遠の型にはまった生活に落ち着いた。少なくとも、当時のわたしにはそう思えた。いうなれば、そこにはふたつの生活、昼間の生活と夜の生活があった。昼と夜は別々のものであり、それぞれに不変のものでもあった。平穏と秩序、なにひとつ逸脱のない世界。あらゆることの水面下には、体《てい》のいい暴力が認められていた。がっしりした粗暴な靴が、絨毯敷きの床をリズミカルに打つように。わたしは毎朝シャワーを浴び、夜をぬぐい去ろうとした。リチャードが髪につけている、高価な香料入りの整髪剤を洗い落とした。それは全身そこかしこの肌にすりつけられていた。

夜の営みにわたしが無関心であること、そればかりか嫌悪していることを、彼は忖度しただろうか？とんでもない。リチャードは生活のどんな領域でも、協力より屈服を好んだ。

ときどき——月日がたつにつれて頻繁に——痣が見られるようになった。紫色から青くなり、やがて黄色くなる。おまえの痣が出来やすいことといったら珍しい、そう彼は言ってにやにやした。触っただけで痣になるんだから。こんなに痣になりやすい女は、見たことがない。まだとても若く、繊細だからなのか。

夫がとりわけ好むのは、表に出ない太股だった。目立ちすぎると、彼の野望の邪魔をしかねない。わたしは躰のこの痣を、ある種の暗号のように感じるときもあった。見えないインクをキャンドルにかざしたように、花開いたかと思うと、色褪めていく。とはいえ、それが暗号だったら、読み解く鍵は誰がにぎっているのか？

わたしは砂であり、雪であった——書かれ、また書かれ、均《なら》されて。

灰皿

また医者に診てもらってきた。マイエラに車で送られて。厳寒のあとの雪解けで泥まじりの氷が道を汚しているから、わたしを歩かせるには滑りやすくて危険だと、マイエラはおっしゃる。

医者はわき腹を打診して、心臓の音を聴くと、渋い顔をし、だが、すぐに渋面をひっこめて——すでに結論は出していたのだろう――加減はどうかと訊ねてきた。ふむふむ、この男、髪の毛をいじったにちがいない。あきらかに、前はてっぺんがもっと薄かった。頭皮に毛の房をせっせと貼りつけているのだろうか？　それどころか、植毛とか？　ははーん、とわたしは思った。いくらジョギングをしようと、足が毛深かろうと、老いという靴が締めつけはじめているのだ。じきにそんな日灼けも悔やむことになるだろう。顔なんか睾丸みたいにシワシワになってしまうんだから。

それでも、医者は癪にさわるほどおどけ調子だった。しかし、少なくともこの男は、〝わたし、わたしたち、今日の具合はどうでしょうね？〟という医者ことばを使ったりしない。わたしを〝わたしたち〟と呼んだりはしないのだ。一部の医者はよくやることだが。一人称単数の重要性を真に理解しているようだ。

「眠れないわね」わたしは言った。「夢ばかり見て」

「夢を見るんだったら、眠っているんじゃありませんか」医者は言った。洒落たジョークのつもりらしい。

「言いたいことはわかるでしょうよ」わたしはキッとして返した。「夢と眠りはおなじじゃない。夢のせいで目が覚めるのよ」

「コーヒーは飲んでいます？」

「いいえ」わたしは嘘をついた。

「罪悪感のせいですな」医者は処方箋を書きながら言った。きっと糖尿病の薬だろう。ひとりでクスクス笑っている。よほど上手いジョークと思っているらしい。ある地点をすぎると、経験という惨害はひとを退行させる。歳がいくにつれ、人間は無邪気さを増すものだ。少なくとも、はた目にはそう映る。わたしを診る医者の目に映っているのは、非力で、それゆえ罪のないおばあちゃんなのだろう。

わたしが〝奥の院〟にいるころ、マイエラは待合室で古雑誌を読んでいた。ストレス対処法と、生キャベツ健康法の記事を破りとりながら。〝これ取っといてあげたわ〟そうわたしに言う彼女は、有意義な掘り出し物にご満悦だった。この人、しきりとわたしを診断してくれる。あなたの躰の健康が気になるのよ、心の健康とおなじぐらいにね、と言って。こと、わたしの胃腸については、自分のものみたいな顔をしていた。

わたしは言ってやった。ストレスを指摘される筋合いなんてないわね、真空には圧力《ストレス》もなにも無いんだから。生キャベツにしたって、そんなもの食べたら牛の死骸みたいに膨れあがってしまって、健康法どころの騒ぎじゃなくなるよ。だいたい、わたしは天寿だか余命だかを全うしたいとも思わない。ザワークラウトみたいな酸っぱい臭いをさせて、トラックのクラクションみたいな音を出しながらなんて、まっぴら。

身体機能について下品なことを言いだすと、たいていマイエラは黙ってしまう。そこから家までは、石膏像みたいにこわばった笑みを顔に貼りつけて、静かに運転してくれた。

ときには、わたしも自分を恥じることがある。

とりあえず、手近な仕事に戻ろう。手近というのも、ぴったりの語だ。ときどき、この手だけで書いている気がするのだ、ほかの部分はともなわず（聖書の「ダニエル書」に出てくる〝壁に字を書く指の幻〟を想起させる。指は神の遣いで、王たちの破滅を預言した）。手には手の生命があり、ほかと切り離されても生きつづけるのではないか。防腐処理をほどこして魔法をかけたエジプトの呪物みたいに。あるいは、むかしよく男たちがカー・ミラーに吊るした、ウサギの足を乾燥させたお守りみたいに。指の関節炎にもかかわらず、この手は近ごろ並々ならぬ元気を見せてきた。犬に拘束具をつけるようなものか。わたしの賢明な判断にあえば許されないようなことを、この手が多々書いてきたのも事実である。

さあ、つぎのページへ、つぎのページへ。どこまで書いた？　一九三六年の四月だ。

四月、ローラの通っている聖セシリアの女校長から連絡を受けた。ローラの素行についてだと、校長は言った。電話で話すに最適な話題ではないと言う。

リチャードは仕事の予定で身動きがとれなかった。彼はウィニフレッドにわたしのエスコート役を頼んだが、わたしは〝どうってことない話〟に決まっていると断わった。わたしひとりでなんとかするし、なにか重大なことでも出てくれれば知らせるから。そう言って、名前は忘れてしまったが、その女校長と会う約束をした。その日は、願わくはその女を脅かすような、少なくともリチャードの地位と影響力を思い知らせるような装いをしていった。クズリの毛皮で縁取りをしたカシミアのコートを着たのだと思う。季節柄ちょっと暑かったが、押し出しがいい。帽子はてっぺんに死んだキジ——というより死骸の一部——がついたもの。羽根と尾と頭部だけだ。顔には小さな赤いガラス球の輝く目がはめこまれていた。

校長は髪の白いものがまじりだした女性で、木の衣類掛けみたいな躰つきをしていた——いかにももろそうな骨組みに、湿っぽい生地が掛かっているような。校長室に座る彼女は、樫材のデスクの奥にたてこもり、怯えたように肩をすくませていた。これが一年前なら、わたしのほうがこの女に震えあがったろう。彼女がわたしに、わたしが体現するもの——すなわち巨万の富——に、震えあがっていたように。しかし、いまのわたしは自信をつけていた。ウィニフレッドが交戦するのを眺め、自分も実戦をつんできた。いまや、片眉だけ吊りあげて見せることだって出来た。

校長は微笑んで、食べかけのトウモロコシの粒みたいに丸くて黄色い歯をむきだしにした。ローラはなにをしでかしたのかと、わたしは思いめぐらせた。きっとよほどのことなのだ。いきり立った校長が、影のリチャードとまだ見ぬその権力に、こうして対面しようというほどの。「残念ですが、わが校ではもうローラをお預かりしかねます」校長は言った。「最善は尽くしましたし、軽減事由があることも承知していますが、諸般の事情を考慮しますに、学校は他の生徒たちのことも考えねばなりません。ローラはずばり破壊的な影響力が強すぎます」

　そのころには、わたしもよく学んでいた。相手に弁明させてやることの意義を。

「申し訳ありませんが、どういうお話なのかさっぱり」わたしは唇もろくに動かさずに言った。「軽減事由とはなんですの？　破壊的な影響力というのは？」両手を膝に置いたまま、頭をキッとあげて心もちかしげた。キジ帽子の威力を最大限に発揮できるアングルである。わたしの二つの目だけでなく、ぜんぶで四つの目に睨まれているような気にさせてやろう。わたしには富という強みがあったが、校長には年の功と社会的地位があった。校長室は暑かった。コートは脱いで椅子の背に掛けていたが、それでも人足みたいに汗をかいていた。

「ローラは神の存在を疑問視しているのです」校長は言った。「宗教教育のクラスで。なんにせよ、彼女が関心を抱いたらしき科目は、これひとつと言わねばなりませんが。あまつさえ、ローラは〝神は嘘をつくか？〟なる作文まで書きました。クラスをいちじるしく混乱させるものです」

「それで、妹はどんな結論に達したんですの？」わたしは訊ねた。「その、神について」じつは、仰天していたのだが、それはおくびにも出さなかった。神の問題については、このところ納まってきたのかと思っていたが、どうも違ったらしい。

「確固たる結論です」校長が視線を落としたデスクの上には、ローラの作文が目の前に広げられていた。「彼女が引用しているのは――ええと、ここです――列王紀（上）の第二十二章、神がイスラエルの王アハブを裏切るというくだりです。〝かくなるわけで、見よ、主は嘘をつく心根を汝の預言者の口に仕込まれた〟（「神は嘘をつくことがあるか？」という命題の例証に、しばしば引用される聖書のくだり）。ローラはこうつづけます。神が一度でもこういうことをするなら、その先二度としないとなぜわかるだろう？　本物の預言と偽物を区別するすべはあるのだろうか？」

「あら、ともかくも、論理的な結論ね」わたしは言った。「ローラはローラで、自分の聖書をよくわかっているんです」

「言わせていただきますと」校長は憤懣やるかたないようすだった。「悪魔でも思うところがあれば、聖書のことばを引用しましょう。さらにローラは〝神は嘘をつくが、騙しはしない〟と書くにいたりま す――神はつねに真の預言者を遣わすが、人々は耳を傾けないのだ、と。ローラの意見によれば、神とはラジオの放送局のようなもので、われわれ人間は出来のわるいラジオだとか。控えめに言って、この喩えは不敬に感じますが」

「ローラは不敬をはたらくつもりなんてないんですの」わたしは言った。「ともかく、神さまについては」

そう言っても、校長はとりあわなかった。「今回のような見かけ倒しの議論をぶつのはまだしも、そもそもこんな疑問を呈するのを妥当と思うことが不敬なのです」

「ローラは答えを出したいんです」わたしは言った。「大問題に答えを。先生だって、神さまが大きな問題であることに異論ありませんでしょ。それがなぜ不敬ととられるのか、理解できません」

「他の生徒たちはそう感じているんですよ。あの子たちはローラを――そうですね、目立ちたがりだと思っています。確固たる権威に歯向かっていると」

「キリストもそうしたようにね」わたしは言った。「少なくとも、当時はそう感じる人たちもいたわ」

それもキリストにとっては結構だったかもしれないが、十六歳の少女にふさわしい行ないではない――と、校長はわかりきった指摘はしなかった。「ご理解いただいていないようです」彼女はそう言った。苛立ちを表現するのに、〝手を揉む〟というが、校長は文字どおりそうしており、わたしはそんな動作は見たことがなかったので、興味津々で観察した。「他の生徒たちはローラが――つまりですね、ふざけていると思っています。ともかく、一部の生徒は。ボルシェビキだと思っている生徒もいます。あとの生徒は、たんに変人ととらえているようです。いずれにせよ、ローラに良からぬ関心が寄せられています」

言いたいことが飲みこめてきた。「ローラにふざけるつもりはないと思いますが」わたしは言った。「しかし、わからないでしょう！」わたしたちはデスクをはさんで、一瞬無言のまま睨みあった。「彼女に賛同する者が多くいるんですよ」校長は妬みまじりの声で言った。一拍間をおいて、ことばの意味をわたしにじっくりわからせてから、先をつづけた。「欠席の問題もあります。健康上の問題は承知していますが……」

「健康上の問題ってなんですの？」わたしは言った。「ローラは健康もいいところよ」

「えっ、あの医者の予約からするに、わたしはてっきり……」

「医者の予約というと？」

「これは、ご家族が許可していたのではない？」校長は手紙の束をとりだした。その便箋には見覚えがあった。わたしのものだ。手紙をざっと見てみた。書いた憶えもないのに、わたしの名前がサインしてある。

「なるほど」わたしはクズリのコートとハンドバッグをとりあげながら言った。「ローラと話す必要があります。時間をとっていただいて、ありがとう」と、校長の指の先を握って握手とした。ローラを退学にせざるをえないことは、言わずもがなだった。

「わたくしたちも最善は尽くしました」哀れな女校長は言った。泣きださんばかりである。ここにも、またひとり鬼子先生が。几帳面な雇われ者で、善意の人だが、役立たず。ローラの相手ではない。

その晩、リチャードに〝先生との面談の首尾〟を訊かれたので、ローラが級友たちに与える〝破壊的な影響力〟について話した。夫は怒るふうでもなく面白がっているようで、なんなら感銘と表してもよかった。ローラには気骨がある、などと言う。あるていどの反抗心は意欲の証なんだ、と。おれもむかしは学校嫌いで、先生たちをさんざん困らせたものだよ。ローラの動機はそんなものではないとわたしは思ったが、言わないでおいた。

医者の偽の手紙についても、ふれないでおいた。鳩の群れのなかに猫をはなつようなものである。教師を少々てこずらせるのと、授業をさぼるのとは、別問題だ。後者には、非行を匂わせるものがある。

「わたしの筆跡を真似るなんて、困った子ね」わたしはこっそりローラを叱った。

「リチャードのは真似られなかったんだもの。わたしたちとはぜんぜん違うから。姉さんのはずっと易しかった」

「筆跡というのは、個人の持ち物なの。盗みとおなじだわ」

ローラは一瞬、しまったという顔をした。「ごめんなさい。ちょっと借りただけ。姉さんが気にするとは思わなかった」

「なぜそんなことをしたのか、考えても仕方ないんでしょうね？」

「あんな学校へやってくれなんて頼んでない」ローラは言った。「こっちが気に入らなければ、向こうも気に入らないのよ、わたしのこと。ちっとも真面目にとりあってくれない。不真面目な人たち。あんなところにずっと押しこまれていたら、本当に病気になっちゃう」

「なにをしていたの？」わたしは言った。「学校をさぼって。どこへ行っていたの？」誰かと会っていたのではないかと、それが心配だった——どこかの男と。妹もそんな年ごろになりつつある。

「えーと、あっちこっち」ローラは言った。「ダウンタウンに出かけたり、公園なんかで過ごしたり。ただ歩き回っていることもあった。二、三度、姉さんのこと見かけたけど、姉さんは気づかなかった。ショッピングに行くところだったみたい」いきなり血が心臓に流れこんだかと思うと、狭窄感におそわれた。手で喉を絞めあげられるかのような、パニック。顔が真っ青になっていたにちがいない。

「いったいどうしたの？」ローラは言った。「気分がよくないの？」

その五月、わたしたちは〈ベレンゲーリア〉号でイギリスへ渡り、〈クイーン・メアリ〉号の処女航海でニューヨークに戻ってきた。〈クイーン〉号は史上最大かつ最も豪華なオーシャンライナーだった、少なくとも、あらゆるパンフレットにそう謳われていた。〝エポック・メイキングな〟出来事だと、リチャードは言った。

ウィニフレッドもわたしたちに同行した。ローラも。こういう旅行は大いに彼女のためになると、リチャードが言ったのだ。突然学校を辞めさせられてから、ローラは意気消沈し、げっそりとして、暇ばかりもてあましているじゃないか。この旅行はある種の教育にもなるだろう。彼女みたいな娘が実生活に役立てられるような教育だ。ともかく、あとに残していくわけにもいかんだろう、と。

〈クイーン・メアリ〉号のことなら、人々はいくら知っても知り足りないぐらいだった。隅々まで語られ、写真を撮られ、また隅々まできれいに内装をほどこされた船だった――舞台照明のようなストリップライト、最先端の装飾合板、縦溝彫りの支柱、紋様のはなやかなメープル・バー材――お金のかかった化粧張りがいたるところに。ところが、船は豚がもがくように進み、二等船室のデッキは上から一等のそれを見渡すような形だったから、ちょっと歩けば、手すりいっぱいに群がる貧しい田舎者に見物される羽目になった。

一日目、わたしはずっと船酔いしていたが、それがおさまると調子がよくなった。さかんにダンスパーティがあった。そのころには踊り方も覚えていた。じつに申し分なく、しかし度を過ぎないていどに（なにごともほどほどが肝心よ、とウィニフレッドいわく。上手すぎると、妙に気張っているのが見えてしまうわ）。リチャード以外の男性とも踊った――夫の仕事がらみの知人、夫がわたしに引きあわせたい誰か。わたしに替わってアイリスの相手を頼みますよ、リチャードは男たちに決まってそう言った。微笑んで、相手の腕を叩きなどしながら。ときには、彼のほうもほかの女性と踊った。知り合いの男の妻と。ときには、タバコを服《の》みに外へいくこともあったし、デッキへ気分転換にいくこともあった――

ともかくも、本人の弁によれば。しかし、わたしはそうではなく、夫がむくれたり、考えこんだりしているのだと思った。一度に一時間ほどは姿が見あたらなくなる。戻ってくると、わたしたちのテーブルにつき、妻がじつに申し分なく踊るのを眺める。あの人いつ帰ってきたのかしらと、わたしは思う。

夫はご機嫌斜めなのだ。わたしはそう結論した。この旅行が自分の計画したとおりに進んでいないから。〈ヴェランダ・グリル〉に夕食の席の予約を入れようとして叶わなかったし、会いたいと思っていた人たちにも会えていない。リチャードは日ごろ行きつけの場所では大物だが、〈クイーン・メアリ〉号では、まったくもって小物だった。ウィニフレッドも小物だった。いつもの威勢のよさはどこへやら。すり寄っていった先の女たちに知らんぷりされる姿も、一度ならず目にした。すると、彼女は誰にも見られていないことを願いつつ、〝内輪〟と呼ぶ集まりに、すごすご帰ってくるのだった。

ローラはダンスをしなかった。踊り方を知らなかったし、興味もなかった。どのみち、まだ幼すぎた。夕食がすむと、キャビンにこもってしまう。本人によれば、本を読んでいると言う。船旅の三日目、朝食の席についたローラは、目を赤く腫らしていた。

午前なかば、わたしはローラを探しにいった。妹はデッキチェアにもたれ、格子縞の掛け物を首もとまで引きあげて、つまらなそうに輪投げを見物していた。わたしは隣の椅子に腰をおろした。たくましい躰つきの若い女が、七匹の犬をつれて目の前を悠々と歩いていく。一匹ずつに引き綱をつけて。かじかむような陽気というのに、ショートパンツをはいて、脚はこんがり日灼けしていた。

「あんな仕事をできないかしら」ローラが言った。

「どんな仕事？」

「犬の散歩係」ローラは言った。「よそのうちの犬をね。わたし犬って好きよ」

「飼い主は好きになれないくせに」

「飼い主を散歩させるんじゃないもの」サングラスをかけているのに、躰は震えている。

「どうかしたの？」わたしは訊ねた。

「べつに」

「ねえ、寒そうよ。風邪でもひきかけているんじゃない？」

「なんともないったら。そう騒がないで」

「心配して当然でしょう」

「することないったら。わたしもう十六よ。具合がわるくなれば自分でわかる」

「あなたの面倒をみるって、わたしは父さんと約束したのよ」わたしは頑なに言った。「母さんとも」

「馬鹿みたい」

「そのようね。でも、わたしはまだ幼くて、もの知らずだった。幼いってそういうことよ」

ローラはサングラスをはずしたが、わたしの顔は見なかった。「ひとのした約束なんて、わたし知らない」そう彼女は言った。「父さんは姉さんにわたしを押しつけたのよ。わたしのこと――わたしたちのこと――どう扱ったらいいか、さっぱりわからなかったんでしょ。でも、いまでは死んでる、父さんも母さんも。だから、もういいじゃない。わたしがお役ご免にしてあげる。姉さんに責任はなし」

「ローラ、なにが言いたいの、いったい？」

「べつに」妹は言った。「でもね、わたしがものを考えて――答えを出そうとするたびに、姉さん、病気だとか言ってガミガミ言いだすのよ。頭がおかしくなる」

「ずいぶんな言い種ね」わたしは言った。「わたしは努力に努力を重ねて、毎度大目に見てやってきたのに。あんたに精一杯の……」

「もうこの話はよそうよ」ローラは言った。「見て、なんてくだらないゲームなの！　どうして輪投げ《クウオイト》なんて呼ぶのかしら？」

ローラがこんなふうなのも、過去の哀しみのせい――アヴァロン館の末路と、あそこで起きた諸事を悼むあまりだと思った。いや、それとも、アレックス・トーマスにまだ恋々としているのだろうか？　もっと突っ込んで訊ねるべきだった、食いさがってでも。しかし、だが、妹が真の悩みをわたしに打ち明けるとは、あの当時からして思えなかったのだ。

あの旅でなによりも鮮明に思い出すのは、ローラのことを除けば、船中で行なわれた略奪のさまだ。船が港に入った日のことだった。〈クイーン・メアリ〉の名前やモノグラムのついたものは、なにからなにまで、ハンドバッグかスーツケースに放りこまれた。便箋、銀器、タオル、石鹸受け、備えつけ品一式。床にチェーンで留められていないものならなんでも。なかには、水道の蛇口や、小ぶりの鏡や、ドアノブまではずす客たちもいた。なかんずくひどいのは、一等船室の旅客だった。とはいえ、今も昔も、金持ちにはきまって盗癖があるものだが。

こうした〝略奪〟の根っこにある理由はなんなのだろう？　記念の品にするため。こういう人々は、なにか自分たちを記憶に留めておくものが欲しいのだ。妙な心理である、みやげもの漁りというのも。まだ〝いま〟のうちから、〝いま〟が〝あのころ〟になっているわけだ、気持ちの上では。現にその場にいるのがどうも信じられないから、証拠の品を――証拠の品と勘違いしているものを――くすねていく。

かく言うわたしも、灰皿を失敬してきた。

頭に火のついた男

昨晩は、医者の処方した薬を一錠飲んだ。おかげでたしかに眠れたが夢を見てしまい、これが薬の恩恵なしにも見ていたような夢で、ちっとも改善されていない。

わたしはアヴァロン館の桟橋に立っていた。まわりでは、河の緑っぽい氷が鈴の音《ね》のような音をたてているのに、わたしは冬物のコートも着ていないのだ。蝶柄の木綿のワンピース一枚だった。そして、けばけばしい色の造花――トマトのような赤と下品なライラック色――で出来た帽子は、小さな電球の明かりでもって内側から照らすようになっていた。

〝わたしの帽子はどこ？〟ローラが五歳児のような声で言った。わたしは彼女のほうを見る。すると、もう彼女もわたしも子どもの姿ではない。ローラもわたしとおなじほどに年をとっていた。目は小さな干しぶどうのようで、わたしはそれが怖くて、目を覚ました。

午前三時。心臓が抵抗をやめるのを待って、ホットミルクを作りに手探りで階下へおりた。薬に頼るような馬鹿はやるべきでなかった。眠りというものが、そんな安価で買えるわけがないのだ。


それはそうと、話のつづきを。

〈クイーン・メアリ〉号を降りると、わたしたち一家はニューヨークで三日間を過ごした。リチャードにはまとめるべき仕事があり、おまえたちは観光でもしていなさいと言った。

ローラは〈ラジオシティ・ミュージックホール〉に〝ロケッツ〟の歌と踊りを観にいくのも嫌がり、自由の女神像やエンパイア・ステート・ビルのてっぺんに昇るのも嫌がった。買い物にも行きたくない、と。ただぶらぶら散歩して、通りのようすを眺めていたいと言うのだが、ローラひとりで行かせるのはあまりに危険だとリチャードが言うので、わたしが同行することにした。妹は賑やかな連れではない――人として可能なかぎり賑やかであろうとするウィニフレッドに付き合ったあとには、ホッとする相手ではある。

ニューヨーク滞在の後は、トロントで数週間を過ごし、この間にリチャードは留守中たまった用事をこなした。その後は、アヴァロン館へ。あそこでヨット遊びをしよう、リチャードがそう提案したのだ。その口ぶりには、あそこはそれぐらいしかすることもないしな、といったニュアンスが感じられた。おまえたちの気まぐれを叶えるためなら、喜んで時間を犠牲にしてやるよ、という含みも。もっと体よく言うなら、わたしたちを愉しませるため——妻を愉しませるためだが、まあ、ローラの愉しみも考えて。

リチャードはローラを一種のパズルとみなし、それを解くのが目下の務めと考えるようになったようだ。わたしにはそんなふうに見えた。折にふれ、彼がローラを見ているのに気づくことがあった。新聞の株式欄を見るのとそっくりの顔で。つかみ所やひねり所、把手や取っ掛かりや入口を探りだすあの目で。彼の人生観によれば、すべてのものには、つかみ所かひねり所があるのだとか。つかみ所かひねり所、あるいは、それに見あった値段というものが。リチャードはローラを言うなりにし、首根っこをつかんで足下にひれ伏させたがっていた。たとい、つかみ方はどんなに優しくても。ところが、ローラはつかまれるような首はしていなかった。結果、何度やってみても、彼は片足を宙に浮かした恰好で残されることになる。カメラに向かってポーズをとったはいいが殺した熊が足下から消えてしまった猟人、といった風情で。

いかにしてローラはそんなことをやってのけたのか？　リチャードに反抗するような手段は、もはやとらなかった。このころになると、ローラも正面衝突は避けるようになっていた。真っ向からぶつかるのではなく、ふっと後じさり、そっぽを向き、彼のバランスをくずしてやる。するとリチャードはいつだって、ローラに突進して、つかみかかっては、きまって空《くう》をつかむ。

彼の求めていたのは、ローラの賛意、いや、賞賛といったほうがいいか。あるいは、たんに感謝の念。そんなようなものだ。これがほかの娘であれば、贈り物で釣ってみたかもしれない。真珠のネックレスとか、カシミアのセーターとか——十六歳の娘が欲しがるはずのものを遣って。しかし、こんなものをローラに押しつけるほど、彼も馬鹿ではなかった。

いわば、石から血を絞りとろうというようなものだ。わたしは思った。いつまでたっても、リチャードにはローラを〝解く〟ことはできないだろう。しかも、彼女には〝値段〟もなかった。ローラの欲しがるものを、彼はなにひとつ持っていないのだから。どんな根比べでも、いかなる相手であっても、わたしはまだローラが勝つにちがいないと思っていた。彼女は彼女なりに、トンでもなく強情なのだ。

アヴァロン館でしばし過ごせそうな機会に、ローラは飛びつくだろうと思った——屋敷を出てくるのをあんなに嫌がった彼女だ。ところが、その計画がもちだされても、興《おもしろ》がるようすがない。リチャードに花をもたせたくなかったのだろう。わたしの読みはそうだった。「少なくとも、リーニーには会えるわね」ローラはそれしか言わなかった。

「残念ながら、もうリーニーはうちの使用人ではないんだ」リチャードが言った。「暇をとってもらった」

いつの話なの？　しばらく前だ。ひと月前、何か月も前？　リチャードは言葉をにごした。リーニーの旦那さんの問題でね、と彼は言った。旦那さんが飲みすぎるものだから。そういうわけで、屋敷の修繕も実現していなかった。時宜を得た申し分ないものだと、まともな人間が考えるような形では。しかし、リチャードは、過去の怠惰と、反抗としか呼びようのないものに、大枚はたいても仕方ないと思っていた。

「リーニーをわたしたちと一緒にここに置きたくなかったのよ」ローラは言った。「どっちの味方につくかは、彼にもわかるでしょうから」

わたしたちはアヴァロン館のメインフロアをあてもなく歩き回っていた。家そのものが縮んでしまったように見える。調度品——調度品の残りと言うべきか——は、塵よけの布を掛けられていた。あのもっと大きくて黒々とした家具類は、おそらくリチャードの指図でとっぱらわれてしまったのだろう。こんな無骨で嘘くさい木彫りのブドウの飾りがついたサイドボードと暮らせだなんて、冗談じゃないわ、そう言い放つウィニフレッドの姿が目に浮かぶ。革装の本はまだ書斎にあったが、これもそう長くは留まれないような気がした。祖父ベンジャミンとならんで撮った歴代首相の肖像写真も、とりはずされていた。きっと誰かが（リチャードにちがいないが）とうとうあのパステルカラーの顔に気づいたのだろう。

かつてのアヴァロン館は、いかにもどっしりと構えて、ちょっと偏屈なまでの雰囲気を築きあげていた――時の流れのなかに放りだされた、巨大な湿気た丸石。誰がなんと言おうと頑として動かされなかったそれが、いまでは使い古され、すまなそうに、いまにも自然と崩れ落ちそうにして建っている。自己主張をする気概など、もはや持ちあわせていない。

まったく、気分のそがれる建物ね、ウィニフレッドは言った。なにからなにまで、なんて埃っぽいの。台所にはネズミもいるし、糞も見かけたわ、それにへんな虫も。でも、今日はあとでムルガトロイド夫婦が列車で着くのよ、わが家のお付きに加わる新しい使用人ふたりもいっしょにね。そうすれば、隅々までこざっぱり《シップシェイプ》とするでしょう。もちろん（と、ここで笑いだしながら）あの船《シップ》ばかりはべつだけど。

〝あの船〟というのは、〈ウォーター・ニクシー〉号を指すらしい。リチャードはいまも艇庫にいて、あの船をざっと点検していた。リーニーとロン・ヒンクスの監督のもと、一度すっかり錆を落として、外装を塗り直すことになっていたが、これまた実現しないままになっていた。リチャードがこのオンボロ船をどうするつもりなのか、ウィニフレッドには測りかねていた――本気でセーリングをしようというなら、こんな恐竜みたいに時代おくれの船は見捨てて、新しい船を買えばいいのに。

「思い出として大切だと思っているんでしょう」わたしは言った。「つまり、わたしたちにとって。ローラとわたしにとって」

「で、そのとおりなの？」ウィニフレッドは言った。面白そうに笑った、あのお得意の顔で。

「いいえ」ローラが言った。「どうしてそんな価値が？　父さん、あの船でセーリングに連れていってくれたこともないのに。乗せたのは、キャリー・フィッツシモンズだけ」このとき、わたしたちはダイニング・ルームにいた。少なくとも、長いテーブルはまだそこにあった。トリスタンとイゾルデについて、あのいまどき流行らないステンドグラスのロマンスに対して、リチャードは、というより、ウィニフレッドは、どんな結論を下すだろうか。わたしはふとそう思った。

「そうそう、キャリー・フィッツシモンズが、お葬式に来たのよ」ローラは言った。わたしたちはふたりきりになっていた。ウィニフレッドは〝美容のための休息〟とやらをとりに、階上へ引きあげたあとだった。この休息にあたっては、マンサクのエキスで湿らせた脱脂綿を目の上にのせ、高価な緑の泥みたいな液剤で顔をパックする。

「そうなの？　話してくれなかったじゃないの」

「忘れていたわ。リーニーったら、彼女にかんかんで」

「お葬式に来たから？」

「もっと早く来なかったから。さんざん噛みついていたわ。〝あんたって人は、いつも一時間遅いし、一ダイム足りない〟とか言って」

「でも、キャリーのことは大嫌いだったはずよ！　泊まりにくると、いつもひどく嫌がってた！　アバズレと思っていたのよ！」

「リーニーを満足させるには、アバズレぶりが足りなかったんでしょ。そういう意味では、キャリーは中途半端で、務めを全うしていなかった」

「アバズレの務めを？」

「そう。最後まで徹底すべきだったと、リーニーは思ってた。少なくとも、父さんがあんな苦労をしているとき、そばにいるべきだったって。父さんの気を晴らしてあげるようにね」

「それ、ぜんぶリーニーが自分で言ったの？」

「正確には違うけど、彼女の言いたいことはわかるでしょ」

「それで、キャリーはどうしたの？」

「さっぱりわからないって振りをしてたわ。その後は、お葬式でみんながするようなことよ。泣いて、嘘をならべて」

「嘘ってどんな？」わたしは言った。

「政治的見地からすると、父さんと彼女はときに意見が食い違うこともあったけど、父さんは立派な、それは立派な人だったって。リーニーは〝政治的見地かい、おやおや〟なんて言ってた。陰でだけど」

「父さんは努力していたと思う」わたしは言った。「立派な人であろうと」

「だったら、努力が足らなかったのね」ローラは言った。「よくこんな言い方していたのを憶えてない？　〝おまえたちがわたしの手に残されたからには〟。まるで、手についた染みみたいに」

「やるだけやったのよ、父さんは」わたしは言った。

「あのクリスマスを憶えてる？　父さんがサンタクロースの恰好をした。母さんが亡くなる前の年だった。わたしは五つになったばかりで」

「ええ、憶えてる」わたしは言った。「そういうことが言いたかったの。父さんは努力してくれたって」

「わたしはね、そこが我慢できなかった」ローラは言った。「ああいう不意打ちのプレゼントには、いつだってうんざりよ」

その日、わたしたちはクロークルームで待つように言われていた。廊下に面した両開きのドアには、内側にごく薄手のカーテンが掛かっており、矩形の玄関ホールは見通せなかったが、そこには古式ゆかしい暖炉が据えられていた。ここにクリスマスツリーを飾るのだ。わたしたちがちょこんと座るクロークルームのソファの後ろには、楕円形の鏡があった。外套類は、長いコート掛けに掛けられていた――父さんのコート、母さんのコート、その上には帽子も――母さんのは大きな羽根つき、父さんのは小さな羽根つき。ゴム長の臭いがし、正面階段の手すりにからませた花飾りからは、若いマツの樹脂とスギの木の香りが漂い、炉を焚いていたせいで温まった床板から、ワックスの匂いがした。ラジエーターがシュウシュウいっては、カタンカタンと音を鳴らす。窓の下のあたりから、冷たいすきま風が吹きこみ、容赦ない、胸躍るような、雪の香りがしていた。

部屋には、天井灯がひとつあるきりで、それは黄色い絹のシェードを被《き》ていた。ガラス扉に自分たちの映っているのが見える。紺青色のベルベットのワンピースには、レースの襟。顔は生白く、真ん中で分けた髪は白けたようで、膝の上に生白い手を組んでいる。いつもの白いソックスに、靴は黒のメリージェーン。足首を軽く組んで座りなさい、けっして脚を組んではいけないと躾けられていたから、そんな恰好で座っていた。背後の鏡はというと、まるで頭の上に立ったガラスの泡みたいに見える。自分の呼吸の音までが聞こえた。吸って、吐いて。待っているときの息。それは他人の呼吸のように響く。大きいけれど見えない誰か。コートのなかに隠れて、声がくぐもっているような。

いきなり、両開きのドアがいっぺんにひらいた。そこには、赤い服を着た男が、赤い巨人が、そびえ立っていた。男の後ろには、夜の闇が広がり、炎が赤々と燃えている。男の顔は白い煙におおわれ、頭には火がついていた。男はのっそりと前に踏みだし、両腕を大きく広げた。その口から、野次とも叫びともつかぬものが発せられた。

わたしは瞬時、ギョッとしたが、それがなんの真似であるか理解できる歳にはなっていた。この音声は、笑い声のつもりなのだ。これはサンタクロースに化けた父さんにすぎないし、躰が燃えているのではなくて――後ろのツリーのライトが光っているだけ。キャンドルの輪飾りを頭にのっけているだけだ。

父さんは赤いブロケードのガウンを後ろ前に着て、脱脂綿でこしらえた鬚をつけていた。

お父さんは自分の力ってものをわかってらっしゃらないのよ、母さんはよくそう言っていた。自分がほかの人と比べてどんなに大きいか、わかっていない。この夜も、自分がどれほど恐ろしげに見えるかなど、知りもしなかったのだろう。ローラにとっては、まさに恐怖のまとだった。

「あんたったら、悲鳴をあげることとあげること」わたしは言った。「ただの仮装だってわからなかったのね」

「そんな生やさしいものじゃなかったわ」ローラは言った。「むしろ普段の父さんのほうが仮装していたんじゃないの」

「どういうこと？」

「あっちが真の姿だったってこと」ローラは噛んで含めるように言った。「ひと皮むけば、火だるまだったのよ。いつだって」

〈ウォーター・ニクシー〉号

ゆうべ暗いところをうろついて疲れはて、今朝は寝過ごした。硬い地面の上をえんえんと歩いてきたみたいに、足がむくんでいる。頭が湿気て穴だらけになった気がする。玄関のドアをノックしてきて起こしたのは、マイエラだった。「起きて楽しみましょぉ」郵便受けの穴から囀り声を聞かせてきた。わたしはつむじを曲げて、応えなかった。死んだと思うかもしれない――寝ているあいだにくたばって！もういまごろは、わたしの遺体を横たえるのにどの花柄シーツを使うかでやきもきし、葬儀後の会食にどんな料理を出すか算段しているにちがいない。そう、会食であって、通夜とは呼ばれないのだ。そんな野蛮な呼び方はしない。通夜とは、ひとを夜通し起こしておくものだ。シャベルで土をかける前に。死者が本当に死んでいるか確かめたほうがいい。

わたしは想像して、にんまりした。が、そこで、マイエラが合い鍵を持っていることを思い出した。シーツを頭までひっかぶって、喜ばしい恐怖を一瞬だけでも味わわせてやろうかと思ったが、やめておくべしと判断した。わたしは手をついて躰を起こすと、ベッドからおり、ガウンを羽織った。

「そう焦りなさんな」わたしは階段の吹き抜けを見下ろして大声を出した。

ところが、マイエラはもう家に入っており、あろうことか、その女を同伴していた。掃除婦だ。躰つき頑強にしてポルトガル人のような顔をしている。追っ払うすべはなさそうだ。女はただちにマイエラの掃除機でもって仕事にとりかかり——なにからなにまで用意してきたらしい——わたしは死人を予告する泣き妖精《バンシー》みたいに、そのあとをついて回り、〝それには触らないで！　それは動かさないで！　それは自分で出来るから！　ああ、これじゃ後からなにも見つけられない！〟と、わめきちらした。せめてもキッチンにはふたりに先んじて飛びこみ、走り書きした紙の束を、すんでのところでオーヴンにつっこんだ。彼女たちも、大掃除の初日からオーヴンに取り掛かりはしないだろう。どのみち、たいして汚れてはいない。なにを焼くわけでもないんだから。

「ほら」女が仕事を終えると、マイエラは言った。「家中スッキリきれいになった。あなたも気持ちがいいでしょう？」

マイエラがわたしへの土産に持ってきたのは、〈ジンジャーブレッド・ハウス〉のガラクタだった。エメラルド・グリーンのサフランの鉢。はにかんで笑う女の顔をかたどっていたが、縁がちょっとばかり欠けていた。サフランは上の穴から伸びだして、マイエラの言葉をかりると、いきなり〝お花の後光〟が射すのだとか。水をやるだけでいいのよ、マイエラは言う。とても愛らしくなるわ。

神さまは神さまなりの不思議なやり方で奇跡を起こすものだよ、リーニーはよくそう言っていた。マイエラがわたしに遣わされた守護天使という可能性はあるだろうか？　さもなくば、生きながら味わう煉獄のようなものか？　そもそも、このふたつはどうしたら区別がつくのだろう？

アヴァロン館逗留の二日目、ローラとわたしはリーニーに会いにいった。彼女の住まいを探しだすのは難しくなかった。町では誰しも知るところだったから。少なくとも、リーニーが週に三日働くことになった〈ベティーズ・ランチョネット〉の人たちはみんな。リチャードとウィニフレッドには、わたしたちの行き先は告げずに出かけた。朝食の気まずい雰囲気に、なぜ拍車をかける？　告げても頭ごなしに止められはしなかったろうが、まず、控えめな軽蔑のまなざしを嫌というほど浴びせられたろう。

わたしたちはテディ・ベアのぬいぐるみを持っていくことにした。リーニーの赤ちゃんにと、トロントの〈シンプソンズ・ストア〉でわたしが買っておいたものだ。思わず抱っこしたくなるようなテディ・ベアではなかった――いかめしくて、中身がしっかり詰まっており、堅い手ざわりだった。見たところ、小役人のようだった。といっても、当時の役人である。いまの役人がどんなふうかは知らない。きっとジーンズでもはいているんだろう。

リーニーと旦那の住む家は、もともと工場労働者向けに建てられた長屋式住宅のひと棟で、石灰石の小さな家だった――二階建てで、とんがり屋根、狭い庭の奥に外便所。わたしのいまの住まいから遠からぬところにあった。電話もないので、これから行くという連絡も事前にできなかった。ドアを開けて、そこにわたしたちふたりの姿を見たリーニーは、こぼれんばかりの笑みを浮かべたかと思うと泣きだした。一拍おいて、ローラも泣きだした。わたしはテディ・ベアを抱いたまま、自分ひとり泣いていないものだから、置いてけぼりを食った気がしていた。

「神のご加護を」リーニーはわたしたちふたりに言った。「さあ、入って赤ちゃんに会ってよ」

床にリノリウムを張った廊下をしばらく行くと、台所だった。リーニーは壁を白く塗り、黄色いカーテンをあしらっていた。アヴァロン館にあったカーテンとおなじ色味の黄色である。ひと揃いのキャニスターがわたしの目に留まった。これまた白く、黄色いステンシル文字が入っていた。小麦粉、砂糖、コーヒー、紅茶、と書かれている。こうしたしつらえをリーニーみずからしたことは、言われずともわかった。きっと台所用品から、カーテンから、自分の指がふれるものはなにもかも。持てるものを最大限に活かしていた。

　赤ん坊は――あなたのことよ、マイエラ、ようやく物語にご登場――枝編みの洗濯籠のなかに寝かされており、まんまるな目を瞬きもせず、わたしたちを見あげてきた。その瞳は赤ん坊によくある目よりもっと青かった。まるでスエットプディング（刻んだ牛脂と小麦粉にレーズン・スパイスなどを入れて煮たり蒸したりしたプディング）みたいと言うべきか、とはいえ、たいていの赤ん坊はそんな形《なり》だろう。

　リーニーは紅茶を淹れると言ってきかなかった。もうふたりともりっぱなレディなんだから、本物の紅茶を出してあげるよ、むかしは紅茶がちょっぴり入ったミルクをよく飲ませたけど、あれじゃなくてね。リーニーは前より太っていた。腕の内側など、以前はあんなに引き締まってたくましかったのに、少しばかりたるんで、ガス台に向かうときも、よたよたとするありさまである。手はふっくらとして、節々にえくぼができていた。

「ふたりぶん食べてると、じきに止まらなくなるのよ」リーニーは言った。「ほら、この結婚指輪だけどね？　切らなきゃはずせなくなっちゃって。お墓まで着けていくしかないね」と、満足げなため息まじりに言う。そこで赤ん坊がむずかりだし、彼女は抱きあげて膝にのせてやると、どうだと言わんばかりの目でテーブルごしにこちらを見つめてきた。わたしたちの間にあるテーブル（黄色いチューリップ柄のクロスをかけた質素で窮屈なテーブル）は、さながら大いなる深淵のごときだった――片側には、わたしたち姉妹。いまやはるか彼方となった反対側には、リーニーと赤ん坊が、なに悔やむことなく座っている。

悔やむというのは、なにを？　わたしたちを棄てたことを。いや、〝棄てた〟というのはわたしの感じ方だが。

リーニーの態度には、どこかおかしなところがあった。赤ん坊に対する態度というより、赤ん坊に関わるわたしたちに対する態度に。ついにわたしたちに見つかってしまった、とでも言いたげな。あの時からわたしは訝しんでいるのだけれど——こんな話をもちだすのを堪忍してちょうだい、マイエラ。でも、本当のところ、あなたはこの原稿を読んではいけないのだから。好奇心は猫をも殺すと言ってね、身の毒なのよ——そう、あれ以来わたしは考えてきた。あの赤ん坊の父親はロン・ヒンクスなんかでは更々なく、うちの父さんなのではないか。わたしが新婚旅行に発ったあとのアヴァロン館には、リーニーがひとり使用人として残っていたが、そこへ、父さんの身の回りで、砦が倒れるような不運がつぎつぎと起きた。彼女は湿布をあてがうように、父に身を挺したのではないか？　温かいスープや湯たんぽのお湯を運んでいくのとおなじような心映えで。冷たく暗い世の中に対する慰めとして。

そうなると、マイエラ、あなたはわたしの妹。正確にいえば、腹違いの妹になる。真実は知りようがない。まあ、わたしにかぎっては、知ることはないだろう。あなたはわたしの骸《なきがら》を掘り起こして、髪の毛だか骨だか検査に使うサンプルをとり、どこかに送って分析してもらってもいい。でも、はたしてあなたがそこまでやるだろうか。ほかに考えられる唯一の証拠というと、サブリナ——うまいことサンプルを集めて、自分のと比べてみてはどう。もっとも、そんなことをするにはサブリナが戻ってくる必要があるけど、あの娘のご帰還はてんで当てにならない。どこにいても不思議ではないし、死んでいるかもしれない。海の底に沈んでいるのかも。

リーニーと父さんのことをローラは知っていたのだろうか。実際に知るべきようなことがあったとするなら。妹が知っているのに黙っていた事柄は多くあったが、これもそのひとつなのか。そんなことも、充分ありうるではないか。

アヴァロン館での日々は、さっさと過ぎはしなかった。毎日まだあまりに暑く、ひどく蒸していた。ふたつの河はどちらも水位がさがった。ルーヴトー河は早瀬までがよどみ、ジョグー河からは不快な臭いが漂ってきた。

わたしはたいがい家のなかに閉じこもり、お祖父ちゃんの書斎で革張りの背の椅子に陣取って、両足を肘掛けに投げだしていた。昨冬のハエの死骸が、まだ窓台にこびりついている。ムルガトロイド夫人にしてみれば、書斎は真っ先に手をつける場所ではないらしい。祖母アデリアの肖像画がまだ幅をきかせていた。

わたしは祖母のスクラップブック片手に午後を過ごした。記事は、ハイティーのこと、フェビアン協会の巡回員たちのこと、幻灯機が映しだす探検家のこと、彼らが語る異様な土着の習慣についてなど。祖先の頭蓋骨を飾り立てる風習を奇異に感じる人が何故いるのか、わたしにはわからない。わたしたちだっておなじようなことをするではないか。

記事を読むのでなければ、むかしの社交誌をぱらぱらめくり、かつてはここに出てくる人々をどれほど羨んだかを思い起こした。そうでなければ、薄紙で出来たような、金の縁取りのある詩集を読みあさった。鬼子先生に教わったころわたしをうっとりさせた詩は、いま読むと、なんとも大げさで胸がわるくなった。嗚呼、心の痛み、そなたの、参られし、倦《う》み疲れ——報われない恋情をうたう古風なことば。不幸な恋人たちを——いま思えば——どことなく滑稽に見せるそんな詩句に、わたしは苛立った。まるで、しょぼくれた鬼子先生その人のようではないか。水に落ちたパンみたいに、ふやけて、ぼやけて、ぐったりとしている。触りたくなるような代物ではない。

もはや、自分の子ども時代が、はるか遠くに思われた——隔世の感とでもいおうか、ドライフラワーのように色褪せて、ほろ苦く。わたしはそれを喪《うしな》ったことを悔い、取り戻したいと願ったか？　いや、そんなことはなかった。

ローラは家にじっとしていなかった。むかしふたりでしたように、町をふらついた。昨夏わたしが着ていた黄色い木綿のワンピースを着て、揃いの帽子をかぶって。妹の後ろ姿を眺めていると、妙な感慨がわいてきた。まるで自分自身を見ているかのような。

ウィニフレッドはすっかり退屈していることを知らしめてはばからなかった。毎日、艇庫の横のプライベートビーチから泳ぎに出たが、背が立たないほど深瀬へは絶対に行かなかった。たいていは、ばかでかい紫紅色のクーリーハット（平べったくて円錐形の麦わら帽子）をかぶって、汀《みぎわ》で水遊びをするぐらいである。ローラとわたしも誘われたが、お断わりした。ふたりとも泳ぎはあまり得意でなかったし、かつてどんなものがこの河に投げこまれたか、いまも沈んでいるかもしれないか、知っていたから。ウィニフレッドは泳ぎにも日光浴にも出ないときは、メモをとったりスケッチをしたり、屋敷のいろいろな不備をリストにまとめたりしながら、うちのなかをうろついた。玄関ホールの壁紙はどうしても張り替えないとね、それから、階段の下に木材が乾燥して腐ってきた箇所があるわ、などなど言いながら。そうでなければ、自分の部屋でうたた寝をしていた。アヴァロン館は彼女の精気を干あがらせてしまうらしい。そんなことの出来るものが世に存在すると知って、こちらは安心したが。

リチャードはしじゅう電話を、長距離電話をかけていた。そうでなければ、トロントに日帰りで出かけていった。あとは、〈ウォーター・ニクシー〉号をいじりまわし、修繕の指揮をした。目標はこの代物を水に浮かせることだ、そう彼は言った。ここを去る日が来る前に。

リチャードは毎朝、新聞を配達させていた。「スペインで内乱か」ある日の昼食時にそう言いだした。「いやはや、とうとうお出ましになったな」

「嫌な話ね」ウィニフレッドが言った。

「おれたちにとってはそうでもないさ」リチャードが返した。「巻きこまれずにいるかぎりは。共産主義者とナチスは殺しあってつぶれる。遠からず、どっちもみずから渦中に身を投じるよ」

ローラは昼食をすっぽかし、コーヒー一杯だけを手に、ひとり桟橋に出ていた。このところちょくちょく桟橋に行くので、わたしは神経を尖らせていた。そこにうつぶせになって、片手で水をすうっとなぞり、落とし物でもして水底を探っているかのように、川面をじっと見つめている。とはいえ、水はかなり暗く、さほどよくは見えないのだった。銀色がかった小魚の群がときおり姿を現わし、スリの指のようにしなやかに動き回る。

「それでも」と、ウィニフレッドはつづけた。「やめてもらいたいわ。不愉快千万よ」

「よい戦争には使い道がある」リチャードは言った。「景気も上向きになって、大不況に蹴りがつくかもしれん。それを当てにしている奴らもちらほら知っているがね。ひと山あてそうな連中もいる」リチャードの懐具合については、いっさい聞かされていなかったが――いろいろなほのめかしや気配から察するに――わたしが思っていたほどの大金は持っていないらしい、最近はそう思うようになっていた。あるいは、もうお金などないのかもしれない。アヴァロン館の復旧が、延期という名目でストップしているのも、リチャードがこれ以上金を使いたくないからだとか。リーニーの弁によれば。

「その人たち、どうしてお金が儲かるの？」わたしは訊ねた。答えはわかりきっていたが、幼稚な質問をして、リチャードとウィニフレッドがなんと答えるか見てやろう、という癖がついていた。ふたりは暮らしのおよそあらゆる場に、〝モラルのスライディング・スケール〟とでもいうべき、都合のいい倫理尺度をあてはめるのだが、わたしはこれが面白くて仕方なかった。

「どうしてって、そういうものだから」ウィニフレッドが即座に答えた。「それはそうと、あなたのお友だちが逮捕されたのよ」

「友だちって、どの？」訊ねるタイミングが早すぎたようだ。

「あのキャリスタとかいう女よ。お父さんのかつての愛しい人。自称芸術家の」ウィニフレッドの口調は気に入らなかったが、それに対してどうやり返せばいいかわからなかった。

「わたしたち、子どものころはとても可愛がってもらった」わたしは言った。

「そりゃあ、可愛がって当然でしょう？」

「いい人だった」わたしはまた言った。

「でしょうね。わたし、二か月ほど前も彼女につかまってね。ひどい絵だか壁画だかを売りつけようとするのよ。これが、作業服を着たみっともない女たちの一団で。ダイニングルームの絵の第一候補にする人はいないわね」

「なぜ警察は彼女を逮捕しようなんてことになったの？」

「アカ狩りよ。アカのパーティで一斉検挙だとか、そういうこと。彼女、ここにも電話してきたのよ——半狂乱になっていたわ。あなたを出してくれって。わたし、なぜあなたが関係する羽目になるのか理解できなくて。だから、リチャードが出向いて、保釈金を払って出してやった」

「リチャードが、なぜ？」わたしは訊いた。「ろくに知りもしない相手なのに」

「あら、それは善き心のなせる業よ」ウィニフレッドは優しく微笑んで言った。「もっとも、ああいう連中は監獄にいるほうが外にいるより迷惑になるんだ、なんていつも言っているけど。ねえ、そうでしょ、リチャード？　ああいう人たちときたら、新聞でわめきちらすから。これを裁け、あれを裁けって。兄は首相を助けてやっていることになるわね」

「コーヒーのお代わりはあるか？」リチャードが言った。

もうその話題はやめろという意味だったが、ウィニフレッドはさらにつづけた。「いってみれば、兄は、これもあなたの一家への義理と感じているのかもね。あなたがたはキャリスタのこと、一族の家宝みたいに思っているようだから。代々受け継がれる古い壺みたいに」

「わたしも桟橋のローラにつきあおうかしら」わたしは言った。「こんなに天気のいい日だし」

リチャードは、わたしとウィニフレッドが会話しているあいだ、ずっと新聞を読んでいたが、さっと顔をあげた。「いや」と、彼は言った。「いいから、ここにいなさい。ローラを励ましすぎだよ。ひとりにしておけば、そのうち乗り越えるさ」

「乗り越えるって、なにを？」わたしは言った。

「なんだか知らんが、心の悩みを」リチャードは言うと、首をひねって窓の外のローラを見やった。夫の後頭部に髪の毛の薄くなりかけた部分があることに、わたしは初めて気がついた。褐色の毛の下から、ピンクの頭皮が丸く見えている。じきに、禿げができるだろう。

「来年の夏は、マスコーカへ行きましょうよ」ウィニフレッドが言った。「このささやかな休暇の試みが、大成功だったとは言いがたいもの」

アヴァロン館滞在も終わりに近づくころ、わたしは屋根裏部屋を訪れる決心をした。リチャードが電話の用件にかまけ、ウィニフレッドが当家のささやかな浜辺でデッキチェアに寝ころび、湿した洗面タオルを目にあてるのを待って。いよいよ屋根裏につづく階段のドアを開けると、後ろ手に閉め、なるたけ静かに昇っていった。

そこには先にローラがいて、スギのチェストのひとつに腰かけていた。窓を開けてくれているのが、せめてもの救いだった。そうでもなければ、部屋は息づまるようであったろう。古い布類とネズミの糞が、麝香のような臭いをさせていた。

頭をふりむける動作は、すばやくはなかった。わたしが来たことに驚きはしなかったのだろう。「いらっしゃい」ローラはそう言った。「ここにはコウモリが棲んでいるのよ」

「意外ではないわね」わたしは言った。妹の傍らには、食料雑貨店の大きな紙袋が置かれていた。「それ、なにが入っているの？」

ローラは中の物を取りだしはじめた——細々したもの、骨董品があれやこれや。祖母譲りの銀のティーポット。陶製のカップが三セット、これは手塗りのマイセン焼きだ。モノグラム入りのスプーンもいくつか。ワニの形をしたくるみ割り。真珠のカフス釦が片方だけ。歯の欠けた鼈甲の櫛。こわれた銀のライター。薬味スタンド、ただしヴィネガーの瓶ひとつ載っていない。

「こんなもの、どうしようというの？」わたしは言った。「トロントへは持って帰れないわよ！」

「隠しているのよ。家中荒らされてたまるもんか」

「ちょっと、誰の話をしているの？」

「リチャードとウィニフレッドよ。いずれは、こんなものポイと捨ててしまう。〝ろくでもないガラクタ〟がどうのこうのって、話しているのを聞いたわ。遅かれ早かれ、ここの大掃除をするつもりなのよ。だから、少しとっておこうと思って、わたしたちの思い出に。トランクにまとめて、この部屋に置いていくわ。そうすれば安心でしょう。在処《ありか》がわかっていれば」

「ふたりに気づかれたらどうする？」わたしは言った。

「気づきやしないわよ。たいして金目のものはないんだもの。ほら、見て」ローラは言った。「むかしの学習帳を見つけたわ。残していった場所に、そのまま積んであった。ここへ運んできたときのこと、憶えてる？　彼のために」

ローラがアレックス・トーマスを呼ぶのに名前はいらなかった。アレックスはつねに〝彼は〟〝彼を〟〝彼の〟で通っていた。ローラも彼をあきらめたのだろう、彼という人がいたことを忘れたのだろうと、一時は思っていたが、こうして見るとそうではなかったらしい。

「まったく、信じがたいわね」わたしは言った。「彼をここに匿いながら、見つかりもしなかったなんて」

「用心したもの、わたしたち」ローラは言った。いっとき考えこむふうだったが、やがてにこりとした。「姉さん、わたしの話なんて信じていなかったんでしょ、ほら、アースキン先生にいたずらされたことだけど」ローラは言った。「ねえ？」

ぬけぬけと嘘をつくべきだとは思った。が、結局どっちつかずの返事をした。「好きになれなかった、あの人。ひどい先生だった」

「でも、リーニーはわたしの話信じていたものね。彼はいまどこにいると思う？」

「アースキン先生のこと？」

「誰のことかわかっているくせに」ローラは口をつぐむと、また窓の外を見やった。「あの写真、まだ持っている？」

「ローラ、いつまでも彼を想うのはよしなさい。もう姿を現わすとは思えないわ。まずもって」

「なぜ？　死んだと思うの？」

「どうして彼が死んだりする？」わたしは言った。「死んだとは思わない。余所へ行っただけ」

「どっちにしろ、捕まってはいないのよね。捕まったら、いまごろ耳に入っているもの。新聞に載ったはずよ」ローラは言い、古い学習帳をひとまとめにすると、紙袋に滑りこませた。

アヴァロン館には、わたしが思っていたより長くいることになった。わたしが望んだより長かったのはたしかである。あそこにいると、囲いこまれ閉じこめられて、身動きできなくなった気がする。

いよいよ引きあげる前日、朝食におりてみると、食卓にリチャードの姿がない。ウィニフレッドがひとりで卵を食べていた。「大いなる門出を逃したわね」彼女は言った。

「大いなる門出？」

ウィニフレッドは窓から臨む景色を指した。片側にルーヴトー河、反対側にジョグー河が見えていた。そこにローラの姿を目にして、わたしは仰天した。川を下っていく〈ウォーター・ニクシー〉号に乗っている。まるで船首像のように、舳先に座って。こちらに背を向ける恰好だった。リチャードが舵をとっていた。恥ずかしくなるような白の水兵帽をかぶっている。

「少なくとも、沈まなかったわけね」ウィニフレッドがチクリと嫌味をこめた。

「あなたは乗りたくなかったの？」わたしは言った。

「いやだ、とんでもない」その口ぶりにはどこか妙なところがあり、それをわたしは嫉妬と取り違えた。リチャードのやることなすことに、〝関係者〟として優遇されることをあくまで好む人だから。

わたしは安堵を覚えた。これからはローラも多少うちとけて、けんもほろろな〝凍結作戦〟もなりをひそめるだろう。リチャードのことにしても、岩の下から這いだしてきた虫けらみたいに扱うのではなく、少しは人間らしく接するようになるかもしれない。そうなれば、きっとわたしもずいぶん楽になる。家の雰囲気も明るくなるだろう。

ところが、そうはならなかった。なんにせよ、緊張はいや増した。いままでとは逆の形になったが。ローラが入ってくると部屋を出ていくのは、リチャードのほうになった。彼女に怯えているようですらあった。

「リチャードになにを言ったの？」一家でトロントに戻ってから、わたしはある晩ローラに訊いた。

「なんのこと？」

「ほら、彼とセーリングした日のこと。〈ウォーター・ニクシー〉号で」

「なにも言ってないわ」ローラは言った。「なぜ言ったと思うの？」

「さあね」

「あの人になにか言ったことなんてないわ」ローラは言った。「言うことなんてないもの」

クリの木

自分の書いてきたものを読み返してみるに、どうも思わしくない。書きつけたことがわるいのではなく、書かずにすませたことのせいだ。そこにないものにも存在がある。射さぬ光に存在を感じるように。あなたは当然ながら真相を知りたがっている。わたしに二足す二の計算をしてほしい、と。ところが、二と二を足したところで、必ずしも真実が得られるとはかぎらない。二足す二は、窓の外の声。二足す二は、風。生きている鳥は、ラベルを貼った骨の標本とは別物だ。

ゆうべ不意に目覚めると、心臓が激しく打っていた。窓のほうから、ガチャンという音がした。誰かがガラスに小石を投げつけているらしい。わたしはベッドからおりると、手探りで窓に近づき、サッシを高く開けて、身を乗りだした。眼鏡はかけていなかったが、あたりを見るぶんには充分だった。月が出ていた。満月に近い月で、その面にはクモの巣のような古傷の条が広がり、目を下に転じれば、街灯の投げるオレンジがかった光がぐるりを照らしている。眼下にのびる歩道は、ところどころ影になり、前庭のクリの木になかば隠れた恰好だった。

あそこにクリの木があるのはおかしいと、そのとき気づいた。あの木は、余所のものではないか。百マイルも遠くの。むかしリチャードと暮らした家の表にあったものだ。なのに、そら、木はここにあって、堅牢な網のように枝を広げ、白い蛾のような花をほの光らせている。

また、ガチャンとガラスのぶつかるような音がした。人影。屈みこんでいる。男のような。ゴミ容器を漁っているのだ。中身が残っていないかと、ワインの瓶を自棄《やけ》っぱちで引っかき回している。空腹と渇きに駆られた、飲んだくれの浮浪者か。動きには、人目をはばかるような、侵入者然としたところがある。ものを漁っているというより、偵察でもしているような。捨てられたゴミをよりわけて、わたしに不利な証拠でも見つけようというのか。

と、男は身を起こすと、明かりを求めて横へと移動し、上を見あげてきた。濃い眉毛と、落ちくぼんだ眼窩が見え、黒々として丸い顔に白いものが一閃した。笑ったらしい。喉元に白っぽいV形が見える。シャツだろう。男は片手をあげ、それを横に持っていった。〝こんにちは〟の挨拶に手を振っているのか、〝さよなら〟の意味なのか。

男は立ち去ろうと歩きだしたが、わたしは呼び止められなかった。呼び止められないと、男にもわかっていたのだろう。やがて姿を消した。

胸を締めつけられるような感じがした。〝だめ、だめ、だめ、行かないで〟と声がした。涙が頬を伝い落ちていた。

ところが、もう声に出てしまっていた。大きすぎる声に。リチャードが目覚めて、わたしの真後ろに立っていた。その手をわたしの首にかけようとする。

本当に目が覚めたのは、そのときだった。わたしは涙で顔を濡らして横たわり、目を見開いて、天井の黒ずんだ空間を見つめながら、心臓の鼓動がしずまるのを待った。いまでは、起きているうちに泣くこともそうなくなった。ときおり、涙も出ずに泣くていどだ。涙を流していた自分に気づいて、驚いた。

人間、若いころはなにをしても、その場かぎりの使い捨てと思っている。今から今へ移りながら、時間を手でくしゃくしゃに丸め、たやすく捨ててしまう。自分自身が、疾走する車なのだ。物も、そして人も、不要ならば始末できると思っている——置き去りにして。置いてきたものの習性など、まだ知る由もない——のちのち舞い戻ってくるという習性など。

夢のなかの時間は凍りついている。かつて居たところからは、けっして逃げられないのだ。

ガチャンという音が、本当にした。ガラスとガラスがぶつかる音。わたしはベッドから――現実に寝ていたシングルベッドからおりると、窓へと歩み寄った。アライグマが二匹、お向かいさんのリサイクルごみの容器に前足をつっこみ、瓶や缶をひっくり返している。縄張りの廃品置き場を漁る〝ゴミ拾い屋〟。こちらを見あげてくる顔は、用心深いが、警戒するふうでもなく小さな泥棒のマスクが月の光に黒く映えていた。

がんばりなさいよ、わたしは心のなかで呟いた。取れるうちに取れるものを取っておゆき。おまえたちのものでなくても、誰が気にする？　ただ、捕まらないようにおおし。

わたしはベッドに戻ると、重苦しい暗闇に身を横たえ、するはずのない寝息の音に耳をかたむけた。

第十部

昏き目の暗殺者　ゼナー星のトカゲ男

何週ものあいだ、女は雑誌の棚を渉猟した。いちばん近くのドラッグストアへ出向いて、爪やすりやらマニキュアのオレンジ・スティックやら細々したものを買い、雑誌の棚の前をなにげなく通りすぎる。雑誌には触ったりせず、人目についていないか注意を払いつつ、目でタイトルを追い、男の名を探す。いや、いや、いや。彼の小数ある彼の名前のひとつを。いまや、そうした名前もぜんぶ、いや、大半は知っているだろう。彼の小切手を現金化する仕事をしていたからだ。《ワンダー・ストーリーズ》《ウィアード・テールズ》《アスタウンディング》。女はひととおり確認していく。

やがて、あるものが目に留まる。これに違いない。「ゼナー星のトカゲ男　ザイクロン人戦記　ハラハラドキドキの第一話」。表紙には、バビロン人まがいの格好をしたブロンド娘が描かれており、娘のまとう白いローブは、ありっこないような巨大バストの下、ぎゅっと金のチェーンベルトで締められている。首にはなにか宝石のネックレスが巻かれ、頭には銀色をした三日月形の飾りがのっていた。濡れた唇はひらかれ、大きく目を瞠っている。縦に裂け目をいれたような眸の、三本指の魔物ふたりに取り押さえられているのだ。ふたりが身につけているのは、赤いパンツのみ。顔はぺったんこの円盤形、肌は鱗で覆われ、その色は錫のような銀の入った青緑。肉汁でもかけたように、ぬめぬめと光っている。

その銀色がかった青緑の皮膚の下では、隆々たる筋肉が輝くばかり。唇のない口の奥の歯は、やたらと数が多く、針のように尖っている。

どこから見ても間違いない。

さて、これを一冊手に入れるには？　この店ではダメ、顔を知られている。どんなことにせよ、挙動不審で噂にのぼると、ろくなことにならない。女はつぎに買い物に出たときは、回り道をして駅に寄り、ニューススタンドでこの雑誌を見つける。十セント硬貨を一枚、手袋をしたまま払い、雑誌をすばやく丸めて、ハンドバッグにつっこむ。スタンドの売り子が妙な目で見てくるが、それを言ったら、男というのはみんなそうだ。

雑誌をかき抱くようにして家までタクシーをとばし、バッグに忍ばせて階段をあがり、雑誌を手にバスルームに鍵をかけて閉じこもる。きっとページをめくる手が震えることだろう。こんなものは、フーテンが列車で読んだり、小中学生が懐中電灯の明かりで読んだりするたぐいの雑誌だ。あるいは、工場の夜警が眠気覚ましに読む。セールスマンがくたびれ儲けの一日のあと、ビジネスホテルでネクタイをはずし、シャツの前をはだけ、足を投げだし、歯磨きのコップでウィスキーを飲みながら読む。退屈な夜に警官が読む。いずれにせよ、活字のどこかに隠されているはずのメッセージに気づく者は、ひとりとしていないだろう。彼女だけにむけられたメッセージに。

紙はごくごく柔らかく、女の手のなかで千切れてしまいそうになる。

鍵をかけたバスルームで、女の膝の上に印刷物となって広げられているのは、サキエル・ノーン、千姿万態の壮麗を誇る都——そこにおわす神々、その習わし、妙なる絨毯織りの技、捕らえられ虐げられた子どもたち、生け贄に捧げられんとする生娘たち。七つの海、五つの月、三つの太陽——七海、五月、三陽。西方の山々。オオカミが吼え、美しい不死の女たちがさまよう、山辺の不吉な墓場。クーデターがそろりそろりと触手をのばし、王は叛乱軍の動きを読みつつ、時節を待つ。女高僧は、袖の下で私腹を肥やす。

さて、生け贄の行なわれる前夜。選ばれた娘が、運命の褥《しとね》で待っている。ところで、昏き目の暗殺者はいずこ？　あの男はどうなったのかしら、純潔の娘への彼の想いは？　きっと例の出番はあとにとってあるんだわ、女はそう納得する。

すると、思いのほか早々、情け無用の夷狄《いてき》たちが偏執狂のリーダーにけしかけられて襲ってくる。ところが、彼らが都への門をくぐったところで、あっと驚くものが。東の平野に、三基の宇宙船が着陸する。その形は、目玉焼きといおうか、半分に切った土星といおうか、三基ともゼナー星から飛来したものだ。そのうちの一基から、トカゲ男たちが飛びだしてくる。みな灰色の筋肉をぴくぴくさせ、金属製の海水パンツをはき、高性能の武器をたずさえて。光線銃に、電動投げ輪、ひとり乗りの飛行船。ありとあらゆる新奇な仕掛け。

突然の侵攻は、ザイクロン人の社会を一変させる——野蛮な夷狄と都の住人、地位につく者と逆らう者、主人と召使い——皆々は立場の違いを忘れ、共同戦線をはる。階級の壁はくずれ、スニルファードは古来の貴族の称号を仮面とともにかなぐり捨て、勇み立ってイグニロッドと戦場におもむく。人々はみな、「トリストック」と呼びあって挨拶をする。ざっと訳せば、〝われと血を交えた人〟、つまりは同志、兄弟という意味だ。女たちは身の安全のため、神殿に連れていかれ、閉じこめられる。子どもたちもまたおなじく。王が采配を振る。夷狄の軍勢は、勇ましい戦歴ゆえ、都に喜んで迎えられる。王は〝歓喜のしもべ〟と握手をかわし、ふたりは共同で指揮をとることにする。〝拳は指の力をあわせたものにまさる〟と、王は古いことわざを引きながら言う。時をうつさず、都の重たい八つの扉が閉められる。

トカゲ男たちは奇襲に乗じ、辺土で先勝をあげる。好ましい女が数人捕虜になって、檻に入れられると、何十人というトカゲ兵士たちが鉄格子ごしに涎をたらす。しかし、ここからは、ゼナー軍が反撃にあう番だ。彼らが頼りにする光線銃も、ザイクロン星では引力が違うので、あまり威力を発揮できない。電動投げ輪も、至近距離でないと効力がなく、サキエル・ノーンの住人はごく厚い防壁の奥にいるのだ。都を攻め落とすに充分な急襲軍を送りこめるほど、ひとり乗り飛行船も数がない。トカゲ男たちが防壁にあまり近づけば、上から砲弾が雨あられと降ってくる。ゼナー人の金属パンツは高熱にふれると引火することを知ったザイクロン人は、松やにを燃やした玉を投げつけてきた。

トカゲ男のリーダーは喚声して怒り狂い、五人のトカゲ科学者が処刑された。どうやら、ゼナー星は民主国家ではないらしい。生き残った科学者たちは、技術問題を解決すべく、仕事に取りかかる。充分な時間としかるべき器具を与えられれば、サキエル・ノーンの防壁を溶かすこともできる、彼らはそう主張する。ザイクロン人を気絶させるガスを撒くこともできる。そうすれば、慌てずに、好き放題わるいことをすることも可能だ、と。

ここで第一巻は終わっていた。でも、ラヴストーリーはどうなったの？　昏き目の暗殺者と舌を抜かれた娘はどこ？　混乱のさなか、娘はすっかり忘れ去られている――赤いブロケード織りのベッドの下に隠れたのを最後に出番がない――し、暗殺者にいたっては、一度も登場していない。女はページを前のほうへ繰りなおす。読み飛ばした箇所でもあるのか。いや、違う、ふたりはたんに姿を消していた。

ハラハラドキドキの第二話で辻褄があうのだろう。きっと、あの人はメッセージを伝えてくる。

こんな期待はどこか狂っていると、自分でもわかっている――彼がメッセージを送ってくるわけがない。もしなにかに言葉を託すことがあっても、こんな形で届くはずがない――そのくせ、期待をふりはらえない。そんな妄想をつむぎだすのは希望というものであり、こんな蜃気楼を立ちのぼらせるのは恋心。希望に反する希望、虚しいだけの恋心。いま、わたしの心は足を滑らせ、道を踏みはずしているのかもしれない。わたし、蝶番《ちょうつがい》がはずれかけている。壊れたドアみたいに、蝶番がはずれて。激突された扉みたいに、錆びかけた金庫みたいに。心の蝶番がはずれれば、中に納まっているべきものが外に飛びだして、閉めだしておくべきものが中に入ってくる。錠前は威力をうしなう。番人は眠りにつく。合い言葉も役には立たない。

女は思う。わたしはきっと棄てられたのだ。棄てられたなんて、使い古されたことばだけど、いまの苦境をずばり表わしている。わたしを棄てる。あの人ならやりかねないことだと思う。衝動に駆られてわたしのために死ぬような人だけど、わたしのために生きるのは、また別問題。彼は退屈な人生を送る才能のない人。

賢明な判断をしたにもかかわらず、女は来る月も来る月も、気構えて待ちつづける。ドラッグストアに、列車駅に、足繁く通い、ニューススタンドと見れば立ち寄る。それでも、〝ハラハラドキドキの第二話〟は、いっかな現われない。

《メイフェア》誌　一九三七年五月

トロント、真昼のゴシップ

ヨーク

今年も四月が楽しげに跳ねてくると、その陽気なお祭り気分をうけて、春の社交シーズンは、到来と旅立ちのにぎわいに浮き立ちました。ヘンリー・リデル夫妻は冬のメキシコ逗留から戻ったところであり、ジョンソン・リーヴス夫妻はフロリダ、パームビーチの隠れ家から車で帰ってきたばかり。また、T・ペリー・グレインジ夫妻はクルーズ船での輝くカリブ諸島巡りを楽しんできたといいます。その一方、R・ウェスターフィールド夫人と娘のダフネ嬢は、フランス、そして〝ムッソリーニのお許しを得て〝イタリアの旅を。また、W・マクレランド夫妻は夢のようなギリシャで過ごしてきたとか。デューモント・フレッチャー一家はロンドンでときめきのシーズンをすごした後、フレッチャー氏が審査員を務めるドミニオン演劇祭にまにあわせて、われらが地元舞台にふたたび登場しました。

その一方、ライラックとシルバーに彩られた〈アルカディアン・コート〉では、また別な〝ご登場〟が祝われました。リチャード・グリフェン夫人（旧アイリス・モンフォート・チェイス嬢）が、義妹のウィニフレッド・〝フレディ〟・グリフェン・プライアー夫人が催した昼餐会にいっとき姿を現わしたのです。あいかわらずの愛らしさ。前シーズンきっての大物花嫁は、空色の洒落たアンサンブルに、ナイルグリーンと呼ばれる青みがかった薄緑の帽子をあわせ、長女エイミー・アデリアちゃんの出現に盛んな祝辞をうけていました。

さて、〈プレイアデス〉座は、独り芝居で人気沸騰のフランシス・ホーマー、このスターの客演に湧きにわいたものです。イートン・オーディトリアムで、ホーマーが〈運命の女たち〉シリーズを再演。歴史上の女たちを次々と演じ、ナポレオン、スペイン王フェルナンド、ホレイショー・ネルソン提督、シェイクスピアの人生に彼女らがもたらした影響を物語りました。名優ネル・グウェンのごとく才気煥発で、スペインの女王イサベルのようにドラマチック。彼女の演じるジョゼフィーヌは楽しい肖像であり、ネルソンの愛人レディ・エマ・ハミルトンの演技はぴりっと痛烈です。全体としては、いきいきとして愉快な娯楽作品に仕上がったと言えるでしょう。

この夜のしめくくりには、〈ラウンド・ルーム〉にて、〈プレイアデス〉座とゲストたちにビュッフェの食事が用意され、ウィニフレッド・グリフェン・プライアーが主催者としてにぎにぎしくもてなしました。

〈ベラ・ヴィスタ〉からの手紙

オンタリオ州　アンプライア
〈ベラ・ヴィスタ・サンクチュアリ〉
所長室
一九三七年五月十二日

オンタリオ州　トロント
キング・ストリート・ウェスト　20
グリフェン＝チェイス・ロイヤル合同工業（株）
リチャード・E・グリフェン様

親愛なるリチャード

二月にきみと再会し、ああいう残念な状況ではあったが、久方ぶりにふたたび握手を交わせたことは、幸いだった。あの〝古き良き黄金律の日々〟からこっち、たがいの生活はわれわれを別方面に導いたようであるな。

さて、ありていにお伝えすると、残念ながら、きみの若き義妹であるミス・ローラ・チェイスの容態は回復していない。なにか変わりがあるとすれば、いくらか悪化した。彼女の患っている被害妄想はじつに根深いよ。病院の見解としては、あいかわらず自傷の危険があるため、必要ならば鎮静剤を与えるなどして、しっかりした保護下におくべきだと考える。あれからもう窓は割られていないが、一度、鋏を持ちだす騒ぎがあった。しかしながら、わたしたちは再発を防ぐのに最大限の努力をするつもりだ。

今後も病院はできるかぎりのことをしよう。いくつか新しい療法も始められるので、これで効き目があがることを願っている。とくに〝電気ショック療法〟は、近々に装置も入手する予定で、期待しているんだが。きみの許可が得られたら、これをインシュリン治療に加えたいと思う。その結果の改善にはかなり期待できる。もっとも、病院としては、予後はあまりはかばかしくないと見ている。

つらいかもしれないが、当面は、きみも奥さんもミス・チェイスとの面会は、それだけでなく、手紙を送るのも控えていただきたい。きみたちのどちらかにでも接したら、まず療法が台無しになるだろう。ご承知とは思うが、きみこそがミス・チェイスの病的固執を深めた〝病巣〟なのだから。ちょうど来週の今日、水曜日にはトロントに行くから、きみとふたりだけで話したいと思っている――きみのオフィスで。奥さんは母親になったばかりだし、こんな心配事にいらぬ関わりをすべきではなかろう。その日に、われわれが提案する療法に必要な同意書にサインをお願いする。すみやかな支払いのため、勝手ながらこのひと月の請求書を同封させていただくよ。

敬具

所長　ドクター・ジェラルド・P・ウィザースプーン

昏き目の暗殺者　塔

汚れた洗濯物の袋にでもなったように、自分が重たく不潔に感じられた。だが、それと同時に、薄っぺらで実体をなくしたような気もする。いうなれば、白紙――その上には、やっと識別できるていどに、無色の字で署名がしてある。自分のものではない署名が。探偵なら見つけだすだろうが、彼女自身はそんなことはしない。見ることさえしない。

女は望みを棄てたわけではなく、服のようにたたんでしまっただけだ。望みとは、〝普段着〟ではないから。そうこうするうちにも、体は大切にしなくては。飲まず食わずでいても仕方がない。つねに気をつけているにかぎるし、そうすれば、おのずと栄養もつく。ささやかな喜びも大事。生き甲斐を感じる花々、たとえば、咲きだしのチューリップ。乱心しても何にもならない。通りを裸足で駆けるとか、「火事だ！」と叫ぶとか。火など出ていないことに、すぐ気づかれるのがおち。

秘密を知られないようにするには、秘密などない振りをするのがいちばん。〝それはご親切に〟女は電話で言う。〝でも、本当に残念だわ。その日はどうにもできないの。予定がぎっしりで〟。

ときどき――空の澄んだ暖かな日はとりわけ――生き埋めにされた気分になる。空は蒼い岩のドームで、太陽はそこにあいた丸い穴。その穴から、本物の日の光が嘲笑うように射している。いっしょに埋められている他の人たちは、なにが起きたのか気づいていない。女だけが気づいている。でも、それを口にしたら、こんりんざい締め出しを食らうだろう。だから、いつもと何も変わらないような顔をしながら、のっぺりした青空から目を離さず、ついには現われるはずの大きな亀裂を待ちかまえているしか、望みはない。裂け目ができたら、そこからあの人が縄ばしごで降りてくるのではないかしら。女はドームの天井へと昇っていき、縄ばしごに飛びつく。引きあげられていくはしごに、あの人とふたりでしがみつき、たがいにしがみついて、小塔をすぎ、塔をすぎ、塔の尖頂をすぎて、偽の空の裂け目を通り抜け、他の人々を下の芝生に、ぽかんと口を開けた格好で残していく。

なんて、調子のいい、子どもじみた筋書きだろう。

蒼い岩のドームの下では、雨が降り、陽が照り、風が吹き、空が晴れ渡る。こんないかにも自然な気象がどうやって造られたか、考えてみれば驚きだ。

近所に赤ん坊がいる。泣き声が風に運ばれて、とぎれとぎれに聞こえてくる。ドアがひらいて閉じ、赤ん坊の底知れない小さな怒りの声が、月の満ち欠けのように、高まり、また低くなる。赤ん坊とはよくもあんなにわめけるものだ。ときに、しゃくり泣きの声がやけに近間になる。絹を裂くような、耳障りな低い音。

女はベッドに横たわり、一日の時間によって、シーツを上に掛けたり、その下にもぐりこんだりする。女が好むのは白い枕だ。看護婦のように白く、糊を軽くかけてある。体を起こしておくのに枕をいくつも使い、紅茶を一杯用意しているのは、漂い出てしまいそうになる自分を繋ぎ止める錨として。カップを両手で持っていれば、これが床に落ちたとたんわれに返る。ひねもす、こんなことをしているわけではない。怠け者からはほど遠い人間なのだ。

ときおり、夢想が押し入ってくる。

男が自分を想っている姿を想う。それが女の救いだ。

心のなかでは、街を歩き、あの迷宮のような、薄汚れた迷路のような道をたどる。約束のひとつひとつ、密会のひとつひとつ、ドアや階段やベッドのひとつひとつを思い出しながら。男の言ったこと、自分の言ったこと、ふたりのしたこと、あのころふたりのしたこと。言い争い、けんかをして、別れ、苦しんで、また再会したときのことも。たがいの体を切り、自分たちの血を味わうのを、どんなに好んだことか。壊れてしまった者同士ってことね。そう女は思う。でも、今日び、ほかにどんな生きようがあるだろう、破滅にどっぷりひたる以外？

ときには、男を燃やしてしまって蹴りをつけ、この限《きり》なしの、益体もない、恋心をおしまいにしたいと思う。少なくとも、そんなものは日常生活とこの肉体のエントロピーが始末してしかるべきだ――それが女を着古した服のようにすり切らせ、くたくたにし、記憶のあの場所を消してしかるべきなのだ。ところが、どんなお祓《はら》いも力およばず、というより、彼女自身あまり懸命に祓おうとした例しがない。あの戦《おのの》くような歓びを味わいたい。うっかり飛行機から墜ちてしまうような。あの人の餓えた顔を見たい。

最後にあの人を見たのは、ふたりで彼の部屋に戻ったときのこと――溺れていくような感覚があった。あたりは暗くなり、ごうごうと音が轟くのだが、同時に、銀色に冴えざえと輝いて、ゆっくりと、そして澄んでいる。

こういうことなのだろう、囚われの身というのは。

もしかしたら、あの人もわたしの姿が片時も頭から離れないかもしれない。肌身はなさず身につけているロケットに入れた写真のように。いや、姿というほどではなく、図形みたいなものだろうが。宝探しの地図のようなもの。帰るために必要なもの。

その地図には、まず土地がある。何千マイルもつづく土地。その外郭を取り巻いている岩場と山々は、雪を頂き、割れ目が走り、皺しわになっている。それから、森林。からまりあう風倒木、つや消しをしたような鈍い色の樹皮。苔の下で、枯れ木が朽ちゆく。それから、へんぴな開拓地。そして、荒れ野と吹きさらしの大草原、乾いた赤土の丘陵地。ここでは、戦いが繰り広げられている。岩場の奥では、干上がった峡谷の待ち伏せ場所で、防衛隊の兵士がうずくまる。狙撃を得意としている兵士たち。

さて、つぎは村々がある。みすぼらしい掘っ立て小屋に、目つきのわるい悪たれ坊主、薪の束を引きずる女たち、豚の水浴びで汚れた田舎道。そして、街へとのびる鉄道線路。駅と停車場があり、工場と倉庫があり、教会があり、大理石の銀行がある。そして、それぞれの街がある。光と影が織りなす、高い塔が重なりあうように建つ、巨大な楕円の街。塔はみな鉄石で堅く守られている。いや。もっとモダンで、それらしい素材がいい。亜鉛はダメ、貧乏女の洗い桶じゃあるまいし。

塔はみな鋼鉄で堅く守られている。ここで爆弾が造られ、また、ここに爆弾が落ちる。それでも、男はそれらをぜんぶうまく避けて、無傷のままくぐり抜け、はるばる街まで、女のいる街までやってくる。家々と尖塔に囲まれて、彼女はそのいちばん内側にいる。塔のなかでもいっとう中心にある塔に。ところが、それは塔とは似ても似つかない。目をあざむくために擬装しているから。ただの民家と見間違えても不思議はない。女はすべてのものの核にある臆病なハートであり、白いベッドでシーツにくるまれている。身の安全のため閉じこめられてはいるが、それというのも、万事の核心だからなのだ。万事の核心とは、つまり、彼女を守ること。みながそのために時間を費やしている——他のものすべてから彼女を守るために。女は窓の外を見る。彼女に手をかけるものはなく、彼女が手をかけられるものもない。

女はあの円《まど》かな0のようなものだ。骨の髄にあるゼロ。存在しないことによってみずからの輪郭を示す空洞。だから、誰も手をのばして触れることができない。だから、なにをもってしても留めることができない。あんなに愛しい笑顔を見せているのに、その後ろに当人はいない。

あの人はなにものにも屈しない。男は女をそう思いたがっている。灯りのともる窓辺に立つ彼女の背後には、鍵のかかったドアがある。あそこへ行って、あの木の下から見あげることができたら。勇気をふりしぼり、蔓や出っぱりに手をかけながら、壁をよじ登っていく、泥棒みたいにいそいそと。屈みこみ、窓を引きあげ、部屋へ足を踏み入れる。ラジオが静かに鳴っている。ダンス音楽が高く低く鳴り響く。その音が足音をかき消す。ふたりのあいだに言葉はなく、今日も、そっと、丹念に、たがいの体をまさぐりはじめる。水のなかにいるように押し殺された声。ためらいがちにほの暗く。

あなたは籠の鳥みたいな人生を送ってきたんだな、男は一度そんなことを言ったことがある。

そう呼びたければどうぞ、女はそう答えた。

とはいえ、あそこから抜けだす方法はあるのだろうか？　おれの手を借りずして。

《グローブ＆メール》紙　一九三七年五月二十六日

バルセロナで共産主義者、血の復讐

《グローブ＆メール》紙　独占記事　パリ

バルセロナからのニュースは厳しく検閲されているが、パリ駐在の小紙特派員のもとに、当市で対立する共和国陣営内派閥の衝突に関する報せが入ってきた。スターリンの後ろ盾をもつ共産党は、ロシアの援護で武装を固めており、敵対する過激派のトロツキスト・グループ〈ＰＯＵＭ〉に対して粛清を行なうと噂されている。〈ＰＯＵＭ〉は現在、アナーキスト勢力と共同戦線をはっている。共産党が〈ＰＯＵＭ〉を「第五列」の裏切り者（マドリードに進攻した国民フランコ派のモラ将軍率いる四縦隊の反乱軍に、第五列として加わるとされた）と糾弾したことから、初期の頑固な共和政は揺るぎだし、疑惑と不安の空気が漂いはじめた。街頭での小競り合いも報告されており、市警察が共産党側についていたという。いま〈ＰＯＵＭ〉のメンバーの多くは、獄中にいるか、逃亡中かである。銃撃戦には数名のカナダ人も巻き込まれた恐れがあるが、これについてはまだ確かな情報が入っていない。

またスペインの他の地域では、マドリードがいまだ共和国政府の統制下にあるが、フランコ将軍率いる国民戦線軍がはなばなしい戦果をあげている。

昏き目の暗殺者　ユニオン・ステーション

女はうなだれて、テーブルの端にひたいをあずけている。男の到来を夢見て。

夕間暮れ、駅の灯りがともり、その明かりに浮かぶ男の顔は、げっそりやつれている。近くのどこかに、藍色に輝く海岸があるのだろう。男の耳には、カモメの啼く声が聞こえている。低い音をさせて立ちのぼる蒸気をわけて、列車に乗りこむと、網棚にダッフルバッグを放りあげる。座席にどさりと身を沈め、いましがた買ったサンドウィッチを取りだし、皺くちゃの紙包みを解こうとして、破いてしまう。疲労のあまり、食べる気がおきない。

隣の席には年配の女がおり、なにか赤いものを編んでいる。セーターだ。なにを編んでいるかわかったのは、老女が教えてくれたからだ。聞いてもらえるものなら、セーターのあらゆることをしゃべるつもりだろう。子どもたちのことも、孫たちのことも。スナップ写真を持っているにちがいないが、まずおれが聞きたがるような身の上話じゃない。子どものことは考えるに忍びない。死んだ子どもたちをたくさん見すぎたせいだ。どうにも忘れられないのは、やはり子ども。女もそうだが、女よりも。じいさんよりも。子どもは決まってはっとするような姿を見せる。眠そうな目、柔らかな手、だらんとした指。血にまみれたボロボロのぬいぐるみ。思わず目をそむけ、夜汽車の窓に映る自分の顔を見つめると、目は落ちくぼみ、顔の周りを濡れたような髪が縁取っている。肌は緑色がかった黒。後ろへ飛びすぎていく木々の黒っぽい影と煤でぼやけている。

男は老女の膝先をすり抜けて通路に出ると、車両のあいだの連結部に立ってタバコを吸い、吸い殻をぽいと捨ててから、空《くう》にむかって小便をする。自分まで小便に釣られて出ていきそうな――虚空へと。ここで列車から落ちれば、とうてい見つかるまい。

沼沢地か。うすぼんやり見える地平線。男は座席に戻る。列車のなかは凍えるほど寒くてじめついているか、暖房がききすぎて暑苦しい。汗だくになるか、震えあがるか、あるいは両方か。燃えあがり、凍てつく。恋をするときのように。座席の背もたれは、布張りがごわごわして、かび臭く、ちっとも休まらず、生地が頰にすれる。ようやく眠りに落ちた男は、口をあけ、頭を片側に倒して汚いガラスにもたれている。耳に入ってくるのは、編み針のこすれる音、その下から、鉄のレールの上を走る車輪のガタゴトいう音。止むことのないメトロノームの音にも似て。

そのころ、女は男が夢を見るさまを思い描いている。わたしが彼の夢を見るときみたいにわたしの夢を見る彼を想う。濡れ羽色をした空の向こうから、ふたりはたがいをめざして飛んでくる。目に見えない暗き翼に乗り、ひたすら探し、探し求めては、くるりと身を翻し、希望と恋心にひかれ、恐れにくじかれながら。夢のなかで、ふたりは触れあい、もつれあう。それは、いっそ衝突と言うべきもので、飛翔はそこに終わる。ふたりは地上へと墜ちてゆく。からまりあう落下傘兵、それとも、汚い灰かぶりの天使。裂けた絹地みたいに、後ろに愛をたなびかせて。敵陣からの対空砲火がふたりを迎え撃つ。

一日がすぎ、一夜が明け、また日が暮れる。ある駅で男は列車を降り、リンゴをひとつとコカコーラとタバコを半箱と新聞を買う。ウィスキーを買うべきだったか。せめてハーフボトルでも。そこにふくまれる忘却という成分のために。雨でにじんだ窓の外を眺めると、木立のもとに、毛足を切ってしまった敷物みたいな平べったい野原が長々と展《ひろ》がっている。眠気でまぶたがさがってくる。夕刻、陽はなかなか沈まず、近づいていけば陽は西へと遠のき、ピンクが凋《しぼ》むようにスミレ色に移る。そして思い出したように夜になる。発車と停車、列車のたてる悲鳴のような金属音。男の目の奥に、赤い色が広がる。胸に抱いてきた小さな炎の赤、宙に爆《は》ぜ散る赤が。

空が白んできたころ、男は目を覚ます。片側には、水面《みなも》が広がっている。平らかで涯《は》てしなく、銀色にきらめく。内陸の湖がようやく出てきた。線路の反対側には、しょぼくれた小さな家がならび、庭に張ったロープに洗濯物が垂れさがっている。そこへ、ひとつ、真っ黒いレンガの煙突が現われる。高い煙突が立つ、うつろな目の工場。またひとつ、工場が見えてくる。たくさんの窓が、ごくごく淡い蒼を映している。

朝まだき、列車から降り立つ男を、女は思い描く。停車場を抜け、大理石の床に支柱のならぶ丸天井の長いホールを抜けていく。そこでは、木霊がふわふわと宙に浮き、スピーカーから割れた声が響く。なにを言っているのか定かでない。空気は煙くさい――タバコの煙、汽車の煙。街そのものが出す煙。これは埃といったほうがいい。女もこの煙だか埃だかのなかを歩いている。両腕を広げた格好で。男に抱きあげられるのを待って。歓びが喉をしめつける。パニックとまごうばかりに。あの人の姿が見えない。アーチ形の高窓から朝陽が射し、煙った空気が熱をおび、大理石の床が輝く。ああ、はっきり見えてきた、はるか向こうにいる姿が。細かい部分もひとつひとつ――目、口、手――さざなみ立つ水に映った姿のように、ぶれてはいるけれど。

ところが、男は記憶をすり抜けていく。どんな容貌だったか記憶をたぐれない。まるで、水面にそよ風が吹いて姿がかき散り、ばらばらの色と小波になってしまったように。と思うと、またべつなところに像を結ぶ。つぎの柱をすぎたあたりに、見慣れた体をもって。男の周りには、光がゆらめいている。

光のゆらめきは、すなわち男がいないことを示すものだが、女にはそれが陽の光のように見える。周りのあらゆるものを照らす光――すべての朝と夜を、すべての手袋と靴を、すべての椅子とお皿を照らす、ありふれた日々の光のように。

第十一部

トイレの個室

ここから先、物語はいきおい暗転する。でも、それはわかっていたでしょう。ローラの身に起きたことを、あなたはすでに知っているのだから。

当のローラはもちろん知らなかった。自分がロマンチックな悲運のヒロインを演じているとは、夢にも思っていなかった。もっとも、そんな存在になったのは後々のことだ。彼女の作品という枠組みがあってこそ、ファンの心にできあがった像である。日常生活のなかでは、ローラも世の何人と変わらず、しばしば癪の種だった。ときには退屈であり、ときには楽しく。そう、楽しい相手にもなりえた。状況さえ整えば——その秘密は本人にしかわからないのだが——ある種、浮かれ気分になることもあった。いまのわたしにとってなにより堪《こた》えるのは、妹のそんなつかのまの歓びだ。

そうして、記憶のなかのローラは、日々の雑事に漫然とまぎれている。はた目にはさして奇異には映らない——明るい髪の少女が、なにやらもの思いに沈みながら丘を登っていく。そんなふうに見えるだけだ。あのころ、もの思うそんな美少女はごまんとおり、あたりの風景にはそんな少女がごろごろしていた。刻々と湧いて出てきた。こういう少女の身には、おおかたあまり突飛なことは起こらないものだ。そうして、こうして、ああなって、歳をとっていく。ところが、ローラの場合だけは違っていた。あなたとも、わたしとともね。絵画に描かれるあの子は、花を摘んでいるかもしれない。けど、現実のあの子はそんなことはめったにしなかった。森の木陰では、ローラの背後に土偶の神がうずくまる。わたしたちにだけは、その神が見えている。いつか神が飛びかかってくるのを、わたしたちだけは知っている。

ここまで書きつけてきたことを振り返ると、どうもしっくりこない。浮ついた話が多すぎるのかもしれない。浮ついた話と取られかねないようなことが。服飾のことが延々と出てくる。いまでは流行おくれになったスタイルや色合い。落ちた蝶の翅《はね》のようだ。それから、なにかにつけディナーの話も。ご大層なディナーばかりとはかぎらない。朝食、ピクニック、船旅、仮面舞踏会、新聞記事、川での舟遊び。こうした話は悲劇の部類にはあまり入らない。とはいえ、現実には、悲劇とは長い悲鳴ひとつですむものではない。そこに至るありとあらゆるものを含んでいる。なんでもないような時間を重ね、日を重ね、年を重ね、そうするうちに、突如として〝その時〟がやってくる。ナイフのひと突きがあり、さなぎの殻が破れ、車が橋から転落する。

もう四月になった。ユキノハナは咲いて、散り、いまはサフランの季節だ。もうじき裏のポーチに陣取ることができるだろう。少なくとも晴れた日には、傷だらけになった古い鼠色のテーブルに。もう歩道も凍っていないので、わたしはまた散歩を始めた。冬場の運動不足で、足腰が弱ってしまった。とくに、足に来たのを感じる。それでも、むかしの縄張りを奪回し、かつての社交場を再訪する決意だ。

今日も杖の助けをかり、途中なんどか休み休み、墓地までどうにか行ってきた。チェイス家のふたりの天使がいたが、冬じゅう雪に埋まっていたわりには、草臥《くたび》れていないようす。刻まれた一族の名前は、前より心なしか掠れてきたようだが、まあ、わたしの視力のせいだろう。わたしは名前を指でなぞった。その文字をひとつひとつ。硬くて、しっかりしているが、手で触れると柔くなり、薄らぎ、揺らぐような感じがした。時が見えない鋭い牙をもって襲いかかったのだろう。

昨秋の湿った落ち葉をローラの墓前から掃いてくれた人がいるようだ。白いスイセンの小さな花束が手向けられていたが、茎にアルミホイルを巻いたそれは、すでに萎れていた。わたしは拾いあげると、手近なゴミ箱に放りこんだ。こんな捧げもの、誰がありがたがると思っているのだろう、このローラの崇拝者たちは？　もっとずばり言えば、誰があとで拾うと思っているのだろう？　あのファンども、そして、花の形をしたごみクズ。嘘くさい哀しみの印を墓地内に撒き散らして。

〝泣けること〟をしてあげようか。リーニーはよくそんなことを言った。実の子どもならひっぱたく場面だったのだろう。実際はひっぱたくこともなく、この恐ろしげな〝泣けること〟とはいかなるものか、わたしたちが知ることもなかったが。

帰り道には、ドーナツ屋に寄った。よほど疲れが顔に出ていたのだろう、ウェイトレスがすっ飛んできた。ふつうはテーブルでの給仕はしないから、客はカウンターで注文をし、自分で運んでくるしかないが、この小娘は――卵形の顔に黒っぽい髪をし、黒の制服とおぼしきものを着ていた――「なにをお持ちしましょうか」と訊いてきた。わたしはコーヒーと、気分を変えてブルーベリー・マフィンを頼んだ。すると、彼女はカウンターの奥にいるべつな娘になにやら話しかけている。なるほど、この子はウェイトレスではなく、お客だったのだ、わたしと同様。黒の制服に見えたのは制服ではなく、ただの上着とスラックスだった。どこかが銀色に光っている。おそらく、ジッパーだろう。細かいところは見てとれなかった。きちんと礼を言う前に、彼女はいなくなってしまった。

あんな若い娘に優しさと気遣いを見て、わたしはじつに気分をよくした。彼女たちには（サブリナのことを思いながら考えるに）浅はかな恩知らずの態度ばかりが、あまりに目立つ。とはいえ、愚かな忘恩は若者の鎧である。それなくしては、どうやって生き抜いていけよう？　老いたるものは若者に健やかであれと願うが、その一方、彼らが病むことも望んでいる。若者を食いつぶし、精気を吸いとり、自身を不死に保ちたいのだ。傲慢と軽挙で守りを固めなければ、すべての子どもたちは過去に押しつぶされてしまう――人々の過去が肩にのしかかって。身勝手さこそが、彼らのせめてもの救いである。

ある程度は、ということだが、もちろん。

青いスモックを着たウェイトレスが、コーヒーを運んできた。マフィンも運ばれてきたが、これはひと目見て後悔した。はたして、そう多くはやっつけられなかった。近ごろは、レストランの食べ物も、なにもかもがあまりに大きく、重たく感じられる。物質界全体が、巨大な湿ったパン生地みたいに思える。

なんとか飲めるぶんだけコーヒーを飲むと、トイレを利用すべく立ちあがった。真ん中の個室に入ると、記憶にあった昨秋の落書きは塗りつぶされていたが、さいわい、今シーズンはすでに始まっていた。右上の角で、イニシャルで表わされた名前が、例のごとく、べつなイニシャルへの愛を恥じらいながら宣言している。その下には、青い字できれいにこう書かれていた。

〝すぐれた判断は経験から来る。経験はへたな判断から来る〟。

その下には、紫のボールペンの筆記体で、こう書かれている。〝経験豊富な女の子、でっかいお口《マイティ・マウス》のアニータ　天国へつれてってあげる〟。その横に電話番号。

その下には、赤いマジックマーカーのブロック体で。〝最後の審判は迫れり。なんじの最期と向かいあう覚悟をしておけ。てめえのことだよ、アニータ〟。

わたしはときどき思う――いや、そんな考えを弄ぶと言うべきか――こういうトイレの落書きは実際、ローラの仕業なのではないか。落書きする少女の腕や手を通して、長距離電話のようなことをしているのではないか。馬鹿げた考えだが、なかなか面白いので、もう一歩理論をおしすすめて、ここの落書きはどれもわたしに向けられたものに違いないと結論しよう。なぜなら、この町でローラの知る人間など、いまやほかに誰がいるというのか？　しかし、落書きがわたしに宛てたものだとすると、ローラはそれによってなにを意味しようとしているのか？　彼女がなにを言っているか、ではなく。

いつもなら、わたしも落書きに加わり、〝寄稿〟したいという強烈な衝動にかられる。手短かなセレナーデ、殴り書きのラヴレター、卑猥な宣伝、賛美歌と呪いの匿名コーラスと、わたしの震える声を合わせたい、と。

動く指は書く、御言葉《みことば》を記しゆく
おまえの信心と機知でこの指をそそのかそうとも
半行たりとて取り消せぬ
おまえが涙をしぼろうとも　一語たりとて消せはせぬ（『ルバイヤート』より）

ハハハ。そんなことを書いたら、娘たちもぎくっとして、毒づくだろう。いつか具合がよくなったら、またここに来て、本当に書きつけてやろう。読めば娘たちもみんな元気が出る。彼女たちがしようとしているのは、そういうことではないのか？　わたしたちみんなが望んでいるのは。すなわち、たとえ悲惨なものでも、パンチの効いたメッセージをあとに残していくこと。取り消しのきかないメッセージを。

とはいえ、そんなメッセージは危険をはらんでいる。もう一度よく考えてから望むこと。運命の手にわが身をゆだねたいなどと思う前には、とくに（もう一度よく考えなさい、とリーニーが言うと、ローラはこう言ったものだ。〝どうして、もう一度だけでいいの？〟）。

仔猫

九月が来れば、つぎは十月。ローラは学校に戻った。といっても、べつの学校に。そこの制服のキルトは、マロンと黒ではなく、グレイとブルー。それをのぞけば、わたしの見るかぎり、最初の学校とそっくりだった。

十一月、十七歳になってまもないローラは、リチャードが学費を無駄に使っていると言いだした。どうしても行けというなら今後も学校には通うし、席につくことはつくが、あそこでは、役に立つことなど何も学べっこないと言うのである。そう言う口調は落ち着いたもので、悪意も感じられなかったが、驚いたことにリチャードは折れた。「いずれにせよ、どうしても学校に通うこともないんだしな。食べていくのに働く必要があるわけじゃなし」

とはいえ、わたしと同様、ただ遊ばせておくわけにもいかなかった。ローラはウィニフレッドの活動のひとつ、〈アビガイル〉なるボランティア団体に参加させられた（アビガイルはナバルの妻でのちにダビデの妻になった女。侍女の意味もある）。病院の慰問がうんぬんという団体だった。これが小生意気なグループで、良家の令嬢を未来のウィニフレッドに仕立てるべく訓練するというわけである。アビガイルたちはそろって酪農婦のようなエプロンドレスを着こんで、胸当てにはチューリップのアプリケをつけ、病棟をのたのた歩き回った。患者に話しかけ、本でも読んでやって元気づけるのが務め――なんと漠然とした仕事であることか。

やらせてみると、ローラはこの仕事に向いていた。言うまでもなく、ほかのアビガイル嬢たちのことは好かなかったが、エプロンドレスにはなじんだようだ。案の定、貧民病棟に引き寄せられていった。悪臭が漂い、荒くれぞろいなので、ほかの娘たちは近寄りたがらない。いわば社会の落伍者でいっぱいの病棟だった。痴呆にかかったばあさんたち、運の向いてこない無一文の復員軍人たち、重い梅毒で鼻を失った男たち、といった面々。こういうところでは看護婦も人手不足で、日ならず、ローラは厳密にいえば領分外の仕事に手をかすようになる。おまるや吐物にもくじけることなく、罵声や怒号や騒ぎにも、全般臆することがないようだった。これはウィニフレッドが意図した状況ではなく、わたしたちはじきに困りきってしまった。

ローラはまさしく天使だと、看護婦たちは考えていた（少なくとも一部の看護婦は。そうでなければ、たんに邪魔に思っていた）。ウィニフレッドは目を光らせておこうと務め、偵察人を遣ったりもしたが、その彼女によれば、ローラは見込みのない患者と接するのがことさら上手いと言われているとか。もうじき死ぬ相手だってことを認識していないみたい、ウィニフレッドは言った。どんな容態でも、ごく普通に、むしろ当たり前にあつかうので、いくらか気が安らぐのだろうと、彼女は考えていた。とはいえ、まともな人間ならとても出来ないことだけれど。ウィニフレッドにすれば、ローラのこの資質というか才能もまた、根っからの変わり者であることの証だった。

「きっと氷の神経を持っているのね」ウィニフレッドは言った。「わたしにはとても出来ないわ。我慢ならないもの。あの薄汚い人たちのこと考えてみて！」

一方では、ローラの社交界デビューの話が出てきていた。この計画はまだ本人には話していなかったが、色好い返事はかえってこないだろうと、わたしはウィニフレッドに覚悟させておいた。それならば、とウィニフレッドは言った。準備万端を整えてから、既成事実として伝えるしかないわね。いえ、それよりね、主たる目的がすでに達成されているなら、デビューの手間なんてすっかり省いてもいいのよ。そう、〝主たる目的〟というのは、政略結婚のことだった。

そのとき、わたしたちは〈アルカディアン・コート〉で昼食をとっていた。ウィニフレッドがわたしを招いたのだが、なんでも、ふたりきりでローラに関するせんらくを練るのだと言う。彼女の表現によれば。

「せんらく？」

「言いたいことはわかるでしょ」ウィニフレッドは言った。「そんなだいそれたことじゃないわ」。あれこれ考えてみるに、ローラに望みうる最善の策は――と、彼女はつづけた――立派なお金持ちの男が涙をのんでプロポーズし、教会の聖壇につれていってくれることだとか。さらによろしいのは、立派で、金持ちで、のまねばならない涙があることに手遅れになるまで気づかない愚かな男である、と。

「〝涙をのんで〟と言うけど、どういう点を指すの？」わたしは訊いた。もしや、この戦略こそ、そのむかしウィニフレッドご本人が、逃げるプライアー氏を仕留めるのに使ったものではないのか。〝涙をのんでもらう〟ような、いつ爆発するかわからないような性格はひた隠しにしていたが、新婚旅行に出かけて、いきなりそれが鉄砲玉みたいに暴発したのでは？　だから、夫の姿は写真以外では見かけたことがないのでは？

「あなたも承知のはずだけど」ウィニフレッドは言った。「ローラは少し変わっているという程度じゃすまないわ」ここで言葉を切り、わたしの肩ごしに誰かに微笑みかけると、手を振って挨拶をした。銀の腕輪がジャラジャラと鳴った。着けすぎなのである。

「どういう意味？」わたしは穏やかに訊き返した。ウィニフレッドに意味するところを訊ねて、その答えを蒐集するのが、わたしの不埒な趣味となっていた。

ウィニフレッドは唇を引き結んだ。口紅の色はオレンジで、口元には皺がよりはじめていた。いまなら、陽に灼きすぎだと言うだろうが、当時の人々はそんな因果関係には気づいていなかったから、ウィニフレッドはブロンズ色に灼くことを好んだ。青銅色がお気に入りだった。「ローラは万人受けするタイプではないわ。生まれつき妙なところがあるでしょ。なにか欠けているというか――そう、警戒心がないのよ」

ウィニフレッドは緑の鰐皮の靴をはいていたが、わたしにはもはやエレガントとは思えなかった。それよりも、けばけばしいと感じた。ひとえにわたしがものを知りすぎたからだろう、ウィニフレッドにかんして、以前は謎めいて蠱惑的に感じた多くの点が、いまでは見え透いたものに思えた。鮮やかな口紅は剝げかかったホーローであり、きらびやかな衣装は釉薬にすぎなかった。わたしは内幕をのぞいて、ロープや滑車が動くからくり——ワイヤやコルセットを見てしまった。自分自身の好みというものも出来てきた。

「たとえば、どんなところ?」わたしは重ねて訊いた。「妙なところって?」

「きのうね、こんなことをわたしに言ったのよ。結婚は重要じゃない、大切なのは愛だけだ、なんて。主イエスも賛同してくれたそうよ」ウィニフレッドは言った。

「まあ、それがあの子の考え方だから」わたしは言った。「その点、あけっぴろげなの。でも、セックスの話じゃないのよ。エロスとは関係のない話なんだから」

わからない言葉が出てくると、ウィニフレッドは笑い飛ばすか、あっさり無視した。今回も無視して、「結局はどれもセックスの話なのよ、本人が気づいているかどうかは別として」と言った。「そんな考えでいたら、ローラみたいな子は大変なことになるわ」

「時期がくれば、脱皮すると思うけど」わたしはそう言ったが、内心そうとは思えなかった。

「早すぎるってことはないわ。薄ぼんやりした女の子というのは、なににも増して危険ですからね——男性に付け入られやすい。歯の浮くような台詞をいう愛しのロミオが出てくるだけで、一生を棒に振りかねない」

「なら、どうしろと言うの?」わたしはきょとんとした目でウィニフレッドを見た。わたしは苛立ちや怒りを隠すのに、この目つきを利用していたが、かえってウィニフレッドを調子づかせてしまった。

「さっきも言ったとおり、立派な男性のもとへ嫁にやるのよ、事情にうとい男のところへね。恋愛とやらは、あとから愉しめばいいわ。それが彼女のお望みなら。こっそりやるぶんには、誰もボロクソには言わない」

わたしはチキンポットパイの残りをつつきまわした。ウィニフレッドときたら、近ごろ良くない言葉をやたらと覚えてくる。いま流行りだと思っているのだろう。すでに彼女も、流行りかどうかが気になる年頃にかかっていた。

しかし、ローラのことをわかっていないようだ。なにかを〝こっそり〟やる妹の姿というのは、わたしには想像しがたかった。白昼堂々、街なかで、というほうがいかにも彼女らしい。わたしたちの前で平然とやってのけ、嫌というほど見せつける。駆け落ち、またはそれと等しくメロドラマチックなことをして、われわれがいかに偽善者であるか、思い知らせてくれるにちがいない。

「ローラも二十一になったら、自由になるお金ができます」わたしは言った。

「充分なお金ではないわね」ウィニフレッドは言った。

「ローラには充分かもしれない。自分なりの人生を歩みたがっているんじゃないかしら」

「自分なりの人生ですって！」ウィニフレッドは言った。「どんな羽目になるか、考えてごらんなさい！」

ウィニフレッドの勢いを止めようとしても無駄だった。宙に振りかざされた肉切り包丁みたいなものである。「それで、候補者はいるのかしら？」わたしは言った。

「なにも決まったわけじゃないけど、いま検討中よ」ウィニフレッドは勇んで答えた。「リチャードと縁つづきになるのも吝《やぶさ》かでないという人たちもいくらかいるから」

「あまりおかまいなく」わたしはぼそりと言った。

「あら、でも、わたしが尽力しないと」ウィニフレッドは明るく言った。「この先どうなるっていうの？」

「ちょっと聞いたわよ、あなたウィニフレッドの神経を逆なでしているようね」わたしはローラに言った。「彼女、えらい剣幕だった。まったく、自由恋愛だなんて言ってからかって」

「自由恋愛なんて口にしたこともないわ」ローラは言った。「結婚は形骸化した制度だと言っただけよ。愛とは関係のないものだと言ったまで。愛は与えるものだけど、結婚は売り買いでしょう。愛を契約の型にはめることはできない。だから、天国に結婚はないでしょうって言ったのよ」

「ここは天国じゃないの」わたしは言った。「お気づきでないといけないから、言っておくけど。とにかく、あんたのせいで、彼女、頭に血がのぼってる」

「真実を述べたまでなのに」ローラはわたしのマニキュア用のオレンジ・スティックで、爪の甘皮を下に押した。「じきに縁談でも持ってきそう。なんにでも世話を焼きたがるんだから」

「心配してくれているのよ、あなたが人生を台無しにしかねないって。本当に恋愛主義者だとすると」

「姉さんは結婚して人生を台無しにせずにすんだ？　それとも、判断するにはまだ早すぎる？」

嫌味な口調は聞き流すことにした。「ところで、なにを考えているの？」

「姉さん、新しい香水を買ったんだなって。リチャードにもらったの？」

「あのね、結婚というものについて訊いたのよ」

「なにも考えてないわ」と言うローラは、わたしの化粧台の前に座り、わたしのヘアブラシで、長いブロンドの髪を梳かしていた。最近では、前より自分の容姿にかまうようになり、なかなか洒落た着こなしもするようになった。自分の服でも、わたしの服でも。

「まだあまり考えていないということ？」わたしは訊いた。

「そうじゃないわ、ぜんぜん考えていないの」

「考えるべきでしょうね」わたしは言った。「自分の将来をわずかなりとも考えてみるべきよ。いつまでもふらふらしていられないのよ、なにも……」わたしは〝なにもしないまま〟と言いたかったのだが、言ったらまずいことになっていただろう。

「いい？　未来なんて存在しないの」ローラは言った。いつのまにか、わたしのほうが妹で自分が姉だといわんばかりの口を利きはじめている。一字一字綴りを読みあげるような口調だ。すると、例によってまた妙なことを言いだした。「もしもよ、ナイアガラの滝に張った渡り綱を目隠しされて歩いているとしたら、どっちにより注意をはらう？　遠い向こう岸にいる見物人と、自分の足下と」

「自分の足下でしょうね。ちょっと、わたしのヘアブラシは使わないでほしいんだけど。不衛生よ」

「けど、足下ばかり気にしていたら、落っこちてしまう。見物人ばかり見ていても、落っこちる」

「じゃあ、正解はなんなの？」

「姉さんが死んでも、このヘアブラシは姉さんのもの？」ローラは自分の横顔を横目で見ながら言った。そのせいで、鏡に映る顔はいつになくイタズラだった。「死者はものを所有するか？　しないなら、いまヘアブラシはなにをもって〝あなたのもの〟と言えるの？　ここに書かれた姉さんのイニシャル？　姉さんのばい菌？」

「ローラ、からかうのもいい加減にして！」

「からかっちゃいないわ」ローラは言いながらブラシを置いた。「まじめに考えているのよ。違いはわからないでしょうけど。ウィニフレッドの言うことにどうして姉さんがいちいち耳を傾けるのか不思議。ネズミ捕りの話を聞いているようなものなのに。中に一匹もネズミのいないネズミ捕りだけど」ローラはつけたした。

　近ごろ、妹はすっかり変わってしまった。前とは違う意味で、かたくなであり、無頓着であり、向こうみずだった。反抗心をむきだしにすることもなくなった。わたしに隠れてタバコを吸うようになったのではないか。タバコの臭いをさせていることも、一、二度あった。タバコと、それとはべつの匂い。やけに大人びた、訳知りの匂い。妹のなかで起きている変化にもっと気をつけているべきだったが、わたしの頭はしかるべき他のことでいっぱいだったのだ。

わたしは十月の終わりまで待って、妊娠したことをリチャードに告げた。確信を得てから話したかったのだと言って。彼は型どおりの喜びを表わし、わたしのひたいに口づけし、「よくやった」と言った。わたしは夫に期待されることをしているだけだった。

ひとつありがたいのは、夫がもの堅くも夜放っておいてくれるようになったこと。なにかに障るといけないから、と言って。なんて思いやりがあるんでしょう、とわたしは感謝した。「これからは、ジンも決まった量しか飲まないこと。どんな悪さも許さないよ」彼がわたしに指を振ってみせる姿には、ぞっとするようなものがあった。リチャードが軽薄にふるまうときこそ、わたしには普段にもまして危険に見えた。トカゲがおどけるのを見ているような。「とびっきりのお医者に診てもらおう」彼はつづけた。「金に糸目はつけないぞ」物事を商業基盤にのせてしまうのは、わたしたち双方にとって安心なことだった。筋書きに金がからむ芝居では、わたしは舞台の立ち位置をよくわきまえていた。今回の役柄は、お高い荷物の純朴な運び人というわけだ。

ウィニフレッドは開口一番、まぎれもない恐怖の悲鳴を小さくあげると、あとはお義理ばかりに騒いでみせた。彼女は本心からおびえていた。わたしが跡取り息子の、いや、息子にかぎらず跡取りの母になるというだけで、リチャードのもとでこれまでより重い地位を――身分不相応の地位を確保することになると思ったのだ（そのとおり）。わたしのそれは大きく、ウィニフレッドのそれは小さくなる。そこで、相応の大きさに削ぎ落とすべく百計を案じなくては、と思ったのだろう。育児室の細かい内装プランを手にした彼女がいつ現われてもおかしくない。そうわたしは思った。

「で、その祝福されし日はいつ?」ウィニフレッドは訊いた。こういう恥じらいをふくんだ言葉をわたしは滔々と聞かされることになるらしい。それはいまや「新たな到来」であり、「コウノトリの賜り物」であり、「見知らぬ小さき人」などと、留まるところを知らない。気に障る話が出ると、ウィニフレッドは妙に茶目になり、仰々しい言葉遣いになりがちだった。

「四月ごろだと思うけど」わたしは言った。「もしかしたら三月。まだお医者に診てもらっていないから」

「でも、わかっているんでしょ」彼女は言って、眉を吊りあげた。

「前に経験があるわけじゃなし」わたしはカチンときて言った。「あてにしていたわけでもない。気にもかけていなかったわ」

ある晩、おなじ知らせを伝えに、わたしはローラの部屋へ行った。ドアをノックしたが、返事がないので、眠っているのかと思い、そっと開けてみた。ところが、彼女はそこにいなかった。ベッドの脇にひざまずいていた。青いナイトガウンをまとったローラは、こうべを垂れ、髪は動かぬ風に吹かれたように広がり、投げだされたように腕をのべていた。初めは祈っているのだと思ったが、そうではなかった。わたしの耳に聞こえるかぎりは。ようやくわたしに気がつくと、ローラは拭き掃除でもしていたように何でもない顔で立ちあがり、化粧台の、縁飾りのついた長椅子に腰かけた。

例のごとく、わたしはローラをとりまくものとローラ当人の関係に面食らってしまった。ウィニフレッドが彼女のために用意した環境――上品な柄の生地、バラの蕾をかたどったリボン、薄地のモスリン、ひだ飾り――そこにローラ。写真に撮れば、お似合いにしか見えなかったろう。しかし、わたしにはその不調和は強烈であり、ほとんどシュールでもあった。言うなれば、ローラはアザミの柔毛《にこげ》のなかにある火打ち石だった。

あえて火打ち石と言おう、ただの石ではなく。火打ち石には、火の種がある。

「ローラ、話したいことがあるのよ」わたしは言った。「わたし、赤ちゃんが生まれるの」

振り向いたローラの顔は、陶皿のようになめらかで白く、表情はその下に封じこめられていた。しかし、驚いてはいないようだった。祝福するでもなかった。そんな言葉はなく、こう言った。「あの仔猫を憶えてる？」

「どの仔猫？」わたしは訊いた。

「母さんが産んだ仔猫よ。母さんを殺したあの」

「ローラ、あれは仔猫ではなかったのよ」

「知ってるわ」ローラは言った。

美しき眺め

リーニーが戻ってくる。わたしにご不満があるようだ。〝ちょっと、お嬢さん。どう弁解するつもり？　ローラになにをしたのさ？　いつまでたってもわからないのかねえ？〟

こんなことを訊かれても、答えようがない。答えは問いとからまりあい、結び目だらけ、何本も撚りあわさって、じっさい答えなんてものではなくなっている。

つまり、こういう場面でわたしは審理にかけられているのだ。それはわかっている。あなたがじきにどんなことを考えだすか、それもわかっているのよ。きっと、わたし自身がいま考えているのとおおむねおなじ。〝自分はもっと違う態度をとるべきだったのではないか？〟と。あなたはそう思いこむにちがいないが、わたしにほかの選択の道などあったろうか？　いまのわたしならそんな選択もできようが、〝いま〟は〝あの時〟ではない。

わたしにはローラの心が読めてしかるべきだったのか？　その胸中になにが去来しているかを？　つぎに来るものを把握できているべきだった？　わたしは妹の保護者だったのか？

〝べき〟とは不毛なことばだ。現実にはなかったことを語る。パラレル・ワールドに属すること。宇宙の異次元に属することを。

二月のある水曜日、午睡から覚めたわたしは階下へおりていった。そのころには、ずいぶん昼寝をするようになっていた。妊娠七か月に入ったころで、夜よく寝つけなかったのだ。血圧のことで多少の心配もあった。足首がむくんできたもので、足をなるべく高くして寝るように言われていた。ばかでかいブドウの実にでもなった気分だった。大きく膨れあがって、いまにも糖分と紫色の果汁を飛ばして破裂しそうだ。自分が醜く思え、厄介者になった気がした。

その日は、いまも憶えているが、雪が降っていた。湿った牡丹雪。手をついてベッドからおり、窓の外を見やると、真っ白になったクリの木が、巨大なおしゃぶりみたいに見えた。

雲の色をしたリビングルームには、ウィニフレッドがいた。彼女が来るのは聞かされていなかったが、始終わがもの顔で出入りしており、リチャードも同席していた。いつもなら、一日のその時分は会社にいるところだ。ふたりとも手に飲み物を持っていた。ふたりとも気むずかしい顔をしている。

「どうしたの？」わたしは言った。「なにがあったの？」

「まあ、お座り」リチャードは言った。「こっちへ、わたしの隣に」と、ソファを軽くたたいた。

「ショックだと思うけど」ウィニフレッドが言った。「こんなデリケートな時期にこんなことになって、お気の毒だわ」

気の毒なことの説明は、ウィニフレッドが引き受けた。リチャードはわたしの手を握って床を見つめていた。ときおり、こんな話は信じがたいとか、しごくもっともだとかいう顔で、首を振りながら。

ウィニフレッドの話の要略はこうである。

ローラはとうとうはじけてしまった。豆かなにかみたいにはじけてしまった、彼女はそんな言い方をした。「かわいそうなあの子、もっと早くに治療を受けさせるべきだった。けど、わたしたちもそのうち治まるだろうと思っていたのよ」ウィニフレッドは言った。ところが、今日、ローラはボランティアで慰問に行っていた病院で、手がつけられないありさまになった。さいわい医者が居合わせ、もうひとり専門医も呼ばれてきた。その結果、ローラは自身にも他人にも危害を及ぼしかねないと判断され、残念なことだが、リチャードはやむをえず、ローラをある施設の保護下に置いてきたと言う。

「なにを言っているの？　ローラがなにをしたんですって？」

ウィニフレッドは憐れむような顔をした。「自分を傷つけようとしたの。ちょっと妙なことも口走っていたけれど——ええ、あれは妄想に襲われているにちがいないわ」

「一体なにを言ったの？」

「あなたに話していいものかしら」

「ローラはわたしの妹よ」わたしは言った。「わたしには知る権利があります」

「リチャードがあなたを殺そうとしているって」

「あの子がそんな言い方を？」

「ともあれ、言わんとしていることはあきらかよ」ウィニフレッドは言った。

「そうじゃなくて、正確になんと言ったか教えて」

「リチャードは嘘つきで、裏切り者の奴隷商人で、腐った金の亡者だって」

「あの子はときどき極端な発想をするし、ずけずけものを言いがちなのはわかっているわ。でも、そんなことを言ったぐらいで、ひとを精神病院に入れるなんてどうかしてる」

「それだけじゃないのよ」ウィニフレッドは棘のある声で言った。

リチャードはわたしを慰めるつもりなのだろう、そこは世間一般の施設とは違う、悪しきヴィクトリア時代の規範とは違うのだと言った。私立病院で、きわめて優良な、最高の病院のひとつなんだよ。〈ベラ・ヴィスタ・クリニック〉と言うんだ。そこならローラも一流の治療が受けられる。

「どんな眺めなの？」わたしは訊いた。

「え、なんだって？」

「〈ベラ・ヴィスタ〉よ。〝美しき眺め〟という意味でしょう。なら、どんな眺めなの？　ローラが窓の外を見たらなにが見える？」

「冗談のつもりじゃないでしょうね」ウィニフレッドが言った。

「まさか。とても大切なことよ。芝生や庭や噴水なんかはある？　あるいは、ごみごみした横町なんかは？」

ふたりとも答えられなかった。いずれにしろ自然豊かな環境にちがいないと、リチャードは言った。

「行ったことはあるの？」

〈ベラ・ヴィスタ〉は街の郊外にあるんだ。風光明媚なところだよ。

「気が気でないのはわかるがね、ダーリン」彼は言った。「ひと眠りしてきたらどうだい」

「してきたばかりよ。答えてちょうだい」

「いいや、わたしは行ったことはない。あるもんかね」

「だったら、どうしてわかるの？」

「いい加減になさいよ、アイリス」ウィニフレッドが言った。「なにが問題なの？」

「ローラに会わせて」妹が突如こわれてしまったとは、どうも信じがたかったが、彼女の奇行にはすっかり慣れていたから、おかしいとも思わなくなっていた。彼女の失態をわたしが見過ごしていたとしても不思議ではない——どんなものにしろ、心のもろさを示すサインを。

ウィニフレッドによれば、家族がローラに面会にいくなど当面は問題外だと、医者たちに言い渡されたそうだ。その点をなにより強調していたとか。ローラはかなり精神に異常をきたしているが、それだけでなく、暴力的になっている。しかも、いまはわたしの体調もおもんぱからねばならない。

わたしは泣きだした。リチャードがハンカチを渡してくれた。かるく糊がきいて、コロンの香りがした。

「じつは、ほかにも知らせることがあるのよ」ウィニフレッドが言いだした。「これこそ、ひどく気の滅入る話なんだけど」

「あの話はまたの機会にしようじゃないか」リチャードは声を抑えて言った。

「本当に辛いことだけど」気乗りのしない振りをしてウィニフレッドが言った。いま、この場で、話してくれと、わたしはもちろん言い張った。

「気の毒に、あの子妊娠しているのよ」ウィニフレッドは言った。「あなたとおなじように」

わたしは泣きやんだ。「それで、無事なの？　ローラは？」

「無事なわけないでしょ？」ウィニフレッドは言った。「どうして無事でいられる？」

「父親は誰？」ローラがそんな話をデタラメにでっち上げるとも思えなかった。つまり、自分では誰の子だと思いこんでいるのか？

「それが言おうとしないんだ」リチャードが言った。

「もちろん、いまはヒステリー状態だから」ウィニフレッドが言った。「あることないこと言っているんでしょうね。あなたが産もうとしている赤ちゃんは本当は自分の子だと思いこんでいるみたい。どういう理屈なんだか、本人も説明できないようだけど。もちろん、こんなの譫言《うわごと》よ」

リチャードは首を振ると、「まったくもって悲しいことだ」と、葬儀屋のような低くおごそかな声でつぶやいた。厚い栗色の絨毯みたいにくぐもった声。

「専門家――精神科の専門医が言うにはね、ローラはあなたに嫉妬するあまり気が変になったんだろうって」ウィニフレッドが言った。「一から十まであなたに嫉妬するあまり――あなたの人生を生きようとしている。あなたになりたがっている。そういう形で現われているらしいわ。あなたに危険がないよう気をつけなさいって」そう言うと、ウィニフレッドは飲み物を少しばかりすすった。「ところで、あなた、自分ではなにも気づいていなかったの?」

彼女がどれほど利口な女か、わかるというものだろう。

エイミーは四月の初旬に生まれた。あのころはエーテルで麻酔をかけたから、お産のあいだの意識はない。薬を吸いこんだとたん、目の前が真っ暗になり、目が覚めたら、ぐったりしてお腹が平らになっていた。赤ん坊は隣にいなかった。ほかの子たちといっしょに育児室に入れられていた。女の子だった。「なにも不調はないんでしょう?」わたしは訊ねた。とにかく、それが心配でならなかった。「手も足も指は十本」看護婦が元気よく答えた。「五体満足ですよ」

午後になると、ピンクの毛布にくるまれて赤ん坊が部屋に連れてこられた。わたしは頭のなかでは、もう名前をつけていた。エイミーとは、〝愛される者〟という意味であり、わたしはまさしくこの子が将来誰かに愛されることを願っていた。自分がどれほど愛せるか、必要とされるだけ愛せるかという話になると、心もとなかったが。わたしという人間は、いまでさえ、あまりに薄くのばされてしまっていた。この先、残りが充分にあるとは思えなかった。

エイミーはどの新生児とも変わらない顔をしていた。猛スピードで壁にぶつかったみたいな、ぺちゃんこの顔。髪の毛は長く、黒い。ほとんど閉じたままの目で、やぶにらみに見あげてきた。胡乱そうなやぶにらみ。人間とはなんと打ちひしがれて生まれてくることよ、わたしはそう思った。赤ん坊にとっては、どんなにひどい不意打ちであることか。あの最初の、手荒な、外界との遭遇というのは。わたしは目の前の小さな生き物が不憫になり、この子のためにきっと最善を尽くそうと心に誓った。

母娘がたがいに観察しあうなか、ウィニフレッドとリチャードが到着した。看護婦は最初、ふたりをわたしの両親と勘違いした。「違うのよ、この人こそ鼻高々のパパ」ウィニフレッドがそう言うと、みんなして笑いだした。ふたりは、花束と凝った赤ちゃん用品を一式携えていた。レース編みの飾りと白いサテンのリボンがどっさりついた。

「まあ、愛らしいこと！」ウィニフレッドが言った。「でも、あらあら、ブロンドかと思っていたのに。ひどく真っ黒ね。この髪を見て！」

「ごめんなさい」わたしはリチャードに言った。「男の子がほしかったんでしょう」

「つぎの機会でいいさ、ダーリン」狼狽しているようにはまったく見えなかった。

「まだ産毛なんですよ」看護婦がウィニフレッドに言った。「大半の子はこんな色の髪をして生まれてきます。背中のほうまで生えていることもありますよ。そのうちに抜けて、本物の髪の毛が生えてくるんです。牙やしっぽがないだけ、お星さまに感謝すべきですよ。そういう子もたまにいますからね」

「ベンジャミンお祖父さんは黒髪だったわ」わたしは言った。「白髪になる前はね。それから、アデリアお祖母さまも。もちろん、うちの父も。父の兄弟ふたりはどうだったのかしら。ブロンドは母方の家系なのよ」わたしは普段と変わらぬざっくばらんな口調で話し、リチャードが気にするふうでもないのを見てほっとした。

ローラがその場にいなかったことを感謝したか？　わたしの手の届かない、どこか遠くに隔離されていたことを。ローラもわたしに手の届かない場所に。洗礼式の招かれざる妖精みたいにわたしのベッドサイドに現われて、〝なんの話をしているの？〟などと言うこともできない場所に。

ローラは当然ながら知っていたのだろう。ただちに勘づいていたにちがいない。

昨晩、わたしはある若い女が焼身自殺を図るところをテレビで見た。ほっそりした若い女で、紗のような燃えやすいローブをまとっていた。世の不正かなにかに抗議して火をつけたらしい。しかし、自分を燃やして焚いた火がなにかを解決するなどと、なぜこの女は思ったのだろう？　〝ああ、そんなことよしなさい〟。わたしは言ってやりたかった。〝自分の人生を燃すなんて。なにを目指しているにせよ、それだけの価値なんかありゃしない〟。とはいえ、彼女にはそうする価値があったのだろう、たぶん。

一体なにに取り憑かれているのか？　自己犠牲をやってのける資質のある、こういう女たちは。若い女にだって気概がある、泣き言をいっているばかりではない、堂々と死と向かいあうこともできるのだと、そんなことを証明したくて、わが身を燃すのか？　それにしても、あの衝動はどこから来るのだろう？　反抗心に始まるのか。だとすると、なにへの反抗心？　世の中の重苦しく息も詰まるような秩序や、スパイクタイヤをはいたような古代戦車（神々が駆る乗り物の象徴）、昏き目の暴君、昏き目の神々に対する反抗心か？　しかし、いわゆる机上の祭壇にわが身を捧げれば、そんなこんなを阻止できると思うほど無謀なんだろうか、それとも、傲慢なんだろうか、その娘たちは？　それとも、これはある種の宣誓証言なのか？　思いこみを尊ぶなら、じつにあっぱれな行為である。じつに勇敢でもある。とはいえ、ひとえに無益である。

そういう意味では、サブリナが心配だ。地球の果てで、なにをしているのだろう？　クリスチャンや仏教徒に毒されているかもしれない。それとも、あの子の鐘楼には他種のコウモリも棲んでいるだろうか？（鐘楼にコウモリを飼っているというのは、ちょっと頭がおかしいという意）〝もっとも小さき者の一人にしたのは、わたしにもしたことなのである〟。彼女の無益へのパスポートには、こんな言葉が書かれているのか？　金の言うなりになって破滅した浅ましい一族の罪を、サブリナは贖《あがな》おうとしているのか？　そうでないことを心から祈る。

エイミーにもややその気《け》はあったが、彼女の場合、もっとゆっくりとして遠回しな形をとった。ローラが橋から転落したのは、エイミーが八歳のとき。リチャードが亡くなったのは、エイミーが十歳のとき。こうしたことが起きたのは仕方ないが、あの娘の人生に多大なる影響をおよぼした。やがて、彼女はウィニフレッドとわたしとの板挟みで、ずたずたになってしまう。いまならウィニフレッドはあの係争に勝てっこないが、当時は勝利した。わたしのもとからエイミーをさらい、わたしはいくら頑張っても取り返すことができなかった。

エイミーはある年齢に達して、リチャードが遺してくれた金を手にすると、学校を勝手にやめて、ありとあらゆる薬物的な慰めに手を染め、つぎからつぎへと男に貢いでいったが、それも意外ではない（たとえば、サブリナの父親は誰なのか？　よくわからないし、エイミーはついぞ口にしなかった。ルーレットでも回して決めたら、とよく言っていた）。

わたしは連絡がとぎれないよう務めた。和解を望みつづけた。なんのかの言っても、実の娘なのだし、申し訳ないという気持ちもあって、償いをしたかったのだ――エイミーの子ども時代を苦境に陥れた償いを。ところが、そのころには、彼女はわたしに背を向けていた。ウィニフレッドにも――これは少なくともなにがしかの慰めになった。わたしたちのどちらも寄せつけようとせず、また、サブリナにも近寄らせなかった。いや、サブリナにはとくに。わたしたちに毒されたくなかったのだろう。

エイミーは始終居を移して転々とした。二度ばかりは、家賃滞納で叩きだされたこともある。騒ぎを起こして逮捕されたことも。入院させられたことも幾度かあった。まあ、あなたが読んだら、慢性アルコール中毒だと言うに決まっているけど、わたしはその用語が大嫌い。エイミーにはお金は充分にあったから、働く必要はなかった。どのみち、定職に就ける子ではなかったから、おなじことだろう。いや、本当にそうだろうか。もしフーテン生活ができない状況なら、人生も変わっていたかもしれない。明日の糧を得るのに必死であれば、わたしたちに負わされたと感じている数々の傷を思い煩うだけでなければ、また違ったのではないか。不労所得なるものは、ただでさえそうなりがちな娘たちの心に、自己憐憫をかきたてる。

最後にわたしが会いにいったとき、エイミーはトロントのパーラメント・ストリートの近くにある、貧民窟のような長屋に住んでいた。玄関通路の脇の砂場に、子どもがしゃがみこんでおり、サブリナだろうとわたしはあたりをつけた――モップのような髪をした薄汚い洟たれで、ショートパンツははいていたが、Tシャツは着ていなかった。古ぼけたブリキのカップを手に、曲がったスプーンで砂を掘ってはそのなかに入れている。なかなか知恵のまわる子どもで、わたしに二十五セント硬貨をねだった。あげたのかって？　たぶんそうだろう。「おまえのお祖母ちゃんよ」そう言うと、その子は〝頭がおかしいんじゃないか〟という目で見あげてきた。そんな人間の存在は聞かされていなかったにちがいない。

このとき、わたしは隣人のひとりから、ありがたくないことを知らされた。お隣さんは親切な人たちだった。どれぐらい親切かというと、エイミーが帰ってくるのを忘れれば、サブリナの食事の面倒をみてくれるというほど。ケリーという名の一家だった、と思う。エイミーが首の骨を折って階段の下で発見されたとき、警察に連絡してくれたのも彼らだ。うっかり落ちたのか、落とされたのか、飛びおりたのか、それはわからない。

あの日、すかさずサブリナを連れだして、逃げてしまえばよかったのだ。メキシコへでも。この後どういう羽目になるかわかっていたら、そうしていた――ウィニフレッドがサブリナをさらって閉じこめ、エイミーのときとおなじく、わたしから遠ざけるような真似をするとわかっていたら。

サブリナはわたしのもとにいれば、ウィニフレッドと暮らすより幸せだったろうか？　金持ちだが、恨み辛みでいっぱいの、くさりかけた老女のもとで育つというのは、どういうものだったのか？　貧しくて、恨み辛みでいっぱいの、くさりかけた老女のもとではなく。要は、わたしだが。しかし、わたしならあの子を愛したことだろう。ウィニフレッドが愛したとは思えないが。彼女がサブリナにしがみついていたのは、わたしに嫌がらせをし、わたしを罰し、自分が勝ったことを見せつけるためにすぎない。

ところが、あの日のわたしは〝赤子さらい〟はしなかった。玄関のドアをノックし返事がないと、ドアを開けてなかに入り、暗くて狭くて急な階段を昇っていき、二階にあるエイミーのアパートメントを訪れた。エイミーはキッチンにおり、小さな丸テーブルに着いて、自分の両手をしげしげと見つめていた。その手には、スマイルマークのボタンがついたコーヒーマグがあった。マグをすぐ目の前まで近づけ、ひっくり返しとっくり返ししている。顔は青白く、髪の毛はぼさぼさ。あまり見場がよかったとは言えない。タバコを吸っていた。おそらく、ドラッグかなにかで酩酊していたのだろう。お酒もいっしょに飲んで。なにしろ部屋じゅうが酒臭く、それとともにタバコの吸い殻の臭いや、汚い流し台の臭いや、洗っていないゴミ容器の臭いやらがした。

わたしは話しかけようとした。静かに切りだしたが、彼女は話を聴くような気分ではなかったらしい。うんざりだと言った。あんたたちみんなうんざりだ、と。いちばんうんざりなのは、隠しごとをされているって感じがすることよ。一族ぐるになって隠してきたんだ。誰も本当のことを教えてくれようとしない。あんたたちが口をぱくぱくすれば言葉が出てくるけど、どこにも結びつかない言葉ばかり。

でも、どっちみち、わかったよ。あたしは盗みだされたんだ。遺産相続権がないのも、あんたは実の母親ではないし、リチャードも実の父親ではないから。ローラの本にぜんぶ書いてあった。エイミーはそう言った。

一体全体どういう意味なのかと、わたしは訊いた。わかりきっているじゃないのと、彼女は答えた。あたしの実の母親はローラで、実の父親はあの男。『昏き目の暗殺者』に出てくるあの男よ。ローラ叔母さんは彼に恋していたのに、あんたたちが邪魔をした——名も知れないこの恋人をどうにかして始末したんだ。脅して追い払うなり、金をつかませるなり、連れ去るなりなんなりして。あたしはウィニフレッドの家に長くいたから、あんたたちみたいな連中のやり口はわかってる。ローラがその男の子を身ごもっているとわかると、スキャンダルをもみ消すのにローラを余所へ遣った。ちょうどそのころ、あんた自身の赤ん坊が死んだから、ローラの子どもをさらってきて養子にし、実子として通すことにした。

エイミーの言うことは支離滅裂だったが、要旨はおおむねこんなところだ。この幻想がいかに彼女の心をとらえたか、あなたにもわかるでしょう。こんな所帯じみた女ではなく、神話になるような女を母親に持ちたいと誰でも思うものじゃないの？　そんな機会さえあれば。

それはとんだ思い違いだ、話をすっかり取り違えていると、わたしはエイミーに言ったが、彼女は聞く耳を持たなかった。リチャードとあんたに育てられてちっとも幸せじゃなかったけど、それも不思議じゃない、そう言い返してきた。実の親らしいことなんてなにもしてくれなかった。じっさい実の親じゃなかったんだから。ローラ叔母さんが橋から身投げしたのも当然よ――あんたたちに胸を引き裂かれたせいで。たぶん叔母さんはわたしが大きくなったら読むようにこんないきさつを説明した遺書をのこしたんだろうけど、リチャードとあんたが棄ててしまったにちがいない。

道理であんたはひどい母親だったわけだ、さらにエイミーは言った。あたしのこと、本当は愛してなんかいなかった。愛していたら、なによりも大切にしたはず。娘の気持ちを考えてくれたはず。リチャードを棄てたりしなかったはず。

「理想の母親ではなかったかもしれない」わたしは言った。「それはすすんで認めるけれど、あの状況なりに最善を尽くしたつもりよ――状況と言っても、あなたは知らないことばかりでしょうけど」サブリナのことはどうするつもり？　わたしはつづけて訊いた。あんなふうに服も着せず乞食みたいに汚い恰好で家の外を走り回らせておくとは。親として無責任じゃないの。あれでは、いついなくなってしまうかわからない。子どもはしょっちゅう行方不明になっているんだし。わたしはサブリナのお祖母さんなんだから、引き取りたい気持ちはやまやまだけど……。

「祖母さんはあんたじゃない」エイミーは言った。いまや泣きだしていた。「ローラ叔母さんだよ。生きていたら。でも、叔母さんは死んでしまった。あんたが殺したんだ！」

「馬鹿言わないで」わたしは言ったが、まずい反応をしてしまった。この手のことは強く否定するほど、ますます信じこまれてしまう。とはいえ、ひとは怯えていると、往々にしてまずい反応をする。このときわたしはエイミーに怯えていた。

わたしが「馬鹿」という語を口にしたとたん、エイミーはわめきはじめた。馬鹿はあんたのほうだ、と。危険なほどの馬鹿。自分がどんなに馬鹿だかわからないほどの馬鹿。彼女はここに繰り返し書けないような言葉の数々を使い、スマイルマークのマグを手にすると、わたしに投げつけた。と思うと、よろめきながらつかみかかろうとしてきた。胸も張り裂けんばかりにしゃくりあげて号泣している。両腕を威嚇するように広げて。わたしにはそんなふうに見えた。動揺して頭に血がのぼっていたのだ。わたしは後ずさり、そのまま階段の手すりをつかんで、あたりに散らかる靴の片方だの受け皿だのをよけながら降りていった。階下につくと、いっさんに逃げだした。

あのときわたしも腕を広げるべきだったのだろう。エイミーを抱きしめるべきだったのだ。わたしも泣いて、彼女とならんで座り、いまあなたに話しているこの話をしてやるべきだった。ところが、そうはしなかった。わたしは機を逸し、いまもそれを苦い思いで悔いている。

エイミーが階段から落ちたのは、それからほんの三週間後のことだった。わたしはもちろん死を悼んだ。実の娘だったのだから。しかし、認めなくてはいけないが、わたしが悼んだのはもっと若いころのエイミーだった。彼女が送りそこねた人生を悼んだ。失われた可能性を悼んだ。そしてなにより、わたし自身の過ちを悼んだ。

エイミーが死ぬと、ウィニフレッドがサブリナに爪を立ててきた。手に入れてしまえばこっちのものとばかり、真っ先に現場に駆けつけた。ローズデイルのけばけばしい邸宅にサブリナをすばやく移し、あっというまに、彼女の公的後見人の座にみずから納まってしまった。わたしは裁判で争うことも考えたが、エイミーをめぐる戦いを繰り返すことになっただろう――わたしはどうせ負ける運命にある。
ウィニフレッドがサブリナを引き取ったとき、わたしは六十歳にもなっていなかった。当時はまだ運転もできたから、ときおりトロントまで車を走らせ、昔の推理小説に出てくる私立探偵みたいに、サブリナのあとをこっそり尾けたりした。ひと目見ようと、彼女の通う幼稚園――新しい幼稚園、新しい名門の幼稚園――の外をうろつきもした。どんなことがあっても元気でやっていることを、この目で確かめたかったのだ。

たとえば、ある朝わたしはデパートにいた。ウィニフレッドがパーティ用の靴を買いにサブリナを百貨店の〈イートン〉に連れていった日のことだ。彼女がサブリナをわがものにしてから数か月がたっていた。ほかの衣服は本人に相談もしないで買いあたえたにちがいないが――そのほうが彼女らしい――靴ばかりは試着する必要があり、なぜかこの雑事にかぎって、ウィニフレッドはお手伝いに任せる気にならなかったらしい。

クリスマスの季節だった。正面の大柱には、ヒイラギの造花がからまり、金箔をかけたマツボックリと赤いベルベット・リボンの輪飾りが、トゲトゲのある光輪みたいに、入口に掛けられていた。ウィニフレッドはクリスマスキャロルの合唱団に行く手を邪魔され、大いに迷惑そうだった。わたしは隣の通路にいた。衣装もかつてのそれとは違っていた。古いツイードのコートを着て、スカーフを目深に巻いていたから、ウィニフレッドはこちらを見ても気づかなかった。掃除婦か、バーゲン漁りの移民とでも思ったのだろう。

彼女のほうはあいかわらずめかしこんでいたが、にもかかわらず、いやにみすぼらしく見えた。まあ、彼女も七十になんなんとするころだったはずで、ある年齢をこえると、あの化粧スタイルでは、どうしてもミイラのような顔になってしまう。オレンジの口紅にこだわるのはよすべきだった。もう彼女には色がきつすぎた。

いわゆる怒り皺で、眉間に白粉の溝ができているのも見てとれた。ルージュをひいた下顎のあたりは筋張っていた。サブリナの腕を引っぱるようにして、冬物のコートで着ぶくれた買い物客のコーラスのなかを追い立てていく。やる気ばかりで生のままの合唱ぶりが、疎ましかったにちがいない。

ところが、サブリナのほうは歌を聴きたがっていた。幼児がよくやるように、突っ立ったまま引っぱられていく——見た目はそれとわからない抵抗の形。教室で先生の質問に答える優等生のように、腕をまっすぐ上に伸ばした恰好だが、顔は鬼の子みたいなしかめ面をしている。あれは、痛かったにちがいない。ある姿勢をとって抵抗の宣言をしながら、ふんばりとおして。

歌は《聖ヴェンツェスラス》だった。サブリナは歌詞を知っていた。その小さな口が動くのが見えた。「その夜、月はさやかに輝けり、霜は無情に冷たくも」彼女は歌っていた。「そのとき哀れな男が目に入る、薪を集めにやってーきたー」

飢えについて歌った曲だ。サブリナが歌詞を理解しているのは、見ていてわかった。まだ記憶していたのだろう、飢えるということを。ウィニフレッドがその腕をぐいと引っぱり、不安そうにあたりを見回した。わたしの姿は見えていなくても、存在を感じたようだ。しっかり囲われた牧草地で、乳牛がオオカミの存在を嗅ぎつけるように。それでも、乳牛は野生の動物とは違う。守られて当然だと思っている。ウィニフレッドは少々びくついてはいたが、怖がってはいなかった。よしんば、わたしのことが心をよぎったにせよ、どこか遠くにいるものと考えていただろう。ありがたくも目につかないところに。ウィニフレッドが追いやった彼方の闇のなかに。

そのとき、わたしはサブリナを腕にさらって逃げだしたいという、強烈な衝動に駆られた。ウィニフレッドの泣きわめく震え声が聞こえるようだった。かたや、わたしは、なにも知らずに厳寒の歌を楽しげに歌いあげる合唱団を押し分けていく。

わたしはサブリナの手をしっかり握っているだろう。つまずきもせず、彼女を転ばせることもなく。

だが、あまり遠くまでは行けない。すぐ近くに追っ手が迫っているだろうから。

わたしは独りデパートを出ると、うつむいてひたすら歩いた。襟を立て、繁華街の歩道を。湖から風が吹きつけ、雪が舞っていた。昼間だというのに、低くたれこめた雲と雪のせいで、あたりは薄暗かった。まだ雪かきしていない通りを、車が雪を跳ねかしながらゆっくりと通りすぎる。赤いテールランプが、背を丸めて後じさる獣の目のように、遠ざかっていく。

なにを買ったのか忘れたが、わたしは包みをしっかりつかんでいた。手袋もせずに。きっと店のなかに落としたのだろう、あの人込みの足元に。気づきもしなかった。そのむかし、わたしはブリザードのなかを手袋もせずに歩き、なんとも思わずにいられたのだ。こんなことができるのは、愛ゆえか、憎しみゆえか、恐れ、それとも純然たる怒りゆえか。

むかし自分の出てくる白昼夢をよく見た――それを言ったら、いまでも見るが。まったく馬鹿げた夢だったが、運命を形作るようなイメージを通してしばしば現われた（こういう方面に話が脱線すると、〝運命を形作る〟といった大仰な言葉をつい書きがちである。気づいても、気にしないこと）。

その白昼夢では、ウィニフレッドと彼女の友人たちが、お金で出来た輪飾りを頭にかぶって、サブリナのフリルいっぱいの白いベッドを囲んで集まり、この子になにを贈ろうか話しあっている。すでにサブリナは、バークス社の彫り込みのある銀のカップと、クマさんの装飾帯を入れた子ども部屋の壁紙と、一連の首飾りに仕立てるためのお初の真珠、そのほかきわめて時宜をわきまえたあらゆる黄金の品を贈られているが、これらは朝陽が昇ると炭になってしまう。いま彼女たちはサブリナのために、歯ならびの矯正と、テニスのレッスンと、ピアノのレッスンと、ダンスのレッスンと、名門のサマーキャンプへの参加を計画していた。この子のお望みはなにかしら？

そのとき、硫黄色の閃光と一条《いちじょう》の煙のなかに、煤けてたるんだ肌をひらひらさせて、わたしが姿を現わす。招かれざる手余し者の継母。〝わたしにも贈り物をさせなさい〟わたしは叫ぶ。〝する権利があるんだよ！〟

ウィニフレッドとその一味は高笑いをして指さす。〝あなたに権利が？　とっくのむかしに追放されたくせに！　近ごろ鏡を見たことあるの？　ずいぶん身なりにかまわなくなったものね、百二歳ぐらいに見えてよ。薄汚い穴ぐらにお戻りなさい！　あなたになにが贈れるというの？〟

〝真実を〟わたしは言う。〝それを伝えられる最後の人間だから。それこそ、朝になってもこの部屋から消えない唯一のものよ〟。

〈ベティーズ・ランチョネット〉

何週間たっても、ローラは帰ってこなかった。手紙を書くなり、電話をするなりしたかったが、彼女の躰に障るからとリチャードに止められた。いまのローラは過去からの声に割りこまれては困るんだ、彼はそう言った。目下の状況、つまり目の前の治療に気持ちを集中させる必要がある。とにかく、ぼくは医者にはそう聞かされている、と。治療については、自分は医者ではないからその手のことで知ったかぶりはしない。まちがいなく専門家に任せておくのがいちばんだ。そうも言った。

わたしはローラの姿を思い浮かべて苦しんだ。妹が出てくるむごい夢想に捕らえられ、閉じこめられてもがいていた。あるいは、妹本人ではなく、彼女を取り巻く人々の出てくる、これまたむごい夢想に。ひとはどこから他者になるのだろう？　内界と外界の境界は、どこにあるのか？　われわれは日々とくに考えずにその門を出入りし、文法上のパスワードを使いこなしている。〝わたしは言う、あなたは言う、彼と彼女は言う、かたや、赤ん坊《それ》は言わない〟。ひとは合意のうえにある〝意味〟という共通貨幣でもって、正気という特権を買っているのだ。

ところが、ローラは幼いころから、おいそれと合意しない人間だった。そこが問題だったのか？「イエス」という答えを要求されているときに、「ノー」を固持するようなことが？　ノーをイエスと言い、またイエスをノーと言う。

ローラは元気で暮らしていると、わたしは聞かされていた。回復している、と。ところが、しばらくすると、あまり調子がよくない、病状がぶり返したと言う。なにが回復し、なにがぶり返したのか？　そう訊ねると、そんなことに深く立ち入ってはいけない、きっと心配になるだろうから、いま大切なのは新米の母親らしくエネルギーをとっておくことだ、などと言われた。「おまえには、すぐにまた元気になってもらいたいんだよ」リチャードはそう言って、わたしの腕をぽんとたたいた。

「でも、病気というわけでもなし」わたしは言った。

「いや、言いたいことはわかるだろう」彼は言った。「普通の生活に戻るということさ」と、優しげな笑顔を見せた。流し目といってもいいような。なんだか目の玉が小さくなったというか、目のまわりの肉が寄ってきたというか、狡賢そうな顔つきになった。自分らしい位置に戻れるときを思っていたのだろう——上になれるときを。わたしは押しつぶされて窒息するんじゃないかと思っていた。リチャードは体重が増えつつあった。しょっちゅう外で食事をするせいだ。彼は社交クラブで、重要な集まりで、重大な集まりで、演説をしたりする。重々しい集まりには、重要な重鎮たちが集まって重々話しあっていた。この先かなりの悪天候が待っているらしいと、誰もが察していたからだ。

こうした演説活動は、ときに人間を空っぽのまま膨らませる。わたしは今までにそうしたプロセスを何度となく見てきた。ああいう言葉がよくないのだ、演説で使う類の言葉が。脳みそに発酵作用がおきる。テレビの選挙放送などでよく見かけるが、それこそ言葉が気泡みたいに口からこぼれでてくる。

なるたけ長いこと、できるかぎり病人らしくしていようと、わたしは心に決めた。

ローラのことでは焦《じ》れて焦れて仕方なかった。ウィニフレッドに聞いた話をあれこれひねりまわし、あらゆる角度から眺めてみた。すっかり信じることもできなかったが、信じないでいることもできなかった。

かつてのローラには、あるとてつもない力がつねに備わっていた。なんの気なしに、物事をうち破ってしまう力。領分というものにまるで囚われないのだった。わたしのものは彼女のもの。わたしの万年筆、コロン、サマードレス、帽子、ヘアブラシ。この所持品のカタログがわたしのお腹の子にまで拡大したのだろうか？　しかし、妄想にかかっているにしても——でたらめな話をしているにすぎなくても——よりによって、こんなでたらめを選んだのはなぜなのか？

だが、その一方、ウィニフレッドが嘘をついているとしたら。ローラも彼女とおなじほどに正気だとしたら。とすれば、ローラは本当のことを言っているのだ。もしローラが本当のことを言っているなら、妊娠しているのは事実なのだ。本当に子どもが生まれたら、その子はどうなるのだろう？　それにしても、わたしに打ち明けなかったのはなぜなのだろう？　どこぞの赤の他人の医者には話しておいて。なぜわたしに助けを求めなかったのか？　わたしはしばらくそれを繰り返し考えた。もっともらしい理由はいくらもありそうだった。わたしの体調が微妙な時期であるのも、理由のひとつになるだろう。

父親に関しては、想像上であれ現実であれ、考えられるのはひとりしかいなかった。アレックス・トーマスにちがいない。

とはいえ、それはありえない。どうしたらありうるだろう？

ローラに訊ねても答えてくれるものかどうか、わたしにはもはやわからなかった。いまや妹はわたしの知らないものになっていた。手袋に手を入れたとき、手袋の内側が知られざるものであるように、計り知れない。いつもそばにいるのだが、ちっとも見ることができない。彼女の存在の輪郭を感じるだけだ。その中身はがらんどう、わたしの想像だけがいっぱいに詰まっている。

幾月もが過ぎた。六月になり、七月になり、そうして八月が来た。あなた、血色がわるいわね、ウィニフレッドにそう言われた。もっと外でお過ごしなさい、と。何度も言うようだけど、テニスもゴルフも始める気がないなら——産後のお腹を引き締めるのに、効果があるかもしれない。贅肉はおちなくなる前になんとかすべきよ——せめてロック・ガーデンの庭いじりでもしたら。〝お母さん〟にはもってこいの仕事だわ。

わたしはわたしのロック・ガーデンが好きになれず、〝わたしの〟と言っても名ばかりなのは、ほかの多くのものとおなじだった（考えてみれば、〝わたしの〟赤ちゃんというのともおなじ。これは取り替え子だか、ジプシーの捨て子だかにちがいない。わたしの本当の赤ちゃんはこんなに泣かずもっとにこやかで、あまり手強くないはずで、きっと神隠しにあってしまったのだ）。ロック・ガーデンも、わたしの奉仕に対しておなじように反抗的だった。なにをしてやっても喜ばない。岩の眺めはよかったが——石灰岩にピンクがかった花崗岩を組み合わせていた——そこになにひとつ生やすことができなかった。

わたしは本を読んで足れりとしていた——『ロック・ガーデンの多年生植物』『北の気候にむいた砂漠の多肉植物』などなど。こういう本に目を通してリストを作った。植えようかと思う草木のリストを。すでに植えた草木のリストを。育っているはずなのに育っていない草木のリストを。ドラゴンズ・ブラッド、スノー・オン・ザ・マウンテン、ヘン・アンド・チキンズなど、名前は気に入ったが、植物じたいにはさして興味がなかった。

「わたし、庭造りの才能がないのね」わたしはウィニフレッドに言った。「あなたと違って」いまや無能な振りをするのが癖になっていたから、とくに考えなくても言葉が出てきた。ウィニフレッドのほうは、わたしの不器用さをもはや好都合とは思わなくなっていた。

「あのねえ、当たり前のことだけど、少しは努力ってものをなさい」彼女は決まって言った。「そうすれば、わたしも枯木のリストをせっせと作ってあげる」

「岩だけでもきれいよ」わたしは言った。「あれは彫刻だということにしない？」

わたしは独りでローラに会いにいこうと思い立った。エイミーは新しい子守女にあずけていけばいい。彼女もミス・ムルガトロイドと名づけていた。わたしの頭のなかでは、うちの使用人はぜんぶムルガトロイドであり、みんなわたしとぐるになっていた。いや、しかし、あの子守女はウィニフレッドに告げ口するかもしれない。なんなら、全員を敵にまわしてやろうと、わたしは思った。ある朝エイミーを連れてこっそり家を出て、ふたりで汽車に乗りこむ。といっても、どこ行きの汽車に？　ローラの居場所に——とはいえ、どこにしまいこまれているのかも知らないのだ。〈ベラ・ヴィスタ・クリニック〉はどこか北のほうにあると聞いていたが、〝北のほう〟だけでは範囲が広すぎる。リチャードのデスク——自宅の書斎にあるデスク——を漁ってみたが、このクリニックからの手紙は見つからなかった。会社に置いてあったにちがいない。

ある日、リチャードが早めに帰宅した。ひどく狼狽《うろた》えているようすだった。ローラはもう〈ベラ・ヴィスタ〉をでていったんだ、そう言いだした。

どうしてそんなことに？　わたしは訊ねた。

ある男がクリニックにやってきて、と彼は説明を始めた。この男はローラの弁護士だか代理人だかそんなふうに名乗った。彼女の管財人——ミス・チェイスの信託資金の管財人なのだと。ローラを〈ベラ・ヴィスタ〉に収監している責任者に異議を申し立てる。法的措置をとると脅したらしい。おまえ、こうした手続きについて知識はあるかい？

いいえ、なにも（と、わたしは膝の上で拳を握りしめながら言った。驚きと穏やかな興味を示したつもりだ。喜びは表に出さずに）。それで、どうなったの？　わたしはさらに訊いた。

そのとき〈ベラ・ヴィスタ〉の所長は不在で、職員たちはおろおろするばかりだった。それで、この男にローラを託して退院させてしまった。家族も不当な新聞沙汰などは避けたがるだろうと判断して（弁護士はそんなこともほのめかしたらしい）。

でも、とわたしは言った。そうしてくれてよかったと思うわ。

それはそうさ、リチャードは言った。とはいえ、ローラは正気なんだろうか？　彼女の健康のためにも、身の安全のためにも、せめてきちんと確認すべきだと思う。うわべは落ち着いたようだが、〈ベラ・ヴィスタ〉の職員たちはそのじつ疑問に思っている。野放しにしたら、どんな危害を自身にもまわりにも及ぼすか、わかったものじゃない。

ひょっとして、おまえ、ローラの居場所を知らないかね？

いいえ、知らないわ。

これまでに連絡はないかい？

一度も。

そういうことがあったら、迷わず知らせてくれるね？

ええ、迷わないわ。これは、わたしの言ったことばそのままである。目的語のない文章であり、よって、嘘の部類には入らない。

わたしはよくよく慎重に時間をおいてから、ポート・タイコンデローガへ汽車で出かけ、リーニーに相談をもちかけた。彼女から電話があったことにしたのだ。リーニーが躰をこわしたらしい、わたしはそうリチャードに説明した。もしものことがある前にもう一度わたしに会いたがっている。そう言って、いまわの際にいるような印象を与えておいた。エイミーの写真を見せたら彼女も喜ぶわ、そうも言った。リーニーはきっと昔話をしたいのよ。わたしに、せめてしてあげられることだし。なんといっても、わたしたち、彼女に育ててもらったようなものだから。〝わたしたち〟を慌てて〝わたし〟に言い換えた。リチャードの注意をローラから逸らしておくために。

リーニーとは〈ベティーズ・ランチョネット〉で会う手はずにした（このころには、彼女も家に電話をひいており、堂々と世間と渡りあっていた）。それがいちばんだろうと、リーニーが提案したのだ。ここでまだパートタイムの仕事をしていたが、終わったら店で会えると言う。ベティーのオーナーが新しくなったんだよ、彼女はそう言った。前のオーナーは、従業員が仕事のあと、金を払っているお客みたいな顔で（じっさい払っているのだが）居座るのを好まなかったが、新しいオーナーは、金を払ってくれるなら客は選ぶべきではないと結論したそうだ。

〈ベティー〉も経営がそうとう下り坂になっていた。ストライプの天幕も姿を消し、暗いブース席は掻き傷だらけで、いかにも安っぽかった。新鮮なヴァニラの香りもしなくなり、腐った油の臭いがしてしまった。着飾りすぎたと、わたしは悔やんだ。白キツネの襟巻きなどしてくるのではなかった。こんな場でひけらかしてどうする？

リーニーの姿を見て、わたしはまたがっかりした。太りすぎだし、肌は黄ばみすぎだし、呼吸がいささか荒すぎた。本当に躰がわるいのかもしれない。訊いてみようか。「やれやれ、座ると足が楽になるね」ブースの向かい席にどっかりと腰かけながら、リーニーは言った。

彼女はマイエラを連れていた――あのときあなたは何歳だった？　三つか四つのはずだけど、年がわからなくなってしまった。マイエラははしゃいで頬を上気させ、目はまんまるで、ちょっとばかり飛びだしていた。かるく首でも絞められているように。

「この子には、あなたたちのことすっかり話してあるから」リーニーは愛しげに言った。「どちらのこともね」マイエラはわたしにはあまり興味がなかったと言わねばならないが、首に巻いたキツネの毛皮にはそそられたようだ。たいていこの年ごろの子どもは毛むくじゃらの動物が好きだ。たとえ、死んでいても。

「近ごろ」とわたしは切りだした。「ローラに会ったり話をしたりした？」

「口は災いのもとと言ってね」リーニーは周りをちらりと見て言った。ここでも壁には耳があるかもしれないと言わんばかり。そんな警戒の要は見あたらなかったが。

「あの弁護士を手配したのは、あなたでしょ？」わたしは訊いた。

リーニーは賢しらな顔をした。「あたしは必要とされることをしたまで」彼女は言った。「どっちみち、あの弁護士はあなたのお母さまのまたいとこの旦那だから、ある意味では家族だしね。わたしが状況を知るや、要点をすぐに飲みこんでくれたってこと」

「あなたはどうやって知ったの？」〝なにを知ったの？〟という質問はあとにとっておくことにした。

「あの子が手紙をよこしたんだよ」リーニーは言った。「姉さんにも書いたけど一度も返事がないって」リーニーによれば、そういう手紙は出すことを禁じられていたが、調理人が代わりに投函してくれたと言う。ローラはあとから、そのときの代金にわずかな礼をそえて調理人に送った。

「手紙なんて一通も受けとってないわ」わたしは言った。

「そんなことだろうとローラも思っていたよ。あの人たちが細工しているんだろうと」

〝あの人たち〟が誰を意味するかは、わかっていた。「あの子、ここに来たんでしょう」わたしは言った。

「ほかのどこに行きようがある？」リーニーは言った。「かわいそうな子。やっぱりあんなに苦労して」

「どんな苦労をしたの？」わたしは知りたくてたまらなかったが、同時に、聞くのを恐れてもいた。ローラの作り話かもしれない、わたしは自分に言い聞かせた。妄想症にかかっているのだ。そこを含みおかなくては。

だが、リーニーはその可能性は除外していた。ローラがどんな話をしたにせよ、信じているようだった。きっとわたしが聞かされてきた話とおなじではないのだろう。とくに、どんな形にしろ赤ん坊が話に出てくるとは思えなかった。「子どものいる前だからね、くわしくは話せないんだけど」リーニーは言って、娘に頷きかけた。マイエラはぞっとするようなピンクのケーキをがっついていたが、わたしのことを舐めたそうな顔で見あげてきた。「洗いざらい話したら、夜も眠れなくなるだろうしね。姉さんには関わりないことだけが救いだって、ローラ、そう言ってたよ」

「あの子がそう言ったの？」わたしはこれを聞いてほっとした。その瞬間、リチャードとウィニフレッドだけが悪漢の役を割り振られ、わたしはまぬがれた——きっと意気地のなさを理由に。もっとも、不注意のあまりこんな事態になるのをみすみす許してしまったわたしを、リーニーがすっかり赦していないのは察せられた（ローラが橋から転落すると、赦しの気持ちはさらに薄れた。リーニーの考えでは、あの転落事故にはまちがいなくわたしも加担しているのだった。あれ以来、彼女はわたしに冷たくなり、死にきれない思いで死んでいった）。

「あんなところに入れられちゃいけないよ、ああいう若い娘が」リーニーは言った。「事情はどうあれ。男どもがズボンをゆるめて歩いているような場所だよ。なにが起きるかわかったものじゃない。破廉恥な！」

「この子たち、噛む？」マイエラがわたしのキツネの毛皮に手をのばした。

「触るんじゃないの」リーニーが言った。「そんなベトベトの指で」

「噛まないわよ」わたしは言った。「本物じゃないの。ほら、目にガラス球が入っているでしょう。噛むのは自分のしっぽだけ」

「ローラもね、姉さんが知っていたら、あんなところに自分を置いておかなかったはずだって言ってたよ」リーニーは言い募った。「姉さんが知っていたらって。姉さんはほかのことはともかく、心ない人ではないからって」と、横を向いて眉をよせ、水の入ったグラスを見つめた。この点については、疑問があるらしい。「ジャガイモばかり食べているそうだよ、あそこでは」リーニーは言った。「マッシュドポテトみたいなやつ。食べ物をけちって、頭やらなにやらおかしい患者の口からパンをとりあげる（飯のたねを奪うの意味もある）。裏で私腹を肥やしているんじゃないかと、あたしは思うけどね」

「彼女はどこに行ったの？　いまどこにいるの？」

「ここだけの話だけど」リーニーは言った。「あの子、姉さんは知らないほうがいいって」

「彼女、はたから見て、なんというか……」見るからに頭がおかしいのか、と訊きたかったのだ。

「むかしと変わらないよ。あれ以上でも以下でもない。気が変になったようには見えないね。それを訊きたいんなら」リーニーは言った。「少しやせちまって――もうちょっと骨に肉を戻してやらないとね――そう、神さまの話をあまりしなくなった。これからは神があの子のそばにいることを祈るばかりだよ。いままでと違って」

「ありがとう、リーニー。いろいろと親切に」わたしは言った。

「礼を言われるようなことじゃない」リーニーは硬い口調で言った。「すべきことをしたまでなんだから」

つまり、わたしがしていないから、という意味だ。「あの子に手紙を書けないかしら？」わたしはハンカチを手探りした。泣きたい気分だった。罪人《ざいにん》になった気分だった。

「あの子が言うには、それはやめたほうがいいって。でも、姉さんに書き置きを残したことは伝えてほしいって」

「書き置き？」

「あの施設に連れていかれる前に残したとか。どこを探せばいいか姉さんならわかるはずだと言ってたよ」

「ねえ、それ、おばちゃんのハンカチ？　風邪ひいたの？」わたしが鼻をすするのを面白そうに眺めながら、マイエラが言った。

「質問ばかりしていると、舌が抜けるよ」リーニーがたしなめた。

「抜けたりしないよ」マイエラはあっけらかんと言った。調子っぱずれな鼻歌をうたいだし、テーブルの下で、わたしの膝をぽっちゃりした足で蹴りはじめた。明朗な自信にあふれているようで、めったなことでは怯えたりしない——そんなマイエラの性質にわたしはこれまでしょっちゅう苛立ってきたが、それがいまではむしろありがたい（あなたにとっては初耳かもしれないけどね、マイエラ。賛辞として受けておきなさいよ、そんな機会があるうちに。めったにないんだから）。

「エイミーの写真を見たいんじゃないかと思って」わたしは言った。わたしにも、こうして披露できる功績がせめてひとつはある。リーニーに見直してもらえるような。

リーニーは写真を受けとると、「おやまあ、髪の黒い赤ちゃんじゃないの？」と言った。「子どもは誰に似るかわからないね」

「あたしにも見せて」マイエラが砂糖まみれの手でつかんだ。

「早くしなさい、もう行くよ。父さんが帰ってくるのに遅れちまう」

「やだー」マイエラは言った。

「どんなにつましくとも、わが家のような処はなし」リーニーは歌いながら、マイエラの小さな鼻から紙ナプキンでピンクの砂糖衣を拭きとった。

「まだここにいたい」マイエラは言ったが、手早くコートを着せられ、毛編みの帽子を耳まですっぽりとかぶされて、ブースから横向きに引っぱりだされた。

「元気でやりなさいよ」リーニーはわたしに言ったが、キスはしなかった。

わたしは彼女の首にかじりついて、声をかぎりに泣きたかった。慰めてもらいたかった。彼女といっしょに帰るのは自分でありたかった。


「わが家のような処はなし」ある日、ローラがこんなことを言いだした。十一か十二のころだった。

「これ、リーニーが歌っていたの。おかしな歌ね」

「どういうこと？」わたしは訊ねた。

「だって」と、彼女は等式を書いてみせた。〝どこにもない処＝わが家　ゆえに、わが家＝どこにもない処　ゆえに、わが家は存在しない〟。

わが家とは心のある処だ。わたしは〈ベティーズ・ランチョネット〉で持ち物をまとめながら、そのときになってわかった。わたしにはもう心なんてない。すっかり壊されてしまった。いや、壊されたのではなく、たんに無くなったのだ。固ゆで卵の黄身のようにきれいに掬いとられ、わたしの残りは血も通わず、凝《ここ》って、虚ろだ。

心がないなら、とわたしは思った。わたしには家もない。

書き置き

きのうは、疲れのあまりソファで横になっているしかなかった。まったくだらしのない習慣におちいりつつあるが、昼のトークショーを見ていた。秘密を暴露するような類の番組だ。バクロというのは、いまどきの流行りらしい。わが身の秘密をバクロし、他人の秘密をバクロし、あることないことなんでもかんでもバクロする。罪悪感と苦悩のあまりすることもあれば、楽しみのためにすることもあるが、大半はたんに目立ちたいからであり、ひとはそんな姿を見たいのである。わたしもその例にもれない。こういうしょうもない罪の数々や、あさましい家族間のもつれや、大切にしまっておいたトラウマ、どれも面白くて面白くて。いよいよ缶の蓋をねじ開けるときの観客の期待感がたまらない。大変な誕生日プレゼントでも待ち受けるかのような。そのあと、顔ににじむ落胆の色。無理にしぼった涙、ひとの不幸をほくそ笑むちっぽけな憐憫、合図にあわせた律儀な拍手。〝たったそれだけの話か？〟観客はそう思っているにちがいない。〝そんなにありきたりではなく、もっと卑しくて、もっと大がかりで、もっととことん悲惨であるべきじゃないのか、おまえのそのかすり傷というのは？　さあ、もっと語れ！　苦しみをボリュームアップしてやろうか？〟

いったい、どちらが好ましいのだろう——隠し事でふくれあがりながら毎日を過ごし、その重圧でとうとう破裂してしまうのと、それを吸いださせてしまい、秘密の一段落ごとに、一文ごとに、一語ごとに出してしまい、しまいにはすっかり空になり、かつては秘蔵の黄金のように大切で、肌のようにぴったりとついていたものが——自分にとってはなにより深い重みを持っていたすべて、びくびくして隠そうとしたあれやこれや、自分だけが知っていたあのことこのこと、それが全部なくなり、それから先は、風にはためく空っぽの麻袋のようになって、鮮やかな蛍光色のラベルを貼られた空袋のようになって、むかしどんな秘密がその中に入っていたか誰しもに知られながら残りの人生を送るのとでは？

どちらが良いとも悪いとも、一概には言えない。

〝ゆるい口は船を沈める〟と戒める戦時中のポスターがあった（うっかりしたことを言ったり書いたりすると機密の漏洩につながる、と戒めるスローガン）。もちろん、船とはどのみち沈むものだが。遅かれ早かれ。

そうして自堕落に過ごしたのち、わたしはキッチンに行き、黒ずんだバナナを半分と、ソーダクラッカーを二枚食べた。ゴミ容器の裏に――肉のような臭いがしたので――なにか食べ物でも落ちていないかと思ったが、ざっと探したところではなにも見つからなかった。この悪臭は自分の臭いなのかもしれない。今朝、なにやら気持ちのわるい香水を吹きつけたにもかかわらず、躰がキャットフードのように臭うのではないかという考えをうち消せなかった。あの香水は、ああ、トスカか。いや、マ・グリフ、いやいや、ジュ・ルヴィアン？　そんな代物の残りが、まだ家にはごろごろしているのだ。マイエラ、まあ、探しだせた日には、緑のゴミ袋に一杯あるわよ。

リチャードはわたしを宥《なだ》めておこうという気になると、よく香水をくれた。香水、それから絹のスカーフ。籠の鳥や、金魚などのペットをかたどった宝石を鋳込めた小さなピン。ウィニフレッドの見立てだろう。彼女自身の好みではないが、わたしにはちょうどいいと思って選んだのだ。

ポート・タイコンデローガから汽車で戻ると、それから何週間も、ローラが残したとリーニーの言う書き置きのことをつらつら考えた。ローラは書いたときから承知していたにちがいない。病院の見知らぬ医者になにを話すつもりだったにせよ、それが波紋を呼ぶであろうことを。危険だとわかっていたから、予防策をとっておいたのだ。どこかに、どうにかして、わたしが手がかりをつかめるよう、言葉を残した。わざと落としたハンカチ、あるいは、森に点々と置いてきた白い石のように。

思い浮かべてみるに、伝言を書くローラは、ふだん書き物をするときのような恰好だったろう。きっと鉛筆で書いたのだ、先を噛んだ鉛筆で。ローラはよく鉛筆を噛んでいた。子どものころは口からスギの香りがし、これが色鉛筆だと、唇を青や緑や紫に染めていた。ローラはゆっくりと書く。筆跡は子どもっぽく、母音は丸っこい。oの字は中を塗りつぶし、gとyの字は縦の線がふるえながら長くのびている。iとjの上の点には円形を書くが、ずっと右のほうに打つものだから、小さな風船が見えない糸で縦の線に繋がれているように見える。tの横棒は一方に片寄っている。わたしは想像のなかでローラの隣に座り、つぎはなにをするかと待ちかまえていた。

伝言を最後まで書きおえると、ローラはそれを封筒に入れ、封をしてから隠した。アヴァロン館でいろいろとガラクタを隠したようなやり方で。しかし、その封筒はどこに隠せたものか？ アヴァロン館ではない。あのあたりには近寄っていないはずだ。とにかく、病院に連れていかれる直前には。そう、トロントの家にちがいない。ほかの誰も覗かないような場所――リチャードも、ウィニフレッドも。ムルガトロイドたちの誰ひとりとして。

わたしはあちこち捜してみた――抽斗の底から、食器棚の裏、わたしの冬物のコートのポケット、手持ちのハンドバッグ一式、冬にはめるミトンの中まで調べた――が、なにも見つからなかった。

そうするうちに、むかしローラとばったり出会《でくわ》したことを思い出した。祖父の書斎だ、彼女が十か十一のころ。目の前に広げていた家族用の聖書は、大判革装の獣じみたもので、ローラは母さんの裁縫ばさみでページを切り抜いていた。

「ローラ、なにをしているの？」わたしは言った。「それ、聖書でしょう！」

「好きじゃないとこを切りとっているの」

わたしは妹が屑籠に丸めて放りこんだページを広げてみた。「歴代志」をひと刈り、「レビ記」を何ページにもわたって、「マタイ福音書」からもひと撮み。キリストがイチジクの木を呪う箇所だ（空腹を覚えた主がイチジクの木に近づき、実がないことに気づいて、「おまえの実はもういつまでも生らないように」と言ったという一節）。そういえば、ローラは日曜学校で、あの木のくだりにいたく腹を立てていた。キリストが木にひどい意地悪をしたといってカンカンだった。〝人間、誰しもよくない日もあるさ〟リーニーは卵の白身を黄色いボウルで手際よくホイップしながら、そうコメントした。

「ダメでしょ、そんなことしちゃ」わたしはローラを諌めた。

「ただの紙だもん」ローラはそう言って、切るのをやめなかった。「大事なのは、紙じゃないよ。大事なのは、紙に書いてある言葉だよ」

「あんた、大変なことになるわよ」

「ならないもん」ローラは言った。「こんな本、誰も開かない。赤ちゃんが生まれたり、結婚したり、誰か死んだときに、最初のページを覗くだけ」

たしかに、そのとおりではある。これまでだって、一度も見つからなかったのだ。

過去のそんなことを思い出したせいで、わたしは結婚式のアルバムを引っぱりだすことになった。あの式典の写真が貼られているのだが、こんなアルバムなど、ウィニフレッドはろくすっぽ興味を持っていない。リチャードにしても、愛おしげにめくっている姿など見たことがない。ローラはそれに気づいていたにちがいない。ここなら安全だとわかっていたのだ。それにしても、わたし自身どういうわけでこれを覗くことになると、ローラは考えていたのか？

ローラを探していれば、いつかは覗くことになる。それも彼女にはわかっていたのだ。アルバムにはローラの写真もたくさんあった。四隅を黒い三角のもので留めて茶ばんだページに貼られていた。写真のなかのローラは花嫁付添人の衣装を着ながら、しかめ面で足元を見つめている。

書き置きは見つかったが、それは言葉では書かれていなかった。ローラはわたしの結婚式に出かけるときも、ハンド・ティンティングの道具を携えてきた。ポート・タイコンデローガのエルウッド・マレーの新聞社から失敬してきた、あの絵の具の小さなチューブ。いままでずっと、どこかに隠していたにちがいない。物質社会にあれほど軽蔑の意を表する人間にしては、ローラはものを捨てるのがいたって下手だった。

手を加えている写真は二枚だけだった。一枚目は、披露宴の集合写真である。これでは、花嫁側と花婿側の付添人たちが、藍色で厚く塗りつぶされ——写真のなかから、すっかり消されていた。残っているのは、わたしと、リチャード、そしてローラ自身と、花嫁付添人の長を務めたウィニフレッドの四人。ウィニフレッドはリチャードとおなじく毒々しい緑に色づけされている。わたしは明るい空色に淡く染められていた。ローラ本人の色は鮮やかな黄色で、ドレスだけでなく、顔も手も黄色くなっていた。なにを意味するのだろう、この輝くばかりの色彩は？　輝きということでいえば、ローラは内側から光っているように見え、まるでガラスランプか、燐で出来た少女のようだった。まっすぐ前を見ずに横を向いているさまは、写真にまるで気持ちが向かないと言わんばかり。

二枚目は、花嫁と花婿のかしこまった写真で、教会の前で撮られていた。リチャードの顔は灰色に塗られていたが、かなり暗い灰色のため、目鼻立ちがほとんど隠れてしまっていた。手は赤に染められ、まわりと彼の頭の中からもなぜか炎が燃え立っているが、これもおなじ赤だった。まるで頭蓋骨が燃えているようだ。わたしのウェディングガウン、手袋、ヴェール、ブーケ――こういう装具には、ローラは手をつけていなかった。しかし、わたしの顔はいじっていた――真っ白に塗ったため、目と鼻と口は霧がかかったように見える。じめじめと寒い日の窓のように。背景と、そして足元に写っている教会の階段まで真っ黒に塗りつぶされ、わたしたちふたりの姿は、どこまでも深く、どこまでも暗い、夜の闇に浮かんでいるかのようだった。

第十二部

《グローブ&メール》紙　一九三八年十月七日

グリフェン、ミュンヒェン条約に賛同

《グローブ&メール》紙　独占記事

トロントの〈エンパイア・クラブ〉の水曜会議では、〈グリフェン - チェイス・ロイヤル合同工業株式会社〉の取締役社長であるリチャード・E・グリフェン氏が、「よけいな口出しすべからず」と題して意気盛んな演説を行なった。氏はそのなかで、先週のミュンヒェン条約に結実したとして、イギリス首相ネヴィル・チェンバレンの並はずれた尽力を称えている。イギリス議会下院の全党がこのニュースを大いに支持している点が重要で、カナダの全政党もこれを支持するべきであるとし、同条約が大不況に片を付け、平和と好景気の新しい「黄金時代」の幕開けとなることを祈ると述べた。また演説は、「前向きの考え方」や、素朴で頑固な古いビジネスセンスだけでなく、経世術や外交手腕の大切さを説くことにもなった。「それぞれが少しずつ差しだせば、それぞれが多くの利益を得られる」そう氏は言っている。

同条約下におけるチェコ・スロバキアの状況について訊ねられると、グリフェン氏は「これでこの国の住民は十全な保障を約束されたことになる」と答えた。氏の断言するところによると、強くすこやかなドイツこそ、西欧の、とくに実業界に貢献するものであり、「ボルシェビキを寄せつけ

ず、金融の中枢ベイ・ストリートに立ち入らせない」ための一助となろう。つぎに望まれるのは双務的な通商条約であり、これは実現に向かっていると氏は確信している。これで、商品市場の熾烈な顧客獲得争いから目がそれ、それゆえ、新たな働き口の設置、景気の回復といった問題に関心が向くのではないか。それらがなにより求められる「われわれの身近な場」において。痩せた不況の七年がつづいたが、これからはふっくらと豊かな七年がやってくるだろう。この先四〇年代には、黄金の展望が広がっている。そう氏は述べた。

現在、グリフェン氏は保守党の首脳陣の諮問をうけ、「舵手」のポストを狙っていると噂される。氏の演説は満場の喝采を浴びていた。

《メイフェア》誌　一九三九年六月

ロイヤルな園遊会でのロイヤルなスタイル

シンシア・ファーヴィス

国王陛下の誕生祝賀会がオタワのトウィーズミュア総督公邸で催され、総督夫妻の栄えある五千人のゲストがうっとりと庭園の小径にならぶなか、両陛下がにこやかに謁見にまわられました。両陛下は、四時半ごろ、チャイニーズ・ギャラリーと呼ばれる歩廊を通って公邸からお出ましに。国王陛下は黒のモーニング姿。皇后陛下は柔らかな毛皮と真珠をあしらったベージュのドレスをお選びになり、やや上向きになった大ぶりなお帽子を召されていました。お顔をほんのり紅潮させ、青い眸には温かな笑みを絶やされません。優美このうえない物腰に、ゲストはみな見とれるばかり。

両陛下のあとにつづいて、トウィーズミュア総督両閣下がお姿を見せます。総督閣下は寛厚のホストぶりを、総督夫人はしっとりとした麗姿をご披露されました。令夫人の白で統一したアンサンブルは、ホッキョクギツネの毛皮がアクセントとなり、ターコイズを鏤《ちりば》めたお帽子でいっそう引き立っていました。ここで両陛下に拝謁したのは、モントリオールのF・フェラン大佐ご夫妻。大佐夫人の召されたプリント地のシルクドレスには、鮮やかな色の小花が咲き誇り、小粋な帽子には、セロファンの透き通った大きな鍔《つば》。W・H・L・エルキンズ准将夫妻と令嬢のミス・ジョーン、そしてグラッドストーン・マレーご夫妻も同様に拝謁されました。

　ことのほか目を引いたのは、リチャード・グリフェンご夫妻です。夫人のケープは銀ギツネ。黒いシフォン・ショールの上からレイのように毛皮を巻き、下には淡紫の衣装をお召しになっています。ダグラス・ウォッツ夫人は茶色いベルベットの上着に、シャルトリューズを思わせる黄がかった薄緑のシフォンをまとい、F・レイド夫人はオーガンジーとベルギーレースのガウンで、すっきりと愛らしくまとめていました。

　両陛下がお別れに手を振られ、カメラのシャッターとフラッシュの音がし、ゲストが声をあわせて《国王陛下万歳》を歌いだしてようやく、お茶の声がかかります。その後、バースデイケーキが舞台の中央にすえられて……雪のような砂糖衣を頂く巨大な白のケーキです。屋内で国王陛下に進呈されたケーキには、バラ、シャムロック、アザミだけでなく、小さな砂糖細工のハトの群れも飾られ、嘴に白い小旗をくわえたその姿は、平和と希望のシンボルにまさしくふさわしいものでした。

昏き目の暗殺者　おや□□ど□ろ

午後もなかば、曇りがちで蒸し暑く、なにもかもがべとついている。女の白い木綿の手袋には、手すりを握っただけで、もはや汗染みができている。世界が重たい。まるで重石のように。女の心臓は、石を押しのけるように、重い世界を押しのけて打つ。暑苦しい空気はまといついて動こうとしない。なにひとつ微動だにしない。

とはいえ、列車がホームに入ってくる。女が言われたとおり改札口で待っていると、〝叶えられた祈り〟のように、男がそこから出てくる。男は女の姿を目に留めると歩みより、ふたりは遠縁のような顔でさっと触れあい握手をする。女は男の頬に軽く口づける。公衆の面前であり、なにがあるかわからないからだ。ふたりは傾斜路をあがって大理石張りの駅舎に入っていく。女は男がなんだか他人のように思えて、緊張している。顔を見る機会もろくになかった。以前よりやせたのはまちがいない。そのほかは？

帰路はえらい目にあったよ。金があまりなくてね。不定期の貨物船にずっと乗ってきた。

言ってくれればお金を送ったのに、女は言う。

だろうね。ところが、こっちは住所がない。

男は荷物預かり所にダッフルバッグを預け、小さなスーツケースだけを持っていく。バッグはあとで取りにくるが、いまは余計な荷物は要らない、そう男は言う。ふたりのまわりを人々が行き交い、足音と声が響く。ふたりは所在なげにしている。どこへ行ったものか当てがない。女のほうで考えておくべきだった。なにか用意してくるべきだった。男には当然まだ部屋がないのだから。せめてもとハンドバッグに突っこんできたスコッチのフラスクがある。それだけは忘れずに入れてきた。

どこかへ行くしかないのなら、ホテルということになる。男が憶えている安ホテルに。そんなことをするのは初めてで、危険をともなうが、女はそのホテル街を見たとたんに、悟った。辺りの人々はわたしたちを独り者だと決めつけるにちがいない。かりに既婚者同士としても、夫婦ではない、と。女は二シーズン前に買った夏向きの軽いレインコートをはおり、頭にスカーフを巻いていた。スカーフは絹だったが、これ以上みすぼらしい格好はしようがなかった。男に買われていると、周りは思うかもしれない。思ってくれるといいが。それなら、変に目立つこともない。

ホテルの外の歩道には、割れたグラスやら、反吐やら、渇きかけた血痕らしきものやらが見られる。踏まないように、と男が注意する。

一階にはバーがある。もっとも、〈おやすみどころ〉と銘打たれているのだが。〈男性の方のみ。ご婦人はエスコートつきで〉。表には赤いネオンサインの看板が出ており、字が縦向きにならんで、赤い矢印が下を向いてちょうどドアのあたりを指している。文字のうち三つは灯りが消えているので、〈おや□□ど□ろ〉と読めた。文字のあいだをぬって、クリスマス・ライトのような小さな電球が明滅するさまは、さながら下水管を這うアリのようだ。

昼間のこんな時間でも男たちがたむろし、店が開くのを待っている。男は女の腕をとってうながし、その横をやや足早に行きすぎる。ふたりの後ろで、たむろしている男のひとりが、雄猫が発情して鳴くような声を出す。

建物のホテルの部分には、べつの出入口があった。ドアロは白黒のモザイク模様のタイル張りで、その真ん中に立っているのは、かつては赤いライオン像だったらしいが、いまや石食い虫にでも食われたようにすり減り、つぶれた軟体動物みたいに見える。黄土色のリノリウムの床はしばし磨かれていないようす。灰色の押し花みたいに、泥まみれの花が点々とついている。

男はチェックインの署名をして、金を払う。そうする一方、女は努めて退屈そうな顔をしながら待っている。無表情のまま、むっつりしたフロント係の頭上あたりを見て、掛け時計を眺めている。なんとも、あっさり、きっぱりした時計で、街いがなく、駅の時計のようだ。実用主義。これが時間というものさ、時計はそう言っている。時間とは一層だけの単純なもので、重層のものじゃない。

男が部屋の鍵を受けとる。二階だ。棺桶のような狭苦しいエレベーターがあるが、女は乗るのを考えただけで嫌になる。どんな臭いがするか——汚れた靴下と腐りかけた歯の臭い——わかっているし、そこに彼と顔つきあわせて乗るなんて耐えられない。そんなにくっついて、あんな臭いなかで。ふたりは絨毯敷きの階段をあがっていく。これも、むかしは紺青と赤の絨毯だったのだろう。段にはあちこちに花が飾られているが、いまや根本まで枯れている。

すまないな、男は言う。もう少しどうにかなりそうなものだ。

お値段なりということね、女は明るくふるまおうとして言う。でも、この言い方はまずかった。彼は自分にお金がないのを指摘されていると思うかもしれない。でも、ちょうどいいカムフラージュよ、と女は誤解がないように付け足す。男はなにも答えない。わたしったらしゃべりすぎだわ、自分のしゃべる声がはっきり聞こえる。たいした慰めにならないことばかり言って。彼の記憶しているわたしとは違う？　ずいぶん変わってしまったかしら？

廊下の壁紙には、もはや色というものがない。ドアはノミでえぐられ、角で突かれ、皮を剝がれているようなありさま。男は部屋の番号を見つけ、鍵を差しこんで回す。柄の長い、古めかしいタイプの鍵。大昔の金庫のそれのような。室内はというと、ふたりが過ごしたどんな家具つきフラットよりもひどい。フラットはせめてうわべだけは清潔にしてあった。ところが、ここのダブルベッドは偽のキルト・サテンだろうか、てかてかしたカバーが掛けてある。靴底みたいな、黄土色がかったピンク。ひとつだけある椅子は、座面の布張りが破けて中身が出ており、屑でも詰めたように見えた。縁の欠けた茶色いガラス製の灰皿。タバコの煙がしみつき、ビールのこぼれた跡があり、その下にまた不快な臭いがこもっている。長いこと洗っていない下着のような臭い。ドアと上の明かり採りのあいだには横木がわたされ、デコボコのある窓は白く塗られていた。

女は手袋を剝ぐように脱いで、椅子に落とし、コートも、スカーフも同様に脱ぐと、ハンドバッグから酒のフラスクを引っぱりだす。グラスは見あたらないから、ラッパ飲みするしかない。

窓は開くのかしら？　女は言う。外の空気を入れたいわ。

男は窓辺に寄ると、サッシを上に開ける。よどんだ風が押しいってくる。表を路面電車がガタゴト揺れながら通っていく。男はこちらに向き直り、窓辺からはなれず、下枠に手をついて後ろにもたれかかる。背後から陽が射し、女には彼の輪郭しか見えない。誰であるようにも見える。

さて、と男は言う。今日もご到着だ。ほとほと疲れたような声。この人、部屋でひたすら眠りたいだけなのでは？　女はそう思う。

女は男に歩み寄ると、腰にするりと両腕を回す。あの物語を見つけたわ、女は言う。

どの物語だい？

ゼナー星のトカゲ男よ。そこいらじゅう探しまわったんだから。わたしが新聞スタンドを覗いている姿を見せたかった。きっと頭がおかしいと思われたわね。探しに探したんだから。

ああ、あれか、男は言う。あの駄作を読んだのかい？　書いたおれが忘れていたよ。

あまり悲しそうにすまい。あまり恋しい心を見せまい。女はそう思う。本があなたの存在を、証す手がかりになった、などと言うまい。いくら妙だと思われようと、存在のかけらのようなものを証していたのだが。

もちろん読んだわ。ずっと第二話を待っていたのよ。

書かずじまいだったよ、男は言う。あちこちから撃たれるもんで、暇がなくてね。われらがふたり組は宙ぶらりんのままだな。おれは善玉から逃げているところだし。えらいとっ散らかりようだ。

遅ればせに、男の両腕が女の体にまわされる。男は酒臭い。顎を女の肩にあずけ、首筋に紙やすりのようにざらついた頬をすりつけてくる。女のもとで、少なくともいっときは、彼も安らいでいられるだろう。

飲まなきゃやってられねえ、男は言う。

眠らないで、女は言う。まだ眠らないで。ベッドに行きましょう。

男はもう三時間ほど眠っている。陽は移ろい、光は薄れゆく。そろそろ帰るべきなのはわかっているが、帰ることも、男を起こすことも、女には耐えられない。家に着いたら、どんな言い訳をしよう？　お婆さんが階段から転げおちて助けを求めていた、とでも。そうだ、タクシー。タクシーで病院まで送ってあげたことにしよう。気の毒な老女が四苦八苦しているのをどうして見過ごしに出来る？　この世に友のひとりもなく歩道に横たわっている老女を？　電話すべきだったとは思うけど、近くに電話がなかったのよ、お婆さんはとても痛がっていたし。そんなふうに言おう。頂戴するであろうお小言にも腹をくくった。ひとの心配より自分の心配をしろと言われるだろう。首を振り振り、「その人になにをしてあげられるというんだ？」と。いつになったら、おまえは余計なお節介をひかえるようになるんだ？

階下では、時計が刻々と時をきざんでいる。廊下から話し声がする。せわしない物音。慌しい靴音。人々の出入り。女は目をひらいて男の隣に横たわり、寝息を聴きながら、この人、どんなところにいたんだろう、と思う。それから、どこまで話すべきか——留守中にあったことを残らず話すべきか。いっしょに逃げてくれと言われたら、話さざるをえなくなる。そうでなければ、言わぬが花だろう。少なくとも、いまは。

男は目を覚ますと、酒をもう一杯、そしてタバコをほしがる。

よしたほうがいいと思うわ、女は言う。寝タバコは。ベッドに火がつく。わが身を燃やしてしまうわよ。

男はなにも言わない。

どうやって暮らしていたの？　女は言う。新聞記事は読んだけど、現実はまた違うでしょう。

ああ、と男は言う。違うね。

殺されるんじゃないかと心配したわ。

じっさい殺されかけたよ、男は言う。おかしなことに、地獄は地獄なんだが、慣れてしまうんだな。いまでは、こういう生活になじめないよ。あなた、ちょっと太ったね。

やだわ、太りすぎかしら？

いや、いい感じだ。しっかりつかむものがあっていい。

すでに表はすっかり暗くなっていた。窓の下には通りに面して〈おやすみどころ〉の出入口があり、そこから調子はずれの歌や怒鳴り声や笑い声がとぎれとぎれに聞こえてくる。と、グラスの割れる音がする。誰かがボトルを叩き割ったらしい。女の嬌声があがる。

派手に祝っているようだな。

なにを祝っているの？

戦争を、さ。

けど、戦争なんてしてないわ。すっかり終わったじゃないの。

つぎの戦争を祝っているんだよ、男は言う。じきにやってくる。雲上の夢の国では、みなさん否定しているが、地上では、きな臭いにおいがする。小手調べにスペインが一発撃たれたら、すぐにも本気になるだろう。雷鳴みたいなものさ、その音でみんなわくわくしてる。だから、ボトルも割れるわけだ。先頭きって飛びだしたいからな。

まさか、そんなこと、女は言う。また戦争があるだなんて。条約だのなんだの結んだばかりでしょう。

われらが時代の平和だって？　男は小馬鹿にしたように言う。そんなものクソ食らえ。奴らが望んでいるのは、アンクル・ジョーとアドルフがとことん引き裂きあって、おまけにユダヤ人を追っ払ってくれることとさ。そのあいだ、自分たちはどっかり座りこんだまま金儲けをしようって魂胆。

あいかわらず皮肉屋ね。

あいかわらず初心《うぶ》なこった。

そうでもなくてよ、女は言う。言い合いはよしましょ。わたしたちに決められることじゃなし。とは言ったものの、このほうが彼らしい気がして――以前の彼らしい気がして、女はちょっぴり安心する。

まったくだ。おおせのとおり。おれたちに決められることじゃない。なにせ小物だからな。

でも、どっちみち行くんでしょう、女は言う。また戦争が始まったら。あなたが小物であってもなくても。

男は女の顔を見る。ほかにどうしようがある？

女がなぜ泣いているのか、男にはわからない。女は泣くまいとする。この人、怪我をしてしまえばよかったのに、女は言う。ここにいるしかなくなるもの。

そうなれば、あなたは万々歳だろうな、男は言う。こっちにおいで。

ホテルを出る女は、ろくに周りを見ることもできない。心を落ち着けようとひとりで少し歩いてみるが、夜道は暗く、歩道には男たちがたくさんいるので、タクシーを拾う。後部座席に座ると、口紅をなおす。タクシーが停まると、バッグを探って料金を払い、石段をあがり、玄関のアーチをくぐって、重厚な樫材のドアを閉める。心のなかでは台詞を練習している。〝ごめんなさい、遅くなって。でも、信じられないようなことがあったのよ。ちょっとした冒険をしたわ〟。

昏き目の暗殺者　黄色いカーテン

その戦争はどのように忍び寄ってきたか？　どのように奮起したか？　なにで出来ているのか？　成

分には、どんな秘密、嘘、裏切りが入っている？　どのような愛と憎しみが？　合わせていくらぐらいの金が、どんな金属が？

希望はひとの目に煙幕を張る。煙が目に入って、準備もままならぬうちに、戦争は忽然と出現する。急に燃えあがった焚き火のように。殺人現場のように。ただもっと大がかりだ。堰を切ったように。

戦争は白黒の新聞紙上で展開する。戦線から遠い人々にとっては、そういうものだ。その場にいる人々にとっては、色とりどり、過剰なまでの色の洪水。あまりにまぶしく、あまりに真っ赤でオレンジで、あまりに流動的で白熱に輝いているが、そのほかの人々にとって、戦争はニュースフィルムのようなもの――目の粗い、滲んだような画像。断続して入る雑音。灰色の肌をした大勢の人々が走ったり、とぼとぼ歩いたり、倒れたりしている。すべてはどこか余所の話だ。

女は映画館にニュースフィルムを観にいく。新聞を読む。自分が世の時事と休戚《きゅうせき》を共にしているのもわかっているし、時事には休みなどないことも、いまではわかっている。

女は心を決めた。とうとう決意した。どんなものも、どんな相手も、犠牲にしよう。何物も、何者も、わたしの邪魔はさせない。

こんなふうに実行するのだ。すっかり計画してある。ある日、いつもとおなじように家を出る。そして、お金をつくる。なにがしかのお金を。この部分はまだはっきりしないが、きっと少しはどうにかなるだろう。ほかの人たちはどうしているか？　質屋に行くわけだから、わたしもそうすることにしよう。持ち物を質入れしてお金をつくる。金の腕時計、銀のスプーン、毛皮のコート。いろいろかき集めて。少しずつ質に入れれば、なくなったのも気づかれないだろう。

充分な額にはならないだろうが、それで充分としなくてはならない。そして、部屋を借りる。高くはなくてもあまりむさ苦しくない部屋——ペンキを上塗りすれば、どんなものだってそれなりに輝くもの。そして、もう家には戻らないと手紙を書く。家族は密偵やら特使やら、そのうち弁護士までよこして、脅したり、罰しようとしたりするだろう。絶えず怖い思いをするだろうが、頑張りとおすつもりだ。あの人への架け橋をのぞいて、すべての橋を燃やしてしまおう。彼への架け橋はひどく頼りないものだけど。きっと戻ってくる。あの人はそう言ったけれど、どうして断言できる？　そんな保証はない。

リンゴとソーダクラッカーを食《は》んで生きていこう。あとは、紅茶とミルクと。ベイクト・ビーンズにコーンビーフ。余裕があれば、目玉焼きとトーストを、街角のカフェで食べよう。新聞売りや、昼間からの飲んだくれも、食事をするような店で。復員軍人も食事にくるだろう。月を追うごとにその数は増えて。手や腕や脚や耳や目を失った男たち。彼らと話してみたくなるだろうが、話しかけはしない。自分がどんな興味をもっても、誤解されるに決まっているから。例のごとく、この体が邪魔をして自由に話せない。だから、盗み聞きをするだけにしておこう。

カフェでの話題といえば、戦争の終結についてだろう。すぐそこに迫っているとみな話している。時間の問題さ、そう彼らは言うだろう。なにもかも片づいて兵士たちが戻ってくるのも時間の問題だ、と。そう言いあっているのは他人同士かもしれないが、とにかくそんな意見を交わす。勝利の予感が彼らをおしゃべりにする。空気にはいままでと違った気分が漂う。楽観なかば、不安なかばの。いまや、いつ

〝船〟が入ってくるかもしれないが、そこになにが乗っているか誰にわかる？（〝船が入ってきたら〟は〝金が儲かったら〟の意がある）。

アパートは雑貨店の二階かしら。簡易キッチンとせまいバスルーム。部屋に飾る鉢植えを買おう——ベゴニアか、それともシダ。欠かさずに水をやれば枯れないだろう。雑貨店を切り盛りしているのは、黒髪のぽっちゃりした女性で、いかにも母親らしく、わたしが痩せっぽちなのを話題にして、もっと食べなさいなどと言い、咳風邪に効く薬を教えてくれる。ギリシャ人かもしれない。ギリシャ人かそれに近いあたりの。腕が太く、髪を真ん中で分けてたばね、背中に垂らしている。旦那と息子は海の向こう

にいる。ふたりの写真を持っているにちがいない。ペンキを塗った木製の額縁に入れ、ハンドティンティングをほどこして、レジの横に置いてある。

ふたりとも――おかみさんもわたしも――なにかというと聞き耳を立てる。足音、電話の呼出し音、ドアをノックする音。こんな状況では眠るに眠れない。ふたりは不眠症の解決法を話しあう。おかみさんはときどきわたしの手にリンゴを握らせてくれるだろう。それとも、ガラスの容器に入ってカウンターに置かれている、どぎつい緑のキャンディか。そんな贈り物は、安価のわりにはけっこう慰めになる。

さて、わたしを取り戻すにはどこを探せばいいか、あの人はどうやって知るだろう? わたしが〝橋〟をみんな焼いてしまったいまとなっては。それでも、きっと突き止める。なんとかして見つけだす。なぜなら、すべての〝旅路の果ては恋の逢瀬〟。そうあるべきだ。そうでなくては。

窓のカーテンは自分で縫おう。黄色いカーテン。卵の黄身のようなカナリア色の。陽射しのように陽気な色のカーテン。縫い方を知らなくたってかまわない。きっと階下のおかみさんが手伝ってくれるから。ぱりっと糊をきかせて窓に掛けよう。小さなホウキ片手に膝をつき、キッチンの流しの下からネズミの糞やハエの死骸を掃きだそう。中古品店で見つけたキャニスターの色を塗り直し、ステンシル文字で書こう――紅茶、コーヒー、砂糖、小麦粉と。そうして立ち働くあいだ、鼻歌をうたって。新しいタオルも買おう。ひと揃い新しいタオルを。それから、シーツ、これは欠かせない。枕カバーも。髪によくよくブラシをかけよう。

するのは、こんな楽しいことばかり。あの人を待ちながら。

ラジオも買おう。小さくささやかな中古品を質屋で。世情に遅れないよう、それでニュースを聴く。そうだ、電話も引こう。長いあいだには電話も必要になってくる。かけてくる人は誰もいないけれど。いまのところは。ときには「ツーツー」という音を聞くためだけに、受話器を耳にあてたりして。いや、話し声がするかもしれない。アパートの共同加入の電話での会話が。おそらくは女性たちだろう、食品のこと、天気のこと、バーゲンのこと、子どもたちのこと、どこかにいる男たちの情報を交換しあう。こんなことは、当然なにひとつ起こらない。起こったとしても、ひとが気づくような形ではなく。宇宙の異次元で起きるのだ。

昏き目の暗殺者　電報

その電報はいつもと変わらぬ届き方をする。黒い制服を着た男の顔には、吉報の徴《しるし》は見あたらない。彼らは雇われるとき、まずそんな表情を教えこまれるのだろう。よそよそしいが、憂いをふくんだ顔。虚ろな黒い鐘のような。蓋を閉じた棺のような。

電報の入っている黄色い封筒には、半透明の〝小窓〟があき、そんな電報が決まって言うことを言っている——妙によそよそしい文章。赤の他人の、侵入者のことば。いうなれば、細長いがらんとした部屋のはるか向こう側にいるような態度。言葉数は多くないが、一語一句の意味はまぎれもない。〝お知らせします〟〝亡くなったことを〟〝お悔やみを〟。慎重で中立的な言葉づかい、その裏にはある問いかけが隠れている。〝なんの知らせだと思ったんだ？〟

これはいったいなんなの？　差出人は誰？　女は言う。ああ、思い出した。あの人ね。あの男性。でも、なぜわたしの元に送ってきたのかしら？　親族でもないのに！

親族？　家族のひとりが言う。こいつ、親戚がいたのかい？　と。あてこすりのつもりなのだろう。

女は笑いだす。とにかく、わたしには関係ない知らせだわ。と言って、電報をくしゃくしゃに丸める。この人たち、手渡す前にこっそり読んだにちがいない。手紙はどれも読んでいるのだ。言うまでもない。

女は座りこむが、その動きはいくぶん唐突すぎた。すみませんけど、急に気分がわるくなってきたわ。

女は言う。

さあ、これを。気つけ薬にぐっとお飲みなさい。よく効くわよ。

ありがとう。自分に関係なくても、やはりショックね。「墓の上を誰かが歩く」と言うのかしら、ぞっとするわ。女は身震いをする。

気を楽になさいよ。顔がちょっと青いわ。あら、わるくとらないで。

きっと手違いね。どこかで住所がごっちゃになったんでしょう。

かもしれないわね。あるいは、本人の仕業か。彼なりのジョークかもしれない。思い出すに、変わった人だったもの。

われわれが思ったよりも変人だな。しかし、なんて汚い嫌がらせをするんだ！　本人が生きていたら、おまえ、悪質なイタズラとして訴えたほうがいい。

あなたに後ろめたい思いをさせようというんでしょ。奴らのやりそうなことよ、この手の輩の。あの人たちは妬みがましいですからね。ひとの幸せをすぐ邪魔しようとする。気にしちゃだめよ。

まあ、どう見ても、あまりまともなことではないな。

まとも？　どうしてまともなもんですか？　あれは、まともと言える人間じゃなかったわ。

郵便局長にでも手紙を書こうかしら。説明していただきたいと言って。

そんなこと言っても、局長になにがわかる？　彼のせいであるはずがないんだ。作業上の問題だよ、現場のね。職員は書き留められたものをそのまま文面に使うんだ。たんなるミスだと言うだろうさ。聞くところでは、なにも初めてってわけでもなさそうだ。

ともあれ、騒いでも仕様がないわよ。妙な注目を集めるだけだし、なぜ彼がこんなことをしたかは、どうやってもわかりっこないんですもの。

死者が歩きださないかぎりはね（決して起こらないことの喩え）。ふたりは目をらんらんとさせて、抜かりなく女を見つめてくる。なにを恐れているのか？　彼女がなにをしでかすと思っているのか？

そういう言葉は使わないでほしいの。女は中っ腹になって言う。

どの言葉？　ああ。〝死者〟のことか。まあ、そう気にせず、鋤は鋤と呼んでもいいじゃないか、ありのままに。意味のない言葉だよ。あまり過敏に……。

鋤もやめて。鋤を使ってすることが嫌よ——地面に穴を掘るんだから。

まあまあ、そう過敏にならず。

ちょっと、ハンカチを貸してあげて。泣かせている場合じゃなくてよ。ねえ、階上に行って少し休むといいわ。そうすれば、気分もすっきりするでしょう。

気に病むんじゃないよ。

思いつめないで。

忘れなさい。

昏き目の暗殺者　サキエル・ノーンの滅亡

夜中にはっと目を覚ますと、心臓が烈しく打っている。女はベッドを抜けだして、そっと窓辺に近づくと、サッシを高く押しあげて、身を乗りだす。月が出ている。満月に近い月だ。その面にはクモの巣のような古傷の条が広がり、目を下に転じれば、街灯の投げるオレンジがかった光がぐるりを照らしている。眼下にのびる歩道は、ところどころ影になり、庭のクリの木にやや隠れた格好だ。クリの木は丈夫な太網を打つように枝を広げ、白い蛾のような花々がほのかに光る。

男がひとり、こちらを見あげている。黒い眉や、眼窩のくぼみが見え、卵形の顔に一閃、白い歯を見せて笑っているのがわかる。胸元に白いものがV字形にのぞく。シャツだろう。男は片手をあげる。なにかの手振りだろうか——こちらへおいで、と。窓から忍びでて、木を伝って降りてこい。だが、女は怖じ気づいてしまう。落ちるのではないかと怖い。

そう思う間に、男は外側の窓台にのっている、と思えば、もう部屋のなかにいる。クリの木の花が燃えあがるようにそよぐ。その白い花明かりで、男の顔が見える。肌は灰色がかってハーフトーンになり、なんだか平面的で、染みだらけの写真のようだった。ベーコンを焦がす匂いが漂ってくる。男は女のことを見ていなかった。正確には見ているとは言えなかった。女は自身の影になってしまい、男はその影を見ているという感じなのだ。影の分際で目が見えるものなら、目があるはずのあたりを見ていた。

女は男に触れたくて仕方がないが、ためらう。腕に抱こうとすれば、この人は輪郭がぶれて、溶けるように消えてしまうにちがいない。服の切れ端となり、煙となり、粒子となり、原子となって。この手は彼の体をつきぬけるにちがいない。

おれは帰ってくると言ったじゃないか。

いったいどうしたの？　なにがあったの？

知らないのか？

するとふたりは外に出ている。屋根の上のようだ。街を見おろしているが、女の見たことのない街だ。巨大な爆弾が落ちてきて炎につつまれ、なにもかもが——家も通りも宮殿も、噴水も神殿も——いちどきに燃えあがり、爆発して花火のようにはじけている。そんな光景だった。音はまったくしない。街は絵画に描かれたように音もなく燃えている——白、黄色、赤、橙の色に。悲鳴も聞こえない。光景のなかに人はいない。人々はすでに死んでしまったのだろう。女のかたわらで、ゆらめく光のなかに、男の姿がゆらめいている。

あそこには、なにひとつ残らないだろう、男は言う。石の山と、古い言葉が少し。すべて無くなってしまった。消されてしまった。憶えている者は誰もいない。

でも、なんて綺麗なのかしら！　女は言う。知った場所のような気がする。とてもよく知っている、自分の手の甲ぐらいに馴染みのある場所。空には、三つの太陽が昇っていた。ザイクロンだわ、女は気づく。最愛の惑星、わたしの心の地。かつて、遠いむかし、わたしが幸せであった場所。すべては消え去り、すべては滅ぼされた。炎を見るに忍びない。

ある人々にとっては綺麗な光景なんだろう、男は言う。そこがいつも問題なんだ。

どういう番狂わせが？　誰の仕業なの？

あの婆さんさ。

なんですって？

リストワール・セット・ヴィエイユ・ダム・エグザルテ・エ・マントゥーズ（その老女は歴史を美化し改竄する。モーパッサンの言葉）。

男の肌はブリキ色に輝いている。目は縦に裂けた切れ目のようだ。女の記憶にある男とは違う。彼を彼個人たらしめていたものは、ことごとく燃え尽きてしまった。気にするな、男は言う。彼らはそのうち都を再建するさ。そうするのが常だ。

女は急に男が怖くなる。あなた、すっかり変わってしまったのね、女は言う。

きわどい状況だったからな。目には目を、弾には弾をという戦いだった。

でも、勝ったのね。勝ったんでしょうとも！

いいや、誰も勝ちやしない。

わたしの思い違いなのだろうか？　勝利のニュースが流れていたのは間違いない。それに、パレードだってあったわ、女は言う。聞いたもの。ブラスバンドが演奏をして。

おれをよく見ろ、男は言う。

だが、女は見られない。男に焦点を定めることができない。男はじっとしていない。輪郭がぼやけて、キャンドルの炎のように揺れているが、明るさはない。ああ、彼の目が見えない。

死んでいるのだ、当然。当然ながら死んでいる。だって、訃報を受け取ったではないか？　でも、これはしょせん作り事だ、なにもかも。たんなる宇宙の異次元の話。だったら、なぜこんな荒廃が起きている？

男は立ち去ろうとしている。女は呼び止めることができない。喉から声を絞り出そうにも出せない。とうとう男は行ってしまう。

胸が締めつけられるような思い。行かないで、行かないで、行かないで、頭のなかで声が響く。頰を涙が伝っている。


女が本当に目を覚ましたのは、この時だ。

第十三部

手袋

今日は、雨が降っている。四月初旬のひかえめな霧雨。すでに青いシラーの花が咲きはじめ、ラッパズイセンが地面に鼻を出し、勝手に種をまくワスレナグサが上へ上へと伸び、陽の光をむさぼろうと虎視眈々としている。さあ、また始まった――今年も一年、植物が押しあいへしあいするわけだ。まったく飽きるようすもないが、植物というのは記憶を持たないから、飽きもせずいられるのだろう。こんなことを過去に何度くりかえしたか憶えていないから。

さて、わたしがまだここにいて、あなたにおしゃべりをしているとは驚いた。それは認めざるをえない。これを〝おしゃべり〟と思いたいのだ。むろん、そんなものではないのだが。わたしはなにも話していないし、あなたも聞いていない。わたしたちの間にあるのは、この黒い行だけだ。空白のページに、虚空に投げられたひと条の糸。

ルーヴトー峡谷の冬の氷は、断崖の陰になったクレバスでも、もうあらかた解けた。水はいっぺん黒く濁って白くなり、急湍《きゅうたん》となって石灰岩の深い割れ目をぬい、丸石の上をあいかわらず易々《やすやす》と流れていく。激しくも心安らぐ水音――誘いこまれそうな。人がなぜこういうところに引きこまれていくのか、わかるだろう。滝壺に、高みに、砂漠に、深い湖に――戻り道のない場所に。

今年はいまのところ、河にあがった死体はまだ一体だけ。ドラッグで酩酊したトロントの女性だ。死に急いだ娘がまたひとり。またしても時間の空費。彼女自身の時間の。こちらに親戚がいるのだとか。叔母と叔父が。ふたりはこの娘の死に関与していると言わんばかりに、早くも胡乱な目で見られていた。すでに彼らも彼らで、つとめて潔白に見せようと、追いつめられて憤った雰囲気を出していた。ふたりに咎がないのはわかっているが、彼らも生きているのであり、人間、生き残った者は誰しも咎を受けるものだ。こうした事柄においては、それが鉄則である。不公平だが、どうしようもないこと。

きのうの朝、ウォルターが春の〝下稽古〟のようすを見に寄った。毎年わたしに代わって、家の簡単な修理をひと通りやってくれるのだが、それを彼はこう呼んでいた。携えてきた自分の工具箱には、手持ちの電動ノコギリ、電動ドライバーなどが入っていた。モーターの部品みたいに〝ヴィーン〟と機器を動かしていくのが、なにより好きらしい。

ウォルターはこういう工具を裏のポーチにいったん置くと、家のまわりをのしのしと歩き回った。戻ってきたときには、なにやら満足げな顔をしている。「庭門のヘギ板ちゃんが一枚取れとった」そう彼は言った。「今日のうちに板をバシッとはめこんで、晴れた日にペンキを塗ってやろう」

「わざわざ、およしなさいったら」わたしは今年もまた言う。「万物が壊れゆこうと、あの門はわたしより長生きするわよ」

と言ったところで、ウォルターがとりあわないのも、毎年のことだ。「それから玄関の階段も」彼は言う。「ペンキ、塗り直さんとな。すぐにもはずれそうな子がひとりいるし――新しい段を打ち直してやろう。あんまり長く放っておいたら、水が入りこんで木材が腐っちまう。けど、染みのひとつもあったほうが、ポーチにはいいかもしらん。木の味わいが出るからね。そうだ、段々の縁にべつな色を塗ろうじゃないか。みんなの足元がよく見えるように。たいていそうやって足を踏みはずして怪我をするからな」〝塗ろうじゃないか〟と、いかにもお互いの問題のような言い方をしたのは、彼の礼儀というものであり、〝みんな〟というのはわたしを指す遠回しな表現だった。「あとで新しい段を打ち直しておくよ」

「ずぶ濡れになるじゃないの」わたしは言った。「天気予報によると、雨はこのまま降りつづくそうよ」

「んなこたぁない、上がるさ」と言う彼は、空を見あげてもいなかった。

ウォルターが入り用なものを買い出しにいったので——板材だろう、きっと——わたしは客間のソファにもたれてその暇を過ごした。小説のはかないヒロインがページのなかに忘れられ、捨て置かれたまま、本そのものといっしょに黄ばんで黴びてくしゃくしゃになっていく、といった風情か。気味のわるい喩えだこと、マイエラならそう言うだろう。

あなたならどう言うの？　わたしはやり返すだろう。

じつをいうと、わたしの心臓病がまた振《ぶ》り返していた。〝振り返す《アクト・アップ》〟とは、またおかしな表現だ。病状の重さをなるべく軽く言おうとする言葉。まるで、病んでいる部位（心臓だか胃だか肝臓だか）が、きかん気の子どもであるみたいな言い様で、ひっぱたくか怒鳴りつけるかすれば、おとなしく一列になるかのような響きがある。と同時に、それらの症状（震えやら痛みやら動悸やら）は、大げさな猿芝居にすぎず、じきに問題の器官は派手に騒いで笑いをとるのをやめ、舞台裏では静けさをとりもどす、とでも言いたげだ。

医者はご不満のようだった。テストだスキャンだ、いや、トロントに行ってはどうかと、四の五の言う。なんでも、そこでは専門医がひっそりと開業しているそうで、これは〝隣の青い芝〟へ逃げていかなかった数少ない人々だとか。医者はわたしの薬を変えると、〝兵器庫〟にまた新たな薬を加えた。手術の可能性すらほのめかした。手術に必要なことは、とわたしは訊いた。また、手術でどんな得があるのか？　聞いてみると、前者はあまりに多く、後者は納得のいくものではなかった。まるごと新しいユニットと入れ替えれば――医者は食器洗い機の話でもするようにこんな言葉を使った――うまくいくと思うと言う。他人の〝ユニット〟（それをもう必要としなくなった人の）を行列して待つ必要がある、とも。草臥《くたび》れた心臓の艶だしをするにしても、綺麗にしすぎるのはいかがなものか。他人の心臓、それも若者から心臓を引きはいでくるというのは。かといって、もう捨てようかというような、ヨロヨロ、ショボショボの心臓を入れられるのも、困りものだ。ひとが欲しがるのは、新鮮でみずみずしいものである。

しかし、どこでそんなものを手に入れてくるのか、わかったものではない。ラテンアメリカの家なき子あたりだろう、おそらく。誇大妄想じみた噂では、そういうことになっている。盗まれた心臓、闇市の心臓、肋骨を折ってもぎとり、まだ生温かく、血の滴るまま、偽の神に捧げられた心臓。その偽の神とは？　わたしたちだ。わたしたちと、わたしたちのお金。ローラならそう言うだろう。〝そのお金には触っちゃだめ〟、リーニーならこう言うだろう。〝どこにあったか、わかったものじゃない〟。

死児の心臓を抱えていると知りながら、そんな自分に耐えていけるだろうか？　だが、耐えられないとすると、どうなる？

どうか、こんなとりとめのない嘆きをストイシズムと取り違えないでほしい。わたしは薬を服《の》む。足を引きずりながらも散歩もするが、恐れを鎮める手だてはない。

硬くなったチーズひと欠片《かけら》と、そろそろ味の怪しい牛乳と、萎《しお》れたニンジンの昼食がすむと、ウォルターが戻ってきた（こんな昼食になったのも、わたしの冷蔵庫の補充をするという自分に課した任務を、今週はマイエラが遂行できなかったせい）。あちこちの長さを測り、鋸《のこ》をひき、ハンマーを打ったのち、裏口のドアをノックしてきて、うるさくしてすまなかったが、もうすっかり仕上がったから、と言ってきた。

「コーヒーを淹れておいたわ」わたしは言った。これは四月の下稽古の〝儀式〟である。今日のは熱くしすぎだろうか？　かまうものか。この旦那はマイエラのコーヒーに慣れているんだから。

「おかまいなく」ウォルターはゴム長を注意深く運んで、裏のポーチに置いた——さすが、マイエラによく躾けられている。彼女が〝あんたの泥〟と呼ぶものを、〝わたしの絨毯〟と呼ぶものの上に点々と落としたりすることは、許されないのだろう。ばかでかい靴下をはいた足で爪先立つように、キッチンを歩いてきた。マイエラの雇った家政婦がせっせと擦り磨きしてくれたおかげで、ここも氷河のようになめらかで油断がならない。かつては、つねに垢と埃が堆積して、糊を薄く塗ったようなネバネバの皮膜が張っていたのだが、いまや跡形もない。まじめに荒砂でも撒いておかないと、滑って怪我をしそうだ。

　爪先立ちで歩くウォルターというのは、見ているだけで愉快だった——卵の上を歩く象のような。キッチン・テーブルまでたどりつくと、作業用の黄色いゴム手袋をそこに置く。ばかでかい手がもう一対ならんでいるような眺めだった。

「新しい手袋ね」わたしは言った。真新しくて、まぶしいばかりだ。左右とも引っ掻き傷ひとつない。

「マイエラが買ってきたんだよ。三つ先の通りのやつが、糸鋸《いとのこ》で指先をスパッとやっちまったんで、かみさん、頭に血が上ってね。おれもおなじようなことか、もっとひどいことするんじゃないかって。けど、その男ってのがトロントから越してきたんだが、まあ、でくのぼうでね。おっと、ことばが上品で失礼、でも、あいつぁ鋸なんかいじっちゃいけないね、精出すうちに首まで切りかねないさ。それで世の中の損にはならんだろうが。よほどのヌケサクでないかぎり、そんなヘマはやるもんかって、かみさんにも言ってやったんだ。もともとおれは糸鋸なんか持っていないしね。それでも、こんなもん持って歩かせるんだよ。出かけようとするたびに、〝ちょっとぉ、あんた、手袋忘れてるわよ〟とくる」

「失くしてしまえばいいのに」

「かみさん、また買ってくるよ」

「ここへ置いていきなさい。忘れてきたから後で取りにいく、と言って。言うだけで取りにこなけりゃいいわ」わたしは自分の姿を思い浮かべた。寂しい夜に、ウォルターが脱いだ革手袋を抱いている自分を。なにがしかの相手にはなるだろう。哀れなものだ。猫か仔犬でも飼うべきか。温かで、咎め立てしない、ふんわりした生き物。夜はいっしょに番をしてくれる同居人。人間には哺乳類らしく肩を寄せ合う相手が必要だ。あまりに過ぎたる孤独は目にもわるい。とはいえ、そんなものを飼ったら、蹴つまずいて首の骨を折るのがオチだが。

ウォルターの口がひん曲がり、上の歯の先がのぞいた。にやりと笑ったつもりらしい。「〝賢人はみな似たことを考える〟って、ねぇ？」彼は言った。「で、そいつをあとでゴミ箱に捨てるんだろう。うっかりか、わざとか、知らないが」

「ウォルターったら、悪い子だね」わたしは言った。ウォルターはまたにやりとし、コーヒーに砂糖を五匙も入れてぐっと飲み干すと、両手をテーブルにつき、ロープで吊られたオベリスクみたいに立ちあがった。その動きのなかに、わたしは見てとった。いずれ彼がわたしのためにするであろう最後の動作を――きっとウォルターに棺桶の片側を担いでもらうことになるのだ。

ウォルターにもそれはわかっている。そばに付いていてくれるだろう。よろず出来ないことはない男だ。慌てず騒がず、棺を落とすことなく、傾けず真横にして運び、きっとこの最後の短い旅をつつがなく終わらせてくれるだろう。「天に召されていくよ」そんなふうに言うだろう。そうして、わたしは召されゆく。

なんと滑稽な嘆きぶりか。それは自分でもわかっている。感傷的でもあろう。しかし、どうか我慢してほしい。死にゆく者には、多少のわがままが許されるもの。〝誕生日の子どもたち〟のように。

家庭の火

ゆうべは、テレビのニュース番組を見た。あんなもの見るべきじゃない。消化がわるくなる。どこかでまた戦争が起きているらしく、〝小競り合い〟だとか表していたが、運悪く巻きこまれた人々にとっては、〝小さい〟わけがない。万国共通の貌《かお》というものがあるようだ、この戦争というやつには——迷彩服を着て、布で口と鼻を覆った男たち、漂う煙、なかを焼きつくされた建物、深手を負って泣き叫ぶ市民。母親たちの果てしない列。彼女たちに抱かれ顔を血で汚してぐったりとした赤ん坊も果てしなく、うろたえる老人たちも果てしなくいる。若者たちを連れ去り、未来の復讐を封じるために殺す。ギリシャ人がトロイ戦争でしたこととおなじく。思えば、ヒトラーがユダヤ人の赤ん坊を殺した言い訳もこれだった。

戦争は勃発しては、鎮まるが、また余所でいきなり再燃するものだ。家々が卵のようにかち割られ、中身は燃やされ、盗まれ、執念深く踏みつけられる。難民が戦闘機から掃射される。幾百万の地下室では、とりみだす王族たちが、銃殺部隊と向かいあう。コルセットに縫いこまれた宝石も、その命を救いはしないだろう。幾千という通りを残酷王ヘロデの軍隊が巡回する。すぐ隣の家では、ナポレオンが銀器を持ち逃げしている。侵攻の、いかなる侵攻の跡にも、溝《どぶ》は犯された女たちであふれる。公正を期していえば、犯された男たちも。犯された子どもたちも、犯された犬や猫たちも。世の中、ときに抑制を失う。

しかし、ここではそんなことはない。この静かで退屈な河の淀みでは。公園にドラッグ中毒の一人や二人いても、たまに押し込み強盗があっても、ときどき流れの渦に浮かぶ死体が見つかっても、ポート・タイコンデローガではそんな戦争は起きようがない。わたしたちはここにうずくまり、寝酒を飲んで、夜食をかじり、秘密の窓から覗くように世界を眺め、それに飽きたらスイッチを消してしまう。〝まあ、二十世紀はこれぐらい見ればいいか〟わたしたちは階段をあがりながら言う。ところが、はるか彼方では轟音が響いている。岸に押し寄せる大津波のように。さあ、二十一世紀が来る。頭上を飛びすぎていく。トカゲ目の非情なエイリアンだか、鋼鉄の躰をもつ翼竜だかを満載した宇宙船のように。早晩、二十一世紀もわたしたちの居所を嗅ぎつけて、その鉄の爪でもって、われわれの吹けば飛ぶような穴ぐらの屋根を引きちぎり、わたしたちも余所の人々と同様、裸で震え、病み、絶望することになる。

話が脱線して申し訳ない。わたしぐらいの年になると、こんな黙示録めいた想像にふけってしまうものなのだ。年寄りはこんなふうに言う。〝世界の終わりも近い〟。そして自分に嘘をつく。〝終わりを見るまでもちそうになくてありがたい〟――とはいえ、秘密の小窓から眺めていられるかぎり、関わらずにすむかぎり、こんなに面白いことはないのだ。

しかし、なぜ世界の終わりのことなど思い悩む？　毎日が誰かにとっては世界の終わりなのに。時間の水嵩がどんどん上がって、目の高さまで来たら、溺れるまでだ。

さて、つぎはどうなったか？　一瞬、話の流れがわからなくなり、思い出すのが大変だったが、そうだ、思い出した。大戦だ、もちろん。わたしたちは心構えができていなかったとも言えるし、承知のうえで居合わせたとも言える。おなじ冷気。あの霧みたいに広がっていく冷気。わたしが生まれ落ちたときの寒さ。あの時のように、あらゆるものが戦《おのの》くような不安に包まれた。椅子もテーブルも、街も街灯も。空も空気も。一夜にして、現実と思われてきたものが、一から十まであっさりと消え失せた。戦争となったら、こういうことが起きるのだ。

でも、当時のあなたはまだ幼すぎて、どの戦争のことだったか憶えていないでしょう。どの戦争も、それを生き抜いた人間にとっては、〝大戦〟なのよ。わたしが話そうとしている戦争は、一九三九年の九月初めに始まり、終わったのは……ええと、歴史の本に載っているわね。お調べなさい。〈家庭の火を燃やしつづけよ（銃後の生活をまもれの意）〉これが戦争時のスローガンのひとつだった。わたしはこれを聞くたびに、女たちの群れが髪をなびかせ、眼をらんらんとさせて、こっそり歩いていく姿が目に浮かんだものだ。ひとりずつ、あるいはふたり連なって、月影を頼りに、それぞれのわが家に火をつけようと。

戦争の始まるしばらく前から、リチャードとわたしの結婚生活はもはや壊れかけていた。もっとも、最初から壊れていたとも言えるかもしれない。わたしは一度流産をし、またもう一度した。リチャードのほうは、ひとり、またひとりと愛人をつくった――ということではないかと、わたしは疑っていた。妻の虚弱なこと、一方、リチャードの旺盛なことを考えれば、避けがたい事態（と、ウィニフレッドはのちに言った）だった。男たちは旺盛な欲求を持っていたものだ、あの時代は。そんな欲求を売るほど持っていた。欲求たちは男のなかの暗い隅や裂け目に、ふだんは人目を忍んで暮らし、ときおり力を結集して出撃する。ペストのように。奴らは狡賢くて屈強で、どんな真の男もいかにして打ち勝てよう？ウィニフレッドによれば――公正を期していえば――ほか多くの人々によっても、これが〝教義〟のようだった。

リチャードのそうした愛人とは、彼の秘書たちだった（と、わたしは推していた）――誰しもきわめて若く、誰しも美人で、みなそれなりの家柄だった。どこそこの学校を卒業したばかりのところを雇い入れる。しばしのあいだは、わたしが会社にいる夫に電話をすると、娘たちは気をもみつつ鷹揚な態度で接したものだ。わたしへの贈り物を買いに遣らされたり、花の注文に行かされたりもする。リチャードは秘書たちが序列を重んじることを好んだ。わたしは正妻であり、彼には離婚する気はなかったから。離婚した男はその地域の指導者になれなかった時代だ。こうした状況はある程度の力をわたしに与えてくれたが、それは、行使しないかぎりにおいての力なのだった。つまり、なにも知らない振りをしていればこその威力。リチャードを脅かしているのは、妻が気づくのではないかという怖れ、妻が秘密（すでに公然の秘密となっていたもの）を暴き、諸悪を表沙汰にするのではないかという怖れだった。

わたしは気に病んだか？　そう、ある意味では。でも、半斤のパンでもないよりはましと自分に言い聞かせた。リチャードは一種のパンにすぎなかった。わたしにとってばかりか、エイミーにとっても、彼は食卓のパンだった。〝ここを乗り切って大きくなるんだよ〟。リーニーはよくそんな言い方をしたが、わたしはまさにその努力をしていた。これを乗り越えて大きく、天まで届かんばかりに高く、紐の切れた風船のように上へ行こうとし、ときには首尾よくいくこともあった。

なるべく時間を埋めるようにした。そんな方法はもう学んでいた。わたしは庭造りに夢中になっていそしむようになり、それなりの成果もあげた。枯れ果てる草花ばかりではなくなった。通年心地よい木陰のできる庭を造ろうと、そんな計画まで練った。

リチャードはあいかわらず体面を繕っていた。わたしもおなじだった。ふたりはカクテルパーティや晩餐会に出席し、夫が妻をエスコートしながら、ともに登場しては、ともに退場した。ディナーの前には必ずお酒を一、二杯たしなんだ。あるいは、三杯。わたしはジンのあんなカクテルこんなカクテルと、少しばかり飲みすぎることもあったが、足元がしっかりしているかぎりは崖っぷちに近寄りすぎることもなく、要らぬことは言わなかった。わたしたちはスケートをするように、世の中の表面を――礼節という薄氷の上を、いまだなめらかに滑っていたが、その下には、暗い湖が隠れていた。氷が解けたが最後、沈んでしまう。

半分の人生でも、ないよりはまし。

どうも、リチャードについては、丸みのある人物造型ができていないようだ。ここに書かれた彼は、いまだにボール紙を切り抜いた人形《ひとがた》みたいである。それはわかっているのだが。彼という人間を描写するのは、わたしの手にあまる。焦点を正しく定められない。どうしても像がブレてしまう。濡れてうち捨てられた新聞に載っている顔写真のように。そのころになっても、わたしの目には、リチャードは実物より小さく見えたものだ。いや、実物より大きく見えていたとも言える。あまりに莫大なお金を持っていたからだ。社会における存在があまりに大きかった。ひとは彼にもっともっと多くのものを期待したくなり、リチャードの人なみな部分を物足りなく感じてしまう。彼は容赦ない人間ではあったが、ライオンというより、むしろ大きな齧歯動物のようなもの、と言ったほうがよい。地下にトンネルを掘り、敵の根っこを噛み切ることで殺す。

リチャードには派手な顕示行為をするための資力、太っ腹ぶるための資力はあったが、現実にはなにもした例しがなかった。いわば、自分自身の銅像になったようなものだ——やたら大きく、広く知られるものであり、存在感があるが、中身は空っぽ。

〝役不足〟だと自惚れていたが、そうではなかった。彼のほうが役には不足だったのだ。簡単にいえばそういうこと。

戦争が勃発すると、リチャードは窮地に追いこまれた。商取引のなかで、ドイツ人と仲良くしすぎていたし、演説では彼らを崇め立ててきた。仲間の多くとおなじく、民主主義に対するドイツ人の野蛮な蹂躙ぶりが、まるで見えなくなっていたのだろう。たしかに、カナダのリーダーの多くは民主主義を非現実的であると断罪してきたのだが、ここへきて、擁護に躍起になりはじめた。

リチャードも莫大なお金を失いそうだった。なにせ、一夜にして敵となった人々ともはや取引できなくなったのだから。這いまわり、卑屈に頭を下げなくてはならない。そんなことは性に合わなかったが、それでも彼はやった。なんとか立場をとりもどし、這いつくばってふたたび取り入ると——まあ、手を汚していたのは彼だけではなかったから、周りも自分の汚い指でリチャードを指したりしないのが得策だった——まもなく工場は奮起して、軍需産業へと全力で邁進し、彼は誰にも負けない愛国主義者になった。そんなわけで、ロシアが連合国側につき、ヨシフ・スターリンが急に〝みんなの愛すべき叔父さん〟になったときも、その仕事ぶりが不利に働くことはなかった。たしかに、リチャードは共産主義者に盾突くことをずいぶん言ってきたが、それも今は昔のこと。いまでは、もう無かったことになっている。なぜなら、敵の敵は味方ではないか？

一方、わたしはとぼとぼ歩むように日々を過ごしていた。普段どおりとは行かなかった——普段の生活じたいが変わってしまったのだ——が、最善をつくして。あのころの自分を表わすに、いまなら〝打たれ強い〟という言葉を使うところだ。それとも、〝感覚が麻痺したように〟か。いまや、闘うべき園遊会もなかったし、絹のストッキングも、闇市でなければ買えなくなっていた。食料は配給制、バターも、砂糖も。もっと欲しければ、他の人々より多く欲しければ、特定のつてを作ることが肝心だった。豪華客船での大西洋横断旅行もない——〈クイーン・メアリ〉号は軍艦になっていた。もはやラジオは小型の音楽堂ではなく、熱狂的な神託の場であった。毎夕スイッチを入れると、ニュースが聞こえてきたが、初めのうちは悲報ばかりだった。

戦争は容赦ないモーターが回るように、どこまでもつづいた。絶え間ない過酷な緊張が、人々を消耗させた。夜明け前の薄闇のなか、誰かの歯ぎしりを聞いているようだった。夜ごとまんじりともせず横たわりながら。

しかしながら、多少の恩恵にも与《あずか》った。ムルガトロイドが入隊するので出ていったのだ。わたしが運転を覚えたのは、そのころである。車のひとつを譲り受けた。ベントレーだったと思うが、リチャードはわたしの名前で登録した——そうすれば、もっとガソリンが手に入るからだ（ガソリンももちろん配給制だった。もっとも、リチャードのような人々の場合は規制もゆるかった）。車のおかげで、わたしは自由ももっと手に入れた。とはいえ、わたしにはもはや大した使い途もない自由ではあったが。

わたしは風邪をひき、悪化して気管支炎になった——その冬は誰もかれもが風邪をひいていた。退治するのに何か月もかかった。わたしは寝てばかりで過ごし、うら悲しい気分だった。咳が出て止まらなかった。ニュースフィルムさえ観にいかなくなった——演説、戦闘、爆撃、破壊、勝利、そして侵攻まで映しだす映像。新たな萌《きざ》しの時代、などと言われていたが、わたしは興味を失っていた。

戦争の終わりが近づいた。次第しだいに。そして、終わりが来た。最後の戦いが終わったあとの静けさと、鐘の鳴る音を思い出す。あれは水たまりに氷の張る十一月で、やがて春になった。パレード。終戦宣言。トランペットが吹き鳴らされた。

だが、あの戦争を終わらせるのは、そうたやすくはなかった。戦争とは巨大な火の玉。降りかかった灰は遠くまで漂い、ゆっくりと地に舞い落ちる。

ディアーナの悦楽

今日はジュービリー橋まで足をのばし、そこからドーナツ屋に行ってオレンジ・クルーラーをほぼ三分の一食べた。小麦粉と脂肪分の大いなる塊は、わたしの動脈のすみずみまで沈泥のように行き渡ることだろう。

食べおわると、洗面所に行った。真ん中の個室に誰か入っていたので、鏡を見るのを避けながら待った。加齢は皮膚を薄っぺらにする。血管や腱が透けて見える。ところが、歳はひとを太らせもする。皮膚がないのに、昔の自分にもどるのはむずかしい。

やっとドアが開いて、娘が出てきた――色の浅黒い子で、冴えない色の服を着て、目の回りに隈をつくっている。小さな悲鳴をあげたかと思うと、笑いだした。「ごめんなさい」娘は言った。「そこにいると思わなかったから。びっくりした」外国のアクセントがあったが、ここによくなじんでいた。若者という国籍を持つのだろう。ここで異邦人なのは、わたしのほうだった。

最新のメッセージは金色のマジックで書かれていた。〝イエスなくしては天国へは行けない〟。すでに注釈者が手を入れている。〝イエス〟を線で消して、その上から〝死〟と黒字で書いていた。

そして、その下には緑の字で、〝天国はひと粒の砂のなかにあり　ブレイク〟。

そして、その下にはオレンジの字で、〝天国はゼナー星にあり　ローラ・チェイス〟。

ここにもまた誤った引用が。

戦争は公式には五月の第一週に終結した――ヨーロッパの戦争という意味である。ローラが気にかけていたとすれば、その部分だけだったろう。

それから一週間後に、ローラから電話があった。電話してきたのは朝、朝食の一時間ほどあとだった。その時間ならリチャードが留守だとわかっていたにちがいない。わたしは妹の声だとはすぐにわからなかった。彼女からの連絡を待つのは、もうやめにしていたから。最初は、お抱えの仕立屋の女かと思った。

「わたしよ」ローラは言った。

「どこにいるの？」わたしは慎重に切りだした。妹といえど、いまでは未知の存在となっているのをお忘れなく――精神の安定という点では、おそらく。

「ここよ」ローラは言った。「この街」。どこに滞在しているのか教えようとはしなかったが、目立たない場所を指定して、午後そこで拾ってほしいと言った。だったら、お茶でも飲みましょう、そうわたしは言った。〈ディアーナ・スウィーツ〉（「ディアーナの悦楽」という意味にとれる。ディアーナはローマ神話の処女性と狩猟の守護神である女神）に連れていくつもりだった。あそこなら安全だし、人込みから離れているし、お客は女性がほとんどだった。店員たちとも顔見知りだ。車で行くからと、わたしは言った。

「いまじゃ、車を持ってるの？」

「まあ、そんなところ」わたしはどういう車か説明した。

「大昔の戦車みたい」ローラはさらりと言った。


ローラはわたしが指示したとおり、キング＆スパダイナ交差点（トロントのキング通りとスパダイナ通りの交わる大きな交差点）の角に立っていた。あまり感じのいい界隈ではないが、そんなことでは動じていないようだった。わたしがクラクションを鳴らすと、妹は手を振り、すぐに寄ってきて車に乗りこんだ。わたしは身を乗りだして、その頬にキスをした。とたんに、不実をはたらいている気分になった。

「信じられないわ、あんたが本当に目の前にいるなんて」わたしは言った。

「でも、本当よ」

ふいに涙があふれそうになった。ローラは無頓着のようだったが、頬はひどく冷たかった。ひんやりと、薄く。

「ところで、リチャードにはなにも言っていないわよね」彼女は言った。「わたしがここにいること。そうそう、ウィニフレッドにも」と、付け足した。「話が筒抜けなんだから」

「話したりするもんですか」わたしは言った。妹は無言だった。

運転しているので、彼女の顔をまっすぐに見られない。それには、車を停めて〈ディアーナ・スウィーツ〉に入り、向かい合わせに座るまで待たねばならなかった。そこでようやく妹の全姿を見ることができた。

目の前にいるのは、わたしの憶えているローラであるとも、ないとも言えた。少し歳をとった――それはお互いさま――のは当然だが、それだけではなかった。小ぎれいな、むしろ簡素な装いだった。くすんだ青のシャツドレスには、身頃の部分にプリーツが入り、前に小さな釦がついている。髪の毛はきつくシニヨンに引っつめられていた。なんだか、凋《しぼ》んでへこみ、色落ちしたように見えたが、同時に半ば透けて、光の小さなスパイクが内側からいくつもとびだしているふうなのだ。光の棘がイガイガと突きだして暈《ぼ》けているというか。まるで、陽にかざしたアザミみたいに。なんとも描写に困る図だ（まぁ、あまり真に受けないで。わたしの目はすでにものが歪んで見え、眼鏡が必要だったから。自分ではまだ気づいていなかったものの。ローラをとりまく光の暈《かさ》は、たんに弱視のいたずらだったかもしれない）。

わたしたちは注文をすませた。ローラは紅茶よりコーヒーがいいと言う。まずいコーヒーが出てくるわよ、わたしはひと言いっておいた――こんな店ではおいしいコーヒーなんて望めない、戦争のご時世だから、と。それでも、妹は「まずいコーヒーには慣れっこよ」と言った。

沈黙が流れた。どこから切りだしたものやら。トロントに戻ってなにをしていたのか、ローラに訊ねる覚悟はまだできていなかった。これまでずっと、どこにいたのか？　わたしは思いきって訊いた。なにをしていたの？

「アヴァロン館にいたの、初めは」ローラはそう答えた。

「けど、屋敷じゅう鍵がかかっているでしょうに！」戦争が始まってからずっとその状態である。わたしたちはもう何年も訪れていなかった。「どうやって入ったの？」

「だって」と、妹は言った。「わたしたち、いつだって入ろうと思えば入れたじゃない」

例の石炭の落とし樋を思い出した。貯蔵室のドアのひとつは、そういえば、鍵が怪しくなっていた。しかし、それもずいぶん前に修理されている。「窓でも割ったの？」

「そんな必要はなかったわ。リーニーがいまも鍵を持っていたから」ローラは言った。「でも、言わないでね」

「暖炉の火も熾《おこ》せなかったでしょう。暖のとりようもなかったんじゃないの」

「ええ、そうよ」妹は言った。「でも、ネズミはたくさんいた」

コーヒーが運ばれてきた。焦げたトースト屑と炒ったチコリみたいな味がしたが、さもありなん。まさにそれが入っているのだから（チコリの根の粉末はコーヒーの代用品だった）。「ケーキかなにか食べる？」わたしは訊いた。「このケーキはそうわるくないわよ」妹はやけにやせてしまったから、ケーキぐらい食べさせたほうがいいと思ったのだ。

「いいえ、結構よ」

「それで、どうしたの？」わたしは話を戻した。

「それで、二十一になって、少しばかりお金が入ったわ。父さんの遺した。だから、ハリファックスへ行った」

「ハリファックス？　どうしてまたハリファックスなの？」

「船が寄港する場所だから」

わたしはそれ以上追求しなかった。裏にはなにか理由があるのだろう。ローラの場合はつねにそうだ。訊くのは遠慮しておいた。「でも、なにをしていたのよ？」

「あれやこれや」ローラは言った。「手伝いをしたりして」これについては、その一点張りだった。給食所とか、そんなようなものがあったのだろうと、わたしは推した。病院のトイレ掃除とか、そんな仕事が。「わたしの手紙、届かなかった？〈ベラ・ヴィスタ〉から出した手紙だけど？　届いていないらしいって、リーニーが言ってた」

「ええ」わたしは言った。「一通も受けとってないのよ」

「あのふたりが盗んだんだな。おまけに、わたしに電話をかけたり、会いにきたりするのも許さなかったんでしょ？」

「あなたの躰に響くからって」

ローラはちょっと笑い声をたて、「躰に響くとしたら、姉さんのほうよ」と言った。「本当はあんな家にいちゃいけない。リチャードのもとを離れるべきなのよ。あれはとんでもない悪人だわ」

「前々からそう感じていたのは知っているけど、ほかにどうしようがある？」わたしは言った。「間違ってても離婚してくれないでしょう。わたしは一文無しだし」

「そんなの言い訳にならない」

「あなたには通用しないんでしょうね。あなたには父さんの信託財産があるけど、わたしにはそんなものないの。それに、エイミーはどうする？」

「いっしょに連れていったら」

「言うは易し、行なうは難しよ。本人が来たがらないかもしれない。いまのところ、リチャードにべったりなんだもの」

「どうしてまた？」ローラは言った。

「パパはちやほやするから。いろいろ買い与えてね」

「ハリファックスからも手紙を何通か出したんだけど」ローラは話題を変えて言った。

「それも受けとってない」

「リチャードったら、姉さん宛ての郵便物を読んでいるのよ、きっと」ローラは言った。

「そのようね」わたしは言った。会話は思わぬ展開を見せていた。わたしは自分がローラを慰め、憐んで、悲しい話を聞いてやるつもりで来たのに、妹のほうがわたしに説教を垂れている。ふたりとも、なんとあっさり昔の役割に戻ってしまったことよ。

「リチャード、わたしのことなんて言ってた？」今度はそう訊いてきた。「あの施設に入れたことについて？」

さあ、いよいよ核心に迫ってきた。ここが分かれ道である。ローラが狂っているのか、リチャードが嘘をついてきたのか。わたしにはどちらも信じられなかった。「まあ、彼から話は聴いたけど」と、ひとまずかわした。

「どんな話を？　心配しないで、怒ったりしないから。知りたいだけ」

「彼はね、あんたが――その、精神に異常をきたしていると」

「やっぱりね。あの男の言いそうなことよ。ほかにはどんなことを言ってた？」

「自分が妊娠していると思っているが、ただの妄想だって」

「ええ、していいたわ」ローラは言った。「問題はそこに尽きるのよ――だから、泡を食ってわたしを見えないところに追い払ったの。あの男とウィニフレッドがね――それはもう、すくみあがって。一家の汚名、醜聞――彼の一大チャンスにどんな影響があると思ったか、想像つくでしょ」

「ええ、目に見えるようね」それだけではなく、医者からの極秘の電話や、慌てふためくさまや、兄妹の火急の話し合いや、その場しのぎの計画なども想像できた。真実とは別版の物語、わたしに聞かせるためだけの偽の物語をでっちあげて。わたしは基本的には御しやすい相手だが、どこかに〝一線〟があることを、ふたりは察していたにちがいない。それを越えたが最後、わたしがどんな行動に出かねないか、そのあたりは警戒していたのだろう。

「いずれにせよ、赤ちゃんは産めなかった。あの〈ベラ・ヴィスタ〉は、そういう、こと、まで、やっているの」

「そういうことまで？」自分がもの知らずに思えて仕方なかった。

「チチンプイプイのほかに、よ。怪しげな薬やら装置やらの治療のほかに、中絶もやっているの」ローラは言った。「歯医者みたいにエーテルで気絶させて、赤ちゃんを掻きだすのよ。で、ぜんぶきみの妄想だなんて、あとから言う。それでこっちが責め立てると、きみは自分にも周りにも危害を加えかねないなんて言うの」

ローラの口ぶりは落ち着きはらって、そつがなかった。「ローラ」わたしは言った。「それは確かなの？　赤ちゃんのことだけど。本当にお腹にいたの？」

「当たり前でしょ」妹は言った。「どうしてわたしがそんな作り話をするの？」

まだ疑いの余地はあったが、今度はローラを信じることにした。「どんないきさつで？」わたしは声をひそめた。「父親は誰？」この手の話はどうしてもヒソヒソ話になる。

「まだ知らないんだったら、言うべきじゃないと思う」

アレックス・トーマスにちがいないと、わたしは思っていた。ローラがなにがしかの関心を示した男はアレックスしかいない――つまり、父さんと神さまはべつとして。そんな可能性は断固、認めたくなかったが、じっさいほかに候補はいなかった。きっとローラがトロントの最初の学校をサボっていたころ、その後、学校に行くのをやめてしまったあの時期に、ふたりは会っていたのだろう。病院でヨボヨボの貧民たちを励ます仕事に就き、殊勝ぶってとりすましたエプロンドレスみたいな白衣を着ながら、この子はあらぬことを考えていた。アレックスはあのエプロンドレスに安っぽい劣情を覚えたにちがいない。ある種、倒錯した感じがたまらなかったのだろう。ローラが学校をやめたのは、おそらくそういうわけだ――アレックスと会うために。あのころ妹は何歳だった？――十五、それとも十六？　あの男、よくもそんなことが出来たものだ。

「彼に恋していたの？」わたしは訊いた。

「恋ですって？」ローラは言った。「誰に？」

「だから、その、わかるでしょ」名前は口に出せなかった。

「まさか」ローラは言った。「とんでもない。嫌でたまらなかったけど、そうするしかなかった。犠牲になる必要があったのよ。痛みと苦しみをこの身に背負う必要が。だって、神さまにそう誓ったんだもの。そうすればアレックスが救われると、わかっていたから」

「いったいどういうこと？」あらためてローラの正気を信じる気になっていたのに、その信用もぐらつきだした。わたしたちはふたたび、彼女の狂った抽象論の世界に引き戻されていた。「アレックスを救うって、なにから？」

「捕まることから。あのままでは、撃ち殺されていたでしょう。キャリー・フィッツシモンズが彼の居所を知ってばらしたの。リチャードに」

「そんなこと、信じられない」

「キャリーは告げ口屋よ」ローラは言った。リチャードがそう言ったのだという――彼女からつねに情報が流れてきた、と。「憶えてる？　キャリーが牢屋に入ったとき、リチャードが保釈金を出してやったでしょう。あれにはそういう事情があったわけ。彼女に借りがあったのよ」

一連の事の成り行きに、わたしは息をのむ思いだった。常軌を逸してもいた。もっとも、真実である可能性もほんのわずか、実にほんのわずかながらあった。しかし、だとすれば、キャリーは嘘をつきとおしてきたことになる。アレックスの居場所をどうやって知ったのか？　あれほど頻繁に居を移していたのに。

いや、アレックスはキャリーと連絡をとりつづけていたのではないか。そうかもしれない。彼女なら、アレックスが信用しそうな相手だ。

「わたしはちゃんと契約を守った」ローラはつづけた。「それで成果があがったのよ。神は騙したりしなかった。でも、そのあとアレックスは戦争に行ってしまった。スペインから戻ってからね。キャリーがそう言っていたわ――彼女が教えてくれたの」

これはさっぱりわけがわからなかった。わたしは頭がクラクラしてきた。「ローラ」わたしは言った。「なぜここに来たの？」

「戦争が終わったからよ」ローラは苛立ちを堪《こら》えるように言った。「アレックスもじきに帰ってくる。わたしがこの街にいなければ、どこを探したらいいかわからないでしょ。〈ベラ・ヴィスタ〉のことも、その後、ハリファックスへ行ったことも、彼は知らないんだから。調べたとしても、わかるのは姉さんのとこの住所だけだわ。なんとかして、わたしにメッセージを伝えてくるとは思うけど」ローラは、真の信者らしい磐石の自信をますますたぎらせていると見える。

わたしはその躰を揺さぶってやりたくなった。いっとき目を閉じると、アヴァロン館の池が浮かんできた。ニンフの石像が足先を水につけている。見れば、ゴムのような緑葉に、灼熱の陽が照りつけている。母さんの葬儀の翌日。あの日のわたしはケーキと砂糖菓子をとりすぎて、胃がむかついていた。ローラはわたしとならんで岩棚に腰かけ、悦に入って鼻歌をうたいながら、じつはなにも心配いらないんだ、自分には天使が味方についているんだ、という確信で余裕綽々としていた。なぜなら、頼りないながら内緒の契約を神さまと交わしていたから。

わたしの指が悪意でうずいた。つぎになにが起きたかは、憶えている。妹を池に突き落としたのだ。

さて、いまも脳裏を去りやらぬ出来事に近づいてきた。言葉をのみこんでおくべきだったところだ。口を閉じておくべきだった。愛あればこそ、嘘をつくか、べつの言い抜けをすべきだったのだ。事実は伏せて。〝夢遊病者を起こすべからずだよ〟。リーニーはよくそう言っていた。〝ショック死しかねないからね〟。

「ローラ、こんなことは言いたくないけど」わたしは切りだした。「あなたがなにをしたところで、アレックスは救われなかった。アレックスは亡くなったわ。戦死したのよ、半年ほど前に。オランダで」

ローラの周りの光暈《こううん》が薄らいだ。顔から血の気がひいていく。蠟が冷たくなっていくのを見ているようだった。

「どうしてわかるの?」

「電報を受けとったから」わたしは言った。「わたし宛てに送ってきたのよ。彼、わたしのことを最近親者として挙げてあったの」このときなら、まだ話の方向転換ができた。こんなふうに言うこともできた。〝きっとなにかの手違いね。あなたと入れ替わったにちがいないわ〟。しかし、わたしはそうは言わなかった。こう言ったのだ。「まったく、考え無しね、あの人も。リチャードの存在を考えれば、あんなことすべきじゃなかった。でも、彼にはほかに身寄りもなかったし、わたしたちは恋仲だったし——ええ、人知れず、長いことね——彼が連絡するといっても、ほかに誰がいる?」

ローラはなにも言わなかった。ただ、じっとわたしを見つめていた。わたしを透かして、その後ろにあるものを。なにを見ていたのかは神のみぞ知ることだ。沈みゆく船か、火焔につつまれた街か、背中に刺さったナイフか。しかしながら、わたしにはその表情に見覚えがあった。ルーヴトー河で溺れかけたあの時の顔。あわや水に沈まんとする瞬間の——戦《おのの》き、青ざめながら、恍惚とした顔。鋼《はがね》がきらめくような。

いっときおいてローラは立ちあがると、テーブルごしに手をのべてきて、わたしのハンドバッグを、素早く、気遣うように撮《つま》みあげた。なにか壊れ物でも入っているかのように。そして、ハンドバッグを手にすると、背を向けてレストランを出ていった。わたしは止めようと動きもしなかった。すっかり虚をつかれ、椅子から立ちあがるころには、ローラは消えていた。

勘定を払う段になって、面倒がおきた。わたしはハンドバッグのお金以外は持ち合わせがなく、そのバッグは——妹がうっかり持っていってしまったんですと説明した。あす必ず返しにくるからと約束して。そうして話し合いをつけると、わたしは駆けるようにして停めた車へと急いだ。車はなくなっていた。財布には、車のキーも入っていたのだ。まさか、ローラに運転ができるとは知らなかった。

わたしは話をでっちあげながら、数ブロックを歩いた。車をなくしたいきさつは、リチャードとウィニフレッドには話せない。話せば、またローラを悪者に仕立て上げる論証として利用されてしまう。途中で車が故障し、修理工場に牽かれていったと言おう。そこでタクシーを呼んでもらい、それに乗りこんで家まで帰ってきたが、ハンドバッグをうっかり車のなかに忘れてきたのに気がついた。なにも心配いらないわ、そう言おう。あすの朝にはきれいに解決するから。

そこまで考えると、わたしは実際にタクシーを呼んだ。家ではムルガトロイド夫人が出迎えて、タクシー代を払ってくれるだろう。

リチャードは夕食刻《どき》に帰ってこなかった。社交クラブかどこかで、まずいディナーを食べ、スピーチをしているにちがいない。彼も近ごろは、ゴールが見えてきたらしく、必死で走っていた。そのゴールとは――いまになればわかるが――たんなる富や権力ではなかった。彼が欲していたのは、敬意だった――新興成金といえども敬意を求めていた。それに焦がれ、渇望していた。鉄槌のように武器として振り回すだけでなく、威厳の証として王様の笏のように振るいたかったのだ。こんな欲望も、それじたいは卑しむべきものではない。

その特別なクラブは出入りを男性に限っていた。でなければ、わたしもその場にいて、彼の遠景に座りながら、微笑んだり、最後に拍手を送ったりしていたはずだ。夫がいないそんな夜は、エイミーの乳母に暇を出し、自分で娘を寝かしつけるのが常だった。エイミーの入浴を監督し、本を読んでやってから、ベッドに入れてやる。ところが、その晩にかぎって、エイミーはいつになく寝つきがわるかった。わたしになにか心配事があるのを察していたのだろう。わたしがベッドサイドに座って、手を握り、おでこを撫でながら窓の外を眺めていると、やがてうとうとしだした。

ローラはどこに行ったのか、どこに泊まっているのか、わたしの車をどうしたのか？　どうすれば彼女と連絡がとれるのか、事態を修復するにはどう言えばいいのか？

コフキコガネが灯りに誘われ、うっかり窓にぶつかってくる。盲いた親指みたいに、ガラスのあちこちに体当たりする。虫は、怒ったような、焦《じ》れたような、そして力ない音をたてるのだった。

断崖

今日は、脳のせいで突然の空白に見舞われた――雪の乱反射のように、真っ白になる。消えたのは誰かの名前ではなく――いずれにせよ、それが一般的らしいが――ある言葉だった。その語が、なんだか逆しまになって、吹き飛ばされた紙カップみたいに、意味をすっかり零《こぼ》してしまったのだ。

その言葉とは、〝イスカープメント〟だった。なぜこの言葉が出てきたのか？　イスカープメント、イスカープメント、わたしは繰り返した。たぶん声にも出ていただろうが、イメージが浮かんでこない。これは、心のなせる業なのか――ある心の働き、または状態が身体に影響をおよぼしているのか？

空虚。眩暈。わたしは崖っぷちでよろめき、やみくもに空《くう》をつかんだ。しまいには、辞書のお世話になることにした。「イスカープメント：防塁前面の急な傾斜地。または、切り立った断層崖」。

初めに言葉ありき。昔々われわれはそう信じていた。言葉がいかにもろいものであるか、神は知っていたのだろうか？　いかに薄弱であり、いかにたやすく消し去られてしまうかを？

ローラの身に起きたのは、おそらくそういうことなのだ――文字どおり、崖っぷちから突き落とされた。ローラが頼りにしていた言葉――その上に〝トランプの家〟を築き、堅牢だと信じていた言葉は、いきなりパタッと倒れて、虚ろな中身をさらけ出し、紙くずみたいに千々に舞い飛んでしまった。

神。信頼。犠牲。正義。

信心。望み。愛。

言うまでもなく、〝姉〟も。そう、そう。これはいつだってそう。

〈ディアーナ・スウィーツ〉でローラとお茶を飲んだ翌朝、わたしは電話のそばにへばりついていた。何時間たっても、なんの連絡もない。わたしはウィニフレッドと彼女の委員会のふたりと、〈アルカディアン・コート〉で昼食をとる約束をしていた。ウィニフレッドの場合、取り決めた予定はつねに変更しないほうがいい――でないと、詮索してくるから――ので、わたしは出かけていった。

わたしたちが聞かされたのは、ウィニフレッドが最近思いついた事業、つまり、傷痍軍人を救済するためのキャバレーについてだった。これは歌あり、踊りあり、女の子たちがカンカン娘の恰好をしたりするもので、みんな奮って参加し、切符を売るようにと言われた。ウィニフレッドおんみずから、ひらひらのペチコートに黒タイツ姿で脚を蹴りあげたりするのだろうか？　そんなことがないよう、わたしは心から祈った。いまや、彼女は〝やせっぽち〟の範疇にはいなかった。

「なんだか具合がわるそうね、アイリス」ウィニフレッドが小首をかしげて言った。

「そう？」わたしは愛想よく答えた。元気がないと、近ごろ彼女によく言われる。その真意は、リチャードを支え、栄達の道を邁進させるのに、まだまだ遮二無二なっていない、ということ。

「ええ、ちょっとぐったりしているわ。リチャードが疲れさせるの？　あの男ったら、燃して捨てるほど精力があるものねえ！」ずいぶんとご機嫌のようだ。彼女の計画――リチャードのための計画――は、わたしの怠慢にもかかわらず、順調なのだろう。

しかし、わたしはあまり話に身が入らなかった。ローラのことが心配で心配で。すぐに姿を現わさないようなら、どうしよう？　車を盗まれた報告もろくにできない。妹が逮捕されては困る。そんな事態はリチャードも望まないだろう。誰の得にもならない。

家に帰ると、留守中にローラが来ていたと、ムルガトロイド夫人に告げられた。玄関のベルを鳴らしもせず入ってきた彼女と、夫人は玄関ホールで鉢合わせしたそうだ。えらい久方ぶりに生身の〝ローラ嬢ちゃん〟を見て驚いた、幽霊でも見た気がしたと言う。いやいや、嬢ちゃん、住所は書いていかれませんでした。でも、なんだかおっしゃってましたよ。〝あとで話すからって、アイリスに伝えて〟とかそんなことです。手紙のトレイに、家の鍵を置いていかれました。まちがって持っていってしまったから、と。鍵をまちがって持っていくなんて妙ですね、ムルガトロイド夫人は言った。このしし鼻が怪しいとかぎつけたようだ。わたしの修理工場の話など、もう信じていないのだろう。ともかく、わたしはホッとした。ローラはまだこの辺りにいるのだ。あとで話すとも言っている。

たしかに、あの子は話してくれた。もっとも、死者にそうした習性があるように、たいがいは繰り返しだったが。死者は生前ひとに語ったことをすべて繰り返すが、新しいことはめったに言わないものだ。

昼餐の衣装から着替えているところへ、警察が事故の知らせを携えてやってきた。ローラは危険防止の柵を突き破って、セント・クレア・アベニュー橋から飛びだし、はるか下の渓谷に転落したと言う。たいへんな墜落事故でした、警官は悲しげに首を振りながら言った。あなたの車を運転していたのです。免許証から住所をたどりました。最初は、残骸から焼死体で発見されたのは——当然ながら——あなたご自身だと思ったのですが。

それなら、いまごろニュースになっていただろう。

警官が帰っていくと、わたしは躰の震えを止めようとした。冷静さを保つ必要があった。しっかりしていなければ。甘んじて報いを受けることを、リーニーは〝難曲と向かい合う〟と表現したものだが、一体どんな曲を想定していたんだろう？　ダンス音楽ではあるまい。厳粛な吹奏楽曲か。ある種の行進曲のような。両脇に人垣ができるなか、指さされたり、嘲笑われたりしながら進んでいく。道の突き当たりには、処刑人が待っている。燃して捨てるほどの精力をもって。

リチャードからの〝反対尋問〟もあることだろう。こんなふうに付け足せば、車を修理に出したという話も辻褄があうだろうか――あの日、ローラと会ってお茶を飲んだのに黙っていたのは、あなたのここ一番のスピーチを前に、要らぬ心配をさせたくなかったのよ（最近、彼のスピーチはすべて〝ここ一番〟だった。ビッグチャンスに手が届くところまで来ていた）。

ローラを横に乗せているときに、車が故障したの。そう言おう。〝それで、あの子、修理工場までつきそってきたのよ。わたしが置き忘れたハンドバッグを、そっと持っていっていたのね。そのあとは、ローラにしてみれば、子どものお遊び。簡単なものよ。翌朝、工場に車をとりに戻り、わたしの小切手を勝手に切って修理代を払えばいい〟。やはり、それらしく見せかけるため、小切手を一枚破っておこう。修理工場の名前を言えと迫られたら、忘れたと言いとおそう。それ以上質されたら、泣きだそう。そんな些細なことまでどうやって思い出せと言うの、こんな時に？　そう言おう。

わたしは着替えをしに階上へあがった。死体安置所に行くなら、手袋と、ヴェールつきの帽子が要る。すでに新聞記者やカメラマンが集まっているかもしれない。車で行こう、と思いかけて、その車はいまやスクラップと成り果てていることに気がついた。タクシーを呼ぶしかないだろう。

それから、会社にいるリチャードにも電話をして、知らせておかなくては。噂が広まったが最後、死体にハエがたかるがごとく、人々に取り巻かれるだろうから。彼の知名度からいって、それなしにすまされることはありえない。弔いの言葉を用意しておきたいだろう。

わたしは電話をかけた。リチャードの最新の若き秘書嬢が応答した。急用であることを告げ、いいえ、伝言はできないわ、と答えた。夫と直接話さないと。

しばしの間があり、リチャードが呼ばれてきた。受話器から「なんの用だね？」という声がした。会社に電話されることを、彼は好まない。

「たいへんな事故があったの」わたしは言った。「ローラが。あの子の運転する車が橋から転落して」

リチャードはなにも言わなかった。

「わたしの車で」

まだなにも言わなかった。

「亡くなったようなの」わたしは言った。

「なんだって」沈黙が流れた。「いったい、あの子はいままでどこにいたんだ？　いつこっちに戻ってきた？　おまえの車でなにをしていたんだ？」

「すぐに知らせたほうがいいと思ったのよ。新聞に嗅ぎつけられる前に」わたしは言った。

「ああ」彼は言った。「それは賢明だった」

「これから安置所に行かなければならないの」

「安置所？」彼は訊いてきた。「市の死体安置所か？　どうしてまた？」

「ローラが、置かれているのよ」

「なら、取り返してこい」彼は言った。「どこかきちんとした場所に移すんだ。もっと……」

「プライバシーを保てる場所に」わたしは言葉をひきとった。「ええ、そうするわ。それから、ひとつ話しておくことがあるの。警察の言うことに含みがあったというか――警官がひとり、さっきまでうちにいたのだけど――遠回しに、その……」

「なんだと？　おまえ、警察になにを話した？　遠回しになにを言われたんだ？」彼はひどく警戒した声音になった。

「いえ、ただ、あの子が故意にやったとか」

「馬鹿ばかしい」リチャードは言った。「事故に決まっているじゃないか。おまえもそう言ったと思うが」

「もちろん、そうは思うけど、目撃者がいるようで。彼らによると……」

「書き置きは残っているのか？　あるなら燃やせ」

「目撃者はふたりいて、弁護士と、銀行の重役かなにか。あの子は白い手袋をしていたらしいの。ハンドルを切る手が見えたとか」

「光のいたずらだろう」彼は言った。「あるいは、そのふたりが酔っ払っていたか。おれが弁護士とやらに電話して、片をつけてやろう」

わたしは電話を切ると、化粧室に行った。黒い服が必要になる。ハンカチも。エイミーにも話しておかなくては。そうだ、橋だ。橋が崩れたのだと言おう。わたしはそんなことを考えた。

ストッキングのしまってある抽斗を開けると、ノートが何冊か出てきた――ぜんぶで五冊。アースキン先生に習っていたころの安い学習帳が、台所用の紐でひとつに括られていた。ローラの名前が表表紙に鉛筆で書かれている――子どもっぽい字で。その下には〈算数〉と記されていた。ローラは算数が大嫌いだった。

古い学校のノート、もとい、家庭学習のノートなど、なぜあの子はわたしに残したのだろう？

ここで踏み止まることもできた。あえて知らぬことを選ぶ道もあったが、わたしが選んだのは、あなたもしたはずのこと――いえ、ここまで読んできた以上は、〝すでにしたこと〟と言ったほうがいいか。つまり、知るという道を選んだのだ。

たいていの人間が選ぶであろうこと。どんなことであれ、ひとは知ることを選ぶ。その過程でみずからを深く傷つけ、必要とあらば、両手を燃える火のなかに突っこみさえする。動機になるのは、好奇心だけではない。愛や、悲しみや、絶望や、憎しみも、われわれを衝き動かす。われわれは死者をも容赦なく偵察する。彼らの手紙を開け、日記を読み、ガラクタを漁って、自分を置き去りにしていった相手から、ほのめかしやら、別れの言葉やら、なにがしかの説明を得ようとして――いわば故人の鞄を抱えて取り残されるわけだが、その鞄は間々思ったよりずっと空っぽなものである。

しかし、その故人が、こちらがわざと蹴つまずくように、手がかりを仕組むような相手ならどうだろう？　なぜそんなことをするのか？　エゴイズムのなせる業か？　哀れみか？　復讐か？　トイレの壁に落書きをするような、素朴な存在主張か。存在感と匿名性のない交ぜになったもの――悔悛のない懺悔、結末のない真実。そこにはひとを惹きつけるものがある。どうにかこうにか、手についた血の汚れは濯《そそ》げるのだから。

そんな証拠を残していく人々は、死んだあと他人が寄ってきて、いちいち鼻を突っこんできても、文句を言えた義理ではない。たとえ、生前は鼻を突っこまれるような事柄でなくても。寄ってくるのは、他人ばかりとはかぎらない。恋人、友人、親戚。人間とは覗き趣味のある窃視者なのだ、誰しもが。なぜひとは過去のものはなんでも我が物のように思うのだろう、自分が見つけたというだけで？　他人の閉めたドアを明けた時点で、ひとはみな墓泥棒。

とはいえ、ドアには鍵がかかっているだけなのだ。部屋とその中身は手つかずのまま。それを遺していく人間が、本当に忘却を望むなら、火をつけるという手だてもあるではないか。

第十四部

黄金の巻き毛

さて、先を急がねばならない。終わりは見えているのだ、頭上はるか高くにきらめいて。路傍のモーテルのごとく、暗い夜、降る雨のなかに。戦後に建てられた、場末も場末のモーテル。フロントでのチェックイン時には、なにも訊かれず、本名が書かれることもなく、勘定は現金の前払い。オフィスには古びたクリスマスツリーの灯りが連なり、その奥には、陰気な狭い客室が藪のようにならび、枕はかぐわしい黴の香りがする。まん丸いガスボンベが正面に置かれている。とはいえ、ガスは何十年も前に止まっているのだ。さあ、ここがあなたのとまる所。

終着点。温かで安全な楽園。安らぎの場所。しかし、わたしはまだそこに着いておらず、年老いて疲れはて、足を引きずりながら徒歩で向かう。森で迷い、途を示す白い石もなく、踏破すべき地面は足元をすくう。

オオカミよ、現われよ！　藍色の髪と、ヘビの巣穴のような目をした死女よ、ここに出でよ！　終わりに近づいているのだ、そばにいておくれ！　震えるわが関節炎の指をみちびき、みすぼらしい黒ボールペンをみちびけ。あと数日、気の抜けたわが心臓を浮かせておいておくれ。わたしがなにかと整理をつけるまで。わが旅連れとなり、助っ人となり、友となっておくれ。〝いま一度〟と言い添えよう。だって、かつてわたしたちは近しい間柄だったではないか？

すべての物事にはそれぞれの場所がある、リーニーはよくそんなことを言っていた。あるいは、虫の居所がわるいと、〝糞がなければ花もない〟などと、ミセス・ヒルコートに言ったものだ。アースキン先生には、役に立つ念術をいくつか教わった。いざというとき、例の女神たち《フユーリーズ》を呼びだす巧い呪《まじな》いがあると調法する。おもに、復讐ということになると。

わたしはひとえに正義を求めているのだと、当初は思っていた。わが心は純なり、と。他人に傷しようというとき、ひとはみずからの動機に大義名分を掲げたがるものだ。ところが、アースキン先生も指摘したとおり、盲いた神は弓矢を持つエロスだけではない。もうひとりは、正義の女神ユスティティアだ。ぶきっちょな盲神たちは、切っ先鋭い武器を持つ。ユスティティアの携える剣は、目の見えないこととあいまって、わが身を斬るにうってつけの名刀となる。

ローラの学習帳になにが書いてあったか、当然あなたは知りたがるだろう。帳面はあの子が残していったまま、みすぼらしい茶色の紐で括られ、ほかのもろもろと一緒に、わたしの船旅用トランクに入って、あなたに遺される。わたしはなにも手を加えていない。自分の目で見てみるといい。破りとられたページは、わたしが破ったのではない。

一九四五年、あのおぞましい五月のある日、わたしはそこになにを予期していたか？ 告白と咎めの言葉？ それとも、ローラとアレックス・トーマスの逢い引きを綴った日記？ そうにちがいない、きっとそうだ。胸引き裂く苦しみを覚悟していた。たしかに、わたしは苦しみを受けたが、それは想像したような形ではなかった。

わたしは紐を切ると、帳面を扇形に展《ひろ》げた。ぜんぶで五冊。〈算数〉〈地理〉〈フランス語〉〈歴史〉そして〈ラテン語〉。知のノート。

〝彼女は天使のように書く〟――『昏き目の暗殺者』のある版のカバー裏は、ローラのことをそう評している。たしか、あれはアメリカ版だったと思う。カバーに金の装飾文字が書かれていた。その紹介文は、天使にずいぶん重きをおいているのだが、実際問題、天使はあまりものは書かない。天使は罪を記録し、堕ちたものと救われたものの名前を記録する。または、肉体を離れた手となって現われ、壁に戒めを走り書きする。あるいは、神の伝言を届けもするが、吉報はめったにない。〝神が近くにおわしますように〟というのは、純然たる祝福の言葉ではないわけだ。

といったことを、まとめて頭に入れておいて。そう、ローラは天使のように書く。言い換えれば、あまり書かないということ。でも、書けばぴたりと言い当てる。

〈ラテン語〉が学習帳のなかで最初にひらいたものだった。残っているページの大半は白紙のまま。ローラがむかしの宿題を破った跡だろう、ギザギザの切り残しがある。それでも、あるくだり、彼女がわたしとアヴァロン館の蔵書に力を借りて訳した一文は取ってあった。ウェルギリウス『アエネーイス』第四巻の末尾の言葉だ。女王ディードーはすでに、消えた恋人アエネーイスにまつわる物を端からかき集めて作った祭壇、つまりは燃えさかる薪だが、その上で自刃したあとだ。恋人は戦争を通して天命をまっとうするため、海へ乗りだしていった。刺された豚のようにおびただしい血を流しながらも、ディードーはまだ断末魔の苦しみを味わっている。おおいに苦しみもがく。思い返すに、アースキン先生はあのくだりを愉しんでいた。

ローラがそれを書いた日のことを、わたしは思い出した。寝室の窓から、遅い午後の陽が射していた。ローラは床に寝そべり、靴下をはいた足をバタつかせながら、殴り書きしたふたりの共作をこつこつと帳面に書き写していた。彼女の躰からは、アイボリー石鹸と鉛筆の削りくずの匂いがした。

そこで、ローマ最大の女神ユーノーが、彼女の長い苦痛とつらい旅をあわれに思い、オリンポスから虹の神イーリス（語り手のアイリスと同名）をつかわして、まだ肉体にしがみついていた苦しむ魂を切りはなしに行かせました。こうしてやる必要があったのは、ディードーが自然に死んでいくのではなく、他人に死に追いやられたのでもなく、絶望のふちで、くるい死にしていくからです。ともかく、めい界の女王プロセルピナはまだ彼女の金色のまき毛を切っていなかった。まだ彼女を黄泉には送っていなかったのです。

　すると、あたりにはもやがたちこめ、サフランのように黄色いつばさを広げて、一千もの虹の色がたなびき、日のなかできらめくなか、イーリスがまい降りてきました。ディードーの上でとまりながら、こう言いました。

　わたしは命じられたとおり、死の神のものである、この聖なるまき毛を持っていきます。そうして、あなたを肉体から解放します。

　すると、あたたかみがいっぺんにひいて、彼女の命は天に消えていきました。

「なぜ巻き毛を切る必要があったの？」ローラは訊いたものだ。「このイーリスは？」

わたしにはわからなかったので、「彼女の仕事のひとつだから」と、ごまかした。「生け贄みたいなものよ」わたしは自分がローマ神話の登場人物と同名であるのを知って、得意になっていた。じつは花のアイリスにちなんだのだろうと常々思っていたのだが、そうではなかったようだ。母方の系統では、娘の名前に草花をモチーフにする傾向が強かった。

「ディードーを肉体から助けだすためよ」ローラは言った。「彼女はもう生きていたくなかったから。そうすれば不幸から抜けだせるんだから、善い行ないなのよ。そうでしょ？」

「たぶんね」わたしは言った。宗教倫理のそんな細かい点には、あまり興味がなかった。詩のなかではおかしなことが起きるものだ。理屈を通そうとしても無駄。ところで、ディードーはブロンドだったのだろうか。ブルネットのような気がした。物語のほかの部分を読んでみると。

「死の神って誰？　どうして彼女の髪の毛を欲しがるの？」

「もう髪の話はよそうよ」わたしは言った。「ラテン語の勉強はこれで終わり。つぎは、フランス語を片づけましょ。アースキン先生、あいかわらずたんまり宿題を出したね。行くわよ。イル・ヌ・フォ・パ・トゥシェ・オ・イドル。ラ・ドリュール・アン・レスト・オ・マーン（偶像に触れてはいけない、金メッキが剥がれて偽物だとわかる）」

「こういう訳文は？　〝偽の神々に関わるな、金の塗料が手にいっぱい付く〟」

「塗料なんてどこにも書いてないわよ」

「でも、実際はそういう意味だもん」

「アースキン先生って人を知っているでしょ。先生は意味なんてどうでもいいの」

「アースキン先生なんて大嫌い。鬼子先生が戻ってきてくれたらなあ」

「わたしもそう思う。母さんが戻ってきてくれたらいいのに」

「うん、そうだよね」

このローラの訳文は、アースキン先生にはあまり顧みられなかったようだ。赤鉛筆で全体に斜線が引いてあるだけだった。

わたしがいま落ちてゆこうとしている悲しみの池を、どう表現したらいいのだろう？　筆舌にはつくしがたい。だから、書こうとはすまい。

わたしはほかの帳面もパラパラやってみた。〈歴史〉はすっかり白紙だったが、ローラはあの写真を一枚、糊付けしていた――釦工場のピクニックで撮った、自分とアレックス・トーマスの写真。いまや、ふたりとも明るい黄色に塗られており、ちぎれた青いわたしの手が、芝生を這うようにして彼らに近づいていく。〈地理〉には、アースキン先生が宿題に出したのだろう、ポート・タイコンデローガの短い説明文があったが、それしか書かれていなかった。「この中型都市はルーヴトー川とジョグー川の合流地点に位置し、こう石などで有名である」というのが、ローラの文章の書き出しだった。〈フランス語〉からは、フランス語がすっかり消し去られていた。それに替わって、アレックス・トーマスがうちの屋根裏部屋に残していった奇妙な文字の羅列があった。なるほど、ローラは結局あれを燃やしてしまわなかったわけだ。アンコリン、ベレル、カーキニール、ダイアマイト、エボノート……外国語であることに間違いないが、長じて見ると、フランス語よりはまだなんとなく理解できるようになっていた。〈算数〉には、数字の長い列があり、ときどきその横に言葉が書かれている。何分か眺めているうちに、どういう種類の数字であるかに気づいた。日付だ。最初の日付はわたしがヨーロッパから帰ってきた日と合致する。最後の日付は、ローラが〈ベラ・ヴィスタ〉へ発つ三か月かそこら前だ。横に書かれた言葉はこんなふうだった。

アヴァロン、なし。なし。なし。サニーサイド、なし。ザナドゥ、なし。なし。なし。クイーン・メアリ、なし、なし。ニューヨーク、なし。アヴァロン、なし。初めは、なし。

ウォーター・ニクシー、X。〝酔いしれてるんだ〟。

トロント、ふたたび、X。

X。X。X。X。

O。

物語の全篇ではないか。なにもかもわかった。それは、はなからここにあったのだ、わたしの目の前に。なぜこうも盲いた眼《まなこ》でいられたのだろう？

ならば、アレックス・トーマスではなかったのだ。アレックスなどではありえない。アレックスはローラにとって、異次元に属する生き物なのだから。

勝利は去来す

ローラの学習帳をひととおり見ると、わたしはそれをストッキングの抽斗に戻した。なにもかもわかったが、なにひとつ証拠立てられはしない。それだけはあきらかだった。

でも、猫の皮をはぐ手だてはひとつじゃないよ、リーニーはよくそう言っていた。まっすぐ通り抜けられないなら、回り道をおし。

わたしは葬儀がすむまで待ち、さらにもう一週間待った。あまりそそっかしい振る舞いはしたくなかった。後悔より用心だよ、リーニーはそうも言っていた。怪しげな教義だ。用心しても後悔することはよくある。

リチャードはオタワへの出張旅行に出かけた。オタワへのここ一番の旅に。ふっとお偉いさんがたに打診されるかもしれない、などとほのめかして。いますぐではないにしろ、遠からず、だとか。わたしは、リチャードに、それからウィニフレッドにも、この機にポート・タイコンデローガへ行くと告げた。ふたりが用意した銀色の箱に入ったローラの遺灰を持って。あの子の遺灰を撒いて、チェイス一族の墓石の碑銘を書き直してこなくてはならないから、と。きちんと、正しい形で。

「自分を責めてはだめよ」ウィニフレッドはそうしろと言わんばかりの口調で言った——わたしがたっぷり自責の念に駆られれば、ほかの者を責めることもないだろうと言いたげに。「深く考えるに忍びないことってあるものね」とはいえ、どのみちひとは考えてしまうものだ。どうしようもない。

リチャードを出張に送りだしてしまうと、わたしはお手伝いにひと晩暇を出した。砦はわたしが守るからと言って。寝ついたエイミーだけを横に、家で独りになりたくて、暇を出す日も近ごろでは増えていたから、さしものムルガトロイド夫人も怪しまなかった。安全が確保されると、わたしはすばやく行動に出た。すでに荷造りの下準備だけはこっそりすませていた。宝石箱、写真、『ロック・ガーデンの多年生植物』は詰めてあったから、残りに取りかかった。衣服については、とてもじゃないがぜんぶは持ちだせない。エイミーの服も多少はいるが、これもぜんぶはとても無理だ。船旅用トランクに入るだけ入れることにした。一度はわたしの嫁入り衣装を入れたあのトランクだ。それから、揃いのスーツケースに詰められるだけ。鉄道会社の男たちが、事前の手配どおり、荷物を取りにやってきた。これで、明けて翌日、エイミーを連れてタクシーでユニオン・ステーションに向かうのも楽になった。ふたりともそれぞれ一泊用の鞄だけを提げて。これからどんなことになるか、少しもわからないまま。

リチャードには手紙を一通残してきた。あなたのしたこと（あなたがしたと知ってしまったこと）を鑑みるに、もう二度と会いたくない、と書いた。政界での野心をおもんぱかって、離婚は求めないつもりだが、あなたの卑しい行動の証拠は、ローラのノートという形で充分につかんでいる。そのノートは――ここは嘘を書いたが――さる保管所に預けてある。その汚らわしい手をエイミーにかけようなんて考えがあるなら、いっさい捨て去ったほうがいい。そんなことになったら、大々、大スキャンダルを起こすつもりだから。そうも書き加えた。わたしの金銭的な要求に応えない場合も、同様のことをする。金額はたいして大きくない。ポート・タイコンデローガに小さな家を買い、エイミーの養育費が確保できる額で充分である。わたしの生活費は、ほかの手だてで調達する。

わたしはこの手紙の最後に〝敬具〟と記すと、封筒を舐めながら、〝卑しい〟という字を正しく書けただろうかと思った。

トロントを出る数日前に、キャリスタ・フィッツシモンズを捜しあてた。いまでは彫刻の途をあきらめ、壁画家になっていた。彼女を見つけたのは、ある保険会社の本社だ。ちゃっかり会社からの委託注文をとっていた。戦争の尽力に対する女性たちの貢献、というテーマらしい。戦争が終わったいまとなっては、時代おくれの観はあった（わたしたちはどちらもまだ知らなかったが、そのうちこの壁は心安らぐおだやかなモグラ色にすっかり塗られてしまうのである）。

会社はキャリーに壁一面を与えていた。三人の女工がつなぎの作業着をきて、勇ましく微笑みながら、爆弾を製造している。救急車を運転している娘がいるかと思えば、草刈り器とトマトでいっぱいの籠を持った農園の手伝い婦がふたり。制服を着た女が盛んにタイプライターを打っている。下のほうの隅っこ、片側に押しやられているのは、エプロンを着けた母親が天火からパンを取りだす図。子どもふたりが賞賛の眼で見物している。

キャリーはわたしの姿を見てびっくりしていた。訪ねることはあらかじめ言わないでおいたのだ。逃げを打たれたくなかった。画家たちの総指揮をとる彼女は、バンダナで髪をあげ、カーキ色のスラックスにテニスシューズをはいて、ポケットに手を突っこみ、下唇にタバコを張りつけて、悠々と歩きまわっていた。

ローラの訃報は聞いていたと言う。新聞で読んだわよ——あんな綺麗な子が、子どものころから並外れていたのに、なんて残念なことだろう。といったおきまりの前置きがすむと、わたしはローラに聞かされたことを話し、それは事実なのかと訊ねた。

キャリーは憤懣やるかたないようすだった。「ちくしょう」という語を連発した。たしかに、アジって赤狩りにパクられたときには、リチャードが助けてくれたけど、それは彼にも家族の古いよしみがあるからだと思っていた。アレックス・トーマスのことにしろ、ほかのアカや同志の旅人のことにしろ、リチャードになにか話したなんて、とんでもない。こんちくしょう！　みんな友だちなんだよ！　アレックスのことは、たしかに、初めは——あいつがまずい羽目に陥っているころは——なにかと助けになっていたけど、はっきり言えば、あいつ、わたしからお金を借りたまま行方をくらまして、つぎに聞いたときには、スペインにいるってことだった。わたし自身知らなかったのに、どうしてあいつのことチクれるのよ？

なにも情報は得られなかった。この件に関しては、リチャードがローラに嘘を吹きこんだのかもしれない。ほか多くのことでわたしに嘘をついていたように。それとも、嘘をついているのはキャリーのほうか。とはいえ、彼女の口からほかにどんなことが聞けるだろう？

エイミーはポート・タイコンデローガの暮らしが気に入らなかった。父親を恋しがっていた。子どもがみなそうであるように、自分になじんだものを求めた。ここでも独りで使える自室を欲しがった。ああ、それは誰だって欲しい。

ここで暮らさなくてはいけないのも、ほんのしばらくだからと、わたしは説明した。いや、〝説明〟などと言うべきではない。そこには、なんの説明もふくまれていなかったのだから。一体なんと言えば、少しは理解してもらえただろう？　八歳の子どもに。

ポート・タイコンデローガは変わっていた。戦争に浸食されて。労働闘争のころには、いくつかの工場が操業を再開し、作業着姿の女たちがヒューズを造っていたが、いまではまた閉鎖されている。帰還兵たちが具体的にどんなものを買いたがるかわかれば、そうした工場も、平時の製品工場に衣替えすることになる。今後は彼らも家庭と家族をきっと築くわけだから、それにむけた買い物をするだろう。ところが、一方、職にあぶれた者も多く、しばし静観という状況だった。

空き家が目立った。エルウッド・マレーはもう新聞社の経営をやめていた。すぐにも戦争碑にその輝かしい名前が新たに刻まれることになるが、海軍に入隊して、爆撃にあったのだった。おかしなことに、町の男たちが戦死したというとき、彼らは〝亡き数に入った〟という言われ方をした。まるで、ちょっとしたヘマをやらかしたように。そればかりか、小事とはいえ自分から〝入った〟ように——なんだか店で買い物するみたいに。散髪でもしてもらうみたいに。こういう死を表現するのに、近ごろ街で流行っていたのは、〝ビスケットを買った〟という隠語で、男たちはたいていこれを使った。誰が焼いたビスケットが念頭にあったのか、つい考えてしまう。

リーニーの旦那のロン・ヒンクスは、こうした〝気軽な死の買い物客〟には分類されなかった。シチリア島で戦死したとおごそかに語られた。ロイヤル・カナディアン連隊に入り、ポート・タイコンデローガから出征した同郷の一軍とともに。リーニーには年金が入るようになったが、それ以外の実入りは知れたもので、小さな家のひと間を貸しだしていた。まだ〈ベティーズ・ランチョネット〉で働いていたが、背中が痛くて死にそうだとこぼしていた。

ところが、死にそうなのは背中のせいではないことが、じきに露見する。腎臓だった。わたしがこちらへ戻った半年後に、彼女の腎臓は務めを終えた。あなたがこれを読んでいるなら、マイエラ、知っておいてほしい。これがわたしにとって、どれほど甚大な打撃となったか。リーニーはいつもそこにいてくれると当てにしていた——現にずっといてくれたじゃないの？——なのに、突如としていなくなったのだから。

亡くなってからというもの、彼女の存在感はますます強くなる。なぜって、ものごとに解説をつけてもらいたくなると、聞きたくなるのは誰の声だと思う？

わたしは当然ながらアヴァロン館へ赴いた。苦労のいる訪問だった。敷地内は荒れ放題で、庭には草木が生い茂っていた。温室は廃墟と化して、窓ガラスは割れ、植物は鉢に入ったまま干からびている。まあ、わたしたちの居たころから枯れているのもあったが。守護神のスフィンクスには、〈ジョンはメアリを愛してる〉という銘文が数度記され、なかのひとつはひっくり返っていた。石のニンフのいる池には、朽ちた庭草や雑草が詰まっている。ニンフその人はまだ立っていたが、指が何本かなくなっていた。それでも、微笑みは変わらなかった。よそよそしく、秘めやかで、無頓着な。

邸の母屋へ押し入る必要はなかった。そのころはまだリーニーが生きていて、内緒の鍵を持っていたから。家の中は哀れなありさまだった。埃とネズミの糞がいたるところに溜まり、いまやくすんでしまった寄せ木の床は、なにか漏った跡だろうか、点々と染みがついていた。トリスタンとイゾルデはまだそこにいて、空っぽのダイニングで大きな顔をしていたが、イゾルデはハープにひとつ傷がつき、真ん中の窓の上には、ツバメの一羽か二羽が巣を作っていた。とはいえ、屋敷内に荒らされたようすはなかった。家中にチェイス家という名の風が、微かではあるが吹きめぐり、権力と富の薄れゆくオーラが、消えやらずあたりに漂っていたということだろう。

わたしは邸内をくまなく歩き回った。家中に黴の臭いがこもっていた。書斎のドアを透かして見ると、暖炉の上には、まだメドゥーサの頭がでんと置かれている。祖母アデリアの肖像画もまだおなじ場所にいたが、傾きかけていた。祖母の顔には、抑えてもにじみでる、楽しげな老獪の表情が浮かんでいる。やはり、そうとうお盛んでいらしたのね、お祖母さま。わたしは肖像にむかって思う。きっと秘密の生活があったにちがいない。だから、やっていけたのでしょう。

わたしは本をあれこれ手弄《てまさぐ》り、抽斗を明けてみた。抽斗のひとつに、祖父ベンジャミンの時代の見本用釦が入った箱があった。白骨のような丸いものは、祖父の手のなかで金に変わり、長年のあいだ金でありつづけたが、いまはまた骨に戻ってしまっていた。

屋根裏では、ローラが〈ベラ・ヴィスタ〉を出たあとここに作ったらしい〝巣〟を見つけた。収納トランクに入っていたキルトや、階下にある彼女のベッドから毛布を持ってきていたが、彼女を追って家捜しなどされたら、問答無用の証拠になったろう。干からびたオレンジの皮と、リンゴの芯がひとつあった。あいかわらず、ものを片づけようという考えはなかったらしい。羽目板張りの食器棚の陰に、ガラクタを入れた鞄があった。〈ウォーター・ニクシー〉に乗ったあの夏、彼女がそっと隠したあれだ。銀器のティーポット、陶器のカップと受け皿、モノグラムの入ったスプーン。ワニの形をしたくるみ割り、真珠のカフス釦が片方だけ、こわれたライター、ヴィネガーの瓶のない薬味スタンド。

いずれまた戻ってきて、もっと持っていこう。わたしは自分に言い聞かせた。

リチャード本人は現われず、それこそが（わたしには）後ろ暗い証拠に思われた。代わりに寄越されたのは、ウィニフレッドだった。「あなた、気でも狂ったの？」開口一番にそう浴びせかけられた（場所は〈ベティーズ・ランチョネット〉のブース席だった。自分の小さな借家には入れたくなかった。ともかくエイミーのそばには近寄らせたくなかった）。

「いいえ」わたしは言った。「それはローラもおなじ。少なくとも、あなたがたふたりがそう見せかけていたほどには。リチャードのしたことはわかっているのよ」

「なんの話をしているのかしら」ウィニフレッドは言った。艶のいいミンクのしっぽで作ったストールを巻いており、手袋から手を引き抜こうとしている。

「彼はわたしと結婚したとき、バーゲン品を手に入れたと思ったようね——ひとつぶんの値段でふたつ。鼻歌まじりに買いたたいたってわけ」

「馬鹿言わないで」ウィニフレッドは言ったが、顔つきからして動揺していた。「リチャードの手は、ローラがなんと言おうと、これっぽっちも汚れていない。それこそ、吹き溜まりの雪みたいに潔白よ。あなたもとんでもない見誤りをしたものね。こんどの件は——あなたのこのご乱行は、大目に見るつもりでいると伝えるよう、兄から言われているの。家に戻ってくれれば、すべて許し、忘れるのは吝《やぶさ》かではないと」

「でも、こちらはそうはいかない」わたしは言った。「吹き溜まりぐらい潔白かもしれないけど、吹き溜まっているのは雪ではないようね。まったくの別物よ。「ひとが見るじゃないの」

「声を落としなさい」ウィニフレッドは制した。

「どっちみち見るでしょうよ」わたしは言った。「あなたが富豪夫人の馬みたいに着飾っているんじゃ。「その緑色はあなたにはちっとも似合わないのよ。とくに、その歳になってはね。いつでも似合った例しはないけれど。気むずかしい胆汁気質に見えるだけ」

これは痛恨だったようだ。ウィニフレッドは対処に困っていた。わたしのこういう口さがない新たな一面には慣れていなかった。「ずばり言って、なにが望みなの？」彼女は言った。「仮にもリチャードがなにかしたわけではないけど、騒ぎはご免なのよ」

「要求については、ずばり彼に言ってあるわ」わたしは言った、「逐一はっきりと。さあ、小切手を渡して」

「リチャードはエイミーに会いたがっているの」

「万にひとつもあり得ないわね」わたしは言った。「そんなことをわたしが許可するなんて。彼は幼い子にもよおすようだから。そうでしょ、あなたずっと知っていたんでしょ。ほんの十八のわたしでも、上限のぎりぎりだったのよ。ローラをおなじ屋根の下に住まわせるのは、彼には刺激が強すぎた。いまなら、それがわかる。あの子に手を出さずにはいられなかった。でも、エイミーには指一本触れさせない」

「口を慎みなさい」ウィニフレッドは言った。ついに怒り心頭に発したようだ。化粧の下の肌がまだらになっていた。「エイミーは彼の実の娘よ」

わたしはこう言いそうになっていた。「いいえ、違うわ」しかし、それをやったら戦術ミスになるのはわかっていた。法律上はリチャードの子どもなのだ。その逆を証明する手だてはわたしにはなかった。遺伝子だのなんだのの研究はまだ始まっていなかった時代だ。もしリチャードが真相を知ったら、ますますエイミーをわたしから引き離そうとするだろう。彼女を人質にとり、そうなれば、わたしはこれまで築いた優位をすっかり失ってしまう。これは、腹黒いチェスゲームだった。「彼はどんなことも平ちゃらよ。相手が実の娘であろうと。そのうち、あの子をもぐりの堕胎医のもとへ送りこむんだわ。ローラにしたようにね」

「こんな言い合いをこれ以上つづけても意味がないわ」ウィニフレッドは手袋とストールと爬虫類のハンドバッグをかき集めながら言った。

戦争が終わると、世の中は変わった。わたしたちの見てくれも変わった。しばらくすると、目の粗い地味な灰色とハーフトーンの世界は消えた。代わって現われたのは、ぎらぎらと照りつける真昼の陽――けばけばしく、影のない、原色の世界。ホットピンクやバイオレットブルーの服、赤と白のビーチボール。プラスチックの蛍光グリーン。スポットライトのようにまぶしく射す太陽。

町や市のはずれでは、ブルドーザーが大暴れし、木々が倒された。地面には、爆弾が落ちたかと思うような巨きな穴が掘られた。通りは砂利と泥にまみれた。土がむきだしになった芝地がお目見えし、そこにひょろひょろした苗木が植えられた。シダレカンバが人気になった。空がありあまっていた。肉もあった。大きな塊肉、厚切り肉、大切り肉が、精肉店のウィンドウで輝いていた。朝陽のようにまぶしいオレンジやレモンもあった。砂糖も山ほど。黄色いバターも山のように。誰もが食べて食べて食べまくった。テクニカラーの肉やテクニカラーの食べ物を手に入るだけ腹に詰めこんだ。まるで、明日という日がないかのように。

だが、明日はあった。明日しかなかった。消え去ったのは昨日のほうだった。

さて、わたしはリチャードから、そしてローラの遺産から充分なお金を得た。それで小さな家を買った。エイミーは、はるかに裕福なそれまでの暮らしから引きずりだされたことで、まだわたしに腹を立てていたが、だいぶ落ち着いたと見えた。もっとも、ときどき冷たい顔をしているのを見ることはあった。すでにわたしが母親としては意に満たないと見切りをつけつつあったのだろう。一方、彼女にとってリチャードは、そばにいなくなってみると、遠く離れていることがむしろ利点になり、娘の目にはずっとまばゆさを増しているようだった。しかし、父親からの降るような贈り物がだんだん途絶えてお印ていどになると、エイミーもあまり選択の道はなかった。そこで、わたしも、これなら少しは質素な暮らしになじむだろうと期待してしまった。

そうするうちにも、リチャードは〝支配の衣《ころも》〟を着る支度にいそしんでいた。新聞によれば、それはもう手に入れたも同然だとか。たしかに、わたしの存在は邪魔だったろうが、別居の噂は握りつぶされたらしい。世間では、わたしは〝田舎に引っこんでいる〟ことになっており、そこにおさまっている気でいるかぎり、かつかつ許容範囲というところのようだった。

わたしの知らないうちに、ほかの噂がいくつも浮上していた。ひとつは、わたしが精神不安定であるというもの。それから、妻のそんな奇癖にもかかわらず、リチャードが経済的な面倒をみているというもの。そして、リチャードは聖人君主である。それから、頭のおかしな妻でも、正しく扱えば害はないということ。このおかげで、権力者の妻たちは夫の大義にずっとずっと理解を示すようになるということ。

ポート・タイコンデローガで、わたしは充分静かに暮らしていた。外に出れば、敬意まじりの囁き声と、わたしが聞こえるそばまで行くと〝シッ〟と制する声と、通りすぎるとまた急にしゃべりだす声との海原を、わけて進むことになった。リチャードの側になにがあったにしろ、この妻のほうが虐げられた被害者にちがいない、というのが一致した見方だった。つまり、妻はハズレくじをひいてしまったのだが、正義もなければ、ささやかな情けもない世の中だから、なにもしてやりようがない。もちろん、そんな態度もローラの本が出るまでのことだったが。

時が流れた。わたしは庭造りをしたり、本を読んだりして過ごした。つつましい形ではあるが、リチャードがくれた動物のジュエリーを手始めに、中古のアクセサリーを商いはじめていた。やってみると、これがこの先何十年と、身を助くことになる。まともな生活らしきものも定着した。

しかし、こらえた涙はひとを腐らせる。追憶もしかり。言わずに堪えた思いもしかり。悪夢の夜が始まっていた。わたしは眠れなかった。

おおやけには、ローラの存在は包み隠された。あと数年たつころには、存在しなかったかのようになる。黙秘の誓いなどするんじゃなかった、わたしは胸のうちでつぶやいた。わたしはなにを望んでいたのだろう？　決して多くのことは。ある種の思い出のようなもの。だが、つまるところ、思い出とはなんだろう？　耐え忍んだ傷の記念にすぎないのか？　耐え忍び、うとまれた傷の。記憶がなければ、復讐も存在しない。

〝われわれが忘れないように〟　〝わたしを憶えていて〟　〝われらの力ない手から君たちに投げる〟（カナダの陸軍中佐が詠んだ、戦死兵を悼む有名な詩「フランダースの野に」の一節。〝灯火をきみたちのものとして高く掲げよ〟とつづく）。渇する幽霊たちの叫び。

死者を理解することほどむずかしいことはないが、彼らを袖にするほど危険なこともない。いまでは、そうわかっている。

瓦礫の山

わたしは本の原稿を送った。しかるべき頃合いに返信を受けとった。それに返事を書いた。こうして物事は進んでいった。

出版に先立ち、著者への献呈本が届いた。本の折り返しには、泣かせる履歴が記載されている。

ローラ・チェイスが『昏き目の暗殺者』を執筆したのは、二十五歳にもならないうちである。処女作にあたるが、一九四五年、痛ましい交通事故により命を落としたため、悲しいことに遺作ともなった。この才能ある若き作家の、第一作にして驚くべき開花をみせた作品を、自信をもってお届けする。

この紹介文の上にローラの写真——粗悪なコピー——が入っている。画質のせいで、顔は染みだらけに見えたが、人がましいものではあった。

本は出版されると、初めは沈黙をもって迎えられた。かなり薄い本でもあり、およそ売れそうな代物ではなかった。ニューヨークとロンドンの批評家筋には、ずいぶん受けがよかったが、このあたりの町ではたいした話題にはならなかった。ともかく最初のうちは。やがて、モラリストたちにとっつかまり、説教壇の熱弁師たちと、地元のおしゃべり女たちが行動を起こして、喧々囂々の騒ぎとなった。屍《しかばね》に群がるハエのような醜聞屋たちは、ふたりの名前を結びつけ、ローラというのは、リチャード・グリフェンの死んだ義妹じゃないかということになるや、まるで蕁麻疹みたいに、びっしり物語にたかった。そのころには、リチャードにも政敵が売るほどいた。色々なあてこすりが流れだした。

ローラは自殺したのだという説が、当初はうまく抑えこまれていたのだが、ふたたび浮上してきた。人々は噂をした。ポート・タイコンデローガの町のなかだけでなく、有力者のあいだでも。もし自殺だというなら、なぜ？　匿名の電話をした者がおり——はたして誰であったのか？——〈ベラ・ヴィスタ

・クリニック〉が話にからんできた。元職員が証言すると（新聞社のひとつが、たんまり払ったのだとか）、院内で横行しているいかがわしい施療に全面的な捜査が行なわれた。その結果、舞台裏が暴かれ、クリニックごと閉鎖になった。わたしは興味が湧いて、建物の写真をしげしげと眺めた。病院になる前は、材木王のひとりの豪邸だったらしく、ダイニングルームにはかなり上等のステンドグラスも入っていると書かれていた。アヴァロン館のほどではあるまいが。

とりわけ響いたのは、リチャードと院長がやりとりした手紙だった。

リチャードはときおりわたしの前に現われる。心の目のうちに、あるいは、夢のなかに。その姿は灰色だが、水たまりの油のように、虹色の光彩をおびている。わたしのことを胡乱な顔で見る。恨み辛みの幽霊がここにもひとり。

リチャードの政務辞任を新聞が報じる少し前、わたしは一度電話を受けた。家を出てから初めての電話だった。彼は憤怒のあまり、半狂乱になっていた。こんなスキャンダルがあっては、もはや次期指導者候補として考えられないと言われたそうで、有力者たちも求めに応じてくれなくなった。自分は冷や飯を食わされ、干されている。おまえはおれを駄目にしようと、わざとやったんだろう。そんなことを彼は言った。

「なにをしたというの？」わたしは言った。「あなたは駄目になってなんかいない。いまも大金持ちじゃないの」

「あの本のことだ！」彼は言った。「おれをサボタージュしやがって！　一体いくら払ったんだ、あれを出版させるのに？　ローラがあんないやらしいものを書けるとは思えん――あんな三文小説！」

「信じたくないでしょうね」わたしは言った。「あの子に〝酔いしれて〟いたようだから。そんな可能性には目を向けられないでしょう。あなたが汚らしいイタズラをしているあいだずっと、彼女のほうはべつな男とベッドを出入りしていたなんて——あの子が愛した、あなたとは似ても似つかない男と。まあ、わたしとしては、この本の意味はそういうことだと思うけど。違うかしら？」

「あのアカ野郎じゃないのか？　あのクソがき——ピクニックのときの！」リチャードはよほど腹に据えかねたと見える。ふだんは悪態などめったにつかなかった。

「知りようがないわよ、そんなこと」そうわたしは返した。「ローラを偵察していたわけじゃないんだから。でも、同感よ、あのピクニックに始まったんでしょうね」アレックスの関係したピクニックが二回あったことは言わなかった。一度目は、ローラもいっしょに。二度目は、一年後だったが、ローラはいなかった。わたしがクイーン・ストリートでアレックスにばったり会ったあの日。固ゆで卵の日。

「あいつ、腹いせにやったんだな」リチャードは言った。「おれに仕返ししてやろうと」

「驚くことじゃないわね」わたしは言った。「ローラだってさぞあなたが憎かったでしょう。憎くないわけがない。手込めにされたも同然なんだから」

「また出鱈目を！　同意なしにはなにもしていないぞ！」

「同意ですって？　あれをそんなふうに呼ぶの？　わたしなら脅迫と言うわね」

リチャードは一方的に電話を切った。あの一族の習性だろう。彼の前に電話してきてわたしを罵倒したウィニフレッドも、おなじことをした。

リチャードは行方不明になり、やがて〈ウォーター・ニクシー〉号で発見された——そう、この経緯はもうご存じのはず。そっとあの町へ出かけていき、アヴァロン館にそっと忍びこみ、そっと船にもぐりこんだにちがいない。それはそうと、船は艇庫にしまわれていたのであって、桟橋に繋がれていたというのは新聞の誤報。ある種の隠れみのだった。水に浮かぶ船に死体が、という状況はまだしもまともであるが、艇庫の船に死体、というのはだいぶ妙だ。ウィニフレッドも、リチャードがおかしくなっていたとは思われたくなかったのだろう。

実際はなにがあったのか？　わたしも定かではない。彼の死体が発見されるやいなや、ウィニフレッドが一切をとりしきり、せいぜい世間体がいいように仕立て上げた。脳卒中に倒れた、というのが彼女のでっち上げた筋書きだった。しかし、倒れた傍らには、あの本が転がっていたという。それだけは、わたしも知っている。ウィニフレッドがヒステリー状態で電話してきて、そう言ったから。「兄によくもこんなことができたわね」彼女は言った。「政治生命を絶ったうえ、今度はローラの思い出までずたずたにして。兄はあの子を愛していたのよ！　崇めるようにしていたわ。死んだだけでも耐えられなかったのに！」

「あの人にもいくらか良心の呵責があったようで、うれしいわ」わたしは冷たく言った。「その良心が当時少しでも見られたかというと、疑わしいけれど」

ウィニフレッドはもちろんわたしを責め立てた。その後は、公の争いになった。彼女は考えうる最もむごい仕打ちをした。エイミーを取りあげたのだ。


おそらく、あなたは「ウィニフレッド福音書」というべきものを吹きこまれてきたんでしょう。ウィニフレッド版のわたしは飲んだくれで、身持ちがわるく、ひどい母親ということになっていた。それが時がたつにつれ、彼女の言うところでは、〝おひきずりの鬼婆〟にして、〝頭のおかしい婆さん〟、そのうえ〝チンケなガラクタの商い婆〟になっていった。それでも、あなたには、わたしがリチャードを殺したとは言わなかったと思う。もし言ったら、そんな発想がどこから出てきたのか、ということも話さねばならないから。

しかし、〝ガラクタ〟というのは、言いがかりだ。たしかに、わたしは安く買って高く売ってはいたが――骨董商売ではそれが普通ではないか？――目利きではあったし、ひとを脅しつけるような真似はした例しがない。酒を飲みすぎた時期はあった。それは認めるが、エイミーを取られるまでは、そんなことはなかった。男については、そんな相手もいくらかいたかもしれない。どれも惚れたはれたという仲ではなく、定期的に包帯を充《あ》てなおしていたようなものだ。わたしは周囲のあらゆるものから切り離され、手をのばすことも触れることもできなかった。それと同時に、こすられて赤剝けになったような気分でもあった。人肌の慰めが必要だった。

かつての社交界の男はことごとく避けていたが、わたしが独り身になって、どうやら自堕落に暮らしているらしいとの噂を聞きつけるが早いか、果物にたかるハエのように現われたのもいくらかいた。こういう男たちはウィニフレッドにそそのかされて来たのだろう、間違いない。わたしは、相手は赤の他人と限って、いまで言う〝コレクターズ・アイテム〟を探しに、隣の町や市へと乗りだした。本名は決して明かさなかった。ところが、最後には、ウィニフレッドが粘り勝ちをした。彼女にとっては、男がひとり捕まれば充分で、それをやってのけた。モーテルの部屋のドア、入るとき、出るときを撮った写真。宿帳の偽造サイン。現金に目がない、宿のオーナーの証言。〝法廷で争うこともできますが〟わたしの弁護士は言った。〝やめておいた方がよろしい。お子さんの訪問権を勝ちとるよう努めましょう。期待できるのはそれが精々ですな。敵に弾薬を渡して使われてしまったようなものだ〟。弁護士はわたしの先行きに悲観的ですらあった。道徳的な堕落ぶりゆえでなく、不器用さゆえに。

リチャードはすでに遺言で、エイミーの後見人として、また、エイミーの些少ならぬ信託資金の唯一の管財人として、ウィニフレッドを指名していた。彼女は遺産までも自分のいいようにしたのだった。

あの本に関しては、ローラは一文字たりとも書いていない。でも、そのことは、きっとあなたもしばらく前から気づいていただろう。わたし自身が書いた。孤独な夜長に、アレックスが戻ってくるのを待ちながら。以後、不帰の人となったのを知ってからも。わたしは自分のしていることを格段〝書き物〟

と思ってはいなかった――ただ書き留めておこうというだけだった。自分の憶えていること、そして思い描いたことも、これもまた真実である。自分を記録係のように思っていた。躰をはなれた手が壁に殴り書きをするように。

わたしは回想録をつくりたかった。それがことの始まりだった。アレックスと、そしてわたしのために。

そのアイデアからローラを著者に任命するまでは、たいした飛躍はなかった。そんな案が湧いてきたのも、臆病っ気というのか、度胸がないせいだと、あなたは思うかもしれない。わたしはスポットライトを浴びるのは好きではなかったから。あるいは、ひとえに思慮のなせるわざか。自分の名前を出せば、まちがいなくエイミーを失うことになる。どのみち、失ったわけだけれど。しかし、よくよく考えてみると、たんに公正を期したかったのだろうか。というのも、あれはローラが一語も書いていないとは言いきれないからだ。実務としてはそのとおりだが、べつな意味では――ローラなら〝精神的な意味〟と言いそうだが――彼女は共作者であるとも言える。本当の著者はわたしたちふたりのどちらでもない。〝拳は指の力をあわせたものにまさる〟のだ。

ローラのことを思い出す。十か十一のころ、祖父のデスクを前に座っているのは、アヴァロン館の書斎。目の前に紙を一枚置き、天国での座席表をせっせと書いている。「イエスは神さまの右手に」あの子は言った。「じゃあ、神さまの左手は誰が座る?」

「神さまに左手はないかもね」わたしはそう言ってからかった。「左手は悪いものとされているから、神さまにはないかもしれない。それとも、戦争で左手を斬られてしまったか」

「あたしたちは神さまに似せて造られているのよ」ローラは言った。「人間には左手があるもん。なら神さまにもあるに決まってる」と、鉛筆の先を嚙みながら、座席表とにらめっこしている。「そうだ！」と、急に叫んだ。「そのテーブルは丸いのよ！　だから、みんながみんなの右手に座ることになるの、ぐるっと回れば」

「その逆もありうるわよ」わたしは言った。

ローラはわたしの左手であり、わたしは彼女の左手だった。わたしたちは共に本を書いた。左利きの本を。この本は、どういう読み方をしても、ふたりのうち一方がつねに見えないところにいるのは、そういうわけだ。


わたしがこうしてローラの生涯――わたしの生涯――の物語を書きはじめたときには、なぜ自分が書くのか、書きおえたら誰に読ませたいと思っているのか、わかっていなかった。でも、いま、はっきりした。わたしはあなたのために書いていたのだと思う、愛しいサブリナ。なぜなら、あなたこそ、いまこれを必要とするたったひとりの人だから。

もはやローラがあなたの思っていたような人ではなくなった以上、あなたも自分で思っていたような自分ではなくなったことだろう。ショックかもしれないけれど、安らぎにもなるかもしれない。たとえば、あなたはウィニフレッドとも、リチャードとも、どんな血縁にもないことになる。あなたのなかには、グリフェンの血は一滴たりとも入っていない。そうであれば、あなたの手には一点の汚れもない。あなたの実のお祖父さんはアレックス・トーマスであり、彼の実の父親はというと、それはね、可能性はごまんとある。お金持ち、貧乏人、物乞い、聖人。母国となる国は何十と。地図から消えたいくつもの土地、一掃された百もの村。好きにお選びなさい。あなたは彼から、限りない想像の天地を、遺産として譲られたのだから。意志の力で自由に生まれ変われるのだから。

第十五部

昏き目の暗殺者　エピローグ　もう片方の手

男の写真といえば、女は一葉だけしか持っていない。モノクロの写真。これを大切にしているのも、男の遺留品がこれぐらいしかないからだ。ふたり一緒に撮った写真。女と男がピクニックに行ったときの。写真の裏には〈ピクニック〉と書かれている。彼女の名も彼の名もなく、ただ、〈ピクニック〉と。彼女は双方の名を知っているのだから、書く必要はない。

ふたりは木の下に座っている。あれはリンゴの木だったにちがいない。女は広がったスカートの裾を膝のあたりにたくしこんでいる。そう、暑い日だった。写真に手を置くと、いまも熱さが感じられるほど。

彼は薄い色の帽子を目深にかぶっており、顔はなかば隠れている。女は男のほうにやや身をひねって、微笑んでいる。あれ以来、そんな笑みは誰にも向けた憶えがない。写真の女はやけに幼く見える。男のほうも微笑んでいるが、自分とカメラを隔てるように片手を掲げているのは、カメラをかわそうとしているのか。のちのちふたりの姿を振り返って見ようとする彼女から顔を隠そうというのか。指のあいだには、短くなったタバコの吸いさしがある。

女はひとりになると、この茶封筒を出してきて、テーブルの上に置き、まじまじと眺め入る。女は写真をくまなく仔細に眺める。タバコの煙に巻かれた男の指、白く光って写ったふたりの服の襞。枝にさがる熟しきらぬリンゴの実、前景には、枯れかけた草地。女の微笑んだ顔。

写真は途中で切られている。三分の一ほどが切れているのだ。左の下のほうの隅に手が写っている。手首のところでちょん切れて、草に置かれている。もうひとりの人間の手だ。この人間も、姿が見えていようといまいと、つねにこの〝絵〟のなかにいる。すべてを書き留めることになる手だ。

なぜわたしはかくも気づかずにいられたのか？　女は思う。鈍くて、ものも見えず、こうも野放図にうかつになれるとは。けれど、そんな鈍感さやうかつさなくして、わたしたちはどうして生きていけたろう？　なにが起きるかわかっていたら、つぎに起きることをなにもかもわかっていたら――自分の行動の結末をあらかじめわかっていたら、ひとは運命にがんじがらめになってしまう。神ほどに尽き果てたものになってしまう。石とおなじものに。食べることも、飲むことも、笑うことも、朝ベッドから起きることもない。誰かを愛することもない。もう二度と。そんな勇気は持てないだろう。

いまや、水に沈んだ――木も、空も、風も、雲も。彼女の遺していったのは、この写真だけだ。それにまつわる物語と。

この写真は幸せを伝えるものだが、物語のほうはそうではない。幸福とは、いうなれば、ガラスで囲われた庭。入口も、出口もない。天上の楽園には、物語は存在しない。なぜなら、そこには旅というものがないのだから。物語を先へと駆り立てるのは、悔いと、嘆きと、渇望。その曲がりくねった道を前へ前へと。

《ポート・タイコンデローガ・ヘラルド＆バナー》紙　一九九九年五月二十九日

アイリス・チェイス・グリフェン　忘れがたき婦人

マイエラ・スタージェス

ミセス・アイリス・チェイス・グリフェンが先だっての水曜日、ポート・タイコンデローガの自宅にて八十二歳で急逝した。「裏庭の椅子に掛けたまま、いたって安らかな亡くなり方だった」故人の一家とは古くから友人関係にあるミセス・マイエラ・スタージェスはそう述べた。「心臓の持病があったので、覚悟がなかったわけではない。たいへんな傑物で、歴史のランドマークでもあり、あの歳にしては驚くほど矍鑠《かくしゃく》としていた。わたしたちはみな無念の想いを抱いており、夫人はきっと長らく人々の記憶に残るだろう」

ミセス・グリフェンは地元の著名な女流作家ローラ・チェイスの姉にあたる。くわえて、永くこの町の思い出となるであろうノーヴァル・チェイス大佐の娘であり、〈ボタン・ファクトリー〉などの事業を興したチェイス工業の創設者ベンジャミン・チェイスの孫でもある。また、大事業家であり政界でも活躍した故リチャード・E・グリフェンの妻にして、トロントの慈善家のウィニフレッド・グリフェン・プライアーの義姉でもあった。ウィニフレッドは昨年他界し、わが高等学校に莫大な遺産を遺している。ミセス・グリフェンの遺族にはサブリナ・グリフェンがおり、先日国外から帰国した。まもなく祖母の弔事に立ち会うため、この町を訪れる。温かく歓迎し、できるかぎりの助力、手伝いを申し出ようではないか。

ミセス・グリフェンの遺志により、葬儀は身内だけで行なう予定。マウント・ホープ墓地にあるチェイス家の墓碑の下に遺灰を埋葬する。しかし、永年のチェイス家による多大な寄附に謝意を表し、告別式がジョーダン斎場の礼拝堂で執り行なわれる。日時は、つぎの火曜日の午後三時から。式後は、マイエラ&ウォルター・スタージェスの自宅で軽食が供される。みなさん、お越しくださ い。

とば口

今日は雨が降っている。温かい春の雨。そのせいで、あたりはオパールのような光輝に彩られている。崖を越えて下る早瀬の奔流の音――風のような流れだが、動《ゆる》がず、砂についた波の跡を思わせる。

わたしはいま裏のポーチで木のテーブルを前にして座っている。生い繁る木の葉陰から、草木のはびこる細長い庭を眺めやりながら。夕暮れ時。野生のフロックスが咲いている。たしか、あれはフロックスだと思うが。はっきり見えない。なにか青いもの。庭の端のほうで光っている。影に残った雪の青光り。花壇では、草が押しあうようにして上にのびている。クレヨンのような形をした、紫、青緑、赤。湿った土と萌えだした草花の香りが鼻先に寄せてくる。水っぽく、つかみどころのない、樹皮のようなどことなく酸っぱい匂い。若さにも似た匂いがする。傷心にも似た匂いが。

わたしはショールにくるまっている。今夕は、いまの時季にしては暖かいが、わたしにはそれが暖かさとは思えず、寒さの不在としか感じられない。ここからは世界がくっきりと見える――〝ここ〟が、波頭から一瞬目にする光景になる。つぎの波に沈められる直前に見るような。なんと空は蒼く、海は碧で、なんとお終《しま》いらしい眺めだろうか。

わたしの傍らには、四苦八苦しながら、幾月もかかって積み重ねてきた紙の山がある。やりおえたら――最後のページを書きおえたら――わたしはこの椅子からよいこらしょと立ちあがってキッチンまで行き、輪ゴムか紐か使い古しのリボンを探すことだろう。それで紙を束ね、船旅用のトランクをあけ、ほかの物の上にこの束を滑りこませる。それは、あなたが旅から戻ってくるまで、ずっとそこにあるだろう。本当に戻ってきたらの話だけれど。わたしの弁護士が鞄の鍵を保管し、出すべき指示を用意している。

じつを言うと、あなたにはこんな白日夢みたいな想いを抱いている。

ある夕べ、ドアにノックの音がして、あなたが立っている。黒い服を着て、例の小さなリュックサックを背負って。今日びは、バッグの代わりにみんなこれを持つようね。外は今宵のように雨が降っているが、あなたは傘を持っていない。傘なんて馬鹿にしている。若い子たちは雨風に打たれるのが好きだから。気分がしゃきっとするのだろう。あなたはポーチに立って、湿った灯りに姿をにじませている。つややかな黒髪はすっかり濡れて、黒い服もびしょ濡れになり、顔や服の上で、雨粒がスパンコールのように光っている。

あなたはノックをするだろう。わたしはその音を聞く。のそのそと廊下を往き、ドアを明ける。心臓は飛びあがって震えんばかり。とくと顔を眺めてから、ようやくあなただとわかる。わたしが大切にしてきた、わたしに残された最後の願い。こんなに美しい人は見たことがない、そう心のなかで思うが、口には出さない。呆けて調子のいいことを言っていると思われたくないから。わたしは歓迎の言葉を述べ、両腕をさしだす。頬にキスをするが、ほんの軽く。節度を忘れては見苦しい。涙をこぼすが、ほんの幾粒かだ。年寄りの目は乾きやすい。

わたしはあなたを招き入れる。あなたは入ってくる。若い娘に勧められることではない。うちのような家の敷居をまたぐのは。わたしのような人間が住んでいるのだから。老いた女、大老の女が、化石みたいな田舎家に独居して。燃えさかるクモの巣のような髪の毛をし、雑草だらけで得体の知れない庭に座って。そんな生き物のそばには、硫黄の臭いが漂っていそうだ。あなたはわたしに少し怯えるかもしれない。けど、あなたにも少し無鉄砲なところがあるだろう。うちの家系の女がみなそうだったように。

だから、ともかくも、あなたは入ってくる。〝お祖母ちゃん〟と言うだろう。そのたったひと言で、わたしは絶縁の身から救われる。

わたしはあなたをテーブルにつかせる。木のスプーンや、小枝のリースや、灯をともしたことのないキャンドルの散らかるテーブルに。あなたは身震いしているだろう。わたしはタオルを渡す。毛布でくるんでやる。あなたのためにココアを淹れる。

それから、おもむろに物語を話しだす。この物語を話す。あなたがいかにしてここへ辿り着き、わたしのキッチンに腰かけて、これまで語ってきたような話を聴くことになったか。なにかの奇跡でも起きてそんなことが現実になれば、こんなごたまぜの紙の束は要らなくなる。

わたしがあなたに求めるものとは、なんだろう？　愛ではない。それは望みすぎというもの。赦しでもない。あなたには赦しの与えようがない。ただ、聞いてくれる相手がほしいのかもしれない。わたしのことを見てくれる誰か。そうそう、わたしにはなにをしてもかまわないけど、妙に綺麗に見せようとするのはよしてちょうだい。例の飾り立てた骸骨になるなんてご免よ。

でも、わたしは自分をあなたの手にゆだねていく。ほかにどんな道があるだろう？　あなたがこの最後のページを読むころには、そこがどこであれ、ただひとつ、わたしの居る場所になるのだから。

訳者あとがき

本書は、マーガレット・アトウッドによる十作目の長篇 *The Blind Assassin* (Bloomsbury 2000) の全訳である。アトウッドは本作で、二〇〇〇年のブッカー賞ならびに、二〇〇一年のダシール・ハメット賞を受賞した。

ひとは孤独と戦うためにものを書く。書くことは孤独を癒す人間の知恵だ。だが、ときに言葉は致死薬となる。

「カナダ文学の女神」と呼ばれるマーガレット・アトウッドの『昏《くら》き目の暗殺者』は、あるブルジョワ一家の波瀾万丈のサーガともいえる。大恐慌とふたつの大戦を生き抜いた女たちの〝戦記〟でもあり、身分違いのロマンスを描いた姦通小説でもあり、神話仕立てのＳＦファンタジイでもある。いずれにせよ、八十二歳のおばあさんがいざなう追憶の迷宮は、底知れない孤独と哀しみを幾重にも湛えている。

本作はまた、ダシール・ハメット賞に輝いたミステリでもある。ポール・オースター、ウンベルト・エーコ、アゴタ・クリストフ、ジョイス・キャロル・オーツ、カズオ・イシグロ、イアン・マキューアンと、近年の極上の文学作品がミステリの要素をはらんできたのと同じく、心的な探偵小説といえるだろう。

そして、小説の作法《さくほう》からいうと、文学の王道を踏襲している。「ある日、思わぬ手記や書簡が出てきて物語が明るみに出る」「思わぬ打ち明け話を聞かされる」という手法は、近代以降、西欧文学が好んでもちいてきたものである。現代小説では、『ロリータ』などがそうだ。

昏き目（盲目《ブラインド》）の暗殺者とは、誰なのか？　いずれにせよ、その謎を解くことが、近代・現代文学の総決算になるような野心作であることはまちがいない。

■迷宮に響くこだま

「入れ子状のドームにこだまが響くような」本作の重層性をそう評した書評誌があるが、四重、五重の語りの構造をもつ『昏き目の暗殺者』は、まさにゴシック建築さながらである。語りのいちばん「外側」にあるのは、語り手のおばあさん、アイリスの身辺雑記だ。この人がたいしたいじわるバアサンで、憎まれ口を叩くこと叩くこと。だが、そのなかには、老いと苦い思い出への晦渋が横溢している（記憶の残酷さについては、アトウッドの小説にしばしば描かれるが、まさしく、老いとは〝記憶に四方を包囲されながらもちこたえていくこと〟なのだと思う）。そのいちばん内側のレベルにあるのが、ブルジョワ家の没落を経験した、アイリスの追想記である。追想は、家政婦のリーニーという「通訳」をとおして、二代前の十九世紀中葉にまで遡る。このメモワールと並置されるのが、アイリスの妹ローラが書いた「昏き目の暗殺者」（これもひとつの回想録）であり、作中作として「本篇」に併走していく。そして、そのひとつ内側には、謎の男女が語るザイクロン星のSFファンタジイがある。さらに、この入れ子サークルの外側に、過去の新聞記事が提示されていく。

こうして次元の異なる物語を織りあわせていくのは、現代文学の常套手段でもあるだろう。新聞記事はおおむねアイリスの手記を先取りした形で出てくる。その新聞記事にアイリスの手記が「実況解説」（ランニング・コメンタリー）をつけていくわけだが、ときに手記のほうが新聞記事に「解説」される形にもなる。

ローラの作中作もアイリスの手記を先取りした形をとり、このふたつもまた注釈をつけあう。さらに、アイリスの手記をはさむ形で、新聞記事とローラの作中作も呼応関係をもち、ここに作中作中作のSFファンタジイが加わって……次元の異なるテクスト間には、縦横無尽に「相互批判」があり、それらは共鳴しあい、浸潤しあい、一人称のモノローグ、あるいは三人称一視点だけでは描けない重層的な厚みをもつにいたる。

しかし、その構造も物語がすすむにつれ、天地が一転したり、入れ子が裏返しになったりメルトダウンをおこしたりするのである。トロンプ・ルイユ（だまし絵）のように。炎上する華都を眺めるシーンの、なんと哀しく美しいことよ。

■言葉という凶器

複数のテクストの読みあわせで、物語はさまざまに「文脈」を変える。『昏き目の暗殺者』のページをひらいて早々につづけて明かされる、ローラ、リチャード、エイミーの三人の死。彼女たちはなにものに暗殺されたのか？　という問題も、当然それぞれの答えはひとつではない（このあたりから「種明かし」が出てくるので、本篇未読の方はご注意ください）。

後半、ウェルギリウスの「アエネーイス」からのひと幕を引いて、神の使者のイーリスとアイリスを重ねあわせる場面が出てくる。ここなどは、いささかシンボリックな読み方を許しそうだ。

恋人を失い、苦悶しながらこの世に留まっているディードーの魂を、イーリスは肉体から解放してやる、すなわち死をもたらす。この図式は、ローラとアイリスの関係をそのまま映しているともいえる。ただし、アイリスは「言葉」をもって、図らずも死の伝令となってしまうのである。まわりも見えないまま。昏き目のままで。

言葉に殺されたのはローラだけではない。アイリスはエイミーの未来を思って、自分の名前を出さずにおいたのに、エイミーはその本で「真相」を知って自棄になり、緩慢な自殺をとげてしまうのだ。

また、あの人物が言葉に殺されたのは、いうまでもないだろう。

「本がひとを殺す」というモチーフでは、いろいろな名作ミステリが書かれてきた。ちょっと思いだしただけでも、ウンベルト・エーコ『薔薇の名前』、ジャン＝ジャック・フィシュテル『私家版』、ジョン・ダニング『死の蔵書』……といった作品が思いだされる。人々の生殺与奪にあずかる本という魔物。本作でも、本は何重もの意味で、恐ろしい魔物となっている。

昏き目《ブラインド》の暗殺者とはどんなものなのか？

「暗闇の世界では、わたしたちは闇雲にぶつかりあい、会ったこともない相手や、よく知りもしない相手を傷つけたりする。『昏き目の暗殺者』は（図らずも）全篇これ殺意と殺しだらけであり、じつに殺人的な本である」

《ロンドン・レビュー・オブ・ブックス》の評者はそう言って、盲目の暗殺者として、エロス、時間、歴史、エゴを挙げた。ひとつ加えるとすれば、戦争もまたそうだろう。

凶器としての言葉とならんで、アトウッドは前作『侍女の物語』『またの名をグレイス』（*Alias Grace* 未訳）をはじめ、言葉（声）を奪われるという災いをくりかえし書いてきた。『侍女の物語』では読み書きの禁止、『またの名をグレイス』では不当な投獄。『昏き目の暗殺者』の作中作に登場する「舌を抜かれた生け贄の生娘」とは、アイリスとローラの神話的な分身であるだけでなく、アトウッドの小説世界に偏在する「虐げられた弱者」のまたべつな化身でもあるのだろう。

しかし、『昏き目の暗殺者』では、本（言葉）は再生の神でもある。アトウッドは非常に慎重ながら、そうほのめかしている、あるいはそう信じているように思う。そこに、この作品のおぼろげな希望と明るさがあるのではないか。

■変幻するスタイル

長篇の処女作『食べられる女』を一九六九年に発表して以来、『浮かびあがる』（七二年）『侍女の物語』（八五年）『猫の目』（八八年 *Cat's Eye* 未訳）『寝盗る女』（九三年）『またの名をグレイス』（九六年）などの作品で世界的な評価を確立してきたマーガレット・アトウッドは、つねに野心的で、時代を先取りする作家である。『食べられる女』では、いまでは日本でも〝拒食症〟と呼ばれるものをあつかった。『レディ・オラクル』（七六年 *Lady Oracle* 未訳）では、多重人格とも思えるようなキャラクターを創りだし、『猫の目』では、子供時代のトラウマについて書ききった。

また、アトウッドは題材だけでなく、一作ごとに違う小説スタイルをとりいれる。『浮かびあがる』では心理スリラー、『レディ・オラクル』ではゴシックロマンス、『侍女の物語』では反ユートピア小説、『寝盗る女』ではソーシャル・コメディ、『またの名をグレイス』では実話にもとづく歴史劇、というぐあいに。

本作『昏き目の暗殺者』では、戦前のパルプマガジン（ぞっき本）によくあったＳＦのスタイルで、現代の神話を描いてみせた。『レディ・オラクル』に描かれたいかにも安っぽいゴシック小説がいっこの風刺性をもっていたように、「昏き目の暗殺者」が〝ヴィーアード・テールズ〟のようなダイムノベルに倣っているのも、ひとつの戦略のようである。ハイとロウをへだてずに書くという姿勢が、端的にあらわれてもいよう。

ザイクロン星の物語もまた、反ユートピアの物語なわけだが、アトウッドはディストピアを描くことについて、こんなふうに言っている。「自由とはなにかと訊かれても、うまく定義できない。しかし、不自由とはどんな状態かはいくらでも表現できる。愛するとはどんなことだかわからなくても、憎むということはわかる。そうして（逆のことを）表現することで、ディストピア小説はいっこの物語形態として機能するのだと思う」

ところで、作中やたらと麗々しい色の名前や、凝った色彩の描写が出てくるが、これも一九三〇年代のパルプＳＦの顰《ひそ》みに倣ったのかもしれない。当時はカラーの挿し絵もなかったから、派手ばでしい色の形容詞がふんだんに使われた。アトウッドはそこが気に入ったようで、彼女流に技を盗んだのではないだろうか。

■アトウッドの「絨毯の下絵」

さまざまな小説ジャンルを作品にとりこんできたアトウッドだが、『昏き目の暗殺者』はいよいよその集大成という観すらある（前作のイメージやテーマのメタモルフォーゼも少なからず見受けられる）。

ザイクロン星の物語のモデルが、一九三〇年代のジャンル小説だとすれば、謎の男女の逢瀬の物語は、例えば、ダシール・ハメットなど、ハードボイルド派作家のタッチを意識しているのではないか。

じっさい、アトウッドは幼いころから、ハメットの大ファンだったらしい。《トリビューン》紙の紹介記事によれば、「マンガとチョーサーとB級アクションとフォークナーをいっしょに読むような」乱読をしたそうだが、ミステリでは、E・S・ガードナーやエラリイ・クイーンよりハメットに夢中になって、何度も再読した。そのスピード感やいかがわしさ、who were where（事件当時、誰がどこにいたか）より、who was who（その人物はいったいどんな人間か）に重きを置く書き方が好きなのだという。「ヘンリー・ジェイムズを読みすぎたかもしれない」と言うアトウッドのことだから、ヘンリー・ジェイムズに始まりジェイムズ・ジョイスたちが完成させた「意識の流れ」の手法を（果たせずとも）作品にとりいれようとしたダシール・ハメットの文体に強く惹かれたのも、じつに自然である。

まさに、ハメット賞を受賞するにふさわしい作品だった。

ヘンリー・ジェイムズといえば、チェイス家の釦工業のイメージについては、ジェイムズの『使者たち』に軽く敬意を払ったようにも見える。ふたたび《ロンドン・レビュー・オブ・ブックス》紙によると、『使者たち』のなかに、「あの家が栄えたのも、平々凡々たる用途の、小さくて、些細で、なんだか滑稽な家庭用品（すなわちボタン）のおかげ」だと言う場面が出てくる。

こうした他作家への「エール」は、まだまだほかにもあるだろう。

例えば、物語とはすべてオオカミに関する話だ、という場面。ここなど、アンジェラ・カーターの「狼人間」「狼アリス」を思わせるし、また、トルーマン・カポーティの作品へのほのめかしもあるかもしれない。何か所か、気になるところがあった。

それから、直接の引用ではないが、オマル・ハイヤームの『ルバイヤート』のスピリッツも随所にうっすらまぶされている気もする。預言する「動く指」というと、アガサ・クリスティーの同名の作品を思わせるけれど。

もうひとつ、アトウッドの小説はカナダ文学の伝統をしっかり引き継ぐものでもある。

『昏き目の暗殺者』の語り手アイリスに、マーガレット・ローレンスの『石の天使』の老女ヘイガーを想起した方もいるのではないかと思う。ヘイガーも老いの威厳をもって、九十年の人生を振り返るのである。

■作者とは、語り手とは

アトウッドの小説を語るとき、この問題についてはどうしても触れなくてはならない。彼女の作品に関するかぎり、ナラティヴ（語り）とは、じつに怪しげなものであって、油断がならない。その小説構造は、オーサーシップ＝「作者とは」という問題の本質を、くりかえし問うてきた。

当然『昏き目の暗殺者』でも、「語り手は本当は誰なのか？」という問題が生じてくる。次々と人が消えていき（missing, absence も、アトウッドの得意とするモチーフだ）、最後には、語り手の存在までもがおびやかされる。

最後の著者に関する「種明かし」には、賛否両論があるようで、「謎を明かされる前にわかってしまった」という不満も聞くが、わたしは「まだその先にも謎があるのでは」と思っている。なるほどこういう絵かと思ったら、それもさらに大きな絵の一部だったというような……。

この本の原稿を編集して出版させた人物は誰ということになるのか。

ここでも「ローラの本」にまつわる疑問とまったくおなじことが繰り返される。オーサーシップの不審さも同様に繰り返されるのである。本の成り立ち、物語の「いわれ」とは、つねにいかがわしいものだ。

この話は、誰が、誰にたいして、なんのために語っているのか？

小説とは、そうした作為との戦いであるといってもいいかもしれない。そうした作為と取り組みあい、ときに戯れ、ときに敗れたりしてきたのが小説の歴史と（大げさだけれど）言っていい気がする。

物語中、語り手が誰で、聞き手が誰かによって、「話」は大きく変化する。アトウッドはとくに「誰にあてて語っているか」ということに、意識的な作家である。作中の人物なのか、読者なのか、それとも未来の誰かなのか。

それから、もちいる人称によっても「話」は変化すると、アトウッドは強調する。『昏き目の暗殺者』は、いまの形に落ち着くまでに、二回書き直したという。一度目は、亡くなった「老女」の家を片づけにきた女性が、帽子ケースから手紙を発見して物語が始まる、というのを三人称で書いた。二回目は、老女を知る男女を語り手にして書いた。スーツケースを開けると、写真のアルバムが出てくるという設定。三度目でやっと、当のおばあさんがみずから語る一人称のスタイルをとった。三つのバージョンを聞くと、完成作が試作ふたつを巧みに組み合わせたものであるのがわかる。

次回作はいったいどんなものになるのだろうか。楽しみのような、少し怖いような気がする。

■カナダ文学の新しい時代

アトウッドの紹介の前に、ちょっとカナダ文学の紹介を。まだ日本では馴染みが薄いかもしれないが、近年とみに注目が集まっている「文学シーン」でもある。

アトウッドと同世代でカナダ文学を切り拓いてきた、アリス・マンロー、『イギリス人の患者』のマイケル・オンダーチェ、『ジェネレーションX』のダグラス・クープランド、W・P・キンセラ、ティモシー・フィンドリーといった名前も忘れてはならない。さらに、今年のブッカー賞では、受賞者ヤン・マーテルをはじめ、最終候補にロヒントン・ミストリー、キャロル・シールズが残り、なんと、全六人のショートリストのうち半数をカナダ作家が占めるという、前代未聞の快挙をなしとげた。長らくイギリス、アメリカ文学の一隅におかれがちだったカナダ文学がこの七、八年ほどでいよいよセンターステージに躍りだした観がある。

さて、「カナダ文学の母なる女神」「カナダ小説の女主人」と言われてきたアトウッドも、四度目のノミネートでブッカー賞を受賞し、名実ともにワールドクラスのトップライターになった。経歴をざっと記す。

一九三九年十一月十八日、オンタリオ州オタワ生まれ、トロントのヴィクトリア・カレッジを卒業し、米国のマサチューセッツ、ラドクリフ・カレッジで修士号をとったのち、ハーバード大学で学ぶ。

カナダ各地に住み、フランス、イタリア、イングランド、ドイツにも暮らす。現在は、トロント在住。ライフパートナーは作家のグレイム・ギブソン氏。二十代の娘がひとりある。
主な受賞歴は以下のとおり。
一九六六　デビュー詩集『サークル・ゲーム』でカナダ総督文学賞
一九八七　『侍女の物語』でカナダ総督文学賞、アーサー・C・クラーク賞
一九九四　フランス芸術・文芸勲章三等
一九九四　『寝盗る女』でコモンウェルス作家賞
二〇〇〇　『昏き目の暗殺者』でブッカー賞（過去三回最終候補に。八七年『侍女の物語』、八九年『猫の目』、九六年『またの名をグレイス』）
二〇〇一　『昏き目の暗殺者』で国際推理作家協会北米支部主宰のダシール・ハメット賞

最後に主著のリストを挙げる。
長篇
一九六九　『食べられる女』*The Edible Woman*
一九七二　『浮かびあがる』*Surfacing*
一九七六　『レディ・オラクル』*Lady Oracle*　未訳
一九七九　『人類史以前』*Life Before Man*　未訳
一九八一　『危害』*Bodily Harm*　未訳
一九八五　『侍女の物語』*The Handmaid's Tale*
一九八八　『猫の目』*Cat's Eye*　未訳
一九九三　『寝盗る女』*The Robber Bride*
一九九六　『またの名をグレイス』*Alias Grace*　未訳
二〇〇〇　『昏き目の暗殺者』*The Blind Assassin*　本書

短篇集
一九七七　『ダンシング・ガールズ』*Dancing Girls*
一九八三　『闇の殺人ゲーム』*Murder in the Dark*
一九八三　『青ひげの卵』*Bluebeard's Egg*
一九九一　『ウィルダネス・チップス』*Wilderness Tips*　未訳
一九九二　『すこやかな体』*Good Bones*　未訳

本作中には古典詩が多く引かれているが、コールリッジの「忽必烈汗《フビライ・ハーン》」については、平井正穂訳を一部参照・引用させていただいた。

また、あとがきを書くにあたっては、《ニューヨーカー》（ジョン・アプダイク）、《ニューヨークタイムズ》（トマス・マロン）、《ロンドン・レビュー・オブ・ブックス》（マーガレット・アン・ドゥーディ）、《ザ・スペクテイター》（アニータ・ブルックナー）の書評、アトウッド本人によるダシール・ハメット論（《ニューヨークタイムズ》出）、"Margaret Atwood The Essential Guide"などを参考にした。また、小説の形態について、《ユリイカ　ブロンテ姉妹　荒野の文学》の水村美苗氏のインタビューを参照させていただいた。筆者の方々に敬意を捧げたい。

本書は大部の著のうえ、縦横に罠がはりめぐらされており、当初の予定よりずいぶん訳了が遅れてしまった。その間に、「邦訳はいつ出るのか」というお問い合わせをたくさんいただいたと聞いている。マーガレット・アトウッドという稀代の作家に関心が寄せられることを、訳者として心から嬉しく思います。そして、訳者をなんとかここまで連れてきてくださった早川書房の鹿児島有里さん、細心の訳文チェックをしてくださった校閲担当の関佳彦さんには、いくら感謝してもしきれません。本当にありがとうございました。

平成十四年十月吉日

訳者略歴　お茶の水女子大学大学院修士課程英文学専攻，英米文学翻訳家　訳書『チャーミング・ビリー』アリス・マクダーモット，『恥辱』『エリザベス・コステロ』J・M・クッツェー（早川書房刊），『ペネロピアド』マーガレット・アトウッド，『灯台へ』ヴァージニア・ウルフ，『嵐が丘』エミリー・ブロンテ他多数

昏《くら》き目《め》の暗殺者《あんさつしゃ》

2002年11月30日　初版発行
2010年 9 月25日　3版発行

著者　マーガレット・アトウッド

訳者　鴻巣《こうのす》　友季子《ゆきこ》

発行者　早川　浩

発行所　株式会社早川書房
東京都千代田区神田多町2－2
電話　03－3252－3111（大代表）
振替　00160－3－47799
http://www.hayakawa-online.co.jp

印刷所　精文堂印刷株式会社
製本所　大口製本印刷株式会社

Printed and bound in Japan
ISBN978-4-15-208387-6　C0097

碁を打つ女

La joueuse de go

シャン・サ

平岡 敦訳

46判上製

〈高校生が選ぶゴンクール賞〉受賞

一九三七年、日本が帝国主義を強める満州。男たちが碁に興じる広場に、一人だけ若い娘がいる。ある日本人士官は身分を偽り、抗日分子が紛れているというその広場へ乗りこむ。連日二人は対局するうちに、互いの名前も素性も知らぬまま惹かれあっていく。だが、日本軍と抗日軍の対立は激化し……。運命に翻弄される二人の叶わぬ恋を詩情豊かに描き、世界21カ国で翻訳された珠玉の書